SERZENİŞ

II

MECRUH

Serzeniş II Mecruh
Sümeyye Koç

Yayın Yönetmeni: Aslı Tunç
Editör: Ebru Çaloğlu
Kapak Tasarım: Merve Polat
Sayfa Tasarım: Nurhan Seyrekbasan

1. Baskı: Eylül 2020
ISBN: 978-605-173-759-1

Baskı ve Cilt:
Vizyon Basımevi
Beylikdüzü O.S.B. Mah., Orkide Cad., No: 1/Z
Beylikdüzü/İstanbul
Tel: (212) 671 61 51 Faks: (212) 671 61 50
Sertifika No: 28640

Yayımlayan:
Epsilon Yayınevi Ticaret ve Sanayi A.Ş.
Osmanlı Sok., No: 18/4-5 Taksim/İstanbul
Tel: (212) 252 38 21 Faks: (212) 252 63 98
İnternet Adresi: www.epsilonyayinevi.com
E-posta: epsilon@epsilonyayinevi.com
Sertifika No: 34590

SERZENİŞ

II

MECRUH

SÜMEYYE KOÇ

epsilon®

"İntikam yolculuğuna çıkacaksan kendin için de bir mezar kaz."

Konfüçyüs

Hisleri alt etmek, bir insanın hayat ışığını söndürmek kadar kolay değil.

Ruhu yok edebilirsin, etten ve kemikten örülü bedenleri birer cesede çevirebilirsin. Ama hiçbir zaman, zihninin içinde çağlayan düşüncelere hükmedemezsin. Bedenini, hislerinin gömülü olduğu bir mezara çeviremezsin. İnsan olmak kolay değil. Hâlâ alınan bir nefesi kesmek yerine, hislerini alt ettiğin gün...

İşte o zaman gerçek bir katilsin.

Yaşadığım seneler boyunca çetrefilli bir savaşın içindeydim. Zaman tarafından yaralandığım, sırtımdan bıçaklandığım, uyku yerine kâbuslara yattığım onlarca ana mahkûmdum. Yıllar, aslında birer meşaleydi... Bunu çok kez öldüğümde, öldüğüm yerlerden defalarca dirildiğimde anladım.

Ve hatta birini öldürdüğümde...

Tıpkı diğer insanlar gibi kaderin ellerinde bir piyon olduğumu, zamanın görünmez ellerinde tuttuğu hançerin yüzü çocukluğumdan akıtılan kanlarla kaplandığında anladım. Yaşanması gereken her detay önceden belliydi, bu hükme insanın gücü yetmezdi.

Küçük bir çocuğun, asla!

Öyleyse savaşmak gereksizdi.

Çürümüş anılarla dolu zihnime, yılların bıraktığı yıkımların pek bir önemi yoktu. İçim bir harabeden farksızdı, düşüncelerim sapkınlık kokuyordu. Annemi yitirdiğimde henüz çocuktum. Bir insanın çocuk yaşta yitip gitmesine sebebiyet verdiğimde de çocuktum. İnsanlar o yaşlarındayken bir şeyler hatırlamadıklarını iddia ederler. Oysaki o zamanların her saniyesi, kafamda en can alıcı haliyle tazeliğini koruyordu. Bu hayattan öğrendiğim tek bir şey vardı. Acının en sancılı hali, zihnimin içinde öldüremediğim vicdan naralarıydı.

Yıllar, yıllar...

Akıp gitmişlerdi.

Zihnimin içi hâlâ kanamalı yaralarla doluyken, bu şekilde yaşamaya devam edemeyeceğimi anlamıştım. Bir şekilde, bir yerden başlamak gerekiyordu. Ya acıya teslim olacaktım ya da onlardan kurtulacaktım. Onlarla başa çıkmaya çocukluğumu öldürerek başladım. Soğuk bir duvarın dibinde sessiz sessiz ağladıklarımı, çaresiz kaldığım kahredici anları, zihnimde susmayan küçük bir çocuğun çığlıklarını, ıslahevinin rutubet kokan odasını...

Bir gece her şeyi unutacaktım.

Unuttum.

Ve sonra, tamamen hissizleştim.

İnsanı güçsüzleştiren his merhametti. Yenik düştüğü vicdanı ve karşı koyamadığı acılar... Acıma savaş açtığım gün, içimdeki vicdanı tamamen öldürdüğüm gündü. Korkunç bir insan olduğum gerçeğini kabullendiğim ilk gün... Bir gece, ıssızlığın en koyu deminde akla mantığa sığmayacak bir kötülük yaptım. Yüreği hiçbir zaman bana ait olmayacak bir kadının özgürlüğünü, ruhumun içindeki karanlık kafese kapattım.

Zihnim o anların muhasebesiyle meşgulken halsiz bedenimi koltuklardan birine bırakmıştım, gecenin en karanlığında karşıma dikilen babamın dudaklarından dökülen sözleri duyduğumda kendimden tiksindiğim ilk gündü. "İşte şimdi benim oğlumsun."

İnsanlıktan çıktığım ilk gün. Duyguları önümde diz çöktürdüğüm, hislerimi ateşe verdiğim ilk gün. O günden sonra zaman akmaya devam etti, artık onun tarafından yaralanan, ben değildim.

Kalabalıktan uzaklaştım. Başta kendim olmak üzere, diğer tüm insanlardan nefret ediyordum. Dudaklardan dökülen kelimeler beni tatmin etmiyordu, yüzlerine taktıkları maskelerin sahteliği midemi bulandırıyordu, yıllardır bir kez içten gelerek atmadığım gülüşün hiç eksilmediği dudaklar, beni zıvanadan çıkarıyordu.

Yeterince uzaklaştığıma kanaat getirdiğim bir noktaya, oldukça büyük mekânın son kısmına dek yürüdüm, duvarın dibinde kalan kokteyl masasının etrafında durdum. Çalan müzik kulak parçalayıcıydı. Bakışlarım, şu boktan kalabalığın içinde görmek istediğim tek insanın üzerine devrildiğinde sanki bu andan soyutlandım.

Gürültü katlanarak büyüdü fakat kulaklarım sağır edici bir sessizliği ağırladı.

Parmaklarım üzerime tırmandı, siyah gömleğimin bir düğmesini daha açarken ona bakmayı sürdürdüm.

Üzerindeki koyu renk elbisenin kısa oluşu bacaklarını, arka kısmının dekoltesi sırtını gün yüzüne çıkarıyordu. İnsanı delirtebilecek bir güzelliğe sahipti. Farkında değildi hiç, açlık dolu bakışların kendisini nasıl izlediğinin, ona centilmen davrandığını sandığı erkeklerin aslında sadece dış görünüşüyle ilgilendiğinin.

Saftı benim kızım.

Bir o kadar da nefret dolu.

Ve yüzüne her zaman gerçekleri söylediğim için benden nefret ederdi. *Benden, her zaman nefret ederdi.* Varlığımı hiçbir zaman kabullenememiş olması, benden kurtulması için yeterli bir gerekçe değildi. Benden zinhar kopamayacağını biliyordu... Sadece bunu göz ardı etmeye çalışıyordu. Beni kabullenemiyor olması, bir şeyleri değiştirmeyecekti. Varlığı sadece bana aitti, yüzüme nefretini kusması dahi ondan nefret etmeme yetmiyordu.

Çok denemiştim. Her fırsatta beni sevdiğini söyleyen babamdan dahi nefret ederken, beni sevmeyen bir kadına kötü hisler besleyebilmeyi... Olmuyordu. Onun gözlerinde tuhaf bir çekim vardı. Kanı kanıma karıştığı takdirde, beni öldürebilecek bir zehir... Ona karşı hissettiklerim sevgi zırvalıklarına dâhil değildi. Ben kendimi bile sevememiş bir adamdım, o dâhil, hiçbir kadını sevemezdim...

Omuzlarından aşağıya dökülen kahverengi, uzun ve dalgalı saçları, sırtının çıplaklığını kısmen örtse de içim rahat değildi. Onu tüm bakışlardan sakınıyordum. Belki de deliler gibi kıskanıyordum. Saçının teline değen her bakışı cayır cayır yakasım geliyordu. Yüreğime değmeyen sevgi duygusuna rağmen bana hissettirdiği aitlik duygusu, geride kalan tüm hisleri ateşe veriyordu.

Onu izlediğimden habersiz bir şekilde, halamla ettiği muhabbeti sürdürürken yalandan gülümsemeye çalışıyor fakat beceremiyordu. Bulunduğu bu ortam ona yabancıydı. Üstelik yanımda olduğu her an mutsuz olduğuna ve bu mutsuzluğunun günbegün katlanarak çoğaldığına şahit olmak, beni acıdan ziyade tuhaf bir hırsa boğuyordu. Beni istemediğini yüzüme haykırdığı her zaman, yüzüne haykırdığım tek kelime buydu.

"Hiçbir yere gidemezsin."

Yüzünü bana döndüğü vakit gözlerimizin buluşması bende hiçbir hissi harekete geçirmese de onun anında değişen yüz ifadesinden neler hissettiğini anlayabiliyordum. *Nefret, nefret ve nefret!* Sanki hiç görmek istemediği biriyle yıllar sonra karşılaşmış gibi fevrice kaçırdığı bakışları yeniden halama döndüğünde suratı olduğundan daha fazla asıktı.

Hislerim tarafından hırpalandığım onlarca ana sahiptim. Fakat hiçbirisi, şu an kadar tetikleyici değildi. Onun yüzünden, günün birinde tamamen hırslarımın kurbanı olacaktım.

"Ne yapıyorsun burada?" Babamın tok sesi kulaklarıma değdi, umursamadım. Bakışlarım hâlâ onun üzerindeyken adımları yanımda duraksadı. "Eğlenmiyor musun?"

"Eğlenmiyorum."

"Neden?" diye sordu babam. Hâlâ Hande'ye bakıyor olsam da babamın suretini yandan görebiliyordum. Eğildi, kollarını masaya yasladığında bakışlarını manzarama çevirdi. Ben ona cevap vermesem de biliyordu derdimin ne olduğunu. "Daha önce de söyledim Bora," dediği an sözlerinin devamında sabırlı olabilmem için dişlerimi sıktım. "Hande seni istemiyor. O yüzden, bırak artık şu kızı."

Gözlerimi Hande'nin üzerinden çekip babama çevirdiğim an ondan bana miras kalan tek şeye, gözlerine baktım. "Sakın," diye konuştum fakat babam beni dinlemedi.

"Sonunun bana benzemesini mi istiyorsun?

"Bırakmayacağım." Bakışlarımı yeniden ona çevirdim. Babamın sözleri öfkemin fitilini ateşlemekten öteye gitmiyordu. Cayır cayır yanan hırsımın üzerine dökülen benzinden farksızlardı. "Hem de hiçbir zaman. Sok şunu kafana."

Babam bir şeyler söyleyecek gibi oldu, bir müddet sustu. Sanırım konuşurken kelimelerini tartıp uzun uzun düşündüğü tek insan bendim hayatında. "İnatçı çocuk," diye fısıldadı, parmakları masanın üzerindeki kadehi çoktan kavramıştı. Konuşurken yüzüme vuran nefesi alkol kokuyordu ve kanına karışan alkolün etkisiyle kafası gitgide dumanlanıyordu.

"Sen, şu evlat olsa sevilmez dediklerindensin." Güldü, tok sesinden dökülen kıkırtı sinirli bir nefes almama sebep oldu. Masanın üzerinde duran diğer şarap kadehini önüme itekledğinde, "İçelim mi?" diye sordu. "Uzun zaman oldu. Şöyle karşılıklı, baba oğul?"

"Misafirlerinin yanına git baba." Önüme itekledği kadehini kendimden uzaklaştırdım. Babamın itekledğim kadehe devrilen bakışlarının ardından yüzünü ciddi bir ifade sarmaladı.

"Neden içmiyorsun eskisi gibi?"

Ona sadece küfreder gibi baktım. *Sanki sebebini bilmiyordu.*

"Anladım," diyerek gülmeyi sürdürdüğünde aslında ona göre hiçbir hazinliği olmayan o kahrolası hatamı dillendirdi. "Kendini kaybetmekten mi korkuyorsun? Yine o hataya düşerim diye..."

Sözlerini itirazı reddeden bir dille kestiğimde hiç olmadığım kadar öfke doluydum. "İçmek bana iyi gelmiyor. Bana bir daha bunu teklif etme ve git yanımdan."

"Tamam," diye konuştu elindeki boş kadehi masaya gürültülü bir şekilde bıraktığında. "Gidiyorum."

Bir şey söylememe müsaade etmeden yanımdan birkaç adımda uzaklaştı. Babamın gidişinin ardından bakışlarım yeniden Hande'ye odaklandığında parmaklarım istemsizce şarap kadehine uzandı. Kendimle uzun zamandır çetin bir mücadele veriyordum. Eskiden istediğim kadar içerdim, aklımı kaybettiğim zaman yaptıklarımın sonuçları beni bağlamıyordu. Her insanın bünyesi farklıydı. Kimisi fazlasıyla içer fakat sarhoş bile olmazdı, kimisi ise sarhoşluğunda aklını kaybedecek raddeye varırdı.

Benimki, ikincisiydi.

Ve en son kendimi kaybedecek raddede içtiğim gün, berbat bir hataya düşmüştüm.

Parmaklarımı kadehten yanmışçasına uzaklaştırdım. Zayıf bir nefse sahip değildim. Hiçbir dünyevi zevke bağlanıp beni kendisine esir etmesine izin vermezdim. Hayatımda uzun bir zamandır varlığını sürdüren sigaraya bile... Ben onu içmek istediğim sürece içerdim, bağımlı değildim.

Peki, ona neden bu kadar bağımlısın?

Zihnimin beni zıvanadan çıkaran sorusuydu bu. Yer ve zaman gözetmeksizin karşı karşıya kaldığım bu sorunun bir cevabı yoktu. Hırs yapıyordum. *Evet, tamamen hırs...*Hande'yi istememin başka bir açıklaması olamazdı. Önünde durduğum masadan çektiğim ellerimin ardından bulunduğum alandan sıyrıldım. Adımlarım beni onun olduğu tarafa sürüklerken kulaklarımda katlanarak büyüyen müzik beynimin içine sıçıyordu.

Kafama bir ağrı girmişti.

Yüzümü buruşturarak kalabalığın arasına yeniden sızdığımda bakışlarımın hedefinde sadece o vardı. *O ve güzel yüzü. O ve güzel gözleri. O ve dokunmak için çıldırdığım saçları. O ve öpmek için delirdiğim dudakları.* Gözlerim onun dışındaki her varlığa kapı duvardı. Adımlarımı hızlandırarak ona yaklaşmayı sürdürdüğüm an, karşısına dikilen herif duraksamama sebep oldu.

Kaşlarım çatıldı.

Hande'nin karşısında duran kişi, holdingin hissedarlarından birinin oğluydu. Adı aklımda değildi herifin, önemsemediğim insanların adlarını asla ezberleyememek gibi müthiş bir huyum vardı fakat fazlasıyla çapkın olduğu dedikodusu aklımın bir köşesinde kalmıştı.

Yeniden adım atacağım sırada beklemediğim bir şey oldu. Benim için bir kez olsun güldüğüne şahit olmadığım dudakları o adamın karşısında tebessüme boğun eğdi. Hande... Başka bir adamın karşısında gülüyordu.

Kanımı damarlarımda donduran bu soğuk öfke, aynı zamanda ateşlere atılmışım gibi yanmama sebep oldu. Belki de zıvanadan çıkmak için bir sebebe ihtiyacım vardı ve o sebep şu an tam karşımda duruyordu.

Adımlarım yeniden hız kazandığında sakinlik benden kilometrelerce uzaktaydı. Saniyeler sonra soluğu Hande'nin yanında aldığımda adını hatırlamadığım herifin omzuna çarparak durdum. Bunu fark ettiği an kafasını kaldırdı, bakışlarını gözlerime dikti. Esmer çehresinde gezinen o şaşkınlık, korkuya dönüştüğünde, gözbebeklerine kazınmış olan tebessüm hızla yok oldu. Yerini beni görmeyi beklemiyor olmanın hoşnutsuzluğu aldı.

Hande hemen yanımdaydı, varlığımdan hemen huzursuz olmuştu. Yanımda uzaklaşmak isteyen tavrını anında etkisiz kıldım. Parmaklarımı bileğine geçirdiğim an hareketi kısıtlandı, kaçamadı. Bakışlarım bir kaşık suda boğmak istediğim herifin suratından ayrılmazken, Hande'nin "Saçmalama," dediğini işittim. "Babanın davetindeyiz. Bırak bileğimi."

Adamın bakışları yere doğru devrildi. Tam olarak Hande'nin bileğini tuttuğum elime baktığında, dudakları küçümser bir şekilde kıvrıldı. "Böylesi bir kadına karşı, daha kibar olman gerekmez mi?"

Beni iyice zıvanadan çıkaran sorusu tek kaşımı kaldırmama sebebiyet verdi. Dudaklarımı onun gibi kıvırdım, dalga geçer gibi gülümsediğimde, Hande'nin bileğini serbest bırakarak herife doğru bir adım attım.

Havaya kaldırdığım elim iki göğsünün ortasında kuvvetle indiğinde afalladı. Birkaç adım geriye doğru sendeledi, salondaki tüm bakışlar bu tarafa doğru çevrildi ve kulak tırmalayan gürültünün yerini meraklı bir sessizlik devraldı.

"Sana ne lan, piç!"

Aramızdaki mesafeyi ivedilikle kapatırken ateş saçan parmak uçlarımı gömleğinin yakasına geçirdim. Sertçe kavradığım gömleğinin kumaşını avuçlarıma hapsederken adamı kendime doğru çektim.

Birileri durmamı söylüyordu. Fakat ne Hande'nin söylediklerini duyuyordum ne de bir başkasını. Muhtemelen babam buraya doğru yaklaşıyordu, bana öfkeliydi ama bu benim umurumda bile değildi.

Yüzüme endişe içinde bakan herife, ölümünün elimden olacağını fısıldadım. "Haddini bil, ben bildirirsem sen bitersin!" Yanlış kadına oynuyordu. Bunu bilmesi gerektiği halde Hande'ye yaklaşmak gibi cüretkâr bir tavırda bulunmuştu. Neye güveniyordu?

Yanı başımda biten babamın kolumdan tutarak beni çekmesiyle gömleğini savurarak bıraktım. Bana karışmaya başkasının cesareti yetmezdi. Yeniden arkaya doğru gittiğinde masalardan birisine çarparak durdu. Salonda yükselen gürültüyü, her ağızdan dökülen ayarsız kelimeler oluşturuyordu.

Babamla göz göze geldiğim an durdum, gözleri ateş püskürüyordu.

"Bir kere lan," diye konuştu kısık bir sesle. Fakat öfkeliydi, çenesini sıkıyordu. "Adam gibi dur! Beni rezil etme!"

Onu umursamadım. Halamın kınayan bakışlarıyla karşılaştım, onu da umursamadım. Gözlerim etrafı taradığı an Hande'yi görememenin öfkesiyle dudaklarımı birbirine bastırdım. Her zamanki gibi... Kaçmıştı. Ve her zamanki gibi, peşine düşecektim.

Babamın söyledikleri kulaklarıma birer uğultu gibi dolduğunda kendimi en yakın kapıdan dışarıya attım. Gözlerim, parlak ışıkların ardından karanlık akşamı yadırgadı, kafamdaki ağrı bir nebze daha şiddetlendi. Ardımda bıraktığım kaos umurumda değildi. Belki de Hande haklıydı. *Ben, cehennemin ta kendisiydim.* Attığım her adımda ardımda kalan her şey küle dönüyordu. Sadece kendimi yakmıyordum, varlığım herkese zarar veriyordu.

Siyah, demir kapıyı aralayarak beton zemine ayak bastığımda gözlerim hızla etrafı taradı. Bakışlarım gecenin karanlığına rağmen gizlenmeyi başaramayan suretine takıldı, oradaydı. Yolun karşı tarafında durup beklediğini fark etmemle birlikte bedenimi o tarafa doğru sürükledim. O sırada hızlı bir şekilde önünde duran taksiye devirdi hüzünlü bakışlarını.

Yolun ortasında öylece durdum, koşup yetişemezdim fakat gücüm onu durdurmaya yetebilirdi. "Hande!" diyerek adını andığımda elini uzattığı taksi kapısından bir adım uzaklaştı. Ürkek bakışları sesin geldiği noktaya odaklandı, gözleri gözlerimle buluşurken nefretle harmanlanarak kısıldı.

"Kapat o kapıyı."

Ellerimi pantolonumun ceplerine soktum. Yavaş ve sessiz adımlarla yolun karşısına yürürken gözlerimin içine bakıyordu. Bunu yaparken her an o kapıyı açıp kaçacak gibiydi, hiç belli etmese de korktuğunu biliyordum. Ve bunu belli etmemek adına nasıl bir cesaretle ruhunu sınadığını.

"Kapat, dedim sana."

Gözlerini gözlerimden kaçırırken taksinin kapısını hızlıca kapattı. Taksici boş gideceğini anladığı an gaza basarak uzaklaşırken sokağın ortasında yalnız kaldık. Birkaç adım kala duraksadım.

"Gideceğim," diye konuştu öfkeli bir halde. Daha çok, çaresiz gibiydi, ne tuhaftır ki ona bu çaresizliği bahşeden ben, ondan daha çaresizdim.

"Sorun ne?" diye sordum onun duyabileceği bir sesle. "Neden gitmek istiyorsun?"

Mantıksal olarak bu soruyu sormam saçmaydı, sanki hiçbir suçum yokmuş gibi salağa yatmak ve hiçbir şey olmamış gibi davranmak sürekli tekrarladığım berbat bir alışkanlıktı. Ama ben buydum. Değişemezdim.

"Soruyorsun bir de..."

Sinirli bir gülüş sarf ettiğinde tek elini kaldırıp şakağına kapattı, zayıf ve ince bileği gözlerimin önüne serildiğinde kızarmış olduğunu fark ettim, içime ansızın yayılan pişmanlık duygusu için çok geç olsa da pişmandım. Kendimi tutamayışlarımdan, yerli yersiz kavgalarımdan ve sürekli sorun çıkaran boktan bir herif olmaktan!

"Gidelim o zaman. Ben de kalmak istemiyorum," dedim ona doğru bir adım atarken. Fakat o kadar hiddetli bir şekilde bağırdı ki kaşlarımı çatarak duraksamak zorunda kaldım. "Kalamazsın zaten!" Kafasını kaldırıp yüzüme baktığında aralık kalan dudakları titriyordu. "Nasıl bakacaksın insanların yüzüne?"

Boş bakışlarımla verdiği tepkiyi seyrederken, "Bu şekilde," diye konuştum. "Kimseden utanıp sıkılmam ben."

"Yüzsüz," diye söylendi, öfkesi her geçen saniye şiddetleniyordu. Ellerini yüzüne düşen saçlarına attığında onları geriye iterek kulaklarının arkasına sıkıştırdı. Son zamanlarda ağzının ayarı hepten kaçmıştı, karşımda dururken nasıl konuşacağını bilmek bir tarafa durmadan hakaret kusuyordu.

"Seninleyken sürekli insanlardan utanıyorum." Bakışlarını gözlerimden çekip yola diktiğinde yürümeye başladı. Bana olan nefreti, en ufak bir öfkeyi kolluyordu zehrini ruhuma akıtabilmesi için. Yine bulmuştu fırsatını, şu an beni hiçbir surette dinlemeyeceğinin ve çekip gitmeyi kafasına koyduğunun farkındaydım zaten...

Ama bilmesi lazımdı ki ben o kadar da sabırlı bir adam değildim.

"Suçu hiç kendinde aradın mı?" diye sordum, peşine düşmüştüm. "Mesela, ben ne yapıyorum, dedin mi? Ne yapıyorum ki Bora insanlığından çıkıyor!" Aklıma o herife gülümseyen dudakları geldiğinde küfretmemek için zor tuttum kendimi. Öfkem ne o herifin hadsizliğineydi ne de Hande'nin bana karşı koyan tavırlarına.

Bir kez olsun bana gülmemişken hiç tanımadığı bir adama gülemezdi.

Kaldırımın kenarında duraksayıp omzunun üzerinden bana döndü yüzünü, ateş püskürür gibi nefretini kusmaya devam etti. "Hiçbir şey yapmıyorum, ruh hastası! Nefes almam bile batıyor sana!"

"Yanlış..." İşaretparmağımı salladım. Duraksadığı noktaya ulaşabilmek adına aramızdaki mesafeyi bir çırpıda yok ettim. Havaya kaldırdığım parmaklarım onun yüzüne dokundu, içgüdüsel olarak yanağını okşadım. "Yine ve yine... Bir başkasına güldün."

"Tüm karın ağrın da bu zaten," dedi iç çekercesine. Çenesini dikleştirip gözlerini gözlerime tırmandırdığında yüzünü ezberlemek istedim. Ona bu şekilde yakın olabildiğim anlar öylesine azdı ki... Gözlerinin öfke doluyken bile bu kadar güzel bakabildiğini, bu akşama kadar bilmezdim. Bir çift kahverengi göz... Çoğu kadının sahip olabileceği bir özellikti bu. Neden en çok onda güzeldi?

Küçük ve narin yüzüne kondurulmuş her detay, neden böylesine günaha davetti? Bakışlarımı dudaklarına indirdim, uzun zamandır sadece bakmaktan bir gram öteye gidemediğim dudaklarına... Onu öpemezdim... Benden tiksiniyor olduğunu bile bile buna kalkışmam delilik olurdu.

"Benim, senin istemediğin şeyleri yapıyor olmam... Başkalarına gülmem, başkalarıyla konuşmam, sana sormadan nefes almam..." Bir adım geriye gittiğinde yüzü avucumun arasından çekildi, elim boşluğa savrulurken ona bakmayı sürdürdüm. "Sana inat, hep güleceğim," diye sürdürdü konuşmasını. "Asla sana değil ama senden başka herkese!"

Çenem, duyduğum sözlerin ardından sıktığım dişlerim yüzünden kasılırken nefes alamaz haldeydim. Bu, her zaman böyleydi. Ona attığım adımlara rağmen benden koşarak uzaklaşır, ben aramızdaki mesafeleri ateşe vermek isterken o yenilerini ekler, uçurumlar dizerdi.

Aslında en başında söylemişti bana, her zaman böyle olacağını. Sadece ben anlamamakta diretmiştim. Halbuki en başında söylemiştim ona, asla onu bırakmayacağımı. Sadece anlamamakta diretiyordu.

"Böyle yaparak beni kendinden uzaklaştırmıyorsun." İçimde fırtınalar kopuyordu, dışımda yaprak dahi kıpırdamıyordu. Öfkemi, hırsımı ona yansıtmamak için elimden geleni yapardım. Yine yapıyordum. Sessiz, sakin ses tonumla konuşmamın ardından aramızdaki mesafeyi yeniden öldürerek titreyen elini kavradım. "Aksine, ben daha da hırslanıyorum."

"Hırsların ikimizi de kurban edecek bir gün," diye konuştu. Bakışları zoraki tuttuğum eline düştüğünde elini avucumdan çekmedi. Çünkü biliyordu ki buna izin vermezdim. Arkamı dönüp yolun karşısına doğru yürürken tuttuğum eli biraz sıktım. Bırakmaya niyetim yoktu. Kafasına göre çıkıp gidemez, bana mesafeler koyamazdı.

"Ama sana hiçbir şey olmaz, değil mi?" diye sordu.

"Sana da bir şey olmaz," dedim sessizce. "Bana kafa tutmadığın müddetçe."

Yüzüme her zamanki gibi baktı. Küçümsercesine, nefretle. "Şaşırmıyorum artık, her zamanki sen, tehditlerin ve asla geri adım atmayışın." Derin bir nefes aldığında göğsü inip kalktı. "Ama biliyor musun?" diye sordu. "Fırsatını kolluyorum. Her şeyi bitirebileceğim bir anı, bir saati, bir günü... Çünkü senden kurtulmanın bir yolu var, anlıyor musun?"

"Neymiş o?" diye sordum dalga geçer gibi. Bakışlarımı valeye diktim. Ne istediğimi anlamıştı, harekete geçti.

"Bilmiyorum," diyerek omuzlarını silkti. "Elbet o gün gelecek."

Vale arabamı kapının önüne getirdiğinde devraldığım anahtarların ardından arabanın sağ kapısını açtım. Bir şey söylememe gerek kalmamıştı, Hande elimi bırakıp arabaya bindiğinde diğer tarafa dolandım ve içeri girip kapıyı örtmemin ardından arabayı çalıştırdım. Şu an ne yapacağım konusunda bir fikrim yoktu. Zedelenmiş düşüncelerim bir çıkar yol göstermiyordu. Tuhaftır ki hissettiğim yıkıma rağmen, canım yanmıyordu.

Duygularım buz tutmuş, içim ölmüş gibiydi.

"O gün..." Kısa bir an ona baktım. "Hiçbir zaman gelmeyecek."

Sustu. Ben de sustum. Aramızdaki en öldürücü mesafe sessizlikti. Sözcüklerin değil, sükûnetin ardına sığınan insanlar olmayı seçmiştik. Tekerlekler yollar boyunca akmayı sürdürürken gaza yüklendim. Ara sokaklarda olmama rağmen hızla tükettiğim yollar tehlike vaat ediyordu. İkimiz de emniyet kemeri takmamıştık. Hande gereğinden fazla hız yapmamın endişesiyle koltuğa iyice yaslandı, yine de ağzını bıçak açmıyordu.

Onu hayatıma dâhil ettiğim geceden sonra akıp giden zamanı düşündüm. Gözlerimin önündeki yollar bir tek onunla yaşadığım zamanın hatıralarını seriyordu. Zaman... Aslında beni yine yaralamıştı. Ben hiçbir zaman kazanan olmamıştım. Yanımda olması bir şeyi değiştirmiyordu. Ona araladığım kapıdan içeri girmeyecekti. Kapımın önüne bıraktığı yalnızlık günbegün büyüyecekti.

"Bora?"

Bakışlarımı sağa doğru çevirip gözlerine baktığımda yüzünde gördüğüm o mahzun ifade boğazımın düğümlenmesine sebep oldu.

Neden böyle oluyordu?

Tek dileğim dudaklarından dökülecek güzel bir sözcüktü. *Lütfen, iyi bir şeyler söyle. Her defasında seni yaralayacağımı bilsen de bu sefer çekip gitmekten bahsetme.*

"Neden bitirmiyorsun bu oyunu?" Bakışlarını gözlerimden çekerek yola odakladığında sesi cesaret doluydu. "Beni bu şekilde korkutamazsın."

"Ne şekilde?"

"Bu şekilde," diye tekrarladı. "Sana yavaş ol demeyeceğim. Hadi, bitir bu oyunu."

Sözlerindeki ima, ölüm kokuyordu. Benden, sonumuzun

ölümle bitmesini isteyecek kadar mı nefret ediyordu? Gaza biraz daha yüklendim, ibre göstermemesi gereken bir sayının üzerinde duruyordu. Bakışlarım tamamen yola odaklanmışken bahsettiği zırvalığın aslında ne denli korkunç bir şey olduğunu ona göstermeye çalışıyordum.

Umurumda değildi.

"Ölmekten korkmuyorsun yani?"

"Ben zaten bir ölüyüm."

Ağlamaklı bir sesle konuşurken, kafasını önüne eğdi. Saçları yüzüne dökülürken hızımı düşürdüm ve arabayı sağa çektim. Aklım almıyordu. Benden bu kadar nefret etmesini aklım almıyordu! Karşıma geçip bana meydan okuduğunda dahi bu kadar öfkelenmezdim oysaki... Onu bırakmamı, ona göre zorunluluk olan bu birlikteliği tamamen bitirmemi istediği zaman ona acımıyordum. Tam tersi, ben de ondan nefret ediyordum.

Senden nefret ediyorum, Hande... Bir kez olsun yüzüme gülmediğin için, beni insan yerine koymadığın için, hep uzaklarda bensiz bir hayat düşlediğin için!

Nefes alamadığımı hissettiğim an arabanın kapısını açtım. Hande'nin yüzüne bakmadan, kısık bir sesle konuştum. "Çık dışarı." Arabadan kendimi dışarı savurduğum an o da kapısını açtı ve kendisini dışarıya bıraktı. Olduğum yerde durdum. Arabanın kapısını kapatıp sırtımı yasladığımda gözlerimi kapattım, derin derin nefes aldım. Saniyeler sonra Hande'nin varlığını karşımda hissettiğimde, sorduğu soruyla birlikte yeni bir öfkeye kuşandım.

"Beni bırakamaz mısın?" diye soruyordu. Yalvarır gibi, bunu benden dilenir gibi... Aylardır duyduğum ve her defasında reddettiğim bu soru karşısında sakin kalamıyordum. Gözlerim hâlâ kapalıyken bu sefer bunun için yalvarmak yerine başka bir şeyi dillendirdi.

"Ne istersen yaparım Bora. Yeter ki..."

Gözlerimi araladım, bakışlarım onun büyük bir istek ve heyecanla büyüyen kahverengi gözleriyle bütünleştiğinde gülümsedim. "Ne istersem mi?"

Kafasını salladı. "Ne istersen."

Kaşlarımı kaldırarak dudaklarımı birbirine bastırdım. Bakışlarım gözbebeklerinden çekildiğinde önce dudaklarına sonra ince kumaşların sarıp sarmaladığı zarif vücut hatlarına düştü. "Her şeyi bitirebilirim," diye fısıldadım yaslandığım araba kapısından kalkarken. Bakışları yüzüme doğrulduğunda ona yaklaştım. Parmak uçlarımda dinmeyen bir sızı vardı, sanki o sızının merhemi bir tek onun teninde saklıydı. Bir nefes ötesinde durduğumda elimi beline kaydırarak parmaklarımı sırtına bastırdım, onu kendime hapsederken dudaklarımı saçlarının arasında kaybolan kulaklarına indirdim.

O an dudaklarımdan onu çıldırtacak bir soru döküldü. "Bunun karşılığında, kendi isteğinle yatağıma girer misin?"

Hiçbir zaman göründüğüm kadar sakin olamamıştım. Bu yüzdendi onu her defasında kelimelerimle kanatışım... Onun beni defalarca kanattığı yerlerden, benim de onu kanatmam gerekirdi en hassas olduğu yerden... Böyle bir şey istediğim yoktu, bedenini değil ruhunu istiyordum ama bana ağır yasaklar koyuyordu. Ve anlaması gerekiyordu, bu oyunu bitiremezdim.

Ellerini havaya kaldırdığı an avuçlarını bedenime bastırarak beni itekledi. Fakat benden kurtulmasına izin vermedim. Diğer elimle de belini sarıp sarmaladığım an kollarım arasında tamamen küçüldü bedeni. Kulaklarımı tırmalayan haykırışını duymayı reddettim. Sonunda pes ederek hıçkırdı. Ellerim farkında olmaksızın saçlarına kayıp tellerini karıştırdığında ağlamaya devam etti.

Ne tuhaftı, nefret ettiği bir adamın kollarında ona olan nefreti için döktüğü gözyaşları.

"Ama gideceğim," diye konuştu sayıklar gibi. "Günün birinde gideceğim ve sen..." Konuşmasını bölen ağlamasının ardından çıkan ses tonu cılızdı. "Senden nefret ediyorum!"

Gülümsedim, aslında acımı dışa vuruş şeklimdi bu.

"Beni sev ya da benden nefret et, ikisi de benim yararıma," diyor Aragon. "Seversen hep kalbinde olurum, nefret edersen hep aklında."

I

KALP ÇIKMAZI

Gölgesine sığınarak bir ömür sürebileceğimi sandığım insanların ihaneti sırtıma, kendi inkârlarımın ihanetiyse kalbime sıkılmış bir kurşundu.

İçimde dinmeyen bir sızı, gözlerimin perdesinde sönmek bilmeyen bir ateş vardı. Ateşin ortasında ruhlarımız yanıyordu ve bu yangın, ikimizin hak edilmiş cezasıydı. Çıkmazıydı, sonuydu, uçurumuydu...

Ama suçluydu; kaderin sadece kendi avuçlarında olduğuna inandı, en büyük günahını karanlık bir geceye hapsedebileceğini sandı, yanıldı.

Ve suçluydum çünkü hep sustum, sırtımı döndüm, kalbimi kapattım. Sonunda ikimiz için iki derin mezar kazdım.

Artık vicdanımın kurduğu mahkemede haklı çıkaramıyordum kendimi. Aklım, kalbimi hep çıkmaza sürüklemiş ve sonunda takmıştı umudumun bileklerine görünmez kelepçeleri. Oysa başında hayal ettiğim bu değildi. Böyle olmayacak, bu şekilde bitmeyecekti. Düşüncelerin elime tutuşturduğu silahı önce ona, sonra kendime doğrultacaktım. İki ölüm gördüğüm iki karanlık gece için iki kurşunla bitirecektim işimizi.

Olmadı.

O silah sadece benim kalbimde patladı.

Düşüncelerim, inatla tutunmaya çalıştığım uykuyu gözlerimden hoyratça silerken acının varlığı da usul usul sızdı içime. Önce zihnime, sonra kalbime... Kaşlarımı çatarak araladığım gözlerim pencereye çevrildi, gecenin karanlığını yırtan kurşuni renk şafağın yaklaştığının habercisiydi. Yine sabah oluyordu. Oysa dün gece bu yastığa baş koyarken hiç uyanmayacağım bir uykuya dalmayı dilemiştim. Mümkün olmayacağını, sukutuhayale dönüşeceğini bile bile kendime bir kurtuluş yolu var edebilmeyi umut etmiştim. Ne çok yanılgı vardı, baş edilemeyen onca yenilgi... Acı öldürmüyordu fakat güçlendirmiyordu da. Sadece süründürüyordu. Benim gibi...

Gözlerimi tekrar kapatarak kafamı koyduğum yastığa iyice gömüldüm, yattığım yatakta kaybolabilmek mümkünmüş gibi biraz daha küçüldüm. Yüzüme, düne ait yaşanmışlıkların ruhuma bıraktığı acıdan duyduğum memnuniyetsizlik kıvrımları işlendi. Ne yapsam beyhude, ne kadar çabalarsam çabalayayım faydasızdı. Geçmeyecek, silinmeyeceklerdi. Çarşafın pürüzsüz yüzeyine temas eden ellerimi güçsüzce kaldırdım, tam anlamıyla hissiz ve soğuktular. Hapsedildiğim odanın içi, tenimde hiçbir soğuğun yer edinemeyeceği kadar sıcak olsa da.

Kulaklarımı kanatan o meret cümleleri bir kez daha hatırlamak, kaburgalarımın ortasına mızraklar saplanıyormuş gibi bir acı bahşetti.

Oysa sana dünyaları verecektim. Ama sen bana serzenişten başka bir şey vermedin.

O an ayağa kalkamadığım, karşısına dikilip avazım çıktığı kadar haykıramadığım ve ben suçsuzum, diyemediğim için kahroluyordum. Yatağın içinde hareketlenerek sırtüstü uzanırken soğuğun hissizleştirdiği parmaklarımı yüzüme kapattım.

"Ben suçsuzum. Yemin ederim suçsuzum."

İki dudağımın arasından pişmanlığın armağanı sözcükler firar ediyordu ama ne çare? O bunların hiçbirini duymuyordu. Onu ardımda bırakıp gitmediğimi, kaçmadığımı, düşündüğü hiçbir kötülüğü yapmadığımı, aylarca onun gibi bir dört duvar arasında mahkûm kaldığımı, yine tehditlere maruz kaldığımı, yine boyun eğdiğimi ama onu düşünmeden tek bir gün bile geçirmediğimi bilmiyordu.

Söyleyemediğim her cümle içimde hastalık gibi büyüyecekti ama şimdilik susmak zorundaydım. Haldun Şahsuvar, beni öyle bir noktadan vurmuştu ki ağzımı açıp tek bir kelime bile edemezdim. Gerçekleri Bora'ya söyleyecek olursam bu dünyada nefes almaya takatim kalmazdı. O adam öyle hain bir plan yapmıştı ki şeytan bile karşısında saygıyla diz çökerdi. Sırf bu yüzden katlanıyordum her şeye, tüm bu oyuna, Bora'nın bana olan nefret dolu bakışlarına... Ama çok zordu, kalbim bu acıya dayanamayıp patlayacaktı sanki.

Uyku beni tamamen terk ettiğinde üzerimdeki kalın yorganı sıyırdım, yatağın içinde toparlandım ve ayaklarımı yataktan aşağı sarkıttım. Dün gece farkına varmamıştım fakat Bora'nın beni neden bu odaya hapsettiğini şimdi anlıyordum. Pencereler demirliydi, buradan istesem bile bir yere kaçamazdım.

Yattığım çift kişilik yatağın iki yanında birer komodin, karşı taraftaki duvara yaslı, üç kapılı kahverengi bir gardırop vardı. Dün gece uyumadan önce yatağın ucuna serdiğim ıslak pantolonuma uzandım, ısıtıcının yaydığı sıcaktan tamamen kurumuştu. Pantolonumu hızlı bir şekilde giydikten sonra gardıroba yürüdüm ve sessiz bir şekilde kapaklarını araladım. Dolabın içinde işime yarar herhangi bir şey olup olmadığına bakacaktım. Dolapta kıyafet namına bir şey yoktu. Birkaç nevresim takımı, bornoz ve üst üste dizilmiş havlular vardı. Elime aldığım beyaz bir havluyu kokladım, havluda ne kullanılmışlık kokusu vardı ne de uzun zamandır beklemiş olmasının o tuhaf rutubet kokusu.

Bu eve ilk geldiğim o kara gece, buranın birileri tarafından sık sık ziyaret ediliyor olduğundan şüphe etmiş, hatta buraya sıklıkla uğrayan kişinin bizzat Bora olduğunu düşünmüştüm.

Fakat Elif Mirzanlı'nın ölümünden sonra bu eve kimsenin ayak basmayacağına da emindim. Neticede bu ev polisler tarafından incelenmiş, özellikle Yiğit'in durmadan kolaçan ettiği bir suç mahalli hâline gelmişti. Şu anki durumsa tam tersini gösteriyordu.

Bora'nın içeride olduğu beş ay boyunca, buraya girip çıkan birileri olmuş gibiydi.

Aklımı birbirinden deli sorular istila etti. Bir zamanlar Elif'in Bora'yla bir ilişkisi olduğunu bile düşünmüş, sonrasında vazgeçmiştim. Akabinde şüphelerim Haldun Şahsuvar üzerinde yoğunlaşmıştı, neticede bekar ve genç kadın düşkünü bir adamdı. Pekâlâ Elif'le herkesten gizlediği bir ilişkisi olabilirdi. Hem bu evde Elif'e ait bir bileklik bulunmamış mıydı? Bora bile Elif'in babasıyla bir ilişkisi olabileceğinden şüphelenmişti. Durduk yere böyle bir ihtimalden söz etmezdi, muhakkak bir bildiği olmalıydı. Lakin aklıma takılan başka bir husus daha vardı.

Bora ilk tutuklandığı zaman, Yiğit Mirzanlı'ya karısının o gece burada ne aradığını sormuştu. Yiğit sessiz kalmıştı, bu sorudan hazzetmediği gözlerinden okunmuştu. Neden sustuğu sorusu aklımı şimdi bir kurt gibi kemiriyordu.

Yiğit şu an neredeydi ve ne yapıyordu, bilmiyordum. Tahmin edebildiğim tek bir şey vardı. Bora'nın serbest kaldığını duymuşsa şayet, öfkeden deliye dönmüş olmalıydı.

Gardırobun her yerine dikkatle bakmış, ardından komodin çekmecelerinin altını üstüne getirmiştim. Polislerin bile doğru düzgün bir ize rastlamadığı evde ne aradığımı bile bilmeden etrafı kurcalıyordum. Bu evden çıkan tek şey Elif'e ait bir bileklikti ve onun da sırrı Elif'le beraber mezara girmişti sanki.

Odayı talan etmekten yorulup yatağın kenarına oturduğumda bakışlarımı kapıya çevirdim. Bora'yı düşündüm. Hayır, aslında hep aklımdaydı. İçeride miydi? Uyuyor muydu? *Bu saatten sonra yan yana olmamızın delilik olduğunu da biliyor muydu?* Hiç değişmemişti, hâlâ aynı kural tanımaz

Bora'ydı o. Olmazları oldurmaya çalışmaktan hiçbir zaman vazgeçmeyecek delinin tekiydi.

Annemi, babamı, abimi deli gibi merak ediyordum. Sanki yüzlerini aylardır değil de yıllardır görmüyormuşum gibi delici bir hasret vardı içimde. Haldun Şahsuvar onları nasıl kandırmıştı, şu an ne durumdalardı, hepsini bilmek istiyordum. Bu şekilde elim kolum bağlı bir hâlde beklemek beni mahvediyordu fakat onlarla iletişime de geçemezdim. Bu felaketim olurdu.

Oturduğum yerden kalktım, kapının kilitli olduğunu bilsem de şansımı zorlayacaktım. Gerekirse kapıyı yumruklayacak ve Bora beni buradan çıkarana dek avazım çıktığı kadar bağıracaktım. Kapının kulpunu aşağı ümitsizce indirdiğim an aralanan kapıya şaşkınca bakakaldım çünkü kapı kilitli değildi. Odadan sessizce çıktığımda parmak uçlarıma basa basa yürüdüm uzun koridoru. Salon kapısına vardığım an nefesimi tuttum, kapı aralıktı ve Bora koltuklardan birine sırtüstü uzanmış bir şekilde uyuyordu.

Kalp atışlarım hızlandı ve korku dolu bir titreyiş dizlerimin dermanını kesti. Onu yeniden göreceğim günü aylar boyunca her gün hayal etmiştim. Fakat hiçbirinde, dünkü karşılaşmamız kadar hazin bir ihtimal geçmemişti aklımdan. Haldun Şahsuvar'ın bizim için bu denli kahredici bir son hazırlayacağını düşünememiştim.

Onu uyurken seyretmeye, ondan nefret ettiğim zamanlarda bile engel olamadığım geldi hatırıma. Onu son bir kez görememenin verdiği ıstırap, aylar boyunca içimi dağlayan bir ukdeye dönüşmüşken, nasıl ayırabilirdim gözlerimi o mahzun yüzünden?

Adımlarımın sessiz olmasına dikkat ederek yürüdüm, salonun ortasına doğru. Ona yaklaştığım her saniye midemde bir şeyler takla atıyordu. Neyin nesiydi bu? Yakalanacak olma ihtimalimin korkusu mu?

Biraz daha yaklaştım ve durdum. İki adım daha atsam yanına varacak, dizlerimin üzerine çökecek ve uyuyan çehresini tüm sızımlarım dininceye kadar seyredebilecektim. Ama yapamadım.

Kafasının altında küçük bir yastık vardı, üstünde ise karnından aşağısını örten ince bir pike. Koltuğa sığdıramadığı bacaklarını hafifçe büküp içe kıvırmıştı. Yattığı koltuğun sağında kalan geniş şömine henüz sönmüş gibiydi, üşümüş gibi görünmüyordu. Tek kolunu kırarak elini ensesinin altına koymuş, diğer koluysa koltuktan sarkıyordu. Öyle sessiz ve kıpırtısız uyuyordu ki göğsü ritmik bir şekilde inip kalkmasa nefes almadığını düşünecektim. Bora da en az benim kadar zayıflamıştı. Yüz hatları artık daha keskin, çehresi ise eskisine göre daha solgundu. Uyurken bile huzursuzdu... Öyle ki bu huzursuzluk artık ona ait bir parça gibiymişçesine suretine kazınmıştı. Düzgün, siyah sakalları eskisinden uzun; kalın, biçimli dudakları hafif bir şekilde aralıktı. Derin bir uykuda olmalıydı zira yanaklarına gölge düşüren kirpikleri bir kez bile kıpırdamamıştı.

Ona ne zaman baksam hep aynı şeyi düşünürdüm. *Kötümser bir kalbin hak etmeyeceği kadar güzel bir yüze sahipti.* Ama artık düşüncelerimin yönü değişmişti, kalbi kötümser olsa bile yaşamak zorunda bırakıldığı bu hayatı hiç hak etmemişti.

O an beş ay boyunca benimle beraber olan acı hissi ele geçirdi ruhumu. Bu yüzü görmek için delirdiğim o günleri ve beni o günlere tutsak eden sebebi hiçbir zaman unutmayacaktım.

Bakışlarım koltuğun altına gizlediği telefona takıldığında dikkatim de dağıldı. Bora hâlâ uyuyordu, eğer şansım varsa ve telefonunda şifre yoksa, onun ruhu bile duymadan birilerine ulaşabilirdim. Bunun için hiç düşünmedim, korkuyordum fakat düşünecek zaman yoktu. Ses çıkarmadan eğilip dizlerimin üzerine çöktüğümde kalbim yerinden çıkacakmış gibi çarpıyordu. Dizlerimin üzerinde sürüne sürüne koltuğa yaklaşırken sadece Bora'nın yüzüne bakıyordum. Uyanacak olmasından ödüm kopuyordu. Bakışlarımı usulca yüzünden kaçırıp koltuğun altındaki telefona çevirdim. Elimi koltuğun altına doğru uzatıp parmaklarımla telefonu kendime doğru çekerken nefesimi tuttum. Telefonu almayı başarmıştım. Usulca ayaklandım ve parmak uçlarıma basa basa, sessizce salondan uzaklaştım. Büyük bir heyecan içinde kaldığım odaya yürürken telefonun kilit tuşuna basıp ekranını açtım, telefonda şifre olmadığını gördüğümde ise gülümsedim.

Saat sabahın yedi çeyreğini, tarih ise nisanın ilk gününü gösteriyordu.

Odaya girip kapıyı kapattığım an kimi arayacağımı düşündüm. Annemi? Babamı? Abimi? Hiçbiri olmazdı. Bu çok tehlikeliydi.

Hilal'den başka bir seçeneğim olmadığını fark ettiğimde Hilal'in ezberimde olan numarasını tuşladım ve aradım. Telefonun sesini kısarak kulağıma götürürken yatağın kenarına oturdum. Kapı her an açılacakmış gibi büyük bir tedirginlik içindeydim. Arama sinyali uzun uzun çalıyor fakat Hilal yanıt vermiyordu. Saat henüz sabahın yedisiydi fakat o bu saatte işe gittiği için uyanık olurdu, bu telefonu açması gerekiyordu.

Pes edip kapatmak üzere olduğum anda hattın diğer ucunda duyduğum Hilal'in sesi uzun zaman sonra yaşadığımı hissettirmişti.

"Efendim?"

Yabancı bir numarayı yanıtladığı için ses tonu mesafeliydi. Elimi deli gibi çarpan kalbimin üzerine bastırıp derin bir nefes aldım.

"Benim Hilal." Ağlayacak gibiydim, kendimi öyle zor tutuyordum ki... "Hande..."

"Hande?" dedi Hilal şaşkınca. Birkaç saniyelik sessizliğinin ardından, "Hilal diye bir arkadaşın olduğu yeni mi aklına geldi?" diye sordu çıkışırcasına. Kızgın, kırgın ve hatta öfkeliydi.

Hiç hakkı olmadığı hâlde.

"Nerelerdesin sen? Nasıl bir haber bile vermeden çekip gidersin ya? Hadi ben senin için önemsizim, aileni de mi düşünmedin?"

"Hilal bir sus, Allah aşkına," dedim yavaşça. Onu susturmasam saatlerce saydırabilirdi. "Hiçbir şey bildiğin gibi değil."

Sesimi Bora'nın duyacağı endişesiyle öyle sessiz konuşuyordum ki Hilal bu durumdan işkillenir gibi olmuştu.

"Neredesin sen? Neden öyle sessiz konuşuyorsun? Ayrıca ne bildiğim gibi değil? Anlatsana!"

"Anlatacağım ama şimdi değil," dedim kapıya bakarak. "Lütfen bana bizimkilerden bir haber ver. Annem, babam, abim... Nasıllar, ne yapıyorlar?"

"Hande bak, beni korkutuyorsun." Hilal artık daha sakin bir ses tonuyla konuşuyordu fakat iyiden iyiye şüphelenmişti. "Neler oluyor, neredesin şu an?"

"İyiyim Hilal, şimdilik bu kadarını bilsen kâfi. Sen soruma cevap ver, bizimkiler nasıl?"

"Nasıl olsunlar?" diye sordu, sesi iğneleyiciydi. "Birdenbire, ardında saçma sapan bir veda mektubu bırakıp yurtdışına eski sevgilisinin yanına kaçan kızlarının yasını tutuyorlar. Hepsi perişan oldu senden sonra. Seni hiç düşünmediğini zannettiğin annen bile!"

Hilal'in sözleri beni mahvetmişti, sanki söylediği şeyleri gerçekten yapmışım gibi yakıcı bir pişmanlık hissine kapılarak gözyaşlarına boğuldum. Haldun Şahsuvar'ın bana zorla yazdırdığı o veda mektubunda sadece Bora'dan nefret ettiğim ve kaçıp gideceğim yazılıydı. Melih'i unutamadığım ve yeniden Melih'le birlikte olabilmek için Londra'ya gideceğim değil. Yazımı başka birisine taklit ettirerek böyle kalleş bir ayrıntı eklemiş olmalıydı. Mektup ailemin eline nasıl ulaşmıştı bilmiyordum ama herkes o mektupta yazanlara bir şekilde inanmıştı.

"Ağlıyor musun Hande?" Hilal'in kafası karışmış gibiydi. Ve şimdi onun da sesi ağlamaklıydı. "Aklım almıyor, öyle bir mektubu nasıl yazabildin? Eğer o yazının sana ait olduğunu bilmesem asla senin yazdığına inanmazdım. Yine de inanamıyorum, sende bir hâller var. Neredesin diye soruyorum cevap bile vermiyorsun!"

"İyiyim, beni merak etme."

Daha fazla bir şey söyleyemezdim, telefonu bir an önce kapatıp yerine koymam lazımdı.

"Beni buna nasıl ikna edeceksin? Aylar sonra arıyorsun ve sesin hiç iyi gelmiyor!"

"Gerçekten iyiyim," diyerek onu geçiştirmeye çalıştım.

"Türkiye'ye dönmüşsün, aradığın numaradan belli," dedi Hilal. "Neredesin peki? Neden evine gelmiyorsun? Ya sen gerçekten iyi misin? Biri başına silah falan mı dayıyor?"

O an hiç beklemediğim bir şekilde güldüm. "Senden tek bir şey istiyorum," dedim telaşla. "Anneme ya da babama benimle konuştuğunu söyleme. Ben yakında geleceğim."

Hilal şaşkınca sordu. "Gerçekten gelecek misin? Ne zaman Hande? En azından bana nerede olduğunu söylesen..."

"Geleceğim," diye mırıldandım. "Şimdilik kapatmam gerek. Lütfen, kimseye bir şey söyleme."

"Hande, dur," dedi Hilal, fakat sözlerinin devamını duyacak kadar vaktim olmadı, koridorda duyduğum adım seslerinin ardından aramayı telaşla sonlandırdım ve elimde duran telefonu yatağın içine doğru uzattım. Hilal'in numarasını arama kaydından silecek vaktim dahi olmamıştı. Sanki az önce telefonla konuşan ben değilmişim gibi bakışlarımı pencereye çevirdiğim sırada kapı gürültüyle açıldı ve Bora paldır küldür içeriye daldı.

Şu an bana nasıl baktığını tahmin edebiliyordum, bu yüzden kafamı kaldırıp yüzüne bakmaya korkuyordum.

"Telefon nerede?" diye sordu öfkenin bir gram azalmadığı, o şiddetli sesiyle. Şansım hiçbir şekilde yaver gitmiyordu, telefonu aldığım yere geri koyacak kadar zamanım bile olmamıştı. Bora uyanır uyanmaz telefonunu kontrol etmiş olmalıydı, gözünden asla kaçmazdı. Artık telefonu saklamamın da bir anlamı olmadığı için elimi yatağın altına uzattım ve telefonu çıkararak havaya kaldırdım.

"Burada."

Bora kapının önünde dikilmeye bir son verip hızla üzerime

yürüdüğünde korkudan dizlerim titredi. O uyurken telefonunu gizlice aldığım için beni öldürecek değildi ama kendime söz geçiremiyordum işte. Ardımda bıraktığım kâbus dolu beş ay, bana kendi gölgemden dahi korkmam gerektiğini öğretmişti.

Ona uzattığım telefonu almak yerine bileğimden sertçe tutup beni ayağa kaldırdığında gözleri ateş saçıyordu. O gözlerin hedefi olmamak adına bakışlarımı yere düşürürken telefonu elimden sökercesine aldı fakat bileğimi serbest bırakmadı. Telefonu yatağın üzerine fırlattıktan sonra elimi avuçlarına aldı, parmaklarımı bükerek avuçlarının arasında sıktı. Bu hareketi canımdan ziyade ruhumu acıtmıştı.

"Bir daha bunu tekrarlarsan canını yakarım," diye fısıldadı yüzüme doğru.

Korkunun bir faydası yoktu. Bakışlarımı yerden kaldırıp yüzüne çevirdiğimde "Yakarsın," dedim ruhsuzca. "Yapmadığın bir şey değil ki."

Kafa tutuyordum ama aslında korkuyordum. Aklım yerinden oynuyor, içim içimi yiyordu. Beni bir yere göndermeyeceğini, Melih gelse bile beni ona vermeyeceğini söylemişti. Bora'ydı o, değişmemişti ve hiçbir zaman da değişmeyecekti. Beni hâlâ ellerinde zorla tutabileceği bir oyuncak olarak görüyordu.

Seni hiçbir zaman sevmeyeceğim, dediğini anımsadım. Kalbim bir kez daha parçalandı. Allah'ın cezası bir cümle, bir insanı nasıl böyle yakardı? *Ama seni bir başkasının da sevmesine izin vermem, anladın mı?*

Avuçlarının içine hapsedip sıktığı parmaklarımı gevşetirken dudaklarını da öfkeyle birbirine bastırdı. Elimi savurur gibi serbest bıraktığında sendeledim. Lakin ne o ayırdı gözlerini gözlerimden ne de ben. Söylediğim şey, onu afallatmış gibiydi.

"Sen onlara yanmak mı diyorsun?" diye sordu, tebessümü istihza doluydu. "Ben seni daha hiç yakmadım."

Dudaklarıma acı dolu bir gülümseme konarken bir an için

sessiz kaldım. Yüzüne gerçekleri haykıramamak, sarf ettiği sözlerden daha can yakıcıydı. Bir gün gelecekti ve ben susup yutmak zorunda kaldığım her şeyi kusacaktım. Susacak değildim elbette, sadece zamanını bekliyordum. Fakat o gün geldiğinde bizden geriye küllerimiz bile kalmayacaktı.

"Ne yapacaksın bana?" Ona doğru korkusuzca adım attım. "Aç ve susuz mu bırakacaksın? Dövecek, sövecek misin?"

Aslında cesaret kokan çıkışlarıma alışkındı Bora. Ama şu an afallamış görünüyordu. "Sen de bilmiyorsun değil mi?" diye sordum kaşlarımı kaldırarak. Ve bir adım daha atarak aramızdaki mesafeyi sıfırladım. "Üşütüp hasta olmama bile dayanamayacak kadar düşünüyorsun hâlâ beni. Ama canımı yakmaktan bahsediyorsun. Söylesene, nasıl yapacaksın bunu?"

Dün gece gözyaşları içinde uyuma çabaları verdiğim saatlerde odanın içi dışarıdan daha soğuktu. Evde doğalgaz yoktu, şömine ise sadece salonda yanıyordu. Bora, beni bu odaya kapatıp gittiğinde çamura bulanan pantolonumu yıkamış, yarı çıplak bir vaziyette girdiğim soğuk yatakta uyumak zorunda kalmıştım. Fakat sabaha karşın uyandığımda odanın içi oldukça sıcaktıçünkü ben uyurken gelip odaya elektrikli bir ısıtıcı bırakmıştı.

Sorduğum tüm soruları es geçerek bakışlarını yatağın üzerinde duran telefona çevirdi, bana bir cevap bile vermedi. Verecek bir cevabı olmadığından değil, artık onun nezdinde o cevaba dahi layık olmadığımdandı.

Telefonda gezdirdiği öfkeli gözlerini şüpheyle kısarken hesap sordu. "Kimi aradın sen?"

Sonra yatağa uzandı ve az önce fırlattığı telefonu eline aldı.

"Hilal'i aradım," dedim dürüstçe.

Bora bana inanmamış olacak ki hiçbir şey söylemeden Hilal'in numarasını tekrar aradı. Telefonu kulağına götürürken yüzüme diktiği bakışlarıyla beni bir kaşık suda boğacakmış gibiydi. Melih'i aradığımı düşünüyordu, bense yanılmış surat ifadesini görmek için sabırsızlanıyordum.

Hattın diğer ucunda tekrar Hilal'in sesi duyuldu.

"Hande?" dedi endişeli bir sesle. "Ne oldu? Neden kapattın az önce?"

Bora Hilal'e bir yanıt vermiyor, sadece gözlerimin içine bakıyordu. Fark ettirmese de rahatlamış görünüyordu. Eğer o telefonu açan kişi Melih olsaydı şu an neler olacağını tahmin etmek bile istemiyordum.

"Hande, orada mısın?"

Bora aramayı sonlandırıp telefonu avuçları arasında sıkarken "Neden Hilal'i aradın?" diye sordu bu sefer de. Elime geçen bu fırsatta neden Melih'e ulaşmak yerine Hilal'i aradığımı merak ediyordu ama benim verecek bir yanıtım yoktu.

"Öylesine."

"Öylesine?" Bana doğru bir adım atarken tek kaşını havaya dikti.

Geri adım atmamak için kendimi zor tutarken tırnaklarımı avuçlarıma sapladım. "Ne duymak istiyorsun?"

"Gerçeği," dedi Bora, kelimeleri nefretiyle eze eze. "Neden o piçi aramak yerine Hilal'i aradın?"

Öyle dehşet verici bakıyordu ki gözlerimi gözlerinden kaçırmamak için yoğun bir çaba sarf ediyordum. Gerçekleri söylediğim takdirde bana inanır mıydı ki? Yoksa körü körüne babasına inanmayı mı tercih ederdi? İşte bunu şu an için bilemeyecektim.

"Gerçeği bilmek sana iyi gelmeyecek," dedim, kendime bir kaçış yolu var ettiğimi zannederek. "Üsteleme."

Bahsettiğim şey, babasının ona olan ihanetiydi fakat ben Bora'nın gözünde öyle suçluydum ki bu sözlerim onun öfkesinin fitilini ateşlemekten öteye gidemedi. Aramızdaki ufacık mesafeyi yeniden yok ederek kolumdan tuttuğunda beni hızla kendisine çekti, bedenim onun sert bedenine çarparken boş bulunarak sızlandım.

"Sen bana hâlâ acı verebileceğini mi zannediyorsun?" diye sordu. Karşısında savunmasızdım, nefreti üzerime kurşunlar gibi yağıyordu ve ben zırhsızdım. "Söylesene, canımı yakabileceğini düşünüyor musun gerçekten?"

Sorusunun ardından gülümsemesiyle bile eziyordu beni. Bu duruma daha ne kadar dayanabilecektim? Bir anlık gaflete düşerek içimi darmaduman eden gerçekleri haykırmaktan çok korkuyordum.

Tek elini gözümün önüne doğru kaldırıp parmağının ucunu gösterdi. "Gözümde şu kadarcık değerin vardı," dedi acımasız sesiyle. "O da son hamlenle birlikte yok olup gitti!"

Onu hâlâ tanımıyor olsaydım bu sözlerine gerçekten inanabilir ve ona duyduğum nefretin üstüne kat çıkabilirdim. Ama artık onu tanıyordum, Bora yalan söylüyordu, bana duyduğu öfke bir zamanlar hissettiklerini ateşe verse bile gerçek değişmeyecekti. Ona, bu sözlerine inanmadığımı haykıran cesur bir bakış attığımdakolumdan tuttuğuna, öfkeden bile olsa bana dokunduğuna pişman olmuş gibi serbest bıraktı beni.

"Bakma bana şöyle," dedi dişlerini sıkarak. "Sanki hiçbir şey yapmamışsın gibi, sanki hiçbir suçun yokmuş gibi bakma!"

"Neydi benim suçum?"

Bora cevap vermedi, yüzüme benden tiksindiğini haykıran bir bakış attı sadece. Ne suçluydum ne de suçsuz. Birbirimizden hiçbir farkımız yoktu. Terazinin farklı kefelerine konulsak eşit duruma geleceğimizden yana şüphem de yoktu. Onun beni yaraladığı kadar ben de onu yaralamıştım. Ve benim onu yaktığım kadar, o da beni yakacaktı.

Başka bir şey söyleyemedim ve Bora, telefonunu aldığı gibi kapıyı çarparak çıkıp gitti.

Gidişinin ardından kendimi yatağa zor attım ve bir müddet boş gözlerle etrafı seyrettim. "Korkuyorum," diye mırıldandım kendi kendime. "Günün birinde, canımızın acıyacak bir tarafı bile kalmayacak diye çok korkuyorum."

Yatağın kenarında oturmaya ne kadar daha devam ettim bilmiyordum, bir saat olmamıştı ama epey zaman geçmişti. Onun adımlarının seslerini yeniden işittiğimde hızlıca toparlandım, içeri gireceğini sandım ama girmedi.

"Hazırlan, çıkacağız," dedi sadece.

Nereye gideceğimizi bilmiyordum fakat o an ne kadar aç olduğumu fark ettim. Acıyan yer başka, acıkan yer başka derlerdi. En son dün akşamüstü oteldeyken tost yemiştim, onun da üzerinden saatler geçmişti.

Oturduğum yataktan kalkıp odanın içindeki lavaboya girdim ve kapıyı kilitledim. Tuvalet ihtiyacımı hâllettim, ardından ellerimi yıkadım. Aynaya bakmadım, bakamadım. Solmuş çehremi ve morarmış gözaltlarımı görmek istemedim. Yaşayan bir ölüden farksız olmak değildi canımı yakan, onun bu hâlimi hiç fark etmemiş olmasıydı.

Lavabodan çıkıp montumu üzerime geçirdim ve sonrasında odadan tamamen çıkıp salona doğru yürüdüm. Kapının önüne vardığımda durdum, Bora içerideydi, hazır bir vaziyette beklerken uzağındaki pencereden dışarısını gözetliyordu. Onun da üzerinde dünkü kıyafetleri vardı. Beyaz gömleği ıslandığı için kırışmıştı fakat deri ceketi o görüntüyü gizliyordu.

"Nereye gidiyoruz?" diye sordum, muhtemelen yanıtsız kalacak bir soruydu bu.

Dönüp bana bakmadı lakin kafasını omzunun üzerinden çevirip duvara doğru baktı. "Soru sorma."

Pes etmeyecektim. "En azından bu kadarını bilmek hakkım değil mi?"

"Hiçbir şey hakkın değil." Güzel yüzü hâlâ pencereye bakıyordu, bense sırtıyla bakışıyordum.

"Beni zorla alıkoyuyorsun," dedim inatla. "Sence bu..."

"Alışamadın mı?" diyerek kesti sözümü. "Ben buyum; zorba, kaba ve illegal işler adamı. Bundan sonra da farklı olmayacağım. Aksine, daha da fazlası olacağım."

Buram buram tehdit kokan cümlelerine verebilecek bir yanıt ararken dışarıda bir ses duyarak sustum. Sanki bir araba yaklaşıyordu, tekerleklerin toprağı ezerken çıkardığı o gürültülü sesi duyuyordum. Bora da duymuş olmalıydı, koltuğun önünde dikilmeyi bırakıp hızlı adımlarla pencereye doğru yürüdüğünde kaşlarımı merakla çattım ve sessizce arkasından yürüdüm.

Onun heybetli vücudunun birkaç adım gerisinde dikilirken dışarıyı tam anlamıyla görebildiğim söylenemezdi. Bora dikkatli bir şekilde pencereden dışarıya bakarken "Birini mi bekliyordun?" diye sordum ama cevap vermedi. Aradan birkaç saniye daha geçtiğinde yanılmadığımı anladım, gelen arabanın çıkardığı motor sesini kapıların açılıp kapanma sesleri takip etti.

O sırada Bora arkasını dönüp bana oldukça kötü bir bakış attı. "Hilal'den istediğin şey, o piçin gelip seni kurtarması mıydı?"

Çattığı kaşlarının altında bana doğrultulmuş silahlar vardı. Neyden bahsediyordu, gelen Melih miydi?

Sesini düz tutmaya çalışsa da gizleyememişti Bora, hayal kırıklığı içindeydi. Hilal'i bunun için aradığımı, yerimizi Melih'e bildirdiğimi düşünüyordu. Babasına burada olduğumuzu söylemişse Melih'in bizi burada bulması zor bir şey değildi ama o bunu akıl edemiyordu. Bunun için de beni suçlayacaktı. Bir açıklama yapmama izin vermeden, yanımdan hızla uzaklaştığında olduğum yerden kıpırdayamadım. Bakışlarım, birkaç adım uzağında olduğum pencerenin dışına taştı. Kapının önündeki iki arabayı ve arabadan inenleri fark ettiğimde başımdan aşağı kaynar sular döküldü.

Sadece Melih değildi gelen, Haldun Şahsuvar ve birkaç izbandut kılıklı adamı da buradaydı.

Haldun Şahsuvar'ın da buraya gelmiş olmasının, hatta yanında adamlarıyla birlikte gelmiş olmasının tek bir nedeni olmalıydı. Oğlunu koruyor gibi görünecek fakat aslında beni kaba kuvvetiyle Melih'in ellerine teslim edecekti. Kalbim korkunun ellerinde can çekişmeye başladı. Bora'nın yanından ayrılmak istemiyordum, Melih'e gitmek istemiyordum, bu oyuna daha fazla katlanmak istemiyordum.

Şu an ne yapmam gerektiğini de bilmiyordum. Bora'nın peşinden mi gitmeliydim yoksa burada kalıp dışarıda kopacak fırtınanın dinmesini mi beklemeliydim?

Saniyeler boyunca içine düştüğüm bu ikilemle cebelleşirken sabırsız yanım devreye girdi ve salondan çıkıp kapıya doğru yürüdüm. Kapının ardında bir müddet bekledim fakat ya onlar hiçbir şey konuşmuyordu ya da konuştukları duyulmuyordu. Daha fazla dayanamadım, kapıyı yavaşça açıp bedenimi dışarı savurdum. Bora birkaç adım önümde dikiliyordu. Bahçe duvarının önünde Melih, onun bir iki adım gerisinde ise Haldun Şahsuvar duruyordu.

Ve tabii ki arkasında da adamları.

Dışarıda uğultulu, sert bir rüzgâr esiyordu. Üzerimdeki monta rağmen iliklerime kadar üşüdüğümü hissederek kollarımı sıvazladım. Önce Melih'in sadece öfkemi depreştiren mavi gözleri dikildi üstüme, sonra Haldun Bey'in içimi titreten korkunç bakışları.

"Hande..." Melih sahte bir özlemle andığı adımın ardından buraya doğru adım atacak olduğunda Haldun Şahsuvar önüne geçerek onu durdurdu. "Dur, bekle," dedi sert bir sesle. Onunla olan iş birliğini açık etmemek için öyle güzel rol yapıyordu ki bir an ben bile Melih'le hiçbir tanışıklığı olmadığını düşünecektim.

Karşısında gördüğü manzara Bora'nın yumruklarını sıkmasına sebep oldu. Olduğu yerden kıpırdamadan, kafasını çevirerek bana baktığında sadece bakışları bile olduğum yere çiviledi beni.

"Olduğun yerde kal," dedi, sesi buz gibiydi. "Sakın bir adım daha atayım deme."

Bakışlarına biriken dehşet, eğer istemediği bir şeyi yapacak olursam ortalığı toza dumana katacağının habercisiydi. Bora'nın bu sözlerine karşın babasının vereceği tepkiyi görmek istedim. Haldun Şahsuvar'ın kafasında neler döndüğünü çözebilmek imkânsızdı fakat az çok tahmin edebiliyordum. Öz oğlunu ondan daha iyi tanıyor oluşumun öfkesi şahlanıyor olmalıydı içinde. Ona planlarının suya düşeceğini söylemiştim, beni dinlememişti. Bora'nın beni Melih'le gördüğü an benden vazgeçeceğini, sonsuza kadar bırakacağını düşünmüş fakat yanılmıştı. Beklediği neydi? Bora, Melih'in yanında beni gördüğü zaman bu durumu kabullenip çekip gidecek miydi? Aylar boyunca içinde katmerlenen şiddetli öfkesini suratıma patlattığı bir tokatla ve kahrolası bir küfürle mi dindirecekti?

Onu herkesten iyi tanıyordum. Bora, delinin tekiydi. Yandığı kadar yakmadığı bu hayata hayat demeyeceğini çok önceleri söylemişti.

"Ne yapıyorsun sen Bora?" diyerek sessizliği ikinci kez dağıttı Haldun Şahsuvar. Sorgulayıcı gözlerle Bora'ya bakarken kaldırdığı kaşları alnının kırışmasına sebep olmuştu. Birkaç adımda buraya doğru yürüdü ve Melih'i gerisinde bırakarak Bora'ya yaklaştı. Oğlunun üzerinden kısa bir an için ayırdığı bakışları bana uğradığında gördüğüm tek şey küçümseyici bir nefretti.

"Asıl sen ne yapıyorsun, baba?" Babasının öfkeli çıkışının aksine oldukça sakindi Bora. "Bu piçle iş birliği yaptığını söyleme bana!"

Evet, baban tam olarak bunu yapıyor.

Haldun Bey kafasını çevirip Melih'e baktı. Melih'in bakışlarıysa benim ve Bora'nın arasında gidip geliyordu.

"Saçmalama," diye çıkıştı. "Dünden sonra onu takip ettirdim. Ne olur ne olmaz diye. Buraya doğru yola çıktığını duyunca ben de peşinden geldim." Açık vermeyeceğinden oldukça emindi, rahat bir tavırla konuşuyordu. "Onun tek derdi, şu kahrolası kız," dedi beni işaret ederek. "Bırak gitsinler!"

Bakışlarını bana çevirdi. Gözleriyle bana tehditler yağdırıyor, bir gün önce konuştuğumuz hiçbir şeyi unutmamam gerektiğini hatırlatıyordu.

"Bırakmasını bekleyecek sabrım yok," diyerek araya girdi Melih. Korkak ve paragöz oluşunun aksine cesur bir âşık rolüne çok iyi bürünmüştü. Gözlerini büyüterek buraya doğru atıldığında Haldun Bey kolundan tutarak durdurdu onu. "Ağır ol bakalım," dedi uyarır gibi. "Kavgasız gürültüsüz çözeceğim bu işi."

Melih ona bakarken sabırsızca çekti ellerini üzerinden. Bora'nın ona armağan ettiği yara izleri teninde mor çiçekler açmış gibi görünüyordu. Burnunun ucunda ve dudağının sağ kıvrımında da koyu bir kan lekesi vardı. Gözleri doğruca Bora'ya çevrilirken "O benim kadınım," dedi ondan daha fazla tiksinmeme sebep olacak bir sesle. "Sense bunu bile bile ona sahip olmak isteyen bir zavallısın!"

Hiçbir suçum yokken yerin dibine girme isteğiyle yanıp tutuştum. Midem bulanıyor, nefret kanıma usulca karışıyordu ancak inkâr cümleleri dilime pranga vurmuş gibiydi.

Sustum. Ortalığa verdiğim sessizlik, Haldun Şahsuvar'ı deliye çevirmiş gibiydi.

"Sadece bir gece içinde," diye bağırdı. "Bu kızın, yeniden aklını çelmesine izin mi verdin?"

Bora sessiz kalmaya devam ederken babasının bakışları üzerime çevrildi. "Peki sen? Sen ne çabuk unuttun yaptıklarını?" Havaya kaldırdığı parmağını Melih'in üzerine diktiğinde daha yüksek bir sesle bağırdı. "Oğlumu o deliğe tıkar tıkmaz, koşa koşa eski sevgiline gitmedin mi?" Ellerini iki yana açarken yeşil gözleri dışına fırlayacak gibiydi. "İnkâr edebilir misin tüm bunları?"

İnkâr etmen, senin sonun olur, der gibi bakıyordu bu sözleri sarf ederken. Bu adam şeytanın ta kendisiydi. "Bırak şu kızı da defolup gitsinler." Bakışları ondan gelecek bir emri bekleyen adamlarına çevrilmişti. "Aksi hâlde bunu ben yapacağım."

Bora'nın gülümsediğini işittim. "Ne yapacaksın baba?"

Tam tahmin ettiğim gibiydi. Beni bu izbandut heriflerin zoruyla Melih'e teslim edecekti, o sırada ne Bora ne de ben bir şey yapamayacaktık. Korku içimde şiddetlenirken çaresiz gözlerimi Bora'ya diktim. Hiçbir şey yapmıyordu, benden bu kadar kolay mı vazgeçecekti?

"Ne yapacağımı tahmin edersin," diye mırıldandı Haldun Şahsuvar. "Çünkü ben senin oyunbozanlık yapacağını tahmin ederek önlemimi aldım oğlum."

"İyi etmişsin," dedi Bora. Sesinde hiçbir duygunun izine rastlanmıyordu. Babasıyla aralarında nasıl bir konuşma geçmişti ve nasıl bir anlaşma sağlamışlardı bilmiyordum fakat anladığım kadarıyla Bora o anlaşmayı bozmuştu. "Bana güvenmemen gerektiğini bilmen harika. Ama böyle gösterilere hiç gerek yoktu." Gözlerini bana çevirdiğinde gülümsemeye devam etti. "Zaten bırakacağım onu."

Ne dünden bu yana sarf ettiği öfke dolu sözler ne de gözünde artık bir değerim olmadığını haykıran bakışları... Hiçbiri beni şu an azat edeceğini söylemesi kadar acıtmamıştı içimi. Olduğum yerde tedirgince kıpırdanırken yapma dercesine baktım Bora'ya. Tek elini hafifçe kaldırıp Melih'i işaret ettiğinde kalbim yerinden çıkacakmış gibiydi.

"Hadi Hande, koş sevgiline."

Öyle bir çıkmazdaydım ki dört yanımı ateşe verseler bu kadar telaşa kapılmazdım. Gidemezdim ama kalamazdım da. Ne yapmam gerektiğini bilmeyerek beklemeyi sürdürürken bakışlarım Haldun Şahsuvar'a takıldı. Arkasında dikilen üç irikıyım herife bakıp harekete geçmeleri için emir verdiği anda üçü de bu tarafa doğru yürümeye başladı. Bu durumu Bora'nın da fark etmesi geç olmadı. Onlara doğru döndüğü an eli ceketinin iç cebine kaydı ve ne ara oraya sakladığını bilemediğim silahı çekip çıkardı.

"Kesin lan adım atmayı!" diye haykırdı sonunda. Adamların ikisi durmuştu fakat biri hâlâ yaklaşmaya devam ediyordu. Bora adamın ayağına doğru gelişigüzel sıktığında korkuyla ellerimi kulaklarıma kapattım. Adam vurulmuş muydu?

"Canına mı susadın sen?"

Gözlerimi yavaşça araladığımda gördüğüm tek şey adamın korkuyla geri adım attığı oldu, neyse ki vurulmamıştı. Fakat Haldun Bey hepsine kötü kötü bakıyordu.

Bora, "Yaklaşanı vururum," dediğinde üç adam da korkuyla yutkundu. O sırada Bora'nın eli hareketlendi ve silah yön değiştirdi, şimdi namlunun tam karşısında Melih duruyordu. "Yaklaşmayanı da vururum," dediğinde Melih'in yüzündeki morluklar bile beyaza çaldı. İstem dışı bir adım gerilerken kaşları çatıldı.

"Ne dersin piç kurusu, senden başlayayım mı?" Ortalıkta Bora'nın eğlenen sesinden başka bir ses yoktu. Ben kıpırtısızdım. Öylece duruyor ve izliyordum.

"Yapamazsın," dedi Melih, zor duyulan bir sesle. Korkak herifin tekiydi.

"Emin misin?" Suratını hafifçe buruşturdu Bora. "Ben emin değilim. Ne de olsa katilin tekiyim. Doğmamış bir çocuğun katili Bora, kadın katili Bora..." Bakışlarını bana çevirip gözlerime baktığında "Değil mi Hande?" diye sordu. "Sence ben bu tetiği çekmeden bırakır mıyım?"

Nutkum tutulmuş gibiydi, hiçbir cevap veremedim. Zaten o da bir yanıt beklemedi.

"Bora, bırak o elindekini!" Haldun Bey'in panik dolu sesi de Bora'nın yapabileceklerinden korktuğunun kanıtıydı. Hiddetli duruşundan eser kalmamıştı. Bora'nın, gözü karalığını biliyordu. Gözlerini pür dikkat oğluna kenetlemekle kalmamış, ona doğru bir adım atmıştı ki Bora bu sefer de babasına doğrulttu silahı.

"Ne yapıyorsun lan sen?" Haldun Bey olduğu yerde kaldı.

"Babamı bile tanımıyorum," dedi Bora ses tonunu sertleştirirken. "Geri dur, yoksa seni de vururum."

Bu kadarı benim bile beklediğim bir şey değildi.

"Bora..."

"Ne Bora, ne? Ciddi ciddi Hande'yi bırakacağımı mı düşünüyordun?"

"Evet," dedi Haldun Şahsuvar. "Ne yapacaksın lan, ne yapacaksın? Baksana o senden çoktan gitmiş!"

"Tamam, bırakayım gitsin. Hatta oldu olacak düğünlerine çelenk yollayayım, ne dersin?" Bir elinde silah olmasını umursamadan kollarını iki yana açtığında delirmiş gibi bağırdı. "Bora Şahsuvar, mutluluklar diler!"

"Tamam..." Haldun Bey bir adım gerilerken Bora namlunun ucunu yeniden Melih'e çevirdi. "Tamam yeter ki indir şu silahı artık!"

Bora silahı indirmedi. "Şimdi Hande'yi de alıp gideceğim buradan," dediğinde geriye doğru bir adım attı. "Ama merak etme piç kurusu, gitmeden önce sana benden unutamayacağın bir iz bırakacağım."

Silahı parmakları arasında daha sıkı kavradı, nefesimi tuttum çünkü tetiğe her an basacak gibi duruyordu. O kadar hissizleşmiştim ki ne ağzımdan tek bir kelime çıkıyor ne de bir tepki verebiliyordum. Oysa elinde duran silahın ateş almasından ölesiye korkuyordum.

Melih'in gözlerinde büyüyen korkuyu gördüm, içimde en ufak bir acıma hissi yoktu ona karşı. Tüm bunların olabileceğini ona söylediğimde benimle alay etmiş, Bora'yı hafife almıştı. Şimdi ise sahtekârlığının bedelini ödüyordu.

"Demek senin kadının..." Silah yeniden ateş almadan önce duyduğum son cümle bu oldu. Kulakları delip geçen patlama sesiyle başımı ellerimin arasına alarak yere diz çöktüm, korkudan dizlerimin dermanı kesilmişti çünkü bu sefer o kurşunun kime isabet ettiğini çok iyi biliyordum.

Bora, Melih'i vurmuştu.

Bir an bile düşünmeden, tereddüt etmeden vurmuştu.

Gözlerimi korkuyla araladığım an Melih'in yerde yatan hareketsiz bedenini gördüm. Neresinden vurulmuştu bilmiyordum fakat anın getirdiği şaşkınlıkla ayağa kalkıp Melih'e doğru bir adım attığımda Bora kolumdan tutarak durdurdu beni.

"Eğer ona gidersen," dediğinde bakışlarım yüzüne çevrildi. Yüzünde en ufak bir pişmanlık yoktu. "Yemin ederim, bu sefer onu alnının ortasından vururum."

II

SUS YARASI

Bir zamanlar, içinde onun geçtiği tüm cümlelerden sakınırdım dilimi.

Zannederdim ki susarak çekebilirim kaderimden ellerini, yok edebilirim geçmişime bıraktığı acı dolu izleri...

Yapamadım, ne kadar kaçtıysam o kadar tutsak kaldım. Unutmak için çabaladığım her gün, her gece sadece kendimi hırpaladım ve sonunda dağıldım. Şimdi deprem görmüş bir şehir gibi enkaz altındayım; her yanım yara bere, ruhum kan revan içinde... Ama bugün biraz daha büyüdüğümü hissettim. Yüzümde gözyaşları, içimde sus olmanın yarası vardı. Bugün, kaderimi asla değiştiremeyeceğimi fark ettim.

Araba virajlı ve engebeli yollarda son sürat gidiyordu, bense oturduğum koltukta titriyor ve içimi çeke çeke ağlıyordum. Silahın patlama sesi hâlâ kulaklarımdaydı, Bora bunu nasıl yapabilmişti aklım almıyordu. Cezaevinden henüz çıkmış olmayı bile önemsemeyecek kadar korkusuz ve öfkeliydi lakin içi hiç mi sızlamamıştı?

Melih'in yerde hareketsiz bir şekilde yatan bedeni gözlerimin önünden silinmiyordu. Bora, Melih'e göz ucuyla bakmama bile izin vermemişti. Neresinden vurulduğunu görmemiştim, bilincinin açık olup olmadığını bile bilmiyordum. Öylece, hareketsiz bir şekilde yatıyordu. Bora beni kolumdan tuttuğu gibi arabasına doğru sürüklediğinde gözlerimin gördüğü son şey, Haldun Bey'in Melih'in yanında diz çöktüğü olmuştu.

Yaklaşık beş dakikadır yoldaydık ve ben susmaksızın ağlıyordum. Şoka girmiştim, susmak istesem bile susamıyor, kendime engel olamıyordum. Bora tüm dikkatini yola vermişti, ketum bir tavırla araba kullanırken ara sıra dikiz aynasını kontrol ederek peşimizde birilerinin olup olmadığına bakıyordu. İkimiz de sessizdik, arabaya bindiğimizden beri tek kelime etmemiştik.

Sonunda dayanamayarak patladım.

"Ellerin bile titremedi!" diye bağırdım gözyaşlarımı silmeden önce. "Hani sen kimseyi bile isteye öldürmezdin, hani o kadar da cani değildin? Ne değişti, söylesene!"

Direksiyonu tutan ellerinin kasıldığını, parmak boğumlarının beyaza çaldığını fark ettim. Yine de her zamanki gibi susmaya devam etti Bora. Ama ben susmayacaktım.

"Bir şey söyle," dedim dişlerimi sıkarak. "O tetiğe basmadan önce, sadece bir an bile düşünmedin mi?"

"Düşünmedim!" diye bağırdı Bora. "Senin bana sorular sormaya hakkın yok! Ayrıca o it için ağlamayı kes artık!"

Elini kaldırıp direksiyona sertçe vurduğunda hakimiyetini kaybeden araç sağa doğru savruldu. Dar ve virajlı yoldan sapıp ağaçlık alana bodoslama dalmaya ramak kalmıştı ki Bora çevik bir hareketle arabanın yönünü yeniden yola çevirdi. Felaket bir kazaya kurban gitmemiz an meselesiydi, ne yaptığını sanıyordu?

"Şimdi de bizi mi öldüreceksin?" Kalbim korkudan deli gibi çarpıyor, ağlayışım her saniye daha da histerik bir hâl alıyordu.

"Ölmek mi isterdin?" Bora, bakışlarını yoldan ayırıp gözlerime dikti. "O şerefsiz olmadan nefes almak çok mu zor?"

"Saçmalama!" Sesim arabanın içini dolduracak kadar çok çıktı. "Böyle bir durumda bile düşündüğün tek şey bu mu?"

"Neyi düşünecektim?" diye sorduğunda delirmiş gibi gülümsüyordu. "Sevgilinin beş para etmez canını mı?"

"Sen neyden bahsediyorsun?" Yüzümü ve bedenimi tamamen ona döndürüp şaşkınlıkla büyüttüğüm gözlerimi yüzüne diktim. "Bir insanın hayatı senin için bu kadar ucuz mu?"

Bora kısa bir an sustu.

"Bunu kim söylüyor?" Gözlerini yoldan bir kez daha ayırdığında yüzüme imayla baktı. "Yaşlı bir kadının ölümüne sebep olduktan sonra, polise gitme seçeneğini hiç düşünmeden eleyen bir bencil mi?"

Yine yapıyordu. Bundan neredeyse bir yıl önce, Bora'nın avuçlarına düşmeme sebep olan o kalleş geceyi hatırlatıyor ve suçsuz olduğumu bile bile o gece olanları yüzüme vuruyordu.

"O geceye dair hiçbir şey benim suçum değildi!" Ağız dolusu haykırıyordum. "Bunu sen de çok iyi biliyorsun! Ben sadece..."

"Sen sadece Hilal'i düşünmüştün değil mi?" diyerek kesti sözlerimi, benimle alay ediyordu. "Bırak bu yalanları, sen kendinden başka hiç kimseyi düşünmezsin!"

"Keşke öyle olsaydı! Keşke kendimden başka kimseyi düşünmeseydim de bunların hiçbiri yaşanmasaydı!"

"Kendini bu şekilde mi kandırıyorsun?"

"Kes sesini!" dedim, sesim giderek güçsüzleşirken. Bakışlarımı yola döndürürken parmaklarımla gözyaşlarımı bir kez daha sildim. "Suçlusun, çamuru bana atarak suçunu bastıramayacaksın."

"Sana göre sadece ben suçluyum," derken sesi kısılıp boğuklaştı. "Bu her zaman böyle olmadı mı?"

Cevap vermek yerine ona ters bir bakış attım ama o bunu görmedi, bakışları sadece yoldaydı. "Rahatla," dedi pes eder gibi. "Onu sadece omzundan vurdum. Merak etme, bu sebepten ölenine henüz rastlamadım."

Rahat bir nefes aldığımı inkâr edemezdim fakat Melih'in yaşayacağını bilmek bile içimdeki sıkıntıyı azaltmadı, aksine körükledi. Yaşadığı için mutluydum sadece, Melih benim umurumda bile değildi. Bora'nın canı yanıyordu, bu sebepten benim de canımı yakmaya çalışıyordu ama ben ondan hiçbir surette nefret edemiyordum artık.

"Benim düşündüğüm sensin," diye mırıldandım ağlamaya devam ederken. "Senin deli cesaretin, senin korkusuz yüreğin..."

Sözcükler ani bir fren yaparak duran araba yüzünden ağzıma tıkıldı, dengemi kaybettim ve öne doğru savruldum. Ellerimle torpidodan destek alarak toparlandığımda kafamı kaldırıp öfkeli ve şaşkınca Bora'ya baktım. Baktığıma da bakacağıma da pişman etti beni. Tek eliyle çenemden kavrayarak yüzümü yüzüne kaldırırken "Bir daha sakın bu zırvalıkları dile getirme," diye fısıldadı, içindeki nefretin zehrini ruhuma akıtırken bakışları soğukkanlıydı. Hislerini saklama konusunda hâlâ usta olduğu artık ruhunu görebildiğim gerçeğini değiştirmiyordu, buz gibi bakan karanlık yeşil gözlerinin ardında, alev alev yanan çocukluğu sessiz çığlıklar atıyordu.

"Duydun mu beni?" diyerek bağırdı bu kez. "Sakın!"

Sağ gözümden aşağı bir damla yaş düşerken "Duydum," dedim çaresizce.

Öfkesi, nefreti, kini... Onu yiyip bitiren tüm tehlikeli duyguları zirvedeyken böyle şeyler söylemem aptallıktı. Koca bir aptallık! İki dudağımın arasında onlarca yalan gizliydi, yine de gözlerimdeki hakikati görsün istiyordum. Biliyordum, bencillikti bu. Ama kalbime söz geçiremiyordum.

Bora çenemi usulca bıraktı ve arabayı yeniden çalıştırdı. O dakikadan sonra bir daha konuşmadık. O, gözlerini yoldan ayırmadan araba kullanmaya devam etti, bense sessizce ağlamaya. Ağlamak istemiyordum, güçsüz görünmek istemiyordum ama olmuyordu. Sırf canı yandığı için canımı yakmak istediğini bilsem de sözleri öyle ağrıma gitmişti ki...

Şehir merkezine ulaşıp kalabalık trafiğin içine karışmamız çok sürmedi. Saatin kaç olduğundan haberim yoktu ama epeyce geçmiş olmalıydı, yine de rutin sabah trafiğinde hiçbir azalma yoktu. Dura kalka ilerliyorduk, nereye gittiğimizi hâlâ bilmiyordum fakat şu an içinde bulunduğumuz semti tanıyordum. Bir zamanlar az yol kat etmemiştim bu semtin sokaklarında. Okula gidebilmek için yürüdüğüm yollar, bindiğim otobüsler, beklediğim duraklar, bir simit alıp yoluma devam ettiğim küçük büfeler ve salıncağına oturup geleceğime dair hayaller kurduğum parklar... Değişen hiçbir şey yoktu, Ankara hâlâ aynı şehirdi fakat ne ben aynı bendim ne de yanımda oturan adam aynı adamdı.

Düşüncelere öyle derin dalmıştım ki arabanın bir restoranın önünde durduğunu fark etmedim. Bora hiçbir şey söylemeden, benimle göz teması bile kurmadan kapısını açıp dışarı çıktığında yüzümde kurumaya meyletmiş yaşları son kez temizleyip kendimi dışarı attım. Arabanın kapısını kapatırken çaktırmadan Bora'ya baktım, tüm dikkatini elindeki telefona vermişti. Beni beklemeyip restorana uzanan basamakları tırmanırken arkasından takip ettim. Büyük cam kapıdan içeriye peş peşe girdiğimizde kırklı yaşlarda bir personel bizi kapıda karşıladı, cam kenarındaki masalardan birine kadar bize eşlik edip masaya iki kişilik kahvaltı servisi açtırdı.

Masaya karşılıklı oturduğumuz an onunla göz göze gelmemek için bakışlarımı dışarıya çevirdim. Yine de bakışlarıyla beni abluka altına aldığını hissedebiliyordum, şu an tüm dikkatini bana vermiş bir şekilde beni izliyor olmalıydı. Garson masayı bir bir donatırken Bora'ya baktım, yanılmamıştım. Bakışları tehlike kokuyordu ve bu, birazdan hiç istemediğim ithamlara maruz kalacağımı gösteriyordu.

Genç garson kahvaltı servisini bitirip çekildiğinde bakışlarımı güçlükle masaya çevirdim, masanın üstünde yok yoktu ve karnım duyulur şekilde guruldıyordu. Fakat şu an üzerimde yeniyetme bir çekimserlik vardı, sanki daha önce onunla hiç karşılıklı yemek yememiş gibiydim. Bora'nın peçetenin üzerinde duran çatala uzandığını ve sonrasında önündeki tabağı doldurmaya başladığını fark ettiğimde rahatladım, hiç değilse o keskin bakışları şu an üzerimde değildi.

Ellerim dizlerimde, kıpırdamaksızın, masayı boş gözlerle seyrettiğimi fark ettiğinde "Yesene," dedi hâlâ öfkeli olan sesiyle. "Ne bekliyorsun?"

Hissettiğim açlığa rağmen hiçbir şey yiyemeyecek gibi hissediyordum. "Sen ye," dedim oldukça kısık bir sesle. "Bende iştah falan kalmadı."

"Niye?" Bora umursamazca sormuştu bu soruyu. Çatalına batırdığı salatalık dilimini ağzına götürürken kafasını sallayarak göz kırptı. *Şu meşhur hareketi...*

"Vicdan azabı iştahsızlık mı yaptı yoksa?"

Neyi ima ettiğini anlamayarak suratına dümdüz baktım. "Sevgilim kanlar içindeyken burada oturup yemek yiyemem mi diyorsun?"

Sözleri sinirlerimi tepeme çıkarmıştı, o an sanki az önce utangaç bir şekilde süzülen ben değilmişim gibi çatalı hızla elime aldım ve tabağımı doldurmaya başladım. O hatırlatıncaya dek aklımda Melih yoktu. İyiydi işte, kendi ağzıyla söylemişti omzundan vurulan hiç kimse ölmez diye. Melih'i elbette düşünmüyordum fakat bunu dile getiremediğimden mütevellit kendimi bu şekilde ispatlamaya çalışıyordum.

Tabağımdakileri hızlı bir şekilde tüketmeye başladığım sırada, "Aferin," diye mırıldandığını duydum. "Açlıktan bayılıp başıma dert açmanı istemem." Ona sadece ters bir bakış attım. "Yalnız yavaş ye, yoksa boğulacaksın, seninle uğraşamam."

İşin içine asla espri katmadan ciddi ciddi söylüyordu. Ona aldırmadan hızlı bir şekilde yemeye devam ettim. Bir süre sessizce kahvaltı ettik. Tabağıma aldığım bir dilim böreği bıçakla kesmeye çalıştığım sırada "Nasıldı oralar?" diye sordu Bora. Kafamı kaldırıp yüzüne baktım, arkasına yaslanmış dikkatle bana bakıyordu. Yine tüm ciddiyeti üzerinde, sorgulayıcı bakışlarıyla gözlerimi deşiyordu. "Gittiğine değdi mi, unutturdu mu sana doğup büyüdüğün şehri?"

Londra'dan bahsediyordu. Onun içeride olduğu beş ay boyunca, benim orada Melih'le birlikte olduğuma öyle inanıyordu ki sesinde en ufak bir şüphenin izi yoktu. Aklıma Haldun Şahsuvar tarafından zorla kaçırıldığım gün ve bir daha beş ay boyunca gün ışığı görmeksizin kapatıldığım ev geldi. O günlerle nasıl baş ettiğimi düşünürken içim ürperdi ve gözlerim karardı, elimdeki çatal gürültüyle tabağın üzerine devrilirken "Çok soğuktu," dedim sessizce. "Ve çok karanlıktı."

Bakışlarım boşluğa devrildi. Beş ay boyunca sadece donarak ölmeyeceğim kadar sıcaktı evin içi, battaniyelerin altında saatler geçirir, buz tutmuş ellerimi ve ayaklarımı hissetmezdim. Hiç gündüz görmemiştim;evin içi hep karanlık, vakit hep geceydi. Kimseyle bir iletişimim yoktu, saat yoktu, zaman kavramı yoktu.

Korkunçtu, her şey çok korkunçtu.

Bora neyden bahsettiğimi anlamıyordu, kaşlarını çattı. "Dalga mı geçiyorsun?" diye sordu masaya doğru eğilirken. "Maksadın beni daha fazla delirtmek mi?"

"Geçmiyorum, gerçeklerden bahsediyorum."

"Hangi gerçekler?" Alay eder gibi sordu. "Duyan da benimkinden daha kötü günler geçirdiğini zanneder."

Bu konuşmanın iyi bir yere varmayacağını fark ettiğimde sustum. Bora da bir müddet sessiz kaldı fakat pürdikkat bana bakıyordu.

"Neden bu kadar zayıfladın sen?" diye sordu, sesinde ve gözlerinde ilk kez elle tutulur bir şüphe yakaladım.

Kalbim hem heyecandan hem de korkudan tekledi. "Beş ay boyunca, sadece ölmeyeceğim kadar yedim desem inanacak mısın?"

"Ne saçmalıyorsun?" Kaşlarını mümkünmüş gibi biraz daha çattı. "Neyi ima etmeye çalışıyorsun, açık açık söylesene şunu?"

O an dilimin ucuna onlarca itiraf sözcüğü sıralandı, kalbimin kapıları gerçeği dillendirmenin heyecanıyla yumruklandı. Fakat sonrasında aklımı o adamın tehdit cümleleri kemirdi ve ben yine hiçbir şey söyleyemedim.

Yapamazdım, sonum olurdu.

"Hiç," diyerek kafamı salladım. "Hiçbir şey."

"Kötü mü davranıyordu sana?" diye sordu Bora, Melih'i kastederek. Yüzünde nefretle karışık bir acıma duygusu gezindi. "Umduğun gibi olmadı mı? Pişman mı oldun onun için ardında kalan her şeyi yakıp gittiğine?"

Bora bu kötümser ve dalgın hâllerimin, Melih'in adı geçtiğinde yüzüme ilişen o bıkkın ifadenin sebebini, Melih'le aramızın iyi olmadığına yoruyordu. Susuyordum, Bora ise bu suskunluğumdan hoşlanmıyordu. Doğru bildiği yalanın altını eşelemeye başlamıştı bile.

"Bilirim, gururlusundur sen. O sana kötü davransa bile gittiğine pişman olsan bile dillendirmezsin. Sırf beni haklı çıkarmamak için bile neler yaşadığını asla söylemezsin."

"Benim ne yaşadığımı neden merak ediyorsun?" diye sordum konuyu kapatmak için. "Senin hapse girmene vesile oldum ben, sonra da çektim gittim ya hani... Nefret etmiyor musun benden?"

Tokat gibi yüzüne çarptığım gerçekler Bora'nın hoşuna gitmeyecekti ama kendimi kurtarmak için başka bir seçeneğim yoktu. "Nefretimi hak edip etmediğini bir sorgula önce," dedi. "İnan bana zararlı çıkarsın." Son sözleri bunlar oldu. Elbette altında kalmayacaktı, beni kendi iç hesaplaşmalarımla baş başa bırakıyordu.

Restorandan ayrılıp arabaya bindiğimizde sessizdik, yüzlerimizden düşen bin parçaydı. Restoranın sıcağına alışan bedenim üstümdeki monta rağmen dışarının soğuğunu yadırgamıştı. Ankara çok soğuktu, kış mevsimi bitse bile soğuklar bu şehri kolay kolay terk etmiyordu. Bora üşüdüğümü fark ettiğinde kaloriferi açtı. Restoranın bulunduğu cadde üstündeki bir akaryakıt istasyonunda yeniden durduğumuzda ilk olarak çamura batmış arabasını temizletti, sonra yakıt deposunu doldurttu ve istasyondan ayrılıp arabayı Çankaya istikâmetine doğru sürdü.

İflah olmaz birlikteliğimizin bir sonu yok gibi görünüyordu, Bora ne adım atarsa atsın yanı sıra beni de beraberinde sürüklüyordu. Aradan yirmi dakika geçti, araba Çayyolu yönüne saptığında içime bir huzursuzluk çöktü. Bora'nın evine mi gidiyorduk? O eve gitmeye, kapısından içeri girdiğim an anılarla yüzleşmeye mecalim yoktu. Fakat dilime düşen hiçbir itirazın onu yolundan döndürmeyeceğini de biliyordum. Çayyolu'nun tanıdık sokaklarında ilerliyor, gittikçe varmak istemediğim yere yaklaşıyorduk.

Bakışlarımı yoldan ayırıp ona diktim, sanki yanında ben yokmuşum gibi davranıyor olması sinirlerimi bozuyordu. "Beni yanında daha ne kadar tutacaksın?" diye sordum sessizliği bozarak.

Sorduğum soruyu duymazdan gelerek sessiz kalmaya devam ettiğinde "Cevap ver," diye çıkıştım sert bir sesle. "Benden hâlâ ne istiyorsun?"

"Senden artık hiçbir şey istemiyorum," dedi Bora, sesindeki kızgınlığın lavları üstüme sıçramış gibi irkildim. "Seninle henüz hesabım kapanmadı, sus artık."

"Ama benim sana verebileceğim bir hesabım yok."

Kalbim dilimdeki itirazların aksini haykırıyordu. *Senin olman gereken tek yer onun yanı, görmen gereken tek hakikat gözlerinin ardı, duyman gereken tek ses daha önce kulak tıkadığın feryatları.* Ama mantığım çok acımasızdı, artık her şey için geç kaldığımı söylüyordu.

Hem de çok geç.

Araba, uzun zaman sonra olmaktan korktuğum yerde, evin önünde durdu. Arabadan inip eve doğru yürüdüğümüzde ve beş ay sonra o kapı yeniden yüzüme açıldığında kalbimin üstünde bana ait olmayan bir his geziniyordu. İçeriye adım atıp etrafı incelemeye başladığım sırada Bora'nın kapıyı kapattığını, sonrasında kilitlediğini duydum. Dikkatimi eve öyle çok vermiştim ki bu ayrıntıyı umursamadım. Ev temizdi, lavanta kokuyordu ve her şey yerli yerindeydi. Buraya adım atmadığımız beş ay boyunca hiçbir şey değişmemiş gibiydi.

Evin içinde ilerlemeyi kesip koridorun ortasında durdum. Ne yapmam gerektiğini, nerde durmam gerektiğini bile bilmiyordum. Dönüp Bora'ya baktım, bakışları dikkatle baktığı telefonun üzerindeydi. Onu izlediğimi fark ettiğinde ise telefonuyla merdivenleri işaret ederek "Çık yukarı, odalardan birinde bekle," dedi emir verir gibi. "Birazdan Tekin ve Serdar gelecek, sakın onlar varken gözükeyim deme."

"Meraklınız değilim," dedim iğneleyici bir sesle.

Birbirimize son kez ters bir bakış attık, sonra arkamı döndüm ve doğruca merdivenlere yürüdüm. Merdivenleri çıkıp yukarı kata ulaştığımda gördüğüm ilk odaya kendimi attım. Bu oda önceden boşken annem ve Hale Hanım'ın sayesinde bir giyinme odasına dönüşmüştü. Bora'nın mahkemesinden önce, sayılı günler kalan düğünümüz için hazırlık yapan annem ve Hale Hanım en çok da bu eve el atmışlardı. Odanın iki duvarını kaplayan uzun ve geniş dolapların içi bana ait kıyafetlerle, çantalarla ve ayakkabılarla doluydu.

Üzerimdeki bana ait olmayan kıyafetlerden tamamen kurtulacağıma sevinirken öncesinde yıkanmam gerektiğini fark ettim, dün gece yağmurun ıslattığı saçlarım keçe gibi sert olmuştu. Bora'nın Tekin ve Serdar'la geçireceği vakti hızlı bir duş almak için kullanabilirdim. Giyinme odasının kapısını aralayıp kattaki banyoya doğru yürüdüğüm sırada Bora'nın sesini duyarak duraksadım.

"Birilerinin bana ne yapacağımı söylemesinden nefret ederim," diyordu. Sesi yine öfkeliydi. "Buna siz de dâhilsiniz."

Neler olduğundan bihaberdim lakin Bora'nın bu tavrı, hoşuna gitmeyen bir tartışmanın içinde olduğunu gösteriyordu. Kaşlarım çatılırken sessizce merdivenlere doğru yürüdüm. Pekâlâ onlara görünmeden ne konuştuklarını daha yakından duyabilirdim.

"Bu saçma gidişatına bir dur demek yerine yaptıklarına göz yumalım mı istiyorsun?" Bu kızgın ses Serdar'a aitti. "Toparlan artık Bora, kendini ateşe attığının farkında mısın?"

"Babamla mı konuştunuz?" diye sordu Bora gittikçe hiddetlenen sesiyle. "O mu yetiştirdi size olan biteni?"

"Ne fark eder?" dedi Tekin, sesi şu an oldukça sakindi. O, Serdar gibi hiddetli değildi. "Mühim olan bu mu? İçeriden çıkar çıkmaz nefes bile almadan seni yakan bir kadına koşmuşsun. Aklını mı yitirdin?"

Seni yakan bir kadına...

"Hande seni sadece yakmakla kalmadı üstelik," diyerek araya girdi Serdar. "Seni aldattı."

Serdar'ın sözleri dişlerimi sıkmama neden olurken Bora da pimi çekilmiş bir bomba gibi ansızın patladı. "Bunu sakın bir daha dillendirme!"

"Gerçek bu!" Serdar aklınca Bora'yı korumak istiyordu ama farkında değildi, böyle sert bir tavır Bora'yı ikna etmez aksine delirtirdi. "Zoruna mı gitti?"

"Sen benim meseleme kafa yoracağına gidip Yaren'le ilgilen," diye bağırdı Bora. Ortada aldatan bir kadın varsa Yaren'di, ben değildim. Serdar öyle damarına basıyordu ki sanki Bora biraz sonra Yaren'in gerçek yüzünü ortaya serecek gibiydi. "Karışmayın benim işime!"

"Ne demek karışma? Düşmanın mıyız biz senin?" Serdar bir anda sustu. "Yaren ne alaka?"

"Beyler sakin," dedi Tekin bağırarak. "Ne saçmalıyorsunuz siz?" Sonraki sözlerinin hedefi sadece Bora'ydı. "Kardeşim, biraz mantıklı ol. Hande seni hiçbir zaman sevmedi, kabullenmedi. Her zaman gidecek bir kapı aradı kendine, sonunda başardı. Neydi o polisin adı?"

"Yiğit Mirzanlı." Bunu söyleyen Serdar'dı. Serdar'ın Bora'ya ayrı bir öfkesi var gibiydi. Neticede Bora içeriye girinceye dek olan bitenden, Bora'nın esas suçundan habersizlerdi. Bora'nın işlediği suçu onlardan gizlemiş olmasının kızgınlığını taşıyor olmalıydı.

"Hande o polisle bile iş birliği yaptı," diyerek devam etti Tekin. "Seni içeri attırır attırmaz da koşup gitmiş işte eski sevgilisine. Bu işin bir oluru kaldı mı?"

Bora'nın hapse girmesinin hemen ardından Londra'ya, Melih'in yanına gittiğim yalanına herkes inanmıştı, Haldun Şahsuvar öyle bir dümen kurmuştu ki kimsenin aklında tek bir şüphe dahi kalmamıştı. Herkes sadece beni suçluyordu.

"Olurlar da olmazlar da umurumda bile değil!" Bora'nın artık bu tartışmaya sabredemediğinin farkındaydım. "Bana akıl vermeye devam edecekseniz siktir olup gidin."

"Kendini ateşe atıyorsun." Serdar üstelemeye devam ediyor, Bora'nın hazzetmeyeceği türden cümleler kuruyordu. "Bırak Hande'yi gitsin eski sevgilisiyle. Ne hâlleri varsa görsünler."

"Umurumda mı lan?" Bora'nın şu anki vaziyetini hayal ettim. Muhtemelen kaşları çatıktı, birer alev topuna dönen gözleri yuvalarından fırlayacak gibiyken yumruklarını sıka sıka konuşuyor olmalıydı. "Ben zaten yanmadım mı? Onlar da yanacak!"

"Hayır, sadece sen yanacaksın," dedi Tekin. "Bırak şu kızı, defolsun gitsin. Neden hayatında kalmasına izin verip her şeyi daha da mahvediyorsun?"

Bir süre derin bir sessizlik oluştu, kimseden çıt çıkmıyordu.

"Gidin artık," dedi Bora nezaketten uzak bir sesle. "Sizinle konuşacak havamda değilim."

Bora, Tekin ve Serdar'ı kibarca kovuyordu.

"Kalk Serdar." Anlaşılan, Tekin daha fazla üstelemeyecekti. Bora'yı Serdar'dan daha iyi tanıyordu. "Ne söylesek boş, yapabileceğimiz hiçbir şey yok."

Serdar'ın söylene söylene uzaklaşan sesinin ardından koridordaki adım seslerini duydum, kapı açıldı ve kapı kapandı. İkisi de gitmişti, Bora hâlâ salonda olmalıydı. Çevresindeki herkes benden bir canavar gibi bahsediyordu, başkalarının ne düşündüğü benim umurumda bile değildi fakat Bora'nın benden daha çok nefret edecek olma ihtimali beni mahvediyordu.

Merdiven basamaklarında dikilmeye bir son verip hızlı adımlarla alt kata inerken kalbim deli gibi çarpıyordu. Bora bu denli öfkeliyken üzerine gitmem akıl kârı değildi ama kendimi durduramayacaktım. Koridoru sessiz adımlarla tüketip salon kapısından içeriye girdiğimde şöminenin karşısında otururken buldum onu. Dizlerini hafifçe kırarak bacaklarını öne uzatmış, ellerini de dizlerinin üzerine koymuş vaziyette şöminede yanan ateşi seyrediyordu.

Dalgındı.

Korkularımı sindirip usulca ona doğru yürürken bir anda durdum, ona bir adım daha yaklaşamadım. Tüm cesaretim buraya kadardı işte. Ellerimi birbirine sıkıca kenetlerken "Daha fazla yanmayacaksın," dedim birdenbire. *Çünkü ben yeterince yandım, kendim için de senin için de.* Kelimeler hesapsız ve kitapsızca dökülüyordu dilimden, aslında dilimden değil, yüreğimden. "Sana daha büyük bir zararım dokunmayacak."

Ne saçmalıyordum? Bora kafasını çevirip yüzüme baksa ve bunu nasıl yapacaksın diye sorsa ne cevap vereceğimi bile bilmiyordum. Ellerimi uzatsam dokunabileceğim kadar yakınımdaydı ama kahretsin ki yapamıyordum. "Bu kadar çabuk mu dağılacaksın? Ben seni böyle görmeye alışkın değilim."

Bora öyle tepkisizdi ki varlığımın görünmez bir hayalet olduğundan şüphe ettim.

"Sessizliğinden korkuyorum," diye itiraf ettim, yüzüme bakmadığı için onu rahatça izleyebiliyordum. "Susma, bir şey söyle. Beni duymuyor musun?" Dudaklarımı bir kez daha araladım fakat bu sefer sessiz kaldım. Yorulmuştum. Artık beni duysun, onu ittiğimi sandığı o derin, karanlık kuyuda yalnız olmadığını bilsin istiyordum. Gözlerini açsa beni görecek, ellerini uzatsa bana dokunabilecekti. Hemen dizlerinin dibinde can çekişiyordum, neden görmüyordu?

Dakikalardır şömine ateşinden ayırmadığı bakışları havaya dikilirken hafifçe kısıldı, kirpikleri titredi. "Ölüler konuşamaz," dedi, bu sözleri onun için yaşattığım son umudu acımadan kefenledi. "Konuşsalar bile seslerini kimse duymaz."

Sözleri genzimi yaktı, en az onun kadar çaresiz ve acı içindeydim ama bilmiyordu. Sanki yerini kimselerin bilmediği bir mezarım vardı. O mezarı kazan babasıyken, ruhumu oraya gömen Bora'nın ta kendisi mi olacaktı?

"Sonumuz böyle olsun istememiştim," diye mırıldandım ağlamamaya direnirken. Keşkeler yine yakıyordu dilimi. "Ne düşünüyorsun bilmiyorum ama Tekin ve Serdar'ın söylediği gibi daha fazla dert açmayacağım başına."

"Tam olarak böyle olmasını istedin." Bora beni suçluyordu. Ona hem hak veriyor hem de haksız buluyordum. Bir şeyler çok yanlış gitmişti, yanlışın kimde olduğuysa hem belliydi hem de belli değildi.

"Artık bana inanmadığını görebiliyorum," dedim cesur bir tavırla. "Ama ben sana hiçbir zaman yalan söylemedim, Bora."

"Doğru." Bora sessizdi ve bu sessizliği hayra yorulmayacak kadar tehlikeliydi. "Her zaman benden nefret ettin ve bunu yüzüme bağıra çağıra söyledin." Sözleri nefret doluydu.

"Ben..." Ne söyleyeceğimi bile bilmeyerek başladığım o cümle yarım kaldı.

"Git Hande," dediğinde dişlerini sıktı. "Yukarı çık, yüzünü görmek şu an isteyeceğim son şey bile değil. Sesin..." Sustu ve derin bir nefes alırken kafasını bu sefer dizlerine gömdü. Geldiğimden beri bir kez olsun yüzüme bakmamıştı. "Sesin bile çıldırmama sebep."

Gitmek istemiyordum, burada kalmak ve asla cesaret edemeyeceğimi bile bile ona sarılmak istiyordum. Şu an ona koşsam ve sarılsam ne tepki verirdi? Parmaklarım boynuna sarılırken, gözyaşlarım omuzlarına dökülürken, beş ay boyunca sadece bu anı bekledim, diyerek yakarsam ne söyleyebilirdi? Bu çılgın düşünceler kafamın içinde bir ampul gibi yanıyor, çok geçmeden sadece olumsuz düşünen mantığım tarafından bin parçaya bölünerek yok oluyordu.

"Beni bu eve zorla getiren sensin," dediğimde sesim boğuk ve öfkeli çıktı, hayır ağlamak istemiyordum artık. "Kafana göre gitmemi ya da kalmamı söyleyemezsin. Bana emirler veremezsin."

Ona yaklaşmaya çalışıyor, beceremediğim için öfkeleniyor ve eski dik başlı Hande'ye dönüşüyordum. Gerçekten iflah olmazdım, haklıydım ama kendimi bu şekilde aklayamazdım.

Bora oturduğu yerden hızlı bir şekilde ayaklandığında içimden bir titreme geçti. Kafasını hızla çevirip bana baktığında ise adımlarım istemsizce geriledi, elimde değildi, koyu yeşil gözlerin hapsettiği bakışları öyle dehşet vericiydi ki bakışlarımı nereye kaçıracağımı bilemedim. Üzerime doğru yürüdüğünde içinde bulunduğum çaresizliğe lanet ettim. Bora öfkelendiği zaman hırsını bir şekilde çıkarıyordu, peki ya ben neden susuyordum?

Ben neden her şeyi içimde tutuyordum?

"Sana istediğim gibi emir veririm," diye bağırdı, tam karşımda durduğunda kolumdan sertçe tuttu ve bedenimi ardında bırakarak kapıya yöneldi. "Sana istediğim gibi davranır, istediğim gibi bağırır, istediğim her şeyi yaparım!"

"Hiçbir şey yapamazsın," dedim kolumu onun güçlü parmaklarından kurtarma savaşı verirken. Bora salon kapısına yürüyor, ardından beni de sürüklüyordu.

"Bırak beni!" Hâlâ diretiyordum, şu an bana istediği her şeyi yapabilirdi ve benim gücüm onu durdurmaya yetmezdi. Bu eşitsizlikten gerçekten nefret ediyordum.

Salondan çıkıp merdivenlere doğru yürüdüğünde tüm karşı koyuşlarıma rağmen peşinden sürükleniyordum. Bana ne yapacaktı? "Bırak kolumu," diye bağırdım bir kez daha. "Bırak diyorum, bırak!"

"Kes sesini!" Bora'nın sesi koridoru inletti.

"Delirdin mi?" diye sordum korkuyla.

"Delirttin!"

"Kolum acıyor," diye bağırdım bu kez. Boşta kalan elimle kolumu ondan kurtarmaya çalışsam da fayda etmedi, gözü şu an hiçbir şeyi görmüyordu. Merdivenlerden hızlı bir şekilde çıkarken aklımda birbirinden kötü ihtimaller birikiyordu. Bana gerçekten zarar verir miydi? Bora öfkelendiği zaman yaralı bir hayvana dönüşüyor ve etrafına saldırıyordu; mantıklı düşünemiyor, kendine hâkim olamıyordu. Bana hiçbir zaman zarar vermemişti lakin bu sefer gözü dönmüş gibiydi, gerçekten korkuyordum.

Merdivenin son basamağını çıkarken tökezleyecek olup son anda toparladım, düşsem ayağa kalkmama bile fırsat vermezdi. İkinci katta hızla ilerleyerek kendi odasının önünden geçti ve en sondaki kapının önünde durdu. Kapıyı sertçe açıp beni içeriye doğru savurduğunda odanın içindeki kirişe tutunarak zor durdum. Geriye dönüp öfkeyle baktığımda gördüğüm tek şey sertçe kapanan kapı oldu.

Ve duyduğum son şeyse kapının kilitlenme sesi.

Bulunduğum odanın kapısı izinsizce açıldığında diken üstünde olan ruhum, bedenime korkuyla sarıldı. Tedirgin uykumdan sıyrılıp araladım gözlerimi, kulaklarıma onun sabırsız ve fevri adım sesleri çalındı. Hızlıca toparlanıp yatağın içinde oturur hâle gelirken sırtımı da yatak başlığına dayadım. Kalbim korkudan küt küt atıyordu. Bora karşımda, yatağın ucunda dikiliyor ve aramıza kattığı hatırı sayılır mesafeyi korurken sorgulayıcı gözlerini gözlerimde gezdiriyordu. Yeşil gözleri siyahmış gibi koyu görünüyordu.

Kaşları yine çatıktı fakat bu sefer öfkeden değildi, düşünüyor gibiydi. Benim aksime yıkanıp kendine gelmişti, dünkü Bora'ya nazaran çok daha iyi bir hâldeydi.

Benimle konuşmak istemediğini, beni görmek bile istemediğini sanıyordum. Saatler öncesinde kapatmıştı beni buraya, şimdi neden karşımdaydı?

Kapıyı kilitleyip gittiğinde yapacak başka bir şey olmadığından kendimi yatağa atmış ve saatler boyunca uyumuştum. Bakışlarımı Bora'nın sert çehresinden kısa bir an kaçırıp komodine çevirdim, abajurun yaydığı loş ışık sayesinde gördüğüm küçük saat akşamın sekizini gösteriyordu.

"Ne oldu?" diye sordum nefes nefese. Sanki dakikalar boyunca hiç durmaksızın koşmuşum gibi, göğsüm hızla inip kalkıyordu. "Eşek saatiniz eşref saatine mi teşrif etti?"

Korkuyor olmama rağmen dilimin cüretkârlığına ket vuramadım. Bora öylece gözlerime bakmaya devam ederken ifadesinde hiçbir değişim olmadı, anlaşılan saatler öncesindeki delibozuk öfkesinden eser kalmamış, fırtınası dinmişti.

"Sabah telefonumu neden aldın?" Lafı eveleyip gevelemeden doğruca sordu. Fakat sormasını beklediğim soru bu değildi, cevabı zaten bilmiyor muydu?

Dağılmış saçlarımı elimle bağlar gibi toplayarak sırtıma bırakırken "Bana hiçbir çare bırakmadığın için," dedim suçlarcasına. Bacaklarımı kendime doğru çekip dizlerimin altına kıvırdım. O karşımdayken tedirgin olmamak elimde değildi ama bunu davranışlarıma yansıtmamaya çalışıyordum.

"Ne garip..." Siyah kaşları verdiğim yanıttan hoşnut olmamış gibi havaya dikildi. "Sen de bana hiçbir çare bırakmadın."

"Nasıl?" Kaşları çatma sırası bendeydi. "Ben seni çaresiz bırakacak ne yaptım?"

Günün birinde, ne pahasına olursa olsun hikâyemizi bitireceğimi ve ondan kurtulmak için her yolu korkusuzca yürüyeceğimi defalarca haykırmıştım yüzüne. Şimdi aramızda olup bitenlerin adına ihanet diyemezdi.

"Beni sana hapsettin," dediğinde sesinde daha önce rastlamadığım bir duygu geziniyordu. Ve sanki bundan nefret ettiğini vurguluyordu. "Birbirimize verdiğimiz her eziyet, aslında karşılıklıydı."

Sözlerinin ardından gözlerini gözlerimden kaçırdı, bense hâlâ onun yüzüne bakıyor, neler hissettiğini çözmeye çalışıyordum. Hale Hanım'ın Bora'dan bahsederken sarf ettiği sözler yankılandı kulaklarımda.

Doğru ya da yanlış, yasak ya da günah, hiçbiri umurunda değildi. Onun tek istediği, yanmak pahasına uzattığı ellerini tutmandı.

"Kelimelerin tükendiği noktadayım," dedim ne diyeceğimi bilemeyerek. Bir elimi boğazıma tırmandırmamak, acıdan yanan genzimi parçalamamak için kendimi zor tutuyordum. "Ama senin aksine, ben sana asla kızamıyorum."

Ben rol insanı değildim. Sonunda yanacağımı bile bile Bora'ya yalan söyleyemiyor, onun için ne denli yandığımı gizleyemiyordum. Ona tüm içtenliğimle bakmayı sürdürürken Bora ayakta dikilmeye bir son verip yatağımın kenarına yavaşça oturdu. Gözleri hâlâ sorgulayıcı bakıyordu, aklını kemiren şey her neyse peşinde şüpheler de yüzüyordu.

"Hilal'e yerimizi söyleyip Melih'e iletmesini istedin," dedi ve bir müddet sustu. Esas derdi yavaş yavaş ortaya çıkıyordu. "Ama sana o kapının önünde Melih'e gitmeni söylediğim hâlde bir adım bile atmadın. Neden?"

Bora'nın her hareketi planlıydı, o anki amacı da beni denemekti. Oysa ben aptal gibi beni gerçekten Melih'e göndereceğine inanmıştım. Sürekli düşünüyor ve düşündükçe onu işkillendirecek ihtimallere ulaşıyor olmalıydı. Bora şüphe ederse durmaz ve gerçeğe er ya da geç ulaşırdı. Ulaşacaktı da. Ve Haldun Şahsuvar hepsini benden bilecekti.

Delirecektim, nasıl bir çıkmazdı bu?

"Öyle bir şey yapmadım," diyerek reddettim. Yine ve yine sesim titriyordu. "Hilal'i yerimizi Melih'e söylemesi için aramadım."

"Bana yalan söyleme artık," dedi Bora, sesi gittikçe sertleşiyordu. "Yalan söyleme!"

Titreyen ellerimi birbirine kenetlerken gözlerimi korkuyla yumdum. "Yalan söylemiyorum."

"Ben artık babama bile güvenmiyorum." Gözleri kısıldı, yüzüme büyük bir dikkatle bakıyor, tek bir bakışımı bile kaçırmıyordu. "Hepiniz ama hepiniz arkamdan iş çeviriyorsunuz," dedi parmağını üzerime doğrultarak. "Ben içerideyken neler olduğunu asla bilemeyeceğim, bu yüzden artık kimseye güvenmem anladın mı?"

"Babana güvenemeyişinin sorumlusu ben değilim," diyerek kafamı salladım. Hiçbir zaman iyi bir baba oğul ilişkileri olmamıştı. Zaman içinde aralarında ne geçmişti bilmiyordum fakat Bora zaten babasına hiç güvenmezdi. "Bana inanmıyorsan Hilal'i ara, gözlerinin önünde onunla konuşup yerimizi Melih'e bildirmediğimi sana ispatlayayım!"

Bora hafifçe gülümserken tek kaşını havaya dikti. "Pekâlâ, soruyu değiştiriyorum," dedi alaycı bir sesle. "Neden Hilal'i aradığında yerimizi Melih'e söylemesini istemedin?"

Afallayıp kaldım çünkü bu soruya verecek bir cevabım yoktu. Bora bir açığımı yakaladığını hissetmiş gibi yüzüme dikkatle bakarken sessizdim.

Sabırsızca yineledi sorusunu. "Söylesene. Neden Melih'in gelip seni benden kurtarmasını istemedin?"

Bora benimle kedinin fareyle oynadığı gibi oynuyordu.

Beni köşeye sıkıştırmaya çalışıyor, vereceğim cevapların içinde onun bilmediği bir şeyler söylememi bekliyordu. Çünkü ortada onun bilmediği yahut yanlış bildiği bir şeyler olduğundan şüphe ediyordu.

"Cevap ver Hande!" diye bağırdığında irkildim. "O piç senin sevgilin değil mi? Söylesene, benden kurtulur kurtulmaz kollarına koştuğun adam o değil mi? Neden onun gelip seni benden almasını istemeyesin ki?"

Bocaladığımın farkındaydı, ağzımdan ısrarla laf almaya çalışıyordu. Oysa ona verebileceğim hiçbir cevabım yoktu. Ne yalan söyleyebiliyordum ne gerçeği. Hangi tarafta olduğumu bilmediğim bir savaşta, cennet ve cehennemin ortasında kalmış gibi araftaydım.

"Cevap veremiyorsun," dediğinde dudakları kıvrıldı. "Çünkü senin benden gizlediğin bir şeyler var!"

Yutkunamadım, donup kaldım. En başından beri kalbimin istediği buydu... Bora'nın her şeyi kendince çözmesi, çektiğim tüm bu eziyetlerin son bulması. Fakat abimin hiçbir şekilde bundan zarar görmemesi gerekiyordu, benim biraz daha zamana ihtiyacım vardı.

"Bir şey gizlediğim yok." Kestirip atmaya çalışırken Bora'nın eli bana doğru uzandı ve parmakları çenemi usulca kavradı.

"Bugün sana fırsat tanıdığım hâlde beni bırakıp gitmedin," dedi yakarırcasına. Nasıl çırpındığını görüyordum, ona içim gidiyor lakin hiçbir şey yapamıyordum. "Gidebilirdin ama gitmedin." Gözlerime her bakışı canıma bir kurşun sıkıyordu. "Söylesene, neden gitmedin?"

"Çünkü beni göndermezdin," dedim fısıltılı bir sesle. Bir şeyler söylemezsem tamamen çuvallayacaktım. "Seni tanımadığımı mı sanıyorsun? Buna izin vermezdin."

Bora elini yüzümden çekip hızla yataktan kalkarken "Yine yalan söylüyorsun," dedi bağırarak. "Ama ben gizlediğin veya gizlediğiniz her şeyi ortaya bir bir dökeceğim." Onu daha önce hiç bu kadar kararlı görmemiştim. Sessiz kaldım, sözlerinin devamını getirmesini beklerken tuttuğum nefesim içimde patlayacaktı.

"Nereden başlayacağım biliyor musun?" diye sordu buz gibi bir tebessüm ederken. "Gerçekten beş ay boyunca Londra'da olup olmadığını araştırmaktan."

III
DARMADAĞIN

Saatin kollarını ters çevirmek, zamanı geriye sarmak istiyordum.

Bunun mümkün olmayacağını bile bile, her şeyin başladığı ama hiçbir şeyin bitemediği o korkunç geceye tekrar dönmek istiyordum. Kötü bir ceza mı yoksa iyi bir ödül mü olduğunu kestiremediğim güçlü hafızamda birikenleri zaman bile yok edemiyordu. Geriye dönüp ruhumu tarumar eden her yaşanmışlığa bir mezar kazmak istiyordum. Hassas bir vicdana sahip olmak, unutamamanın yanında daha ağır kalıyordu, kuvvetli bir hastalık gibiydi ve sanki hiçbir tedavisi yoktu.

Bora'yla yaşadığım her şey zihnimin içini kemiriyor, kalbimin damarlarını çürütüyordu. Bir tarafta ona duyduğum ve sonu gelmez sandığım hastalıklı nefret, diğer tarafta onun için yanan ruhum ve yaralı çocukluğu için sızlayan merhametim duruyordu. Kalbimin kanlı ayak izleri düşüncelerimin üzerinde geziniyordu, savaşı bitirmiş ve teslim olmuştum. Artık kendimden ve yemin bildiğim değerlerden çok uzakta, beni küle çevireceğini bildiğim ateşin keskin sınırlarında, onun tehlike vaat eden şehrinin surlarındaydım.

Bu raddeye geleceğime asla inanmazdım, o zamanlar ona karşı öyle gaddar ve acımasızdım ki günün birinde onu kendi ellerimle öldürmekten korkardım.

Sevgisiz büyüyen çocukluğumu, genç bir kız olduğumda kalbi güzel bir adama âşık olacağıma inandırarak avuturdum. Bora'nın benden hayalini kurduğum sevgi dolu hayatı, âşık olacağım adamı ve huzurlu yarınlarımı çaldığını düşünürdüm. Ona olan nefretim öyle büyüktü ki bunun bir sonu gelmeyecek, bu nefret hem beni hem onu zehirleyecek sanırdım. Zehrim şifam olmuştu, soğuk kış gecelerinde içime usulca işlemişti yaralı ruhu, kalbime derince kazınmıştı yokluğu. Ah yokluğu... O kadar yoktu ki varlığından nefret ettiğim günleri hafızamda canlı tutabilmek için kendimi paralardım.

Bora'ya âşık olmuştum.

Kendi elleriyle sonumu getirebilecek olan tehlikeli bir adama, tam da onu kaybettiğim o gece umarsızca tutulmuştum.

Yorgunluk ve uykusuzluk izlerinin bir doğum lekesi gibi yapışıp kaldığı göz altı morluklarımı kapatmaya çalışıyordum. Aylardır doğru düzgün su içmediğimden cildim öyle nemsizdi ki tenim makyajı kabul etmiyordu. Zorlukla kapattığım şiş ve koyu göz altlarımdan sonra elim başka bir makyaj malzemesine uzanmadı, sadece kurumuş dudaklarımı nemlendirerek makyaj çantasını kapattım ve çekmeceye kaldırdım. Sonrasında neredeyse sırtıma kadar uzamış olan kahverengi saçlarımı tarayıp gevşek bir şekilde yandan ördüm.

Uzun zaman sonra kendime ait kıyafetler giyecek olmak bir nebze iyi hissettirmişti. Giyinme odasındaydım, gardırobun kapaklarını aralayıp triko kazaklara hızla göz gezdirdim. Oldukça kalın, krem rengi bir kazak seçerek pufun üzerine bıraktım. Önce pantolon rafından aldığım siyah, kot bir pantolonu giydim. Sonra saçlarımı bozmadan kazağı üzerime geçirdim. Evin içi yeterince sıcaktı ama ben duş aldığımdan beri bir türlü ısınamıyordum, özellikle ayaklarımın altı buz gibiydi.

Odadan çıkmadan önce aynaya son bir kez baktım. Aynadaki Hande gülümsemiyordu, zayıf ve mutsuzdu, her geçen gün biraz daha kötü görünüyordu. İçinde kimselerin fark edemediği sakıncalı bir hastalık büyüyordu, onu ölüme sürüklüyordu ama bunu kimseler göremiyordu. Ve bu, onu daha çok mahvediyordu.

Odadan çıkıp merdivenlere doğru yürüdüğümde evin içi sessizdi. Saat on birdi ve ben gece bir şeyler yediğim için hâlâ aç değildim. Neyse ki Bora evin içinde gezmemi sorun etmiyordu. Belki de kapıya ve evin etrafına birkaç adam diktiğinden kaçamayacağımı biliyordu.

Alt kata indiğimde tedirgindim. Bora ortalıkta görünmüyordu. Oysa bir saat önce evin içindeki adım sesleri kulaklarıma çalınmıştı. Yavaş adımlarla salona doğru yürürken evin kapısının açık olduğunu fark ettim, bir an tereddüt etsem de salona girmek yerine kapıya doğru yürüdüm. Attığım her adımda silik konuşma seslerini duyuyordum, Bora dışarıdaydı ve adının Veysel olduğunu öğrendiğim adamla konuşuyordu.

"Ben bu durumu asla sorun etmem, beni biliyorsunuz," diyordu Veysel. Adamın sesi hep mi böyleydi yoksa şu sıra hasta mıydı bilmiyordum fakat oldukça kısıktı. "Ama diğerleri Haldun Bey şirketle ilişiğimizin kesilmesine karar verirse ne olacak diye soruyorlar. Açıkçası çok endişeliler."

"İşini düzgün bir şekilde yapan kimse Korkmaz Grup'tan atılmayacak, boşuna endişelenmesinler." Bu ses Bora'ya aitti ve şu an ne hakkında konuştuklarını anlamıyordum.

"Maaşlarda kesinti olursa bizzat ödeyeceğim," dedi güven veren bir sesle. O an hatırladım, Korkmaz Grup, Şahsuvar Holding'in bünyesine bağlı büyük bir güvenlik şirketiydi. "Dediklerimi yapın yeter."

"Haldun Bey çok öfkelendi, hepimizi işten attıracağını söyleyip gittiğinde çocuklar da endişelendi tabii."

Veysel neyden bahsediyordu? Babası buraya gelmişti ve Bora onu içeriye almamış mıydı?

Bora dün gece babasından ve benden şüphe ettiğini açıkça dile getirmişti. Onu çok iyi tanıyordum, bu tür oyunlara kanacak kadar aptal bir adam değildi, sadece yirmi dört saat içinde çözmüştü her şeyi. Oysa Haldun Bey böyle hesap etmemişti, Bora beni Melih'le gördüğü an her şey bitecekti güya... Hiç beklemediği bu durum onun planları arasında yoktu, kim bilir şu an nasıl kara kara düşünüyordu.

Ona Bora'nın beni bırakmayacağını defalarca söylemiştim ama umursamamıştı. Kendimi geçmiştim lakin kendi oğlunu nasıl tanımazdı?

"Değil bu kapıdan içeri, evin elli metre yakınından bile geçirmeyeceksiniz onu." Bora babasına güvenmeme konusunda ciddiydi, onu yaşadığı bu eve kendi emrinde çalışan adamların zoruyla sokmayacak kadar ciddiydi hem de. "Bu ev babama yasak."

"Peki efendim," dedi Veysel. "Her şey emrettiğiniz gibi olacak."

Bora hemen kapının önündeydi ve içeriye girmesi an meselesiydi. Onu dinlerken yakalanmak istemezdim, zaten duyacağımı duyduğum için arkamı dönüp sessiz adımlarla salona doğru yürüdüm. Kendimi salondaki koltuklardan birine attığım sırada kapı aralandı ve sonra kapandı. Saniyeler sonra Bora doğruca salona girdiğinde bakışları yüzüme takıldı ve her zamanki gibi kaşları çatıldı.

Düne göre daha da dinç ve iyi görünüyordu, uyumak benim aksime ona yaramıştı. Üstünde yarım balıkçı yaka, ince, bordo renk bir triko vardı. Siyah ve gür saçları yine dağınıktı, önleri alnına dökülüyordu. Epey uzamış olan sakallarının ona fazlasıyla yakıştığını inkâr edemezdim. Koyu yeşil gözleri yine ıssız bir ormanı andırıyordu, ona bakarken o ıssızlıkta kaybolacakmış gibi hissediyordum.

Elinde bir gazete vardı. Gazeteyi ikiye katlayıp, karşıma geçip oturduğunda içimi bir tedirginlik kapladı. Yine düne dönmez ve beni sorularıyla bunaltmazdı değil mi? Bana yine dikkatle bakıyor olması elimi ayağıma dolaştırsa da belli etmemeye çalıştım. Bora bir müddet sonra elindeki gazeteye odaklandı ve sayfaları hışırdatarak çevirmeye başladı. Gazete okumayı severdi, gündemi değilse bile siyaseti ve futbolu yakından takip ederdi.

Onun bakışlarının gazetede olmasından istifade ederek onu izliyordum, üçüncü sayfayı çevirirken yüzünü büyük bir ciddiyet kapladı. Kaşları normalde de çatık olur muydu yoksa şu an karşısında ben olduğum için mi çatıktı bilemiyordum. Hakiki gülümseyişini, gülümserken yanağında ve gözlerinin kenarlarında beliren çizgileri görmeyeli uzun zaman olmuştu. Bir kere içten bir tebessüm ettiğini görmek için şu an neler vermezdim...

"Beni izlemeyi keser misin?"

Ses tonu düşüncelerimi bin parçaya bölerken ona şaşkınca baktım. Bunu söylerken gözlerini bir an olsun ayırmamıştı gazeteden. Onu izlediğimi nereden biliyordu ki?

"Alnında gözlerin mi var?" diye çıkıştım kaşlarımı kaldırırken. "Seni izlemiyorum."

Bora derin bir nefes aldı. "Çok kötü bir yalancısın, Hande."

Cümleyi ayrı, cümlenin sonunda sarf ettiği adımı ayrı vurgulamıştı. Neyi ima etmeye çalışıyordu?

Bakışlarını gazete sayfalarından ansızın çekip gözlerime diktiğinde "İzliyorsun ya işte," dedi kışkırtıcı bir sesle.

"İzlemiyordum," diye direttim. Onun aksine koltukta rahat bir şekilde değil, diken üzerinde oturuyordum. "Sen bana iftira atıncaya dek."

Bora bakışlarını yeniden gazeteye düşürürken gülümseyecek gibi oldu fakat anında düz bir çizgi hâlini aldı dudakları. Bu durum ondan gelecek tebessümü hasretle bekleyen kalbime aklımın oynadığı bir oyun da olabilirdi, bilemiyordum. Zaten bunu istemek hakkım bile değildi.

"Aslında sana bir şey soracağım," dediğimde sesim pürüzlü çıktı. Boğazımda hafif bir yanma oluşmaya başladığını hissettim. Yoksa hasta mı oluyordum? "Ama bunun seni öfkelendirecek olmasından endişe ediyorum."

Bora gözlerini gazeteden ayırmadı. "Sorma o zaman. Aylık öfkelenme kotamı yirmi dört saat içinde dolduran tek insansın." Hırsını gazeteden çıkarır gibi sayfasını sertçe çevirdi. "İnan bana, fazlası seni yakar."

"Ne soracağımı merak etmiyor musun?" diye sordum şaşkınca.

"Hayır," dedi Bora net bir sesle. Dikkatini dağıttığım için bana öfkeleniyor gibiydi. "Eğer soru sormaya kalkışırsak önce ben başlarım ama sen benim sorularımın altından kalkamazsın. En iyisi susman."

Susamazdım, bir şekilde ona ne olduğunu öğrenmem gerekiyordu. "Yiğit Mirzanlı..." dedim büyük bir cesaret ve tereddütle. "Senin içeriden çıktığını mı biliyor mudur?"

Ansızın dudaklarımdan fırlayan bu soru, Bora'nın gazeteyi parmakları arasında ezercesine sıkmasına sebep oldu. Kaskatı kesilen bir surat ifadesiyle bakışlarını ağır ağır yüzüme kaldırırken oturduğum koltukta tedirgince dikleştim. Aslında öğrenmek istediğim bilgi tam olarak bu değildi. Yiğit elbette duymuş olmalıydı Bora'nın içeriden çıktığını. Benim esas merakım Yiğit'e ne olduğuydu. Bana bunları yapan Haldun Şahsuvar, oğlunun başına bela olmuş bir adama neler yapmazdı ki? Ona büyük bir zarar vermiş olabilirdi, hatta işi daha ciddi bir boyuta sürükleyerek onu öldürtebilirdi. O adamın gözlerinde bu karanlık ışığı görmüştüm, ondan her şey beklenirdi.

"Kendisine sormayı denemedin mi?" diye sordu Bora. Beklediğimin aksine bu soru onu öfkelendirmemişti, bazen gerçekten hayret verecek kadar sakin olabiliyordu. "Yoksa ortaklık bitince görüşmeyi mi kestiniz?"

Bora sakindi, öyleyse ben de sakin olmalıydım.

"Yiğit'le hiçbir bağlantım yok," diyerek savundum kendimi. Bu bir gerçekti. Bora'nın babası tarafından beş ay boyunca o lanet eve kapatılmamış olsam bile böyle olmaya devam edecekti. Ne Yiğit bir daha beni görecekti ne de ben onu.

"Yiğit?" dedi Bora sorar gibi. Yiğit'ten yakın bir arkadaşımdan bahsediyormuşum gibi söz etmem bile onu öfkelendirmeye yetmişti. Belli etmiyordu ama ben farkındaydım.

"Ne söylememi bekliyorsun?"

"İkinci seçeneği tercih ediyorsun yani?" Bora dolaylı yoldan benimle alay falan mı ediyordu? "Ben de öyle tahmin etmiştim, Londra'ya gidince ahbaplık da bitmiş olmalı."

Oflar gibi nefes verirken bir kez daha tekrarladım. Sözlerimi bu sefer dikkatle seçmiştim. "Yiğit Komiser'le sandığın gibi bir alakam yok."

"Merak etme." Bakışları gazetenin üzerindeydi. "Ben bunların hepsini öğreneceğim zaten. Kendini boşa yoruyorsun."

Öğreneceğim ve ortalığı ateşe vereceğim, der gibi tehditkâr bir sesle konuşuyordu. Bora asla vazgeçmeyecekti. Neler olup bittiğini bilmediği o beş ay onun için azap gibiydi ve eninde sonunda bunun ikimiz için de bir sonunu getirecekti. Başka bir soru sormasından endişe ederek oturduğum koltuktan kalktım. Kaçtığımı belli etmemek adına yavaş adımlarla uzaklaştığım sırada, "Nereye?" diye sordu. "Neden kaçıyorsun ki şimdi?"

Gözünden de hiçbir şey kaçmıyordu.

"Kaçmıyorum, sadece üşüdüm," diye cevap verdim. Bu bir bahane olabilirdi ama gerçekten üşüyordum. Ayaklarım hâlâ buz kütlesiydi.

"Ev bu kadar sıcakken mi?"

"Hayır," dediğimde kapıdan çıkmadan evvel dönüp ona baktım. "Karşımda sen olduğun için."

Her zaman o alay edecek değildi. Salondan çıkıp koridorda yürürken zafer kazanmış gibi gülümsedim. Görmesem de şu anki bakışlarının nasıl bir şekil aldığını tahmin edebiliyordum. Suratı Gargamel'in suratı gibi asılmış olmalıydı. O an *sana inanamıyorum Hande,* dedi içimdeki arsız ses. *Bora Gargamel'e benzetemeyeceğin kadar yakışıklı. O bir çizgi film karakteri olsaydı kesinlikle Johnny Bravo olurdu.*

İç sesime göz devirerek yukarı çıktığımda doğruca giyinme odasına girdim ve dolaptan çoraplarımın olduğu bölmeyi açtım. Bu kadar üşümem iyiye işaret değildi, üstelik boğazım da acıyordu. Hasta olmak şu an başıma gelebilecek en kötü şey olurdu. Ayaklarımı sıcak tutacak kalın bir çorap ararken gözüme en sevdiğim civcivli panduflarım çarptı. Annem, gerçekleşmeyecek olan düğünümüze az bir zaman kala bütün eşyalarımı bu eve taşırken bu duruma sinirleniyordum. Ama Bora'yla evlenmeyeceğimi bilmedikleri için eşyalarımı götürmesine ses de çıkaramıyordum. Şu an panduflarımı görmek beni aşırı mutlu etmişti, ayaklarımı öyle sıcak tutuyordu ki artık üşümeyeceğime emindim.

Odadan çıkıp tekrar merdivenlere doğru yürüdüğümde hesap edemediğim bir ayrıntıyla karşılaştım. Sıcacık tutan panduflarımın kötü bir yanı vardı, attığım her adımda sanki kuş ötüyormuş gibi ince bir ses çıkarıyordu. Merdivenlerden inip mutfağa doğru yürürken adımlarımdan çıkan ses beni eskiye götürdü. Abim bu sesten nefret ederdi ve ben ne zaman bu pandufları giymiş olsam benimle kavga ederdi. Benden izinsizce alıp çöpe atacağı korkusuyla her zaman saklardım onları.

Mutfaktan içeriye girdiğimde Bora'yı burada bulmayı beklemiyordum. Mutfağın cam kapısını aralamış, dumanını dışarı üfleyerek sigarasını içiyordu. Benim geldiğimi fark etmemesi mümkün değildi çünkü kafasını çevirip bana baktığında bakışlarının hedefi ayaklarımdaki panduflar oldu. Ben hızlı adımlarla dolaplara doğru yürürken Bora'nın yüzünde memnuniyetsiz bir ifade geziniyordu.

"O ayağındaki şey ne?" diye sordu yadırgamış bir tavırla. "Ayrıca bu ses ondan mı çıkıyor?"

"Panduf," dedim umursamaz bir sesle. "Sıcacık tutuyor."

Bora şaşkındı. "Ciddi ciddi üşüyorsun yani?"

Dönüp Bora'ya baktım, o da meraklı gözlerle bana bakıyordu. "Evet, üşüyorum. Sanırım hasta oluyorum." Sözlerimin ardından dolapların içlerini kurcalamaya başladım, arada bir de Bora'ya bakıyordum. Bora ise benden ziyade, adım attıkça ses çıkaran panduflarıma bakıyordu. "Sen çocuk mağazasından falan mı alışveriş ediyorsun?" diye sordu küçümseyerek.

"Sen hiç ayağı otuz sekiz numara olan bir çocuk gördün mü?" diyerek tersledim onu. Şu an ikinci bir Cenk vakası yaşamak istemiyordum. Konuyu değiştirmek için "Bitki çayları nerede?" diye sordum.

Bora elini kaldırdı ve sağ taraftaki dolabı işaret etti fakat bakışları hâlâ panduflarımın üzerindeydi. "Ayağındakileri çıkar," dedi sonunda kızgın bir şekilde. "Sıcak tutacak başka bir şey yok mu?"

"Yok," diye mırıldandım. "Ayrıca ben böyle şeyleri seviyorum."

"Çocuk musun sen? Şu giydiğin şeye bak, cik cik ses çıkarıyor bir de."

Dolabın kapaklarını aralarken ona sırtımı dönmüştüm, elimde olmadan gülümsedim ama neyse ki o bunu göremiyordu. Gülüşümün aksine soğuk bir sesle, "Böyle iyiyim," dedim. "Sesten rahatsız oluyorsan duymazsın olur biter."

"Bilerek mi yapıyorsun?" diye sordu Bora. Bardakların olduğu dolaptan kendime küçük bir kupa çıkarırken göz ucuyla ona baktım. Sigarasını söndürmüş, mutfağın cam kapısını kapatarak içeri girmişti.

"Ne?" dedim dudak bükerek. "Neden öyle bir şey yapayım?"

"Öyleyse o ayağındaki embesil şeyi çıkar," dedi panduflarımı işaret ederek. "Benim asabımı bozma, tüm gün bu sesi dinleyecek hâlim yok."

"Embesil şey değil o." Omuzlarımı silktim. "Çıkarmayacağım." Gelip ayağımdan zorla çıkaracak hâli yoktu. Hem beni burada zorla tutuyorsa benimle alakalı her şeye katlanmak zorundaydı. Geniş mutfak tezgahının köşesinde duran su ısıtıcısına doğru yürüdüğümde panduflarımdan yine ses çıkmaya başladı. Bora durmuş beni izliyor ve burnundan soluyordu.

"Çıkarsana kızım şunu!"

"Çıkarmayacağım," diye bağırdım sonunda. "Sana ne ya? Gitsene başımdan!"

"Ver şunları, çöpe atacağım." Bora üzerime doğru yürüdüğünde elimdekileri bırakıp kaçar adım mutfak kapısına doğru yürüdüm. Onun derdi bu değildi, benimle zıtlaşmak ve beni mutsuz etmek resmen hoşuna gidiyordu. Mutfaktan çıkıp merdivenlere doğru yürüdüğüm sırada kapı çaldı, geriye dönüp kapıya meraklı gözlerle baktığım sırada Bora da mutfaktan çıktı ama bakışları kapıdan önce beni buldu.

"Çıkar onları," diye ikaz etti son kez. Bana arkasını dönüp kapıya doğru yürüdüğünde ben de doğruca merdivenlere yürüdüm. Ayağımdakileri çıkaracağımdan değildi ama gelen Tekin veya Serdar olabilirdi, onlarla yüz yüze gelmeyi istemiyordum. Bora kapıyı açtığında beklediğimin aksine hiç tanımadığım bir kadının sesini duydum ve adım atmayı durdurdum. Hızlı bir şekilde arkamı dönüp kapıya doğru baktığımda Bora'dan ötürü bir şey göremedim fakat kadının sesini ikinci kez duydum.

"Merhaba, ben Betül Akıncı," dedi zarif bir sesle. Tahminimce şu an Bora'ya elini uzatıyordu. "Şahsuvar Holding bünyesinde iki yıldır yönetici asistanlığı yapıyorum ve bugün itibariyle kişisel asistanınız olarak görevlendirildim."

Tahminimde yanılmamıştım, kadını henüz göremesem de Bora'ya el uzattığı doğruydu çünkü Bora da elini kaldırmış kıza doğru uzatıyordu. Yukarı çıkmaktan vazgeçip kapıya doğru adım attığım an ayaklarımdaki pandufları ışık hızıyla çıkarıp bir kenara savurdum. Kimdi bu Betül? Nereden çıkmıştı ve neden Bora'nın asistanı olacaktı? Benim bildiğim Bora'nın işlerle alakası yoktu, zaten en çok da bu sebepten babasıyla kavga ediyordu.

Bora Betül'ün elini bırakıp bir kenara çekildiğinde Betül içeriye daldı. Bora girebilirsin dememişti, o da girebilir miyim diye sormamıştı. Daha önceden mi tanışıyorlar mıydı? *Saçmalama Hande,* dedi içimdeki kıskanç ses. *Öyle olsa bu kadın neden kendini tanıtsın ki? Hem sen ne duruyorsun, gitsene yanlarına.*

Hâlâ aynı noktada dikiliyor ve ne bir adım ileri ne de bir adım geri gidebiliyordum. Bora kapıyı kapatırken Betül denen kız durup onu seyretti, Bora kapıyı kapattığında ise nazikçe gülümseyerek kendini yönlendirmesini bekledi. Tahminimce benden birkaç yaş büyüktü, Bora'nın yaşıtı olmalıydı. Bora salonu işaret ederek yürümesi için yol verdiğinde Betül doğruca salona yürüdü. Bir ara göz göze geldik fakat ben anında gözlerimi kaçırdığımdan mütevellit aramızda hiçbir diyalog geçmedi. Sadece ters bir şekilde Bora'ya bakıyor ve tepkisini ölçmeye çalışıyordum.

Ama Bora bana bakmıyordu. Sanki ben orada değilmişim gibi, sanki burada hiç yokmuşum gibi varlığımı umursamıyordu.

Peş peşe salona girip gözden kaybolduklarında aynı yerde dikilmeye devam ettim. Belki şu an sergilediğim tavır çok gereksizdi, kadın sadece bir çalışandı ve iş için buradaydı, kıskanmam saçmalıktı. Ama kendime engel olamıyordum. Neden olamıyordum? Gözlerimin önünde elini tuttu ve kafasını çevirip bir kez olsun bana bakmadı diye mi? Sadece tokalaşmıştı, bu sıradan ve olağan bir şeydi.

"Kabalık etmeyeceksem neden burada olduğunu sorabilir miyim?" Bora en kibar ses tonunu kullanarak sormuştu bu soruyu. Şu an ne içeride yaptıklarını, birbirlerine nasıl baktıklarını göremediğim için deliriyordum. Sadece seslerini duymak bana yetmiyordu. "Seni babam mı gönderdi?"

"Hayır." Betül denen kadın kısa bir an duraksadı. "Enver Bey'in talimatıydı bu."

Amcası ya da babası, değişen bir şey yoktu. Betül muhtemelen şu an öyle söylemesini istedikleri için bunları söylüyordu.

"Pekâlâ," dedi Bora. "Bir şey içer misin?"

Betül şu an memnuniyetle gülümsüyor olmalıydı. "Zahmet vermeyeceksem bir kahvenizi içebilirim."

Sakin değildim, hem de hiç değildim. Neden kahve içmek istiyordu? Daha doğrusu Bora neden bir şey içer misin diye soruyordu? Patron sınıfının çalışanına kahve yaptığı nerede görülmüştü? Aklımı yitirecektim, Bora neden böyle davranıyordu?

Bora'dan önce davranıp parmak uçlarıma basa basa mutfağa yürüdüm ve az önce yarım bıraktığım bitki çayını yeniden hazırlıyormuş gibi oyalanmaya başladım. Isıtıcıya suyu önceden koymuştum, sadece tuşuna basıp beklerken kalçamı tezgâha yaslayıp tırnaklarımı kemirmeye başladım.

Bora çok geçmeden mutfağa girdiğinde göz göze geldik, bakışlarını üzerimden çekmesi uzun sürmedi. Ben yokmuşum gibi davranmaya devam ediyordu. Beni mi cezalandırıyordu? Su ısıtıcısı gürültülü bir şekilde çalışmaya başladığında sesimin içeriye duyulmayacağından emin olarak konuştum. "Ne kadar da mütevazı bir patron oğlusun," dedim iğneleyici bir sesle. "Burada durmuş çalışanına kahve pişiriyorsun."

Bora kahve makinesini prize takarken göz ucuyla bana baktı. Sözlerimin onu sinirlendirmesini beklemiştim ama olmadı. "Öyleyimdir," dedi vurdumduymaz bir tavır takınarak. "İnsanlarla arama keskin sınırlar çizmem."

"Öyleyse git kapının önünde dikilmeleri için para verdiğin adamlara da kahve yap."

"Hande..." Bora'nın sesi ikaz doluydu. Dolaptan çıkardığı kahve fincanını parmakları arasında hızla çevirmeye başladı. "Senin derdin ne?"

"Hiçbir şey," dedim öfkeden çatlayan sesimle. "Hiçbir şey!"

"O sesini alçalt. Farkındaysan yalnız değiliz."

"Neden? Bizi duyar diye mi endişe ediyorsun? Duyarsa duysun, sadece bir çalışan değil mi?" Betül'ü bir çalışan olarak küçümsemiyordum, öyle bir niyetim asla olamazdı ama Bora'nın ona gösterdiği nezaket beni deliye çevirdiğinden ayarsızsa konuşuyordum.

Bora bana bir cevap vermediğinde "Erkek değil misin?" dedim kafamı sallayarak. "Güzel bir kadın gördüğünde onu etkilemek için elinden gelen her şeyi yapıyorsun!"

Elindeki kahve fincanını tezgâha sertçe bırakırken hızla bana döndü ve şimşeklerin çaktığı gözlerini üzerime dikti. "Sus ve yukarı çık," dedi emir verir gibi. "Şu an sadece saçmalıyorsun."

"Çıkmıyorum." Isıtıcı durmuştu. Sıcak suyu kupaya dökmekten başka bir işim kalmamıştı ama inatla mutfakta kalmaya devam edecektim. Şu an hissettiklerime, sergilediğim saçma sapan tavırlara ve içinde yüzdüğüm kıskançlığa inanamıyordum. Ben Bora'yı Yaren'den bile böyle kıskanmamışken nasıl oluyordu da hiç tanımadığım bir kadından kıskanıyordum?

Betül denen kadını gördüğüm ilk an dış görünüşünü hafızama resmen kaydetmiştim. Uzun bir boyu, dikkat çekici ve kadınsı bir fiziği vardı. Beni delice üşüten havanın soğuğu ona uğramıyor olsa gerek, dizlerinin iki karış üstünde biten bej renkte kalem bir etek giymiş, uzun ve zarif bacaklarını gözler önüne sermişti. Üstünde salaş, vücudunu sarmayan beyaz bir gömlek vardı fakat yakası öyle açıktı ki dekolteyi aratmıyordu. Sanki buraya geleceği için özenmiş gibiydi. Göz rengini fark edememiştim ama teni beyazdı, yüzü güzel, saçları ise uzun ve sapsarıydı.

Bense şu an ilkokul çocuğu gibi görünüyordum. Bir tek saçlarımda dantelli toka eksikti.

Bora sarışınlardan hoşlanıyor muydu?

Bana bir cevap vermedi, onu dikkatle izliyor olmamın aksine kafasını çevirip bana bakmadı bile. Pişen kahveyi fincana doldurduktan sonra mutfaktan çıkıp gitti. Bora'nın ardından, ısıttığım sıcak suyu bir sinirle lavaboya döküp mutfaktan çıktım ve doğruca salona yürüdüm. İçeri girmeyecektim fakat kapının gerisinden onları izleyebilirdim.

Betül az önce benim oturduğum koltukta oturuyordu, Bora ise aynı yerde, o koltuğun karşısında. "Anlat bakalım," dedi arkasına yaslanarak. "Enver Bey seni buraya neden gönderdi?"

Bora'nın aklını karıştırmak için olabilir miydi? Bu işin altında kesinlikle Haldun Şahsuvar vardı. Sırf Bora'yı etkileyebilmesi için göndermişti bir kızı. Yoksa neden Bora için böyle güzel ve alımlı bir kızı asistan olarak seçecekti ki?

"Enver Bey bu yıl yönetim kurulu başkanlığından istifa edeceğini açıkladı," diyerek söze başladı Betül. "Yıllarını verdiği bu koşturmaca onu çok yormuş, artık inzivaya çekileceğini söyledi." Kahvesinden bir yudum aldıktan sonra bacak bacak üstüne attı. Bu hareketiyle birlikte zaten kısa olan eteği hepten yukarı sıyrılarak ortaya hoş olmayan bir görüntü çıkardı. Bilerek yapıyordu, kesinlikle bilerek yapıyordu. Bu durumu hiçbir şey yapamadan öylece izlediğim içinse içim içimi yiyordu.

"Henüz net bir şey söylenmedi fakat yerine Haldun Bey'in geçeceği apaçık ortada. Başkan yardımcılığını da Hale Hanım üstlenecektir." Bora sessizce dinliyordu, Betül devam etti. "İhsan Bey'in geçirdiği kalp krizi sonrası eskisi gibi olamadığını biliyorsunuzdur. Kurula devam edip etmeyeceği belli değil. Haliyle yönetim kurulundaki açık çoğalacak." Kahvesinden bir yudum daha almak için sustuğunda yüzüne düşen sarı saçlarını kulağının arkasına kıstırdı.

"Emir Bey'in döneceğinden haberiniz vardır." Verdiği bu bilgiyi onaylamasını ister gibi bekledi, Bora'nın kafasını salladığını gördüm. "Evet, haberim var."

Emir, Enver Bey'in oğluydu ve Bora'dan yalnızca bir yaş büyüktü. Onunla resmi olarak sadece bir kez tanışmış, sonrasında yüzünü bir daha görmemiştim çünkü geçen yıldan beridir eğitim için yurtdışında olduğu söyleniyordu. Emir'in küçüğü ise Ceyda'ydı. Ceyda'yı hiç görmemiştim, Enver Bey karısından boşandığından beri Ceyda Ankara'ya adım atmıyor, İzmir'de annesiyle birlikte yaşıyordu. Sanırım bu boşanma mevzusunda babasını suçluyordu. Çünkü Bora, Ceyda'nın fazla hassas olduğunu, amcasının boşanmasının üzerinden iki yıl geçmesine rağmen Ceyda'nın bu durumu atlatamadığından bahsetmişti.

"Emir Bey döner dönmez yönetim kurulunun bir üyesi olarak holdingde yerini alacak," dedi Betül düzgün bir sesle. Sonrasında söyleyecekleri için biraz tedirgin olmuş gibiydi ama devam etti. "Ancak sizin böyle bir pozisyon için henüz uygun olmadığınız konuşuluyor."

Betül'ün ne demek istediğini anlıyordum, üstü kapalı bir

şekilde Bora'nın eğitimsiz olduğunu dile getirdiklerini söylüyordu. Bora, Emir'in aksine üniversite bile okumamıştı.

"Tüm bunları zaten biliyorum," dedi Bora. "Bilmediğim bir şey söyler misin?"

Bora'nın değilse bile Betül'ün yüzünü yarım yamalak görebiliyordum. Bora ona gülümsüyor muydu ki o şu an tebessümlü bir şekilde Bora'ya bakıyordu? "Bir yerden başlamanız gerektiğini söylemek için buradayım. Ailenizin ve yıllarca birçok sektörde ün yapmış soyadınızın çıkarlarını sadece siz koruyabilirsiniz. Bunlar Enver Bey'in size iletmemi istediği cümleler. Sadede gelecek olursam, Enver Bey öncelikle gayrimenkul sektöründe deneyim kazanmanızı istiyor. Hayata geçirilmesi planlanan birkaç proje arasında öncelik İncek tarafına temelleri atılması planlanan rezidanslar olacak. Devamında da bir alışveriş merkezi projesi..."

Birden kulaklarım uğuldadı ve devamında Betül'ün neler söylediğini duyamadım, başım öyle feci dönüyordu ki duvara yaslanmasam yere düşecektim. Sabahtan beri iyi değildim, üşüyen bedenime ve kuruyan boğazıma şimdi de baş dönmelerim eşlik ediyordu. Duvardan tutunarak salon kapısının önünden geçtim ve merdivenlerin karşısındaki lavaboya yürüdüm. Her an düşüp kalacağım korkusu içimi kemiriyordu, buna izin veremezdim.

Lavabonun kapısını açtığım sırada kulaklarım uğuldamaya devam etti ama gülüşme seslerini duyabildim. Neden güldüklerini bilmiyordum, merak bile edemeyecek kadar kötüydüm. Zaten benim ne hâlde olduğum da onun umurunda değildi, karşısındaki kıza gülümsüyor ve ben burada değilmişim gibi onunla konuşuyordu. Bir an kendimi çok değersiz hissettim ve bu his içimde ağlama isteği uyandırdı. Hâlsiz bedenimi klozetin üzerine yığdığımda dişlerimi sıktım, hissettiğim kadar değersizdim ama artık ağlamamalıydım.

Onun gözlerinde ölüydüm.

Onun gözlerinde öyle ölüydüm ki zamanı geriye sarsam bile dirilemezdim.

Lavaboda yüzüme birkaç kez su çalmam beni kendime getirmişti ama hâlâ kötüydüm, bir an önce uzanmak ve uyumak istiyordum. Canım çok yanıyordu. O kızı, Bora'yı ve birbirlerine gülümsemelerini daha fazla görmek istemiyordum. Lavabodan çıkıp merdivenlere yürüdüğüm sırada sesleri, uzaktan çalınıyordu kulağıma. Kendimi üst kata, dünden beri kaldığım odaya attığımda doğruca yatağa girdim ve kalbimin üzerindeki ağırlığı es geçerek uyuma savaşı verdim. Sanki şu an yatağın üzerinde değil de bir boşlukta salınıyor gibiydim. Başım dönüyor, vücudumu saran hâlsizlik hissi tüm bedenimi uyuşturuyordu.

Gözlerimi kapatmamla birlikte karanlığın içine çekildim.

☽

Saatler yuvarlanıp gidiyordu ama benim yaptığım tek şey yatağın içinde debelenmekti. Hem uyuyor hem de uyuyamıyordum. Bazen dalıp gidecek gibi oluyor, sonrasında titreyerek gözlerimi açarken buluyordum kendimi. Hastalıklı bir çelişkiydi. Vücudumda ağrımadık tek bir nokta yoktu, boğazım yutkunmama izin vermeyecek kadar çok acıyordu. Ayrıca çok üşüyordum, giydiğim kalın kazağa ve yüzümün yarısına kadar çektiğim yorgana rağmen bir türlü ısınamıyordum.

Uyumamı engelleyen tek neden hasta olmam değildi.

Bora'nın can yakan tavırları, terslemeleri, beni görmeyişleri ve tüm bunlar yetmezmiş gibi o kızla gülüşmeleri... Hiçbiri aklımdan çıkmıyordu. Onları salonda bırakıp odaya geldiğimden bu yana Bora'yı görmemiştim. Zaten o da gelmemişti. Betül denen kız belki de hâlâ bu evdeydi, o yüzden gelmiyordu. Burada ölüp gitsem umurunda bile olmayacak mıydı? Artık sadece ruhen değil, bedenen de çok yorulmuştum. Sadece uyumak istiyordum ama o bile mümkün olmuyordu.

Tüm bu düşüncelerin üzerine, durgun bakışlarla izlediğim odanın kapısı aralandığında bir an sanrı gördüğümü zannettim. Ama değildi, Bora sonunda gelmişti. Sessiz adımlarla odanın ortasına doğru yürürken gözlerini kısıp yüzüme dikkatle baktı, gözlerim kapalı değildi ama tam aralık da değildi. Bora uyuyup uyumadığımı anlamaya çalışıyor gibiydi.

"Uyumuyorum," dedim sesimi güçlü tutmaya çalışarak. Bora hasta olduğumu anlasın istemiyordum çünkü bana göstereceği yalancı şefkati kabullenemezdim. Zaten hiç kimse basit bir üşütmeden ölmezdi. Deli gibi üşüyor olmama rağmen yorganı üzerimden sıyırıp attığımda yatağın içinde oturur hâle geldim. Bedenimden yoğun bir ağrı hissi geçti ama belli etmedim. Bora da yine dünkü gibi yatağımın ucuna bıraktı kendini.

Yüz yüze geldiğimiz an titrememek için dişlerimi sıktım ve gözlerine baktım. *Söylesene, o gözlerde hâlâ biraz olsun ben var mıyım?*

"Neyin var senin?" diye sordu Bora. Dizini kırarak bacağını diğer dizinin üzerine atarken kaşlarını da çattı. "Açlık grevi yaparak kendini öldürmeye falan mı çalışıyorsun?"

Bakışlarımı komodinin üzerindeki küçük saate çevirdim, akşamın altısını gösteriyordu. Kahvaltımın üzerinden on iki saat geçmişti ama aç hissetmiyordum, sırf midem ağrıdığı için dün sakladığım çikolatayı bir saat önce yemiştim. Hiçbir şey yemediğimi fark etmişti demek... Neden bunu dert ediyordu ki?

"Umurunda mı sanki?" Dudaklarıma alay dolu bir tebessüm yerleşirken "En son keyfin fazla yerindeydi," dedim konuyu değiştirmek için. "Şimdi karşında ben varım diye mi asıyorsun yüzünü? Aşağı in ve gülmene kaldığın yerden devam et, beni umursuyormuşsun gibi davranma."

Aptaldım, gerçekten aptaldım. Zinhar susamıyor, tutmam gerekenleri içimde tutamıyordum.

"Keyfimin yerinde olmaması için bir sebep mi var?" Bora yüzündeki ifadeyi sertleştirdi. "Yoksa sana gülümsemiyorum diye acı çektiğimi mi düşünüyorsun?"

"Artık hiçbir şey düşünemiyorum." Usulca kafamı salladım. "Ama..."

Sustum, sözlerimin devamını dile getiremedim. *Bana bir kez olsun gülümsemeni isterdim, dedim içimden. Uzun za-*

mandır hayalini kurduğum o tebessümü yabancı bir kadına harcamanı değil. Bora haklıydı, birbirimize verdiğimiz her eziyet aslında karşılıklıydı. Aklımda iki gün önce, o kış evinde, gelinliğimi yakmadan önce sarf ettiği sözler yankılandı. *'Çok bekledim... Belki bir gün, bir kez olsun gülersin diye. Tamam, kabul. Ben güldürmeyi beceremedim. Ama sen de bir kez olsun gülmedin be!'*

"Ama?"

"Haklısın. Keyfinin yerinde olmaması için bir sebep yok."

Anlamıyordum, ikimiz de acı çekmiyor muyduk? Beni paramparça eden acı onu nasıl bu kadar dik tutabiliyordu? Nasıl oluyordu da yüreğinde binlerce hayalin cesedini taşırken bu kadar umursamaz görünebiliyordu?

"Yok," diyerek onayladı Bora beni. "Hiçbir sebep yok."

"Sana bir soru soracağım." Zorlukla yutkundum, boğazım acıyordu. "Sakın reddetme, benim için önemli."

Bora kaşlarını hafifçe kaldırdı ve kalan gücümü de yerle yeksan edecek kadar sert bir şekilde baktı gözlerime. "Soru, soru, soru..." Sesi yine buz gibiydi, ruhum avuçlarında donarak ölecekti. "Buna hakkın var mı? Sen önce sana sorduklarıma cevap ver. Verebilecek misin?"

Tepkisini umursamadım.

"Hayatında başka bir kadın olacak mı?" Yan yana dizdiğim her harf kızgın ateşlere atılmış gibi yakıcı bir tat bıraktı ağzımın içinde. Bora benden böyle bir soru sormamı beklemediği için afallamıştı ama belli etmemeye çalışıyordu. Çok sürmeden gözlerinde kararlı bir ifade belirdi.

"Senin yasını tutacak değilim."

"Haklısın..." dedim ama konuşamayacağımı hissettiğimde sustum. Yine de gözlerimi gözlerinden çekemedim. "Çok gençsin, önünde koca bir hayat var. Bu hayatı, sana kötü anılardan başka bir şey vermeyen bir kadın için ziyan etmemelisin."

"Sen öyle mi yaptın?" diye sordu küçümseyici bir sesle. Yüzünde acıya dair tek bir iz, dudaklarında kanayan tek bir cümle yoktu. "Etmeyeceğim zaten, merak etme."

Tuhaf bir şekilde gülümsedi. Sorduğu soruya bir cevap bile beklemedi. "Öyle yaptın, benim aksime hayatını benim için ziyan etmemeyi başardın. Yollarımız çoktan ayrıldı."

"Yani şimdi..."

"Şimdi," diyerek kesti Bora sözümü. "Daha fazla soru sormayacak ve bekleyeceksin. Madem konuşmuyorsun, sadece bekleyeceksin."

"Peki sen ne yapacaksın?" diye sordum. Kalbime söz geçmiyordu. "Hem beni burada tutmaya devam edecek hem de başka kadınlarla gününü gün mü edeceksin?"

"Evet," dediğinde ona bakan gözlerimde öfke filizlendi. "Senin yaptığını yapacağım."

Ondan gelebilecek her acıya göğüs gerebilirdim ama gözlerimin önünde başka bir kadını sevmesine tahammül edemezdim. Kahrını ben çekmiştim, lütfu da benim hakkımdı. İyisiyle, kötüsüyle, her şeyiyle. Onu çok yaralamıştım ama o da beni çok yaralamıştı. Hem de her seferinde.

"O hâlde benim burada ne işim var?" diye sordum titreyen sesimle. Akmak için çıldıran gözyaşlarıma tüm gücümle direniyordum.

Bora bakışlarını benden çekip tavana dikti. Düşünüyormuş gibi beklerken dudaklarını büktü. Öyle rahat ve öyle umursamazdı ki... "Seninle henüz işim bitmedi."

"Bittiğinde ne olacak?"

"Arkamdan çevirdiğiniz oyunları ortaya dökene kadar yanımdasın," dedi. "Sonra sen sağ, ben selamet."

Kalbimdeki sızı şiddetlendi. Bir gün olsun yüzüme gülmese razıydım oysaki. Bir kez olsun dokunmasa saçlarıma, şikâyet etmezdim belki. Günün birinde bir daha onu hiç göremeyecek olmanın korkusu beni şimdiden delirtmişti. Ona şu an avazım çıktığı kadar bağırmak ve yakalarından tutup sarsarken bana ne yaptın diye hesap sormak istiyordum.

Yalan söylüyordu, birbirimizin hayatından hiçbir şey olmamış gibi çekip gidemezdik.

Ben susarken Bora'nın gözleri yine gözlerimi buldu. "Senden geriye kaç ihanet birikti sayamadım," dedi soğukkanlılıkla. Gözleri, artık orada olmadığımı haykırıyordu. "Sana beslediğim hiçbir iyi niyet kurtarmıyor geleceğini."

Dizlerinin üzerinde duran eli hareketlendiğinde bakışlarım elini takip etti. Havaya kaldırdığı elini yüzüme uzattı ve parmakları, bozulan örgümden yüzüme düşen saçlara sarıldı. Gözlerim kendiliğinden kapandı. "İçerideyken çok şey değişti," dedi fısıltılı bir sesle. Saçımı kulağımın arkasına yavaşça sıkıştırdı. "Mesela ben... Senden vazgeçtim."

Gözlerimi acıyla araladım, bir süre öylece birbirimize baktık.

"Neden buradasın, hiç düşünmedin mi?" diye sorduğunda dudaklarımdan hiçbir cevap dökülmedi fakat gözlerim gözlerine yalvardı. "Yaşattıklarını yaşamadan ölmeyeceğin için. Bana zehrettiğin o Allah'ın cezası beş ay boyunca, hiçbir şey olmamış gibi gülümsediğin ve varlığımı onunla doldurduğun için."

"Gerçekten bunun için mi?" diye sordum yakarırcasına. Tüm bunların sebebi, bir türlü ardımızda bırakamadığımız geçmiş miydi? Geçmiş ikimizin de elinde tuttuğu bıçaktı, gelecekse ikimizin kalbinde asla iyileşmeyecek bir yaraydı.

"Evet," dedi Bora. Sesi çok acımasızdı. "Çünkü ben de senin gibiyim, intikam almayı severim."

Sözleri bende bardağı taşıran son damla olmuştu. Ben sustukça o kabullendiğimi düşünüyordu ama aslında bir halt bildiği yoktu. Gitmek istiyordum, canımı istediği gibi yakamazdı, beni bu evde sırf o öyle istiyor diye tutamazdı. Gözlerimin önünde, hayatına başka bir kadını dâhil ederek alamazdı intikamını.

Yataktan kalkıp hızlıca kapıya doğru yürüdüğümde adımlarım sarsaktı ama durmadım. Bora henüz kaçmaya çalıştığımın bilincine varmadığı için yerinden kalkmamıştı.

"Ben senin oyuncağın değilim!" Zaten acıyan boğazımı tamamen zedeleyecek bir sesle bağırırken gözlerimden birer damla yaş düştü. "Gidiyorum ve ne yaparsan yap, buna engel olamayacaksın."

Odadan çıkmadan önce dönüp ona son kez baktığımda yataktan kalktığını gördüm. Odadan çıkıp merdivenlere doğru yürüdüm. Öyle hızlıydı ki saniyeler içinde yanıma gelip kolumdan tutmuştu, bunu yapacağını bildiğimden temkinli davranarak kolumu ondan kurtardım ve koşar adım merdivenleri inmeye başladım.

"Hande!" diye gürledi Bora ardımdan. "Buraya gel, hiçbir yere gidemezsin."

"Peşimden gelme!"

Merdivenleri hızlı bir şekilde inerken onun adım seslerini duyuyordum, hemen arkamdaydı. Aramızdaki mesafeyi yeniden yok ederek beni yine kolumdan yakaladığında bu sefer hiç nazik değildi. Beni önce kendisine çekti, sonra hemen arkamdaki tırabzanlara yasladı güçsüz bedenimi. Demirden sert parmaklarını bileğime indirip üzerime yasladığında "Senin bu evden çıkışın yok!" diye bağırdı yüzüme doğru. Diğer elini kaldırıp tırabzana sertçe geçirdi, korkulukların bile titreyişini hissederken gözlerimi korkuyla kapattım. "Ben gidebilirsin dedim mi? Ben bitti dedim mi?"

"Senin ne istediğin ne söylediğin benim umurumda değil," diye haykırdım ağlamaklı bir sesle. İki elimi de sıkıca tutuyor, kıpırdamama dahi izin vermiyordu. "Benden hâlâ ne istiyorsun? Bırak artık beni!"

Şu an hiçbir yere gidemeyeceğimin farkındaydım ama dayanacak gücüm de kalmamıştı artık. "Bırak beni," diye yakardım güçsüzce. "Dayanamıyorum, neden anlamıyorsun?"

"Bu da benim umurumda değil," diye bağırdı Bora. "Ben dayanamazken sen o piçin kollarındaydın!"

Kafamı öne eğerek ağlamaya başladım. Onu bu hâle getiren de uyuyan yılanı uyandırıp üstüme çeken de bendim. Bora hiddetli bir küfür savurdu. Kafamı eğdiğim için yüzüme dökülen saçlarım gözyaşlarımı gizliyordu. Sonunda tek kolumu bırakıp çenemi sert bir şekilde kavradığında yüzüm ansızın havaya dikilip onun gözleriyle buluştu. Bora gözlerime öfkeyle bakarken bir şeyler daha söyleyecek oldu ama sustu.

Çenemdeki elini yanağıma taşırken "Yanıyorsun sen," diye mırıldandı. Diğer kolumu da serbest bıraktığında dizlerim titredi ve merdivenlere yığılır gibi çöktüm. Hâlsiz bedenimi ayakta tutan tek şey onun gücüydü. Sırtımı korkuluğa yaslamasam oturacak gücü bile bulamazdım kendimde. Hemen ardımdan Bora da çöktü dizlerinin üzerine, elinin tersini bu sefer alnıma bastırdığında irkilerek çekildim.

Elleri buz gibiydi.

"Dokunma," dedim sızlanarak. "Ellerin çok soğuk, dokunma."

"Ateşin var."

Az önce bağıran, küfürler savuran ve kollarımı kıracakmış gibi sıkan adamın yerinde yeller esiyordu. Sesi bile kısılmıştı. İtirazımı es geçerek avuç içlerini yüzüme bastırdığında hâlsizce yumdum gözlerimi. Zaten direnecek takatim bile kalmamıştı.

"Ne zamandan beri ateşin var?" diye sordu, öfkesi birdenbire yitip gitmişti. "Hangi ara bu kadar yükseldi?"

"Ellerini çek, lütfen," dedim ama sesim bile çıkmıyordu. Bir anlık hiddetle bağırıp çağırarak gücümün son raddesini de tüketmiştim. Bora'nın elleri buz gibiydi ve bana dokundukça daha fazla üşümeme sebep oluyordu. "Üşüyorum."

"Aptal," diye söylendi Bora. "Ben soğuk değilim, senin ateşin var."

Sanki dokundukça ateşimi düşürebilirmiş gibi soğuk ellerini çekmiyordu yüzümden. "Hastaneye gitmeliyiz," dedi, kendi kendine konuşuyor gibiydi. "Ama önce ateşinin düşmesi lazım."

"Sadece yatıp uyumak istiyorum." Kafamı merdiven korkuluğuna yasladım. "Tek bir adım atacak takatim bile yok."

"Uyuyunca geçecek mi sanıyorsun?" diye sordu kızgınca. "Daha da beter olacaksın. Doktora görünmen şart."

Sözlerinin ardından hiç beklemediğim bir şey yaptı Bora. Hangi ara belime ve bacaklarıma yerleştirdiğini bilmediğim güçlü kollarıyla beni kucağına aldı. Ayağa kalktığında düşecek gibi hissederek korkuyla omzuna tutundum ve başımı göğsüne yaslayarak ona sokuldum. Uzun zaman sonra kokusunu hissetmek beni eskiye götürdü ama asla kötü hissettirmedi. Nefret ettiğim dünümü bile mumla aratır olmuştu bugünüm. Bora ona sokulduğumu fark ettiğinde durdu. *Şu an ne hissediyordu?*

Derin bir nefes alıp indiğimiz merdivenleri çıkmaya başladı, beni kendi odasındaki banyoya getirmişti. Kapıdan içeri girdiğinde klozetin üzerine oturttu kırılgan bedenimi. Kollarını benden yavaşça uzaklaştırdı lakin tüm yaralarıma merhem onun kollarında saklıymış gibi bırakmasını istemedim. Doğruca küvete yürüdü. Düşünceli, yanı sıra endişeliydi belli etmemeye çalışıyordu.

Küveti suyla doldurmaya başladığında "O kadar üşüyorum ki o suya asla girmem," diye mırıldandım. Ateşi düşürmenin farklı bir yolu yok muydu? Çocukken sıkça hasta olurdum, annem alnıma ve boynuma ıslak bezler koyar, tüm yalvarmalarıma rağmen üzerimi örtmeme izin vermezdi. Eğer ateşim düşmeyecek gibi olursa ılık suyla yıkardı beni. "Küveti de boşuna doldurma."

Bora bir yanıt vermedi. Küvet yarısına kadar dolarken ara sıra suyun sıcaklığını kontrol ediyordu. Musluğu kapatıp bakışlarını bana çevirdiğinde "Üzerindekileri çıkarabilecek misin?" diye sordu. Bense ona uzaylı görmüş gibi baktım. Gerçekten bunu yapmamı beklemiyordu değil mi? Çekindiğimi fark ettiğinde "Sadece pantolonun ve kazağın," diye ekledi ama ben anında itiraz ettim.

"Üşüyorum, o suya giremem. Ayrıca sen varken..."

Bora birkaç adımda yanıma varıp tekrar alnıma dokunduğunda gözlerindeki telaş büyüdü. "Utanmanın hiç sırası değil," dedi kızar gibi. "Ateşinin ne kadar yüksek olduğunun farkında değilsin."

Hafifçe eğilip kazağımın altını tuttuğunda çaresizce teslim oldum. Kazak kollarımdan kayıp gitti, içimde sabah üşüdüğüm için giydiğim askılı ince atletim kaldı fakat o an daha beter üşümeye başladığımı hissettim. "Yapamayacağım," diyerek sızlandım. Ayağa kalkıp kapıya doğru atıldığım sırada

Bora belimden tutarak ayaklarımı yerden kesti ve tüm karşı koyuşlarıma rağmen beni küvetin içine bıraktı.

Ansızın soğukla bütünleşen bedenime buzdan iğneler batıyormuş gibi irkilerek çırpındım. "Çok soğuk, kahretsin çok soğuk!" Kafam haricinde her yerim ıslanmıştı, omuzlarımdan sarkan saçlarım bile. Su ılıktı ama buz gibi hissettiriyordu. Küvetten çıkma çabam Bora'nın omuzlarımdan itip beni suyun içine tekrar yatırmasıyla son buldu.

"Birazdan alışacaksın," dedi kızarak. "Çırpınmayı kes, beni de ıslatıyorsun."

Bunu neden yapıyordu? Sanki dakikalar önce o sözleri söyleyen kendisi değilmiş gibi, sanki beni yok sayıp bir zamanlar kalbindeki varlığıma kezzap döken o değilmiş gibi, sanki beni gerçekten önemsiyormuş gibi neden benimle ilgileniyordu?

"Tamam bırak beni, çırpınmayacağım." Bora ellerini omuzlarımdan çektiğinde küvetin içinde doğruldum ve dizlerimin üzerine oturdum. Haklıydı, vücudum suya alışıyordu. Bora da küvetin dışında, dizlerinin üzerine çökmüş bir hâldeydi ama birbirimize çok yakındık. Aramızda sadece küvetin mermeri vardı.

"Nasıl?" diye sordu duş başlığına uzanırken. "Hâlâ üşüyor musun?"

"Hem de çok!"

"Geçer şimdi."

Konuşurken bir kez olsun yüzüme bakmaması içimi acıtıyordu.

"İlgilenme benimle." Laf anlamaz, uslanmaz bir çocuk gibiydim şu an. "Yüzüne bile bakamayacak kadar nefret ettiğin biriyle ilgilenme!"

Bora sessizliğini korudu, yeşil gözlerinin muhafızlığını yapan gür kirpikleri birkaç defa açılıp kapandı. Sanırım içinden sabır dileniyordu. Duş başlığından akan ılık suyu saçlarımın tepesinden akıtmaya başladığında "Verecek bir cevabın bile mi yok?" diye sordum, dişlerim titreyerek birbirine çarpıyordu.

"Hande..." Bora sessizce konuştu. "Yapma, daha da zorlaştırma."

"Neyi? Neyi yapmayım söylesene?"

Bir cevap vermek yerine yüzüme düşen saçlarımı parmaklarıyla geriye doğru yatırdığında ağlamaya başladım. Her şeyi bu kadar mahvettiğim için, onu hep arkamda bıraktığım için, deliler gibi pişmanlık duyduğum için...

O an akla mantığa sığmayacak bir şey yaptım. Parmaklarımı sıkıca kenetlediğim küvetin kenarından ayırdım ve kollarımı onun bedenine sıkıca sararken başımı da göğsüne yasladım. Bora donup kaldı, elindeki duş başlığı su dolu küvetin içine düştü. Şu an deli olduğumu düşünüyor olabilirdi, öyleydim de zaten. Bu anı aylardır bekleyen kalbim laftan sözden anlamamıştı. Bedeni taş kesmişti, havada duran elleri beklediğim karşılığı vermemişti ama kalbi... Kalbi deli gibi çarpıyordu, o da içindekine söz geçiremiyordu.

"Ne yapıyorsun? Çek ellerini!"

Rolleri mi değişmiştik, bu benim repliğim değil miydi?

Çekmedim, uzaklaşmadım. Ona daha sıkı sarıldığımda kokusunu da doyasıya içime çektim. Nefeslerim sıklaşmış, dudaklarım kurumuştu. İçimi sızlatan bir kokusu vardı, tarif edemeyeceğim kadar güzeldi, olmayan aklımı da başımdan alacaktı.

"Çek ellerini üzerimden, Hande!"

Bora sonunda delirmiş gibi bağırdığında kollarımı ateşe değmiş gibi çektim. Ama ondan uzaklaşamadım. Yüzümü yüzüne kaldırıp gözlerine kuyulanırken titreyen parmaklarımı kazağına geçirdim.

"Söyle," dedim güçsüzce. "Ben de çok yalvarmadım mı sana? Bırak beni, git, dokunma diye haykırmadım mı yüzüne defalarca?"

Hezeyan içindeki çırpınışlarımı, dişlerini kıracakmış gibi sıkarak izliyordu.

"Söyle!" Bu kez delirmiş gibi bağıran bendim. "Gidiliyor muymuş öyle ha deyince!" İki elimle birden kavradığım kazağını serbest bıraktım, ellerimi ise havaya kaldırdım. Hâlâ titriyordu parmaklarım. "Bu eller benim değil sanki... Bu sözleri söyleyen dil bana ait değil." Gözyaşlarım akıp giderken reddedercesine kafamı salladım. "Olmuyormuş, ben de şimdi anladım!"

Bana öyle tuhaf bakıyordu ki neler hissettiğini anlayamıyordum. Hiçbir şey umurumda değildi. Ona duyduğum uslanmaz hislerin her şeyi yakmasını, yıkmasını istiyordum bu gece. Geriye küllerim dahi kalmasa bile. Değmez miydi bu savaşta ölmeye? Onun nefesinde ölmeye... Değmez miydi?

"Bırak artık," diye fısıldadım. "Karşı koymayı, meydan okumayı bir kenara bırak."

İkimize de bir faydası yoktu savaşmanın. Bora titrek bir nefes aldı, gözleri hâlâ gözlerimi deşmeye devam ederken işaret parmağını bana doğru kaldırdı. "Seni affetmeyeceğim," dedi, yenildiği hisleriyle aklı savaş içindeydi. "Seni..."

"Affetme," dedim ağlayarak. "Zaten ben de seni affetmeyeceğim hiçbir zaman."

"Niye yapıyorsun lan?" Ellerini iki yana açıp hesap sorar gibi gözlerimin içine baktığında çok çaresizdi. "Bunu bana neden yapıyorsun?" Hiçbir şey söyleyemedim, kendi içinde mağlup olduğu kaçıncı savaştı bu? Kollarını indirip bileklerini göstermek ister gibi ters çevirdi. "Ben..." Sanki bir sır verecek gibi sessizleşti. "Bileklerime kelepçe takıldığında bile bu kadar tutsak hissetmemiştim. Benden daha ne istiyorsun?"

"Özür dilerim," dedim boğuk bir sesle. "Sana hiçbir şey söyleyemem, geçmişin izahını yapamam, telafi edemem. Ama yine de..." Artık üşüdüğümü bile hissetmiyordum. Parmaklarımla gözyaşlarımı silerken "Sevemez misin," diye fısıldadım pervasızca. "Bırakıp her şeyi bir kenara, beş dakika bile olsa... Beni yine sevemez misin?"

Oysa Bora bana hiçbir zaman seni seviyorum dememişti, bırak söylemeyi, bunu hissettirdiği anları toplasan bile birkaç saati geçmezdi. Ama beni sevdiğini biliyordum, en azından bir zamanlar... Bakmayı reddettiğim gözlerinde, görmeyi kabul edemediğim yaralı sevgisi hiç eksilmezdi.

Bir cevap bile beklemeden yeniden sığındığım bedeni sıcacıktı, çocukken sarıldığım babamın bedeni gibi... Kafamı omzuna yasladım ve kokusunu içime hapsettim. "Nefreti, ihaneti, öfkeyi unut. Lütfen, bu anı benden çalma."

Biz diyememek canımı yakıyordu. Gözlerime baksa sudan çıkmış bir balık kadar çaresiz olduğumu görecekti ama bakmıyordu. Baksa da göremiyordu. O an Bora'nın elini kaldırdığını hissettim, sonra sanki ilk kez dokunuyormuşçasına belime değen parmak uçlarını... Avucunu sırtıma bastırarak beni kendisine yasladığında ağlamam biraz daha şiddetlendi. Bir elimi kaldırıp boynuna sararken diğer elimle omzuna tutundum. Zaman dursun istedim çünkü ben ona daha önce hiç sarılmamıştım. Bora diğer elini ıslak saçlarımın arasına daldırdı, elleri nasıl sıcak, dokunuşları nasıl da can yakıcıydı. Gözlerimi bir kez daha kapatıp içli bir nefes aldım. Sol şakağıma bastırdı dudaklarını. Ne öptü ne çekildi. Öylece bekledi.

"Küçücük bir an..." Hastalık yorgunluğundan mıdır yoksa bu anın efsunundan mı bilinmez, konuşmak çok zordu. "Nasıl da mutlu ediyormuş insanı."

Bora sessizdi fakat eli hâlâ sırtımda ve saçlarımdaydı. Dudaklarıysa şakağımda... "Karadut ve yaprağı efsanesini bilir misin?" diye sordum. Bir cevap gelmiyordu. Uzun uzun anlatacak takatim de yoktu. Anlatmak istediğim şeyi tek bir cümleyle özetledim. "Beni sen iyi edebilirsin," dedim yitikçe. "Sadece sen."

Kafamı yüzüne kaldırıp gözlerine baktım, ne hissettiğini anlamak istiyordum. Gözler asla yalan söyleyemezdi. Bakışları öyle kırıktı ki içim titredi. Ellerimle yüzünü avuçlarımın arasına aldığımda gözleri kapandı, sırtımda duran ellerini daha çok bastırdı. Acı çekiyordu, Bora acıyı en derininde hissediyordu. Dizlerimin üzerinde yükselerek dudaklarımı dudağının kenarına bastırdım fakat bu an çok kısa sürdü. Bora beni kendinden yavaşça uzaklaştırdı ve hızla ayağa kalktı. Bu kadardı işte. Hayatın bana yapacağı kıyak en fazla bu kadardı. Yüzüme bile bakmadan banyodan çıkıp gittiğinde su dolu küvetin içinde bir başıma kaldım. Sırtımı geriye yaslayıp oturdum ve bir daha da kıpırdamadım.

Ne ağrı ne sızı, hiçbir şey hissetmiyordum. Ne iyi ne de kötü, hiçbir şey düşünemiyordum.

Bora çok geçmeden, ellerinde bana ait temiz kıyafetlerle geri döndü. Yüzüme hiç bakmıyordu. Lavabo dolabının üzerine bıraktığı kıyafetlerin ardından, "Kurulanıp giyin bir an önce," dedi aceleyle. "Hastaneye gideceğiz."

Sözlerinin ardından tekrar kapıyı çarpıp çıktığında anladım ki bana çok kızgındı. Bunun da hesabını soracaktı ama sonraya saklıyordu. Hâlsiz bir şekilde ayağa kalktığımda üzerimden su damlıyor oluşuna aldırmadan küvetten çıktım. Önce sırılsıklam olup bacaklarımda katbekat ağırlaşan pantolonumdan kurtuldum. Sonra iç çamaşırlarımdan. Dolaptan aldığım herhangi bir havluyla kurulanmaya çalışırken yeniden titremeye başladım. Ne kadar hızlı olmaya çalışsam da hareketlerim yavaştı, Bora'nın getirdiklerini giyene kadar canım çıkmıştı.

Havluyla güçsüzce kuruladığım saçlarımı beş dakika içinde kuruttum. Islak kıyafetlerimi küvetin kenarına atıp banyodan çıktığımda Bora yatağının kenarında, dirseklerini genişçe açtığı bacaklarına yaslamış, kafasını eğmiş ve iki avucunun içine yaslamış bir hâlde oturuyordu. Düşünüyor lakin işin içinden çıkamıyordu. Beni gördüğünde hızla toparlandı ve hiçbir şey söylemeden bakışlarıyla kapıyı işaret etti.

"Hiçbir şey söylemeyecek misin?" diye sordum. Onun kaçırdığı gözlerinin aksine, ben gözlerimi onun mahzun yüzünden ayıramıyordum.

"Hadi, gidelim artık."

Bora yine yüzüme bakmadan kapıya doğru adım attığında ondan önce davranarak önüne geçtim ve sırtımı kapıya yasladım. Bir şeyler söylemesi gerekiyordu, bu şekilde gidersek düşünmekten delirebilirdim. Konuşmadan beni aşamayacağını anladığında durdu. İstese beni bu kapının önünden çekebilir, her zamanki gibi kolumdan tutarak hastaneye zorla götürebilirdi ama yapmadı. Kaşlarını çattı ve öfkeyle karışık bir nefes alırken saçlarını karıştırdı. Aramızda tek adımlık, tek nefeslik mesafe vardı.

"Yapma," diye bağırdı sonunda. Gözleri deli deli bakıyordu. "Ben çoktan yüz çevirdiğim aşkın kapısında diz çökemem, anladın mı? Olmaz!"

"Yüz mü çevirdin?" diye sordum alay kokan bir ifadeyle. "Hem bana hem de kendine yalan söylüyorsun. Eğer beni içinde bitirebilseydin, ben şu an burada olmazdım."

Bora aramızdaki ufacık mesafeyi de tüketti. Tek eliyle çenemi kavrayıp yüzümü yüzüne kaldırdığında iki elimle birden kapının kulpunu sıkıca kavradım. O bana dokunduğunda düşecek gibi hissediyordum. Bu sefer gözlerini gözlerimden bir an olsun ayırmadan baktı yüzüme. "Hiç kimse," dedi nefes nefese. "Bana yaşattıklarının ardından burada, bu çatının altında kalamazdı." Çenemde duran elinin başparmağı dudaklarımın üstündeki sus çizgime dokundu. "Böyle cüretkârca konuşamazdı."

Biliyorum dercesine gözlerine bakarken heyecanla yutkundum. "Sen de farkındasın değil mi?" Parmakları çenemden usul usul kayıp boynuma doğru indi ve başparmağı bu sefer şah damarımın üzerinde durdu. "Sana karşı ne kadar güçsüz olduğumun, söz konusu sen olunca bocaladığımın, yeri göğü birbirine kattığımın..."

"Ben..."

"Sus. Ne kendine güven ne de benim sana olan zayıflığıma." Bu bir tehditti belki. Ama onun tehlikeli sularında yüzmeyi öğrenmiş ruhuma artık vız gelecekti.

"Çünkü ben bile kendime güvenemiyorum." Eğilip alnını alnıma yasladığında sesi bir fısıltıdan ibaretti. "Sana duyduğum hislerin şiddetinden de gazabından da korkuyorum!"

IV

VAZGEÇİŞ

Yaşamak zorunda bırakıldığım hayat, ortaya sadece canımı koyarak oturduğum bir kumar masasından ibaret.

Yaklaşık iki saat önce geldiğimiz hastanede işimiz bitmek üzereydi. Kan ve idrar tahlillerim temiz çıkmıştı. Doktor sadece solunum yolumda enfeksiyon olduğunu söylüyordu. Aç kaldığım ve hâlsiz düştüğüm için bağladıkları serum neredeyse bitmek üzereydi. Hemşire bana ateş düşürücü ve ağrı kesici bir iğne de vurmuştu. Artık çok daha iyi hissediyordum. Ama bu yataktan kalktığımda ve hastaneden ayrıldığımda onunla nasıl mücadele edeceğimi bilmiyordum. Kendimden geçmiş, kendimi kaybetmiştim. Ona sarılmış, kollarına sığınmış ve sonrasında hesabını veremeyeceğim sözcükler sarf etmiştim. Kendime engel olamayarak her şeyi daha da çıkmaza sokuyordum. Eve gittiğimizde Bora beni rahat bırakmayacaktı, biliyordum. Ya tüm tehlikeyi göze alıp her şeyi anlatarak bu gidişata dur diyecektim ya da susmaya devam edip yeni çıkmazlara sürüklenecektim.

Bora yattığım yatağın yanındaki sandalyede oturuyor, kollarını birbirine kenetlemiş bir hâlde öylece beni izliyordu. Ben de onu izliyordum. Bu durum dakikalardır böyleydi. Ve ikimizin de dudaklarından tek bir kelime bile dökülmüyordu. Bazen suskunluğun kelimelerden daha iyileştirici bir güce sahip olduğunu düşünürdüm ama bize bir faydası dokunmuyordu.

"İyi misin?" diye sorarak aramızdaki sessizliği bozduğunda evet dercesine gözlerimi kapattım. Boğazımın hâlâ acıyor olması dışında bir şikâyetim yoktu. Hasta olup başına dert olmamam konusunda beni uyarmıştı ama şu anki vaziyetinden şikâyetçi gibi de durmuyordu.

"Tam bir belayım değil mi?" dedim fısıltılı bir sesle. Gülümseyecek gibi oldum ama vazgeçtim.

"Ne demek o?"

"Hasta olup başıma bela olma demiştin ya," dedim çekinerek. Bora bu denli asık suratlı ve ciddiyken onunla konuşmak zordu.

"Demiştim, evet?"

"Yok bir şey," diyerek bakışlarımı ondan kaçırdım. Her an üzerime atlayacak gibi öfkeli bakıyordu. En iyisi susmaktı.

"Hasta olman sana iltimas göstereceğim anlamına gelmiyor," dediğinde dudaklarımı korkuyla ısırdım. Evet, ses tonu da sözlerini doğruluyordu. "Eve gidince konuşacağız, artık hiçbir kaçışın yok."

Ne cevap vereceğimi bilmiyordum, bulunduğumuz alana doğru yaklaşan genç hemşire dikkatimi dağıttığında fırsat bilerek sustum. Bakışlarımı tepemde duran seruma çevirdim. Serum bitmişti, sanırım hemşire kolumdaki iğneyi çıkaracaktı. Öyleyse hastanedeki işimiz de bitmişti. *Öyleyse ben de bitmiştim.* Sapsarı saçlarını tepeden sıkı bir topuz yapmış olan hemşire soluğu yanımızda aldığında doğruca koluma uzandı. Önce serumun kolumla bağlantısını kesti, sonra iğnenin çıktığı yere ufak bir bant yapıştırdı.

"Geçmiş olsun," diyerek gülümsediğinde teşekkür ettim ve hemşire yanımızdan uzaklaşırken yattığım yerden yavaşça doğruldum.

Bora da oturduğu yerden kalkarken "Yürüyebilecek misin?" diye sordu.

"Yürüyebilirim, merak etme." Bakışlarımı ondan mümkün mertebe kaçırıyordum.

Yan yana yürüyerek bulunduğumuz alandan ayrıldığımız sırada benimle ilgilenen kadın doktor yanımıza geldi ve kullanmam gereken ilaçların reçetesini Bora'nın eline tutuşturdu. Geçmiş olsun dileklerini tekrar iletirken bana kısaca bakan kadın, Bora'ya uzun uzun bakarak gülümsedi. Bugün gördüğüm hemcinslerim bunu bana inat olsun diye mi yapıyorlardı yoksa hepsi tesadüfi miydi?

Abartıyor da olabilirdim çünkü bu özel hastane Şahsuvar ailesinin her türlü sağlık sorununda ziyaret ettiği tek kuruluştu. Burada Bora ve ailesi tanınıyordu, muhtemelen doktor da tanıyordu Bora'yı.

Hastanenin çıkışına doğru yürüdüğümüz sırada Bora elindeki kâğıda baktı. "Umarım hastanenin yakınlarında nöbetçi bir eczane vardır," diye söylendi. "Yoksa ilaçların sabaha kalacak."

"En yakın nöbetçi eczanenin nerede olduğuna telefonundan baksana." İlaçlarımın acelesi yoktu ama eve gitmeden önce ne kadar oyalanırsak o kadar kârdı benim için.

"Senin yüzünden telefonumu evde unutmuşum," derken göz ucuyla bana baktı. "Ne oldu? Başka bir ihtiyacın mı vardı?"

"Yok," diyerek kafamı salladım. Başka bir şey söylersem kabahatli olurdum.

"Danışmaya soracağım, bekle." Bora danışmaya yürüdüğünde ben de doğruca çıkış kapısına yürüdüm. Hastane kötü kokmuyordu fakat içerisi beni fazla bunaltmıştı, temiz havaya ihtiyacım vardı. Bora danışmadaki personelle konuşurken hastanenin acil kapısına çıktım ve üstümdeki şişme monta sarılarak bekledim.

Saat on civarı falan olmalıydı, gökyüzü bu gece de fazla karanlık, dışarısı oldukça rüzgârlıydı. Yağmur yağacak gibiydi, hastane bahçesindeki heybetli ağaçların dalları rüzgârla dans eder gibi salınıyordu. O an aklımdan buradan kaçmak gibi delice bir fikir geçti. Hızlı bir şekilde koşabilir ve Bora fark etmeden kayıplara karışabilirdim. Hastane cadde üzerindeydi, bir taksi ya da otobüs bulmam uzun sürmezdi. Ama bu deli düşünce kafamın içinde bir toz bulutu misali dağıldı. Kaçsam nereye gidecek, kime sığınacaktım? Ailemle birlikte yaşadığım ev gitmem gereken en son adres bile olamazdı. Böyle bir atakta bulunmam Haldun Şahsuvar'ı delirtirdi, adam beni zaten ailemle tehdit ediyordu. Annemin, babamın ya da abimin Ankara'da olduğumdan hiçbir surette haberi olmadan, Melih'le Londra'ya gitmemi istiyordu. Tüm planları bu yöndeydi.

O sırada hastanenin avlu kapısından içeriye acı siren sesleri eşliğinde giren bir ambulans gördüm. Ambulansın arkasında onu takip eden birbirinden lüks iki araba vardı. Ambulans acil kapısının önünde durduğunda kapılar hızla açıldı ve ön kabinden inen görevliler hızla arka tarafa koştular. Bakışlarım ambulansın içinden kimin çıkacağına kenetlenirken, dikkatimi ambulansın hemen arkasında duran arabadan inen genç adam çekti.

Onu tanıyordum, gözlerim endişeyle büyüdü.

Arabanın kapısını bile kapatmadan ambulansa koşarken, "Baba!" diye haykırdı acı dolu bir sesle. Durumu Bora'ya haber vermek için hızla arkamı dönüp kapıdan içeri girdiğim an sert bir şekilde Bora'ya çarparak durdum. Bora da içeriden çıkmak üzereydi. Telaşımı yadırgayan gözlerle bana bakarken, "Ne oluyor?" diye sordu fakat "Amcan," diyerek kestim sözümü. Bora neyden bahsettiğimi anlamayarak kaşlarını çattı. Baba diyerek haykıran genç adam Emir'in ta kendisiydi. O ambulanstaki ise Enver Şahsuvar olmalıydı.

"Kapının önündeki ambulansın içinde amcan var," dedim korku içinde. "Sanırım amcana bir şey olmuş."

Bora beni bırakıp kapıya koştuğunda ben de arkasından takip ettim. Kapının önüne çıkıp ambulansa doğru baktığımda gördüm Enver Bey'i. Üzerinde takım elbisesiyle boylu boyunca uzanıyordu sedyenin üzerinde. Gözleri kapalıydı, bir kolu sedyeden aşağı sarkıyordu. Sağlık görevlileri onu bu kapıya doğru hızla sürüklerken Emir de sedyenin kenarından tutarak onlarla yürüyordu. Emir, Bora'yı fark etmemişti; yanımızdan geçip giderlerken korkunun sirayet ettiği kahverengi gözleri sadece babasının üzerindeydi.

Bora, amcasının ardından gitmek yerine babasına doğru yürüdü. Bir sonraki araçtan Hale Hanım'la birlikte inmişlerdi. Telaşlı adımlarla buraya doğru yaklaşırlarken olduğum yerde durdum. Böyle bir anın içinde bulunmam bile saçmalıktı. Haldun Bey Bora'yı fark ettiğinde kaşlarını çattı, onu burada görmeyi beklemiyor olsa gerekti. Sonra bakışları bana çevrildi ve gözleri öfkeyle kısıldı. Böyle bir durumda bile bana olan nefretini kusmaktan çekinmiyordu.

Hale Hanım beni fark etmemişti, sadece ağlıyordu. Haldun Bey ve Bora'yı es geçerek az önce uzaklaşan sedyenin peşinden buraya doğru koştu. Bir ara gözleri bana takıldı, yüzünde belirgin bir şaşkınlık oluştu ama oyalanmadı, doğruca içeri geçti.

Haldun Bey bana bakarak Bora'ya bir şeyler söyledi, devamında Bora'nın da dudakları kıpırdandı ama ne konuştukları duyulmuyordu. Zaten fazla oyalanmadılar. Ambulans kapının önünden uzaklaştığında Haldun Bey bu tarafa doğru yürüdü, yanımdan geçip gidinceye kadar üzerimden ayırmadığı bakışlarında tehdit saklıydı. Acil kapısından içeri girip gözden kaybolduğunda Bora yanımda durdu ve koluma dokundu. "İçeri geçelim," dedi aceleci bir tavırla. Bense kolumu kendime doğru çekerek uzaklaştım.

"Beni babanla aynı ortamda tutmayı düşünmüyorsun, değil mi?" diye sordum. Babasının bana nasıl baktığını görmüyordu. Burada kalamazdım.

"Sırası mı Hande? Amcam içeride canıyla cebelleşiyor." Bora önünde durduğumuz kapının ardını işaret etti. "Merak etme, kimse senin varlığını sorgulayacak hâlde değil."

Düşüncesizlik mi ediyordum? Hiçbir şey söylemedim, Bora kolumdan tutup beni hastaneden içeriye soktuğunda karşısına çıkan personelden amcasının nereye götürüldüğünü öğrendi. Hastanenin içi labirent gibiydi, bir sağa bir sola saparak ameliyathanenin önüne vardığımızda kendime herkesten uzak bir yer seçerek oturdum. Emir ameliyathane kapısının önünde, ellerini cama yaslamış bir hâlde dikiliyordu. Hale Hanım kapının hemen yanındaki oturakta oturuyor ve elini yüzüne kapatmış bir halde ağlıyordu. Bora'nın babası hemen karşısındaydı, sirke satan surat ifadesiyle kız kardeşine bakıyordu.

"Ağlama artık Hale," dedi kızar gibi. Böyle bir durumda bile nasıl koruyordu ciddiyetini? Ya da nasıl böyle sözler sarf edebiliyordu? "Sen ağladığında abim daha iyi olmayacak. Niye kendine eziyet ediyorsun ki?"

Bora halasının yanına oturup omuzlarını sıvazladı fakat Hale Hanım o an çıldırmış gibi bağırdı. "Ağlama Hale, sus Hale, yapma Hale!" Emir arkasını dönüp onlara kızgınca bakarken bakışları önce Bora'yı sonra beni buldu. Varlığımızı daha yeni fark ediyordu. "Senin başkalarına müdahale etmekten başka bir işin yok mu? İnsanım ben, insan! Canımdan bir parça içeride hayat savaşı verirken güçlü kalamıyorum!"

"Sakin ol hala," dedi Bora yatıştırıcı bir sesle. Onun halasına ne kadar düşkün olduğunu biliyordum. "Babamı duymazlıktan gelebilirsin, ağlamak istiyorsan ağla." Sözlerinin ardından kafasını kaldırıp babasına ters bir bakış attı ama Haldun Bey pek oralı olmadı. Burada olmamdan hoşnut değildi, beni gördüğünden beri öyle öfkeliydi ki öfkesini kimden ve nasıl çıkaracağını bilmiyordu.

"Ben burada tartışma çıksın istemiyorum." Emir, bakışlarını ameliyathane kapısından ayırıp bu tarafa doğru baktı. "Bunu babama saygısızlık sayarım."

Emir'in nasıl bir karaktere sahip olduğunu bilmiyordum fakat dış görünüş olarak bu ailedeki kimseye benzemiyordu. Bir kere babasının, amcasının ve Bora'nın aksine onun gözleri koyu kahverengiydi ve hafif çekik duruyordu. Bora kadar uzun boyluydu ancak daha iri ve kaslı bir bedene sahipti.

Saçları açık bir kahverengiydi, teni ise oldukça esmerdi. Muhtemelen annesine benziyordu.

Emir hakkında bildiğim sınırlı şeylerden biri de Bora'yla hiç anlaşamıyor olduğuydu. Nitekim sebebini ben de bilmiyordum.

Emir'in en son Kanada'da olduğunu duymuştum, Ankara'ya ne zaman dönmüştü bir fikrim yoktu. Daha bugün Betül denen kız, Emir'in yakında döneceğinden söz ediyordu. Üstelik Enver Bey'in çok yorulduğundan ve yönetim kurulu başkanlığını bırakacağından da... Her şey ne kadar garip gelişiyordu. Muhtemelen birkaç saat önce sapasağlam olan adam şu an içeride yaşam mücadelesi veriyordu.

Böyle anlarda yaşadığımız hayat gözümde bir balon gibi patlıyordu. Alıp verdiğimiz nefesler, ne zaman kopacağı belli olmayan ince bir ipi andırıyordu. Ne yıllarca verdiğimiz emekler ne yaşadığımız evlerne sahibi olduğumuz makam ve mevkiler... Hiçbirinin gücü bizi kurtarmaya yetmiyordu.

Enver Bey'i fazla tanımazdım, yine de tanıdığım kadarıyla kibirli bir adamdı. Bunu pek çok kez beni küçümseyen bakışlarından anlamıştım. Bora'nın nezarete düştüğü gecenin sabahı beni o restoranda babamla tehdit ederken, tehdidinden çok daha fazlasını yapabilecek güce sahipti. Neye yarıyordu şimdi? Sağlıklı bir şekilde nefes alıp verirken dünyayı parmağında çevirebildiği güç, şimdi yattığı yerde parmağını bile oynatmasına yetmiyordu.

"Amcama ne oldu?" diye sordu Bora. Emir kafasını kapıya yaslamış, gözlerini kapatmıştı. Dalıp gitmiş gibiydi. Haldun Bey Emir'e bakarak "Tam olarak ne olduğunu biz de bilmiyoruz," dedi. "Emir bugün döndü, haberi ise havaalanından inince aldı. Evdeki çalışanlar abimi odasında baygın bir hâlde yatarlarken bulmuşlar. Kaç zamandır orada o şekilde yattığını kimse bilmiyor. Üç saatten beri çalışma odasındaymış çünkü."

"Çok uzun bir süre." Hale Hanım ağlayarak konuştu. "Ya orada üç saatten beri baygın yattıysa?"

"Kötü düşünme Hale."

"Elimde değil," dedi Hale Hanım kafasını iki yana sallayarak. "Abimi babamın yerine koydum ben, onun yokluğunu düşünemiyorum."

Emir bir kez daha araya girdiğinde sesi daha yüksekti, bilhassa öfkeli. "Babama hiçbir şey olmayacak."

Hale Hanım sessizce ağlamaya devam etti, Bora ise halasını teselli etmeye. Haldun Bey'in kötümser bakışları ara ara üzerime çevriliyordu, elinden gelse bunca insanın içinde beni bir kaşık suda boğacaktı. Buradan bir an önce kurtulmak için Enver Bey'in o kapının ardından sağ salim çıkabilmesi tek dileğimdi.

Bir süre sonra Haldun Bey'in telefonu çaldı ve yanıtlamak için yanımızdan uzaklaştı. Ne kadar da soğuk ve vurdumduymaz bir adamdı. İçeride yatan adam onun abisiydi ama onun umurunda bile değildi sanki. Sahi, ben kimden söz ediyordum ki? Adamın kendisinden başka kimseyi düşündüğü yoktu. Kendi çıkarları ve istekleri doğrultusunda, sahip olduğu tek evladını bile gözünü kırpmadan harcıyordu.

Ameliyathanenin kapıları beklenmedik bir anda aralandığında herkes telaşla ayaklandı. İçeriden kırklı yaşlarda uzun boylu bir erkek doktor çıktı, Emir hızla adamın önüne geçerek "Babam nasıl?" diye sordu, sesi korku doluydu. "İyi mi o? İyi olacak mı?"

Hale Hanım'ın da Emir'den bir farkı yoktu, doktoru soru yağmuruna tutmuştu. "Lütfen bir şey söyleyin Levent Bey, iyi olacak deyin, abimin durumu nasıl?"

"Öncelikle hepinizin sakin olmasını istiyorum," diyerek söze klasik bir cevapla başladı doktor. Konuşurken ellerini ustalıkla kullanıyordu. "Elimizden gelenin daha fazlasını yapacağız, şu an tüm hastane doktorlarımız seferber olmuş durumda. Enver Bey yüksek tansiyona bağlı beyin kanaması geçirmiş. Şimdilik durumu hakkında bilgi vermek oldukça güç. Gerekli ilk müdahale yapıldı, birazdan ameliyata alacağız fakat ameliyat başarılı geçse bile bizi kritik bir yirmi dört saat bekliyor olacak."

"Yani?" diye sordu Emir çıkışır gibi. "Bize her şeye hazırlıklı olmamız gerektiğini mi söylüyorsunuz?"

Doktor derin bir nefes aldı, gerilmiş gibiydi çünkü karşısında onun kariyerini yerle bir edecek kadar güçlü insanlar yer alıyordu. "Hayır," dedi sakinliğini koruyarak. "Lütfen böyle düşünmeyin, Enver Bey'in eskisi gibi olabilmesi için ne gerekiyorsa yapacağız."

Doktorun tekrar içeriye girişini takip eden saniyelerde herkes sessizdi, içeriye bazı hemşireler ve doktorlar girip çıktı. Kapılar tamamen kapandı ve Hale Hanım ağlamaktan bitap düşmüş hâlde olduğu yere yığıldı. Bora onu yere düşmeden evvel son anda tutup kucakladığında oturduğum yerden kalkıp hızla koştum onlara doğru. Emir öyle yıkık görünüyordu ki halasının baygınlık geçirmesine tepki dahi vermedi. Bora Hale Hanım'ı kucaklarken "Yardım edin," diye bağırdım. Sesim geniş ve boş koridorda yankılandı. Bora birilerinin gelip yardım etmesini beklemedi, halasını kucakladığı gibi koridorun sonuna doğru yürüdü. O sırada sesimi duyan bir hemşire hastabakıcıya seslendi ve bir tekerlekli sandalye getirmesini istedi. Hale Hanım'ı odalardan birine alıp yatırmalarının ardından gelen doktor tansiyonunu kontrol etti. Sonrasında sakinleştirici bir iğne yapılması için talimat verdi.

Kadın perişan olmuştu, yüzü ağlamaktan kıpkırmızıydı. Makyajı akmış, saçları birbirine girmişti. Onu ilk kez bu kadar dağılmış görüyordum, içim acımıştı. "Hale Hanım biraz uyusa iyi olacak," dedi doktor bize bakarak. Sanırım şu an kibarca odayı terk etmemiz gerektiğini söylüyordu. "Hemşire Hale Hanım'ın yanında olacak, uyandığında size haber verecektir."

Bora bakışlarını halasının solgun yüzünden ayırmadan kafasını salladı. Birlikte odadan çıkıp tekrar ameliyathanenin olduğu kısma yürüdüğümüz sırada, "Kötü bir gece," diye mırıldandım. Uzanıp elini tutmak, kolunu sıvazlamak istiyordum ama mümkün değildi. "Umarım amcan bir an önce iyileşir."

"Daha kötülerini de gördüm," dedi Bora. "Benim için o kadar da kötü bir gece değil."

"Yine de amcan için üzülüyorsundur."

"Olayı henüz kabullenebilmiş değilim." Bakışları yüzüme çevrildi. "Ama tuhaf hissediyorum, amcamla aramda babamdan daha kuvvetli bir bağ vardı. O bağın tamamen koptuğunu hissediyorum."

"Öyle söyleme," diye itiraz ettim. "Doktorlar ellerinden geleni yapacaklarını söylüyorlar. Allah'tan umut kesilmez."

Bora hiçbir şey söylemedi, sadece kafasını salladı. Az önce beklediğimiz koridora tekrar döndüğümüzde Emir bu sefer oturuyor, Haldun Bey ise bir ileri bir geri volta atıyordu. Bizi gördüğünde durdu, telaşla ensesini kaşıdı. "Hale iyi mi?"

"Baygınlık geçirdi." Bora kendini yorgun bir vaziyette oturağa bıraktı. Haldun Bey bana öyle kötü bakıyordu ki Bora'nın yanına oturamadım, geçip karşısına oturdum. "Hemşire sakinleştirici bir iğne yaptı, biraz da hâlsiz düşmüş sanırım. Uyuyor şimdi."

"Ne uğursuz bir gece," diye söylendi Haldun Bey, volta atmaktan yorulmuş gibiydi. "Çok uzun sürecek." Sırtını duvara yaslayıp başını geriye atarken gömleğinin bir düğmesini hızla çözdü.

"Babam yeter ki sağ salim gözlerini açsın." Emir, Haldun Bey'in sözlerine içerlemiş gibiydi. "İsterse günler, geceler sürsün. Fark eder mi amca?"

"Abim güçlü adamdır. Yıkılmaz kolay kolay." Sırtını yasladığı duvardan ayrılıp Emir'e doğru yürüdü ve yanına oturdu. Tek eliyle omzunu sıvazlarken "Üzülme oğlum," dedi teselli vermek ister gibi. "Ona bir şey olmayacak."

Gamsızlık ve kötülük bu adamın gençlik iksiriydi sanki. Zaman hepimiz için ileriye doğru akarken onun için geriye doğru akıyor olmalıydı. Zira onu her görüşümde biraz daha genç ve dinç görünmesinin başka bir açıklaması olamazdı. "Ha bu arada," dedi yüzünü ekşiterek. "Kapının önü basın mensubu kaynıyor. Hastane güvenliği içeri girmelerini engelliyor fakat siz yine de dikkatli olun. Gerekmedikçe dışarı çıkmayın." Bakışları ansızın bana çevrildiğinde gözlerinde öfke rüzgârları esti. "Özellikle de sen, sakın kimsenin gözüne görüneyim deme."

Topun bana geldiğini fark eden Bora'nın yüzü kaskatı kesildi. Babasının benimle konuşmaya çalışmasından zerre hazzetmiyor ama Emir'in yanında bir şey de söyleyemiyordu. O an Emir'in bakışları da üzerime çevrildi. "Adın Hande'ydi değil mi?" diye sordu. Ya gerçekten umursamazdı ya da öyle görünmeye çalışıyordu. "Siz Bora'yla çoktan ayrılmadınız mı? Ne işin var senin burada?"

Ne diyeceğimi bilemeyerek aval aval baktığım sırada, "Hande benimle," diyerek araya girdi Bora. Sesi yine sertti. "Kimsenin ona bir şey söylemesini ya da soru sormasını istemiyorum. Karışmayın."

Emir imalı bir bakış takınırken kaşlarını da kaldırdı, Haldun Bey'in yüzünden düşen bin parçaydı. Bora hapse girdikten sonra gazeteciler hakkımızda ne yazıp çizmişlerdi? Ben hariç herkesin her şeyden haberi vardı. Bora herkes gibi benim de o haberleri bildiğimi sanıyor olmalıydı ama beş ay boyunca kapatıldığım o karanlık evde dünyayla iletişimim kopmuştu. Muhtemelen gazeteciler, Bora'nın beni aldatmasının ardından olanları sindiremediğimi, benim de onu terk edip eski sevgilime koştuğumu yazmışlardı. Bu skandal malzemeyi onlara bizzat veren adamsa bana şu an ters ters bakıyordu.

"Bunu seninle sonra konuşacağız Bora," dedi Haldun Bey. "Şu an bunları söylemen bile onun burada olması kadar saçma."

"Sus artık," dedi Bora sessizce. "Tek bir kelime daha etme." Emir üçümüz arasındaki gerginliği fark etmiş gibi bakışlarını Bora'nın, amcasının ve benim üzerimde gezdiriyordu. Nefes alamaz hâle gelmiştim, tüm bu gerginliğin odak noktası olmak beni mahvediyordu. Ortama yeniden çöken sessizliğin ardından bakışlarımı yerden kaldıramadım. Bora'nın öfkeyle titrettiği bacaklarını, sinirden kapayıp açtığı parmaklarını ve ellerinin üstünde belirginleşen damarlarını izliyordum. O an gözüme tuhaf bir ayrıntı çarptı. Bora evden çıkmadan önce ıslanan kazağını çıkarmış, yerine toprak rengi ince bir kazak giymişti. Üstündeki deri ceket içindeki kazağı kamufle ediyor olsa da karnının sol tarafında büyüyen kan lekesini gizleyememişti.

Gözlerim korkuyla büyüdü, bu kan lekesi neyin nesiydi? Gözlerin üzerime çevrilmesine aldırmadan oturduğum yerden kalkıp Bora'ya yürüdüm ve dizlerinin dibine çökerek daha dikkatli baktım. Yanlış görmüyordum, Bora'nın kanaması vardı. "Ne oldu sana?" diye sordum afallamış bir hâlde. Bora da şaşırmıştı, hızla ayağa kalkıp kafasını eğdi ve karnına doğru baktı, sonrasında ceketini aceleci bir tavırla çekiştirerek kanayan yerini gizlemeye çalıştı.

Ben Bora'ya şaşkınca bakarken o babasına baktı, ikisinin bakışları arasında tuhaf bir diyalog geçiyordu. "Neden kanıyorsun?" diye sordum bir kez daha. Telaş yapmıştım ama elimde değildi, ne olmuş olabilirdi ki?

"Mühim bir şey yok," dedi Bora gözlerini kaçırarak. Ama durum ortadaydı, Bora nasıl olduğunu bilmediğim bir şekilde yaralanmıştı.

Haldun Bey ayağa kalkıp Bora'ya doğru yürürken "Hemen bir doktora görünelim," dedi. Telaşlı değildi, şaşırdığını belli eden bir tepki de vermediğine göre Bora'nın yaralandığını biliyor demekti. Emir büyük bir dikkatle Bora'ya bakarken "İçeride mi yaralandın?" diye sordu. Bakışlarımı Bora'ya çevirdim, Emir'e ters ters bakıyordu ama ne kabul ediyor ne de reddediyordu. Gerçekten öyle mi olmuştu? Cezaevindeyken biriyle ters mi düşmüştü?

"Öyle görünüyor," dedi Emir cevap alamayınca. Umursamaz bir şekilde arkasına yaslanırken yüzünde gereksiz bir tebessüm gezindi. "Zaten senin içeride rahat durman beklenemezdi."

Bora o an Emir'e doğru atılacak oldu ama Haldun Bey önüne geçerek onu durdurdu. "Saçmalama," dediğini duydum, sesi fazlasıyla kısıktı. "Yürü, bir doktor bulalım."

Haldun Bey, Bora'yı kolundan tutarak çekiştirdi; Bora ise tamamen arkasını dönene kadar Emir'e ölümcül bakışlar atmayı sürdürdü. Baba oğul hızlı bir şekilde yürümeye başladıklarında arkalarından takip ettim, Bora bir ara arkasını dönüp peşinden gelip gelmediğimi kontrol etti. Kanaması ciddi görünmüyordu ama ben yine de korkuyordum. Henüz tam olarak iyileşmemiş bir yaraya sahipti ve buna rağmen önce beni, sonra halasını kucağına almaktan çekinmemişti.

Haldun Bey'in bulduğu doktor, Bora'yı bir odaya alıp muayene sedyesine oturttuğunda bir köşede korkuyla beklemeye başladım. Ellerimi birbirine kenetleyip dudaklarıma yaslamıştım, yarasının ne durumda olduğunu görmeden içim rahat etmeyecekti. Fakat doktor, Bora'nın yarasına bakmadan önce bakışlarını bize çevirdi. "Lütfen dışarıda bekleyin."

Haldun Bey itiraz etmedi, gözlerini üzerime dikip dışarı çıkmamı emredercesine baktığı sırada Bora'nın da telaşla bana baktığını gördüm. "Hande bu kapının önünden bir yere ayrılacak olursa senden bilirim, baba."

Haldun Şahsuvar'ı gördüğüm anda içime yerleşen korku hissi büyüdü, birlikte odadan çıktığımız an korkunun elleri boğazıma sarıldı. Tehlikenin kucağındaydım, bana şu an istediği her şeyi yapabilirdi, Bora'dan yana bir korkusu olacağını da sanmıyordum. Beni hastanenin dışına çıkarabilir, kimsenin ruhu duymadan bir arabaya bindirebilir ve beni Bora'nın bulamayacağı bir yere gönderebilirdi.

Bora'nın ardında kaldığı kapı yüzüme sertçe kapandığında onun yüzüne baktım. Bakışlarımdan korktuğumu ve tereddüt ettiğimi anlamamalıydı. Gözlerime tehditkârca bakarken "Benimle gel," dedi. Sonra koridorda birkaç adım attı ama ben olduğum yerden kıpırdamadım.

"Bu kapının önünden ayrılmayacağım," dediğimde arkasını dönüp bana küçümseyici bir bakış attı. "Eğer beni bir şeylere zorlayacak olursan bağırırım."

Yavaş adımlarla yanıma geldiğinde dudaklarında korkunç bir tebessüm vardı. Hafifçe eğilip kulağıma yaklaştığında burnuma pahalı bir erkek parfümünün ağır kokusu doldu. "Sen benim abine neler yapabileceğimi unuttun mu?" diye sordu kalın bir sesle. Sözlerinin zehri yetmezmiş gibi bakışlarıyla da zehirledi ruhumu. "Yürü," dedi beni de kendisiyle beraber adım atmaya zorlarken. "Sadece konuşacağız."

Koridor boyunca hızlı adımlarla yürürken kolumu bir an olsun bırakmamıştı. Başıma iyi şeylerin gelmeyeceğini biliyordum, birazdan kalbime kötülükten kılıcını saplayacak ve beni yine yerle bir edecekti. Koridorun sonuna varıp sola döndüğümüzde üzerinde *personel harici kimse giremez* yazısı asılı olan bir kapıyı araladı ve beni içeriye iteklercesine soktu. Odanın otomatik açılan ışıkları onun korkunç bir öfkeyle bezenen yüzüne düştüğünde "Benden hâlâ ne istiyorsun?" diye sordum öfke dolu bir sesle.

"Beş ay boyunca beni de hapsettiğin yetmiyor mu? Planların bir işe yaramadı, sen de görüyorsun Bora benden vazgeçmiyor!"

"Vazgeçmez tabii." Ellerini ceplerine atarak üzerime yürüdü. İçinde bulunduğumuz oda büyük olmasına karşın ağzına kadar tıbbi malzemeyle doluydu ve benim kaçacak hiçbir yerim yoktu. Tam karşımda durduğunda "Sana dediklerimi yaptın mı?" diye sordu gözlerini büyüterek. Cevabı kendisi verdi. "Hayır. Tam tersi kendini acındırdın, suçsuz olduğuna inandırmaya çalıştın."

"Öyle bir şey yapmadım," diyerek inkâr ettim. "Bora'ya hiçbir şey söylemedim."

"Bora'nın bir şeylerden şüphe etmesini sağladın." Gözlerinden ateş fışkırıyordu. "Bunca olandan sonra artık önüne bakacağına senin gerçekten Londra'da olup olmadığını araştırıyor." Kahretsin ki yanılmamıştım, bundan bile haberi vardı. Elini havaya kaldırıp parmağını alnıma bastırdığında kafamı istemsizce yana eğdim. "Bu şüphe tohumlarını sen ektin onun içine, sen!"

"Yapmadım diyorum, yapmadım!"

"Kes sesini!" diye bağırdı sonunda. "Az önce gördük senin neyi yapıp yapmadığını. Neden onun için endişeleniyorsun ha? Sana ne Bora'dan, sana ne onun kanamasından?" Sözlerinin ardından bir iki adım geriledi ve ellerini yüzüne kapatıp öfkeyle sıvazladı. "Sen Bora'yı hiçbir zaman sevmedin, düşünmedin. Sırf ondan kurtulmak için onun aleyhine şahitlik ettin. Şimdi neden gitmek istemiyorsun?"

Dudaklarından çıkan her kelimenin beraberinde nefretini de kusuyordu. Gerçekten anlamıyordum, oğlunu çok mu seviyordu da benden bu kadar nefret ediyordu?

"Melih benim için çoktan bitti," dedim dişlerimi sıka sıka. "Aradan geçen bunca zamandan sonra onu tekrar hayatıma sokmaya çalışmanız nasıl bir delilik?"

"Melih'le Londra'ya gittikten sonra istersen onunla yaşamaya devam et, istersen dünyanın öbür ucuna git. Benim tek derdim seni oğlumun yanından defetmek." Parmağını üzerime doğru salladı. "Ama senin derdin başka. Söyle, ne istiyorsun?"

"Hiçbir şey," dedim sessizce. "Üzerime attığın çamurdan kurtulmak istiyorum sadece."

"İşte o artık imkânsız," dedi pişkince gülerek. "Bora sana herkesin imreneceği bir hayat vaat etti ama sen o hayatı istemedin. Mahvolan itibarını da Bora'yı mahkemede satmadan önce düşünecektin."

"Ben doğru olduğuna inandığım şeyi yaptım."

"Öyleyse bedelini de ödeyeceksin," dediğinde kanımı donduran bakışlarında yeni bir tehdit sezdim. "Sana gösterdiğim dosyadaki fotoğrafları hatırlıyor musun?"

Unutmam ne mümkündü? Hiçbir şey söylemeden yüzüne tiksintiyle baktığım sırada dudaklarında tehditkâr bir tebessüm belirdi. "Yirmi dört saatten daha az bir zaman tanıyorum sana." Bakışlarını kolundaki deri kayışlı pahalı saate indirirken "Saat şu an on biri çeyrek geçiyor," dedi. "Yarın akşama kadar vaktin var. Gün batmadan önce Bora'nın sana olan saplantısını bitireceksin."

"Nasıl?" diye sordum korkuyla. Birileri kalbimi yerinden söküyordu. "Ne yaparsam yapayım, ne söylersem söyleyeyim Bora beni bırakmaz!"

"Kes sesini," diyerek azarladı beni. "Yarın gün içinde Bora'nın istediği bilgiler eline ulaşacak. Senin gerçekten de beş ay boyunca Londra'da olduğuna tamamen inanacak." Dizlerim titriyordu, yutkunmaya çalıştığım her an boğazımı saran eller sıklaşıyordu. "Artık nasıl hâlledersin bilmem, seni kolundan tutup kapının önüne koyması için elinden ne geliyorsa yapacaksın."

Dudaklarımı kanatacak kadar sert bir şekilde dişledim, bu adamın karşısında ağlayamazdım.

"Eğer vakit dolduğunda hâlâ o evden çıkmamış olursanız bu ölüm gerçekleşecek." Onun gözünde ben ve ailem öyle değersizdik ki bizi ayağının altında bir böcek gibi ezecek olmaktan zevk duyuyordu. "Nasıl plan ama?" diye sordu acımasızca. "Ben hiçbir şey yapmayacağım, elime asla kan bulaşmayacak ama sizin ocağınıza bir kez daha ateş düşecek."

Yüzüne tükürmemek için zor tutuyordum kendimi. Bora, böyle bir babaya sahip olduğu için dünyanın en şanssız adamıydı.

"Şimdi git," diye emir verdi. "Bora doktorun yanından çıkar da seni bulamaz falan, maazallah." Dalga geçer gibi sırıttığında "Hadi," diyerek koluma uzandı ve beni kapıya doğru itekledi. "Unutma, yarın gün batana kadar."

Titreyen ellerimi delice çarpan kalbime bastırarak kapıya doğru yürüdüm, eğer dediklerini yapmazsam tehditlerini yerine getireceğinden hiç şüphem yoktu. En başında da yoktu, benimki sadece vakit kazanmaya çalışmaktı. İçime bir ateş daha düşmüştü ama öyle küle dönmüştüm ki artık yanacak bir tarafım bile kalmamıştı.

Acıya karşı en hissiz olduğum andaydım.

Kapıyı açıp koridora adım attığım sırada, "Abin bir kızı seviyor," dedi Haldun Şahsuvar. Durdum, arkamı dönmeden devamında söyleyeceklerini bekledim. "Çok mutlu, yakında kıza evlenme teklifi bile edecek. Bunu da kazı beyninin bir tarafına."

Puslanan gözlerimin önünde, onun tuzağına düştüğüm o akşamın silik görüntüleri belirdi. "Keşke beni en başında öldürseydin." Keşke o an beni bir arabaya kapatıp kaçırmak yerine tek bir kurşunla bitirseydi işimi. "Böyle yaşamaktansa..."

"Ölürsen kahraman olursun. Ben senin yaşamanı ve ucuz bir yalan olarak unutulmanı istiyorum."

Yürüdüm. Yer ayaklarımın altından kayıp gidiyormuş gibiydi ama yine de yürüdüm. Adımlarımı Bora'nın olduğu odaya doğru değil, nereye gittiğini bilmediğim şekilde rastgele sürükledim. Sağa sola koşturan çalışanların ve acilin kapısına yakın alandaki hasta kalabalığının arasına daldım ve ortada bir yerde dikilmeye başladım. Ayaklarımı bastığım yer dönüyordu, insanlar dönüyor, duvarlar dönüyor, gittikçe boğuklaşan sesler kulaklarımda uğulduyordu.

Yirmi dört saatten daha az bir zamana sahiptim.

Yapamazdım, Bora'yı karşıma alacak cesaretim, abimi ateşe atacak yüreğim yoktu.

Bakışlarımı diktiğim hastanenin çıkış kapısı kaçmam için beni davet ediyordu, hiç düşünmeden kapıya doğru bir adım attığım sırada, "Hande," diye bağırdı arkamdan Haldun Şahsuvar. Elbette beni izliyordu, kaçıp gitmeme ve ortadan kaybolmama asla izin vermezdi. "Yanlış yöne gidiyorsun kızım." Geriye dönüp ona baktığımda parmağını kaldırıp az önce geçtiğimiz koridoru gösterdi. "Bu taraftan."

Ölgün adımlarımı onun istediği tarafa sürükledim ve Bora'nın içeride olduğu odaya doğru yürüdüm. Kapısının önüne varmamla Bora'nın içeriden çıkması bir olmuştu. Ceketinin önü tamamen kapalıydı. Yarası ne durumdaydı bilmiyordum ama kötü görünmüyordu. Göz göze geldiğimiz an şüpheli bakışlarını yüzümde gezdirdi.

"Babam sana bir şey söyledi mi?" diye sordu işkillenmiş gibi. "Canını sıkacak bir şey..."

"Söylemedi," dedim sözünü keserek. "Konuşmadık bile."

Bora kafasını kaldırıp arkamda bir yerlerde olduğunu tahmin ettiğim babasına baktı. Ona yarasının ne durumda olduğunu bile soracak gücü bulamıyordum kendimde. Sormadım da zaten. Bora bakışlarını tekrar yüzüme indirirken "Önce halama bakalım," dedi ama Haldun Bey buna müsaade etmedi. Yanımıza yaklaştığını adım seslerinden anlıyordum.

"Al şu kızı da git artık," dedi birkaç adım gerimizde durduğunda. "Halana ben bakarım, ayrıca birazdan Ceyda ve Nevin gelir, eş dost da burada olur. Bu kızı kimsenin görmesini istemiyorum."

Enver Bey'in kızı ve boşandığı karısı da geliyordu demek. Burası hakikaten kalabalıklaşacaktı. "Lütfen gidelim," diye mırıldandım sadece Bora'nın duyacağı bir sesle. "Kendimi hiç iyi hissetmiyorum."

Bora bir şeyler söyleyecek gibi oldu ama babası ondan önce davrandı. "Amcanın durumunda bir gelişme olursa sana haber ederim." Bakışları son bir kez beni buldu, Bora'nın beni başından defetmesi gereken zamanın başladığını ilan ediyordu. "Arka kapıdan çıkıp gidin, sizi kimse görmesin. Arabanı alma, bir taksiye atla."

☽

Bazı geceler, Yaradan'ın imtihan diye verdiği acıyı karşıma alır ve bundan daha kötüsünün, daha beterinin olmayacağını düşünerek avunurdum. Ama oluyordu, her seferinde, ben daha beteri olamaz dedikçe hep daha beteri oluyordu. Artık omuzlarıma bırakılan yükü taşıyamaz olmuştum. Ayakta kalmak çok zordu, bunun bir sonu yok muydu?

Bugün, her şeye bir son verecektim.

Aksi bir ihtimal söz konusu bile değildi.

Çoktan kopmuş bir bağa tekrar makas vurmam, hiç başlamamış bir aşka bıçak saplamam gerekiyordu. Şikâyet etmek gibi bir hakkım olmadığını bildiğimden, gözlerimden tek bir damla gözyaşı bile düşmemişti. Düşmeyecekti ve düşmemeliydi de. Bu belki de ikimiz için en iyisi olacaktı çünkü bizim bir sonumuz yoktu, birlikteyken yürüyeceğimiz yollar tamamen yokuşluydu.

Geceyi bütünüyle uykusuz geçirmeme rağmen tuhaf bir şekilde dingin hissediyordum. Sabahın doğuşunu seyrederken birileri zihnimdeki kum saatini ters çevirmişti. Zaman o andan beridir aleyhime işliyordu. Bakışlarım komodinin üzerindeki küçük saate çevrildi, saat on buçuğu gösteriyordu. Kaldığım odadan çıkıp merdivenlere doğru yürüdüğüm sırada bakışlarım Bora'nın odasına takıldı, kapısı kapalıydı. İçeride miydi yoksa aşağıda mı bilmiyordum.

Merdivenleri inip salona yürüdüğüm sırada mutfaktan gelen tıkırtıları işitip adımlarımın yönünü o tarafa çevirdim. Mutfaktan içeriye girdiğimde karşımda Bora'yı değil, evin temizliğinden sorumlu olan kadını buldum. Masanın üzerine güzel bir kahvaltı hazırlamıştı. Beni gördüğünde yüzü birden düştü ve elindeki ekmek sepetini masanın üzerine hızlıca bırakıp ellerini önünde birleştirdi. Sebebini çözemediğim bir şekilde, sanki benden ürkmüş gibi bir tavra bürünmüştü.

"Günaydın," dedim çekimser bir tavırla. Eğer sıradan bir günümde olsaydım kadına gülümseyebilirdim ama darağacına yürüyen bir mahkûm kadar çaresiz olduğumdan içimden daha fazlası gelmiyordu. "Bora'yı gördünüz mü?"

Kadının zayıf yüzü, dişlerini yanaklarına geçirmesiyle birlikte hepten içe çökerken bakışları mutfağın kapısına uzandı, kafasını telaşla salladı. "İki saat önce gördüm," dedi kapıya bakmaya devam ederek. "Ben alt katı temizlerken bir ara dışarı çıktı, sonra geri geldi ve yukarı çıktı."

Kadının adını bilmiyordum ama bu evde tuhaf bir çalışma tarzı vardı. Bora evin içinde yabancı birilerinin dolaşmasını hiç sevmezdi. Bu yüzden temizliği genelde Bora olmadığı zamanlarda yapar, yemeği de sadece yapılması istenildiği zamanlarda yapıp vakit kaybetmeden giderdi. Ona birkaç kez bu evde denk gelmiştim ama hiçbirinde şu an olduğu gibi tuhaf bir tavrı olmadığı için gözüme batmamıştı.

Kadın, onda bir tuhaflık sezdiğimi anlamış gibi ürkek bakışlara bürünürken yanımdan hızla geçip gitti, mutfaktan çıkıp gözden kaybolacağını sandım ama tam tersi kapıyı kapattı ve yüzünü bana dönerken sırtını kapıya yasladı. "Haldun Bey, gün batana kadar vaktinizin olduğunu söyledi," dedi bir çırpıda. Sözlerinin ardından güçlükle yutkundu çünkü çok korkuyordu. "Eğer vakti geldiğinde hâlâ burayı terk etmemiş olursanız dediğini yapacakmış. Siz ne olduğunu çok iyi biliyormuşsunuz."

Kadına bakarken donup kaldım, ne tepki vermem gerektiğini bile bilmiyordum. "Biliyorum," dedim donuk bir sesle.

"Ben, ben başka bir şey bilmiyorum," dedi kadın kafasını sallayarak. "Sanırım şu an kötü bir şeye vesile oldum ama inanın, bunu size söylemek zorundaydım."

Hiçbir şey söylemedim, kadın da söylememi beklemedi zaten. Az önce kapattığı kapıyı açtı ve mutfaktan telaşla çıkıp gitti. Bense taştan bir heykel gibi durdum olduğum yerde, bir dakika sonra dış kapının açılıp kapandığını duydum. Kadın gitmişti.

Haldun Şahsuvar işini riske atmıyordu, onun tehditlerinden korkmayıp vazgeçeceğimi düşünmüş olmalı ki ne denli korkunç bir kalbe sahip olduğunu bir kez daha hatırlatıyordu.

Kaç dakika boyunca daha aynı yerde durmaya devam ettim bilmiyorum, birden masaya yürüdüm ve sandalyeyi çekip oturdum. Önümdeki boş tabağı doldurup çatalı önüme gelen yiyeceğe sapladıktan sonra boğulurcasına yemeye başladım. Gün akşama varmadan önce o ya da ben, ikimizden birisi gidecek ve her şey bitecekti. Ama bu ani gidişin ve zamansız bitişin bir geri dönüşü de olacaktı.

Bir gün ne pahasına olursa olsun gerçeği Bora'ya anlatacaktım.

Mutfağın dışından gelen adım seslerini duyduğumda Bora'nın merdivenlerde olduğunu anladım. Çok geçmeden mutfaktan içeriye girip gözlerini üzerime diktiğinde şaşırmış gibiydi, kahvaltı yapıyor olmamı beklemiyordu. Dün gece eve geldiğimizde konuşmayı ertelemiştim çünkü sabaha dek düşünmem gerekiyordu. Onu, beni kapının önüne koymaya ikna edecek kadar berbat yalanlar üretmem gerekiyordu.

Bora karşıma geçip oturdu, benden önce kahvaltı etmiş olmalıydı çünkü hiçbir şey yemiyordu. Şu dakikadan sonra ben de bir şey yiyemeyecektim. Önümdeki yarısı dolu kahvaltı tabağından kaldıramadığım bakışlarıma bir ağırlık çöktü.

"Neden yemiyorsun?" diye sorduğunda elimdeki çatalı kıracakmış gibi sıktım. "Dikkat et, yeterince yemezsen antibiyotik mide ağrısı yapabilir."

Sabah uyandığında ilk işi eczaneden ilaçlarımı getirtmek olmuştu, kaldığım odaya girdiğini fark ettiğimde sırtımı duvara dönüp gözlerimi sımsıkı kapatmıştım. İlaçlarımı komodinin üzerine bırakırken uyuduğumu sanıyordu, bakışlarının gölgesi bir ara üzerime çökmüştü, göremesem de hissetmiştim. Oysa geceden beri bir kez olsun gözümü kırpmadığımı, kalbime düşen çığı, dilimde biriken çığlığı, düşüncelerimi titreten sıtmayı, görünmez bir ateşe atıldığımı, kül olmaksızın yandığımı ve bu hâlde olmama sebep olan adamın, onun dünyaya gelmesine vesilen adam olduğunu...

Görmüyor ve bilmiyordu.

"Hâlâ beni düşünüyor olman çok tuhaf." Dakikalardır masaya dönük olan bakışlarım onun yüzüne tırmandığında dudaklarıma da acı bir tebessüm uzandı. "Aslında sen kötü falan değilsin," dedim gülerek. "Sen çok iyi bir adamsın, Bora."

Bora'nın dümdüz bir bakışla çevrelenen yeşil gözleri hafifçe kısıldı. "Tersinden mi kalktın?" diye sordu. "Yoksa yine kaytaracak mısın?"

"Hayır, konuşacağız." Elimdeki çatalı masanın üzerine bırakıp ayağa kalktım. "Çünkü artık pes ediyorum."

Bora'nın üstümde gezdirdiği bakışlarına aldırmadan yanından geçtim ve mutfaktan çıkıp salona yürüdüm. Arkamdan geleceğini biliyordum, yanılmamıştım. Bilardo masasının önünde durduğum sırada Bora önümden geçti ve karşımdaki koltuğa oturup arkasına yaslandı. Kolunu koltuğun tepesine uzatmıştı. "Seni dinliyorum."

Bir an durup düşünecek olursam vazgeçerdim.

"Seni hapse ben yolladım," dedim vakit kaybetmeden. Zaten bildiği bir gerçeği dillendirmem ifadesiz yüzünde beklediğim etkiyi yaratmadı. "Bana göre hak ettiğin son oydu ama sana göre bu yaptığım seni sırtından bıçaklamaktı, hatta ihanetin başka türlüsüydü."

"Bilmediğim şeyleri anlat." Bora kafasını salladı. Sakin görünüyordu ama birazdan öyle kalmayacağını çok iyi biliyordum. "Arabeske bağlamazsan sevinirim."

"Gerçekten Londra'ya gidip gitmediğimden bile şüphe ediyorsun."

"Çünkü gitmediğini biliyorum."

"Ama gittim," dedim kısık bir sesle. Böylece dilimden, yalanın ilk tohumu düştü ayrılık toprağına. "Bunu böyle söylemeyi istemezdim ama Londra'ya, Melih'in yanına gittim. Bunu yaparken bir an bile düşünmedim."

Bir şeyler söylemesini bekledim ama o susuyordu. Hiçbir tepki vermiyor, gözlerini bile kırpmadan beni dinliyordu. Bedenim, ruhumun gömüldüğü bir mezar bile değildi artık. İçimde hiçbir şey yoktu, bomboştu.

"Sen içeri girdikten üç ya da dört gün sonra gittim," dedim kendim var ettiğim çaresizliğin ağına düşerken. "Uçak biletleri çok pahalıydı, vizem pasaportum falan da yoktu üstelik. Parayı nasıl buldum, biliyor musun?"

Bora sözlerimin devamını merak ettiğini belirten bir tepki vermiyordu. Ama ben susmadım, susamazdım. "Nişan yüzüğümü satarak."

Gittikçe büyüyen yalanlar etrafımda bir ateş çemberi oluşturuyordu.

"İyi para ettiğini söylemeden geçemeyeceğim," dediğimde bakışlarımı utançla kaçırdım. Hayatımda hiç bu kadar küçülmemiş, hiç bu kadar ufalmamıştım. Şakağıma dayalı görünmez bir namlu vardı, daha ağırlarını söylemem için beni daha ne kadar zorlayacaktı?

"Melih'i hiçbir zaman unutmadım. Senin beni ondan uzaklaştırmaya çalışman bir işe yaramadı anlayacağın... Gittim ve yeniden ona sığındım. İlk başta her şey çok güzeldi. Ama sonra onunla da geçinemedim. İşler istediğim gibi yürümedi anlayacağın. Bu yüzden yeniden ayrılma noktasına geldik, eskisi gibi olamadık çünkü araya giren zaman bize yeniden dikiş tutturmadı."

"Sen bana neyi anlatıyorsun, Hande?" diyerek kesti Bora sözlerimi. Sakince oturuyor ve tepkisiz gözlerle beni izliyor olmasına rağmen, kıyamet gibi bir sesle sordu bu soruyu.

"Gerçekleri," dedim ayakta durmaya çalışarak. Önünde durduğum bilardo masasına yaslanıp tutunmasam düşebilirdim. "Sabaha kadar düşündüm, bu yüzleşmeden kaçamayacağımı biliyordum, sonunda pes ettim." Derin bir nefes alırken bir kez daha kaçırdım gözlerimi. "Neden Melih umurumda değilmiş gibi davrandığımı şimdi anladın mı? Ben buyum, bencilim ve kendimden başkasını sevemem."

"Sen sadece kötü bir yalancısın." Bora oturduğu koltuktan kalktığında yüreğim ağzıma geldi. Bakışlarımla onu takip ettim, şömineye doğru yürüyordu. "Tüm bu anlattığın zırvalıklara inanmamı bekleme, işin içinde başka bir şeyler olduğunu biliyorum."

Neyi biliyordu? Ona şüphe kazandıran sezgilerinden ve buna imkân veren tavırlarımdan başka hiçbir şey yoktu ellerinde. İnanmak istediğine inanıyordu sadece.

"Hayalperest olma," diye çıkıştım tüm gücümle. "Sana gerçeği tüm çıplaklığıyla anlatıyorum işte."

"Sen bana gerçeği falan anlatmıyorsun, sadece zırvalıyorsun." Cebinden çıkardığı bükülmüş sigara paketindeki son dalı kurtardı, paketi ateşe attı ve eğilip sigaranın ucunu ateşe verdi.

"Gerçek bu." Sonuna kadar diretmekten başka çarem yoktu.

Doğrulup bana baktığında keskin bakışları yüzüme sabitlendi. "Sen bana gerçeği dün akşam gösterdin," dedi koltuğun kenarına otururken. Bir bacağını koltuğun üzerine atıp dirseğini dizine yasladı ve sigarasını dudaklarına kıstırdı. Ona sarıldığım ve aşk için dilendiğim o anlardan mı bahsediyordu? "Beni her şeye inandırabilirsin ama o an hissettiklerinin yalan olduğuna inandıramazsın."

"Yalan değildi." Onu inandırmamın yolu, inandıklarını doğrulamaktan geçiyordu belki de. "Senin bana gösterdiğin ilgiyi özlediğimi fark ettim, zayıf düştüğüm bir andı, hepsi bu."

Bora gittikçe koyulan gözlerini üzerimden çekip boşluğa dikti. Aceleyle içtiği sigara gittikçe küçülüyordu. Tıpkı o sigara gibi ben de ufalıp yok oluyordum nazarında. "Beni bu kadar düşük bir kadın olduğuna inandıramazsın," dediğinde bakışları yeniden gözlerimi buldu. "İnanırsam seni öldürürüm Hande, yapma şunu."

Söylediklerimin birer yalandan ibaret olduklarına inandığı hâlde buna tahammül edemiyordu. İnansa kim bilir ne hâlde olurdu?

"İnanmıyor musun söylediklerime?"

"İnanmıyorum," dedi Bora sert bir sesle. "Çünkü seni tanıyorum."

İnanmak zorundasın, dedim içimden. *Benim fazla vaktim kalmadı.*

Onu delirteceğini biliyordum ama yine de güldüm. "Babanı bile tanıyamazken beni tanıdığını iddia etmen..."

"Kes artık," diye bağırdı Bora sonunda. Sabrı taşmıştı. "Bunların hiçbirini duymak istemiyorum. Şimdi hastaneye gideceğim ve ben gelene kadar adam akıllı düşünüp bekleyeceksin. Daha fazla yalan dinlemek istemiyorum!"

"Gerçekleri duymak isteyen sendin," dedim tereddütle. Öfkesi giderek büyüyordu.

"Bu söylediklerin gerçek değil!" Oturduğu yerden kalkarken izmariti şömineye fırlattı, kapıya doğru yürüdüğünde arkasından şaşkınca bakakaldım, kaçıp gidecek miydi sahiden? Bu şekilde gitmesine izin veremezdim.

"Benimle işin bittiğinde beni bırakacağını söylemiştin ya hani," dedim son kozumu kullanarak. Bora kapının önündeyken durdu, sırtı bana, yüzü kapıya dönüktü. "Yalan söylediğini biliyorum çünkü sen beni bırakamazsın. Sana yaptığım onca şeye rağmen bırakamazsın hem de! Derdin bana dünyayı dar etmek falan değil, sen benden vazgeçemiyorsun."

Derin ve öfkeli bir nefes aldığını işittim. "Hâlâ tüm bu söylediklerinin yalan olduğunu kabul etmen için sana son bir şans veriyorum."

"Doğruları söylüyorum ama sen sana yalan söylememi istiyorsun. Kendini böyle mi kandıracaksın?"

Bora hırsla bana döndü ve üzerime yürüdü. Gözlerinde biriken dehşeti gördüğümde kaçmak istedim fakat tek yaptığım masaya sıkıca tutunmaktı. "Bu saçma ısrar neden, anlamıyorum!" diye bağırdı çıldırmış gibi. "Kim tehdit ediyor seni? Neyle tehdit ediyor?" Tam karşıma gelip durdu, düşünüyormuş gibiydi. "Tabii ya, babam değil mi? Söyle, ne söyledi sana?"

"Baban bana hiçbir şey söylemedi," diyerek inkâr ettim. Gözleri şüpheyle kısıldı. "Ne söyleyebilir ki hem? Neden babanı katıp duruyorsun işin içine?"

Bora'nın babasına duyduğu şüpheyi yok etmem gerekiyordu, aksi hâlde ne söylersem söyleyeyim boştu. Söylediklerime inanmayacaktı.

Kollarımdan yavaşça tuttu. "Derdin ne senin? Bana açıkça söyle, ne yapmak istiyorsun?"

İki elimle birden kollarını iterek kendimden uzaklaştırırken, "Gitmek istiyorum," dedim tek nefeste. "Ya da gitmeni istiyorum. Hayatımdan tamamen gitmeni istiyorum!"

Kalın kaşları birleşecek derecede çatılırken dudaklarını öyle ezdi ki rengi daha koyu bir hâl aldı. Ateşler yanıyordu gözlerinin yeşilinde, içindeki fırtınanın bile dindiremeyeceği öfkeli ateşler... "Böyle bir şeyin olmayacağını sana bin kere söyledim," dediğinde kaskatı kesilmiş vaziyetteydi. "Unut bunu."

"Senden nefret ediyorum, görmüyor musun?" diye bağırdım. Bora birden üzerime eğildi ve tek elini dudaklarıma kapatarak susturdu beni. Sakalları yanağıma değiyor, aldığı sert nefesler saçlarımın arasında yok oluyordu. "Sus," dedi dişlerini sıka sıka. "Sus artık, söyleme şunları, sus!"

Kendimi sıktım, her şeyi bir kenara bırakıp şu an ona sarılmamak için kendimi mahvettim. Birer yumruk hâline getirdiğim ellerim bile uyuşmuştu acıdan. Ellerini dudaklarımın üzerinden çekerken "Lütfen," dediğini duydum, sesi yalvarır gibiydi. "Yapma bunu."

"Git," dedim bir kez daha. Hâlâ ağlamadığım için kendime şaşkındım. "Çık git. O kapıdaki adamlara da söyle, defolup gitmeme izin versinler. Geldiğinde burada olmak istemiyorum. İstersen beni bu eve yıllarca hapset. Değişen bir şey olmayacak."

Bir çırpıda sarf ettiğim sözlerin ardından Bora benden hızlıca uzaklaştı, ellerini kulaklarına kapattı, delirmiş gibiydi. Ne yapacağımı bilemez bir hâlde onu izlerken tüm bedenim titriyordu. O an aramızdaki sessizliği, çalan telefonunun sesi böldü. Bora koltuğa doğru yürüdü ve oraya bıraktığı telefonu alıp telaşla yanıtladı.

"Söyle," dedi sadece. Kimden geldiğini bilmediğim telefonla karşı tarafı dinlerken bakışları üzerime çevrildi. Sanki gözleri ölü bir bedene aitti, orada olabilecek tüm duygular beyaz bir kefen giymişti.

Haldun Şahsuvar'ın dün gece söylediği sözler yankılandı zihnimde. Bora yarın gün içinde beklediği bilgiye ulaşacak, senin gerçekten de Londra'da olduğuna inanacak demişti.

İşte her şey bitmişti.

Bora telefonu önce yere indirdi, parmakları arasında kıracakmış gibi sıktı. Sonra tekrar havaya kaldırdı ve tüm hırsını çıkarmak ister gibi yere fırlattı. Yetmedi, koltuğun önünde duran sehpayı tek bir tekme darbesiyle ters çevirdi. Camlar tuz buz oldu. Öyle hissizdim ki onun bu hâli bile bana korku vermiyordu.

"İnanmıyorum!" diye bağırdı ağız dolusu. "İnanmıyorum lan, inanmıyorum!" Artık bir şey söylememe gerek kalmamıştı. Bora, inanmıyorum dediği gerçeğin ortasında boğuluyordu.

"Git." Kaçıncı kez söylediğimi bilmiyordum. "Git artık."

"Şimdi sen," dediğinde ansızın sustu. Bana doğru adım atarken gözlerini inanamıyormuş gibi büyüttü ve parmağını kaldırarak beni hedef aldı. "Bana gitmem gerektiğini mi söylüyorsun?"

Onu bir değil, binlerce kez hayal kırıklığına uğratmıştım. Keşkeler dilimin zehriydi artık çünkü hiçbir hayıflanma sözcüğü beni o karanlık tünelin içinden çekip çıkaramayacaktı. Şu an ona git demek yerine, beni öldür demek isterdim.

O bu kapıdan çıkıp gittiğinde ben zaten ölmeyecek miydim?

"Evet," dedim kısık bir sesle. Gözlerinden kaçırdığım bakışlarımı nereye koyacağımı bilemedim. "Gitmeni istiyorum! Daha kaç kere söylemeliyim?"

"Ulan, nasıl?" diye sordu hayretler içerisinde. Dişlerini kıracakmış gibi sıkması, zayıflamış yüzünde iki derin çukur oluşturdu. "Bana yaptığın onca şeye rağmen bize bir şans veriyorum ve sen bunu..."

"İstemiyorum!" Sözlerini haykırarak kestim. "Bizi de bana verdiğin hak edilmemiş şanslarımı da istemiyorum!"

Bora, aramızdaki birkaç adımlık mesafeyi hızla yok etti ve bir nefes ötemde biterek omuzlarımdan sertçe kavradı. Ayakta zor tuttuğum bedenim bu dokunuşuyla yıkılacak gibi olduğunda kendimi sıktım. Bakışlarım duvarda tik tak sesler çıkaran saate takılırken ruhumu bedenimden önce darağacına asan o cümle, zihnimin içinde bir kez daha yankılandı.

'Vakit dolduğunda hâlâ o evden çıkmamış olursanız, bu ölüm gerçekleşecek.'

İçimde dünyayı yakacak kadar kuvvetli ateşler yanarken nasıl oluyordu da etten ve kemikten örülü aciz bedenim küle dönmüyordu?

"Dokunmadan sevdim ben seni," diye fısıldadı acı dolu bir sesle. İtirafı, içimdeki ölü serçenin bile kanat çırpmasına sebepti ama bu neyi değiştirecekti? Tek elini kaldırıp yumruğunu sıkarken bir şeyler daha söyleyecek oldu ama dudaklarını birbirine bastırarak vazgeçti. "Ben bütün dilek haklarımı haksız çıkmak için harcarken yine mi haklı çıktım?"

Elini, ateşe dokunmuş gibi çekti üzerimden. "Sen benim yüzüme kapattığın kapıyı hiçbir zaman açmamışsın..." Gittikçe uzaklaşıyordu benden. "Şimdi bana düşen sadece o kapıyı değil, o kapının ardındaki evi bile ateşe vermek!" Bana tamamen arkasını dönerken "Bitti!" diye haykırdı.

"Nefret ettiğin adam seni tamamen azat ediyor!"

V

YÜZLEŞME

Bora gitmişti.

Ardında gölgesini bile bırakmadığı bu koca evde, beni bir başıma bırakıp gitmişti. Belki on belki de yirmi dakika geçmişti gittiğinden beri. Ölmüştüm, dirilemiyordum. Dizlerimin üstüne düşmüştüm, kalkamıyordum. Bacaklarım tutmuyordu sanki, ayağa kalkmak için çaba sarf etsem de olmuyordu, parmaklarımı bile oynatamıyordum. Yüzüme düşen uzun saçlarımı geriye itecek takat bulamıyor, içim çıkacakmış gibi kesik kesik ağlıyordum.

Ayağa kalktığımda ve yürüdüğümde, bu kapıdan çıktığımda ve sokaklara karıştığımda değişen hiçbir şey olmayacaktı. Haldun Şahsuvar'ın adamları beni bir köşe başında yakalayıp yine bir arabanın içine atacaklardı. Yine kendi isteğim olmadan zorla götürülecek, yine başa dönecek, yine aynılarını yaşayacaktım. Bu ne bitmek bilmez bir cezaydı?

Acıyan gözlerimi kapatarak hıçkırdığımda genzim de kalbim gibi parçalandı. *Bu sefer masum değil, kanlı bir oyun oynarken düştüm dizlerimin üstüne. Ayağa kalkamıyorum. Niye kaldırmıyorsun baba? Ben her düşüp kaldığımda sen koşup gelmez miydin yanıma? Canım ufacık acısa bile ko-*

parmaz mıydın kıyametleri? Niye yoksun şimdi, ne değişti? Sen mi, ben mi yoksa mecburiyetlerimiz mi?

"Ayağa kalk," diye mırıldandım kendi kendime. Öyle çok ağlıyordum ki gözyaşlarım gözümün önünü görmeme izin vermiyordu. "Ayağa kalk, hadi."

Bora olsa böyle söylemez miydi?

Yapamadım, yüzüp kuyruğuna gelmişken son adımı atacak gücü bulamadım kendimde. Her zaman böyle oluyordu, her zaman başkaları için feda ediliyor ama yine de bencil olmakla suçlanıyordum. En ağır olanı da buydu. Başkaları için kendimi feda edeceğim ne kadar ömrüm kalmıştı? İyiliğe ve adalete olan inancım gittikçe çürüyordu. Çünkü eninde sonunda iyiler değil, kötüler kazanıyordu.

Hayli çırpınarak, güçlükle toparlanıp ayağa kalktığımda başım feci şekilde dönüyordu. Bora'nın getirdiği ilaçları almamıştım, almayacaktım da. Çünkü artık iyi olup olmamamın bir önemi yoktu. Ne kendim için ne de bir başkası için. Ağır aksak adımlarla yürüyerek salondan çıktığımda ağlamaya devam ediyordum, kalbimin yarısını koparıp almışlar gibi hissediyordum ve bu his hiç geçmeyecek gibiydi.

Doğruca merdivenlere yürüyüp üst kata, iki gündür kaldığım odaya ulaştığımda puslu gözlerle etrafa bakındım. Bu evde bana ait birçok eşya vardı fakat hiçbiri umurumda değildi, sadece montumu alıp çıkacaktım. Pencerenin önündeki berjere yürüyüp dün gece alelacele bıraktığım montu alırken bakışlarım dışarı takıldı ve kaşlarım çatıldı. Bora dakikalar öncesinde gitmemiş miydi? Halüsinasyon mu görüyordum? Neden arabası kapının önündeydi?

Araba çalışır vaziyetteydi, silecekler yağan yağmuru bertaraf ediyordu. O an fark ettim arabanın içinde Bora'nın olduğunu. Korku kalbime tekrar ayak basarken arabanın kapısı birden açıldı ve Bora hızlıca dışarı çıktı. Yağmurdan kaçar gibi değildi ama adımlarını aceleci bir tavırla attı eve doğru. O sırada Veysel koşar adımlarla bahçe kapısına yürüdü. Bora demir kapıdan içeriye girdiğinde Veysel önünde durdu, elinde ne olduğunu bilmediğim küçük bir paket vardı. Paketi Bora'ya uzattı. Bora paketi aldığı gibi eve yürüdü ve görüş alanımdan uzaklaştı.

Bense pencerenin önünde elimde tuttuğum montla kalakaldım. Neler olduğunu, Bora'nın neden geri döndüğünü anlayamadım. Belki de benimle alakalı bir durum değildi, Bora evde oyalanırken sessizce çıkıp gitmeliydim. Kapıya doğru attığım ilk adımda, Bora'nın yeri göğü inleten sesiyle olduğum yerde kaldım.

"Hande, neredesin?" Gözlerim şaşkınca büyürken panikten sağa sola baktım. Sanki odanın içinde kaçıp gidebileceğim başka bir kapı varmış gibi. "Evde olduğunu, gitmediğini biliyorum. Yanıma gel!"

Ters giden bir şeyler olduğu belliydi, yoksa Bora geri dönmez ve hayatımdan tamamen gitmeyi kabullenmişken beni tekrar görmek istemezdi. Bunun iyi mi yoksa kötü mü olduğunu kestiremiyordum. Tek bildiğim, zaman aleyhime işliyordu. Benim bu evden bir an önce çıkıp gitmem gerekiyordu.

Bulunduğum odadan çıkıp merdivenlere yürüdüğüm sırada gördüm Bora'yı. Merdivenleri hızla çıkıyordu. Beni fark ettiğinde daha da hızlandı, yanıma gelip karşımda durduğunda nefes nefeseydi. "Niye gitmedin?" diye sordu bağırarak. "Neden hâlâ buradasın?"

"Gidiyordum," diye mırıldandım boğuk bir sesle. Parmaklarım arasında sıkıca tuttuğum montu koluma yaslayarak bir adım attığım sırada Bora önüme geçerek yolumu kapattı.

"Ağlamışsın." Bakışları ıslak yüzümde, kızarmış ve şişmiş gözlerimde geziniyor olmalıydı. Bense yere bakıyordum. "Hem de çok ağlamışsın."

"Çekil önümden," diyerek öbür tarafa bir adım attığımda Bora da o tarafa geçti ve tekrar önümü kesti. Kahretsin, oyun mu oynuyorduk? Elindeki paketi havaya kaldırdığında bakışlarım da ağır ağır takip etti elini. "Hiçbir yere gidemezsin."

Yorgun bir nefes alırken, yeniden ıslanan gözlerime bastırdım parmaklarımı. Bir şeyler söylemeye hazırlanıyordum ki Bora paketin üstündeki ambalajı sabırsızca parçalamaya başladı. Paket bir kargo firmasına aitti, üstündeki ambalajı söküp attığında içinden uzun, dikdörtgen, küçük bir kutu çıktı. Bora kutunun kenarındaki bantları sökmeye uğraşırken sessizce küfrediyordu. Bana olan öfkesini her zamanki gibi eşyalardan çıkarıyordu.

Sonunda kutunun kapağını kaldırdı, gördüğüm ilk şey dörde katlanmış beyaz bir kâğıttı. Kâğıdı kaldırdığında gördüğüm ikinci şeyse, Bora'nın babası tarafından kaçırıldığım o akşam yolun ortasına düşürdüğüm telefonumdu. Şaşkınlığım katlanarak büyüyordu, telefona bakakaldığımda Bora telefonu kutudan çıkarıp bana doğru uzattı.

"Senin telefonun," dedi, sesi sorgular gibiydi. Bu telefonun aynısından bu şehirde belki de binlerce vardı. Ama telefonun üzerindeki özel tasarım mavi kılıf benden başka hiç kimsede yoktu. Hiçbir şey söylemedim, Bora da sustu ve kutuyu yere fırlatıp tek eliyle dörde katlanmış kâğıdı açtı. İçinde bir şeyler yazıyordu, Bora bana göstermeden sessizce okudu. Merak içimi kemirse de korkum çok daha büyüktü, neler olduğunu soramadım.

Tek derdim bir an önce kaçıp gitmekken yine kapana kısılmıştım.

Telefonu düşürdüğüm yerden alan ve kargoyla Bora'ya yollayan Yiğit olabilir miydi? O akşam bizden sonra ardımızda kalan tek kişi Yiğit'ti. Ama niçin böyle bir şey yaptığını aklım almıyordu. Eline ne geçecekti?

Bora elindeki kâğıdı bana uzatmasa parçalayıp yok edecek kadar öfkelenmişti. Kâğıdı titreyen parmaklarımla tuttuğum sırada, "Oku şunu," dedi sertçe. "Sonra bana ne demek istediğini açıkla!"

Bakışlarımı kâğıda diktim, birkaç kısa paragraftan ibaret olan el yazısını okurken Bora'nın içimi delen bakışları üzerimdeydi.

Telefonu açmaya çalışmakla vakit kaybetme Şahsuvar, ben denedim ama çoktan bozulmuş, çalışmıyor. İçinde işe yarar bir şey var mı bilemem ama sevgili nişanlına bu telefonu ne zaman ve nerede düşürdüğünü sor bakalım, sana ne cevap verecek? Aldığın yanıt seni hem tatmin edecek hem de mahvedecek.

Ha bu arada, içeriden çıktığını biliyorum ama ne yazık ki sana geçmiş olsun diyemeyeceğim. Zaten saçma olurdu değil mi? En az, senin bana başsağlığı dilemen kadar saçma.

Seni başındaki bu ufak dertleri çözmen için yalnız bırakıyorum. Şimdilik... Bir zaman sonra başına çok daha büyüklerini açmak için geleceğim. Çünkü bitmedi, bitmeyecek. Benden çaldıklarının hesabını ömrünün sonuna kadar ödeyemeyeceksin. Dönüşüm sürprizlerle dolu olacak, sabırla bekle. O şerefsiz babana da selam söyle, beni öldürmeyi beceremediği için çok pişman olacak.

Yiğit Mirzanlı.

Görünen oydu ki Haldun Şahsuvar'ın hayatını mahvettiği tek zavallı ben değildim. Yiğit geri döneceğim derken neyden bahsediyordu, şu an neredeydi, dahası Haldun Bey Yiğit'e ne yapmıştı, hiçbir fikrim yoktu. Her ne yaptıysa Yiğit'i de kendisine düşman kılmayı başarmıştı. Yiğit'in Bora'yla olan hesabı bitmemişti, ilk hamlesini ise Bora'yı benimle ve babasıyla vurarak yapmaya çalışıyordu.

Burnuma hiç iyi kokular gelmiyordu.

Bora bu mektuptan sonra elbette boş durmayacak, üstelik beni de hiçbir yere bırakmayacaktı. Mektubu ikiye katlayıp Bora'ya uzattım. Benden bir açıklama bekliyordu ama ben ne diyeceğimi bilmiyordum. Ona sığınmaktan başka bir çıkar yolum kalmadığını anladım. Sanırım pes ediyordum.

Bora yüzüme, bilhassa gözlerime dikkatle bakarken "Babana söyle," dedim ağlamaklı bir sesle. "Yapmasın, vazgeçsin!"

"Neyden vazgeçsin?" diye sordu Bora. Elimdeki kâğıdı alıp yere gelişigüzel fırlattı. "Aklımı yitireceğim lan? Neler oluyor? Hepiniz bir oldunuz beni delirtmeye mi çalışıyorsunuz?"

Henüz bir şey itiraf etmesem de şimdiden pişman olmuştum söylediklerime. Ya oğluna söylediğim için daha fazla öfkelenirse? Ya akşamı bile beklemeden tehdidini gerçekleştirirse? Korkuyordum, ellerimi yüzüme kapattığım an Bora bileklerimden yakalayıp yüzümdeki elleri çekti. "Bir şey söyle," dedi, öfkesini kontrol etmeye çalışsa da zorlanıyordu. "Babam neyi yapmasın?"

"Her şeyi anlatacağım," diye bağırdım çıldırmış gibi. "Ama önce babanı durdur, o adamı öldürmesin! Lütfen yapmasın!"

Bora ağzımdan çıkan sözler karşısında kanı donmuş gibi baktı yüzüme. Başından beri işin içinde babasının olduğunu tahmin etmesine rağmen şaşkın görünüyordu. Gözlerini gözlerimden ayırmadan "Veysel!" diye bağırdı. "Buraya gel!"

Dinmeyen bir öfkeye sahipti, ruhunun ardında dışarı çıkmak için savaş veren bir canavar gizliydi ve gerçekleri öğrendiğinde hepimizi paramparça edecekti.

Veysel sanki kapının ardında bekliyormuş gibi çabucak eve girdi ve koşar adımlarla merdivenleri çıkarak yanımıza ulaştı. "Telefonunu ver," dedi Bora, bozguna uğramış bakışları yüzümden bir an olsun ayrılmıyordu. Veysel cebinden çıkardığı telefonu Bora'ya uzattığında Bora telefonu sertçe çekip aldı ve muhtemelen babasının numarasını saniyeler içinde tuşladı.

Telefonu kulağına götürürken yine yüzümü hedef almıştı bakışları. Çaresizliğimi, korkularımı, gözlerime işlenen perişanlığı hafızasına kazımak ister gibi bakıyordu. Babası yanıt vermiş olmalıydı ki "Hande'ye ne yaptın bilmiyorum ama öğreneceğim," dedi insana ürperti veren bir sesle. "Şimdi, onu ne yapmakla tehdit ediyorsan bundan vazgeç." Babasının konuşmasına bile fırsat vermiyordu. "Duydun mu? Eğer beni de karşına almak istemiyorsan vazgeç. Aksi hâlde seni bile düşman bilirim."

Kapattığı telefonu cebine koyarken Veysel'e baktı. "Bana bir telefon ayarla, bu şimdilik bende kalsın." Sonra bana döndü ve "Gidiyoruz," dedi. Ona az önce her şeyi anlatacağımı söylemiştim, ne anlatacağımı merak etmiyor muydu?

"Nereye?" diye sordum çekingen bir tavırla, bakışlarım yanımızda duran ve Bora'dan bir emir bekleyen Veysel'e kaydı.

"Cehennemin dibine!" Bora, Veysel'in bile irkilmesine sebebiyet verecek bir sesle bağırdı üzerime yürürken. "Senin dilinde sadece yalan var, bana doğruları söylemiyorsun!"

Hiçbir cevap veremedim. O kadar çok yalan söylemiş, o kadar fazla kafa karıştırıcı cümleler sarf etmiştim ki tam doğruları söyleyeceğim zaman Bora artık beni dinlemekten vazgeçmişti. Yalancı çobana dönmüş, kendi sonumu kendim getirmiştim. Bora elimden sıkıca tuttuğunda afalladım. Birlikte merdivenleri indiğimiz sırada bir kez daha sordum. "Nereye gidiyoruz? Bari bunu söyle!"

"Doğru düzgün bir cevap alabileceğim tek yere!"

Keşke şu an içine konulduğumuz yalanlar tabutunu paramparça edebilseydim. Ama benim gücüm karşı koyup direnmeye bile yetmiyordu. Evden çıkıp bahçe kapısının önünde bekleyen arabaya yürüdüğümüzde nereye gidebileceğimize dair fikirler yürütsem de bir cevap bulamıyordum. Bora ön kapıyı açtı ve elimi serbest bıraktı, bir şey söylemesine gerek yoktu. Delici bakışları arabaya binmem için zaten bir emirdi.

"Bugün her şeye bir son vereceğim," dedi kapıyı sertçe kapatmadan önce. Arabanın önünden dolanıp sürücü kapısını açtı. "Ne yapacaksın?" diye sordum pes etmeyerek. "Neye bir son vereceksin? Beni nereye götürüyorsun?"

"Melih denen o orospu çocuğuna götüreceğim seni." Sesi kısık fakat hiddetliydi. Arabayı çalıştırıp gaza bastığı an sırtım koltuğa yapıştı. "Yarım kalmış bir hesabımız vardı, değil mi?"

Kafam karman çorman olmuştu, hiçbir şey düşünemiyordum. Bora, Melih'in şu an nerede olduğunu biliyor muydu? "Beni kendi ellerinle Melih'e mi teslim edeceksin?"

"Aptal mısın sen?" diye bağırdı Bora. Sözlerim onu hepten öfkelendirmişti. "Niye böyle bir şey yapayım? Sizi yüzleştireceğim!"

Bora kıyamet kopacak olsa, kendi elleriyle vermezdi beni bir başkasına. Kabul ediyordum, böyle bir soru sormam aptalcaydı. Ama iyi değildim, artık ne yapmam gerektiğini, neye inanmam gerektiğini bilmiyordum.

"Nasıl?" dedim şaşkınca. "Nasıl yüzleştireceksin bizi?"

Bora cevap vermedi, tüm dikkati sadece yoldaydı. Bir ara elini kaldırdı ve dikiz aynasını düzeltti. Araba evinin olduğu muhitten ayrılıp ana yola saptığında hızlandı. Bir ara bakışları üzerime takıldı ve sanki tek derdimiz buymuş gibi, "Emniyet kemerini tak," dedi. "Başka bir şey söyleme, soru falan da sorma. Yeterince sıçtınız beynimin içine!"

Onu kızdırmamaktan ziyade kendi can sağlığım için taktım emniyet kemerini. Zira Bora yine deli gibi araba kullanıyordu. Bir ara kural ihlali yaparak kırmızı ışıkta bile geçmişti. Sessiz fakat gergin süren bir yolculuk geçirdik. Melih'in kaldığı eve varmamız neredeyse bir saat sürdü. Ankara'nın merkezine uzak bir semtin çıkışında, tek tük müstakil evlerle çevrili bir sokakta bulunuyordu geldiğimiz ev. Ona bu evi Haldun Şahsuvar'ın tahsis ettiği belliydi. Fakat bundan Bora'nın haberi var mıydı bir fikrim yoktu.

Bora önünde durduğumuz tek katlı eve uzun uzun baktı. "Melih'in o evde kaldığından emin misin?" diye sordum çekinerek.

Bora kafasını çevirip bakışlarını yüzüme diktiğinde başımdan aşağı bir kova kaynar su dökülmüş gibi irkildim. Neden bu kadar kötü bakıyordu?

"O itin adını ağzına alma."

Sessiz kalırken gözyaşlarının tuzunu bırakarak yaktığı yanağımı hafifçe kaşıdım. Bora kapıyı açtı, ben de emniyet kemerimi çıkardım ve kapıyı açıp dışarı çıktım. Evin önündeki kaldırıma çıktığımızda bakışlarım evi incelemeye aldı. Koyu kırmızı bir renge boyalı evin sıvaları yer yer dökülmüştü, yağmur burada daha çok yağıyordu ve evin kiremit çatısından aşağı sular akıyordu. Bora gıcırdayan bahçe kapısını araladığında içeriye benden önce adım attı, bahçe oldukça küçüktü. Bir an gözüme çarpan köpek kulübesi yüreğimi ağzıma getirdi fakat içinin boş olduğunu görerek rahatladım.

"Burası tekin bir yere benzemiyor," diyerek Bora'nın koluna dokundum ve onu durdurdum. O da tıpkı benim gibi evi inceliyordu fakat onun yüzünde korkunun zerresi yoktu.

"Korkulacak bir durum yok," dedi adımlarını eve doğru sürüklerken. "Şu an onun içeride ve tek başına olduğunu biliyorum."

Bora'nın ardından yürürken ne kadar ıslandığımızı fark ettim. Yağmur bizi bir dakikadan daha az bir zaman diliminde bile sırılsıklam etmişti. Bahar yağmurları oldukça şiddetli yağıyordu ve bu durum birkaç gündür böyle devam ediyordu. Bora evin eskimiş çelik kapısı önünde durduğunda avuç içini sertçe kapıya geçirdi. Birkaç kez üst üste vurdu. Nazik davranmayacağını zaten biliyordum ama bu hâli beni ürkütüyordu.

"Aç kapıyı," diye kükredi, bu sefer yumruk hâline getirdiği elini kapıya peş peşe vuruyordu. "Aç lan, Melih dingili!"

Bora'nın bir adım gerisinde bekliyordum. Onu buraya sürükleyen neden, Yiğit'in gönderdiği telefonum ve o mektupta yazanlar mıydı? Evet, öyleydi. Hatta Bora'yı yoldan döndüren sebep de buydu. Bora gitmeden önce telefonunu kırmıştı, Veysel ona nasıl ulaşmıştı bilmiyordum fakat ona bir paket geldiğini öğrenince geri dönmüş olmalıydı. Tüm hesapları ince ince yapan ve hiçbir aksiliğe yer vermeyen Haldun Şahsuvar'ın sonunu ufacık bir detay getirmişti.

O gece kaçarken ansızın düşürdüğüm telefonum.

Ve o gecenin tek görgü şahidi olan Yiğit Mirzanlı.

Kader ondan değil, bizden yanaydı.

Kapı yavaşça açılırken farkında olmadan Bora'nın arkasına saklandım. Bunu neden yaptığımı bile bilmiyordum ama içimde kötü bir his vardı. Kapının ardında sadece Melih göründüğünde bile rahatlayamamıştım. Melih'in yüzünde donuk bir ifade vardı. Gözlerindeki tereddütle önce Bora'yı süzdü, sonra bakışları üzerime çevrildi. Onunla göz göze geldiğimiz an suratımın asılmasına engel olamadım. Bakışlarım istemsizce omzuna takıldı. Bora onu omzundan vurmuştu, yarası kazağının altında saklıydı. Ne durumda olduğu anlaşılmıyordu ama Melih kötü görünmüyordu.

Hayat haddinden fazla tuhaftı. Gün geliyor dostum dediğin düşmanına, düşmanım dediğin dostuna dönüşüyordu. Bir zamanlar hayatımı hayatına adamak istediğim adama şu an tiksintiyle baktığıma, her zaman nefret ettiğim adama ise çaresizce âşık olduğuma inanamıyordum.

Kaderin, ellerinde acımasızca oynattığı bir kukladan farksızdık.

Bora arkasına gizlendiğimi fark etmiş gibi geriye çekildi ve beni açık etti. Şu an Melih'le karşı karşıyaydım. Bir zamanlar içimi titreten mavi gözleri üzerimde dolaştıkça kendimi kötü hissediyor, zapt edilemez bir öfkeye boğuluyordum.

Bakışlarımı Bora'ya çevirdim, Melih'e her an üzerine atlayıp boğazını sıkacakmış gibi ters bakıyordu.

"Sana sevgilini getirdim Melih Efendi," dedi dalga geçer gibi. "Geçen gün beylik laflar edip duruyordun, ne oldu gördüğüne sevinmedin mi?"

Melih hiçbir şey söylemedi, işler onun da hesap ettiği gibi gitmediği için şansına lanetler yağdırıyor olmalıydı.

"Bakma öyle, gir içeri," dedi Bora Melih'e bakarak. Melih ikiletmedi. Arkasını dönüp içeriye girdiğinde Bora'nın bakışları üzerime çevrildi. "Hadi."

Korkularımı ve endişelerimi bir türlü gizleyemiyordum. Bora da bunu fark etmişti. Bir kez daha, "Hadi," dedi uysal bir sesle. "İçeri geç."

Bora'nın öfkeli hâllerinden ziyade bu sessiz sakin hâlleri beni daha çok ürkütüyordu çünkü altından nasıl bir adam çıkacağı asla belli olmuyordu. Eşikten içeriye Bora'dan önce adım attığımda bakışlarımı evin içinde gezdirdim. İçerisi beklediğimden çok daha iyiydi, eşyalar eski sayılmazdı ve ortalık temizdi. Bora kapıyı kapatırken olduğum yerde bekledim, bana bakıp yürümemi işaret ettiğinde kısa bir koridora geçtim ve salon kapısının önünde dikilen Melih'e doğru yürüdüm.

Melih buraya geleceğimizin haberini almış olmalıydı. Keza bizi gördüğüne hoşnut olmasa dahi buna hiç şaşırmamıştı. Melih kapının önünde dikilmeye devam ederken yanından geçip gittim. O da benimle içeriye yürüdü ve duvara monte edilmiş televizyonun yanında durdu, televizyon açıktı ve ekranda bir gündüz kuşağı programı yayınlanıyordu. Salon oldukça küçüktü, karşılıklı iki koltuktan, ortada bir sehpadan ve duvara asılmış bir televizyondan ibaretti.

Bora salondan içeriye adım attığı an etrafa şöyle bir göz gezdirdi, sonra bakışları Melih'in yanında durduğu televizyon ekranına çevrildi. Program mı ilgisini çekmişti? Bir süre öylece televizyonu seyrettiğinde içimdeki huzursuzlukta arsız bir bitki gibi hızla büyüdü. Programda gizemli bir cinayet tartışılıyordu. Bora ciddiyetini bozmadan Melih'e döndüğünde kafasıyla televizyonu işaret etti. "Ne o? Kendi sonunu mu izliyorsun?"

Melih belli etmemeye çalışsa da suratı asılmıştı, yüzü hâlâ tam olarak iyileşmiş değildi fakat yara izleri iyice küçülmüştü. "Neden geldiniz?" diyerek bozduğu sessizliğini sözde korkusuz cümleleriyle tamamladı. "Niyetin yarım bıraktığın işi tamamlamaksa öldür beni de kurtul. Şehir eşkıyası falan mısın sen?"

Bora Melih'e gözlerini devirdi. Melih'in onu kızdırabilecek sözlerine tepki vermeyişi çok tuhaftı. Sanki Melih'e olan öfkesi eskisi kadar şiddetli değil gibiydi.

Bakışları bana çevrildiğinde kapı tarafındaki bej renk koltuğu işaret etti. "Geç otur." Sesi oldukça sakindi. Fakat aynı ses tonu Melih'e döndüğünde geçerli değildi. "Sen de!"

Koltuğa oturup beklediğimde Bora arkasını döndü ve televizyona yaklaşarak etrafına dikkatle bakmaya başladı, sanırım kapatma tuşunu arıyordu. Bulamayınca uğraşmadı ve doğruca fişini çekerek kapattı. Melih de yanıma oturunca ona ters bir bakış atarak köşeye kaydım. Bora bakışlarını üzerimize çevirdiğinde gözleri öfkeyle büyüdü. Eğilip sehpanın üzerinden aldığı kumandayı doğruca Melih'e fırlatırken "Lan ben sana oraya mı otur dedim kerkenez?" diye bağırdı. "Kalk lan oradan, geç karşıya!"

"Ya sabır..." Melih kucağına düşen kumandayı alıp yere fırlattıktan sonra ayağa kalktı ve karşımdaki koltuğa geçip oturdu. Göz göze aldığımız an bana kötü kötü baktı, sanki yeniden hayatıma dâhil olan o değilmiş gibi, her şeyi mahveden benmişim gibi bakıyordu.

"Bakma öyle, bakma!" diye bağırdı Bora bu sefer de. "O maviş gözlerini oymamı istemiyorsan sadece bana bak, duvara bak, halıya bak ama Hande'ye bakma!"

Melih derin bir nefes aldı ve ellerini saçlarına atarak hızla karıştırdı. "Ne söyleyecekseniz söyleyin ve defolup gidin!" dedi sonunda öfkeyle. Oyun oynamaktan vaz mı geçmişti yoksa artık Bora'yı kandıramayacağının farkına mı varmıştı?

"Hande bana olanı biteni anlattı," diyerek söze başladı Bora. İkimizin oturduğu koltukların arasında, sehpanın hemen önünde ayakta dikiliyordu. "Başta Londra'ya senin yanına geldiğinde aranız çok iyiymiş fakat sonradan ne olduysa yürütememişsiniz."

Melih kısa bir an gözlerime baktı, Haldun Şahsuvar'ın söylememi istediği yalanları söylediğim için şaşkın gibiydi. Ardına neler sakladığını bilmediğim bakışları rahatsız edici bir şekilde üzerimde gezinmeye başladığında kendimi savunmasız ve suçlu hissettim.

Bora bir kez daha bağırdı. "Göz göze gelmek yasak!"

Melih gözlerini Bora'ya dikerken "Doğru," diye onayladı. "Başta öyleydi, sanki hiç ayrılmamış gibiydik ama Hande sonradan değişti."

Oturduğum yerde huzursuzca kıpırdandım, söylediğim yalanları Melih devam ettiriyordu ve bu benim hiç hoşuma gitmemişti. Bora'yı kızdıracak, hatta sadece kızdırmakla kalmayıp onu çılgına çevirebilecek şeyler söyleyebilirdi.

"Nasıl değişti?" Bora doğruca yüzüme baktı, endişelendiğimi fark etmiş gibiydi.

"Sanırım senin ona vaat ettin hayatı daha çok sevmiş," dedi iğneleyici bir sesle. "Parayı, pulu, bir giydiğini bir daha giymemeyi, kısaca zenginliği... Benim kısıtlı imkânlarım onu tatmin etmeye yetmedi."

"Sen ne saçmalıyorsun?" diye çıkıştım dayanamayarak. "Sözlerine dikkat et!"

Ellerimi sıkıp tırnaklarımı avuçlarıma öfkeyle geçirdim. Onu istemeyişimi sahiden buna mı yoruyordu? Sinirden aklımı oynatacaktım, para için soytarı olmayı kabul eden kendisiyken nasıl hiç utanmadan bana çamur atabiliyordu?

"Yalan mı?" diye sordu Melih gözlerini Bora'dan ayırmayarak. "Söylediklerim yalan olsa onun değil benim yanımda olurdun. Sen tercihini güçten yana kullandın."

Ağzım açık izliyordum Melih'i. Tüm bunları söylemesini Haldun Şahsuvar mı istemişti? Zamanında onun gerçek yüzünü göremeyip onu hayatıma dâhil ettiğim ve şu an karşımda oturup zırvalamasına izin verdiğim için ondan değil, kendimden tiksiniyordum. Her şeyin suçlusu bendim. Melih en başından beri usta bir oyuncuydu, bense onun oynadığı sahtekârlık filmini gerçek sanan koca bir aptaldım.

Bora ürkütücü bir şekilde gülümsedi, aramızdaki kısa tartışmaya verdiği tek tepki bu oldu.

Bir onun bir benim yüzümde gezdirdiği bakışları Melih'in yüzünde duraksarken tek ayağını kaldırıp ortadaki sehpanın üzerine bıraktı. Sonrasında gri kaşe montunun önünü açtı ve bel boşluğundan çekip çıkardığı silahı parmaklarının arasında çevirdi. Melih'in gözlerinde gördüğüm korku tuhaf bir şekilde hoşuma gitti, bu hâle gelecek kadar zıvanadan çıkmış olduğuma inanamıyordum.

Yine de Bora'nın silah taşımasından nefret ediyordum.

"Bir oyun oynayacağız sizinle," dediğinde ikimizi kastediyordu Bora ancak sadece Melih'e bakıyordu. "Bir soru, iki doğru cevap." Ayağını sehpadan indirip silahını Melih'e gelişigüzel doğrulttuğunda içim ürperdi.

Melih'i bir kez daha vurmazdı değil mi?

"İkinize de aynı soruyu soracağım." Bakışları kısaca bana çevrildiğinde silahın namlusunun da üzerime çevrileceğini zannettim ama silah sadece Melih'e dönüktü. "Üçten geriye sayacağım ve siz aynı anda cevap vereceksiniz."

Melih dalga geçer gibi gülümsedi. "Ve sen de yalan söyleyeni vuracaksın öyle mi?" Bora'nın ikazına aldırmadan bakışlarını yine bana çevirdi. "Ya ben değil de Hande yalan söylerse?"

Bora bir an için duraksadı ve kaşlarını havaya dikerken Melih'e doğrulttuğu silahı yere indirdi. Bu sefer gerçekten namlunun bana döneceğini düşünürken Bora'nın bakışları gözlerimi teğet geçti. Silahı yeniden Melih'e doğrulttuğunda "Hande yalan söylerse yine seni vuracağım," dedi sessizce. "Dua et, doğruları söylesin."

Melih'in yüzü kaskatı kesildi. Bora asla blöf yapmazdı, bunu artık o da öğrenmişti. Aslında şu an korkuyordu lakin belli etmemeye çalışıyordu. Daha omzundaki kurşun yarası iyileşmemişken yerine bir yenisinin daha açılmasını istemezdi doğrusu.

"Burama kadar doluyum." Bora silahın namlusunu çenesinin altına bastırınca onun yerine benim nefesim kesildi. "Benim canımı daha fazla sıkmayın, yapacaklarımdan ben bile korkar oldum."

Ne Melih'ten ne benden bir ses çıktı.

"Başlıyorum."

Silahı boğazından çekip yere indirdiğinde kafası da yere eğilmişti. Ne tür sorular soracağına dair bir fikri yoktu sanki, düşünüyor gibiydi. Kafasını kaldırıp etrafa baktığında bakışları duvarda gezindi ve sonra gülümsedi. Bizi nasıl ve nereden sıkıştıracağını bulmuştu.

"Beş ay boyunca birlikte mi yaşadınız?"

Bora'nın aynı anda cevap vermemizi beklediği bu soruya evet yanıtı sadece Melih'ten geldi, benim dudaklarım kıpırtısızdı. Ben doğruları söylemeyi göze almışken dudaklarım hiçbir yalan sözcüğü için aralanamazdı. Bora da bunun farkındaydı.

Melih kışkırtıcı bir şekilde gülmeye başladı. "Beş ay boyunca neler yaptığımızı da dinlemek ister misin?" diye sordu. Bunu niçin yapıyordu? İşler onun istediği gibi gitmemişti, şu saatten sonra hayal ettiği parayı alamayacağını da yanında beni götüremeyeceğini de biliyordu ama kendi canını riske atan cümleler kurmaktan da gocunmuyordu. Sadece çamur atıyordu, çünkü yalan bile olsa iz kalacağını biliyordu.

Bora'nın bakışları bana çevrildiğinde korkusuzca baktım gözlerine. Melih'in yalan söylediğini dile dökmeme gerek yoktu, bakışlarım her şeyi anlatıyordu.

Bora derin bir nefes alırken "Merak etme, ona da sıra gelecek," diye mırıldandı. "Şimdi esas soruya geçiyorum. Kaldığınız evin duvarları hangi renkti?"

Bakışlarım Melih'i buldu, dudaklarındaki kışkırtıcı tebessümün anında yok olduğuna şahit oldum. Evet, her şeyin bir kılıfa uydurulduğu bu saçma sapan oyunda bu soruya ikimizin de vereceği doğru bir cevap yoktu. Çok sıradan ve saçma bir soruydu belki fakat Bora bu sorunun cevabıyla her şeyin bir yalandan ve oyundan ibaret olduğunu ortaya dökebilecekti.

"Üçe kadar sayacağım, aynı anda cevap vereceksiniz," dedi sabırsızca. "Aksi hâlde, Melih'i vurur ve gözümü dahi kırpmam."

Cevap vermediğim takdirde benim cezamın faturasını da Melih'e ödeteceğini söylüyordu. Melih oturduğu koltukta tedirgince kıpırdanırken gözlerimin içine onunla aynı anda cevap vermemi rica eder gibi ısrarcı bir şekilde bakıyordu.

"Bir..."

Bora'nın dudakları kıpırdadığında nefesimi tuttum, bir cevap vermeli miydim onu bile bilmiyordum.

"İki..."

Bakışlarım bulunduğumuz odanın duvarlarına çevrildi, duvarlar şampanya rengindeydi. Melih'in de bakışları duvarlarda gezindi, şampanya rengini seçtiğimi ve ona bu şekilde mesaj vermeye çalıştığımı düşünüyor olabilirdi.

"Üç..."

Bora'nın parmakları silahın üzerinde her an tetiğe basacak gibi hazır vaziyette durduğunda Melih'le aynı anda kıpırdandı dudaklarımız. "Beyaz," diye mırıldandığım anda tesadüf eseri Melih'in de ağzından aynı rengin çıkması hayattaki şansıma bir kez daha küfrettirdi. Bora'nın yüzüne o an yerleşen duygu hayal kırıklığından ziyade öfkeydi.

Fakat sakinliğini koruyordu. Biliyordum, pes etmeyecekti.

"İkinci soruya geçiyorum," dedi sert bir sesle. "Kaldığınız evin kaç odası vardı?"

Bize zaman tanımaksızın yeniden üçe kadar saymaya başladığında Melih de ecel terleri dökmeye başladı. Bora, her an ateş almaya hazır olan silahı o kadar sahiplenici tutuyordu ki sanki öfkesine yenilecek ve ne olursa olsun mermileri Melih'in beynine boşaltacak gibi duruyordu. Günün bir ölümle daha sonlanacak olmasından çok korkuyordum.

Sıradan bir evin en fazla kaç odası olabilirdi ki? Bora saymayı bitirdiğinde, aklıma gelen ilk rakamı söyledim. Zira canının derdine düşmüş Melih de öyle.

"Dört."

"Üç."

Dudaklarımızdan aynı anda farklı rakamlar dökülmüştü, bir an Bora'nın gözlerinden zafer dolu bir ifade geçti fakat Melih bunu anında yok etti. "Salonla birlikte dört," diyerek kendini kurtardığında derin bir nefes aldı.

"Üçüncü soru geliyor o hâlde," dedi Bora, yalan söylediğimizden öyle emindi ki dudaklarımızdan aşağı yukarı aynı cevapların dökülüyor olmasına aldırmıyordu. Eninde sonunda bir açık yakalayacağını biliyordu çünkü.

"Hande Londra'da bir araban olduğundan bahsetmişti." Bora bu sefer tesadüfen de olsa aynı cevap veremeyeceğiz bir soru atıyordu ortaya. Melih bana neden böyle bir yalan söyledin der gibi baktı, hâlbuki öyle bir şeyden bahsetmemiştim. "Arabanın markası neydi?"

Bakışları süreyi başlatmadan önce ikimiz arasında gidip geldiğinde ne cevap vereceğimi düşündüm. İngilizler de Almanlar ve İtalyanlar gibi otomotiv sektörüne damga vuran araba markalarına sahipti ama benim bildiğim sadece birkaç marka vardı. Bora üçe kadar saymaya başladığında Melih birden ayağa kalktı ve Bora'nın üzerine atılarak elindeki silahı yere düşürdü. Bora böyle bir atak bekliyor olmalıydı ama yine de boş bulunmuştu. Üzerine atılan Melih'i kolayca alt edebilirdi, eğer sırtının üzerine gürültüyle devrilmeseydi.

Melih omzunda iyileşmemiş bir kurşun yarası olmasına bile aldırmıyordu, tek derdi Bora'yı alt etmekti. Bora yere boylu boyunca uzandığında üzerine tırmandı ve suratına afili bir yumruk geçirirken bakışlarını yerde duran silaha çevirdi. Melih de bir erkekti ve pekâlâ gücü kuvveti yerindeydi. Doğru hamle yaparak Bora'yı yere sermeyi başarmıştı.

Böyle durumlarda hayıflanmak ve çığlık atıp ortalığı birbirine katmak yerine artık nasıl davranacağımı öğrenmiştim. Oturduğum koltuktan hızla kalkıp Melih'in uzandığı silaha yürüdüm ve Melih'ten önce davranıp silahı ayağımla geriye çektim. Melih'in silaha uzanmak için anlık kafayı çevirmesi Bora'nın lehine olmuştu. Melih'in yüzüne daha acımasız bir yumruk indirip afallamasına sebep olduktan sonra onu yan tarafa serdi ve üstüne çıkıp yüzüne daha sert bir yumruk attı.

Yerden aldığım silahı hapsettiğim avuçlarım titriyordu, silah titreyen ellerime öyle ağır gelmişti ki kayıp yere düşmesi an meselesiydi.

"Bora yapma!" diye bağırdım, böyle bir durumda beni duymayacağını bile bile. "Bırak, defolsun gitsin! Öldüreceksin, bırak!"

Bora beni duymuyordu, ne yapmam gerektiği konusunda hiçbir şey düşünemiyordum. Ellerim daha çok titremeye başladı, Bora öyle zıvanadan çıkmıştı ki Melih fırsatını bulup kendini savunamıyordu. Suratına peş peşe inen yumrukların ona ciddi bir zarar vermemesi imkânsızdı. Bora elinden gelse oracıkta öldürürdü Melih'i.

Sonunda aklı başına gelmiş gibi durup geri çekildiğinde dönüp bana baktı. Titreyen ellerime ve ellerimin arasında emanet gibi duran silaha... "Neden bu kadar öfkelisin ki?" diye sordum ağlamaklı bir sesle. "Neden hırsını çıkarana kadar durmuyorsun?" Bakışlarım yerde yarı baygın bir vaziyette inleyen Melih'e çevrildiğinde kafamı üzüntüyle öbür tarafa çevirdim.

"O bunu hak etti!" diye bağırdı Bora, öfkeden delirmiş bir haldeydi. Toparlanıp ayağa kalktığında parmaklarını burnunun ucuna bastırdı, Melih'teki hasarın zerresi onda yoktu halbuki. "Bana yalan söylemeyecektiniz. Arkamdan iş çevirmeyecektiniz!"

Yanıma gelip elimdeki silahı çekip aldıktan sonra tekrar Melih'e yürüdü. Bir an yine Melih'e hedef alacağını, o bu hâldeyken bile onu silahla korkutacağını düşünsem de yapmadı, silahı beline yerleştirip ortadan kaldırırken "Neden lan, neden?" diye bağırdı zıvanadan çıkmış bir hâlde. "Bana neden oyun oynadınız?"

Bora Melih'ten bir cevap bekliyordu ama zavallı Melih'in bir şey söyleyecek dermanı kalmamıştı, nefes bile alamıyordu. Peş peşe öksürmeye başladı, yardıma ihtiyacı vardı ama Bora bunu görmüyordu.

"Konuş," derken ayağını yavaşça Melih'in karnına vurdu. "Bir şeyler söyle yoksa elimde kalacaksın!"

"Yeter," diye bağırdım sonunda. "Yeter, görmüyor musun ne hâlde olduğunu!"

Bu oyunu başlatan ben değildim ama bitiren ben olacakmışım gibi görünüyordu. Zaten bunu göze almıştım. Bora'nın bakışları üzerime çevrildiğinde Melih benden önce davrandı. "Oyun bitti," dedi bitap düşmüş sesiyle. "Baban..." Hâlâ nefes almakta zorlanıyor ve acıdan kıvranıyordu. Bora tekrar ona baktığında taş kesilmiş gibiydi.

"Her şeyi o planladı. Hande'yle birlikte olduğumuzu sana inandırmak için böyle bir oyun oynadı. Senin öfkenin asıl muhatabı baban!"

Bora'nın aniden bana çevrilen bakışlarında gördüğüm duyguyu kelimelerle anlatamazdım. Şaşkın değildi çünkü başından beri babasından şüphe ediyor ve böyle bir sonu bekliyordu. Sadece haklı çıkmanın o paramparça edici savunmasızlığı altında kıvranıyordu. Her şeye rağmen kafasında inkâr dolu düşünceler kol geziyor olmalıydı.

Bora bu hayatta en çok haklı çıkmaktan nefret ediyordu.

Aklında hiçbirinin bir cevap bulamadığı binlerce *neden* vardı.

Babası tüm bunları neden yapmıştı?

Yapbozun eksik parçaları zihninde bir bütün oluşturmuş gibiydi. Saatler önce ona söylediğim iğrenç yalanlar, Yiğit'in beklenmedik mektubu ve şimdiyse Melih'in, tüm oyunu bitiren itirafı... Her şey son bulmuştu. Ben bir kanadı iyileştiği için sevinen, diğerinin hâlâ kırık olmasına üzülen bir serçe gibiydim. Abimin iyi olduğunu, tehlikeden kurtulduğunu görünceye dek tam anlamda iyileşemeyecektim. Peki ya onu nasıl iyileştirecektim? Onun kanatları kırık bile değildi, tamamen kopmuştu. Kuvvetli bir yangın misali etrafını sarmıştı bu ihanet, ona bahşedilen buydu. Cayır cayır yanacaktı ve ben sadece söndürmeye çalışacaktım.

Ama sönmeyecekti.

Bana hiçbir şey sormadı Bora, uzun uzun baktığı gözlerimden gözlerini ayırırken doğruca kapıya yürüdü, yerde hâlâ halsizce yatan Melih'in yanından geçip salondan çıktı.

"Nereye gidiyorsun?" diye sorsam da bir yanıt alamadım, öyle çıkmazdaydım ki peşinden mi gitsem yoksa durup beklesem mi bilemedim. Dış kapının açıldığını duyduğumda gözlerim korkuyla büyüdü. Beni burada bırakıp gidiyor muydu? Peşinden gidecek cesaretim de yüreğim de yoktu. İki adımda pencereye doğru yürüyüp dışarı baktım, arabası kapının önünde duruyordu fakat Bora görünürlerde yoktu.

"Hande..." Melih'in cılız sesi dikkatimi dağıttığında çaresizce dönüp ona baktım. "Yardım et, kaldır beni."

Bora'nın ne düşüneceğini umursamadım. Melih'e duyduğum kızgınlığı ve hatta öfkeyi bile... Böyle bir durumda benden yardım isteyen kim olursa olsun görmezden gelemezdim. Adımlarımı pencerenin önünden ayırıp doğruca Melih'e yürüdüm. Yattığı yerden kalkmak istiyordu ama bunu tek başına hâlledebilecek gücü kendinde bulamıyordu.

Melih'in yanına varıp tek dizimin üstüne çökerken az önce Bora'nın çıkıp gittiği kapıya baktım, hol bomboştu. "Bana tutun," dedim kısık bir sesle. Melih dediğimi yaptı, tek elini omzuma atarak benden destek aldı. Diğer elimle de kolundan tutarak tamamen doğrulmasına yardım ettiğimde "Oturabilecek misin?" diye sordum. Melih sadece kafasını salladı. Sağ gözü mosmordu ve şişmişti, dudağının kenarı patlamış, burnu kan içindeydi. Onu oturur vaziyette bırakıp ayağa kalktığımda avuç içlerini yere bastırarak destek aldı.

Her şey için pişman olmuş olmalıydı, en başta da bir zamanlar benim hayatıma dâhil olduğu için.

Düşünmeyi bırakıp kapıya doğru yürüdüm. "Peçete veya havlu getireceğim, bekle."

Salondan çıkıp mutfağın yanındaki odanın kapısını açtım, buranın bir banyo değil de yatak odası olduğunu gördüğümde çıkacaktım ki şifonyerin üzerinde duran rulo peçeteyi fark ettim. Doğruca içeri girip aldığım rulonun ardından mutfağa girdim ve bir bardağa su doldurarak tekrar salona döndüm.

Melih sürüne sürüne koltuğa yaklaşmış olmalıydı, sırtını koltuğun kenarına yaslamış bir hâlde oturuyordu.

Yine tek dizimin üstüne çöküp peçetelerden birkaçını kopardım ve dikkatli olmaya çalışarak Melih'in burnuna bastırdım. Bastırmamla Melih'in acı içinde sızlanması bir oldu. "Yavaş ol," dedi kızgınca. "Zaten paramparça oldu yüzüm!"

"Bora'nın üzerine atlayan sendin." Bunu, onu suçlamak için söylemiyordum, aksine sesim hayıflanır gibiydi. Su dolu bardağı içmesi için Melih'e uzattım ama kafasını sallayarak reddetti. "Sana ne kadar öfkeli olduğunu bilmiyor musun? Nasıl böyle bir şeye cesaret edebiliyorsun?"

"Öylece dursaydım da beni vurmasına izin mi verseydim?" Melih sağlam olan gözünü dehşetli bir ifadeyle büyüterek baktı yüzüme. "Bırak ya, hâlâ onu savunuyorsun."

"Seni mi savunsaydım?" Melih'e yardım etmem ona duyduğum vicdani rahatsızlıktan kaynaklanıyordu. Onunla konuşurken öyle mesafeliydim ki sanki bir zamanlar beraber yiyip içtiğim, gülüp eğlendiğim adam o değildi. Zaman herkesi değiştiriyor, bilhassa gaddarlaştırıyordu. "Nasıl öyle şeyler söyleyebildin?" Sesimdeki siteme engel olamıyordum. "Parayı tercih eden hangimiziz? Söylesene, üç beş kuruş için bu kadar alçalmaya değer miydi?"

Melih bir an için sessiz kaldıama ben kalamadım. "Oysa sen geri dönüp her şeyi mahvedene kadar ben seni savunurdum." Kan olmuş peçeteyi bir kenara attığımda bardaktaki suyla ıslattığım yeni peçeteyi Melih'e uzattım. Pekâlâ kendi yarasına kendi tampon yapabilirdi. "Ne senden ne de seninle yaşadıklarımdan hiçbir pişmanlık duymazdım. Seni daima güzel hatırlayacaktım ama sen..."

"Mevzu para değil," diyerek kesti Melih sözlerimi. Eline tutuşturduğum ıslak peçeteyi burnuna bastırırken gözü tekrar yüzüme takıldı. "Bir bok bilmiyorsun sen."

"Ne öyleyse?" diye sordum öfkeyle. "Söyle de bileyim."

"Bu var ya," dedi parmaklarını havaya kaldırıp arkamı işaret ederken. Omzumun üstünden arkama baktığımda gördüm Bora'yı. Sırtını kapının pervazına yaslamış bir hâlde bizi izliyordu. Ne zamandan beridir oradaydı? Bakışları gördüklerinden hoşnut olmadığını haykırır gibi sertti ama umursamadım.

"Sırf seni sevdim diye mahvetti hayatımı... Yaşadığım her güne, aldığım her nefese küfrettirdi!"

Dönüp tekrar Melih'e baktığımda bakışlarının Bora da olduğunu fark ettim. Ona öyle büyük bir nefretle bakıyordu ki sözleri yalan olsa bile gözleri doğruluyordu gerçeği.

"Bora sana ne yaptı?" diye sordum fakat Bora araya girerek konuyu kapatmaya çalıştı.

"Hemşirelik mi oynuyorsun eski sevgilinle?"

Diz çöktüğüm yerden ayağa kalkıp Bora'nın karşısına dikildiğimde gözlerine meydan okur gibi korkusuzca baktım. "Melih neyden bahsediyor?"

"Hadi, yüreğin yetiyorsa söyle." Melih yediği onca yumruğa rağmen akıllanmamış gibiydi, hâlâ Bora'ya oynamaya devam ediyordu. "Neler yaptığını Hande de bilsin. Bilsin ki senin o korkunç yüzünü görsün."

Bora, Melih'e dehşet saçan gözlerle baktı. "Kes lan sesini," dedi dişlerini sıkarak. "Sen hâlâ konuşuyor musun?" Melih'in bir şey söylemesine fırsat vermeden bakışlarını üzerime çevirdi. "Birazdan birileri gelip alacak onu, benim elimden başka türlü bir kaza çıkmadan da götürecekler. Ölmediğine şükredeceğine hâlâ artistlik taslıyor!"

Melih bu sefer sessiz kaldı, Bora onun varlığını umursamadan koltuklardan birine geçip oturduğunda bakışlarıyla karşısındaki koltuğa oturmamı işaret etti. Dediğini yapmadım, oturmayacaktım. Hiçbir şey olmamış gibi davranamazdım. Melih ona tüm bu tezgâhı babasının pazarladığını itiraf etmişti işte. Neden nasıl bu hâle geldiğimizi bile sormuyordu?

"Öyle ayakta mı dikileceksin?" diye sorduğunda cevap vermedim. Suratım sirke satıyordu.

"İyi, devam et. Burnunun dikine gitmeye devam et."

Yine cevap vermedim. Bakışlarımı kapıya çevirdiğim an Melih'le göz göze geldim. Bana bu sefer de her şeyden pişmanmış gibi bakıyordu, gözleriyle af diler gibiydi ama artık her şey için çok geçti. Şu an ne Melih'i ne de Bora'yı görmek istemiyordum. Hızlı bir şekilde salondan çıkıpaz önce peçete aldığım odaya girdim ve kapıyı kapatıp kilitledim. Bora saniyeler içinde arkamdan gelmişti.

Kapıya iki kez vurduğunda "Ne yapıyorsun?" diye sordu kızgınca. "Çık oradan Hande. Odaya kapanmak da neyin nesi?"

"Yüzünüzü görmek istemiyorum," dedim cılız bir sesle. "Beni rahat bırakır mısın? Burada ne kadar bekleyeceğiz onu bile bilmiyorum. Ama artık yalnız kalmak istiyorum. Git lütfen!"

"Tamam," dedi Bora pes eder gibi. "Daha iyi hissedeceksen orada dur."

Kapının önünden sessizce uzaklaştığını fark ettiğimde odanın içine göz gezdirdim. Odada, tek kişilik bir yatak, iki kapılı bir dolap, ufak bir boy aynası ve küçük bir şifonyer vardı. Boy aynasında kendimi gördüğümde montumun hâlâ üzerimde olduğunu fark ettim. Çıkarmaya fırsat bile bulamamıştım. Terlemiştim, saç diplerim sırılsıklam hissettiriyordu.

Montumu çıkarıp yatağın üstüne savurduktan sonra üzerimdeki kalın oduncu gömleğinin bir düğmesini açtım. Yatağın kenarına usulca çöküp yorgun gözlerimi kapattım. Beynimin içinde, sanki içi lavlarla dolu kazanlar kaynıyordu.

Yorulmuştum, hem de çok yorulmuştum.

Gözlerimi ne zaman araladım bilmiyorum, bakışlarım şifonyerin yanında, yerde duran çantama takıldığında yataktan kalkıp çantama yürüdüm. Kaçırıldığım günden bu yana benimle olan çantamı, Bora'nın beni otelin önünden zorla götürdüğü akşam o otelde bırakmıştım. Çantanın içini açtığım ilk an gizli bölmeyi araladım ve bir hazine saklar gibi sakladığım resim kâğıdını kontrol ettim. Orada, katlayıp bıraktığım gibi duruyordu. Melih ya çantamı hiç kurcalamamıştı ya da hiçbir şeye dokunmamıştı. Yaşanan bunca kötü şeyin içinde, Bora'nın beni çizdiği kâğıdın başına hiçbir şey gelmemiş olması beni aşırı mutlu etmişti.

Ne çantamı ne de içindekileri yanıma almayacaktım , onlara baktıkça kötü günlerimi hatırlamak istemiyordum. Sadece resmimi, nüfus cüzdanımı, ehliyetimi ve banka kartımı alarak çantayı aynı yere koydum. Fazla nakit para taşımadığım için cüzdanımın içinde kalan az bir meblağ umurumda olmadı.

Elimdekileri düzgün bir şekilde montumun cebine koyduğum sırada evin kapısının sertçe vurulduğunu işittim. Birileri gelmişti. Ama odadan çıkıp ne olduğuna, kimin geldiğine bakmadım. Gürültülü adım sesleri duydum, eve birileri girdi ve çıktı. Bir an sonra bulunduğum odanın kapısı çalındı ve Bora'nın sesini tekrar duydum.

"Babam burada," dediğinde evin çatısı tepeme çökmüş gibiydi. Başka bir şey söylemedi. Montumu alıp kapıyı açtım, odadan çıkarken Bora'nın yüzüne bakmadım. Bir an önce ne olacaksa olsun, ne bitecekse bitsin istiyorum. Daha fazla acıyı göğüsleyecek dermanım yoktu, tamamen tükenmiştim. Bora'yı arkamda bırakıp salona yürüdüm.

Kapıdan içeriye girdiğimde gördüm onu, sanki tüm bunların sorumlusu o değilmiş gibi pervasızca oturuyordu koltukta. Hatta öyle umursamazdı ki beni gördüğünde dudaklarına yerleşen tebessümü hâlâ tehdit kokuyordu. Bora, o içerideyken Melih'le birlikte olmadığımı artık biliyordu. Ama o beş ay boyunca nerede olduğumu, ne yaptığımı bilmiyordu. Hâlâ bir şansı varmış gibi, tüm bunları söylememem için beni gözleriyle tehdit ediyordu.

Onun karşısındaki koltuğa geçip oturduğumda Bora da arkamdan geldi fakat oturmadı. Gergindi, içinde taşmaya hazır bir volkan vardı ve nereden başlayacağını bilemediği için küçük salonun içinde bir sağa bir sola volta atıyordu. Sonunda durdu ve nevri dönen gözleriyle babasına baktı.

"Onu neyle tehdit ettin?"

Haldun Bey rahatlığından zerre ödün vermedi, sanki bu soru ona değil de bana sorulmuştu. Bakışlarına yerleşen acımasızlığın ardından gözlerini üzerime çevirdiğinde "Bu kız için beni karşına alma," dedi, kalın ses tonu korkunçtu. "Eğer bu saçma saplantına devam edersen..."

"Onu, neyle tehdit ettin dedim!" Bora babasının sesini bastıracak kuvvetle bağırdığında dayanamadım.

"Yanlış soruyu soruyorsun," derken gözlerimi babasının yüzünden ayırmadım. Bana sanki karşısında iğrenç bir yaratık varmış gibi tiksintiyle bakıyordu. "Beni neyle tehdit ettiğinden önce, beş ay boyunca beni nerede tuttuğunu sor."

Derin bir sessizlik oldu.

Ortalığı ateşe verecek olan sözlerim Bora'nın keskin bakışlarının sadece babasına kenetlenmesine sebep oldu. Artık korkmuyor ve umursamıyordum, tamamen şuursuzdum.

"Baba?" Bora uzun bir nefes aldı. Ağzımdan çıkan tek bir cümle, onu darmaduman etmeye yetmişti. Bakışlarım ellerine kaydı, iki eli birden titriyordu. "Hande ne söylüyor?"

"Onu beş ay boyunca, Çamlıdere'de bir köy evinde tuttum." Kanımı donduran bu cümle beklemeden, korkmadan, pişkince döküldü dudaklarından. Bir olsun tereddüt etmedi, Bora'nın vereceği tepkiyi umursamamıştı. "Sen içeri girdikten birkaç gün sonra onu ıssız bir sokakta kaçırdım ve sen içeriden çıkıncaya dek o eve mahkûm ettim."

Haldun Şahsuvar'ın sözleri hem benimhem de Bora'nın dudaklarına mühür vurmuş gibiydi. Bildiğim ve bizzat yaşadığım bir gerçeği duymak bile beni mahvetti, Bora ne hissediyordu?

"Aslında sana büyük bir iyilik etmişim, sadece farkında değilmişim." Sözlerinin ardından bana baktı, gözlerinde gördüğüm nefret ateş alacak bir silah olsaydı, hiç yaşama şansım olmazdı. "Eğer onu kendi hâline bıraksaydım arkandan çevirmediği iş kalmayacaktı," dedi, buna öyle emindi ki sesinde en ufak bir şüphe yoktu. "Haksız mıyım?"

Yine uzun ve akıllara durgunluk veren bir sessizlik...

Ruhum acı içindeydi, her bir uzvum sıtmaya yakalanmış gibi titriyor, gittikçe acıyan gözlerim her haksızlığa uğradığında sığındığı gözyaşlarıma kucak açıyordu. Ne gururum kalmıştı ne de onurum. Şerefim, haysiyetim, hayatım, kalbim ve ruhum onun ellerinde paramparça olmuştu.

"Bana iyilik ettin, öyle mi?" diye sordu Bora. Şu an ondan hiç beklenmeyecek kadar sakin görünüyordu. Karşısındaki babasıydı. Ona ne silah doğrultabiliyor ne de Melih'e saldırdığı gibi saldırabiliyordu.

"Bu yüzden mi bana onun beş ay boyunca Londra'da olduğunu söyledin?" Sorusunun ardından ellerini boynuna yasladı, hiçbir zaman gözyaşı dökemeyen gözleri kıpkırmızı kesildi. Çok çaresiz görünüyordu. "Bu yüzden mi içeriden çıkmama sayılı günler kala Melih'i buraya getirdin?"

Karşısında acıdan kıvrandığımızı ve hatta darmadağın olduğumuzu görüyordu. Ama öyle umursamıyordu ki neredeyse şu hâlimize utanmadan gülecekti.

"Bu kızın sana yaptıklarını ne çabuk unuttun?" Bakışlarını Bora'ya çevirdi. "Senden kurtulmak için tek bir sözüyle seni nasıl harcadığını... O yıllar yılı korktuğun deliğe hiç düşünmeden yolladığını..." Derin bir nefes alarak kafasını sallarken bakışlarını yere indirdi. "Sana söyledim, bu zayıflık seni mahvedecek dedim ama beni hiç dinlemedin."

Onu bu kadar acımasızlaştıran, ellerine bir bıçak verip kendi oğlunun kalbine saplaması için kışkırtan sebep neydi?

Her kötülüğün ardında esaslı bir neden vardı, onunki neydi? Zamanında o da bir kadını delicesine sevip babasını karşısına almamış mıydı? Sevdiği kadından ona hatıra kalan tek oğluna bu kötülüğü nasıl yapabiliyordu, aklım almıyordu. Beni neden bu kadar büyük bir tehlike olarak görüyordu?

"Beni sen mahvettin," dedi Bora, sesi boğuk ve güçsüzdü. Babasına doğru bir adım attı, sonra vazgeçmiş gibi durdu. Ellerini yere indirdi, tekrar havaya kaldırdı ama ne yapsa kâr etmedi. Bir an sonra parmağını babasının üzerine doğrultup hiddetle salladı. "Benim sonumu sen getirdin! Neden lan, neden? Aklım almıyor, neden?"

Bora'nın sesi kulaklarımı delip geçtiğinde yüzümü buruşturdum. Haldun Şahsuvar hâlâ sakin ve umursamaz görünüyordu.

"Onu kaçırdığım gün kiminle beraberdi biliyor musun?" diye sorduğunda bakışları yine üzerime devrildi. Sözlerinin devamında ne söyleyeceğini tahmin etmek bile beni delirtmeye yetmişti. Gerçekten böyle mi düşünüyordu? Beni zorla alıkoyduğu o akşam, orada Yiğit'le tesadüf eseri karşılaşmamızı onunla görüştüğüme mi yoruyordu?

"Ben kimseyle görüşmedim!" diye bağırdım. Çığırından çıkmış sesim duvarlarda yankılandı. Öyle hiddetli bağırmıştım ki sanki boğazım yırtılmıştı. Ama buraya kadardı, sabır taşım paramparçaydı.

"Yalan söyleme artık, söyleme!" Koltuğun kenarlarına parçalarcasına sıktım. "Günlerce ağladım, sızladım, hiç yapmayacağım şeyi yapıp dizlerine kapandım. Beş ay boyunca..." Gözlerimden birkaç damla yaş peş peşe düşerken sesim kısıldı. "Gün yüzü görmedim ama bu bile umurumda değildi. Görmek istediğim tek yüz onun yüzüydü!" Parmağımı Bora'ya kaldırırken son gücümle avazım çıktığı kadar haykırdım. "Ama sen göstermedin!"

Bora arkasını döndü ve televizyon ekranını içe göçerten sert bir yumruk indirdi. Bir tane daha ve birçok kez... Televizyon paramparça olmuştu ve belki elleri de. Onu durdurmaya çalışmıyorduk çünkü durmazdı. Zaten benim hiçbir şeye mecalim yoktu. Bir an duruldu, sessizleşti.

Bora bugün büyük bir kaybın eşiğindeydi, şu saatten sonra babası ağzıyla kuş tutsa dabir daha hiçbir vakit aynı adam olamayacaktı nazarında.

"Senin duymaya bile katlanamadığın acının içinden geçtim ben," dedim sessizliği bozarak.

Bu küçük salonda benim kısılmış sesimden başka bir gürültü yoktu. İçime dert olan ne varsa hepsini dökmeliydim, susarsam yara olurdu. "Sonra bir gün bana bu evden kurtuluyorsun dedi. Buna bile sevinemedim çünkü beni o ateşten alırken başka bir ateşin kucağına atacağını biliyordum. Yanılmadım da. Kaçırıldığım gün aileme zorla yazdığım veda mektubuna kalleş bir ayrıntı eklemiş, Melih'in yanına gittiğim yalanıyla sadece seni değil, ailemi de kandırmış."

Bora, ellerini paramparça ettiği televizyonun üstüne yaslamış, kafasını da duvara doğru gömmüştü. Sadece beni dinliyordu.

Haldun Şahsuvar karşımda öyle rahat oturuyordu ki sanki bu anlattıklarımın muhatabı o değildi. Bakışlarında hiçbir duygu yoktu, yenilginin ağırlığı altında bile ezilmiyordu ruhu.

"Her şeyi en başında planlamış." Bakışlarımı onun gözlerinden çekip dizlerimin üzerinde duran ellerime indirdim. Gözleri şeytanın yuvası gibiydi. "Beni oynadığı oyuna mecbur etti, bana başka bir çare bırakmadı çünkü beni abimle tehdit etti."

Bora'nın bakışlarını üzerimde hissettim, ben susunca ortalığa yayılan o öldürücü sessizliği onun adımlarının sesleri doldurdu. Adım adım bana yaklaşıyordu. "Cenk'le mi?" diye sordu, sesinde bariz bir şaşkınlık sezdim.

"Evet." Kafamı kaldırıp Bora'ya baktım. Bana bakan gözlerinde ağır bir yenilgi vardı, kaşlarını öyle çok çatmıştı ki iki kaşının arasında oluşan o uzun çizgiye takıldı gözlerim. "Abimin çalıştığı galeriye dadanan bir adam olduğunu söyledi. Adını bilmiyorum ama lakabı Kafkas'mış. Haraç istediği için abimle birkaç kez kavga ettiğini ve abimin Kafkas'ı Vedat'ın silahıyla birkaç kez tehdit ettiğini söyledi." Her şeyi tek nefeste söylemiştim. Vedat, abimin çalıştığı oto galerinin sahibiydi, aynı zamanda çok yakın arkadaştılar.

"Sadece söylemekle kalmadı, o görüntüleri bana gösterdi. Çünkü ilk başta inanmamıştım. Vedat'ın iş yerindeki güvenlik kamerasına kaydedilen görüntüleri bir dosyada toplamıştı. Kafkas sadece Cenk'i tehdit ederek para kazandığını sanıyormuş, anlayacağın o da tuzağa düşürülmüş."

Susup derin bir nefes aldığımda, Bora'nın donup kalmış şaşkın çehresine, sonra babasının rahatça göz süzüşüne baktım. Sanki tüm bu anlattıklarımın sorumlusu değilmiş gibi, dudaklarında esas sürprizi sona sakladığını haykıran ucuz bir tebessüm dolanıyordu.

İçimde en ufak bir korku yoktu, omuzlarımda kaybetmişliğin sancısı vardı ama sızısı kalbime vurmuyordu. Yine acıya karşı en hissiz olduğum andaydım.

"Eğer dediklerini yapmazsam..." Gözlerimi onun o huzursuzluk veren tebessümünden ayıramadım. "Kafkas'ı sessizce öldüreceğini ve suçu abimin üzerine atacağını söyledi. Bunun için Vedat'ı bile satın almış, Vedat, üzerinde abimin parmak izlerinin olduğu silaha ondan başkasının el sürmesine izin vermiyormuş."

Cenk Vedat'a güvenirdi, hatta öyle çok güvenirdi ki Vedat'ın bir gün onu bu şekilde satacağını yüzüne söylesem asla inanmazdı. İnandığında ise yıkılırdı.

"Dahası da var," diye devam ettim. "Kafkas'ın yakınlarının abimi rahat bırakmayacağını, günün birinde bir yolunu bulup kana kan karşılığında abimi öldürebileceklerini..." Daralan nefesim konuşmama izin vermedi. Derin bir nefes alıp yutkunurken gözümden bir damla yaş süzüldü. "O görüntüleri gördüğüm gün, Melih'i de aradan geçen zamandan sonra gördüğüm ilk gündü. Tüm bu olanlara mecbur kaldığım gündü."

Bakışlarımı güçsüzce yere çevirdim. "Artık nasıl bir ateşte yandığımı biliyorsun," dedim. "Neye, nasıl mecbur edildiğimi de..." Yüreğimdeki ağırlığı ona emanet ediyordum. "Eğer günün birinde, abimin başına kötü bir şey gelirse seni asla affetmem."

Her şey bitmişti. Ruhuma kör bir düğümle bağlanmış ıstırabın ilmeklerini çözmüş ve onu serbest bırakmıştım. İçimdeki ağırlık azalmıştı. Fakat Bora hiçbir şey söylemiyordu. Öylece yüzüme bakıyor ve gözlerini gözlerimden bir an olsun ayırmıyordu.

Haldun Şahsuvar birdenbire gülmeye başladı, Bora hâlâ yüzüme donup kalmışçasına bakarken onun gülmesi her saniye biraz daha çoğalıyordu.

Kalbime bir veca oturdu.

Hızlı bir şekilde ayağa kalktığımda Bora'nın karşısına dikildim ve gözlerinin içine baktım. O an gözlerini utançla kaçırdı gözlerimden. "Bana tüm bunlardan haberin olduğunu söyleme," dedim titreyen sesimle.

Beni daha kaç kez yakacak, yıkacak, küle çevirecekti? Kaç kez?

"Haberi vardı." Bu acımasız cümle babasının dudaklarından döküldü. Bir itiraz, bir inkâr beklediğim Bora'nın dudakları birbirine mıhlanmış gibiydi. Asla konuşmuyordu.

"Bundan tam beş ay önce, onu ilk kez içeride ziyaret ettiğimde ve senin Londra'ya, Melih'in yanına gittiğini söylediğimde Bora öfkeden çıldırmıştı. Ona sunduğum bu fikri reddetmedi. Cenk'e tuzak kuracağımı Bora da biliyordu." Eğlenircesine gülmeye devam ediyordu. "Bora'nın benden bir farkı yok."

Ayağa kalktı ve üzerindeki ceketi düzeltirken Bora'ya dikkatle baktı.

"Çünkü o benim oğlum."

Evet, o senin oğlun. Ve sen, onun kalbini yıllar önce sökmüşsün.

VI

BIÇAK SIRTI

Her insanın kıyameti kendi ölümüdür.

Yıllar önce ilk duyduğumda içime işleyen bu cümle, esas şimdi anlam buluyordu şirazesi kaymış zihnimin içinde. Bazı cümleler fazla derindi; yaşamadan, o cümlenin karşılığı olabilecek acıyı tatmadan anlayamazdık neyi kastettiğini. Ruhum hâlâ bedenimdeydi lakin kıyametim kopmuştu. Hem de sadece birkaç dakika önce, kapısını çarpıp çıktığım evde, kulaklarımı değil kalbimi kanatan o sözleri işittiğimde.

Bir daha hiçbir vakit nefes alamayacakmış gibi hissediyordum.

Sanki bir daha hiç gülemeyecek, uyuyamayacak, iyileşemeyecektim.

Benden çaldığı kaçıncı hayattı bu? Yetmez miydi hayallerimi yakıp dipsiz bir uçurumdan aşağı savurduğu? Kalbimden ne istiyordu? Onu daha fazla sevemezdim. Bu, kıyameti çoktan kopmuş kalbimin mezarına, üç gün sonra solacak güller dikmek kadar sakıncalı olurdu.

Yüzüme, saçlarıma ve ince montumun üstüne düşen yağmur damlalarına aldırmadan koşar adımlarla yürüyordum. Bora'yı ardımda bırakıp o metruk evden çıkalı sadece birkaç dakika olmuştu. Babası çoktan gitmişti. Nerede olduğumu, saatin kaç olduğunu bilmiyordum, nereye ve nasıl gideceğimi de. Tek bildiğim akşamın soğuk, gökyüzünün karanlık, yüreğiminse delik deşik olduğuydu. Ve önümde bitmek bilmeyen uzunca bir yol olduğu...

Gece uzundu, acılar çetindi, yollar ise sonu çıkmazlara varıncaya dek benimdi.

"Hande!" diye bağıran Bora'nın sesini uzaktan duyduğumda bir kez daha tepetaklak oldum. Fakat dönüp geriye bakmadım, durmadım ve soluğumun kesilmesine rağmen adımlarımı daha da hızlandırdım. Sebebi olduğu onca kötü şeyden sonra arkamdan gelmez, yüzüme bakmaya cesaret edemez sanıyordum oysaki. Aptaldım, bencilin teki olduğunu unutmuş olmalıydım.

Aklım da mantığım da almıyordu çünkü hiçbir şey bir neden olamazdı. Ne annesiz kalmak ne şefkat görmemek ne kalbini şeytana satmış bir adamın ellerinde büyümek... Kötüydü işte, Bora'nın bir yüreği yoktu. Ne ummuştum ki ben? Zaten bilmiyor muydum onun böyle bir adam olduğunu? Ben Bora'yı olduğu gibi değil, görmek istediğim gibi görmüştüm. Yaralı çocukluk hatıralarına aldanıp gerçeğin üzerine sahte bir hayal örtmüştüm.

Sonuç, koca bir hayal kırıklığıydı.

Bora bir kez daha bağırdı. "Hande!"

Sesi bu sefer daha yakından geldiğinde sanki kaçabilecekmişim gibi koşmaya başladım. Ama olmuyordu, hızlandıkça ve aldığım nefesler şiddetlendikçe ciğerlerime iğneler saplanıyordu. Bulunduğumuz sokağın bittiği yerde yol tek bir yöne devam ediyordu, ben de o yöne saptım ve koşmaya devam ettim. Bora benden daha hızlıydı ve ben ne kadar hızlı koşsam da arkamdan yetişmesine engel olamadım. Bir kez daha adımı andığında çok daha yakınımdaydı. Pes ederek durdum ve bekledim. Bu sefer kollarımdan tutup durdurmadı beni, önüme geçip yolumu kapattı.

O da nefes nefese kalmıştı. Yağmurdan ıslanan saçları alnına dökülmüştü. Kollarını iki yana açarken gözlerimin içine hayretle baktı. "Nereye gidiyorsun?"

Günlerdir şahit olduğum öfkesinin zerresi bile yoktu şimdi. Karşımda bitmiş ve tükenmiş bir Bora duruyordu. Yine de... Söz konusu ben olduğumda asla pes etmiyordu.

Koşmaktan ve peş peşe solumaktan hızla inip kalkan göğsüme tek elimi bastırdım. "Hangi yüzle karşıma geçebiliyorsun?" *Beni bir viraneye çevirdiği yetmiyor muydu?* "Nasıl hâlâ yollarımı kesebiliyorsun!"

Kollarını usulca indirirken kafasını da yere eğdi Bora. Değil gözlerime, yüzüme bile bakamıyordu. Sert bir nefes alırken "Az önce duydukların," dedi ve bir an için sustu. Sonra gözlerime baktı. "Bilmediğin şeyler değil ki..."

Ona uzun zaman sonra, hayatımı mahvettiği ilk gün nasıl baktıysam öyle bakıyordum. Nefretle, kinle ve öfkeyle...

"Pisliğin teki olduğumu bilmiyor muydun zaten?" diye sorduğunda bana doğru bir adım attı. Buna karşılık iki adım gerilediğimi görünce elini dur der gibi bana kaldırdı. "Bunu bile bile sarılmadın mı bana? Şimdi bu öfke neyin nesi?"

Ona sarıldığımda onun nasıl biri olduğunu biliyordum, bunu çoktan kabullenmiştim. Ama abimi bile tuzağa düşürüp onu ölüme sürükleyecek kadar canileşmiş olduğunu bilmiyordum, bunu asla kabul edemezdim.

"Senmişsin," diye bağırdım avazım çıktığı kadar. Boğazım acımıştı. "Beni o eve aylar boyunca hapseden, camları kapı duvar eden, gün ışığına hasret bırakan, takvimleri, saatleri bile esirgeyen senmişsin!"

Nefes nefese sustuğumda Bora da pişmanlıkla salladı kafasını. Sözlerim ağır mıydı? Umurumda bile değildi, beni bir kez daha mahvetmişti. "Kollarım kopsaydı ama keşke abimi tuzağa düşüren bir adama sarılmasaydım!"

"Yemin ederim," diyerek ellerini bana doğru kaldırdı. "Bu meselenin bu kadar büyüyeceğini, bu kadar ciddi bir tehlikeye dönüşebileceğini bilmiyordum. Babam bana Kafkas'ı öldürüp suçu Cenk'e yıkacak kadar ileriye gideceğini söylemedi." Saçlarını öfkeyle karıştırdı. Öfkeden sesi titriyordu. "Yapamazdı da zaten, niyeti sadece seni alt edip gözünü korkutmaktı!"

"Başardı," diye mırıldandım dişlerimi sıka sıka. "Niyeti neydi bilmiyorum ama beni kendi gölgesinden bile korkan bir zavallıya çevirmeyi başardı!"

Bora yine savunmaya geçmişti. "O an öyle öfkeliydim ki böyle bir şeyi nasıl kabul ettiğimi bile bilmiyorum!"

"Sana inanmıyorum," dedim ağlamaklı bir sesle. "Bu da başın her sıkıştığında söylediğin yalanlardan biri işte."

"Yalan söylemiyorum." Şimdi de o bana bağırıyordu. Gözleri hiddetle büyümüştü. "Ben bile isteyerek abinin ölmesine neden göz yumayım ki? Bunu yaptığımda benim elime ne geçecekti?"

"Benden intikam almış olacaktın." Kollarımı üşüyen bedenime sararken bir adım daha geriledim. Kirpiklerime kadar titriyordum. "Çünkü sen busun..."

Bora sert bir sesle kesti sözlerimi. "Değilim!"

"Baban haklı, sen onun oğlusun!"

"Hande..." Bora çaresizce elini uzattı bana. Şu an karşımda öyle acizdi ki neye inanmam gerektiğini bilmiyordum. "Bu sefer sadece bana inan..."

Ona inanmak istesem bile olmuyordu, zihnimin içinde onun ne kadar acımasız olduğunu doğrulayan onlarca yaşanmışlık vardı.

"Babanın ellerine beni alt edebileceği iğrenç bir koz verdin sen!" Öfke dolu sesim geceyi inletti. "Bizi bu hâle getiren sensin, her şeyin sorumlusu da sensin!"

"Evet benim!" Montunun yakasını öfkeyle silkerken bana doğru bir adım daha attı. "Her şeyin sorumlusu benim lan, benim! Çünkü ben adi herifin tekiyim!"

"Öylesin," diye bağırdım ve Bora'nın omzuna çarpıp onu arkamda bırakarak hızla yürümeye devam ettim. Tüm suçunu kabul ediyor olması içimdeki sızıyı dindirir mi sanıyordu? Her şeyi en başa döndürmüştü, artık hiçbir şey mümkün değildi.

"Tek şansımdın sen," diye bağırdı arkamdan. Durmaksızın peşimden geliyordu. "Ben seni, senden en nefret ettiğim an bile bırakamadım ama sen ilk fırsatta çekip gidiyorsun!"

Durup yeniden ona döndüğümde Bora da duraksadı. "Bana tehditlerden başka bir şey vermedin sen! Şimdi karşıma geçip beni neden sevmedin diye hesap sorabilir misin? Senden neden nefret ettiğimi sorgulayabilir misin?"

Gözlerime kırgın bir ifadeyle baktı çünkü verebileceği bir cevabı yoktu. Dudaklarının dudaklarıma değdiği an dahi, acı tüm şiddetiyle kaburgalarımızı parçalıyordu.

"Gelme artık," dedim, sesim de ruhum kadar yorgundu. "Bırak peşimi."

Arkamı dönüp tekrar yürümeye devam ettim, kahredici bir çelişkinin içindeydim. Hem her şey bitsin istiyordum hem de tamamen kopma fikri beni mahvediyordu. Doğru söyleyip söylemediğini hiçbir zaman anlamayacaktım. Yine kapana kısılmıştım ve yine hiçbir çıkış yoktu.

Her seferinde hiçbir kadının affedemeyeceği bir yanlışla karşımda duruyordu.

"Verebilirim," dedi Bora, sesi kendinden emin çıkıyordu. "Kabul, sana acıdan başka bir şey veremedim. Ama iyi şeyler de verebilirim, yemin ederim!"

"İstemiyorum!" Hızlı adımlarla yürümeye devam ediyordum. "Bir çocuğun kaybolan oyuncağını ona büyüdüğünde vermeye çalışmak kadar gereksiz bir şey bu! Hiçbir halta yaramaz!"

"Böyle söyleme..." Bora hâlâ peşimden geliyordu. Adım sesleri kulaklarımın içindeydi. "Bana arkanı dönüp gitme." Ve şansını denemeye devam ediyordu. "Beni doğru düzgün dinlemedin bile!"

Cevap vermedim. Yürüdüğüm sokaklar gittikçe daralmaya, dar sokaklardaki eski püskü apartmanların sayısı da çoğalmaya başlamıştı. Yağmur şiddetini bir an olsun yitirmiyor, kuvvetli rüzgârlar estikçe yağmaya devam ediyordu.

"Hande..." Bora'nın sesi bu sefer kısıktı, bilhassa çaresiz. "Yeterince paramparça olmadık mı? Gitme işte, gitme!"

Sözleri yarama dokunuyor, içimdeki ağlama isteğini körüklüyordu ama arkama bile bakmadan yürümeye devam ettim.

"Hande!"

Derin bir nefes alıp adımlarımı hızlandırdım fakat hızlı yürümekten şişen karnım hızıma ket vuruyordu. Bora benim aksime yorulmuyordu hiç, sabaha dek kaçsam bile peşimden gelecek gibiydi.

Bir süre öylece yürümeye devam ettik. Durmadım, durmadı. Konuşmadım, o da konuşmadı.

"Karadutun lekesini sadece kendi yaprağı çıkarırmış," dediğinde bir an duraksayacakmış gibi oldum ama sadece adımlarım yavaşladı. Kollarına sığındığım gece ona bahsettiğim efsaneden mi söz ediyordu? "Yarasına merhemi başka yerde arayan bulamazmış."

Yüzüne kapattığım kapıdan içeriye, elinde benim ona verdiğim anahtarla girmeye çalışıyordu.

"Bulamazsın Hande," dedi içime bir ok gibi saplanan sesiyle. "Vazgeç."

Perişan bir vaziyette duraksarken ağlamamak için dudaklarımı sıktım. Bora ise bana yaklaştıkça yaklaştı. "Seni sadece ben iyi edebilirim." Arkamda durduğunda omuzlarıma dokundu parmak uçları. "Beni sadece sen iyi edebilirsin."

Hızlı bir şekilde arkamı dönüp omzuna sert bir şekilde vururken "Senden bana iyilik falan gelmez!" diye bağırdım gözlerim dolarken. Gözlerim gözlerine değdiği an ağlamaya başladım. "Uzak duracaksın benden, yaklaşmayacaksın artık, bırakacaksın peşimi!" Bunları söylerken ona kaç defa vurduğumu sayamadım. "Anladın mı beni Bora?"

Yumruklarım öyle güçsüzdü ki defalarca vurduğum bedeni ırgalanmıyordu bile. Vazgeçtim. Ama o vazgeçmedi. Arkamı dönüp kaçmaya çalışacağım sırada beni kendisine çekerek zayıf bedenimi kollarının arasına hapsetti. Kurtulmak için çırpınmam da çığlıklara boğulmam da fayda etmedi, bana öyle bir sarılmıştı ki hareket bile edemiyordum.

"Bırak," dedim güçsüzce. Gözyaşlarım birbiri ardına düşüyordu gözlerimden. "Bırak beni!"

Bırakmak bir yana daha sıkı sardı beni. Kollarında küçücük kalmıştım ve tek yapabildiğim ağlamaktı. Bu hep böyle olmak zorunda mıydı? Bora kafasını eğdi ve çenesini sağ omzuma bastırdı. "Sen benim varlığıma katlanamıyorsun, ben senin yokluğuna..." Sıcak nefesi saçlarımın arasından boynuma vuruyordu. Ve sanki gözleriyle değil, sesiyle ağlıyordu. "Bu da bana kaderin bir taraflarıyla gülme şekli mi?"

Hiçbir şey söyleyemedim. Hem haklıydı hem de haksız hem güçlüydü hem de güçsüz... Bense sadece ve her zaman çaresiz olandım.

"Neden anlamak istemiyorsun?" diye sordu boğuk bir sesle. "Sırf şu şekilde gittiğini görmeyeyim diye dibine kadar pisliğe battım ben!"

Dudaklarım sessizliğe mühürlenmiş gibi sadece ağlıyordum.

"Mahvettiğim her şeyi tek tek düzelteceğim."

Ona nasıl inanacak, nasıl güvenecektim?

"Bundan sonra ne sana ne de ailene tek bir zarar gelmeyecek. Sana söz veriyorum. Yeter ki bana inan."

Anlamıyordum, altında kaldığımız yıkıntılardan sağ salim çıkmayı nasıl başarıyordu? Ben ayağı taşa değse yürümekten vazgeçen bir insandım, Bora yara bere içindeyken koşmayı nasıl beceriyordu?

"Benim gücüm kalmadı," dediğimde kelimeler güçlükle döküldü dudaklarımdan. "İnanmaya bile gücüm kalmadı."

Ama senin beni inandırmanı her şeyden çok istiyorum.

Bora çırpınmayı kesmiş bedenimi kollarının arasında döndürüp beni kendisine çevirdi. Kaçmak için tek bir adım atacak dermanım bile kalmamıştı ama yine de işini riske atmadı. Bir elini sırtıma, diğer elini ensemden saçlarıma yasladı. Yüzüm boynunun hizasındaydı, kafamı kaldırıp gözlerine bakamadım.

"Benim de gücüm kalmadı." Dudaklarını alnıma yaslayarak konuşmaya devam etti. "Senin için neler yaptığımı biliyorsun, bana tek bir adım atman için neleri göze aldığımı da... Şimdi seni nasıl bırakayım?"

"Bırakacaksın," diye direttiğimde "Bırakamam," dedi çaresizce.

"Başka yol kalmadı!"

"Her zaman başka bir yol vardır."

"Hangi yoldan bahsediyorsun sen?" diye sordum. Sesim hem bağırmaktan hem de ağlamaktan bitap düşmüştü. "Sen o yolların hepsini ateşe vermedin mi?"

Bora bana bir yanıt vermediğinde öfkem yeniden alev aldı, kafamı kaldırıp yüzüne kızgınlıkla bakarken yüzlerimizin çok yakın oluşuna aldırmadım. "Aslında hiç değişmediğini, yine ve hâlâ aynı adam olacağını görebiliyorum. Beni daha ne kadar mahvedeceksin!"

"İstemiyorum." Bora hafifçe eğildi ve alnını alnıma yasladı. "Ben senin nefret ettiğin Bora olmak istemiyorum artık. Bana inanırsan zamanla her şeyi düzelttiğimi göreceksin."

"Düzeltmek?" dedim sorar gibi. "Neler yaşadığımızın farkında olarak konuştuğuna emin misin sen?"

"Eminim," diye fısıldadı. "Her şey mahvoldu, bunu inkâr etmiyorum. Ama sen gidince de hiçbir şey düzelmeyecek."

"En azından daha fazla kahrolmayacağım, bu yüzden gitmek..."

Bora sözlerimin devamını duymaya tahammül edemiyormuş gibi, beni dudaklarımdan öperek susturduğunda nutkum tutuldu. Böyle bir şey beklemediğim için vücudum elektriğe kapılmış gibi titredim, sanki birisi kalbimin üzerine bir kova sıcak su döküyordu. Sanki tutmasa düşeceğimi biliyormuş gibi beni sımsıkı sarıyordu. Yine de çok tuhaftı... Bu anı uzun zaman sonra tekrar yaşıyor olmak elimi ayağıma dolaştırdı. Dudaklarımın üzerinde birer ateş parçası gibi duran dudaklarını geri çektiğinde güçlükle yutkundum ve gözlerine şaşkınca bakakaldım. Kalbimin küt küt attığını da duyuyor muydu?

Becerebildim mi muamma, kaşlarımı çattığımda ya da çattığımı sandığımda "Bunu neden yaptın?" diye sordum. Sesim neredeyse hiç çıkmamıştı. Bakışlarım aralık hâlde duran dudaklarına kayarken içimdeki ılıklık büyüdü. Bora, dudaklarını birbirine bastırıp bilmem dercesine büktüğünde yaramazlığıyla övünen küçük bir çocuk gibi görünüyordu.

Şu an olmamız gereken vaziyet bu değildi. Şaşkınlığım ve aptal heyecanım beni terk edecek gibi görünmese de "Birbirimizin hiçbir şeyi değiliz," diye mırıldandım sesimi sert tutmaya gayret ederek. "Henüz senin yüzünden akan gözyaşım bile kurumadı yüzümde, bunu bir daha yapma."

Bora muzip bir ifadeyle kaşlarını kaldırdı. "Neyi?"

Bakışlarım bir kez daha dudaklarına kaydı. "Bunu işte."

Sanki aksini söylemişim gibi bir kez daha dudaklarıyla kapattı dudaklarımı. Ve ben ona karşı koyamadım. Parmakları saçlarımın arasına karışırken beni kendisine biraz daha bastırdı. Titreyen ellerimle montunun yakalarını kavradığımda ellerimi yüzüne çıkarmamak, simsiyah sakallarına dokunmamak için kendimi zor tutuyordum. Kollarının arasındaydım fakat gökyüzünden yere çakılıyormuş gibi savunmasız ve boşlukta hissediyordum. Gözlerim usulca kapandı, ona bir karşılık vermemek için direndim ama olmadı, dudaklarım gayriihtiyari aralandı. Şimdi nefesi nefesimde, ruhu avuçlarımdaydı. Dudaklarım sanki ondan bir parçaymışçasına, aradan geçen zamanların acısını çıkarırcasına öpüyordu beni.

İçimde bana karşı çıkan, gururumla alay eden delice âşık bir kız vardı ve ben ona söz geçiremiyordum. Kalbim yerinde değildi. Aklıma onun beni öptüğü ilk an geldi. Karanlık bir gecede, ıssız bir harabenin ortasında ilk öpücüğümü vermişti. O zaman da bu şekilde karnıma tekme yemiş gibi iki büklüm olmuş, hissettiğim duyguya bir ad koyamamıştım. Fakat şu an, o zaman adını koyamadığım garip hissin farkındaydım. Ben bu adama körkütük âşıktım.

Kendimi zorlukla geri çekerken "Yapma," dedim, yeniden ağlayacak gibiydim. Kafamı eğip yüzümü boynuna gömdüğümde "Neyi yapmayayım?" diye sordu Bora, sesi boğuktu. Nefesi şakaklarımı okşuyordu. "Sen benim nefes diye içime çektiğimsin. Öleyim mi istiyorsun?"

"Ellerini üzerimden çekmeni istiyorum," dedim uysal bir

tavırla. Bora isteksiz bir şekilde geri çekildi. Serbest kaldığım an arkamı döndüm ve yolun kenarındaki kaldırıma yanaşıp ıslak oluşuna aldırmadan oturdum. Başımı ellerimin arasına alıp ıslak asfaltı izlediğim sırada Bora da yanıma gelip oturdu.

"Önce beni öldürüyorsun," dediğimde sesim fazla kısıktı. "Hatta beni mezara koyup üzerime toprak atıyorsun. Sonra çık o mezardan ve..." Bora beni kendisine çekip kafamı göğsüne yasladığında sessizce ağlamaya başladım. Dakikalar boyunca da susmadım, susamadım. Çok zordu. Bir yanda onun uslanmaz tavırları ve beni uçuruma sürükleyen hataları, diğer yanda ondan gitmek isterken bile yeniden ona sığınışım ve beni zerre bırakmayışı...

"Gitmek istiyorum." Artık baş edecek gücüm kalmamıştı. "Beni evime götür, ailemi çok özledim."

Bu yaşıma dek onlardan bir kez olsun ayrılmamıştım. Onlarsız geçen beş ay benim için kâbus gibiydi. Bu süreç boyunca ettiğimiz kavgaların, saçma sapan tartışmalarımızın ne kadar gereksiz olduğunun farkına vardım. Hilal'in söyledikleri aklımdan hiç çıkmıyordu, annemin ve abimin hasretleri içimi deşiyordu. Babamın bile.

"Kafam çok bulanık. Ne hissetmem gerektiğini, neye inanmam gerektiğini bilmiyorum. Hiçbir şey düşünemiyorum. Şu an sadece evime gitmek istiyorum."

Bora bu isteğimden memnun olmamış gibiydi ama ters bir şey de söylemedi. "Tamam, götüreceğim."

Beni kendinden uzaklaştırmadan cebindeki telefonu çıkarmaya çalışırken kollarından yavaşça sıyrıldım. Ayağa kalktım ve bir iki adım ilerleyip ona sırt çevirdim. Aklım kalbimle savaştaydı. Beni öpmesine niçin izin vermiştim? Babası beni beş ay boyunca bir eve hapsetmemiş miydi? Oradan kurtulduğumda bile eziyetlerine, tehditlerine devam etmemiş miydi? Tamam, belki bu noktaya kadar Bora'nın bir suçu olmayabilirdi. Ama babasının beni tehdit edeceği malzemeyi eline Bora vermemiş miydi?

Suçu çok büyüktü, onu nasıl affedeceğimi bilmiyordum.

Aradan birkaç dakika geçti, hâlâ Bora'ya sırtım dönüp bir vaziyette duruyordum. Sokak karanlıktı, sokak lambaları geceyi aydınlatmaya yetmiyordu. Kafamı kaldırıp gökyüzüne baktım, tek bir yıldız bile görünmüyordu.

Bir arabanın yaklaştığını haber veren o tanıdık sesi duyduğumda Bora'ya doğru döndüm. Veysel, Bora'nın arabasını alıp gelmişti, demek ki buralardaydı. Birlikte arka koltuğa geçip oturduğumuzda Veysel arabayı geriye doğru sürdü ve girdiğimiz dar sokaktan usta bir manevrayla çıkış yaptı. Dakikalar önce ayrıldığım evin önünden geçerken arkama yaslanıp gözlerimi kapattım.

Yağmurlar arabanın camlarına çarparak hoş bir ses çıkarıyordu. Sessiz ve sakin sokaklar şiddetli bir rüzgârla hırpalanırken, sükûnetin kasveti aramıza kalın duvarlar örüyordu ve ben, sanki konuşsam dahi o duvarları yıkamayacakmışım gibi hissediyordum. O yüzden sustum.

Zaten Bora da hiç konuşmadı.

Aklımda hiçbir şey yoktu, annemin ve babamın beni hiç beklemediği bir anda karşılarında gördüklerinde verecekleri tepkiyi kestiremiyordum. Bana soru sorduklarında ne cevap vereceğimi de... Bu yükü Bora'nın omuzlarına bırakacaktım, zira benim daha fazla taşıyacak gücüm yoktu. Gözlerimi aralayıp ona baktım. Arkasına yaslanmış bir vaziyette camdan dışarıyı izliyordu. Öyle dalgındı ki ona baktığımı fark etmedi. Bakışları sert, çehresi donuktu. Kim bilir aklından neler geçiyordu... Bakışlarımı ön cama çevirdiğimde kaşlarım çatıldı. Veysel bizim eve doğru değil, Bora'nın evine doğru sürüyordu.

"Yanlış gidiyorsun," dedim Veysel'e bakarak. Veysel'in koyu gözbebekleri dikiz aynasından gözlerime çevrildi fakat hiçbir şey söylemedi.

"Hande..." Bora bana döndü. "Seni evine yarın sabah bırakacağım."

"Neden?" diye sordum ama cevap vermedi.

Bora'yı tanıyordum, şu an ne söylesem kâr etmeyeceği

için onunla Veysel'in yanında tartışmak istemedim. Yaklaşık on dakika sonra araba Bora'nın evinin önünde durduğunda Veysel arabadan inip gözden kayboldu. Bora da kapıyı açıp dışarı çıktı ama ben asık bir suratla arabada oturmaya devam ediyordum. Bora bulunduğum tarafın kapısını açıp bana baktığında "Burada kalmak istemiyorum," dedim. "Beni kendi evime götürecektin hani?"

"Yarın sabah," dediğinde inatla itiraz ettim. "Hayır, şimdi."

"Şimdi sırası değil."

"Ne zaman sırası? Hilal'le konuştuğumda bana neler söylediğini biliyor musun sen? Annem, babam, abim... Hepsi yokluğumda üzüntüden perişan olmuş. Peki bunlara kim sebep oldu?"

Dolaylı yoldan Bora'yı suçlamam onun canını acıtıyor olmalıydı ama kendime engel olamıyordum. "Yarın sabah seni kendi evine götüreceğim, hatta annenle, babanla ve abinle konuşup onları senin suçsuz olduğuna ikna edeceğim. Ama şimdi değil. Kafamı toparlamaya ihtiyacım var, senin de öyle."

"Bin yıl geçse de toparlayamam kendimi," diye çıkıştım. "Sen benim o evde neler yaşadığımı bilmiyorsun."

"Peki ya sen biliyor musun?" Bora'nın sesi gitgide sertleşiyordu. "Sen benim neler yaşadığımı biliyor musun?"

Sorduğu soru, henüz nasıl aldığını bilmediğim bir yaraya sahip olduğunu getirdi aklıma. Bıçaklanmış mıydı? Yoksa başka bir şekilde mi yaralanmıştı? Kendimi bencil hissetmeme sebebiyet verecek sözlerini yüzüme birer tokat gibi çarpmıştı. Cevap bile verememiştim.

"Arabadan kendin mi inersin yoksa ben mi indireyim?"

Hiçbir şey söylemeden arabadan indim. Hayır bencillik etmiyordum, sadece bu duruma daha fazla katlanamıyordum. Bunca şeyin üstüne hâlâ onun yanında olmayı, ona ait olan bir çatının altında uyumayı istemiyordum. Uzaklaşmayı istemek en doğal hakkımdı. Eve girdiğimizde doğruca merdivenlere yürüdüm, Bora arkamdaydı, bir şeyler söylüyordu ama umursamadım. Onu dinlemediğimi, hızlı bir şekilde merdivenleri çıktığımı fark ettiğinde arkamdan geldi ama durmadım.

Merdivenleri soluk soluğa bitirip kaldığım odaya doğru yürürken göz ucuyla Bora'ya baktım. Hâlâ merdivenleri çıkıyordu. "Konuşacağız," dedi. "Sana abin konusundaki her şeyi detaylıca anlatacağım. Bana inanmak zorundasın."

Daha fazla dinlemek istemiyordum. Sessizliğe ihtiyacım vardı. Yalnız kalmalı ve uzun uzadıya düşünmeliydim belki de. Odadan içeriye girip kapıyı sertçe kapattım. Onu sadece kapının dışında bırakmakla kalmadım, aynı zamanda kapıyı da kilitledim. Bora kapıya iki kez vurduğunda "Neden kilitliyorsun?" diye sordu. Sesi suçlu olduğu zamanlarına özgü bir şekilde sakindi. Eğer haksız ben olsaydım o kapıyı kırar ve bir şekilde içeri girerdi. Ama suçunu bildiği için üsteleyemiyordu.

"Konuşmak istemiyorum," dedim yorgun bir sesle. Odanın ortasına doğru yürürken üstümdeki ıslak montu omuzlarımdan sıyırıp yere fırlattım. "Beni rahat bırak, uyuyacağım."

"Hande..." Bora elini kapıdan çekmemişti. Parmaklarıyla kapının yüzeyini sıvazlayıp duruyordu. "Kapıyı aç."

"Açmayacağım," dedim hırçınca. Ne söylerse söylesin açmayacaktım o kapıyı. Bu sefer onun istediği olmayacaktı. "Farz et ki beni buraya sen kilitledin. Yapmadığın bir şey mi? Sen beni görmek istemediğin zaman ben seni zorluyor muyum?"

Bora bu defa sessiz kaldı, haklı olmak beni paramparça ediyordu.

"Git," dedim sesimde hiçbir duyguya yer vermeden. Şu an burada olmam, hâlâ onun evinin bir odasında uyuyacak olmam bile aklımı yitirmeme sebepti.

"Buradasın ama sanki kilometrelerce uzağımdasın..." Derin bir nefes aldığını işittim. "Ben o yolları ne zaman aşacağım Hande?" diye sordu. "Ben bu kapının ardına ne zaman ulaşacağım?"

Sessiz kalma sırası bendeydi. Bu çaresizlik de onu paramparça ediyordu.

Yatağın kenarına geçip oturduğumda bile bakışlarım kapının üzerinden ayrılmadı. Bir şey söylemese dahi biliyordum, kapının hemen ardındaydı. Sanki kapıya baktığımda onu görebiliyormuşum gibi uzun uzun aynı noktaya bakmaya devam ettim.

Bora haklıydı. Yan yanayken bile aramızda kilometrelerce uzaklık vardı. Ne yapsak da aşamayacakmışız gibi hissediyordum o derin uçurumları. Sanki aramızdaki kapının anahtarları kayıptı ve hiçbir zaman bulunamayacaktı.

"İyi geceler," diye fısıldadı Bora, sesi acı doluydu. "İyi geceler, iki gözüm."

Sabah olduğunda kendi evime gidecek olmanın düşüncesi, tüm geceyi uykusuz geçirmeme yetmişti.

Haldun Şahsuvar tarafından o eve hapsedildiğim ilk günlerde bir daha ailemi hiç göremeyeceğimi düşünürdüm. Zorlu bir savaşa girmiş gibi, sonunda kaybedeceğimden öyle emindim ki tüm sevdiklerimden kilometrelerce uzakta, berbat bir hayat yaşayacağımı sanırdım. Kâbus dolu günler gerçekten bitmiş miydi? Hâlâ ikna olabilmiş değildim. Sanki her an bir aksilik çıkacakmış ve her şey en başa dönecekmiş gibi hissediyordum.

Sabahın yedisinde yatağımdan kalktığımda doğruca banyoya girdim ve sıcak bir duş aldım. Ne annem ne babam ne de Cenk beni uzun zaman sonra kötü görmemeliydi. Yüzümün solgunluğunu gizleyecek hafif bir makyaj yaptım. Pudra renk bir bluzla, mavi bir kot pantolon giydim. Ve kendime, içinde beni idare edebilecek eşyalarımın olduğu bir bavul bile hazırladım.

"Doydun sanırım?"

Oturduğumuz mekânın çam ağaçlarıyla çevrili yeşil manzarasına dalıp gitmiştim. Gözlerimi önce tabağıma, sonra mümkün mertebe bakmaktan kaçındığım Bora'nın yüzüne çevirdim. Büyük bir dikkatle bakan koyu yeşil gözleri içimdeki huzursuzluğu körüklüyordu. Pek bir şey yememiş olsam da aç hissetmiyordum, heyecandan mıdır bilmem karnım tuhaf bir şekilde ağrıyordu.

"Evet," diyerek önümdeki peçeteye uzandım. Bora'nın da benden bir farkı yoktu, tabağının yarısından fazlası dolu duruyordu.

Başka bir şey söylemeden yanımızdan geçen garsonu durdurdu ve masayı temizlemesini istedi. Kahvaltı için dışarı çıkmak yerine doğruca evime gitmek için diretsem de Bora beni dinlememişti. Çankaya'nın oldukça meşhur restoranlarından birindeydik. "Kalkmayacak mıyız?" diye sordum sabırsızca. Sabah saatlerine rağmen mekân epey kalabalıktı ve ben bunalmıştım.

Bora ise sürekli telefonunu kontrol ediyordu. "Birini bekliyorum," dediğinde bana bakmaktansa restoranın yoğun ışıklandırmalı tavanını inceliyordu. "Onunla görüştükten sonra kalkacağız."

"Kimi?"

Masadaki tabakları toplamaya başlayan garson konuşmasına engel olunca Bora sustu. Ben de bir kez daha sormadım. Aramızda tuhaf bir şekilde soğuk rüzgârlar esiyordu. Bu hem normal hem de garip geliyordu. Normaldi çünkü bu atmosferi yaratan bendim, garipti çünkü bundan hoşlanmayan da bendim.

Aramıza aşılması güç, keskin bir sınır çizmiştim. İkimiz de asla öteye geçmememiz gerektiğini biliyor gibi mesafeliydik. Dün akşamdan sonra iki yabancıya dönüşmüştük oysaki hayatıma girdiği ilk günlerde bile böyle yabancı değildik. Garson masayı toparlayıp gittiğinde "Bir şey içmek ister misin?" diye sordu Bora. "Çay ya da kahve?"

Konuyu değiştirmeye mi çalışıyordu?

"Hiçbir şey."

Arkasına yaslanırken ince, uzun parmaklarıyla masada ritim tutmaya başladı. Benimle konuşmak istiyor ama nereden başlayacağını bilemiyor gibiydi. Bunu fırsat bilerek dünden yana aklımı kurcalayan o soruyu sordum. "Dün sabah... Beni gerçekten bırakıp gidecek miydin?"

Bora, dün sabah çekip giderken öyle ciddi görünüyordu ki onu bir daha göremeyeceğime kesin olarak inanmıştım. Yiğit'in gönderdiği paket olmasa belki de bir daha onu göremeyecektim.

Sorduğum soru bir müddet cevapsız kaldı, Bora gözlerime kırık bir ifadeyle baktı. "Evet, seni gerçekten bırakıp gitmiştim." Sonra dudağının kenarı hafifçe kıvrıldı. "Zaten sen de bunun için elinden geleni yapmamış mıydın?"

Sesi suçlayıcıydı. Kafamı hayır dercesine salladım. "Mecburdum."

"Çok iyi bir oyuncusun," dedi imalı bir sesle. Bu konuda bana hâlâ kızgın gibiydi. "Çok inandırıcıydın ama etkili değildin."

Yüzüme düşen saçlarımı kulağımın arkasına ittim, ben ittikçe geri yüzüme düşüyordu. "Ama söylediklerime inandın," dedim üstelercesine. "Öyle olsa gitmezdin."

Bora derin bir nefes aldı. "İnanmadım."

"Öyleyse niye gittin?"

Bora masaya doğru eğilirken sakallarını hafifçe sıvazladı. "Niyetinin ne olduğunu anlamak için. Evden çıkıp arabaya atladım ama sadece evi görebileceğim kadar uzağa gittim. Senin evden çıkmanı bekledim çünkü evden çıktığında yine peşinden gelecektim."

Yine peşinden gelecektim. Bu cümle, içimde büyümek için bekleyen alevlerin üstüne dökülmüş bir bardak su etkisi yarattı. Biliyordum gelirdi, her ne olursa olsun Bora peşimden gelirdi, gelecekti.

Peki, babası tüm bu ihtimalleri hesaba katmış mıydı? Eğer dün Yiğit'in gönderdiği paket tüm planları bozmasaydı ve ben evden çıkıp aklımın estiği yere yürüseydim ne olacaktı? Haldun Şahsuvar muhakkak bir şeyler düşünmüş olmalıydı. Yüzüp kuyruğuna gelmişken, Bora'nın bu yalana inanmasını sağlayacak bir şeyleri muhakkak kurardı. Şans benden yana olmuştu ki uçurumun kıyısından dönmüştüm, aşağı atlayıp ölmeme bıçak sırtı kadar mesafe kalmışken kurtulmuştum.

"Ya sonunda bu yalanlara inansaydın?" dedim iç çekerek. "O zaman ne yapacaktın?"

"Bilmiyorum," diyerek kafasını salladı Bora. "O zaman belki de gerçekten çekip gitmiş olacaktım."

Sözlerinin ardından derin bir sessizlik oluştu. Bir müddet ikimiz de konuşmadık.

Aklımda bir yığın cümle vardı ama ben çoğunu dillendirmekten çekiniyordum. "Bu yüzden kuryenin geldiğini görünce geri döndün," dedim. Bora ise "Bırak artık bu mevzuyu," diyerek konuyu kapatmaya çalıştı. Bunları konuşmaktan rahatsızdı.

"Yiğit..." Kısa bir an duraksadım, daha doğrusu Bora'nın vereceği tepkiyi ölçmek ister gibi bekledim. "O mektupta bahsettikleri... O şimdi nerede?"

"İnan nerede olduğunu bilmiyorum, Hande." Bora, Yiğit'i merak etmemden hazzetmedi. Hatta ondan bahsettiğim için nevri dönmeye hazırdı. "Neredeyse, nerede?" diye sordu kızar gibi. "Sana ne?"

"Bana bunları yapan baban, ona neler yapmamıştır ki?"

Yiğit o mektupta, *baban beni öldürmeyi beceremediği için çok pişman olacak,* derken neyi kastetmişti?

"Hiçbir şey yapmadı," dedi Bora. İstediği zaman sorduğum soruya bir cevap bulabiliyordu. Fakat babasını koruduğundan değildi, Yiğit mevzusunun bir an önce kapanmasını istediğinden söylüyordu. "Yiğit Manisa'da. Tayini oraya çıktı ve gitmek zorunda kaldı."

Belki de Bora bile babasının Yiğit'e neler yapmış olduğunu bilmiyordu.

Bora'ya şaşkınca baktım. "Tayini mi çıktı?" diye sordum gülerek. "Buna inanmamı beklemiyorsun herhalde."

"Konuyu kapat." Bora'nın sesi sertti.

"Kapatamam," dedim öfkeyle. Ben de onun gibi masaya

doğru eğildim. "Mektupta neler yazdığını unuttun mu? Geri döneceğinden ve başına dert olacağından bahsediyordu. Korkmadığının farkındayım ama hiç mi endişe duymuyorsun?"

Bora her şeyi düzelteceğini söylüyordu, peki bununla nasıl baş edecekti? Hiçbir zaman tam anlamıyla huzur bulamayacaktı. Gündemimizin yine Yiğit'e, Elif'e ve her şeyin başladığı o kara geceye dönmüş olması Bora'yı öfkelendirmişti. Niyetim bu değildi ama geçmişi ardında bırakamayacağını bilmesi gerekiyordu.

"Korkmuyorum," dedi öfkesini bastırmaya çalışarak. Kendisini zor tutuyordu çünkü artık bana karşı boynu kıldan inceydi. "Yiğit Mirzanlı meselesi kapandı. İçeri de girdim, cezamı da çektim. Bundan sonra bu konuyla alakalı tek bir şey duymak istemiyorum."

Bu ses tonunun ve bu fevri sözlerin üstüne daha da ağzımı açamazdım zaten. Ama ben bu mevzunun hiçbir zaman kapanmayacağını biliyordum. Yiğit asla durmayacaktı.

"Şimdi sen söyle," dediğinde sakinleşmeye çalışır gibiydi. Ellerini yüzüme uzattı ve bu kez yüzüme düşen bir tutam saçı kulağımın arkasına o sıkıştırdı. "Beş ay boyunca, babamın seni kapattığı o evde ne yaptın?"

Sorduğu soruyla birlikte yüzüm kireç gibi olurken ellerim de buz kesti. Neler yaşadığım mühim değildi, geçip gitmişti işte. Zaten gözlerinin içine baka baka ona babasını kötüleyemezdim. "Belki bir gün anlatırım," dedim sessizce. "Ama şimdi değil."

Israrcı olmadı, belli ki o da dinlemeye hazır değildi. Ya da ısrarcı olmasını engelleyen başka bir neden vardı. Bakışları arkama takıldığında kafamı çevirip nereye baktığını anlamaya çalıştım. Otuzlu yaşlarda olduğunu tahmin ettiğim, oldukça esmer ve iriyarı bir adam iki masa arkamıza otururken kafasını eğip bize doğru baktı.

"Kim bu adam?"

"Birazdan geleceğim." Bora beni bir kez daha geçiştirdi ve ayağa kalkıp adamın oturduğu masaya yürüdü. Ben de neler olduğunu gözlemleyebilmek için oturduğum yerden kalkıp Bora'nın kalktığı yere oturdum. Bora da adamın karşısına oturmuştu. Sırtı bana dönüktü, ne yazık ki yüzünü göremiyordum.

Yaklaşık beş dakika boyunca adamla konuştular. Adamın yüzünde belirgin bir ciddiyet vardı, bir an olsun gülümsememiş ve otoriter tavrından ödün vermeden konuşmuştu. Ona baktığımı bildiği hâlde gözleri bir kez olsun üzerime çevrilmemişti de. Tuhaf biriydi, aynı zamanda ürkütücü. Hızlı bir şekilde açıp kapattığı dudaklarından neler döküldüğünü duyamıyordum, keşke dudak okuma yeteneğim olsaydı ama ne yazık ki bu tür şeylerden hiç anlamıyordum.

Adam masadan kalkıp gittiğinde Bora da ayağa kalktı fakat oturduğumuz masaya dönmek yerine kasaya doğru yürüdü. Sanırım hesabı ödeyip kalkacaktık. Çantamı ve ceketimi alıp ayaklandım, Bora hesabı ödedikten sonra mekândan çıktık ve valenin getirdiği arabaya binip oradan uzaklaştık.

"Kimdi o adam?" Bora istikametini yaşadığım semte çevirdiğinde kalbim heyecanla kasıldı. Son ana kadar beni evime götürmeyeceğinden şüphe etmiştim ama beni bir kez daha yanıltmıştı.

"Vedat'ı ve Kafkas'ı alt edebilecek birisi." Abimi tehlikeden kurtarmak için harekete geçmişti demek. "Merak etme, batırdığım gibi temizleyeceğim."

"Bunu kimseye bir zarar gelmeden yapacaksın değil mi?"

"Kimseye bir zarar gelmeyecek, bana güven."

"Sana değil, babana güvenmiyorum."

Bora kısa bir an bakışlarını üzerime dikti. "Babam Cenk'e bir zarar veremez, bu saatten sonra olmaz. Gözüm üzerinde olacak. Endişelenme artık."

Sadece kafamı sallamakla yetindim ve arkama yaslanıp yolu izledim. Araba tanıdık sokaklarda ilerledikçe ve evime yaklaştıkça korku dolu bir heyecan büyüyordu içimde. Çaktırmadan Bora'ya baktığımda gördüğüm tek şey önündeki yola bile küfreder gibi baktığıydı. Beni bırakacak olmak onu hiç memnun etmemişti, geri dönelim desem saniyesinde direksiyonu kıracağından şüphem yoktu.

Evimin karşısındaki yol kenarında durduğumuzda etrafa buruk gözlerle baktım. Beş ay önce, ardımda sadece hazin bir mektup bırakarak ortadan kayboluşumun suçlusu ben değildim. Ama yaşadığım her şeyi tüm çıplaklığıyla onlara anlatamadıktan sonra, bakışlarındaki kızgınlığı ve burukluğu nasıl silecektim?

Haldun Şahsuvar'ın beni tuzağa düşürdüğünü aileme anlatamazdım. Abim öğrenirse öfkeden deliye dönerdi. Zaten gözü kara serserinin tekiydi, kendisine engel olamaz ve Bora'nın babasından yaptıklarının hesabını sormaya kalkışırdı. Sonunda zarar gören yine kendi olurdu fakat bunu bile bile meydan okurdu. Bu yüzden bilmemeleri gerekiyordu. Üstelik onların gerçekleri bilmesi yaşananları değiştirmeyecekti. Babam suçluydu, kendisini daha da suçlu hissedecek ve belki de çıkmaza girecekti.

"Beni affetmeyecekler. Ne söylersek söyleyelim, gözlerinde daima beni suçlayan bir bakış olacak." Arabadan öyle hemen inemedim, buraya gelinceye kadar bu anın bu kadar zor olacağını tahmin etmemiştim ama şimdi adım atacak gücüm bile yoktu.

"Öyle bir hakları yok." Bora'nın sesi kızgın çıkmıştı. "Sana geçmiş gitmiş şeyleri hatırlatıp canını sıkmak istemem ama ben neysem ailen de oydu. Kendi menfaatleri uğruna seni..."

Bir eşya gibi sattılar.

"Tamam," diyerek elimi kaldırdım ve Bora'yı susturdum. Daha fazlasını duymak istemiyordum. Bakışlarımı Bora'ya çevirdiğim an gözlerini benden kaçırıp yola dikti. Tüm sorumluluğu üstleneceğini söylemişti ama benim içim hiç rahat değildi.

"Hadi inelim artık."

"Henüz hazır değilim." Kafamı yavaşça salladım. "Kapıyı çalıp beklediğimde karşıma hangisinin çıkacağını bile bilmiyorum."

"Hande," dedi Bora tek elini omzuma koyarak. "Burada akşama kadar beklesek bile çıkamazsın bu hesabın içinden."

"Haklısın ama benim hiç cesaretim yok." Küçük bir çocuk gibi omuzlarımı silktim. "Eğer beni anlamazlarsa, yine beni suçlarlarsa..."

"Seni suçlamayacaklar," diyerek sözlerimi kestiğinde arabanın içinde bana doğru döndü ve gözlerimin içine baktı. "Konuşup hâlledeceğim diyorum, bana güven."

Hiçbir şey söyleyemedim. Bekledikçe daha da daralıyordum, en iyisi bir an önce karşılarına dikilip ne olacağını yaşayarak görmekti.

"Bir süre görüşemeyebiliriz." Dudaklarından ansızın dökülen bu cümlenin üzerime bir kara bulut gibi çöktüğünü hissettiğimde bakışlarıma da bir hüzün çöreklendi. Bora bana bazı sözler vermişti. Ve o sözleri yerine getirmeden karşıma çıkmayacağına dair yemin etmişti.

Tereddüt etse bile havaya kaldırdığı eliyle yanağımı sıvazladı. "Kendine benim için iyi bakacaksın," dedi tebessüm ederek. Yeşil gözleri kısılırken kirpikleri titredi. O an elimi kaldırmamak, buğday tenini süsleyen siyah sakallarına dokunmamak için kendimi zor tuttum. "Yemeklerini güzel ye, saatinde uyu, eski Hande ol." Sanki öncesinde sarf ettiği her söz bir kaza kurşunundan ibaretti, beni vuran o değilmiş gibi yaralarıma uzatıyordu ellerini. "Çünkü ben seni böyle görmeye dayanamam."

Elini yüzümden çekip dizlerinin üzerine bıraktı. Ona karşı neler hissettiğimi bilmiyordu. Sadece eskisi kadar gaddar olmadığımı, ona ufak da olsa bir kapı araladığıma inanıyordu. Ama o kapıdan içeriye nasıl gireceğini bilmiyordu.

Sessizliğim gitgide büyürken "Bu süre zarfında, sana verdiğim sözleri yerine getireceğim," dedi Bora. "Öncelikle abini o Vedat pisliğinden kurtaracağım, üstünde Cenk'in parmak izlerinin bulunduğunu silahı Vedat'tan alıp yok edeceğim. Cenk'in başında bela kalmayacak."

Ona sadece buruk bir şekilde gülümsedim.

"Diğer bir şeyse..." Susup derin bir nefes aldı. "O gecenin görüntülerini yok edeceğim."

Hangi geceden bahsettiğini bilmek kalbimin kıyılarına bir sis gibi çökertti huzursuzluğu. Hilal'in suçuna ortak olduğum ve Bora'dan yardım istediğim o gecenin görüntülerini gerçekten silecek miydi? Buna inanasım gelmiyordu. "Bunu sahiden yapacak mısın?" diye sorduğumda kafasını salladı.

"İnandırıcı gelmediğini biliyorum," dediğinde bakışlarını tekrardan kaçırdı. Bense pürdikkat ona bakıyordum. "Ama bunu gerçekten yapacağım."

Ne söyleyeceğimi bilmiyordum, ona güvendiğimi söylemem aptalca, güvenmediğimi söylemem hoyratça olurdu. Bunu zaman gösterecekti. Bora'nın yeniden eski Bora olmayacağının hiçbir garantisi yoktu çünkü. Kalbinin derinlerinde bir yerlerde, hâlâ çocuk tarafının yaşadığını biliyordum ama ona ulaşmak öyle zordu ki...

"Beni bıraktıktan sonra yapacaksın?"

"Doğruca hastaneye gideceğim." Amcasının durumunda iyi veya kötü bir gelişme yoktu fakat hâlâ yaşıyordu, bu bile iyi bir umuttu. Bora sözlerinin ardından kapıyı açtı ve dışarı çıktı. Sorular sorarak kendimi oyaladığımı düşünüyor olmalıydı. Hemen ardından kapıyı açıp dışarıya çıktığımda evime korku dolu gözlerle baktım. Bora bagajı açmış ve oraya koyduğu bavulumu çıkarmıştı. Elindeki bavulun ağır olmasına aldırmadan hızla eve doğru yürüdü.

"Dur," diye seslendim arkasından. Heyecan ve korku kalbimi çatlatacak gibiydi.

Bora kısa bir an durdu ve bana baktı. "Duramam," dedi kızgın bir sesle. "Durup bekledikçe vazgeçesim ve seni alıp uzaklara götüresim geliyor!"

Arkasını döndü, benden bir cevap beklemeden yolun karşısına yürüdü. Evin bahçe kapısından içeriye girdi ve Arnavut kaldırımlı kısa yolu yürüyerek çelik kapının önünde durdu. Zile basıp beklemeye başladığında hızlı adımlarla yanına ulaştım. Belli etmemeye çalışsam da elim ayağım birbirine dolanmıştı. Neredeyse küçük bir çocuk gibi, korkuyla, Bora'nın arkasına saklanacaktım.

Panikten saniyeleri saymaya başladım. Çünkü ne zaman bocalasam bunu yapardım. *Bir, iki, üç, dört, beş, altı...* Kapı çok sürmeden açıldı ve annemin makyajsız, solgun yüzü girdi bakışlarımın odağına. Epey zayıflamış olduğu dikkatimden kaçmadı. Önce kaşları havalandı, sonra çatıldı. Karşısında beni, yanımda ise Bora'yı görmeyi hiç beklemiyor olsa gerek, gözleri şaşkınlıkla büyüdü. Çünkü ardımda bıraktığım o saçma veda mektubunda, Londra'ya, Melih'in yanına gideceğim yazıyordu. Hiç ummadığı bir zamanda, Bora'yla geri döneceğim değil.

"Hande?" dedi annem, şaşkınlığı sesine de yansımıştı. "Sen... Ne zaman geldin?"

Ne söylemesi gerektiğini bilmiyor gibiydi, bozguna uğramıştı. Esasen ben de ne cevap vereceğimi hiç bilmiyordum.

"Benim," diyebildim, sesim titriyordu. "Her şeyi anlatacağım."

Ne anlatacaktım ki? Bora, olan biteni açıklama işini bana bıraksa ne yalan uyduracağımı bile bilmiyordum. Zihnim bomboştu. Onlara gerçekleri söyleyemezdim fakat yalanı da beceremezdim.

"Adnan!" diye bağırdı annem. Tek eliyle kapıyı tutan ince parmakları titriyordu. Gözleri üzerimden ayrılmasa da bakışları ara ara Bora'ya takılıyordu. "Hande geldi!"

Korku dolu bakışlarım annemin afallamış çehresinden ayrıldı ve görebildiğim kadarıyla evin içinde gezindi. Sanırım Cenk evde değildi, evde olsaydı annem sadece babamın adını zikretmezdi. Abimin şu an için evde olmaması beni bir nebze rahatlatmıştı çünkü o Bora'yı gördüğünde kendi tutamaz ve mutlaka şiddetli bir kavga çıkarırdı.

Titreyen yalnızca annem değildi, ağlamamak için savaş verdiğimden ellerim öyle çok titriyordu ki dudaklarıma kapatamadım bile. Annem bir anda kapının dışına adım atıp bana hızla sarıldığında ağlıyordu. Ben de kendimi daha fazla tutamadım. Gözlerim usulca kapanırken anneme sıkıca sarıldım. İkimizin de kalbi bunu daha önce yapmamış olmanın pişmanlığıyla burkuluyordu. Annemi en son gördüğümde bu evin kapısını çarpıp çıktığımı anımsadım. Şayet akşam olduğunda bu kapıya geri dönemeyeceğimi bilseydim bunu asla yapmazdım.

Annem geriye çekildiğinde yüzümü avuçlarının arasına aldı, yüzümün her bir santimine dikkatle baktı. Saçlarıma dokundu, kollarıma dokundu, ellerimden tuttu. Bora ise bize değil etrafa bakıyordu.

"Sana çok kızgınım." Annemin sesi kısıldı. Ona olan kızgınlıklarım, ona olan öfkem ne boyutta olursa olsun, hiçbir vakit onun ağladığını görmeye dayanamazdım ben. "Ama seni çok özledim!"

Bana bir kez daha sarıldığında ben de ona sıkıca sarıldım. Gözyaşlarım birer birer süzülüyordu gözlerimden. Buğulanan bakışlarım kapıya yaklaşmakta olan babama takıldığında yavaşça geri çekildim. Kalbim yeni bir korku duygusuyla sarmalandı. Bana çok kızacak mıydı? Babam böyle konularda affı olmayan bir adamdı. Ve bakışları şimdiden içimi acıtmıştı.

"Baba?" dedim korku dolu bir sesle. Babam bana baktı, yalnızca baktı. Bir yanıt vermek yerine sustu, sert bakışlarını üzerimden çekip Bora'ya dikti. Ona daha uzun baktı.

"Bu ne demek oluyor?"

Bunca zaman sonra, babamı yeniden gördüğümde söylemesini beklediğim cümle bu değildi. Babamın böyle bir tepki vereceğini elbet biliyordum ama yine de zoruma gitmişti. Bana öyle kızgındı ki yüzüme bile bakmıyordu. Ama ben ona kızamıyordum, bana sahip çıkamadığı için bile onu suçlayamıyordum.

"Burada konuşmayalım Adnan," diyerek araya girdi annem. Islanmış yüzünü ve gözlerini hızla silip ellerimden tuttuğunda beni içeriye doğru çekiştirdi. "İçeride konuşalım her şeyi."

"Dur Gülşen!" Babam neredeyse bağırarak durdurdu annemi. Annem durdu fakat elimi bırakmadı. "Önce bana neler olduğunu açıklasınlar."

Endişeyle Bora'ya baktım. Babamın tavrına rağmen dimdik duruyor, yüzünde en ufak bir mimik bile oynamıyordu. Her zaman da böyle değil miydi zaten? Benden başka herkesle arasına kalın, aşılması güç duvarlar örmüyor muydu?

"Hande'nin bir suçu yok." Buz gibi bir sesle konuşmaya başladığında gözleri bana kaydı. Karşımda onu ilk tanıdığım gün gördüğüm Bora duruyordu. "Size neler olup bittiğini uzun uzun anlatmayacağım," derken o bilindik, sert ve küstah tavrına büründü. "Neden içeriye girdiğimi, öncesinde neler olup bittiğini biliyorsunuz. O komiserle aramdaki husumeti ve Hande'nin de bu işe nasıl dâhil olduğunu..."

Babam, "Bunun Hande'nin kaçıp gitmesiyle ne alakası var?" diye sorarak Bora'nın sözünü kesti. Bu ses tonu, bu konuşma biçimi ve bu öfke dolu bakışlar ona ait değildi. Bana kızgın olmasına hak veriyordum fakat yine de babamı tanımakta güçlük çekiyordum.

"O komiser benim içeride olmamı fırsat bilerek Hande'yle uğraşacaktı," dedi Bora kendinden emin bir sesle. "Belki de ona zarar verecekti ve siz kızınızı koruyamazdınız."

Bora'nın sözlerinde annemin de babamın da rahatlıkla anlayacağı açık bir ima vardı.

"Anlamıyorum," diyerek kafasını salladı annem. "Sen neyden bahsediyorsun, Bora?"

"Hande, aslında Londra'ya falan gitmedi. Melih denen herifle de hiçbir alakası yoktu." Bora bu hikâyeyi kafasında ne zaman kurmuştu bilmiyordum ama durumu kurtaracak mantıklı bir şeyler söyleyeceğine emindim. "Benim içeride olduğum beş ay boyunca herkesten uzakta ama güvendeydi."

Son cümlenin ağırlığı omuzlarıma ağır bir yük bindirdi. Esasen öyle olmadığını kimselerin bilmeyecek olması canımı acıtıyordu.

"Ne?" Annem bağırırcasına tepki verdi. Dönüp tekrar bana baktı, şaşkınlığının yerini kızgınlık devralmıştı. "O mektup neyin nesiydi o zaman?"

"Öyle olması gerekiyordu," dedi Bora. Sert tavrından

zinhar ödün vermiyordu. "O komiserin Hande açısından bir tehlike yaratmaması için sizin bile bu yalana inanmanız gerekiyordu. Aksi hâlde onu inandıramazdım. Benim içeride oluşumu fırsat bilerek Hande'ye bir şekilde ulaşırdı."

Annem ne tepki vereceğini bilmiyormuş gibi bakıyordu. Gerçekten onları bırakıp gitmediğime mi sevinecekti yoksa başımda bir belanın olduğuna mı üzülecekti?

"Bu yaptığın bencillik," diye bağırdı annem Bora'ya bakarak. "Nasıl bizi kandırarak kafana estiği gibi kızımı uzaklaştırabildin?"

Annem Bora'ya karşı, ondan asla beklemediğim bir tepki gösteriyordu. Ben de şaşkındım fakat şaşkınlığımın esas sebebi babamın ağzını bıçak açmıyor oluşuydu.

"Her şey onun iyiliği içindi," dedi Bora alaycı bir tebessüm takınırken. "Ortada keyfi bir durum yok."

Bakışlarım babama döndü. *Peki ya sen baba? Sen neden hiçbir şey söylemiyorsun?*

"Söyleyecek başka da bir şeyim yok." Bora son bir kez gözlerime bakıp arkasını döndü, gidiyordu ve ortaya attığı bu afili yalanla başa çıkabilmem için beni yalnız bırakıyordu. Dediğini yapmış, beni kurtarmıştı. Artık ne annem ne de babam beni suçlayamazdı. Çünkü Bora'nın bunu yapabilecek güce de deliliğe de sahip olduğunu ikisi de çok iyi biliyordu.

Bora bahçe kapısından çıkmak üzereyken babam, "Bora!" diye seslenerek durdurdu onu.

Bora geriye dönüp baktığında "Kızımın artık seninle hiçbir ilgisi yok," dedi katı bir sesle. "Bu mesele tamamen bitti. Bir daha bu kapıya sakın gelme."

VII

ZEHİRLİ SARMAŞIK

Dakikalardır gözlerimi dahi kırpmıyor, bakışlarımın değdiği noktada can bulan geçmişi izliyordum. Bir türlü ardımda bırakamadığım geçmişin izleri, kalbimde ve zihnimde kabuk bağlayan bir yara gibiydi. Yapmam gereken tek şey o kabuğu söküp atmakken, yaptığım tek şey yarayı daha derinden kanatmaktan ibaretti.

İyileşmek mi istemiyordum yoksa iyileşemiyor muydum bir fikrim yoktu.

Üşüdüğümü hissettiğimde bacaklarımı karnıma doğru çektim, yanağımı diz kapağımın üzerine yaslarken bacaklarımı kollarımla sardım, gözlerimi kapattım. Küvetin içindeki su neredeyse soğumuş, uzun süredir suyun içinde oturmaktan parmaklarım buruşmuştu.

Güzel bir rüya görmeyeli ne kadar zaman olmuştu?

Bundan aylar öncesinde düşlediğim tek şey Bora'dan kurtulmaktı. Nasıl olacağının hiçbir önemi yoktu, o zamanlar benim için iyi veya kötü son bir önem arz etmiyordu. Lakin şimdi geriye dönüp baktığımda, tüm bunlara nasıl göğüs gerdiğime hayret ettiğim yaşanmışlıklar görüyordum. Zor oldu demek kolay kaçardı, sanki canım yerinden çıkmıştı ama artık her şey geride kalmıştı. Başından beri istediğim olmuştu, *artık Bora yoktu*. Ne varlığı geziyordu etrafımda ne de tehdit kokan cümlelerini duyuyordum.

Peki niçin böyle mutsuzum?

Neden onu aklımdan çıkaramıyor, neden durduk yere ağlıyor ve neden nefes almak istediğim zaman pencereyi açmak yerine fotoğraflarına koşuyorum?

Onu neden bu kadar özlüyorum?

Bunların bir izahı yoktu, insanlar bu duygunun adına aşk diyorlardı fakat bu düpedüz delilikti. Bora etrafındaki herkesi mahvedebilecek bir adamdı, ona bir adım atanı bile küle çevirecek kadar kuvvetli bir yangındı. Ve ben ona bu kadar çok tutulmanın cezasını ağır ağır mahvolarak, yavaş yavaş küllenerek ödeyecektim.

Bir an oluyor kendimi ona âşık olduğumu kabullenirken buluyordum. Bazense bunu çıldırmış gibi reddederken... Mantığımı esir eden kalbimi zamanın avuçlarına bırakmıştım, zaman bana doğru yolu gösterecekti, buna fazlasıyla inanmıştım. Öyleyse neden gün geçtikçe azalmak yerine daha da şiddetleniyordu duygularım?

Bugün tam bir ay olmuştu. Bora'yı son gördüğüm gün, beni bu evin kapısına bırakıp gittiği o sabahtı.

Annem kendimi banyoya kapatmış olmamdan hoşnut olmamış gibi, sabırsız bir şekilde kapıya vuruyordu. "Ne zaman çıkacaksın Hande? Umarım küvette uyumuyorsundur."

Üstümden damlayan sulara aldırmadan ayaklanıp küvetten çıktığımda askıda duran bornozumu giydim, saçlarımı küçük bir havluyla sardıktan sonra banyodan çıkıp odama geçtim. Annem ardımdan teftiş eder gibi banyoya girdiğinde ortalığı batırdığıma dair söylenmeye başladı, her zamanki gibi.

Günler su gibi akıp gidiyordu fakat ben ait olduğum eski yaşantıma bir türlü ayak uyduramıyordum. Bazen durduk yere oturup ağlıyor, bazense saatlerce sebepsiz yere gülüyordum. Bazı günler hiç olmadığım kadar iyi hissediyor, bazı günlerse akşamında ölecekmişim gibi acıdan kıvranıyordum.

Evden dışarıya çıktığım pek söylenemezdi, günlerimin çoğu bu çatının altında, odamda geçiyordu. Bazı günler Hilal beni ziyaret ediyordu, kafamı dağıtmaya çalışıyor, beni eski hâlime döndürmek için çaba sarf ediyordu. Ama bunun artık mümkün olmayacağını da biliyordu. Bazen gözlerinde hüzünlü bir bakışa denk geliyordum. Beni Bora'ya mecbur eden sebebin en büyüğü kendisi olduğu için hayıflanıyordu.

Gündüzlerim nasıl geçerse geçsin gecelerim aynıydı; çetin bir korku, ansızın nükseden taşikardi, kâbus dolu uykulardan sıçrayarak uyanma... Sonra gözlerimi bile kırpmadan günün doğmasını bekliyordum gece boyu. Uyuyamıyordum, uyuduğum zaman zorla bir arabaya bindiriliyor, sonra bir eve kapatılıyor ve avaz avaz haykırırken birden sıçrayarak kendimi yatağımda buluyordum.

Hızlı bir şekilde giyinmemin ardından saçlarımı da yolarcasına taradım ve nemli kalacak şekilde kuruttum. Odamdan çıkıp salona geçtiğimde kendimi pencerenin önündeki koltuğa atıp dışarıya baktım.

Evde durumlar pek iç açıcı değildi.

Babam Bora'nın adını dahi andırmıyordu. Artık bizim bir olurumuzun olmadığını, hatta bunun en imkânsız şeyden bile daha imkânsız olduğunu söyleyip duruyordu. Hâlbuki ben ağzımı açıp Bora'dan söz etmiyordum bile... Ama babamın bunları niçin söylediğini biliyordum. Haldun Şahsuvar gözünü korkutuyor olmalıydı. Cenk de babamı destekliyordu çünkü Bora'dan hâlâ nefret ediyordu. Olan biteni annemden öğrendiğinde delirmişti, beni sorguya çekmiş ve sonrasında Bora'nın evini bile basmıştı. Onu sakinleştirmek pek kolay olmamıştı, öfkesi hâlâ çok tazeydi. Bazen beni de suçladığı oluyordu, hatta çoğu zaman... Ufacık bir haber vermediğim için, bir telefon bile açmadığım için beni nankörlükle itham ediyordu.

Çünkü tüm bunlara, onun için katlandığımı bilmiyordu.

Annemse çaresizdi. Kime yetişeceğini bilmiyor gibiydi, evimizin olmayan eski düzenini sağlamak için çırpınıyordu ama ondan başka kimsenin bir çaba sarf ettiği yoktu. Benim bile.

Bora, bu süre zarfında bana verdiği sözleri yerine getirmişti. Önce elindeki görüntüleri sildiğini söylemişti. Sonra Vedat pisliğinin üstesinden gelerek Cenk'i Kafkas belasından kurtarmıştı. Vedat, Bora'nın korkusundan Cenk'in galerideki işine son vermişti. Abim neler olup bittiğini anlamamıştı elbet, en yakın arkadaşı tarafından işinden kovulacak kadar büyük ne hata yapmış olabileceğinin derdindeydi. Ama artık kurtulmuştu ya, gerisi hiç mühim değildi. Sadece fazla gergindi, işsiz kalmanın sıkıntısı onu hepten huysuz birine çevirmişti. Her gün gazetedeki ilanları okuyor, gün içinde durmadan iş görüşmelerine gidiyordu. Boş durmayı sevmezdi. Ayrıca hayatında hiç kimse yoktu, Haldun Şahsuvar vicdanıma yenik düşeyim diye bana yalan söylemişti.

"Ne düşünüyorsun öyle?" Annem salona girip karşımdaki koltuğa oturduğunda yüzümdeki buruk ifadeyi yok etmeye çalıştım.

"Hiç," dedim belli belirsiz bir sesle. "Çocukluğumu düşünüyorum."

Havaların ısınmasıyla birlikte çocuklar da kendini sokağa atmıştı, dışarısı güneşli ve güzeldi.

Topu kendisine atmadıkları için ağlamaya başlayan kırmızı elbiseli kız çocuğuna bakarken çocukluğumu izliyormuş gibiydim. "Bir zamanlar ben de evin önünde oyunlar oynardım, sanırım o günleri özlüyorum."

"Eve hiç girmezdin," dedi annem gülerek. "O kadar hareketli bir çocuktun ki gün içinde nasıl hiç yorulmadığına hayret ederdim. Bazen gözden kaybolup giderdin, dışarı çıkıp endişeyle seni arardım ama bulabilene aşk olsun."

"Nereye giderdim?" diye sordum bakışlarımı anneme çevirirken.

Annem derin bir iç çekerken gözleri kısıldı, bakışları pencereye takıldı. "Nereye olacak, yaramazlık yapmaya tabii ki. Milletin zillerine az basıp kaçmadınız. Abinden de senden de o kadar çok şikâyet gelirdi ki canımdan bezerdim."

Koltuğa düzgün bir şekilde oturduğumda kırlenti alıp kollarımın arasına sardım. Annemin olayı buydu, her zaman her şeyden şikâyet etmek. Geçmişten konuşurken bile güzel şeylerden bahsettiğine hiç denk gelmemiştim. "Geçmişe dönebilseydin, yine de babamla evlenir miydin?"

Annem bir an duraksadı, neden böyle bir soru sorduğumu anlamaya çalışır gibiydi. Sonra yüzünü buruşturdu ve kafasını salladı. "Asla evlenmezdim."

Neden evliliklerinde neredeyse otuz yılını devirmiş kadınlar hep aynı cevabı verirdi ki?

"Neden?" Aslında bu cevap beni biraz kızdırmıştı. "Babam sana hiçbir zaman kötü davranmadı."

Hatta sırf seni sevdiği için ve sırf seni mutlu edebilmek için kızını hiç düşünmeden yaktı.

"İyi davranması neyi değiştirdi?" diye sordu kaşlarını kaldırdı. "Evlenirken hayal ettiğim hayat bu değildi. Yirmi sekiz yıldır her sabah kahvaltı hazırlıyorum, en son ne zaman hazır bir sofraya oturduğumu bile hatırlamıyorum. Yaptığım tek şey çamaşır yıkamak ve babanın hiç bitmeyen gömleklerini ütülemek. Daha saymamı ister misin?"

Annemin hayalini kurduğu hayat neydi? Başını sokacağı bir evi vardı, iki evlada, ona değer veren bir adama ve sağlıklı bir bedene sahipti. Yani dünya üzerindeki insanların birçoğundan daha zengindi ama bu ona yetmiyordu işte. Gardırobunun ağzına kadar dolu olması yetmiyordu, annem bir giydiğini bir daha giymemek istiyordu.

Tam bir şeyler söylemeye hazırlanıyordum ki "Aman, neyse geç bunları!" diyerek konuyu kapattı. "Sen duştayken teyzen aradı, alışverişe çıkalım mı diyor. Sen de gelsene."

Anneme saçlarının tepesinden boynuzlar çıkmış gibi tuhafça baktım.

"Ne var sanki?" diye çemkirdi kaşlarını çatarak. "Hava güzel diyorum, gezelim diyorum, açılırsın diyorum. Böbreklerini söküp bana ver demişim gibi bakıyorsun!"

Bir ay boyunca evden sadece iki kez dışarıya çıkmıştım. Her ikisinde de tuhaf tipli birkaç adam beni takip etmişti. Bora beni korumaya çalışıyordu. Belki babasından, belki Yiğit'ten, belki de...

İlkinde Hilal'in yoğun ısrarları sonucu yakınlardaki bir kafede iki saat oturup kahve içmiştik. İkincisinde ise özel bir okula gidip öğretmenlik için başvuruda bulunmuştum. Eğer kabul edilseydim şu an çalışıyor olacaktım ama oradan herhangi bir dönüş almamıştım. Tam olarak bu hayatta şanssızlığın beden bulmuş hâliydim.

"Gerçekten hiç dışarıya çıkasım yok." Kucağımdaki kırlenti koltuğun diğer ucuna fırlatıp dizlerimi karnıma çektim. "Sen çıkıp gezebilirsin, evde yalnız kalmamda bir sakınca yok. Hem abim de bir iki saate kadar dönmüş olur."

Annem bana kötü kötü baktı. "Cenk bugün arkadaşlarıyla takılacakmış, öyle kolay kolay dönmez. Ayrıca seni evde yalnız bırakmam mümkün değil."

"Nedenmiş o?"

"O komiser," dedi tereddütle. Gözlerindeki korkuyu gördüm. "Ya sana bir zarar vermek için gelirse?"

"O artık Ankara'da bile değil anne, Manisa'da görev yapıyormuş," dedim annemi rahatlatmak için. Ama hiç rahatlamış gibi görünmüyordu. Ayrıca Yiğit neden bana zarar vermek isteyecekti ki? Onun derdi Bora'ydı. Bora ortaya attığı yalanla başıma koca bir dert açmıştı.

"İçim asla rahat etmez," dediğinde devamında da türlü türlü endişelerini dile getirmeye hazırlanıyordu ki "Anne," diyerek susturdum onu. "Kimse bana bir şey yapamaz, Bora beni koruyor."

"Nasıl yani?" Annemin gözleri heyecanla parladı. Söz konusu Bora olduğunda aksi mümkün değildi zaten, bu kadın hiç değişmiyordu.

"Basbayağı."

"Bir şey söyledin devamını da getir madem," dedi annem kızarak. "Nasıl koruyor, sana özel koruma falan mı ayarladı?"

"Evet," dedim bunu açık etmenin huzursuzluğuyla. "Ben evdeyken bile evimizin etrafındalar. Öyle profesyoneller ki abim ve babam bile fark etmedi. Ve şu zamana kadar hiç ters bir duruma rastlamadılar." Kaşlarım çatıldı. "Bunu sakın babama söyleyeyim deme."

"Söyler miyim hiç?" Annem rahat bir nefes alırken saçlarını karıştırdı. "Ah, bunu bildiğim iyi oldu! Bora'yı boşuna sevmiyorum ben, seni hâlâ gözü gibi koruyor ve senden asla vazgeçmiyor."

"Anne?" dedim hayret ederek. "Bora'ya karşı kızgın olduğunu düşünüyordum."

"O mesele ayrı, onu karıştırma. Hâlâ kızgınım fakat gerçek bu."

"Peki, artık görüşmediğimizin farkında mısın?"

"Şimdilik," dedi annem kendinden emin bir şekilde. "Sular durulana kadar."

"Hâlâ Bora'yla evlenmemi her şeyden çok istiyorsun değil mi?"

Annem, babamın korkusundan pek dile getiremese de vaziyet bundan ibaretti. Benden ziyade annem vazgeçemiyordu Bora'dan. Onun için hava hoştu, Bora ve ben sadece birkaç talihsiz olay yaşamıştık ve bunlar er ya da geç unutulacak şeylerdi. Haldun Bey'in gerçek yüzünden ve bana neler yaptığından haberi yoktu.

"Kiminle evleneceksin başka?" Bilmiş bir edayla bana göz süzerken "Artık ona karşı boş olmadığını görebiliyorum," dedi gülümseyerek. "Her şerde bir hayır var derler. Demek aranızın düzelmesi için kötü şeyler yaşanması gerekiyormuş."

Neredeyse mahkemede Bora'nın aleyhine şahitlik ettiğim için beni tebrik edecekti.

"Sana gerçekten inanamıyorum." Oturduğum koltuktan bir hışımla kalkıp kapıya doğru yürüdüğüm sırada, "Yine mi kaçıyorsun?" diye sordu sesini yükselterek.

Arkamı dönmeden cevap verdim. "Hiç değişmemişsin, hiç!"

"Sen de değişmemişsin, hâlâ dediğim dedik, çaldığım düdüksün!" Nefes almadan konuşmaya devam etti. "Ayrıca fazla naz âşık usandırır derler, sen böyle uzak kalmaya devam et. Yakında atı alan Üsküdar'ı geçerse görüşürüz. Boş bırakmazlar kızım böyle çocuğu!"

Odama geçip kendimi yatağa yüzüstü bıraktım ve bir müddet öylece kaldım. Annem bunu nasıl fark etmişti? Bir kez olsun Bora'dan bahsetmemiş, annem bahsettiğinde ise onu hep susturmuştum hâlbuki. Acaba onun adı geçtiğinde farkında olmadan gözlerim mi doluyordu? Ya da hüzünleniyor muydum? Annemin gözünden de hiçbir şey kaçmıyordu. Babamın katılığına ve abimin deli öfkesine rağmen hâlâ Bora'yla olacağıma dair bir umut besliyordu.

Beslemiyordu, bundan bayağı emindi.

Fakat son cümlesi bende huzursuzluk hissi oluşturdu. Aklımda ansızın Bora'nın evine çıkıp gelen sarışın asistan Betül yer etti. Düşünmemeye çalıştım, Bora böyle bir şey yapmazdı.

Ya yaparsa, dedi içimdeki ses arsız bir şekilde. *Yaren mendeburunu ne çabuk unuttun, Hande?*

Bora, Yaren'le hiçbir alakasının olmadığını söylemişti, ilk başta buna inanmakta tereddüt yaşasam da zaman içindeki gözlemlerim Bora'nın söylediklerini doğruluyordu aslında. Bora'nın bir kez olsun Yaren'e ilgiyle baktığına denk gelmemiştim. Bunu Yaren de itiraf etmişti, Bora'nın kendisine yüz vermediğini söylemişti. Yine de şüpheli düşüncelerim susmak bilmiyordu: *Ya ikisi de sana yalan söylemişse?*

Bunları düşünürsem çıldırırdım, düşünmemem gerekiyordu. Yatağımda yarı uzanır hâle gelerek komodinin üzerindeki Vadideki Zambak'ı alıp okumaya başladım. İlkokul yıllarımdan beri sevdiğim bir kitaptı, ne zaman elime alsam sayfalar su gibi akıp gidiyordu. Annem evden çıkalı neredeyse yirmi dakika olmuştu ama ben okumaya ara vermemiştim. Dalmış bir hâlde okumaya devam ederken kapının çaldığını duydum. Babamın ve Cenk'in bu saatte gelmeyeceğini biliyordum, evin etrafını gözetleyen adamların olduğunu ve kötü bir şey olmayacağını da... Yine de korkmadan edemiyordum. Odamdan çıkıp koridorda yürüdüm, kapıyı açmadan önce merceğe tereddütle baktım.

Gelenin Hilal olduğunu görünce rahat bir nefes aldım.

Kapıyı açıp Hilal'e şaşkınca bakarken "Senin bu saatte işte olman gerekmiyor muydu?" diye sordum.

Hilal içeriye girerken kaşlarını hafifçe çattı. "Bugün izinli olduğumu unuttun mu? Sabah annemi kontrole götürdüm."

"Unutmuşum." Hilal bazen annesini hastaneye götürmek için izin alıyordu. Elindeki pasta kutusunu bana uzattıktan sonra eğildi ve spor ayakkabılarını çıkardı. "Ben de günün geri kalanını seninle geçirebilirim diye düşündüm. Belki film izleriz, ne dersin?"

"İzleriz. Annenin durumu nasıl?"

"Sonuçları haftaya çıkacak." Sesi neşeli çıkıyordu. "Ama doktorlar iyiye gittiğini söyledi, yakında kemoterapi almasına gerek kalmayabilirmiş."

Mutfağın kapısını araladığımda burnuma tarçın kokusu doldu. Annem gitmeden önce tarçınlı kek yapmıştı. "Gerçekten çok sevindim," diyerek gülümsedim. Hiç değilse kendimi bunun için ateşe attığıma değmişti. Hilal'in annesi günden güne iyiye gidiyordu. "Pasta mı aldın?"

Kutuyu mutfaktaki masanın üzerine koyduğumda Hilal doğruca buzdolabına yürüdü. "Hayır, kutuda frambuazlı cheesecake var. Çünkü bugünü kutlamak istedim. Doktorların, *annenin durumu iyiye gidiyor* demesini öyle çok bekledim ki..." İçi içine sığmıyormuş gibi gülümsedi. "Soğuk bir şeyler var mı?"

"Meyve suyu ya da limonata olmalı."

Hilal dolaptan aldığı meyve suyunu masaya koyduktan sonra ellerini yıkamadığını hatırlayıp mutfaktan çıktı ve banyoya koştu. Tatlıyı kutusundan çıkarıp elime bir bıçak aldım ve iki dilim keserek tabaklara böldüm. Hilal tekrar mutfağa döndüğünde elinde telefonum vardı. "Telefonunu banyoda unutmuşsun, ellerimi yıkarken mesaj geldi."

Elimdeki bıçağı masanın üzerine gelişigüzel koyup Hilal'in uzattığı telefonumu aldım. Heyecanım uzun sürmedi, mesajın bankadan gelmiş olduğunu görünce yüzüm düştü.

"Durgunlaştın," dedi Hilal imalı bir sesle. "Mesaj beklediğin kişiden gelmedi sanırım."

Hilal benim tek arkadaşım ve sırdaşımdı. Birbirimizden şu zamana dek hiçbir şey saklamamıştık. Bora'yla ilgili yaşadığım her şeyi bilirdi, neticede kendisi beni Bora'ya mecbur eden en büyük sebepti ama yine de başıma gelenleri tüm şeffaflığıyla ona anlatamamıştım. Ona güvenmiyor değildim ama bilmemesi daha iyi olacaktı. Ailem ne biliyorsa Hilal de o kadarını biliyordu.

"Yo, hayır!" Gizlesem de gerçek değişmiyordu, Bora'yı ne kadar özlediğimi Hilal de görebiliyordu. "Her zamanki banka işte, kredi kart borcumu hatırlatıp duruyor."

Elimdeki telefonla birlikte sandalyelerden birini çekip oturduğumda telefonu masaya ters çevirip bıraktım.

Hilal de karşıma oturdu. "Bora'yla konuşuyor musun?"

Bu sorudan kaçmak istiyordum. Hızla ayağa kalkıp çekmeceden iki tatlı çatalı, raftan da iki duble bardak çıkardım. Bardakları masaya koyup şeftali suyuna uzandığım sırada, "Evet," dedim kısık bir sesle. "Sık sık arıyor."

Şu an afili bir yalancıydım.

"Hiç öyle görünmüyor," dedi sorgular gibi. Hilal cin gibi kızdı, gözünden hiçbir şey kaçmıyordu. "Bora'nın senden kolayca vazgeçeceğini hiç düşünmemiştim ama vaziyet bundan ibaret sanırım."

Hilal beni oltaya getirerek ağzımdan laf almaya falan mı çalışıyordu?

"Bilmiyorum, belki de dediğin gibidir." Omuz silkerek yeniden sandalyeme oturdum. "Bu saatten sonra yan yana gelmemizin imkânı yok nasıl olsa. Bu doğru olmaz."

Kendi sözlerimle kendimi yaralıyordum. Aslında günler günleri kovaladıkça içimdeki umudun da aşkın da sonu gelmez şekilde büyüdüğünü en iyi ben biliyordum.

"Doğru olmayan ne? Sen onu istiyor musun yoksa istemiyor musun? Bu üstüne çok fazla düşünülecek bir soru değil aslında. Cevabı biliyor olman lazım."

Ağzına attığı tatlı dilimin ardından büyük bir yudum meyve suyu içerken mavi gözleri üzerimden ayrılmadı.

"Ne istediğimin hiçbir önemi yok," dedim bakışlarımı kaçırarak.

"Sebep?"

"Babam buna müsaade etmez." Tek sebep benim babam değildi, Bora'yla aramızda koca bir Haldun Şahsuvar engeli vardı. Kimseler bilmiyordu, kimseler niçin bu kadar korktuğumu bilmiyordu. "Yaşanan bunca olaydan sonra Bora'nın adını bile andırmıyor."

"Baban mı?" Hilal kaşlarını kızgınca çattı. "Gerçekten babanı mı düşünüyorsun Hande? O seni düşündü mü peki?"

"Öyle söyleme," dedim öfkeyle. Ne kendim için doldurduğum meyve suyundan içmiş ne de tatlıdan yemiştim. Herkes her şeyi yüzüme vuruyordu, o kadar doluydum ki...

"Lütfen artık kendini düşün ya!" *Bunu bir zamanlar beni ateşe atan o mu söylüyordu?* "Canın nasıl istiyorsa öyle yaşa, kalbinin sesini dinle. Allah aşkına, sen Bora'yla olmak istemediğin zamanlarda baban bunu umursuyor muydu? Şimdi sırf baban istemiyor diye vaz mı geçeceksin?"

"Konuyu kapatalım," dedim. Yoksa Hilal'in kalbini kıracaktım, bunu gerçekten istemiyordum.

"Bana mantıklı bir sebep söyle o zaman?"

"Sadece babam değil." Derin bir nefes alırken parmak uçlarımı şakaklarıma bastırdım. "Eğer ona gidersem mahvolurum, anladın mı? Bora beni bir daha hiç bırakmaz."

Hilal sözlerimi küçümser gibi gözlerini devirdi. "Farkında mısın bilmiyorum ama onu asla bırakmayacak bir adam, tüm kadınların hayali."

"Bora'nın yolu bataklıktan ibaret," dediğim an kalbim acıyla kasıldı. Neler söylüyordum ben? Kendimi bile ikna edemezken, neden bir başkasını inandırmaya çalışıyordum?

"Aşka uçarsam kanatlarım yanar diyorsun..." Önündeki tabağı ileriye doğru iterken yüzüme büyük bir dikkatle baktı. "Aşka uçmazsan kanatların neye yarar ki?"

Ağlayacak gibi olup kafamı yere eğdim. Ne yapmam gerektiğini, ne karar vermem gerektiğini bilmiyordum. Kalbim ona gitmek için çırpınıyordu ama aklım bunun doğru olmadığını söylüyordu. Aklım bunca zaman bana hep tuzaklar kurmuştu, bir kez olsun kalbimi dinlesem ne olurdu?

Tatlı faslını bitirip odama geçtiğimizde duştan sonra dağıttığım ortalığı toplamaya başladım, Hilal yere saçtığım kıyafetlerimin üstünden atlayarak çalışma masama oturdu ve bilgisayarımı açtı. Ben mısırları patlatana kadar izleyebileceğimiz güzel bir film bulacaktı. Ortalığa saçtığım çamaşırlarımı kucağımda toplamış bir hâldeyken Hilal dönüp bana baktı.

"Kötü sayılabilecek bir haberim var," dediğinde durdum, elimdeki kirli çamaşırların bir kısmı tekrar yere düştü. "Bora'nın amcası, bu sabah tedavi gördüğü hastanede hayatını kaybetmiş."

☽

Enver Bey'in, bugün öğlen namazına müteakiben düzenlenen cenaze törenine katılmamıştım.

Cesaretim mi yoktu yoksa babamın gitmemem gerektiğini söyleyen cümlelerine mi kulak vermiştim bilmiyordum. Fakat sonrasında pişman olmuştum, şimdi ise taziye dileklerimi iletmek için Enver Bey'in ölmeden önce yaşadığı o eve gidiyordum. Taksinin içinde kafamı cama yaslamış bir hâlde yolları izliyor, oraya vardığımda nasıl bir tepkiyle karşılaşacağımı düşünüyordum. Haldun Şahsuvar'ın böyle bir günde bile beni gördüğüne sevinmeyeceğini biliyordum ve bu durum beni epey huzursuz ediyordu.

Dün oldukça sessiz geçen akşam yemeğimizde babam kesin bir dille cenazeye katılmayacağımızı, annemse böyle bir tavrın nankörlük olacağını dile getirmişti. Annem bir bakıma haklıydı ama işin aslını bilmediği için böyle konuşuyordu. Haldun Şahsuvar etrafında ne beni ne de ailemden birini görmek istemiyordu.

Bunun için babamı kim bilir nasıl tehdit ediyor, gözünü nelerle korkutuyordu.

Taksi, cephesi beyaz mermerden inşa edilmiş üç katlı villanın, büyük ve korunaklı kapısının önünde durduğunda taksiden inmek konusunda tereddütte kaldım. Buraya gelmekle doğru mu yapmıştım bilmiyordum ama davet edilmeyi bekleyecek hâlim yoktu. Sıradan bir gün değildi bu, mevzu ölümdü ve insanlar böyle bir günde küslükleri bir kenara bırakıp baş sağlığı dilerlerdi.

Buraya daha önce, Enver Bey'in vermiş olduğu bir davet için Bora'yla gelmiştim. Evin devasa büyüklükte bir bahçesi vardı ve bahçenin sokakla bağlantısını, insan boyunu aşan yükseklikte duvarlar örtüyordu.

Kefenin cebi yoktu, ne garipti ki insan yaşarken neye sahip olursa olsun öldüğünde her şeyi geride bırakıyordu.

Parayı ödeyip taksiden indiğimde, kapıya doğru attığım adımların aksine ayaklarım beni geriye sürükledi. Karşımda duran yüksek demir kapının yanında bir güvenlik kulübesi vardı, kulübede duran görevli beni görünce kapıyı açmak için ayaklandı fakat ben o saniye arkamı döndüm.

Yapamayacaktım. Beş ay boyunca beni karanlık bir eve hapseden ve hayatımı mahvetmeye teşebbüs eden bir adamla karşılaşacak gücüm yoktu.

Ani bir kararla sol tarafa doğru yürüdüm. Her yer birbirinden lüks araçlarla ve araçların etrafında duran özel şoförlerle doluydu. Az önce indiğim taksi de geri gitmişti ve biliyordum ki şu an çabucak taksi bulamazdım. Buraya gelmem koca bir hataydı. Evin önündeki kaldırım boyunca yürüyerek dönemece vardım, tam diğer sokağa geçecekken sert bir bedene çarparak durdum. Kafamı yerden kaldırıp kimle çarpıştığıma baktığımda Emir'i gördüm.

"Sen," dedi kaşlarını kaldırarak. "Adın Hande'ydi değil mi?"

Emir'in neden dışarıda olduğunu anlayamamıştım, içeride olup taziyeleri kabul etmesi gerekmiyor muydu? Üstelik beni tanıyor olmasına rağmen, neden her seferinde adımı bildiğinden emin olamamış gibi aynı soruyu soruyordu?

Normal bir zamanda olsak, ona bu tavrının hoş olmadığını söyleyebilirdim.

"Evet, Hande," dedim bakışlarımı yüzüne dikerek. "Dışarıda ne arıyorsun?"

Emir kafasını kaldırdı ve sağ tarafımızda kalan heybetli eve göz ucuyla baktı. "Hiç. Çok bunaldım, sadece hava alıyorum."

Enver Bey'in hastaneye kaldırıldığı o akşam gördüğüm acılı ve perişan Emir'den ziyade bu durumu kabullenmiş bir Emir duruyordu karşımda. Babasının ölümünü çoktan sindirmiş gibiydi. Neler hissettiğini bilemezdim elbette, sadece görünen buydu.

Aslında bu durum daha çok, bu ölümün beklenen bir hadise olmasından kaynaklanıyordu. Enver Bey'in ameliyatından sonraki süreçte doktorlar hakkında iyimser bir beyan da bulunamamıştı, keza bir hafta sonra da beyin ölümü gerçekleşmişti. Kalbinin duracağı gün gelinceye dek, zaten herkes yeterince acı çekmiş ve bir nevi bu durumu kabullenmişti.

Emir tekrar bana baktığında kahverengi gözleri kısıldı. "Asıl sen burada ne arıyorsun?"

"Baş sağlığı dilemek için gelmiştim." Taziye evine başka hangi sebepten gelinirdi ki?

"Diledin ve gidiyorsun o zaman," dediğinde bir suçlu gibi gözlerimi kaçırdım. Emir bana şüpheyle bakıyordu, sanki evin kapısından içeriye bile giremeden kaçtığımı anlamış gibi.

"Hayır. Bunun doğru olup olmadığından emin değilim."

"Neden? Bora'yla ayrıldınız diye mi?" sorusunun ardından alayvari bir tebessüm etti. "Eğer böyle düşünüyorsan çok saçma. Gel birlikte eve geçelim."

Emir yanıt vermeme imkân tanımadan kapıya doğru yürümeye başladığında kararsız bir şekilde onu takip ettim. Onunla karşılaşmasam o kapıdan içeriye girecek cesareti bulamazdım.

"Başın sağ olsun," diye mırıldandım güçlükle. Emir'le şu zamana dek hiç muhabbetim olmamıştı, bunda Bora'yla aralarının bozuk olmasının katkısı büyüktü.

"Dostlar sağ olsun," dedi Emir iç çekerek. "Zaman insana en ağır acıları bile kabullendiriyormuş."

"Anlayabiliyorum." Diyecek başka bir şey bulamadığım için sustum, zaten bu tür konularda iyi değildim.

Emir'le birlikte önce bahçe kapısından, ardından evin kapısından içeri adım attığımızda içimde bir huzursuzluk filizlendi. Nitekim Bora'dan önce babasıyla karşılaşacak olmaktan çok korkuyordum.

"Rahat ol." Emir gerildiğimi fark etmiş gibiydi. "Pek fazla kimse yok."

Oldukça geniş bir holden büyük salona doğru adımlarımızı atarken çalışanlar ya eli boş bir şekilde salondan çıkıyor ya da eli dolu bir şekilde salona giriyorlardı. Hepsi bugünün matemine uygun şekilde siyaha bürünmüştü.

Salon kapısından girmek üzereyken Bora'nın içeriden çıkması beklemediğim bir şeydi. Yine de rahatladım, hiç değilse ondan önce babasıyla karşılaşmamıştım. Göz göze geldiğimiz an Bora durdu ve kaşlarını çatarak önce bana, ardından Emir'e baktı. Şaşırmıştı çünkü beni görmeyi beklemiyordu, özellikle Emir'in yanında.

Bora'nın bir şey söylemesine fırsat vermeden "Bakma öyle," dedi Emir ters ters. "Hava almaya çıktığımda karşılaştık Hande'yle. Baş sağlığı dilemek için gelmiş."

Emir'i onaylar gibi kafamı salladım, yine de Bora gördüğü manzaradan hoşnut değilmiş gibi kaşlarını çatarak Emir'e bakmaya devam etti. Emir başka bir şey söylemeden yanımızdan uzaklaştı ve salona girip gözden kayboldu. Bense olduğum yerde kalakaldım.

"İstemiyorsan gidebilirim," dedim sessizce. Buraya geliş amacım sadece Bora'yı görmekti ve o da karşımda duruyordu. Geride kalanları görmesem de olurdu. "Sadece baş sağlığı dilemek istedim ama sanırım bu iyi bir fikir değil..."

"Sadece şaşırdım," diyerek sözümü kesti Bora. "Seni birden öyle karşımda görünce üstelik Emir'le."

"Ne yapmam gerektiğini bilemedim. Gelmem mi gerekiyordu yoksa bir telefon etmem mi..." Derin bir nefes aldım, neden elim ayağım dolaşmıştı ki birbirine? "Başın sağ olsun."

"Açıklama yapma." Bora'nın yüzündeki ciddiyet ve şaşkınlık dağılırken hafif bir tebessüm etti. "İyi ki geldin."

"Senin için," diyebildim.

Bir müddet öylece birbirimize baktık. Aradan geçen bir ay zamandan sonra bu şekilde karşı karşıya geleceğimizi tahmin edemezdik. Tuhaftı. Ne birbirimizden kopabilmiştik ne de hâlâ devam eden bir birlikteliğin içindeydik.

Hem aradan yıllar geçmiş gibiydi hem de onu gördüğüm gün daha dün gibiydi.

"Artık gitsem mi?" diye sordum. "Seni görmek bana yetti de arttı."

Bora'nın yüzündeki tebessüm soldu. Sanki aksini söylemişim gibi aramızdaki mesafeyi kapattı ve elini sırtıma koyarak beni salona sürükledi. "Halama baş sağlığı dilemeden mi?" Olmaz der gibi kaldırdı kaşlarını.

Birdenbire tedirginleştim, zira kapıdan içeriye girdiğimiz an tüm gözler üzerimize çevrildi. İmalı bakışlar, şaşkın bakışlar, boş bakışlar ve öfkeli bakışlar...

Haldun Şahsuvar beni gördüğünde şeytan görmüş gibi suratını astı, dikkatli gözlerin üzerinde olmasına aldırmaksızın kaşlarını çatarak baktı. Bora beni halasına doğru sürüklediğinde bakışlarımı babasından zorlukla ayırdım. Emir'in sözlerinin aksine büyük salon ağzına kadar doluydu. Eş dost, herkes buradaydı. Tekin ve Serdar da burada olmalıydı.

"Hala?"

Hale Hanım yüzünü bize döndüğünde karşımda duran kadının o olduğuna inanamadım. Onu son gördüğümden bu yana epey kilo vermişti, zaten zayıf bir kadınken şimdi hepten kemikleri sayılıyordu. Enver Bey'in beklenmedik ölümü, onu derinden sarsmışa benziyordu.

"Hande seni görmek istedi." Bora sırtımdaki elini çekmeden konuştu. Bunu babasına inat olsun diye mi yapıyordu?

Bakışlarım Haldun Bey'in olduğu tarafa kaymak için dirense de tedirgin bir şekilde Hale Hanım'a bakıyordum. Burada olmamdan o da hoşnut olmayabilirdi belki fakat buruk da olsa gülümsedi.

"Hoş geldin Handeciğim."

"Başınız sağ olsun," diyerek o bilindik cümleyi kurdum.
Hale Hanım hüzünle iç çekti. "Dostlar sağ olsun."

O an Hale Hanım'ın hemen yanında duran genç bir kızın ve koluna girdiği kırklı yaşlarının sonundaki kadının bakışları üzerime çevrildi. Daha önce hiç yüz yüze görmemiş olsam da kim olduklarını biliyordum. O kız Ceyda'ydı, yanındaki ise annesi Nevin Hanım. Onlar da beni tanımış olmalılar ki dikkatle bana bakıyorlardı.

"Sizin de başınız sağ olsun," dedim düz bir sesle. Sanırım dikkatleri üzerime çekmemin esas nedeni burada olmamdan ziyade Bora'nın bana gösterdiği yakınlıktı. İnsanlar aramızdaki bağın çoktan koptuğunu sanıyordu, Bora ise bunun bir safsata olduğunu ispatlamak ister gibi elini üzerimden çekmiyordu.

"Sağ ol." Ceyda kısa bir cevap verip başını annesinin omzuna gömdüğünde Nevin Hanım zoraki bir şekilde kafasını salladı.

"Dostlar sağ olsun."

Ceyda babasının genlerini taşıyordu. Tıpkı bu ailedekiler gibi koyu siyah saçlara, buğday bir ten rengine ve çarpıcı yeşil gözlere sahipti. Emir'in annesine benzediği konusunda haklı çıkmıştım. Nevin Hanım tıpkı Emir gibi esmer ve kahverengi gözlüydü.

Ceyda, Emir'in metanetli duruşunun aksine fazlasıyla dağılmış görünüyordu. Saatlerdir ağladığı şişmiş gözlerine bakıldığında su götürmez bir gerçekti.

"Gelmene çok sevindim." Hale Hanım elini omzuma bırakıp sıvazladı. Kızarmış gözlerini üzerimde gezdirirken "Nasılsın?" diye sordu. Bana karşı her zaman sevecen ve sıcakkanlı olmuştu. "Her şey yolunda mı?"

Sorularına bir yanıt vermemi beklemeden bakışlarını Bora'ya çevirdi, sonra tekrar bana bakıp gülümsedi. "Sizi tekrar bir arada gördüğüme daha çok sevindim."

Bora'yla göz göze geldik, saf bir tebessümle bana bakıyordu. "Her şey yoluna girecek," dedi güven hissettiren bir sesle. "Şu sıra karmaşık bir dönemden geçiyoruz, hepsi bu."

"Kendinizi çok üzmeyin," dedim Hale Hanım'a. Konuyu dağıtmak istiyordum. "Ölüm hayatımızın kaçınılmaz gerçeği."

Ceyda'nın bana bakıyor olduğunu hissettiğimde göz ucuyla ona baktım. Yanılmamıştım, gözleri üzerimdeydi ve ona baktığımda bile bakışlarını üzerimden çekmedi.

Hale Hanım, "Abim benim kaybettiğim babam gibiydi," dediğinde bakışlarımı Ceyda'dan kaçırdım. Emir de Ceyda da sanki biraz tuhaflardı. "Aradan ne kadar zaman geçerse geçsin, yokluğunu kolay kolay sindiremeyeceğim."

Yanımıza hangi ara geldiğini fark edemediğim Emir, Bora'nın kulağına bir şeyler fısıldadığında Bora kafasını salladı. Bakışlarını üstüme çevirdiğinde "Ben birazdan geleceğim," dedi, elini sırtımdan çekti ve yanımdan uzaklaştı. Bakışlarımla gidişini izlerken Haldun Bey'le göz göze gelmemek için yoğun bir çaba sarf ederek Hale Hanım'a döndüm.

Yaşadıklarımdan, en son onun evine geldiğim gün abisi tarafından kaçırıldığımdan bihaber olsa gerekti. Herkes o yalana inanmıştı, Bora içeriye girdikten sonra Londra'ya gittiğime... Bu yüzden herkes bana tuhaf bir biçimde bakıyor ve neden burada olduğumu sorguluyordu.

"Biraz fazla tedirginsin." Hale Hanım kolumdan tutup beni bir kenara çekti, söyleyeceklerini Ceyda ya da annesi duymayacak şekilde aramıza mesafe katmıştı. "Abimin neler yaptığını biliyorum," dedi derin bir suçluluk duygusu içinde kıvranırken. Sanki az önce aklımdan neler geçtiğini okumuş gibi ansızın bu konudan bahsetmesi tüylerimi ürpertmişti. "Bora bana her şeyi anlattı."

Ne diyeceğimi bilemez hâlde solgun yüzüne bakakaldım, ellerim buz kesti.

"Kendimi çok suçladım Hande..." Bakışlarım tekrar Ceyda ve Nevin Hanım'a takıldı. Yanlarına taziye dileklerini iletmek için gelen kadınla konuşuyor gibi görünseler de esas dikkatleri üzerimizdeydi. "O gün seni evime götürdüğüm gibi tekrar kendi ellerimle evine bırakmalıydım, bir başına çıkıp gitmene izin vermemeliydim."

Olanla ölene çare yoktu. O güne dair en büyük pişmanlığım, Bora'yı görmek için avukatı olacak kanı bozuktan yardım istemem olmuştu. Sahi, Bora bu detayı biliyor muydu?

"Olan oldu," desem de Hale Hanım kendini suçlamaya devam etti. "Benim hatamdı, çok üzgünüm. Bora bunları bana anlattığında kahroldum."

Hale Hanım'ın kendini suçlu hissetmesi hiçbir şeyi değiştirmeyecekti. Haldun Bey beni ortadan kaldırmayı kafasına koymuşsa bunu başka bir gün, başka bir şekilde de hâllederdi. "Lütfen," dedim hüzne boğulurken. "Ben o günleri unutmaya çalışıyorum."

Ne afili bir yalandı ama... Ölsem bile unutamazdım o zamanları.

Hale Hanım, "Ben yanınızdayım," diyerek kollarımı sıvazladı. "Abimin size bunları yaşatmaya hakkı yoktu."

Ortada biz diye bir şey kalmış mıydı, bilmiyordum. Bora ve Hande... Artık isimlerimiz bile yabancıydı sanki birbirine.

"Bu saatten sonra bir şeylerin eskisi gibi olacağını sanmıyorum."

"Böyle söyleme Hande. Sana anlattıklarımı unuttun mu? Bora sana duyduğu hislerden hiçbir şey eksiltmemiş. Aksine... Onu çocukluğunun cehennemine yollayan sen olduğun hâlde bile senden vazgeçemeyecek kadar çok seviyor seni."

Boğazıma bir yumru oturdu, ne yutkunabildim ne de nefes alabildim. "Nasıl bu kadar emin konuşabiliyorsunuz?"

"Görüyorum çünkü..." Hale Hanım bana biraz daha yaklaştı, bir sır verir gibi sessizce fısıldadı sözlerini. "Bora bazı geceler bana geliyor, bende kalıyor. Abimin onu çocuk yaşta bir başına bıraktığı o evde boğulduğunu söylüyor. Bazen onu uyurken izliyorum, biliyorsun ben hiç anne olamadım ama Bora benim oğlum gibi. Ve bazı geceler, senin adını sayıklıyor."

Hiçbir şey söyleyemedim, sadece ağlayasım vardı fakat bunun ne yeri ne de zamanıydı. *Senin adını sayıklıyor,* demişti. Bora beni daha kaç kez bu aşkın karşısında çaresiz bırakacaktı?

"Senin de onu sevdiğini biliyorum Hande," dedi kalbime el basmış gibi. "Niye bu işkenceyi yapıyorsun ki kendine?"

"Çok fazla imkânsızlık var," diyebildim konuştuğumda. "Haldun Bey'in beni yeni bir tuzağa çekmeyeceğinden nasıl emin olacağım?" Bakışlarımı güçlükle yerden kaldırdım ve Haldun Bey'in olduğu tarafa baktım. Bora ve Emir oradaydı. Yanlarında İhsan Bey de vardı. Bir de daha önce hiç rastlamadığım, genç bir kadın.

Hale Hanım bakışlarımı takip ederek kafasını onlara çevirdi. "O zamanlar Bora içerideydi, sen ondan vazgeçmiştin ve abimin eline büyük bir koz geçmişti. Artık sana zarar veremez, Bora'yı kaybetmekten korkar çünkü. Buna cüret edemez."

Sessiz kalıp buruk gözlerle onları izledim. Haldun Bey bir şeyler anlatıyor, diğerleri büyük bir ciddiyetle dinliyordu. Benim ilgimi çekense İhsan Bey'in yanındaki genç kadındı. Makyajsız yüzüyle, dizlerinin altında biten siyah düz kesim elbisenin içinde bile göz alıcı görünüyordu.

"İhsan Bey'in kızı Nazlı," dedi Hale Hanım. Bakışlarımı kadının üzerinden çekip Hale Hanım'a diktim. "Yurtdışındaydı, yeni döndü. Bundan sonra holdingde olacak ve insan kaynaklarında çalışacak. Güzel, zeki ve alımlı... Sanırım abim onu Bora için düşünüyor."

Dikenli tellere toslamışım gibi irkilerek gözlerimi kırpıştırdım. "Nasıl?" diye sordum bozuntuya vermeden. "Böyle mi söyledi?"

"Hayır söylemedi ama ben anlarım," dedi zarif parmaklarını kütleterek. "Böyle bir şey olsun ister misin?"

Cevap vermek yerine tedirgin bir nefes aldığımda "Aklını başına al Hande," dedi Hale Hanım. "Bora'nın aklında da kalbinde de sen varken yerini koru, bu durumun tersine çevrilmesine izin verme."

Hale Hanım içime şüphe tohumları ekmişti. Tüm bunları sadece beni kışkırtmak için mi söylüyordu hiçbir fikrim yoktu. İstemeden de olsa bakışlarım bir kez daha oraya çevrildi.

Bora'nın Nazlı'ya bakıp bakmadığını anlamaya çalışıyordum ama buradan yüzünün yarısı bile zor görünüyordu.

"Sen yarın bana gelsene." Bakışlarımı güçlükle Hale Hanım'a çevirdim. "Uzun uzun konuşur, dertleşiriz. Aradan geçen zamanın değerlendirmesini yaparız. Takılırız kız kıza... Ne dersin?"

"Bilmem," diyerek dudaklarımı büktüm. Hale Hanım'ın evine bir kez gitmiştim ve bu felaketim olmuştu. "Bizim evde durumlar biraz karışık."

"Biz annenle konuşuyoruz ara ara. Merak etme, sorun çıkacağını sanmıyorum." İçtenlikle gülümsediğinde yanağında hafif bir çukur oluştu. "Hem belki Bora da gelir, hatta senin geleceğini söylersem kesinlikle gelir."

"Söz vermeyeyim, bunu yarın konuşuruz."

"Tamam. Gel şöyle, dikkat çekmeyelim." Hale Hanım kolumdan tutup beni yeniden Ceyda ve annesinin yanına çekti. Bir müddet boyunca ortada konuşulanlara odaklanamadım. Haldun Bey'in gerçekten böyle bir düşüncesi olabilir miydi? Peki, bundan Bora'ya hiç bahsetmiş miydi? Eğer bahsettiyse Bora buna nasıl bir tepki vermişti? Aklım karman çorman olmuş, bana dünyayı dar eden o baş edilemez kıskançlığım ortaya çıkmıştı yine.

"Anne, midem bulanıyor." Ceyda'nın sesi düşüncelerimi dağıttığında kafamı yerden kaldırıp ona baktım. Elini ağzına kapattığında Nevin Hanım kızının yüzüne endişeyle baktı. "Tatlım, iyi misin?"

"Hayır," diyerek kafasını salladı Ceyda. Birden teni sararmıştı. "Galiba kusacağım."

"Lavaboya gidelim hemen." Hale Hanım Ceyda'ya doğru bir adım atmıştı ki Nevin Hanım onu durdurdu. "Ben götürürüm kızımı." Nevin Hanım'ın Enver Bey'in ailesiyle bir bağı kalmamış olsa da bu tavrı nezaketten epey uzaktı.

Bir zamanlar yengesi olan kadının, ona sert çıkışıyla olduğu yerde duraksayan Hale Hanım'a üzgün bir şekilde baktım. Nevin Hanım Enver Bey'le evliyken Hale Hanım'la aralarında ne yaşanmıştı bilmiyordum ama Hale Hanım böyle terslenmeyi hak etmeyecek kadar tatlı bir kadındı.

Ceyda annesinin yardımıyla yanımızdan geçerken bir anda dengesini yitirecek gibi olup koluma tutundu. Kolumu bırakıp uzaklaşmasını beklesem de umduğum olmadı, iyi görünmüyordu. Yardım etmekten başka bir çarem olmadığını anladığımda onlarla birlikte salondan çıktım. Nevin Hanım bulunduğumuz kattaki kapılardan birini aralayıp içeri girdi ve bizim de içeri girmemizin ardından kapıyı kapattı. Kapı kapanır kapanmaz Ceyda kolumdan çıktı ve odanın içindeki lavaboya kapanarak kusmaya başladı.

"Harap ediyor kendini." Nevin Hanım elini alnına yasladı. O da yorgun görünüyordu. "Babasıyla küs ayrıldığı için kendisini suçluyor."

Ceyda'nın babasına küs olduğunu daha önce de duymuştum. Neden bu kadar üzgün durduğunu şimdi anlıyordum. Fakat bu kadının ailevi meselelerinden neden bana bahsettiğini anlamamıştım.

"Onun için zor bir durum olmalı," dedim kafamı sallayarak. "Ben çıkayım, siz dinlenin. İzninizle."

Tam arkamı dönecektim ki, "En iyisini yapmıştın," diyerek durdurdu beni Nevin Hanım. "Bora'dan ayrılmakla, bu aileyle bağlarını koparmakla en iyisini yapmıştın."

"Anlamadım?" Kaşlarım istemsizce çatıldığında karşımdaki kadına dikkatle baktım.

"Bunların hiçbirinden hayır gelmez insana." Kollarını göğsünün altında birleştirirken bana tepeden bir bakış attı. Bu öğüt neyin nesiydi şimdi? "Sana kızım diyorum çünkü kızım yaşındasın. Her şeyi bitirmişken neden çıkıp geldin ki?"

"Neyden bahsediyorsunuz anlamıyorum," dedim aramızdaki mesafeyi koruyarak. İnsan ilk defa karşılaştığı birine neden böyle şeyler söylerdi ki? Bozuntuya vermemeye çalışıyordum ancak kafam allak bullak olmuştu.

"Haldun Şahsuvar şeytanın ta kendisidir," dediğinde kendinden oldukça emindi. "Oğlunun da ondan bir farkı yok. Sen sen ol, bitirmişken yeniden başlama."

Haldun Bey konusunda Nevin Hanım'la hemfikirdim fakat neye dayanarak Bora'yı da babası gibi olmakla suçladığını anlamıyordum. "Bora dışarıdan bakınca babası gibi görünüyor olabilir ama o farklı," diyerek savundum Bora'yı. "Babasına benzemiyor, bilip bilmeden konuşmayın."

Kadının çokbilmiş bir tavırla gülümsemesi sinirlerimi bozdu. "Emin ol çok şey biliyorum Handeciğim."

Derin bir nefes aldım. "Neyi biliyorsunuz Nevin Hanım?"

"Sana bildiklerimi açıklayamam," dedi kahverengi gözlerini kısarken. "Seni sadece uyarabilirim."

"Öyleyse sözlerinizi ciddiye almayacağım," dedim açıkça. "Bildiğinizi kendinize saklayın."

Ceyda lavabonun kapısını aralayıp içeriden çıktı, hâlâ çok kötü görünüyordu. Nevin Hanım tam cevap verecekken onu görünce sustu. "Daha iyi misin?" diye sordu kızına doğru yürürken. "Yiyecek bir şeyler hazırlatayım mı sana? Dünden beri hiçbir şey yemedin, hâlsiz düştün iyice."

"Hiçbir şey istemiyorum," dedi Ceyda. "Sadece biraz uzanmaya ihtiyacım var."

Annesinin koluna girmesiyle birlikte odanın içindeki yatağa doğru yürüdü. Nevin Hanım yatağın üzerindeki pikeyi aceleyle sıyırarak açtı ve Ceyda'nın uzanmasına yardımcı oldu. Elinin tersini kızının alnına dokundururken bana bakıyordu. "Neyse ki bugün ateşin yok."

Ceyda hâlsizce mırıldandı. "Su getirir misin anne?"

"Getiriyorum." Nevin Hanım gözlerini üzerimden ayırmadan hızlı adımlarla odadan çıktı. Bense hâlâ buradaydım, Ceyda'nın gözleri yarı kapalıydı, yatağın kenarında yüzü bana dönük bir şekilde yatıyordu ve bana bakıp bakmadığını bile anlayamıyordum.

"Tekrar başın sağ olsun," dedim kapıya doğru dönerken. "Dikkat et kendine."

"Senin baban yaşıyor mu?"

Elimi kapının kulpuna atmışken, bu sefer de Ceyda'nın sorusuyla duraksadım. "Evet," dedim, sesim sanki bundan suçluluk duymam gerekiyormuş gibi kısık çıktı. "Neden sordun ki?"

"Hiç." Ceyda'nın mırıltılı sesi birazdan uykuya geçeceğinin habercisiydi. "Baban sana ne yapmış olursa olsun," dedi güçlükle. "Eve gittiğinde ona sıkıca sarıl."

Hiçbir şey söylemeden ve Nevin Hanım'ın gelmesini beklemeden kapıyı araladım, odadan çıktım. O kadının söylediği hiçbir şey umurumda değildi, ben Bora'yı tanıyor ve kalbini biliyordum. İnsanlar onu tanımadığı için, görmek istedikleri gibi gördükleri için suçluyorlardı. Artık onun hakkında kötü bir hikâye dinlemek istemiyordum. Tekrar salona doğru yürüdüm, Bora'yı son kez görüp gideceğimi haber verecektim.

O sırada Bora'nın sesini arkamda duydum. "Hande?"

Dönüp ona baktığımda "Nereye kayboldun?" diye sordu. Merdivenlerin dibinde durmayı keserek ona doğru yürüdüğümde Bora da bana doğru adım attı. "Halam Ceyda'ya yardım ettiğini söyledi ama öyle hemen gelmeyince gittin sandım."

"Gitmedim ama gideceğim şimdi."

"Biraz daha kal," dedi karşımda durduğunda. "En azından diğer herkes gidinceye kadar. Seni evine bırakırım."

"Taziye evinde uzun süre kalınmaz."

Bora reddedercesine kafasını salladı. "Bu yabancılar için geçerli, sen yabancı değilsin."

"Baban beni görmekten pek hoşnut değil," dedim. *Ve ben de onu görmekten.* "Böyle bir günde kimseye can sıkıntısı olmak istemem, Bora."

"Kime can sıkıntısı olduğun umurumda değil." Bora birkaç adım daha yaklaştı ve aramızdaki mesafeyi kapatarak dirseklerime dokundu. "Bana can şenliği olduğun yetmez mi?"

"Yeter mi?"

"Yeter."

Derin bir nefes alırken gözlerimi kaçırdım. Bir zamanlar bakmaya korktuğum, bakmaktan nefret ettiğim gözleri şimdilerde içime işliyor, aklım başımdan alıyordu. Gitmem gerekiyordu, burada biraz daha kalmam kendime ihanet olurdu.

Babasının sana neler yaptığını unutma, diyordu gururum. Öte yandan kalbim giriyordu devreye. *Bırak o zaman, bırak da o adam kazansın. Oğlunun aklına başka bir kadın sokup istediğine ulaşsın.*

"Baban sana yeni birini bulma konusunda baya aceleci görünüyor." Aklımı kurcalayan şüpheyi pat diye söyleyivermiştim, Bora'nın bundan haberi olup olmadığını bile bilmeden üstelik. Kıskandığım zaman tam bir aptala dönüşüyor, asla mantıklı düşünemiyordum.

"Ne?" dedi Bora şaşkınca. "Bu nereden çıktı şimdi?"

"Bilmem," derken çocuk gibi omuz silktim.

"Hande, yüzüme bak." Bora birden ciddileşti. Bakışlarımız bütünleştiğinde "Neyden bahsettiğini anlamıyorum," diye mırıldandı. "Biri sana bir şey mi söyledi?"

"Birinin bana bir şey söylemesi mi gerekiyor?"

Bora kaşlarını kaldırdı. "Öyle mi olması gerekiyor?" Soruma soruyla karşılık veriyordu, benimle dalga mı geçiyordu şimdi? Yalan söylüyor yahut bilip de benden saklıyor olamazdı. Çünkü ne kastettiğimi anlamış gibi görünmüyordu. Belli ki bir şeyden haberi yoktu, üstelemeyecektim.

"Hayır, yani ben öyle hissettim."

"Ne hissettin?" diye sordu alaycı bir sesle.

"Kıskanıyorum seni," dedim birdenbire. Sesim öyle yüksek çıkmıştı ki bir an tereddütle etrafıma bakındım. "Oldu mu?"

Bora ağzı açık ayran budalası gibi gülümsemeye başladı. "Bir saniye, bir saniye... Kimden kıskanıyorsun ki?"

"Yanında gördüğüm tüm kadınlardan." Aynı zamanda kıskandığım zaman epey cesur bir kıza dönüşüyordum.

"Sen Nazlı'dan mı bahsediyorsun?" Bora sessizce gülmeye başladığında yeşil gözleri kısıldı, kirpikleri birer perde gibi örttü bakışlarını. Bense öfkeden dudaklarımı dişleyip gözlerimi büyüttüm.

"O da kim?" diye sordum bilmezden gelerek.

Bora birden kulağıma eğildi ve sessizce konuştu. "Yanımda gördüğün, görüp de kıskandığın kız işte."

Hızlıca geriye çekildim. "Sanki böyle çok samimi olduğun birinden bahseder gibi niye Nazlı falan diyorsun ki şimdi?"

"Bırak şimdi onu bunu." Bora endişemi kale bile almadı. "Ben tam bir aydır nefes alamıyorum." Parmaklarını boğazına götürdü ve sakallarının bittiği noktaya bastırdı. "Sensizlikten."

Sus, biri duyacak." Bakışlarımı etrafta gezdirdim, holde bizden başka kimse yoktu.

"Duyan duysun, umurumda değil. Ben bir aydır seninle uyuyup seninle kalkarken, sen karşıma geçmiş başkalarından söz ediyorsun."

Kızgın değildi ama kırgın bir şekilde dile getiriyordu hislerini. Pekâlâ, babası ne düşünürse düşünsün, Bora'nın İhsan Bey'in kızıyla bir alakası olmadığına emin olmuştum.

"Amcan öldü Bora," diye uyardım onu. "Taziye evinde bunları konuşmamız doğru değil."

"Amcam öleli üç hafta oluyor," dediğinde sesine hüzün çöktü. "Önce herkes üzüldü ama bak etrafına, şimdi kaldıkları yerden devam ediyorlar. Hatta böyle bir günde bile iş konuşuyorlar." Bu durumdan yakınır gibi kafasını iki yana salladı. "Boşuna demiyorlar ölenle ölünmez diye."

Bora'nın son cümlesi, Yiğit'i kaçınılmaz bir şekilde düşüncelerime zerk etti. Ölenle ölünmez... *Ama kalanlarla da yaşanmıyor,* demişti acı içinde. Şimdi nasıldı, nerede ve ne yapıyordu? Kalbindeki boşluk biraz olsun dolmuş muydu? Yoksa dünya onun için hâlâ dönmüyor muydu?

Bakışlarım kapının girişindeki büyük aynanın tepesine konulmuş saate takıldı. "Artık gitsem iyi olacak," dedim, neredeyse akşam olmuştu. "Babam eve gelmek üzeredir."

Bora ısrarcı olmadı, elimden tuttu ve birlikte evden çıktık. Kapıyı kapattığında evin önünde bizden başka kimse yoktu. Şimdi ona sarılsam ve özlediğim kokusunu içime çeksem ne olurdu? Bora, onu son gördüğüm hâlinden daha iyi görünüyordu. İçeriden çıktığı günlere nazaran çehresindeki solgunluk kaybolmuş, zayıflıktan belirginleşen yüz hatları normale dönmüştü.

"Sen varken zaman nasıl da hızlı."

Elini yüzüme doğru kaldırıp yanağıma dokunduğunda içim bir tuhaf oldu. Ne o geri çekti elinine de ben geri çekildim. Bir müddet sessizliğe sığındık, sözlerimiz yerine gözlerimizin konuştuğu şu saniyelerde aklımdaki olumsuz düşüncelerin tamamen dağıldığını hissettim. Oysa ben ne zaman ona baksam bir sızı hissederdim içimde, sonra ince bir öfke ve doludizgin yaşanmışlıklar dizilirdi gözlerimin önüne. Fark ettim ki kalbim kötü olan her şeyi geride bırakmaya dünden razıydı, yoksa o gözlerime bu kadar uzun bakıyorken deliler gibi çarpmazdı.

"Yaşanıyor mu böyle?" diye sordu Bora. Her şeyi bitirmeyi göze aldığım için, ona göre uzun sayılabilecek bir zaman boyunca onu hiç görmediğim için veryansın ediyordu belki de.

Parmaklarımla yanağıma dokunduğu elini kavrarken "Böyle yaşanmıyor," dedim fısıltıyla. "Yavaş yavaş ölünüyor sadece."

Sonra birdenbire ona sığındım, kafamı göğsüne yaslarken derin bir iç çektim ve kollarımı bedenine sardım. Karşılığını almam uzun sürmedi, Bora bana sıkıca sarılırken parmaklarını saçlarımın arasında gezdirdi.

"Aklımı kaçıracak kadar çok özledim seni." Dudaklarını saçlarımın üstüne bastırdı, uzun uzun öptü. "Eğer gelmeseydin bir gece kapına dayanmam an meselesiydi." Sanki huzurlu bir uykunun kollarındaymışım gibi gözlerimi yavaşça kapatırken "Delirmişsin," diye mırıldandım.

Ki ben çoktan delirdim.

Gülümsediğini işittim. "Ne zaman aklım başımdaydı ki?"

Kapı birden aralandığında Bora'dan hızlıca ayrıldım ve kime yakalanmış olduğumuza baktım. Serdar bizi görmeyi beklemiyormuş gibi tuhaf bakıyordu. "Bölmek istemezdim ama," dedi gülerek. "Ben de seni arıyordum Bora." Sonra evin içini işaret etti. "Baban seni çağırıyor. Hem biz de gidiyoruz Tekin'le."

Bora hafifçe omzuma dokundu. "Ben bir bakıp geleyim."

"Gelme. Taksiyle de gidebilirim."

Bora eve girerken "Hayır," dedi itirazı reddeden bir sesle. "Ben bırakırım seni."

"Ben de bırakabilirim." Serdar da araya girdiğinde Bora arkasını dönmeden bize doğru elini salladı. "Bu konu kapanmıştır!"

Bora'nın ardından Serdar'la beraber kapının önünde kaldık. Serdar'ın ne yüzüne bakmış ne de tek kelime etmiştim. Aslında Serdar'la hiçbir problemim yoktu, bilakis onu severdim fakat Tekin'le bir olup Bora'nın evinde hakkımda söyledikleri aklımdan çıkmıyordu. Bana demediklerini bırakmamışlardı, bir bakıma haklılardı çünkü onlar da o yalana inanmışlardı. Fakat el birliğiyle beni suçlarlarken Bora'nın sütten çıkma ak kaşık olmadığını da unutmuşlardı.

"Hande..." Serdar'ın hissettiği suçluluk sesine yansımıştı. "Bora bize gerçeği anlattı. Tekin de ben de çok üzgünüz."

Bora, sevdiklerinin gözünde beni aklayabilmek uğruna, babasının nasıl bir pislik olduğunu mu anlatmıştı herkese? Ya da bunu işin içine babasını katmadan mı hâlletmişti bilmiyordum. "Neden üzgünsünüz?" diye sordum anlamaza vurarak. O gün duyduklarımı duymamış gibi davranacaktım. İnsanların bende yara açtıklarını düşünme fırsatını onlara vermemek içinsürekli salağa yatmak gibi garip bir huyum vardı.

"Yapma Hande. O gün olanlar... Yani Bora içeriden yeni çıktığında ve sen o evdeyken..." Sıkıntılı bir nefes alırken saçlarını karıştırdı. Utancından düşüncelerini izah edemiyordu. "Konuştuklarımız mutlaka gitmiştir kulağına. Yaptığımız yanlıştı ve senden içtenlikle özür diliyorum."

Kafamı yavaşça sallarken "Ben hiçbir şey duymadım Serdar," dedim umursamazca. "O nedenle bu özrün hiçbir hükmü yok."

Serdar'ı beklemeden yürümeye başladığımda arkamdan takip etti. "Beni zamanla affedeceğini biliyorum." Sesi içtendi. "Biz seninle iyi anlaşırdık Hande, keşke tüm bunlar olmasaydı."

Yine sessizliğe sığındım. Yavaş adımlarla dış kapıya yürümeye devam ederken bakışlarım bahçe tarafına takıldı. Emir oradaydı, tek başına telefonla konuşuyor, aynı zamanda bize bakıyordu.

"Emir'i tanıyor musun?" diye sordum konuyu dağıtmak için.

Serdar arkasını dönüp gözümün takıldığı noktaya baktı. "Evet. Neden sordun?"

"Hiç," dedim şüphe çekmemek için. "Ben pek tanımam kendisini ama çok ciddi biri gibi duruyor. Merak ettim, her zaman böyle midir?"

"Aslında ben de Emir'i çok tanımam ama göründüğü kadar ciddi değildir," dedi Serdar. "Tekin iyi tanır. Bora, Tekin ve Emir üçlüsü aynı lisede okudular." Kaşlarımı şaşkınca diktim havaya. Bunu bilmiyordum, Bora daha önce hiç bahsetmemişti. "O zamanlar çok iyi arkadaş olduklarını biliyorum sadece."

"Çok iyi arkadaşlar mı?" Kafam biraz karışmıştı. "Şimdi değiller mi?"

"Tekin'le Emir hâlâ arkadaş ama Bora ve Emir arasında geçmiş gitmiş bir meselenin dargınlığı söz konusu."

"Sebep?"

Serdar gözlerini kaçırdı, bilmemem gereken bir konu hakkında mı soru soruyordum? "Tam olarak bilmiyorum, sanırım ailesel mevzular," dedi geçiştirir gibi. "Bora da bize çok anlatmadı."

Buna elbette inanmamıştım ama inanmış gibi yapacaktım. "Ayrıca şu sıralar babasının ölümü Emir'i durgunlaştırdı, hak vermek lazım. Gülecek hâli yok."

Dış kapıya kadar varıp dışarı çıkmadan bir müddet kapının önünde oyalandık, Serdar yine her zamanki Serdar'dı. Konuyu bir şekilde Yaren'e getirmiş ve düğün hazırlıklarından bahsetmeye başlamıştı. O kızdan bahsederken gözlerinin içi gülüyordu, öyle saf ve öyle âşıktı ki gözlerine inen perde Yaren'in gerçek yüzünü görmesini engelliyordu.

Düğünlerine sadece bir buçuk ay kalmıştı. Her ne kadar içten içe ayrılmalarını istesem de bu pek mümkün görünmüyordu. Yaren Serdar'ı bir şekilde kafeslemişti. Tek temennim bundan sonra bir yanlış yapmamasıydı lakin huylu huyundan vazgeçer miydi?

Hiç sanmıyordum.

Bora, içeriden Tekin'le beraber çıktığında ayaküstü vedalaştık ve evin sınırlarından ayrıldık. Tekin konuşurken yüzüme bakamamıştı. Ya o da Serdar gibi pişmandı ya da tüm bu olanlar umurunda değildi.

Arabaya binip evin bulunduğu sokaktan uzaklaşana dek sessizliğimi korudum. İlk olarak Bora'nın konuşmasını bekliyordum ama onun ağzını bıçak açmıyordu. Babası onu yanına çağırdığında ne söylemişti? Bir an önce benden kurtulması ve bir daha etraflarında dolaşmamam gerektiğini mi?

Öyle olmuş olmalıydı çünkü Bora yanıma geldiğinden beri huzursuzdu.

Sonunda dayanamadım ve "Babanı çok çabuk affetmişsin," dedim iğneleyici bir sesle.

O malum geceden sonra, Haldun Şahsuvar'ı ilk kez bugün görüyordum. Üzerimden ayıramadığı öfke ve kin dolu bakışlarına bakılırsa benden hâlâ nefret ediyordu. Sebebi malumdu, mahkemede Bora'nın aleyhine şahitlik ettiğim günden beri beni oğlunun yanında görmek istemiyordu. Bora'yla aralarındaki husumeti çözebilmişlerdi bilmiyordum, ortaya sadece düşüncemi atmıştım ve Bora'nın vereceği cevabı merak ediyordum.

"Bu kanıya nereden vardın?" Bora, gözlerini yoldan ayırdı ve yüzüme ciddiyetle baktı. Kendimden emin olarak konuşmam hoşuna gitmemiş gibiydi.

"Öyle görünüyor," dedim kısaca. Amcasının ölümü nedeniyle babasıyla bir arada olmaları gayet normaldi, ben sadece işin aslını öğrenmek istiyordum. Babasını gerçekten affetmiş miydi?

"Sadece düşünceni dile getiriyorsun ama bundan emin gibi konuşuyorsun." Kırmızı ışıkta durduğunda bakışlarını tamamen üzerime çevirdi. "Onu affetmem mümkün değil, affedemem," dedi, gözlerinde o gün şahit olduğum aynı acıyla bakıyordu bana. Babasının karşısında, çaresizce, beni *sen mah-*

vettin deyişi kulaklarımdan silinmiyordu. "Ama onu silemem, hayatımdan çıkaramam. Sırtımdaki bir kambur gibi ömrümün sonuna dek onu taşımak zorundayım çünkü o benim babam."

Benden anlayış dilenir gibi gözlerime uzun uzun baktığı saniyelerin sonunda yeşil ışık yandı ve Bora bakışlarını yola çevirdi. "Haklısın," diye mırıldandım. "İnsan babasını seçemez, ne olursa olsun ondan vazgeçemez."

"Seçebilseydim eğer," dediğinde bir müddet sustu. "Onun oğlu olmayı istemezdim..."

Sözleri beni viraneye çevirdi, yutkunamadım. Bencillik mi ediyordum? Sadece kendimi düşünerek Bora'nın babasını elinden almaya mı çalışıyordum? Fazlasıyla kötü şeyler yaşanmıştı, belki sıradan bir insan tüm bunları kaldıramazdı lakin biz başımıza gelenleri sonuna dek hak etmiştik. Bora benim gözümde suçluydu ve ben onu adalete teslim etmiştim, Haldun Bey'in gözünde de ben suçluydum çünkü oğlunu bir kez daha cehenneme hapsetmiştim. Zamana bırakmalıydım belki de. Yaşadıklarımın bende açtığı yara öyle derindi ki kendi acıma yenik düşmekten mantıklı düşünemiyordum.

Bora birden sağ sinyalini verip direksiyonu sağa kırdı ve trafiğin arasından çabucak sıyrılıp arabayı kenarda durdurdu.

"Ne oldu?"

Emniyet kemerini çıkarırken bedenini tamamen bana döndürdü ve gözlerime ciddiyetle baktı. "Şimdi seni evine bırakacak, sonra da bir daha göremeyecek miyim ben?"

Bu gerçek kafasına henüz dank etmiş gibiydi.

"Bilmiyorum," diyerek kafamı salladım. Babam taziye evine gittiğimi bilmiyordu, öğrenirse nasıl bir tepkiyle karşılaşacağımı da ben bilmiyordum. "Babam..."

"Babanın gönlü olmaz güzelim," dedi Bora alayla. "Geç artık bunları."

"Ne yapayım?" Sesimdeki veryansını gizleyemiyordum. "Geldiğimiz son nokta bu işte, benden ne bekliyorsun ki?"

"Benimle evlenmeni." Bora, her ne kadar alaycı görünse de oldukça ciddiydi. "Benden zaman istedin, ben de sana zaman verdim. Düşünmek istemiyorum dedin, ben de sana düşünme fırsatı dedim. Sırf seni görmek istemiyorum dedin diye..." Ansızın sustu, sustu ve bakışlarını yere eğdi. "Evinin kapısından kaç kez döndüğümü sayamadım."

"Bora..."

"Kötü bir şey söyleyeceksen, hiç söyleme."

"Ne söylememi istiyorsun?"

Kafasını yana eğerken yaramaz bir çocuk gibi gülümsedi. "Eve gitmek istemiyorum de, beni uzaklara götür de, yanında kalmak istiyorum de."

Yüzümdeki ciddiyet bir anda dağıldı ve ben histerik bir şekilde gülmeye başladım. Bora için tüm bunlar ne kadar da kolaydı... Kendisi bir tek babasıyla bile baş edemezken benden annemi, babamı ve abimi geride bırakmamı istiyordu. Kahkahalarla gülmem hoşuna gitmemişti, siyah ve gür kaşları yavaşça çatıldı.

"Ciddiyim," dedi sert bir sesle.

"Görebiliyorum." Fakat gülmemi durduramıyordum.

"Gülme."

"Neden?" diye sordum, sinirlerim fazlasıyla bozulmuştu, öyle ki güleceğim diye gözümden yaş geliyordu. "Sen değil misin her zaman gül diyen, asık suratımdan şikâyet eden?"

"Tamam ama şu an ciddi bir konuyu konuşuyoruz," dedi Bora, oysa az önce kendisi alay ediyordu. Gülmemi tamamen kesip ona ciddiyetle baktım. "Eğer sen ailenin gönlü olsun diye beklersen ben seni bir daha göremem." Babasının babam üzerinde kurduğu baskıyı biliyor fakat dile getiremiyordu. "Eğer seni biraz daha göremezsem bu sefer ciddi ciddi deliririm."

"Ne yaparsın mesela?" diye sordum, hâlâ tam olarak ciddi değildim.

"Seni kaçırabilirim." Bora hâlâ ciddiydi, dalga geçmiyordu. "Yaparım, biliyorsun değil mi? Böyle olmasını ister misin?"

Bir cevap veremeyip yüzüne alık alık baktım. Yapamazsın diyemedim çünkü Bora blöf yapmazdı. Aksini iddia edersem de mutlaka yapardı. "Yaparsın, asla şüphe yok," dedim bakışlarımı yola dikerek. "Ama şimdi babam gelmeden beni evime götür, bunu sonra konuşalım."

Bora gözlerini tavana dikerek bıkkın bir nefes aldı. "Ben diyorum Ankara, sen diyorsun götüm kara."

"Ne?" dedim gözlerimi belerterek. Bora az önce ne söylemişti öyle? "Ne dedin sen?"

"Demedim bir şey," dedi Bora kızgınca. Bal gibi de demişti işte. Bana mı sinirlenmişti o? Arabayı çalıştırıp sol sinyalini verdikten sonra gaza basıp trafiğe karıştırdı. "Evine gidiyoruz baş belası, oldu mu?"

Dudaklarım hayretle aralandı. "Şimdi de baş belası mı oldum?"

"Aslında, her zaman öyleydin."

"Buna ne derler biliyor musun? Kedi uzanamadığı ciğere murdar dermiş."

Eve varana dek atışıp durmuş ve gülmüştük. Ama araba evimin bulunduğu sokağa saptığında bana bir tedirginlik, Bora'ya ise hüzün çöktü. Bizim uzun bir zamana ihtiyacımız vardı. Bora'yı daha iyi tanıyabilmem için, suların biraz daha durulması için ve tehlikenin tamamen bitmesi için... Ne vardı ki Bora beklemekten nefret ediyordu.

Bora arabayı evin biraz gerisinde durdurduğunda oyalanmadan indim, ufak bir ihtimal de olsa evden birinin bizi görmesini istemiyordum. Bora bu korkak tavrımı küçümseyen gözlerle izliyordu. Kapıyı kapatmadan önce eğilip son kez yüzüne baktım. "Hadi git."

"Geceleri çok derin uyuma," dedi, şakayla karışık bir ciddiyetle. "Çünkü bir gece ansızın gelebilirim."

Yüzümde oluşan tebessümü görmemesi için hızla arkamı döndüm ve doğruca eve yürüdüm. Gökyüzü neredeyse kararmıştı fakat görünürde evde yanan ışık bir ışık yoktu. Bu da içeride kimsenin olmadığı anlamına geliyordu. Cenk'in evde olmasını beklemiyordum ama babam bu saatte evde olurdu. Peki ya annem nereye gitmişti?

Tedirgince kapının önünde durdum ve çantamdan çıkardığım anahtarımla kapıyı açıp içeri girdim. Ayakkabılarımı çıkarıp bir kenara bıraktıktan sonra anahtarlığı sallayarak odama doğru yürüyordum ki salon kapısının önünde durak-sadım. Babam içerideydi, karanlıkta bir başına oturuyordu. Yüzü asık, kaşları çatıktı.

"Baba?" dedim şaşkınca. Ve aynı zamanda korkuyla. Bora'nın arabasından indiğimi görmüş olabilir miydi? "Senin bu saatte işten yeni çıkmış olman gerekmiyor muydu?"

"Evet." Babam soğuk bir sesle, geçiştirici bir yanıt verdi. Donuk bakan gözleri üzerimdeydi fakat bakışları ifadesizdi.

"İyi misin sen?"

"İyiyim."

İyi değildi ve bu apaçık ortadaydı. Tedirginliğimi belli etmemeye çalışarak koridora göz gezdirdim ve annemin evde olup olmadığını yokladım. Yoktu. Olsaydı şayet ev asla bu kadar sessiz olmazdı. "Annem nerede?"

"Bilmiyorum." Babam oturduğu koltukta öne doğru kaydı, dirseklerini dizlerinin üzerine yaslarken kafasını eğerek konuştu. "Gitmiştir yine bir yerlere."

Babamın üstümden ayrılmayan dikkatli bakışları beni huzursuz etmişti. "Üstümü değiştirip geleyim, sana yiyecek bir şeyler hazırlarım," dedim gülümseyerek. "Açsındır sen."

Babamın cevap vermesini beklemeden adım atmıştım ki içime korku düşüren sesiyle olduğum yere çivilendim. "Yanıma gel."

Salon kapısının önünde durdum, babama şüpheyle bakarken "Ters bir durum mu var, baba?" diye sordum. "Tuhaf görünüyorsun."

Kesinlikle ters bir durum vardı ve ben ne olduğunu tahmin edebiliyordum. Haldun Şahsuvar beni orada görür görmez babamı aramış olmalıydı. Babam da bu yüzden bana kızgın olmalıydı.

Derin bir nefes alırken gevşettiği kravatını boynundan çıkarıp koltuğun üstüne savurdu. "Neden gittin?" dedi öfke kokan, katı bir sesle. Kalbim korkuyla çarparken babam ayağa kalktı. "Onunla hâlâ görüşüyorsun, tüm itirazlarıma rağmen."

Ellerim buz kesti. Yaptığım kötü bir şey değildi ama kahretsin ki karşımda babam olunca ağzım dilim bağlanıyordu. "Ben sadece başsağlığı dilemek için gittim baba," diyerek savundum kendimi. "Bu neden bu kadar sorun oluyor ki?"

Babam sözlerime hırçın bir tavırla güldü. "Haldun seni Bora'nın yanında görmek istemiyor!" diye bağırdı. "Senden nefret ediyor, istemiyor seni!"

Sözlerinin ardından bakışlarını yere düşürdü. Tahminlerim doğru çıkmıştı, Haldun Şahsuvar babamı tehdit ediyordu. "Ateşle oynama Hande," dedi babam kısık bir sesle. "Sonunda hepimizi yakacaksın."

Kalbime bir ağrı saplandı ve ben nefes alamadım. Neden her defasında böyle olmak zorundaydı?

"Bora'yı seviyorum," diye bağırdım birdenbire. İçimde birikenler dilimde çığlığa dönüşmüştü.

Bu sözleri bir kez olsun Bora'nın yüzüne söylememiştim lakin gerçek buydu, ben Bora'yı çok seviyordum. "Artık onsuz yapamayacak kadar çok seviyorum hem de!"

Babamın gözlerinde büyüyen öfkeyi gördüm. "Ondan nefret etmiyor muydun?" diye sordu yüzüme vurarak. "Sırf sen istemeden evliliğinize onay verdim diye yüzüme bakmadığın günleri ne çabuk unuttun?"

"Unuttum çünkü unutmak istiyorum! Beni istemediğim bir evliliğe sürüklemeye çalıştığın günlere say, bu sefer de ben seni dinlemek istemiyorum!"

"Sen ne söylediğinin farkında mısın?" Babam sakinliğini tamamen yitirmişti, parmağını üzerime sallayarak, bağıra çağıra konuşuyordu. "Haldun Şahsuvar seni öldürsün mü istiyorsun? Bu defa beş aylık bir ev hapsiyle kurtulamazsın ve ben kızımın canını sokakta bulmadım!"

"Beni düşünüyormuş gibi yapma! Eğer beni düşünseydin, ne olursa olsun bu evliliğe en başında..." Bir anda sustum ve beynime balyoz inmiş gibi kulaklarımda ağır bir çınlama sesi işittim. Zihnim birkaç saniye geriye sardı ve az önce babamın sarf ettiği o sözleri tekrarladı.

Bu defa beş aylık bir ev hapsiyle kurtulamazsın.
Bu defa beş aylık bir ev hapsiyle kurtulamazsın.
Bu defa beş aylık bir ev hapsiyle kurtulamazsın...

Tavan tepeme çökmüşçesine sendeledim, düşmemek için kapıya güçlükle tutundum. Babam bu gerçeği nereden biliyordu?

"Sen..." Dilim uyuşmuş gibiydi. "Baba sen... Biliyor muydun?"

Kalbimdeki ağrı daha da şiddetlenmişti, sanki birazdan yığılıp kalacakmış gibi dermansız hissediyordum.

Babam cevap vermedi.

"Biliyordun," dedim boğuklaşan sesimle. Gözlerim sızlarken delirmiş gibi kafamı salladım. "Evet, biliyordun."

Babam yine cevap vermedi. Ellerini sıkıp yumruk hâline getirdi, kafasını yerden kaldıramadı.

"Bu yüzden geri döndüğümde annem kadar tepki vermedin, üzülmedin, abim kadar öfkelenmedin, delirmedin..." Titreyen sol elimi göğsüme bastırdım, orada bir ateş vardı. Belki gözle görülmez, elle tutulmazdı fakat babama duyduğum tüm sevgiyi yakıp yıkacaktı. "Biliyordun çünkü beni o adama sen, kendi ellerinle verdin."

Son sözlerim güçlükle döküldü dudaklarımdan, bir insanın kelimeleri bile tükenir miydi acıdan? Öyle tükenmiştim ki bağırıp çağıracak, hesap soracak ve başa kakacak gücüm yoktu.

Babam konuşmadı.

Bora hapse girdiğinde babamın ortadan kaybolduğu günleri anımsadım. Kendi suçları açığa çıkacak ve hapse gireceğim korkusuyla buralardan uzaklaşmıştı. "Hapse girmemen karşılığında beni mi sattın sen?" Öyle dümdüz ve öyle sessizdi ki sözlerim... "Bunu gerçekten yaptın mı?"

"Sana bir zarar vermeyeceğini bildiğim için," dedi babam. "Sana..." Devamını getiremedi. Ellerini yüzüne kapattı ve bir çocuk gibi omuzları sarsılarak ağlamaya başladı. Kalktığı koltuğa yığılır gibi geri oturduğunda fark ettim dizlerinin titrediğini, ayakta bile duramadığını...

Kalbim daha kaç kez sökülecekti yerinden? Daha kaç kez, ölmeden mezara girecektim ben?

Babam karşımda ağlıyordu ve ben koca bir çaresizlik içinde sadece izliyordum.

Bir baba ağladığında, evladının çocuk kalbi sonsuza dek ölüyormuş.

"Ben acı çekmedim mi sanıyorsun?" Bu sözlerle mi haklı çıkaracaktı kendini? Susma sırası artık bendeydi. "Allah kahretsin ki aylardır geceleri uyumuyorum ben!"

Sen nasıl bir babasın diye sormak istedim, soramadım. Bunu bana nasıl reva gördün diyerek haykırmak istedim yüzüne, haykıramadım. Sadece sustum fakat son sözlerim, son nefesim olsa dahi bunu ona söylemek zorundaydım.

"Bundan sonra ben senin kızın değilim," dedim arkamı dönerken. Babam sustu, nefes almayı bile kesti. "Omuzlarındaki yükten, sırtındaki kamburdan, kalbindeki ağrıdan azat ediyorum seni."

Gözyaşlarım peş peşe yanaklarıma düşerken sancılı adımlarla yürüdüm kapıya. "Artık geceleri uyuyabilirsin, baba."

Evden dışarı çıktığım an, o kapıyı kendi ellerimle kendi yüzüme kapattığım an, içimdeki sahipsizlik hissi hastalık gibi büyüdü. Babam içeride, ben dışarıda ağlıyordum. Ve artık beni duyamayacağını bildiğim için kendimi sıkmıyordum. Hıçkırıklarım nefesimi kesiyordu, bir daha dönüşü olmayan bir yola çıkıyordum ve babam bana dur bile diyemiyordu.

Kendi irademle, bir kez daha ardımda bırakıyordum evimi, yuvamı, baba ocağımı... Öyleyse niçin babam tarafından kapının önüne koyulmuş gibi çaresiz hissediyordum?

Çünkü baban senden çoktan vazgeçmiş, dedi benimle beraber ağlayan çocuk yanım. *Bizi çoktan silmiş, o adamın yaktığı ateşe seni kendi elleriyle sürüklemiş. Bunun diğerinden ne farkı var?*

İçim içimden çıkacakmış gibi ağlamayı sürdürürken kapının önünden ayrıldım, cebimdeki telefonu güçlükle çıkardım ve Bora'yı aradım. Bir elimle yüzümü yakan gözyaşlarımı silerken son kez bile arkama bakmadım, bakamadım. Evin önünden koşar adımlarla uzaklaşırken aklımda tek bir şey vardı. Bugün bu hâlde olmamın sorumlusu o adam değil, *babamdı.*

Yürüyebileceğim tek bir yol kalmıştı, sığınabileceğim tek bir liman... Geride bıraktığım her şey cehennem ateşlerinde yanmıştı.

Hattın diğer ucunda Bora'nın sesini duyduğumda bir an için konuşamadım, sadece hıçkırdım.

"Hande?" dedi Bora sorar gibi. "Ağlıyor musun?"

Ben eve gireli kaç dakika olmuştu, Bora ne kadar uzaklaşmıştı hiçbir fikrim yoktu.

Soluğumun kesilmesine aldırmadan "Hayır," diyebildim güçlükle. "Ben ölüyorum!"

Neden böyle söylediğimi de bilmiyordum. Söz konusu ben olduğumda, Bora soğukkanlılığını koruyamazdı. Telaşlanırdı. Şimdi de sesi titriyordu. "Neler oluyor? İyi misin? Neredesin?"

"Tehlikede değilim." Ben sakin değildim ama onun sakin kalması gerekiyordu. "Ama hiç iyi değilim, anlıyor musun? Evden çıktım, sokak boyunca yürüyorum. Kahretsin ki nereye gideceğimi bile bilmiyorum!"

Ağlarken konuşmaya çalışmak çok zordu, genzim cayır cayır yanıyor, sesim boğuk çıkıyordu.

"Tamam, sakin ol," dedi Bora. Sesi öyle gergindi ki bunu hissettiğim hâlde ağlamaya bir son veremedim. "Bir kaldırım kenarına otur ve beni bekle."

Zaten evden yeterince uzaklaşmıştım ve adım atacak gücüm kalmamıştı. Bora'nın sözlerinin ardından nefes nefese duraksadım ve dediğini yapıp kaldırımın kenarına çöktüm. Ellerim, dizlerim titriyordu. "Ağlama," dedi Bora kızar gibi. "Her ne olmuş olursa olsun ağlama. Sen ağladığında gökyüzü tepeme çöküyor benim, ağlama."

"Neler olduğunu bilmiyorsun," dedim boğuk bir sesle. "Bu sefer paramparçayım!"

"Ne olduğu umurumda değil." Derin bir nefes aldığını işittim. Sonra kornaya peş peşe basmış olduğunu... "Her şeyin üstesinden bir şekilde gelmedik mi?"

"Bu sefer başka." Telefonu kulağımdan çekmeden, kafamı eğip alnımı dizlerime yasladım. "Sen hiç babanı karşında bir çocuk gibi ağlarken gördün mü?"

Bora'nın bu soruya verebilecek bir cevabı olmadığını biliyordum. Onun babası ağlamazdı çünkü ağlatırdı.

"Az kaldı," diye mırıldandı. "Beş dakika içinde oradayım."

Bu sefer sessiz kalan bendim. Bora ise beni konuşturmaya çalışıyordu. "Kafanı kaldır, gökyüzüne bak. Bu akşam yıldızlar çok güzel."

Sözlerini umursamadım çünkü o yıldızları sevmezdi. O an aklımdan değil, kalbimden geçeni fütursuzca dillendirdim.

"Yakılmış bir gelinliği geri getiremezsin..." Başımı dizlerimin üstünden kaldırdım ve gözyaşlarımın puslandırdığı gözlerimle önümde uzayıp giden sokağa baktım. "Ama eğer bana beyaz bir elbise alırsan..."

Sokağı bulanık görüyordum. Tıpkı geri dönüşü olmayan bu sözlerle birlikte adım atacağım meçhul hayat kadar bulanık... "Seninle evlenirim."

VIII

SEVDA KUŞUN KANADINDA

Babam o akşam gençliğimin sırtına, çocukluğumunsa kalbine bir hançer sapladı.

Bana armağan ettiği o yara, asla iyileşmeyeceğini düşündüğüm yaralarımı bile gölgede bıraktı.

Yine nefes alamıyor, uyuyamıyordum. Bu sefer ağlayamıyor, sadece duvarları seyrediyordum. Yanı başımda beni iyi edebilmek için çabalayan Bora'ya rağmen bir türlü ayağa kalkamıyordum.

O soru bir yel değirmeni gibi dönüp duruyordu zihnimin içinde. *Ben onun kızı değil miydim, babam bunu bana neden yapmıştı?*

Artık Bora'dan hiçbir farkım yoktu. En az onun kadar yaralıydım, en az onun kadar öfkeli. Benim babamın, onun babasından hiçbir farkı yoktu. En az onun kadar kötüydü, en az onun kadar tehlikeli. Ve artık benim babam da sırtımda ömür boyu taşımak zorunda kalacağım ağır bir kamburdu. Bora'yla aramızda tek bir fark vardı, o babası tarafından yaralanmaya öyle alışmıştı ki artık bu durumu yadırgamıyordu. Yara bere içinde, çocuk yanı kan ağlarken bile ayakta kalmayı başarıyordu.

"Her insan hayatının belli dönemlerinde bu tür sorunlarla karşılaşır," dedi psikiyatrist. "Ama atlatır. Yapmanız gereken tek şey içine daha fazla kapanmasını engellemek."

Dakikalar boyunca benimle konuşmayı denemiş, ağzımdan tek bir laf alamayınca da çaresizce bulunduğum odayı terk etmişti. Neler hissettiğimi kendime bile izah edemezken, bir yabancıya derdimi anlatamazdım.

"Yalnız kaldıkça canını acıtan meseleleri düşünecek," diye devam etti sözlerine. Kapının ardında olmalarına rağmen doktorun dediklerini rahatlıkla duyabiliyordum. "Düşündükçe de üzülmeye devam edecek. Kafasını güzel şeylerle meşgul edin. Böylelikle bu ruhsal travmayı çabucak atlatacağını düşünüyorum."

"Doktor..." Bora'nın tereddüt içeren sesini duyduğumda dikkat kesildim. "Belki kulağa biraz tuhaf gelecek ama ben bir insana nasıl iyi gelinir bilmiyorum."

"Onu seviyorsun değil mi?" Doktorun sorusu derin bir sessizlikle cevap buldu. Bunu dile getirmek Bora için bu kadar zor muydu? "Söylemene gerek yok, bunu ona hissettir."

Psikiyatrist gitmiş olmalıydı. Birkaç dakika sonra Bora kapıyı açıp içeri girdiğinde uyuyor numarası yapacaktım ama bunun onu kandırmayacağını bildiğimden vazgeçtim. Ağır adımlarla yanıma ulaşıp yatağın kenarına oturduğunda gözlerimi yerdeki eski, el dokuması halının desenlerinden ayırmadım.

"Kızdın mı bana?" diye sordum çatallaşmış sesimle. Hiç bilmediği bir şehirde benim için doktor ayarlamıştı ve ben o doktoru geri çevirmiştim. Pekâlâ bana sorsaydı bu fikri reddederdim ama sormamış ve sonuç olarak benim için boşa uğraşmıştı.

"Neden kızacakmışım?" diyerek soruma soruyla karşılık verdi. Bakışlarım yere dönük olsa da delici gözlerinin üzerimde dolaştığını hissediyordum.

"Doktorla konuşmadım diye." Yatağın içinde toparlandım, sırtımı başlığa yaslarken dizlerimi karnıma çektim ve bakışlarımı onun yüzüne kısaca dokundurup geri çektim. "Sonuçta hiç bilmediğin bir şehirdesin ve o doktoru bulup getirtmek senin için zor olmuş olmalı."

"Kızmadım," dedi Bora. Kot pantolonun diz kısmından tutarak çekiştirdiği bacağını yatağın üzerine attı ve daha rahat oturdu. "Aslında... Derdini benden başka bir adama anlatacak olmanı kıskanırım. Fakat bunu bile göz ardı edecek kadar endişeleniyorum."

"Endişeleniyor musun?" Gözlerimi çehresinde usulca gezdirdim. "Benim için mi?"

"Senin için."

İnanması güç geliyordu çünkü eskiden benim tanıdığım Bora, beni zerre umursamazdı. *Ya da tanıdığımı sandığım Bora.*

Gülümsedim. Günler sonra ilk kez gülümsüyordum, Bora bunu fark ettiğinde kaşlarını hafifçe çattı. "Bu saçma kıskançlığım için bana hakaret etmeyecek misin?" diye sordu alay eder gibi. "Şimdiye kadar çoktan etmiş olman gerekiyordu."

Bora eskiden beni kıskandığını da dile getirmezdi. Şimdi bunu açıkça söylüyor olması tuhafıma gitmişti. "Eski Hande olsa ederdi," dedim iç çekerek. "Psikopat derdi, zırdeli derdi, ruh hastası derdi."

Söylediklerime karşın dudaklarını kıvırdı. "Sağ ol, iyi ki eski Hande değilsin."

Sessiz bir şekilde güldüm. Sadece birkaç dakika süren mutluluğum, babamın sözlerini tekrar hatırlamamla birlikte kara bulutlar altında kaldı. Hâlbuki bu mutsuz hâllerimle Bora'yı da mutsuz etmeye hakkım yoktu. O zaten yeterince mutsuzdu. Hatta öyle mutsuzdu ki mutluluğun ne olduğunu bilmediği için bu mutsuzluk ona normal geliyordu.

"Hadi kalk bakalım uyku tulumu." Bora hızlı bir şekilde yataktan kalkarken yüzünde sahte bir kızgınlık belirdi. "Tek yaptığın akşama kadar yatmak. Eğer kalkmazsan seni zorla kaldıracağım."

Yapacağından hiç şüphem yoktu, doktorun söylediklerini harfiyen uygulayacak gibi görünüyordu. Pencereye doğru yürüdü ve gün ışığını gölgelemek için çektiğim koyu renk perdeleri kenara çekti. Gözlerimin önüne eşi benzeri olmayan fakat günlerdir benim için pek bir şey ifade etmeyen Kapadokya manzarası yerleştiğinde kafamı huysuzca yastığa gömdüm.

"Kalkıp ne yapacağım?"

"Hazırlanacaksın," dedi perdeyi farbela demirine asarken. Sol elini kaldırıp kolundaki saatin camına iki kez vurdu. "Sadece yirmi dakikan var üstelik, ben seni buraya üç gün boyunca otelin yatağından çıkmayasın diye getirmedim."

Sadece üç gün mü olmuştu? Oysaki babamı karşımda ağlarken bırakıp gidişimin ardından değil üç gün, üç yıl geçmiş gibi boşlukta hissediyordum. Bora beni almaya geldiğinde arabasına binmeden önce elimdeki telefonu sokağın ortasına fırlatıp parçalara ayırmıştım. Bu sebepten evdekilerden günlerdir haber alamıyordum. Annem ne hâldeydi, abim ne düşünüyordu bilmiyordum ve açıkçası tüm bunları umursamıyordum. Bundan sonrasını ben değil, babam düşünecekti.

Babam sadece kendini değil, sadece beni değil, koca bir maziyi yakmış, geçmişte onunla yaşadığım her anının üzerine karalar çalmıştı.

"Hiçbir şey hatırlamıyorum," dedim, bu his boğulmak gibiydi. "Babama ve çocukluğuma dair her şeyi unutmuş gibiyim. Neden böyle oldu ki?"

Bir cevap beklemeden sözlerime devam ettim. "Ceyda bana o gün ne söylemişti, biliyor musun?"

Bora pencerenin önünde, ellerini pantolonunun cebine atmış bir hâlde beni izliyor, dinliyordu.

"Ne olursa olsun, bana ne yapmış olursa olsun, babama sıkıca sarılmamı." Sinirlerim o kadar bozuktu ki yersiz bir şekilde gülmeye başladım. "Sanki taziye dönüşü evde kötü bir sürprizin beni beklediğini hissetmiş gibi."

Ayaklarımı yere sarkıtıp yatakta öyle oturduğumda Bora tekrar yanıma gelip yatağa oturdu.

"Ceyda, annesiyle babasının boşanmalarında sadece amcamı suçladığı için ve babasına küs bir şekilde veda ettiği için acı çekiyor." Yüzümü avuçlarının arasına alarak başımı kaldırdı, gözlerimiz birbirine kenetlendiğinde gözlerinde güven verici bir ifade geziniyordu. "Senin sadece biraz zamana ihtiyacın var, hepsi geçecek."

"Bundan nasıl bu kadar emin olabiliyorsun?" Bu soruyu sorarken gözlerim doldu. "Ben babamı hiçbir zaman..."

"Affedeceksin," diyerek o olumsuz kelimenin üzerini çizdi Bora. Sol elinin başparmağını şefkatle gezdirdi yüzümde. "Aksini söyleme. Sen beni bile affetmedin mi?"

Konunun bize, geçmişe ve hatta o tehdit dolu günlere dayanması boğazıma bir bıçak yaslanmasına eş değerdi. Bunları konuşmak fazlasıyla canımı yakıyordu, üç gündür sadece durmak, durup düşünmek ve düşündükçe işin içinden çıkamamak beni mahvediyordu.

"Eskileri deşme," dedim huzursuzluğumu belli ederek. "En azından burada, her şeyden uzak olduğumuz şu günlerde... Yaşananları unutmak istiyorum."

Buna zerre inancım olmadığı hâlde.

"Haklısın," dediğinde ellerini yavaşça çekti yüzümden. "Konuşmayalım bunları."

O akşam Bora'ya olan biteni anlattığımda aslında babamın her şeyi bildiğini, yine kendi çıkarı uğruna beni babasının ellerine teslim ettiğini, beş ay boyunca acı çekmeme göz yumduğunu, bile bile sustuğunu söylediğimde en az benim kadar afalladı ve bunun gerçek olup olmadığından emin olmak için babasını aradı. Her şeye rağmen, babamın savurduğu itirafın üstüme kurşun olup yağmasına ve beni yıkmasına rağmen, Haldun Şahsuvar'ın dilinden dökülecek bir inkâr cümlesini susuz kalmış topraklar gibi çaresizce bekledim.

Bu bekleyişin ne denli biçare olduğunu kelimelerle izah edemezdim, binlerce kez paramparçaydım o akşam... Ve sayısız kez perperişan.

Bora'nın telefonu çaldığında ayağa kalktı ve iş görüşmesi yapacağını söyleyerek otelin terasına çıktı. Kulağa tuhaf geliyordu ama çalışmaya başlamıştı, oysa benim bildiğim

Bora babasının tüm zorlamalarına rağmen asla iş hayatına yanaşmazdı. Eskiden onu tanımadığım için bu durumu şımarıklığına verirdim, Bora o zamanlar benim gözümde baba parasıyla gününü gün eden bir ahmaktı. Tek derdinin aslında babasından uzak kalmak olduğunu, babasının onda ne büyük yaralar açtığını bilmezdim çünkü.

Şimdiyse tüm bu şımarık tavırları geride bırakmıştı. Bu durumun biraz benimle, sanırım biraz da Emir'le alakası vardı. Aralarındaki rekabetin tatsız kokusunu şimdiden alıyordum.

Enver Şahsuvar'ın ölümüyle dengeleri değişen yönetim kurulunun yeni başkanı Haldun Şahsuvar olmuştu. Şimdi yükü her zamankinden daha ağırdı, babamdan duyduğum kadarıyla yakın zamanda sermaye artırımı yapacaklardı ve gece gündüz bu konunun üzerine çalışıyorlardı. Tek isteğim Haldun Bey'in kafasını sorumlu olduğu projelerden, markalardan ve yatırımlardan kaldıramaması, benimle bir daha uğraşmamasıydı.

Bora'nın odadaki yokluğundan istifade ederek ayağa kalktım ve ahşap el oyması kahverengi dolaba yürüdüm. Kaldığımız otel Göreme yakınlarında bir mağara oteldi, otelin tamamen taştan olması huzurlu bir atmosfer yaratıyordu. Birkaç günlüğüne şehirden ve gürültüsünden uzaklaşmak ikimize de iyi gelecekti.

Dolabın kapaklarını araladım ve benim için dizilmiş kıyafetlere hızlıca göz attım. Bugün mayısın dokuzuydu ve sıcaklar tam anlamıyla bastırmıştı. Gözüme kestirdiğim, mavi salaş bir elbiseyi askılıktan alıp doğruca banyoya yürüdüm. Üstümdeki ince tişört ve tayttan kurtulup mavi elbiseyi üzerime geçirdim. Dizlerimin biraz altında biten, eteği fırfırlı ve omuzları düşük elbise bedenime tam oturmuştu. Banyo dolabındaki büyük çantayı alıp içindeki tarakla saçlarımı düzeltmeye çalışırken gözüme beyaz inciden bir toka çarptı. Saçlarımın büyük bir kısmını sola yatırdıktan sonra sağ tarafı inci tokayla topladım. Hafif bir makyaj yaptığım yüzüme allık sürerken kapının açılma sesini duydum.

Bora odaya girmişti, banyo kapısının önünde durup dalga geçer gibi seslendi. "Hazırlanıyor musun uyku tulumu?"

Gözlerim şaşkınlıkla irileşti, benimle dalga geçmek için resmen fırsat kolluyordu.

"Uykucu falan değilim," diye mırıldandım. "Sadece kendimi iyi hissetmediğim zamanlarda uyurum ben."

"İyi o zaman," dediğinde sanki kafasını kapıya yaslamış gibi, sesi oldukça yakından geldi. "O zaman bundan sonra çok az uyuyacaksın."

"Bu çok iddialı oldu." Kapıya bakarak gülümsedim. "Bu kadar emin olma bence."

"Görüşeceğiz, uyku tulumu."

Doğal dudak renginde, pembe bir ruju dudaklarıma hafifçe yedirdikten sonra aynada kendime son bir kez baktım. İyi görünmek için son bir şeye ihtiyacım vardı: Gülümsemeye. Dudaklarıma zorlukla yerleştirdiğim tebessümün ardından derin bir nefes aldım. *Burada mutlu olacaksın,* dedim içimden. *Sadece birkaç günlüğüne de olsa, burada mutsuzluğa yer yok.*

Banyodan çıktığımda Bora'yı hemen karşı duvarın önündeki pufun üzerinde oturur hâlde buldum. O da üstünü değiştirmişti, açık buz mavisi bir kot pantolon, üstüne de aynı renkte kot bir gömlek giymiş, kollarını dirseklerine kadar katlamıştı. Fazlasıyla can yakıcı görünüyordu. Telefonu kurcalamakla meşguldü ama ben içeriden çıkar çıkmaz kafasını kaldırıp bana baktı. Ve bakışları üzerimde donakaldı.

Yanaklarım kaçınılmaz bir şekilde ısınmaya başladığında "Nereye gideceğiz?" diye sordum dikkatini dağıtmak için. Bana böyle baktığı zaman elim ayağım birbirine dolaşıyordu, nasıl davranmam gerektiğini bile bilmiyordum. Öyle keskin ve sınırları aşan bakışları vardı ki hayatımda uzunca bir zamandır yer etmesine rağmen, her seferinde bu bakışlara ilk defa maruz kalıyormuş gibi titriyordum.

Çünkü biz bu zamana dek birbirimize hiç gülmemiştik, her anımız kavga ve gürültüyle dolu olduğu için böyle bir anda nasıl davranılır hiç bilmiyordum.

Elindeki telefonu oturduğu pufun kenarına bıraktı, ayağa kalkıp bana doğru adım attığında ellerimi birbirine kenetledim. Bakışlarının esaretinden kurtulabilmek için gözlerimi kaçırdım fakat tüm bu çabam etkisizdi. Bora, karşımda durup ellerimden tuttuğunda tüm parmaklarımı avuç içlerine hapsetti.

"Aklımı başımdan aldığını söylemiş miydim?"

"Bilmem," dedim safça. "Söylemiş miydin?

Sıkıca tuttuğu ellerimi havaya kaldırıp dudaklarına götürdüğünde bakışlarım da usulca tırmandı yüzüne. Yeniyetme heyecanım dizlerimi, gözlerime bakarak parmaklarıma bastırdığı dudakları da yüreğimi titretti.

"Ellerin de çok güzel," dedi karnıma ağrılar girmesine sebep olacak bir sesle. "Parmakların da."

Gülümsemekle yetindim çünkü ne diyeceğimi bilmiyordum, ayrıca yanaklarımın kızarmaması için içimden dua ediyordum. *Bana ne yapıyordu böyle?*

Ellerimi yavaşça bıraktı ama benden uzaklaşmadı, aksine sırtımın kapıya yaslanmasına sebep olacak kadar çok yaklaştı. Bir elini çenemin altına yerleştirerek yüzümü yüzüne kaldırdığında gözlerini kısarak gözlerimin içine baktı. "Ateşin mi var senin?" diye sordu, sesinde utanmama sebebiyet verecek imalar saklıydı. Bakışlarını yüzümde ağır ağır gezdirirken diğer elini belime hapsetti. "Tenin sıcacık." Gözlerini dudaklarıma diktiğinde dudakları çapkın bir tebessümle kıvrıldı. "Ve yanakların..."

Odanın kapısı üst üste tıklandığında Bora'nın bakışlarını kapıya çevirmesinden istifade ederek kollarından hızla sıyrıldım ve odanın içinde ilerledim. Bora kapının çalmasından da kollarından kaçar gibi uzaklaşmam da hoşlanmadı.

"Kim bu hıyar?" diye söylendi kapıya doğru yürürken. "Ulan otelde bile huzur yok be!"

Geriye dönüp Bora'ya baktım, kapıyı sertçe açtığında kapının önünde duran temizlik personeli "Temizlik ister misiniz?" diye sordu.

“Zaten şimdi çıkıyoruz,” dedi Bora ters bir sesle. İçinden küfrettiğine adım kadar eminim. Kapıyı kapatıp bakışlarını üzerime diktiğinde bıyık altı gülümsedim.

“E, çıkalım o zaman.” Konsolun üstünde duran beyaz, küçük omuz çantamı alıp boynumdan geçirdim.

Bora bana kötü kötü baktı. Tıpkı az önceki görevliye baktığı gibi. “Nereye gidiyorduk?” diye sordum gergin atmosferi dağıtmak için. “Bakmasana öyle.”

“İlk olarak Avanos’a.” Bora gülümsedi, kızgınlığının yerini yeniden çapkın tebessümü esir almıştı. “Peribacalarını görmeye.”

☽

Bora, kendi arabasını otele ait garajda bırakmış ve 1968 model, kırmızı bir *Chevrolet Impala* kiralamıştı. İlk defa bu kadar eski ve özel bir arabaya onunla biniyor, ilk defa masallar diyarını andıran büyülü bir coğrafyada onunla geziyordum. Onunla daha önce yaşadığım her şey acıdan geçmişti, artık acı olan ne kadar anı varsa yerini güzel hatıralara bıraksın istiyordum.

Avanos’a geleli yaklaşık üç saat oluyordu, önce birer kahve içmiş, ardından yer altı şehrini gezmiştik. Bu şehirde her şey fazla güzel, fazla enteresandı. Sadece peri bacalarını görmek bile bu coğrafyanın büyüsüne kapılmama yetmişti.

“Nevşehir Ankara’ya oldukça yakın ama buralara gelip gezmek hiç aklımdan geçmedi biliyor musun?” diye söylendim Bora’ya bakarak. “Yıllardır sadece filmlerden gördüm ben peribacalarını.”

Bora elinde yan bir şekilde tuttuğu telefonu indirirken bana gülümseyerek baktı. İki saattir gördüğü her güzel şeyin fotoğrafını çekiyordu. *Fotoğraf çekmeyi seviyor,* diye kazıdım hafızama. Ben onu daha yeni tanıyordum aslında, hakkında bildiklerimden ziyade bilmediklerim daha çoktu.

“Aslında ben de,” dedi bakışlarını etrafta gezdirirken. “İlk defa ve seninle geliyorum buraya.”

Şaşırmıştım. Çünkü Bora buraları avucunun içi gibi biliyordu sanki. "Ama her zaman geliyor gibisin, her yeri biliyorsun."

"Çünkü sen üç gün boyunca yataktan çıkmazken, ben nerelerde gezilir, şehrin en güzel yerleri nerelerdedir diye araştırma yapıyordum uyku tulumu."

Bora'nın alayla sarf ettiği sözlere karşın kaşlarımı çattım usulca. "Allah senin eline düşürmesin kimseyi ya."

"Amin güzelim," dedi kafasını sallayarak. Gülmemek için dudaklarını ısırdığını görebiliyordum.

"Bir şey itiraf edeceğim," dedim konunun seyrini değiştirmek için. Yoksa Bora bana uyku tulumu diyerek sinirlerimi bozmaya devam edecekti. "Peribacalarının bu kadar devasa boyutlarda olduğunu bilmiyordum. Daha önce hiç dikkatle bakmadım sanırım, küçücük görünüyorlardı."

Bora kafasını kaldırdı ve neredeyse üç katlı bir ev yüksekliğinde olan peri bacasına baktı. "Küçükleri de var, hepsi bu kadar büyük değil," dedi gözlerini kısarak. O da benim gibiydi, güneşe birkaç saniyeden fazla bakamıyordu. "Yani öyle sanman çok normal."

"Öyle mi?" diye sordum hevesle. "Onları da görecek miyiz?"

"Görürüz tabii. Bakıyorum da çok sevdin."

"Çok," dedim harfleri uzatarak. "Daha önce gelmediğim için pişmanım ama ilk defa seninle geldiğim için mutluyum."

Bora parmağını kaldırıp burnuma dokunduğunda gözlerimi kırpıştırdım. "Seni kaldırmasaydım hâlâ o yatakta pineklemeye devam ediyordun, uyku tulumu."

Yüzüme kızgın bir ifade yerleşirken "Bana biraz daha böyle hitap edersen konuşmam bak seninle," diye çemkirdim. "Uyku tulumu ne ya?"

Bora bu sefer sesli bir şekilde güldü. Düzgün dişleri güzel gülümsemesine eşlik ederken kızgınlığımı bozmamak bu manzaranın karşısında somurttum. Hâlbuki o böyle güldüğü zaman gülmemek, akıl kârı değildi.

"Tamam iki gözüm," dedi beni kollarının arasına çektiğinde. Hafif bir şekilde saçlarımı bile karıştırmıştı iki ara bir derede. "Sinirlenme, sana takılıyorum."

Dudaklarından dökülen o iki kelimeyle kalbimde sayısız çiçek açtırdığının farkında mıydı? Bunu bana ikinci kez söylüyordu, ilkinde idrak edememiştim ama şu an içim titriyordu.

Ona afallamış bir şekilde bakmaya devam ettiğimde gülümsemesinin yerini alaycı bir ciddiyet aldı. "Sana dondurma alırsam barışır mıyız?" Parmağını kaldırıp insan kalabalığının yoğunlaştığı bir noktayı gösterdi, orada hediyelik eşya satan bir sürü küçük, derme çatma baraka vardı. Barakaların önüne tezgâh kurmuş genç bir çocuk Maraş dövme dondurması satıyordu.

Dondurmaya asla hayır diyemezdim, üstelik hava bu kadar sıcakken. "Barıştık bile."

Bora, sanki küçük bir çocuğu sever gibi yanağımdan makas aldığında ağzı açık ayran budalası gibi sırıttım.

Yavaş adımlarla kalabalığa doğru yürüdüğümüz sırada az ilerideki düzlük alanda gördüğüm bir deveyi gösterdim. "Şuna bak, deve var!"

Eh, deve sürekli gördüğüm bir hayvan değildi. Hayret etmekte haksız sayılmazdım. "Yakından da bakalım mı?"

"Önce dondurma alalım," dedi Bora elini cebine atarken. Buruşmuş sigara paketini çıkardıktan sonra kot gömleğinin cebindeki çakmağı da çıkardı. "İnsanlar ata biner gibi deveye biniyor burada. İşi ticarete dökmüşler."

Dondurma tezgâhının biraz gerisinde durduk, kafası fesli, beyaz gömlekli genç çocuk yaşlı bir çifte dondurma verdikten sonra kafasını eğerek bana baktı. "Kaç top olsun?"

"Üç top yeterli," dedim parmağımla işaret ederek. Çocuk hızlı bir şekilde kaptığı külaha dondurma toplarını koyarken dönüp Bora'ya baktım. Sigara içerken bakışları çömlekten yapılma kap kacakların satıldığı bir tezgâha ilişmişti. "Bora, dondurma?"

Yüzünü bana döndüğünde kaşlarını hayır, der gibi kaldırdı. "Ben istemiyorum."

"Neden istemiyorsun?" dediğimde dondurma tezgâhına bakarak yüzünü buruşturdu. "Sevmem, tatlıyla aram pek yoktur."

Birlikte dondurma yeme fikri daha cazip olsa da ısrar etmeyecektim. Fakat dondurma sevmemesi tuhafıma gitmişti. "Dondurma sevilmez mi?"

"Diş hassasiyetim var benim," dedi Bora. Sigarasını yere doğru eğdi ve ucuna sertçe vurup külü düşürdü. "Aşırı sıcak ve soğuk yiyecekler başıma bela."

Ve onun hakkında öğrendiğim, yeni bir bilgi daha.

Genç çocuk dondurma külahını bana uzattığında elimdeki bitmiş su şişesini tezgâhın yanındaki çöp kutusuna attım. Dondurma külahını almak için uzandığımda elim havada kaldı. Pekâlâ dondurmacıların bu şakasının meşhur olduğunu biliyordum ama bu şaka Maraş'ta yapılmıyor muydu? Gülerek elimi bir kez daha uzattım. "Dondurmamı verir misin acaba?"

"Tabii, buyur al." Çocuk bir kez daha dondurmayı uzattığında bu sefer hızlı davranıp külahı kaptım, ne vardı ki elimde kalan sadece boş külah oldu. Dondurmalı külah onda kalmıştı ve bundan epey eğlenmiş gibi gülüyordu. Bu şakayı birkaç kez daha tekrarladığında Bora cebinden çıkardığı kâğıt parayı tezgâhın üstüne sertçe bıraktı.

"Oyun oynamayı kes de ver şu dondurmayı," diye çıkıştı çocuğa. İzmariti yere atıp ayakkabısının burnuyla ezerken çocuğa ters ters bakıyordu. Onun bu sert tavrının üzerine ikimiz de gülüşmeyi kestik ve ben dondurmama kavuştum.

Bora'yı öfkelendiren neydi bilmiyordum, altı üstü basit bir şakaydı. Beni aşağı yukarı on sekiz yaşında olan bir çocuktan mı kıskanmıştı?

Dondurma tezgâhının önünden uzaklaştığımız sırada, "İşini yapıyordu," diyerek çocuğu savundum. "Neden kızdın ki?"

Bora bana burnundan soluyarak baktı. "İşi güzel bir kız gördüğünde sululuk yapmak mı? Şakanın da bir dozu var."

"Ama bunu sadece bana yapmıyor." Küçük bir ısırık aldığım dondurma öyle lezzetliydi ki Bora ne derse desin sinirimi bozamayacaktı.

"Senden öncekilere neden yapmadı?" diye sordu gayet ciddi bir tavırla. "Bıraksın bu işleri. Yaşına dua etsin, yoksa döverdim."

"Haklısın," diye mırıldandım sadece dondurmama konsantre olabilmek için. Bora bana şaşkınca baktı. Neden onunla tartışmayıp durumu çabucak kabullendiğimi anlamaya çalışıyor olmalıydı. Neyse ki o da daha fazla üstelemedi. Dondurmayı aşkla yiyişimi dudaklarındaki etkileyici gülümsemesiyle seyretti.

Develerin sıklıkla bulunduğu alanda durup develere binen insanları seyrederken dondurmamı bitirdim. O civarda biraz daha oyalandık, hediyelik eşyalar satan tezgâhlara ve el dokuması halıların sergilendiği bir barakaya baktık. Daha sonra turist kalabalığını takip ederek bir müddet boyunca yürüdük ve Zelve Vadisi'ne ulaştık. Bora'nın dediği gibiydi, oradaki peribacaları daha küçüktü. Orada kısaca gezmemizin ardından Paşabağı'na yürüyerek geri döndük ve Impala'yı bıraktığımız yerden alıp Güzel Atlar Diyarı'na doğru yola çıktık.

Bora günün planını yapmıştı, ben sadece uyum sağlıyordum. Ata bineceğimizi söylediğinde biraz tedirgin olsam da belli etmemiştim, gerçi o bunu muhakkak anlamış olmalıydı. Paşabağı'ndan sonra Güzel Atlar Diyarı'na varmamız oldukça kısa sürdü. Arabayı uygun bir yerde bırakıp atlara doğru yürüdüğümüzde Bora tepkimi ölçmek ister gibi dikkatle yüzüme bakıyordu.

"Korkmuyorum," dedim o aksini iddia etmeden önce. "Ama yine de tek başıma binmek istemiyorum, birlikte binelim olur mu?"

"Korkmadığını biliyorum canım." Bora'nın sesi kinayeliydi. "Ata binerken bile benden ayrılamıyorsun, tek nedeni bu."

"Ya evet, öyle," diyerek sırıttım. Her krizi fırsata çevirmek zorunda mıydı?

Korktuğum falan yoktu, daha önce hiç ata binmediğim için biraz tedirgindim sadece. Çocukken bir keresinde babam beni taya bindirmişti ama bu sayılmazdı. Bir kez daha babamı ve ona dair bir anımı hatırlamak kalbime bıçaklar saplarken düşüncelerimi oyalayabilmek adına etraftaki atlara göz gezdirdim.

Bora, atlardan sorumlu adamla konuşurken ben birkaç adım geride durmuş atları izliyordum. Hepsi birbirinden güzel ve heybetliydi; siyah, beyaz, gri, kahverengi ve sarımtırak renkte birçok at vardı. Rengi altın gibi olan sarı bir at çarpmıştı gözüme, diğer tüm atlardan daha parlak ve çok gösterişliydi. Bora adama para uzattığında adam elindeki kaşağıyı bir kenara bırakıp atların dönüp durduğu çitlerle çevrili alana doğru yürüdü. Gözüme kestirdiğim o güzel atla birlikte bulunduğu alandan çıktıktan sonra atın üzerine geniş eyeri serip atı Bora'ya teslim etti.

"Bu at senin de hoşuna gitti, değil mi?" diye sorduğumda Bora yanıma yürüdü ve sağ elimden tutup beni ata doğru çekti.

"Evet, diğer atların içinde en güzeli," dedi. "Gel bakalım."

Atın önünde durduğumuzda bakışlarım sürekli sallayıp durduğu kuyruğuna takıldı. Ayaklarının birini kaldırıp diğerini indiriyordu. Epey hareketli bir ata benziyordu.

"Düşmeyiz değil mi?" diye sordum ata tereddütle bakarak. "Sanki biraz hırçın mı ne?"

"Hayır, hayır," diyerek itiraz etti atların sahibi. "Destan çok uysaldır."

"Adı Destan mı?"

Adam kafasını salladı. Yine de emin olamayarak Bora'ya baktığımda Bora korkusuzca söylendi. "Düşmeyiz, düşmeyiz."

"Ya düşersek?"

Atların sahibi tekrar araya girdi. "Düşmezsiniz ablam, niye düşesiniz?

Destan'a bir kez daha korkuyla baktım. Hâlâ ayaklarını kaldırıp indirmeye, kuyruğunu çıldırmış gibi sallamaya devam ediyordu. "Ya at bizi üzerinde istemezse?"

"Hande?" dedi Bora kızar gibi. "Hani korkmuyordun?"

"Korkmuyorum."

Bora ata yanaştı ve saniyeler içinde üstüne çıkıp oturdu.

Ben ona şaşkınca bakarken çabucak yerleşti ve bana dönüp elini uzattı. "Ver elini öyleyse," dedi sabırsızca. "Hadi, hadi."

Çaresiz bir şekilde elimi Bora'ya uzatmamla, elimden tutup beni yukarıya çekmesi bir oldu. Kendimi Destan'ın üzerinde bulduğumda bir an yerden çok yüksekteymişiz gibi paniğe kapıldım.

"Sıkı tutun," dedi Bora, yüzünün yarısını bana doğru çevirdiğinde dudaklarında alaycı bir tebessüm vardı.

"Hani yavaş bir şekilde gezecektik?"

Bora ayaklarını ata hafifçe vurup harekete geçmesini sağlarken "Yavaş gezeceğiz anasını satayım," diye söylendi. "Ama sen tedbirini al ve bana sarıl, hayvan bu belli olmaz sağı solu."

"Tamam." Kollarımı onun beline sararken başımı da sırtına yasladım. "Niye kızıyorsun ki?"

"Senden hiç ummadığım kadar korkak çıktın da ondan."

Bora'nın eline benimle dalga geçebilmesi için bir malzeme daha vermiştim. "Şuna bak," dedi sırıtarak. "Kalbin nasıl da hızlı çarpıyor."

Kalbimi bu denli hızlı çarptıran tek neden attan korkmam değildi ama o esas nedeni şimdilik bilmese de olurdu.

Destan yavaş bir şekilde bulunduğumuz alandan çıkana dek rahattım, ta ki hızlıca koşmaya başlayana dek. Bir süre sonra o kadar hızlanmıştı ki bindiğime de bineceğime de pişman olmuştum. Korkudan sesimi çıkaramıyor, kafamı kaldırıp özgürce etrafa bakamıyordum. Bora hâlinden memnundu, korkmuyor ve anın tadını çıkarıyordu.

Bora, ata binmeyi de seviyordu.

"Biraz daha yavaş gidemez mi bu?" diye sordum bağırarak. Kafamı Bora'nın sırtından bir anlık kaldırma girişimim başımın dönmesiyle sonuçlandı. "Bak benim midem bulanıyor, yemin ederim kusarım sırtına."

"Oyunbozanlık etme." Bora da sesini duyurmak için bağırmıştı. "Tadını çıkar, tadını!"

"Kusarım diyorum bak!" Bu detaya neden takılmamıştı ki? Biri üstüme kusacağını söylese ben çıldırırdım. "Ciddiyim!"

"Canın sağ olsun."

"Şaka mı bu?" dedim şaşkınca. Acaba blöf yaptığımı mı düşünüyordu? Merak ediyordum, gerçekten sırtına kussam vereceği tepki ne olurdu?

"Değil, senden tiksinmem ben. Ama bunu bir başkası yapsa kustuğu gömleğimi midesine kadar sokardım."

"Ona ne şüphe."

Bora bir müddet sonra Destan'ı yavaşlattı, kafamı bile kaldıramayacak kadar korktuğumu fark etmişti. Gidişimizin hızlı olmasının aksine dönüşümüz yavaş oldu ve ben korkumu usulca yenerken at üstünde etrafı izlemenin keyfini çıkardım. Bir ara kafamı tekrar sırtına yasladım ve "Böyle daha güzel," diye mırıldandım. "Böylesi daha güzel."

Bora da ona yaslanmamdan şikâyetçi değildi, bir ara karnına sardığım ellerimi tuttu ve bir müddet bırakmadı. Havadan sudan konuşarak, etrafı seyrede seyrede geri dönerken ona Emir'le arasının neden bozuk olduğunu sordum. Bora aralarının neden bozuk olduğunu söylemedi ama bunu reddetmedi de. Hâlledemedikleri bir mevzu vardı ve o her neyse benim bilmemi istemiyordu.

Güzel at Destan'la süren bir saatlik gezimiz son bulduğunda oradan ayrıldık ve Impala'yı bıraktığımız yere döndük. O an Bora arabanın anahtarlarını bana fırlattı, bense yere düşmek üzereyken son anda tuttum.

"Ben mi kullanacağım?" diye sordum şaşkınca.

"Evet, sen kullanacaksın." Yavaşça göz kırptığında kapıyı açıp kendini yan koltuğa bıraktı. "Çünkü ben fazla yoruldum."

Impala'yı çalıştırıp gaza basana kadar tedirgin olmuştum ancak yola çıktığım an güvenim yerine geldi. Güneşin batmasına yalnızca iki saat kalmıştı ve Bora gün batımını Göreme'nin zirvesi olan Âşıklar Vadisi'nde izlememiz için acele ediyordu. Önce yemek yiyecektik, sonra tepeye çıkacaktık. Ve ben şimdiden aşırı yorulmuştum ama mızmızlık edip erteleyemeyeceğim kadar güzel şeyler görüyordum.

Göreme'ye vardığımızda Impala'yı kaldığımız otele bıraktık. Buradan gerisi yürüme mesafesinde olduğu için araca ihtiyacımız yoktu. Önce fazla seçici davranmadan gördüğümüz ilk restorana girdik ve yemek yedik. Kapadokya'da o kadar çok yabancı turist vardı ki işletme sahipleri Türk olmasa kendimi başka bir ülkede sanabilirdim. Restorandaki işletme sahibi haricindeki tek yerli turistler olarak yediğimiz yemeğin ardından doğruca Âşıklar Vadisi'nin yolunu tuttuk.

Vadi tam tepe noktasında olduğu için epey yokuşlu ve engebeli yolları aşarak ulaşmıştık zirveye. Gün batımına yirmi dakika kala kalabalıklaşmış tepede kendimize bir yer bulup etrafı seyrettik.

Tüm Göreme ayaklarımızın altındaydı ve buralar gerçek olamayacak kadar çok güzeldi.

"Biraz klasik olacak ama... Hep böyle bir manzaraya karşı durup kollarımı açmayı, gözlerimi kapatmayı ve temiz havayı içime çekerken ne kadar mutlu olduğumu haykırmak isterdim hep ."

Bora sabahtan beri yüzünden düşürmediği o güzel gülümsemesiyle ve hapsedici gözleriyle bana bakıyordu. Fark ettim ki bu durum sabahtan beri böyleydi, ben etrafı izliyordum o ise beni...

"Haykır o zaman," dediğinde içimde çocuksu bir heyecan yeşerdi. Yine de buna yeltenmedim ve sadece onu izlemekle yetindim. Güneş batıyordu fakat ben gözlerimi ondan ayıramıyordum.

Gözleri güzel olduğu için mi bu kadar güzel bakıyordu?

Bora yerimden bile kıpırdamadığımı fark edince iki adımda arkama geçti ve kollarımdan tutarak iki yana kaldırdı. "Şimdi gözlerini kapat," dedi, sesinin rüzgârı saçlarıma vurdu, tenime vurdu ama üşütmedi, sadece yaktı. "Ve ne kadar mutlu olduğunu söyle."

Hayalini kurduğum tablo, karşımda güneş batarken, ayaklarımın altında büyülü bir şehir, hemen arkamda sevdiğim adam varken gerçekleşiyordu. Lakin koca bir eksik vardı ki mutlu olup olmadığımdan emin değilim.

"Söylemeyeceğim," dedim gözlerimi usulca kapatırken.

"Çünkü ne zaman bunu söylesem birileri bu mutluluğumu hep bozdu."

Ve bir zamanlar, sen de onlardan biriydin. Öyle bir vakit geldi ki senden daima nefret edeceğime dair ettiğim yeminlerde boğulurken buldum kendimi.

Zeki adamdı Bora, sarf ederken asla o anlama sürüklemeyeceğim cümleden kendisine pay çıkarmıştı. "Onlardan biri de bendim," dedi düz bir sesle. Sesinde hiçbir hisse rastlamadım. "Senin mutluluğunu çaldım, uykularını, huzurunu..."

"Hayır, böyle söyleme." Onun aksine benim sesim ele veriyordu acımı, pişmanlığımı. "Hani geçmişe dair hiçbir şey konuşmayacaktık?"

"Peki. Bora kollarını bedenime sardı, karnımın üzerinde birleşen ellerinin ardından sırtımı da bedenine yasladı. Sahiplenici tavrı, sert şefkati ve afallatan sözleri... Her şeyiyle aklımı başımdan alıyordu. Çenesini sol omzuma yaslarken "Ama şunu bilmeni isterim ki," diye başladı sözlerine. "Bizi biz yapan şey senin nefretin, benimse senden asla vazgeçmeyişim oldu."

Tuhaftı ama öyleydi. Yürüyeceğin yolu bulmak önce kaybolmaktan geçiyordu ve ben bambaşka yollarda çok kez kaybolmuştum. Sonrası kurtuluş sandığım her adımda, biraz daha dibine battığımın farkına varmamıştım.

"Hiçbir şeyin, hiç kimsenin mutluluğunu bozmasına izin vermem." Bora'nın sözleri yemin gibiydi. Bana daha sıkı sarıldı. Güneş belki de çoktan batmıştı, umurumda değildi.

"Bu da benim hayalimdi," diye fısıldadı kulağıma. "Sana hep böyle hesapsızca, doyasıya sarılmak isterdim."

Adına Âşıklar Vadisi denilen o tepede ne kadar kaldık bilmiyordum, güneş batınca ve gökyüzüne karanlık hâkim olunca etrafta tek bir insan kalmamıştı. Karanlık çöken şehri ışıklar esir alınca olduğumuz yere oturduk, hem konuştuk hem sessiz kaldık. Bora bana şirkette neler yaptığını anlatmıştı, bense izlediğim birkaç filmi. Bu onunla ettiğim ilk gerçek sohbetti ve anladım ki onunla konuşmak gerçekten çok keyifliydi.

Şayet üşümeseydim belki saatler boyunca oturmaya devam edebilirdik ama Bora üşüdüğümü fark ettiğinde geldiğimiz gibi geri döndük.

Yokuşlu, dik ve dar sokakların ardından düzlüğe indik. Akşamın doludizgin devam ettiği Göreme sokakları canlıydı. İnsanın hiçbir şey yapmadan, sadece etrafa baka baka yürüyesi geliyordu. Bu yüzden de yavaş adımlarla yürüyorduk. Önünden geçtiğimiz mekânlardan birinde yüksek sesli, eski bir şarkı çalıyordu:

Dağ başında rastladım aksakallı birisine,
Bin yıllık bir halıya bin yıldan beri
Bağdaş kurmuş bir çınar gibiydi...

Sordum ona:
Aşk ne ustam, hayatın sırrı ne?
Tepeden tırnağa aşığım ben,
Koskoca bir hayat var önümde...

Yürürken durmaksızın birbirine çarpan ellerimiz birleşirken kalp atışlarım da hızlandı. Bir ara birbirimize baktık. Önce ben gülümsedim, sonra o. Bir zamanlar gülmenin bu kadar kolay olduğunu ikimiz de bilmiyormuşuz meğer.

Sevda kuşun kanadında,
Ürkütürsen tutamazsın
Ökse ile sapanla,
Vurursun da saramazsın...

Hayat sırrının suyunu,
Çeşmelerden bulamazsın
Ansızın bir deli çaydan,
İçersin de kanamazsın...[1]

---

[1] Cem Karaca'nın Sevda Kuşun Kanadında şarkısı.

Göreme'nin canlı sokaklarından sıyrılıp kaldığımız otele giden karanlık yola saptığımızda etraf sessizleşipıssızlaştı. Bir ara Bora yavaşladı ve elimi bırakmadan, tek eliyle cebinden çıkardığı paketten son sigarasını aldı. Sigarayı dudaklarına iliştirdi ve pantolonunun cebinden çıkardığı çakmağı bana uzattı.

"Ateşle bakalım güzellik."

Uzattığı çakmağa öylece bakakaldığımda fark ettim; ona benden daha yakın olduğu için, nefeslerini benden çaldığı için, dudaklarına dokunabildiği için sigaradan bile ne kadar nefret ettiğimi. Hiçbir şey söylemeden uzattığı çakmağı aldım. Tuttuğu elimi hâlâ bırakmamıştı, havaya kaldırdığım diğer elimle çakmağı ateşledikten sonra sigarasının ucunu ateşe verdim. Çabucak tutuşan sigarayı içine çektiğinde çakmağı bende kaldı.

El ele fakat sessiz bir şekilde yürümeye devam ederken "Neden?" diye sordum birdenbire. Bora bitmek üzere olan sigarasını çöp konteynırına fırlatırken ona mahcubiyetle baktım. "Neden bana iki gözüm diyorsun?"

Nasıl oluyor da dudaklarından dökülen iki kelimeyle içimi ateşe verebiliyorsun?

Issız sokağın ortasında öylece durduğumuzda Bora yavaşça kaldırdığı ellerini yüzüme doğru uzattı, gözlerim istemsizce kırpıldı. Sıcak elleri yanaklarıma değerken parmakları şakaklarıma uzanıp saçlarıma karıştı, baş parmakları ise göz kapaklarımın üzerine kapandı. Bir anda zifiri bir karanlığa mahkûm oldum.

Şimdi tek yoldaşım dudaklarından dökülecek sözcüklerdi.

"Dünyaları verseler sana," diye fısıldadı sessizce. "Vazgeçer misin iki gözünden?"

Yüreğim infilak etti. Beni bu karanlığa bir ömür hapsetmeye ant içmiş adamın sözcüklerinin, günün birinde ışığım olacağını hiç düşünmezdim oysaki. Bir yara ve sızıydık belki. Yahut bir silah ve tek darbede öldüren kör kurşunun hazin hikâyesi... Ama hiçbir zaman yaraya merhem, acıya takat değildik.

"Hayır," dedim, sesim titriyordu. "Vazgeçmem."

"Ben de senden vazgeçmem. İki gözüm..."

Parmakları gözlerimden usulca çekildi. Puslu görüş açımı dolduran sureti dudaklarıma naif bir tebessüm ettirirken onun dudakları da içten bir gülüşe boyun eğdi. Nitekim uzun sürmedi. Sadece bizim olduğumuzu sandığım sokağın sonunda bir gürültü duydum, bakışlarım fersiz sokak lambasının aydınlatamadığı karanlığa dikildiğinde etrafta bizden başka birinin olmadığını gördüm.

"Sen de duydun değil mi?" diye sordum korkuyla. Neden bu kadar korktuğumu sorgulamıyordum, böyle yaşamaya alışmıştım bir süre sonra. "Sokağın sonundan ses geldi, sanki birisi gizlice bizi izliyordu ve..."

"Duydum." Bora yüzünü saran ciddiyetle sokağın sonuna dikti bakışlarını. "Ama görünürde kimseler yok."

"Vardı," diye üsteledim. İçim huzursuz olmuştu bir kere, bizi özellikle izleyen birini görmesem bile kendimi buna ikna edemezdim. Belki de peşimizde birileri vardı, belki de Bora'nın babası bizi burada bile rahat bırakmamıştı.

"Bekle bir saniye." Bora beni olduğum yerde bırakıp sokağın sonuna yürüdü.

"Kim olabilir?" İçimi saran ürpertiyle birlikte ikazına aldırmaksızın peşinden sürükledim adımlarımı. Bora arkasından yürüdüğümü fark ettiğinde geriye dönüp yüzüme baktı ve karanlığa içinde bile parlayan yeşil gözlerini kızgınca kıstı.

"Sana kal orada demedim mi?"

Umursamadım ve soluğu yanında aldım. Şu durumda bana söz dinletemeyeceğini anlamış olsa gerek ki başka bir söylemedi. Uzanıp tekrar tuttuğu elimi parmakları arasına hapsederken gözleri bir avcı misali etrafı taramaya başladı. Sokak bomboştu ve bizden başka kimse görünürlerde yoktu. Sokağın sonuna vardığımızda kimseyi görememekten ziyade ve az önce duyduğumuz gürültünün aksine yaprağın bile kıpırdamaması korkularımı körükledi.

"Kimse yok işte," dedi Bora, sonra rahat bir tavırla bana

dönüp gülümsedi. "Sanırım diken üzerinde olduğun için böyle hissediyorsun."

Öyle hissettiğim falan yoktu, az önce sokağın sonunda birisi vardı ve biz onu fark edinceye kadar çoktan gözden kaybolmuştu. Bora da bu durumun farkındaydı ancak sırf beni korkutmamak için rahat davranıyordu.

"Vardı," diye direttim yüksek sesle. "Sanki yanlışlıkla su şişesinin üzerine basmış gibiydi. Bunu kedi veya köpek yapamaz. Yapsa bile neden hayalet gibi bir anda gözden kaybolsun ki? Biri vardı ve bizi izliyordu, kendini ele verince de yakalanmamak için kaçtı. Adım kadar eminim buna."

Bora yüzüme doğru kaldırdı elini, yanağıma düşen bir tutam saçı kavrayarak kulağımın arkasına sıkıştırdı.

"Belki de yanlış duymuşuzdur," dedi umursamazca.

"Ama..."

"Amasını boş ver," dedi muhabbetin sıkıcılığından gem vurarak. "Olmayan birini konuşarak mı tüketeceğim seninle olduğum dakikaları?"

"Yanlış duymadığıma eminim," dediğim an bakışlarımla ıssız ve boş olduğuna kanaat getirdiğim sokağı bir kez daha kolaçan ettim. "Birisi izliyordu bizi."

"Hım, olabilir," dedi Bora düşünceli bir şekilde. Parmaklarıyla ensesini kaşırken dudaklarını büktü. "Belki de üç harflidir."

Sözleri içime çetrefilli bir korku salarken tüm tüylerim ürperdi aynı zamanda. Neden böyle şeyler söylüyordu ki? Bir kere ben o şeylerden çok korkardım.

"Saçmalama," diye hayıflandım. Ürkek bakışlarım bir kez daha etrafta gezindiğinde Bora'nın bana doğru eğildiğini hissettim. Dudaklarını kulaklarıma yaklaştırarak fısıltıyla konuşmaya başladı.

"Neden saçmalayayım güzelim? Akşam ezanından sonra sokaklar onların, bilmiyor musun?"

Ağır ağır yutkunurken iyiden iyiye Bora'ya yaklaştığımın farkında değildim. Bu numaraların aynısını bana Cenk yapar, her zaman korkuturdu beni. Şimdi ise Bora yapıyordu. Ve salak Hande, her seferinde korkudan ölüyordu...

"Biz görmüyoruz tabii ama onlar her yerdeler..."

Kafamı kaldırıp kızgın gözlerle yüzüne baktım. "Bora, bilerek yapıyorsun değil mi?"

Bir an oldukça ciddi bir tavra büründü suratı, gözleri bana değil arkama doğru baktı. Sanki bir şey görüyormuş gibi... "Bora," dedim panik içinde. "Nereye bakıyorsun sen?"

Ciddiyetini hiç bozmadan sessizce konuştu: "Arkanda biri var!"

Değil dönüp arkama bakmak, sokağı dolduran bir çığlık savurmamla birlikte Bora'nın üzerine atladım. Ellerimle bedenini sararken ayakkabılarımı peş peşe asfalt betona indirmeye başladım. Bora'nın kahkahası kulaklarımı doldurduğunda galeyana getirildiğimi anlamam uzun sürmedi.

"Ulan," dedi kahkahalarla gülerek. "Kollarıma atlaman için illa seni korkutmam mı gerekiyordu?"

Geriye çekilip Bora'nın omzuna sert bir yumruk indirdim fakat o ırgalanmadı bile. "Eğleniyor musun bir de?"

Bora hâlâ gülüyordu ve bu durum gitgide sinirimi bozuyordu. "Gidiyorum ben, sokak çok korkunç!"

Arkamı dönüp birkaç adım attığım an, Bora bileğimden tutup beni kendisine çekti. Bileğimi bırakır bırakmaz aramıza mesafe katmadan kolunu belime dolayarak ayaklarımı yerden kesti, dudaklarımdan kaçan küçük, şaşkın çığlığı umursamadı. "Hiçbir yere gitmiyorsun," diyerek beni az önce durduğum yere geri getirdi. Ayaklarım yere bastığında Bora da geri çekildi. Dudaklarındaki şakacı tebessümü silinmişti, gayet ciddi bakıyordu.

"Ne oldu?" diye sordum şüpheci bir tavırla.

Bora bakışlarını yüzümden kaçırdı, karanlık sokakta gezdirdi. Tekrar yüzüme baktığında daha da ciddiydi.

"Bizim şu meseleyi hâlletsek ya artık."

"Hangi meseleyi?" Neyden bahsettiğini anlayamamakla beraber korkmuştum, kötü bir şey mi söyleyecekti?

Bora elini tekrar yüzüme doğru uzattı. Parmakları saçlarımın arasına karışırken "Yaktığım gelinliği geri getiremem," dedi pişmanlık kokan sözleriyle. "Ama sana beyaz bir elbise aldım." Çatılmaya mesken tutmuş kalın, siyah kaşlarının altından bana baktı. Kirpikleri kaşlarına değiyordu, yeşil bir vadiyi andıran gözleriyle bütünleşen bu manzara şimdilerde içime ateşler düşürüyordu. "Benimle gerçekten evlenecek misin?" Dudaklarıma hiçbir kelimenin düşemediği saniyelerdeydim, sanki lal olmuştu dilim, sadece kafamı sallamakla yetindim.

"Söyle," dedi Bora ısrarcı bir tavırla. Saçlarımın arasından uzaklaşan parmakları tenime dokunup geçti, dudaklarımın üzerinde durdu. "Bunu o güzel sesinden bir kez daha duymalıyım."

"Evet," dedim güçlükle. "Seninle evleneceğim."

Bora belli belirsiz gülümsedi o an. Sonra omuzlarımdan tuttu ve beni yavaşça döndürdü. "Ne yapıyorsun?" diye sorsam da cevap vermedi, saçlarımı usulca toplayıp havaya kaldırdığında ne yapacağını anlamıştım. İtiraz etmeden tek elimle saçlarımı havada tuttum. Bora ellerini öne attığında parmaklarının arasında sallanan kolyenin zincirine baktım, sonra zincirin ucunda sallanan yaprak figürüne. Zincirin de ucundaki yaprak figürünün de rengi bembeyaz, ışıl ışıldı. Bora yaprağı göğsümün üzerine bıraktığında sabırsızca parmaklarımın arasına aldım. Zincirini boynuma takana dek, sonbahar yaprağı şeklindeki figüre hayranlıkla baktım. Derin detaylara sahipti, ince işçilikle yapıldığı belliydi.

"Karadutun lekesini sadece kendi yaprağının çıkardığı gibi..." Saçlarımı tekrar serbest bıraktığında omuzlarıma döküldüler . Bora bir kez daha eliyle bir kenara çekti, boynuma tüylerimi ürperten, sıcak bir öpücük kondurdu. "Senin yaralarını da daima, bir tek ben saracağım."

Aslında bu cümlenin başı eksikti... Zira yaralarımı açan da o olacaktı, bunun farkındaydı. Ve ben bunu çoktan kabullenmiştim. Onunla yürüdüğüm yollarda gül bahçeleri olmayacak, ayaklarımızın altında daima bizi dibe çekecek bataklıklar olacaktı.

"Ve sözümü tuttum, tutmaya da devam edeceğim," dediğinde gözlerim dolmuştu çoktan. Parmaklarımı gözlerime bastırdım. "Herkese diken, sana gül oldum, olmaya da devam edeceğim."

Gözlerimi kapatırken kafamı usulca salladım. "Evet, tuttun."

Bora bu sefer omuzlarımdan tutup beni kendisine çevirmedi, etrafımda yarım tur dönerek karşıma geçti.

"Sen de tutacak mısın?" diye sordu kısık bir sesle. "Benimle dibine kadar batmaya, battığın yerden defalarca ayağa kalkmaya var mısın?"

Kendisi de farkındaydı, birbirimize verdiğimiz sözler bile toz pembe değildi, olamayacaktı. Farkındaydım ve bunu çoktan kabul etmiştim. Yine de dudaklarım mıhlanmıştı sanki. Sadece kafamı salladım. Her şeyiyle sıradanlığa kafa tutan adamımla, esrarengiz bir hayata adım atmaya, sonuna dek hazırdım.

"Söyle," dedi Bora bir kez daha.

"Varım." Ellerimi yüzüne uzattım, kirli sakalları avuçlarıma batarken ona usulca sokuldum ve dudaklarının altındaki boşluğa bastırdım dudaklarımı. "Haklıydın... Benim yolum, senin yolun."

IX

SEVDA KUŞUN KANADINDA

Bir kez olsun yüzüne gülümsemeyi bile benden çaldığı hayata ihanet sayacak kadar nefret ettiğim adamla, bir ömür boyunca aynı hayatı yaşamayı dilediğim adam, *aynı adamdı.*

O benim ardımda bıraktığım dönülmez yoldu, dibine kadar battığım çamurdu, içine düştüğüm kör kuyuydu. Ama yine de sığınağımdı; kalbimdeki acı, ruhumdaki sızıydı.

Bir zamanlar haddini bilmez yeminler ederek boyumu aşan denizlerde yüzmeye kalkmıştım. Hayatım sadece bana ait diye istemediğim hiçbir şeye boyun eğmem sanmıştım. Olmaz diyerek yüz çevirdiklerimin önünde diz çöktüğümde anlamıştım kadere gücümün yetmeyeceğini, benim çizdiğim yolla kaderin çizdiği yol arasındaki o ince sınırda, elbet bir gün tökezleyeceğimi.

Artık olmak istediğim kadınla, olduğum kadın arasında dağlar kadar fark vardı. Lakin kalbim buna dünden, ölesiye razıydı.

Bakışlarım duvardaki askıda asılı, beyaz, uzun elbisenin üzerinden dakikalardır ayrılmıyordu. Bedenime tam oturacağını düşündüğüm için denememiştim, önceden denersem büyüsü bozulacakmış gibi hissedip vazgeçmiştim. Çok güzel bir elbiseydi, sanki Bora üstüne sigarasını atarak yaktığı gelinliğimin eksikliğini doldurmak istemiş gibi oldukça göz alıcı bir tercih yapmıştı.

Yine de bugün ne giyersem giyeyim, ne kadar mutlu olursam olayım, o gece hissettiklerimi içimden söküp atamayacaktı.

Onu suçladığım yoktu esasında. O gecenin sorumlusu, haksızı, suçlusu bendim. Buna rağmen o an hissettiğim hayal kırıklığını bir türlü aşamıyordum.

Bugün Kapadokya'da geçirdiğimiz altıncı gündü. Masal gibi bir diyarda, rüya gibi bir hafta yitip gitmişti... Her şey tuhaf bir şekilde yolunda gidiyordu ve bu sıradanlık beni ürkütüyordu. Bora, resmî nikâh için gerekli tüm evrakları toparlamıştı. Son olarak dün özel bir hastaneye giderek sağlık raporunu da almış ve kalan eksiği tamamlamıştık. Sadece birkaç saat sonra, Ürgüp'te yıldırım nikâhıyla evlenmiş olacaktık ve bu durum kulağa şaka gibi geliyordu.

Bora hazırlanmam için beni otelde bırakmış, kendisi ayrı hazırlanmak için dışarı çıkmıştı. Böylesi işime gelmişti çünkü tek başıma hazırlanırken daha rahat olacaktım. İki gün önce aldığım yeni telefonuma mesaj geldiğinde ekrana günlerdir dudaklarımdan silinmeyen tebessümle baktım. Mesaj Bora'dandı, zaten yeni numaramı ondan başka kimse bilmiyordu. Şimdilik.

Hazırlanıyorsun değil mi güzelim?

Elimde telefonla birlikte yatağın kenarına oturduğumda yüzümde aptal bir gülümsemeyle cevap yazdım.

Hayır, kaçıyorum. Peşime düşsen iyi edersin.

Ne vardı ki mesajı gönderir göndermez pişman olmuştum, üstelik geri çekecek vaktim de olmamıştı çünkü Bora görmüştü bile. Sadece şaka yapmak istemiştim ama bu şaka onu güldürmek yerine delirtebilirdi. Neticede bir zamanlar gerçekten kaçmıştım, o da peşime düşmüştü ve ardı arkası kesilmez felaketlerin önü açılmıştı. Neden bazen düşünmeden hareket ediyordum ki?

Bora'nın saniyeler içinde yazdığı cevap beklediğim gibiydi:

Şakası bile çıldırmama sebep.

Sakin ol sevgilim... Hazırlanmaya çoktan başladım. Beni rahatsız etme çünkü çok işim var.

Bir süre mesajlaşma ekranına suçlu suçlu baktıktan sonra telefonu bir kenara bıraktım. Ama Bora uyarıma rağmen bir mesaj daha yollamıştı.

Sana bir sürprizim var. Şu an yolda, hatta gelmek üzeredir. Vereceğin tepkiden pek emin değilim ama umarım hoşuna gider.

Mesajına anında yanıt verip sürprizinin ne olduğunu sorsam da Bora'dan yanıt yoktu. *Adı üstünde sürpriz Hande,* dedim kendime kızarak. *Söylemez tabii ki de.*

Çok merak etsem de üstünde duramadım çünkü hazırlanmak için vaktim kısıtlıydı. Duştan çıkalı on dakika oluyordu ve ben kafam havluyla sarılı bir şekilde sadrazam gibi ortalıkta dolaşıyordum. Daha fazla oyalanmamak için ayağa kalktım ve hazırlanırken ihtiyacım olacak her şeyi makyaj masasının üzerine dizmeye başladım. Sonrasında saçlarımı taradım, kuruttum ve geçici olarak örüp bıraktım.

Vakit kaybetmeden makyaj yapmak için oturmuştum ki kapıya iki kere vurulmasıyla irkilerek ayağa kalktım. Bora'nın bahsettiği sürpriz gelmiş olmalıydı. Bir kurye görmeyi bekleyerek araladığım kapının ardında Melisa'yı gördüğümde gözlerim şaşkınlıkla büyüdü.

"Melisa?" dedim sorarcasına. Melisa'yı en son Kupa Kızı'nda görmüştüm, o zamanlar Bora'nın mahkemesi henüz gerçekleşmemişti bile. Epey uzun zaman olmuştu.

"Biliyorum, şaşırdın." Melisa heyecanlı bir şekilde gülümsedi ama daha çok tedirgin gibiydi. "Beni görmeyi beklemiyordun. Sürpriz oldu değil mi?"

"Şaşırdım evet." Yüzümdeki şaşkınlığı yok edip gülümsemeye çalıştım. Onu biraz daha kapıda bekletirsem gelişinden memnun olmadığımı düşünebilirdi. "Geç içeri, kapıda kalma."

Melisa çekimser bir tavırla içeri geçtiğinde kapıyı kapatıp içeriyi işaret ettim. "Tekin'le mi geldin?"

"Evet." Melisa elindeki küçük valizi yere bıraktı ve yüzünü bana döndü. "Aslında sana haber vermeyi çok istedim, böyle pat diye çıkıp gelmemiz hiç uygun olmadı."

Dün gece Bora'ya uyumadan önce, bir başımıza herkesten uzakta evlenecek olmanın beni hüzünlendirdiğini söylediğim için mi çağırmıştı Tekin ve Melisa'yı? Doğruyu söylemek gerekirse Melisa'yı görmek beni mutlu etmişti. Onu yeterince tanımıyordum, arkadaşlık kuracak kadar zamanımız olmamıştı ama ona kanım kaynıyordu.

Hislerime güvenirdim; Melisa, Yaren gibi yanar döner bir kız değildi.

"Seni görmeyi beklemiyordum açıkçası," diye itiraf ettim. "Ama gelmene çok sevindim."

Melisa ellerini birbirine yasladı, öyle utangaç bir kızdı ki kızarmaktan konuşamıyordu. "Bora, Tekin'i arayıp bizi buraya davet ettiğinde sürpriz olacağını söyledi, o yüzden de..."

"Boş ver şimdi bunları." Hâlâ mahcup bir şekilde açıklama yapmaya çalışıyordu. "Böyle utanıp sıkılmana gerek yok. Çok güzel bir sürpriz oldunuz benim için."

"O zaman rahat bir nefes alabilirim," dedi Melisa kollarını açarak. "Rahatsızlık vereceğim diye öyle korkmuştum ki."

"Sakın öyle düşünme." Makyaj masasının altındaki mini buzdolabını işaret ederken "Soğuk bir şeyler içer misin?" diye sordum. "Havalar çok sıcak, gelirken susamış olabilirsin."

Melisa hayır, der gibi elini kaldırdı. "Yol boyu soğuk su içip durdum zaten, hiç gerek yok."

"Geç otur o zaman." Geniş otel odasının bir köşesine konumlandırılmış koltukları gösterdim, sanırım fazla misafirperverdim. "Dinlen, uzan, istediğin gibi takıl ol. Rahatla."

"Zaten yol boyu arabada oturmaktan kıçım uyuştu Hande," dedi Melisa gülerek. "Rahatım, senin yanında yıllardır tanıdığım bir insanın yanında gibi hissediyorum." Doğruca boydan boya cam olan pencerenin önüne vardı ve etrafa büyük bir dikkatle baktı. "Kapadokya'da evlenme fikri şahaneymiş. Buralar çok güzel, masallar diyarı gibi..."

"Bora'nın fikriydi," dedim bakışlarımı pencerenin dışına taşırırken. Sanki bugün güneş bile bir farklı doğmuş gibiydi. "Eğer hemen dönmeyecekseniz yarın etrafı gezebiliriz."

Melisa dönüp bana baktı, fazla heyecanlı görünüyordu. "Bu gece burada kalacağız, yarın için şimdiden sabırsızlanıyorum."

Ona içtenlikle gülümsedim fakat aklımda başka bir soru işareti vardı. Eğer Bora Serdar'ı da davet etmişse ve Serdar da yanında o sülük Yaren'le gelmişse Bora'yla külahları değişebilirdik.

"Sadece siz mi geldiniz?" diye sordum tedirginliğimi belli etmeden. "Serdar gelmedi mi?"

"Hayır, Serdar'ın işleri varmış," dedi Melisa. "Yalnızca patron ve ben geldik."

Rahat bir nefes aldım, neyse ki Yaren'le olan husumetimden Bora dışında kimse haberdar değildi.

"Yalnızca patron?" İmalı bir gülümsemeyle kıvırdım dudaklarımı. Hangi patron çalışanının kolundan tutup en yakın arkadaşının nikâhına getirirdi ki?

"Tekin işte," dediğinde kulaklarına kadar kızardı Melisa. Neyi ima ettiğimi elbette anlamıştı. "Buraya gelmek benim için çok ani oldu. Tekin beni sabah aradı ve yirmi dakikaya kadar gelip alacağını söyledi. Bora onu nikâh için buraya davet ederken beni de getirmesini söylemiş. Yani senin için, ben de kabul ettim."

Melisa'ya bu açıklamaya inanmadığımı belli edercesine baktım. Aylar önce Serdar'la Yaren'in nişanında dans ediyorlardı, aralarındaki uyum ve çekim dışarıdan bakanların bile fark edeceği kadar açıkken nasıl hâlâ aralarında bir şey olmazdı?

"Bakmasana öyle Hande," dedi utanarak. "Aramızda hiçbir şey yok."

Sözlerinin ardından bakışları duvardaki askıda asılı olan elbiseme takıldığında "Giyeceğin elbise bu mu?" diye sordu. Madem konuyu değiştirmek istiyordu ben de üstelemeyecektim. Kıza kapıdan girer girmez dan diye Tekin'le aralarında bir şey olup olmadığını sormuştum. Ah, fark ettim ki ben mutluyken epey dengesizleşiyordum.

"Evet," dedim elbiseye hayranlıkla bakarken. "Bora aldı. Beğendin mi?"

"Evet, çok güzel." Melisa o an kinayeli bir şekilde güldü, sebebini anlayamadım ama soru da sormadım. "Hadi hazırlayalım seni artık. Bugün senin günün, kuğu gibi olmalısın."

☽

Bana göre insanlar ikiye ayrılıyordu. *İstasyonda öylece oturanlar ve trene binip uzaklaşanlar.*

Bazı insanlar, sonunda kötü bir yola varacakları düşüncesiyle yolculuk yapmaktan çekinir, hayatı bildiği düzende yaşamaya devam ederlerdi. Ben trene binip uzaklaşanlar safında yer alıyordum, öylece durmak ve hayatı aynı seyirde yaşamak benlik değildi.

Şimdi de Bora'yla birlikte yeni bir yolculuğa hazırlanıyordum. Korkmuyor ve tereddüt etmiyordum. Tek bir dileğim vardı, *bu defa ne olursa olsun, pişman olmak istemiyordum.*

Ahşap çerçeveli boy aynasının karşısında kendimi seyrederken Bora'nın nasıl bu kadar iyi bir seçim yapabildiğini düşündüm. Beyaz elbise üzerime o kadar iyi oturmuştu ki sanki benim bedenimi bilen bir terzinin elinden çıkmış gibiydi.

Elbisenin boyu ayak bileğimin hizasında bitiyordu, sol kısımdan diz kapağıma kadar uzanan yırtmaç detay olsun diye konulmuştu, eteği zaten rahatlıkla yürüyebileceğim kadar salaş, uçuş uçuştu. Bel ve beden kısmı vücudumu saran ikinci bir ten gibiydi. Yakası hafif dalgalı fakat dekoltesizdi ve köprücük kemiklerimin biraz altında bitiyordu. Kalın ve düşük askıları omuzlarımı açıkta bırakmıştı. Elbise tamamen beyaz ve sadeydi ama öylesine şık ve zarifti ki kendimi prenses gibi hissetmiştim.

Gözlerime hafif, kahverengi ve turuncu karışımı renkte bir far sürmüş, kirpik diplerime kahverengi farla derinlik kazandırmıştım. Melisa'nın ustalıkla sürdüğü rimel sayesinde ok gibi kıvrılmıştı kirpiklerim. Dudaklarıma ise gül kurusu ışıltılı bir ruj sürüp bırakmıştım. Makyajım tam istediğim gibi derin ama sade olmuştu.

"Oldum mu kuğu gibi?" diye sordum Melisa'ya aynadan bakarak. Melisa birkaç adım geride durmuş, hayranlığını sakınmayan bir bakışla beni izliyordu.

"Çok, çok güzel oldun," diye mırıldandı içtenlikle. "Bora'ya bu konuda hayranım, gidip öylesine bir elbise de alabilirdi ama senin için özel olarak diktirdi. O kadar düşünceli bir hareket ki bu..."

Dudaklarım şaşkınlıkla aralanırken Melisa'ya aynadan bakmayı kestim. Arkamı dönüp doğruca yüzüne diktim bakışlarımı. "Ne zaman dikildi?"

"Haberin olmadığını fark ettim aslında," dedi Melisa, o kinayeli gülüşü bu sebeptendi demek. "Senin gelinliğini tasarlayan kadından sana bir nikâh elbisesi hazırlamasını istemiş Bora. Hatta modeli de kendisi belirlemiş. Eh, kadın da zaten biliyor senin vücut ölçülerini. Onun için zor olmamıştır. Tekin iki gün önce bir çalışanıyla Kapadokya'ya yollattı elbiseni, oradan biliyorum. Kargoya verilirse yetişmeyeceğini düşünmüş olmalılar."

Bora'ya, *eğer bana beyaz bir elbise alırsan seninle evlenirim,* dememin üstünden tam bir hafta geçmişti. Üstümdeki elbise sadece birkaç gün içinde mi dikilmişti?

Neden böyle teferruatlı bir işe giriştiğini anlayabiliyordum, bir nevi yakıp kül ettiği gelinliğin yerini doldurmaya çalışıyordu.

"Bak sen," dedim hoşnut bir gülümsemeyle. Aslında kötü hissetmiştim ama belli etmeyecektim. "Bora bana bu kadarını söylememişti."

"Bora çok zevkli biri." Melisa kaçıncısı olduğunu sayamadığım derin bir iç çekti. "Kadın kıyafetlerinden anlayan bir erkek kolay kolay bulunmaz. Sen çok şanslısın."

Ona bakıp muzip bir ifadeyle gülümsediğimde makyaj masasına yürüdü. "Tabii Bora daha şanslı. Bugün âdeta bir peri kızıyla evlenecek."

İltifat duymayı pek sevmezdim, en yakınlarım bile olsa beni övdüklerinde kızarır ve ne diyeceğimi bilemezdim. "Teşekkür ederim ama beni övüp durma," dedim isyan eder gibi. "Ben utanırım böyle şeylerden."

Melisa elinde saç spreyiyle karşımda durduğunda "Ne değişik bir kızsın sen ya!" diye söylendi. "Kadınların çoğu iltifat duymaya bayılır, yalandan bile olsa sürekli pohpohlanmaktan hoşlanırlar."

"Ben öyle değilim," dedim söyledikleri korkunç bir şeymiş gibi tepki verirken. "Hem sen de öyle değilsin ki. Ama Yaren tam bir..."

Bir an karşımda Melisa olduğunu unutup Hilal'le konuşuyormuş gibi Yaren dedikodusu yapacaktım ki son anda vazgeçtim. Melisa dikkatle bakıyordu yüzüme.

"Evet, Yaren biraz o tiplerden gibi," diyerek düşüncemi kısmen dile getirdi. "Kendisini pek tanımadığım için bir şey diyemiyorum. O senin gibi cana yakın değil, ne zaman Kupa Kızı'na gelse bana bir çalışan olduğumu hatırlatan ithamlarda bulunuyor."

"Haspam," diyerek burun kıvırdığımda Melisa güldü. "O kim ki seni küçümsüyor acaba?"

"Boş ver," dedi Melisa saçlarımı spreyleme işini bitirdiğinde. "Ben hiç takılmıyorum bile. İnsanları meslek gruplarına göre ayrıştırıp muamele etmek onun kalitesini ortaya koyuyor sadece."

Melisa zeki bir kızdı, Yaren'i hiç tanımadığı hâlde notunu tam verebilmişti.

Saçlarımı açık bırakmak istesem de Melisa bu elbisenin üzerine ensemde biten sıkı bir topuzun daha çok yakışacağını söylediği için saçlarımı ona emanet etmiştim. Ve o da harika bir topuz yapmıştı. Saçlarımın büyük bir kısmını sola yatırıp o kısmı gevşek bırakarak yaptığı topuzum, baştaki itirazıma rağmen sonradan çok hoşuma gitmişti. Melisa maharetli kızdı, şayet gelmeseydi bu kadar güzel ve çabuk hazırlanamazdım.

Aynaya son kez baktığım sırada, "Kolyen de Bora'nın hediyesi mi?" diye sordu Melisa. Parmaklarımla kolyemin ucundaki yaprağı kavrarken kafamı salladım.

"Gerçekten çok güzel, çok zarif," dedi beğeniyle süzerek. "Elbisenin üzerinde de ayrı bir güzel durdu."

"Bu zamana kadar aldığım en anlamlı hediye olabilir bu kolye." Sıradan bir kolye değildi çünkü Bora'yla aramızdaki bağı anlatan anlamlı bir hikâyeye sahipti ve beni derinden etkileyen tarafı da buydu. Bakışlarım aynadaki kendimden ayrılmazken derin bir iç çektim, sıradan bir nikâh için fazla gösterişli olmuştum ama buna bir itirazım yoktu. İnsan ömründe kaç kez evlenirdi ki?

Melisa içten bir şekilde gülümseyerek bakıyordu bana, bakışları beğeni doluydu. "Dön bir de sana bakayım," dedim göz kırparak. Kendi telaşımdan Melisa'nın ne giydiğine tam bakamamıştım.

Melisa benden birkaç adım uzaklaşıp yavaşça döndü. Boyu dizlerinin hizasında biten, dar kesim ve omuzları çapraz askılı koyu kırmızı bir elbise giymişti. Sarımsı saçlarını açık bırakıp maşayla kıvırmış, yüzüne her zamanki sade makyajını yapmıştı. Elbisesi iddialıydı fakat yüzünün diğer günlerden bir farkı yoktu. Makyaj masasına yürüyüp kırmızı rujlardan birkaçını aldım.

"Makyajın çok sade," dediğimde, "Biliyorsun ben pek sevmiyorum," diyerek itiraz etti hemen.

"Makyaj yapmayı pek sevmeyen birine göre fazla beceriklisin ama." Ellerimdeki rujlardan elbisesinin rengine en uygun olan tonu seçtim. "Tek eksiğin kırmızı ruj."

"Sürmesem?"

"Olmaz," dedim ruju eline tutuşturarak. Melisa aynanın karşısına geçti ve ruju çabucak dudaklarına sürüp çekildi.

"Ha şöyle," dedim sessizce. "Fıstık gibi kızsın sen, Tekin kör falan mı acaba?"

"Hande, lütfen. Bak sakın Tekin'in yanında imalarda bulunayım falan deme. Düşer bayılırım."

"Merak etme, yapmam öyle şeyler."

Bana tedirgin bir bakış atmıştı. "Söz ver?"

"Bir ihtimal," diyerek dudaklarımı birbirine bastırdım. Tam o sırada telefonum çalmaya başladı. Aynı anda Melisa da söylenmeye...

"Tamam, tamam korkma ama bugün gözüm üzerinizde olacak. Durumunuzu zevkle analiz edeceğim."

Melisa söylenmeye devam ederken yatağın kenarında duran telefonuma uzandım. Saat 13.40'tı ve nikâhımıza tam bir saat yirmi dakika kalmıştı. Arayan Bora'ydı, telefonu açıp kulağıma götürdüğümde kalp atışlarım öyle hızlıydı ki telefondan bile duyulacak sandım.

"Efendim?"

"Hazır mısın?" diye sordu. "Sürprizimi nasıl buldun?" Sesi benim aksime heyecanlı değil gibiydi. Bu kadar soğukkanlı olmasından hazzetmiyordum, bazen onunla konuşurken duvarla konuşuyormuş gibi hissediyordum.

"Çok beğendim," dedim Melisa'ya göz ucuyla bakarak. "Ve ben hazırım."

"Ben çoktan hazırım," dediğinde güldüğünü işittim. "Son bir saatim seni beklemekle geçti diyebilirim."

"Ne yapalım? Biz kızlar kolay kolay hazırlanamıyoruz."

Bora bu durumdan şimdiden sıkılmış gibi konuştu. "Ve biz beyler, her zaman bekletiliyoruz."

Beni gıcık etmek için mi yapıyordu? "Ne o? Yoksa bir itirazın mı var?"

Bir kez daha güldüğünde öfkem saman alevi gibi sönüp yok oldu. "Bora?" dedim heyecanımı gizlemeden. "Neredesin şu an?"

"Otelin lobisinde. Yukarı gelmemi ister misin?"

"İsterim." Bir an önce onu görmeliydim ve bu çocuksu

heyecanım bir nebze olsun dinmeliydi. Aksi takdirde ben de Melisa'nın dediği gibi düşüp bayılacaktım.

Bora'nın sesindeki heyecanı o an fark ettim. "Tamam, ona kadar say."

Telefonu kapatır kapatmaz telaşla aynaya yürüdüm, kendime son kez bakıp iyi göründüğümden emin olmak istiyordum. Melisa güzel göründüğümü söylüyordu ama bunu Bora'nın dudaklarından duymadan içim rahatlamayacaktı. Eskiden umurumda olmayan bu detaylar şimdi beni nasıl da kıvrandırıyordu...

"O zaman ben aşağı ineyim yavaştan." Melisa çantasının içine bir şeyler tıkıştırırken aceleyle bana baktı. "Siz de çok oyalanmadan gelirsiniz, nikâh dairesine geç kalmayalım."

Melisa kapıyı açmadan önce durdu, siyah ayakkabısının çözülen bandını bileklerine tekrar bağladıktan sonra kapıyı araladı. Bora orada, kapının hemen ardındaydı. On saniye olmuş muydu? Beni gördüğü an keskin bakışları üstüme öyle bir kenetlendi ki Melisa'nın odadan çıkıp koridor boyunca uzaklaştığını fark etmedi. Ağır adımlarla içeriye girerken gözlerini bir an olsun üzerimden ayırmadan kapattı kapıyı.

Sonra, dizlerinin tüm takati kesilmişçesine kapıya yaslandı.

Bense olduğum yere çivilenmiş gibiydim, kıpırdayamadım, konuşamadım.

Her zaman dağınık olan siyah saçlarını, bugün düzgün bir şekilde sola doğru yatırmıştı Bora. Parmaklarımı arasına daldırıp dağıtmak isteyeceğim kadar güzel görünüyordu saçları. Sakallarını tamamen kesmese de boyunu kısaltmıştı. Değişen pek bir şey yoktu aslında. Her hâli birbirinden can yakıcıydı. Güzel gözlerini süsleyen kirpikleri yine değiyordu kaşlarına, benimse tuhaf bir şekilde içim gidiyordu ona.

Üzerinde jilet gibi duran siyah takımının içine beyaz bir gömlek giymişti. Siyah parlak ayakkabıları ve siyah deri saatiyle müthiş bir uyum içindeydi. Fakat kravat ya da papyonu yoktu. Şaşırmamıştım, o aykırı bir adamdı ve mutlaka bütünü bozacak bir ayrıntıyla karşımda duracaktı.

İlk konuşan Bora olduğunda "Tuhaf," diye mırıldandı. "Bu anın böyle olmasını beklemiyordum, kendimi dayak yemiş gibi hissediyorum." Parmaklarını alnına götürdü ve hafifçe kaşıdı. Üzerimdeki şaşkınlığı atıp gülümsediğimde yutkundu ve o da yavaşça gülümsedi. "Her seferinde ağzımı burnumu kırmayı nasıl başarıyorsun?"

Gülümseyerek kafamı yere eğdim, Bora ve tuhaf iltifatları... Beni her zamanki gibi şaşırtmayı başarıyorlardı. Gülmekle gülmemek arasında bocalıyordum. Ben de farklı bir durumda değildim şu an. Dizlerim titriyordu ve düşmemek için kendimi zor tutuyordum.

Adımlarını bana doğru attığında yaşadığımız her şey bir film şeridi gibi akıp gitti gözlerimin önünden. *Onu gördüğüm ilk gün, ondan nefret ettiğim ilk gün, onu sevdiğimi anladığım ilk gün.*

Ve hep kaçtığım evliliğe evet diyeceğim, *bugün.*

Ayakkabılarının çıkardığı tok adım sesleri, bir nefes ötemde durduğunda son buldu. Havaya kaldırdığı elleri çekimser, parmak uçları ilk defa ürkekti. Gözlerime baktı. Omuzlarıma değdirdiği parmak uçları tenime şefkati mühürlerken dudakları aralandı.

"Yaralı bir serçe gibisin," dedi kadife sesiyle. Parmakları tenimde hilal şeklini çizer gibi gezinirken içim titredi. "Ve ben seni günden güne iyi edecek olan, pişman bir avcıyım. Söz veriyorum, tek bir gün bile pişman olmana izin vermeyeceğim."

"Pişman olmayacağım," dedim kısık bir sesle. Kendi inkârım üzerinden infaz edildiğim bir zamandaydım. Ayağımın altındaki tabureyi itekledigim an sevdaya düşecektim. Ellerimi havaya kaldırdım, nereye koyacağımı bilemediğim avuç içlerim sakallarına kapandığında göz kapakları güzel gözlerine gölge düşürürcesine kapandı.

Öyle güzeldi ki yüzü, kirpikleri, kaşları, dudakları, sakalları...

"Elbise için teşekkür ederim," diyerek aramıza düşen sessizliği dağıttım. "Sadece birkaç günde diktirdiğini öğrendim, aslında gerek yoktu."

Bora gözlerini araladığında beni baştan aşağı süzdü. "Gerek vardı, tam tahmin ettiğim gibi sana çok yakıştı."

Omuzlarımda duran ellerini aşağıya indirdi, parmakları belime kenetlenirken beni kendisine yavaşça çekti. Parmaklarının sırtıma değişini hissettiğimde ürperdim, kafasını eğdi ve burnunu boynuma gömerek derin bir nefes aldı. Sanki daha önce hiç sarılmamış gibi sarılıyordu bana, ilk defa nefes alıyormuş gibi kokumu içine çekiyordu.

"Biliyorum çok yetersiz olacak," dediğinde dudaklarını boynuma bastırdı. "Ama sen çok güzelsin, *iki gözüm...*"

Kollarımı boynuna sararak ona sıkıca sarıldım. Fazla vaktimizin olmadığını biliyordum ama bu anı bozmak da içimden gelmiyordu. "Sen de çok yakışıklı olmuşsun, her zamanki gibi."

Birbirimizden güçlükle ayrıldığımızda doğruca yatağın yanındaki komodine yürüdüm. Bora ne yaptığımı anlamak ister gibi bana bakıyordu. İlk çekmeceyi açıp içinden siyah bir yüzük kutusu çıkardığımda tekrar ona yürüdüm.

"Parmağıma takmamak için bahaneler ürettiğim, seninse parmağımdan çıkarmamam için tehditler savurduğun o yüzük." Bora'nın karşısında durup elinden tuttum, parmaklarını aralayıp kutuyu avuçlarının arasına bıraktım. "Ne tuhaf bir cümle değil mi?" diye sordum gözlerine erir gibi bakarken. "Ama inan bana, en ufak bir serzeniş bile barındırmıyor."

Bora sadece kafasını salladı. Sağ elimi uzatırken "Son kez takacaksın," dedim, kendimden hiç olmadığım kadar emindim. "Son kez."

Bora'nın dudakları memnuniyetle kıvrılırken kutunun kapağını araladı ve içinden çıkardığı yüzüğe uzun uzun baktı. Ne düşündüğünü bilmek isterdim, ona en son bu yüzüğü sattığım yalanını söylediğim günü hatırladım.

O günün acısı hâlâ içimdeydi. Onun da içinde olmalıydı.

"Hadi ama," diyerek aramıza giren kasveti yok etmeye çalıştım. "Elim havada iki saat bekleyecek miyim ben?"

Bora umursamazca güldü o an. "Ne tuhaf, sen de beni bekletirdin böyle."

"Eskidendi o."

"Hep eskide kalsın o zaman."

Tektaş yüzüğü usulca kavradığı parmağımdan nazikçe geçirdiğinde bakışlarıma burukluk çöktü. Aylar öncesinde parmağıma zorla taktığı bu yüzüğü ağlaya ağlaya çıkaran da bendim, şu an aynı yüzüğü hiçbir zaman çıkarmayacağına dair yeminler eden de...

"Bir daha çıkarırsan, çıkarıp bir yerlere atarsan," dediğinde gözlerimin içine ciddiyetle baktı. Ama aslında gülümsüyordu. "Yemin ederim bacaklarını kırarım, Hande."

"Çıkarmayacağım. Söz veriyorum."

Bora beni bir daha kollarının arasına aldığında kulaklarıma içtenlikle fısıldadı. "O zaman birlikte yanmak bize farz oldu, ateş parçası."

Biraz daha bu şekilde kalırsak kesinlikle geç kalacağımızı biliyordum. Geri çekilmeden önce Bora'nın yanağına uzun bir öpücük bıraktım. Daha fazla oyalanmadan odadan çıkarken, bakışlarım yanağındaki ruj lekesine takıldı. Belli belirsiz bir pembelikte, dudaklarımın izi duruyordu teninde. Muhtemelen söylemediğim için kızacaktı ama umursamadım. Kendisi fark edinceye kadar yanağında pembe bir öpücük iziyle dolaşmasının bir mahsuru yoktu bana göre.

Alt kata indiğimizde dar bir koridoru aşıp lobiye vardık, görünürde Tekin ya da Melisa yoktu fakat resepsiyondaki iki çalışanın dikkatli bakışları üzerimize takılmıştı. Biri kadın, diğeri erkekti ve gülümseyerek fısıltıyla konuşuyorlardı.

Yeni evlenecek bir çift olduğumuz o kadar belli oluyor muydu?

Otelden çıktığımızda kapının önünde Bora'nın arabasını, hemen arkasında Tekin'in arabasını gördüm. Tekin ve Melisa arabanın kaputuna yaslanmış konuşuyorlardı, bizi gördükleri an kıpırdandılar ve Tekin güneş gözlüğünü çıkararak dikkatli bir şekilde bana baktı.

"Vay, vay, vay anasını sayın seyirciler..." Küçük bir ıslık çaldığında hafiften bir utanç hissettim. "Böyle ateşli bir çift daha önce ne gördüm, ne duydum."

Bora gülüyordu, bense çekimser bir tavırla ellerimi birbirine yaslamış, topuğumu yere vuruyordum.

"Merhaba Tekin," dedim aramızdaki kırgınlığı bir kenara bırakarak. Öyle mutluydum ki ufak detaylar tadımı kaçıramayacaktı bugün.

"Merhabalar gelin hanım," diyerek yanımıza doğru yürüdü Tekin. Bakışları Bora'yla ikimizin arasında gidip geliyordu. "Sonunda bugünü de gördük ha?"

Bora bana bakarak göz kırptı. "Şükür, sonunda gördük."

Utangaç bir tebessümle kaçırdım bakışlarımı. Melisa birkaç adım geride, kollarını göğsüne kenetlemiş bir hâlde bizi izliyordu.

Tekin Bora'nın karşısında durup elini yüzüne doğru kaldırdı, Bora gözlerini kısarak yüzünü geri çekmeye çalıştı ama Tekin yanağına birkaç kez vurmuştu bile. "Ya sen büyüdün de damat mı oluyorsun?"

Bora Tekin'in elini yakalayıp yere indirirken "Oğlum elin ayağın düzgün dursun," diye uyardı. "Sinirlendirme bak beni."

"Ne var?" Tekin kaşlarını çattı. "Şu hâle bak, yanağında ruj lekesiyle gezecek adam mıydın sen? Bildiğin kılıbık olmuşsun."

Tekin'in sözleriyle Bora'nın bakışlarının üzerime çevrilmesi ve benim bakışlarımın başka bir tarafa kayması aynı anda gerçekleşti.

"Ruj lekesi mi?" Bora elini yüzüne kaldırdı, hangi yanağını öptüğümü de unutmuştu. Yanlış tarafı silmeye çalışıyor, Tekin ise kıs kıs gülüyordu.

"Sağ yanağın kılıbık koçum benim," dedi Tekin dalga geçmeye devam ederek. "Söylemese miydim acaba? Ne güzel gezerdin gün boyu rujlu bir yanakla."

"Yok yok, iyi ki söyledin," dedi Bora bana bakarak. "Birilerine kalsa ben tüm gün böyle gezeyim, sıkıntı yok."

Hiç üstüme alınmamış gibi omuzlarımı silktim. "İftira atma, görmedim bile."

"Hande 1, Bora 0." Tekin eğlenmeye devam ediyordu.

Bora bir şeyler söylemeye hazırlanıyordu ki araya girdim. "Bırak takılsın," dedim keyifle. Bakışlarımı doğrudan Melisa'ya çevirdiğimde Melisa yapma dercesine kaşlarını kaldırdı. "Onun da damat olacağı günleri göreceğiz."

Tekin bir bana bir de Melisa'ya bakmıştı. Neyi ima ettiğimi anlamıştı ve evet, utanma sırası ondaydı.

"Bir an önce yola koyulsak iyi olur," dedi Melisa konuyu değiştirmek için. İçten içe bana küfrettiğine adım kadar emindim şu an. "Çok vakit kalmadı. Sahi, buradan Ürgüp ne kadar sürüyor?"

"En fazla yirmi dakikaya oradayız," dedi Bora. Arabanın ön kapısını benim için açtığında hadi dercesine kafasını omzuna eğdi.

Vakit kaybetmeden arabaya yürüdüğüm sırada Tekin ve Melisa da arabaya binmek üzerelerdi. "Ben şimdi sizin arkanızdan sürekli kornaya basacağım, haberiniz olsun."

"Abartmasan mı Tekin?" diye sordu Bora. "Sonuçta düğün değil bu, yolda ebemize kadar küfrettireceksin."

"Tam da o yüzden abartalım bence." Tekin bugün tam formundaydı. "Madem düğünsüz evleniyorsunuz, öyleymiş gibi hissettirelim."

"Bence de," dediğini duydum Melisa'nın. "İtiraz edeceğinize tadını çıkarın, bugün sizin gününüz."

Eğer Tekin ve Melisa gelmemiş olsaydı oldukça sade ve renksiz bir gün geçirecektik belki de. Arabaya binip yola koyulduğumuz andan itibaren Tekin dediğini yapmış ve sürekli olarak korna çalmaya başlamıştı. Bora'nın ikazlarına aldırmıyordu, aksine Bora'yı sinirlendirdikçe keyiften dört köşe oluyor gibiydi.

Oldukça yokuşlu, virajlı ve engebeli yollardan gidiyorduk. Bora bu yolun kestirme olacağını söylemişti ama bu kadar sorunlu bir yol olacağını bilseydi sanırım yolunu uzatmak pahasına burayı tercih etmezdi.

"İnşallah kendi nikâhına geç kalıp nikâhı kaçıran bir çift olarak tarihe geçmeyiz Şahsuvar," dedim telefon ekranına bakarak. Bir saatten az bir zaman kalmıştı ve önümüzdeki yol hiç bitmeyecekmiş gibi geliyordu.

"Yok yok, merak etme. On dakikadan az kaldı."

Tekin'in korna seslerini bastırmak için radyoyu açtığında ben de arkama yaslandım ve yolu izlemeye başladım. Radyoda yabancı bir şarkı çalıyordu. Bugün olumsuz şeyler düşünerek günümü mahvetmek istemiyordum ama ne kendi ailem ne de Bora'nın babası aklımdan çıkmıyordu. Evlendiğimizi öğrendiklerinde ne tepki vereceklerini merak ediyordum. Özellikle Haldun Şahsuvar'ın bu durumu sindirmesi kolay olmayacaktı.

"Sadece Tekin'i çağırman Serdar'ı kırmayacak mı?" diye sordum radyonun sesini kısarak. Konuyu Yaren'e getirmeden Bora'nın bu konu hakkındaki fikrini öğrenmek istiyordum. "Ben olsam kırılırdım, o da çok yakın arkadaşın sonuçta."

"Serdar'ın bugün çok önemli bir görüşmesi var," dedi Bora. Bakışlarını kısa bir an benimle buluşturdu. "İstese de gelemezdi, zaten ben de bunu fırsat bilerek Tekin'i davet ettim sadece. Eğer Serdar müsait olsaydı Tekin'i de çağırmazdım çünkü böyle bir günde Yaren'i ikimiz de yanımızda istemeyiz."

"Belki de Yaren gelmezdi," dedim tepkisini ölçmek için. "Serdar hiçbir şeyin farkında olmayabilir ama Yaren'le durumunuz ortada ve benim onun nasıl bir kız olduğunu bildiğimi biliyor."

"Gelirdi." Bora'nın yüzünde küçümseyici bir tebessüm oluştu. "Öyle yüzsüz bir kız ki emin ol sırf tadımızı kaçırmak için yine gelirdi."

Tam bir şeyler söylemeye hazırlanıyordum ki "Neyse ne," diyerek konuyu kapattı Bora. "Bugün tadını kaçıracak hiçbir şey konuşmak istemiyorum."

Bunu ben de istemiyordum, o yüzden konuyu irdelememeye karar verdim ama eninde sonunda bu meselenin altında yatan esas hikâyeyi öğrenecektim. Bora sırlarla dolu bir adamdı, onu tam anlamıyla tanımıyordum, onun hakkında çoğu şeyi bilmiyordum üstelik. Fakat buna rağmen bugün onunla evleniyordum ve bu hayatımı kumar masasına yatırmaktan farksızdı. Her zamanki gibi cesaret gerektiren bir işe imza atacaktım, doğrular ya da yanlışlar umurumda değildi. Ben Bora'yı gerçekten çok seviyordum ve hiçbir kötü düşünce bugün verdiğim kararın önüne geçemeyecekti.

Bora'nın dediği gibi yaklaşık on dakika sonra Ürgüp'e varmıştık. Bu süre boyunca Tekin'in kornası hiç susmamış, Bora ise söylenip durmuştu ama onun da keyfi yerindeydi. Sanırım Tekin'i çağırdığı için biraz pişmandı ama ben çok eğleniyordum.

"Ama elbet sen de evleneceksin!" Bora arabanın kapısını sertçe kapatırken doğrudan Tekin'e baktı. Onlar da arabadan iniyorlardı. "Bak yazıyorum bunları bir kenara, senin düğün gününde bin beterini yapacağım ben sana."

Melisa arabadan iner inmez yanımda almıştı soluğu. "Çocuk gibiler," dedi sessizce gülerek. "Ve korkarım ki Tekin birazdan Bora'dan dayak yiyecek."

"Tekin arkadaşlarının yanında çocuk gibi."

"Çalışırken tam tersi." Melisa Tekin'e göz ucuyla baktı. "Oldukça asabi ve sert bir patrondur kendisi."

Bora ve Tekin yanımıza geldiğinde ikimiz de sustuk. Nikâh dairesinin önü hareketliydi, içeri telaşla girenler ve içeriden gülüşerek çıkanlar, merdiven basamaklarında durup fotoğraf çektirenler... Melisa fotoğraf çektiren çiftleri gördüğünde "Ha bu arada," diyerek Tekin'in arabasını gösterdi. "Fotoğraf makinemi de getirdim yanımda. Nikâhtan sonra Asmalı Konak'ta fotoğraflarınızı çekeceğim, itiraz istemiyorum."

"Olur," dedim heyecanla. Bora hiçbir şey söylemeyince bakışlarımı ona çevirdim, olur dercesine gözlerini kapattı. Daha önce içinde bulunduğumuz hiçbir fotoğraf karesi bugünkü kadar değerli olamayacaktı çünkü ilk defa bir fotoğrafta ikimiz de içtenlikle gülüyor olacaktık.

"Asmalı Konak?" diye sordu Tekin. "Neredeyse biz çocukken televizyonda oynayan diziden mi bahsediyorsun?"

"Evet," diyerek abartılı bir hareketle kafasını salladı Melisa. "O dizinin çekildiği konağa çok güzel diyorlar. Adı da diziden sonra Asmalı Konak olarak kaldı."

"Müzeye çevrildi," dedi Bora kendinden emin bir şekilde. "Asmalı Konak Müzesi."

"Valla konak güzel mi bilmem ama ben hiç sevmezdim o diziyi," dedi Tekin burun kıvırarak. "Annemle ablam otururdu televizyonun başına, bitene kadar kalkmazlardı. Tuttururlardı Seğmen Ağa da Seğmen Ağa... Hayır sanki adamın ne esprisi varsa."

Melisa kıkır kıkır gülmüştü. "Zaten erkekler genelde kadınların beğendikleri başrol erkekleri sevmezler."

"Yo, alakası yok bir kere. Gıcık bir adamdı o."

"Bence karizmatikti," dedi Melisa. O an Tekin'in kaşları alayla havalandı. "Pardon? Sen karizmatik adam görmemişsin, sarışın."

Melisa bu defa bakışlarını bana çevirdi. "Sence öyle değil miydi Hande?" diye sordu. O dizi bir zamanlar öyle popülerdi ki muhakkak izlediğimi hesaba katarak soruyordu bunu. Ama çocuktum, annemin izlediğini hatırlıyordum lakin benim diziye dair hatırladığım hiçbir şey yoktu.

Yine de Melisa'yı yalnız bırakmamak için, "Evet," diyerek göz ucuyla Bora'ya baktım. "Karizmatikti."

Bora'nın anında üzerime çevrilen bakışlarında kızgınlık belirdi. "Ulan o dizi yayınlanırken bacak kadar boyunuz vardı, ne anlayacaktınız karizmatik adamdan? Ufak atın da civcivler yesin. Bak Tekin, bizi sinir etmek için yapıyorlar sakın oyuna gelme."

Bora'ya tüm oyunu bozdun der gibi ters bir bakış attım, benim niyetim Tekin'i köşeye sıkıştırıp Melisa'ya karşı bir kıskançlık yapıp yapmayacağını anlamaktı ama artık geçti.

"Arabanın kapısını açar mısın patron?" dedi Melisa Tekin'e bakarak. "Şu fotoğraf makinesini alayım, nikâh boyunca bir sürü kare yakalamak istiyorum."

Tekin ve Melisa arabaya doğru yürüdüklerinde Bora kolundaki saate baktı. Henüz zamanımız olmalıydı, muhtemelen bizim nikâhımızın kıyılacağı salonda şu an başka bir çift evleniyordu.

"Sadece yirmi dakika sonra," dedi bakışlarını kolundaki saatten ayırmadan. "O hep kaçtığın evlilik gerçek olacak, karım olacaksın ve bunun geri dönüşü yok."

Bora'nın sesi sert değildi ama naif de değildi. Gözlerime baktığı an, "Emin misin?" diye sordu. "Eğer kafanda en ufak bir tereddüt varsa şu an bile geri dönebiliriz."

"Bu nereden çıktı şimdi?" diye sordum kızgınca. "Ben kendimden emin olmasam şu an burada olur muydum?"

"Sadece kafamda hiçbir soru işareti kalmasın istiyorum," dediğinde usulca yanağıma dokundu. "İlerleyen zamanlarda herhangi bir pişmanlık yaşayıp seni bu evliliğe zorladığımı söylemenden korkuyorum."

"Zorlamadın. Geçmişi silip attım ben, tamamen kendi isteğimle buradayım ve kalbimin sesini dinliyorum."

Bora'nın dudaklarında beklediği cevabı almanın karşılığı olan bir tebessüm belirdi.

"Senden tek istediğim," dediğimde, "Biliyorum," diyerek kesti sözümü. "Zaman. Sen hazır hissedene kadar bekleyeceğim seni. Bu benim için sorun değil. Ben zaten kendimi bildim bileli seni bekliyorum."

"Teşekkür ederim," dedim ona hayranlıkla bakarken. Bora göründüğünün aksine çok naif ruhlu bir adamdı.

Tekin ve Melisa yanımıza yürürlerken Melisa fotoğraflarımızı çekmeye başlamıştı bile. Bu konuda da maharetliye benziyordu, makinayı tutuşundan belliydi. Nikâh saatimize beş dakika kala evlendirme dairesine girmiş ve nikâhımızın kıyılacağı salona geçmiştik. Kendimi mutlu hissetmeye zorlasam da buruk hissediyordum, bu şekilde herkesten ve her şeyden uzakta evlenecek olmak tuhaf geliyordu. Tekin ve Melisa iyi ki gelmişti, hiç değilse onların varlığı güç veriyordu.

Nikâh masasındaki yerlerimizi aldığımızda yanımıza hiç tanımadığımız bir kadın ve erkek oturmuştu. Şahitlerimiz onlar olacaktı, hiç tanımadığımız iki insan.

Tekin en öndeki koltuklardan birine serilip oturmuştu ama durmadan Bora'ya kafa sallayıp kaş göz işaretleri yapıyordu. Melisa ise fotoğraflarımızı çekip duruyordu.

Nikâh memuru birkaç dakika gecikmeli olarak geldiğinde içimi tuhaf bir heyecan kapladı. Sadece birkaç dakika sonra evlenmiş olacaktım, soyadım değişecekti ve Bora'nın da dediği gibi, o hep kaçtığım hadise gerçekleşecekti.

Nikâh memuru klasikleşmiş konuşmasını yaptı ve birazdan nikâh akdini başlatacağını söyledi. Boğazını hafifçe temizleyerek gözlüğünü burnunun üzerinden ileriye itti. Bakışları üzerime çevrildiğinde annemin ve babamın adını sorması tokat yemişim gibi hissettirdi.

Hissettiğim burukluğu Bora'nın fark etmesini istemiyordum çünkü yanlış anlayabilirdi. Kendimi gülümsemeye zorladım, böyle olması gerekiyordu ve böyle olacaktı.

"Sayın Hande Aksoy," dedi babam yaşlarındaki nikâh memuru. "Hiçbir baskı altında kalmadan, kendi hür iradenizle, Bora Şahsuvar Beyefendi'yi eş olarak kabul ediyor musunuz?"

Bora'nın bakışları üzerime çevrildi, gözleri gözlerimi buldu ve ben dudaklarımı aralayıncaya dek yüzündeki o endişe ifadesi silinmedi.

"Evet," dedim hiç düşünmeden. Ve sonra gülümsedim, o an gözlerinde gördüğüm kara bulutların dağıldığına yemin edebilirdim. Son ana dek vazgeçeceğimi, hatta bir delilik yapıp nikâh masasında hayır diyeceğimi düşünüyordu belki de.

"Siz sayın Bora Şahsuvar," diyen nikâh memuru, aynı soruyu bir kez daha yineledi. ""Hiçbir baskı altında kalmadan, kendi hür iradenizle, Hande Aksoy Hanımefendi'yi eş olarak kabul ediyor musunuz?"

Bora bir an duraksamış olsa da içimde evet demeyeceğine dair tek bir şüphe kırıntısı yoktu. Onun aksine ben onun duygularından, istediklerinden öylesine emindim ki…

Yeşil gözlerini bir kez daha yüzümde gezdirdi, bakışlarıyla gözlerime *tüm ömrüm senin olsun* der gibi.

"Evet."

Tekin'in ıslığı ve Melisa'yla birlikte kopardığı alkış sesi boş salonu inlettiğinde onlara gülümseyerek baktım. Alkışı kestiklerinde Melisa yeniden fotoğraf makinesini kavradı ve bizi çekmeye başladı.

Nikâh memuru şahitlere çevirdi bakışlarını. "Sizler de şahitlik ediyor musunuz?"

"Evet, ediyoruz."

Bu defa gülümseyerek dile getirdi son sözlerini. "Ben de Medeni Kanun'un bana verdiği yetkiyle sizleri karı koca ilan ediyorum."

Elindeki mikrofonu bir kenara bırakarak nikâh defterini önümüze uzattığı sırada aklıma Bora'nın ayağına basma fikri geldi. Geç kalmış sayılmazdım değil mi? O an fazla düşünmeden kaldırdığım ayağımla Bora'nın ayakkabısının üstüne sertçe bastım.

Bora benden böyle bir atak beklemediğinden olsa gerek boş bulunarak küfretti. "Hassiktir!"

Ağzından zamansızca kaçan küfrün ardından bakışları üzerime çevrildi, gözleri büyüdü ve yumruk yaptığı elini dudaklarına kapattı.

Böyle olacağını tahmin edememiştim. Kulaklarıma kadar kızarırken "Hii," diyerek ben de elimi ağzıma kapattım. Afallamış bir hâlde bize bakan nikâh memuruna suçlu suçlu diktim gözlerimi.

Bora adama döndü ve "Şey," dedi parmağıyla beni göstererek. "Kusura bakmayın, ayağıma bastı da. Refleks oldu yani. Öyle kaçtı gitti ağzımdan."

Tekin kafasını dizlerine gömmüş bir şekilde kıkır kıkır gülüyordu, aynı şekilde nikâh şahitleri de...

"Hadi atın imzalarınızı," dedi nikâh memuru defteri göstererek. İmzalarımızı attıktan sonra üzerinde aile cüzdanı yazan küçük, kırmızı defteri bana uzattı memur. Aldığım defterin ardından ayağa kalktık ve dudaklarımızda şaşkın bir tebessümle bakakaldık birbirimize. Şayet Bora kafasını eğip dudaklarını alnıma bastırmasa bu anın içinden sıyrılamazdım. İçimdeki o burukluk hissi tamamen yok olmuş gibiydi. Her şeye rağmen, mutlu hissediyordum.

İlk olarak nikâh memuruyla, ardından şahitlerle el sıkıştık. Onlar salondan ayrılırken Bora bana döndü ve kulağıma eğilerek sessizce konuştu. "Kızım sen ayağıma basacağını niye önceden söylemiyorsun?"

"Önceden söylenmez ki," dedim kaşlarımı çatarak. "Hem benim de o an aklıma geldi. Hem ne bileyim ben senin canının o kadar tatlı olacağını?"

"Benim canım tatlı falan değil," dedi Bora. "Refleks oldu refleks, ayrıca ayağının altına on kilo taş mı bağladın anlamadım ki o nasıl bir basmaktı?"

"Canın tatlı işte, kabul et," dedim geri çekilirken. Bora'yı umursamıyor, hâlâ elimde aile cüzdanına bakıyordum.

"Hayır," diye diretti Bora. "Asla kabul etmem bunu."

Sonunda Tekin aramıza girmişti. "Yahu siz az önce evlendiniz, neyi bölüşemiyorsunuz?"

Bora, Tekin'e doğru salladı parmağını. "Karı koca kavgasına karışılmaz."

Melisa gülümseyerek kafasını sallarken "Bora haklı," dedi. "Onlar artık evli, karışma sen."

Bora tekrar bana döndüğünde bakışları ima doluydu. "Kendi nikâhına geç kalan çift olarak tarihe geçmedik ve kendi nikâhında küfreden adam olarak tarihe geçtim sayende."

Ona yandan bir bakış attım. "Farklılık oldu hiç değilse."

Bora, Tekin'le Melisa'nın varlığını umursamadan beni kendisine çekip kollarının arasına aldı. Dudaklarını bir kez daha alnıma bastırıp ürpertici bir öpücük bıraktığında mest olmuş gibi kapattım gözlerimi. "Zaten neyimiz normal ki?"

Önce bulunduğumuz salondan, sonra evlendirme dairesinden ayrılıp kapının önüne çıktığımız sırada Bora'nın telefonu çalmaya başladı. Cebinden çıkardığı telefon ekranına göz ucuyla baktım, arayan babasıydı. Bora tam bir haftadır babasıyla görüşmüyor, konuşmuyordu. Tıpkı benim gibi.

Tüm aramalarını bile isteye reddetmişti fakat bu sefer telefonu yanıtladı.

"Efendim baba?"

Melisa ve Tekin bizden ayrılarak arabaya doğru yürümüşlerdi. Bora öyle keyifliydi ki babasının muhtemelen şu an uzun uzun saydırıyor olmasını bile gülümseyerek dinliyordu. Bir an sonra hafifçe burnunu kaşıdı ve durumu kısa bir şekilde açıkladı.

"Hande'yle beraberim baba, nerede olduğumuz seni hiç ilgilendirmiyor ve evet, ondan vazgeçmiyorum."

Nefesimi tutmuş bir şekilde Bora'yı dinlerken babasının neler söylediğini anlamaya çalıştım, sesi dışarıya taşıyordu ancak sözleri anlaşılmıyordu. Tek anlayabildiğim öfkeli olduğuydu.

"Gelince hepsiyle ilgileneceğim," dedi geçiştirir gibi. "Söz, bak. İnan bana."

Bir müddet daha babasını dinlediğinde sıkılmış gibi kafasını salladı ve "Baba," diyerek kesti Haldun Bey'in sözünü. Gözleri gözlerimi bulduğunda gülümsemesi derinleşti ve yavaşça göz kırptı. "Biz evlendik."

Babası o an öyle yüksek bir sesle bağırdı ki ne söylediğini duymamam imkânsızdı. "Ne diyorsun lan sen?"

"Evlendik diyorum, evlendik. Hande benim karım, senin de gelinin."

Kısa bir sessizlik oldu ve sonra aramanın sonlandığını haber veren sinyal sesi duyuldu. "Baban telefonu suratına kapattı," dedim şaşkınlıkla karışık bir korku içinde.

Bora kafasını hayır der gibi salladı. "Suratıma kapatmadı." Benim aksime bu durumdan keyif almış gibi gülümsüyordu, elindeki telefonu parmaklarının arasında çevirirken dilini muzır bir çocuk gibi dudaklarının üstünde gezdirdi. "Telefonu duvara fırlattığı için telefon kendiliğinden kapandı."

"Nerden anladın?" diye sordum tek kaşımı kaldırarak.

"İnsan babasını tanımaz mı?"

"Tanır." Bora da öyleydi, telefon görüşmelerinin sonunda kaç kez telefonunu sağa sola fırlattığını sayamazdım bir zamanlar.

"Oğlunun babası işte," dedim iğneleyici bir sesle. "Ne bekliyorsun ki?"

Bora'nın gülümsemesi kaybolup suratında ciddi bir ifade belirirken "Bir saniye, bir saniye," dedi parmağını kaldırarak. "Ben senin kocanım artık. Sen hâlâ bana laf mı sokuyorsun?"

"Evet," dedim gülerek. "Neyse ki artık kavgalarımızın bir adı var, karı koca kavgası!"

Didişerek binanın önünden ayrıldık ve arabalara atlayıp bulunduğumuz mevkiden uzaklaştık. Sıradaki durağımız Asmalı Konak olmuştu. Konağın giriş kapısından itibaren tüm duvarlarda diziye ait fotoğrafların bulunduğu çerçeveler asmışlardı. Melisa tek tek hepsinin fotoğrafını çekmiş, Tekin ise durmadan onu gıcık etmişti. Önce konağın içini gezmiş, sonra oldukça büyük olan avlusuna çıkmıştık. Konak fazla güzeldi, insanın böyle bir yerde yaşayası geliyordu. Melisa yaklaşık yirmi dakika boyunca fotoğraflarımızı çekmiş ve birbirinden güzel kareler yakalamıştı.

Asmalı Konak'tan çıktığımızda arabaya binip uzaklaşmak yerine yürümeye başladık sokaklarda. Biraz gezmek ve etrafı keşfetmek niyetindeydik. Ürgüp taş yapılar ve konaklar konusunda tıpkı Kapadokya gibiydi fakat ticaretten ziyade daha çok yerleşim yerine benziyordu. Biz önde, Tekin ve Melisa hemen arkamızdan yürüyorlardı. Hava sıcaktı ama esen tatlı rüzgâr terlememize izin vermediği için bu havada gezmek işkence olmuyordu.

Gözüme sokağın sonunda, sol tarafta eski bir cami ilişti. Camiden ziyade, kapı aralığından gözüken avlusundaki bembeyaz güvercinlere takıldı bakışlarım. Hepsi birbirinden güzeldi; kimisi havada takla atarak uçuyor, kimisi yerde geziyordu.

"Cami avlusundaki güvercinleri görüyor musun?" diye sordum Bora'ya camiyi göstererek. "Şunlara bak, neredeyse hepsi beyaz ve çok güzeller."

Bora gözlerini kısarak camiye doğru baktığında dudakları sola doğru kıvrıldı. "Sever miydin sen kuşları?"

"Severim," dedim gözlerimi onların üstünden ayırmadan. "En çok da özgür olmalarını severim, hatta kıskanırım."

"Yeterince özgür değil misin?" diye sordu Bora o an. Sözlerime alınmış mıydı yoksa?

Bakışlarımı güvercinlerden ayırdım ve Bora'ya baktım. Alınmış gibi de durmuyordu. "Hangimiz kuşlar kadar özgürüz ki?"

"Ben de severim," dedi. "Hatta küçükken odamda kanarya beslediğimi hatırlıyorum. O öldükten sonra bir daha hiç hayvan besleyemediğimi de."

Keşke hepimiz çocukken olduğumuz kadar masum ve sevgi dolu kalabilseydik. Bora'nın da bir zamanlar masum bir çocuk olduğunu ama o masumiyetin devamlı kirletildiğini anımsadığımda içim burkuldu. "Çok mu üzülmüştün öldüğünde?"

"Çocuktum işte Hande," dedi Bora geçiştirir gibi. "Hatırlamıyorum pek."

Konuşa konuşa caminin kapısına kadar ilerlediğimiz sırada Tekin ve Melisa'nın arkamızda olmadığını fark ettim. Bizden uzaklaşmış, farklı bir yöne gidiyorlardı. "Neden gelmiyorlar bizimle?"

Bora arkasını dönüp uzaklaşan Tekin'e sırıtarak baktı. "Tekin'in kuş fobisi var. Onu öldürsen sokamazsın bu avluya."

"Ne tuhaf," diye mırıldandım şaşkınca. "İnsan hiç kuşlardan korkar mı?"

"Korkuyor işte, ufacık bir kuştan bile ödü kopar," dedi eğlenircesine. "Çocukluğundan beri öyleymiş. Bir keresinde bir restoranın terasında yemek yerken güvercin gelip masaya kondu. Tam da Tekin'in önüne. Bizimki korkudan kaçmaya çalışırken sandalyeyle birlikte arkaya devrildi."

Cami avlusuna doğru yürüdüm, Bora hemen arkamdaydı. "Anlatınca kulağa komik geliyor ama onun için zor bir durum olsa gerek."

Güvercinlerin oluşturduğu çembere onları ürkütmeden yanaştığımızda birkaçı kanat çırparak uzaklaştı, kimisi ise havaya uçtu ama genel olarak eğitimli güvercinler olduklarından insanlara karşı yabani değildiler. Yere eğilip ürkütmeden avuçlarıma aldığım beyaz güvercini doğruca göğsüme yaslayıp parmağımla başını sevdim. Öyle güzeldi ki burada durup saatler boyunca beyaz tüylerini okşayabilir ve sıkılmadan gökyüzüne salıp kanat çırparak uçuşunu izleyebilirdim.

"Pamuğa dokunuyor gibiyim... O kadar güzel ki! Sen de dokun bak."

Bora elini uzattı ve avuçlarıma hapsettiğim güvercinin başından sırtındaki kanadına kadar okşadı.

"Selamün aleyküm." Altmışlı yaşlarının başında, kır sakallı ve kafası takkeli bir adam tebessüm ederek bize doğru yaklaşıyordu, muhtemelen caminin hocası bu adamdı. Ve güvercinlerin de sahibi.

Bora bir adım geriye çekilirken adama dikkatle baktı. "Aleyküm selam hocam."

"Güvercinlerimin hayranı çoktur," dedi adam gülerek. Güldüğünde gözleri neredeyse kaybolmuştu. "Aslında esas yerleri arka avluda onların. Bazen serbest bırakıyorum ve uçup buraya geliyorlar."

"Hepsi çok güzel," dedim kucağımdaki güvercinin tüylerini okşayarak. "Böyle izinsizce aldım ama dayanamadım görünce."

"Yok kızım estağfurullah." Ellerini arkasına götürüp belinde birleştirirken "Ama bazen kötü niyetli insanlar olabiliyor," dedi. "Kaşla göz arasında çalıp götürüyorlar gözümün bebeklerini. Öyle bakayım dedim sesinizi duyunca."

Hoca bir süre boyunca gözümün bebekleri diyerek bahsettiği güvercinlerini anlatıp durmuş, bizse dinlemiştik. Onları ne kadar sevdiğinden, kaç yıldır baktığından ve güvercinlerin onun için nasıl büyük bir tutku olduğundan... Sevecen bir adamdı, bir ara konuyu değiştirmiş ve bu camiyi yerli halkımızdan ziyade yabancı turistlerin daha çok ziyaret ettiğinden yakınmıştı. Haksız da sayılmazdı. Bora'nın ne düşündüğünü bilmiyordum ama benim için keyif verici bir sohbet oluyordu.

"Siz yeni mi evlendiniz?" Bu soruyu sorarken gözlerini kıyafetlerimize indirmiş, bizi kısaca süzmüştü.

Bora'nın dingin bakışları gözlerimi bulurken "Evet," diye yanıtladı. Dudakları dümdüz olsa da gözlerinin içi gülüyordu.

"Hem de bugün," diyerek araya girme ihtiyacı hissettim. "Yalnızca iki saat önce."

"Hayırlı olsun inşallah."

"Bize dinî nikâh kıyar mısınız?" Sorduğum sorunun ardından bakışlarımı Bora'ya çevirdim, onun bu konuda ne düşündüğünü bilmiyordum ama benim için gerekli bir şeydi bu. Aslında onu bu camiinin avlusuna sokarken aklımdan geçen esas niyet de buydu. Bora hafifçe gülümsedi.

Hoca ise isteğimi geri çevirmedi. "Gelin bakalım benimle."

☽

Camiden ayrıldığımızda önce Tekin ve Melisa'yı bulmuş, sonra arabaya atlayıp Kapadokya'ya geri dönmüştük. Altı gündür burada olmanın en güzel yanı artık nereye gideceğimizi düşünmeden hareket ediyor olmaktı.

Hava kararmadan önce Göreme sokaklarında gezmiş, açlığımıza yenik düştüğümüzde ise üç gündür gittiğimiz restoranın yolunu tutmuştuk. Bu gece, Kapadokya'da geçireceğimiz son gecemizdi. Yarın akşam itibariyle Ankara'ya varmış olacaktık. İçime şimdiden bunun endişesi düşse de tadımı kaçırmamak için birçok güzel sebebim olduğunu biliyordum. Yarın sabahın ilk ışıklarıyla dışarı çıkıp önceden gezdiğimiz güzel yerleri tekrar gezecek, peri bacalarını tekrar görecek ve Güzel Atlar Diyarı'na gidip yine ata binecektik.

"Yükseklik korkusu olan var mı?" Melisa elindeki peçeteyi bir kenara bırakırken önce bize, sonra Tekin'e baktı. Bakışlarının Tekin'e çevrildiği an parladığını görmemek imkânsızdı.

"Benim yok," diyerek Bora'ya baktım. Tepki vermemişti. "Sanırım Bora'nın da yok."

Bora evet, der gibi kafasını sallarken Tekin gerinerek arkasına yaslandı. "Benim hiç yok. Ne oldu ki?"

Melisa'nın ela gözlerine muzip bir ifade yerleşirken ellerini sevinçle birbirine vurdu. "Harika! Yarın balona binmeye ne dersiniz?"

Bora ve Tekin düşünceli bir şekilde bakışırken "Bence olur," dedim. "Kapadokya'ya kadar gelip de balona binemeden döndük, demeyiz en azından."

"Kesinlikle," dedi Melisa çocukça gülümserken. "Eğer balona binemeden dönersem gözüm arkada kalır."

Tekin oturduğu sandalyede Melisa'ya doğru döndü ve sakalsız çenesini sıvazlarken "Ya aşağı düşersek?" diye sordu. Felaket tellallığına başlamıştı bile... "Ya biz havadayken balon patlarsa?"

Melisa, "Yapma Allah aşkına," diyerek söylendi. Bu konularda cesur bir kıza benziyordu. Keza ben de öyleydim. Bora da pek korkuyor gibi değildi. "Böyle kazalar binde bir oluyor. Araba kullanırken kaza yapıp ölme riskin bin kat daha fazladır emin ol."

"Doğru söylüyor." Bora da Melisa'yı desteklemişti. "O zaman yarın ilk işimiz balona binmek olsun," dediğinde gözleri gözlerimi buldu. "Ama çok erken kalkmamız gerekecek."

Bora da ben de bu fikre tamamdık fakat Tekin hâlâ düşünceli görünüyordu. Melisa ona Çizmeli Kedi'nin masum bakışlarını atıncaya dek itiraz edecek gibiyken birden gülümsedi. "Tamam lan binelim, düşüp ölmeyiz inşallah!"

"O zaman ben hemen balon turuyla ilgilenen firmayı arayıp yarın için dört kişilik rezervasyon yaptırıyorum."

Melisa oturduğu sandalyenin kenarına astığı çantasına uzanıp içinden telefonunu çıkarırken "Biz de tatlı söyleyelim," dedi Tekin. Yemeklerimizi çoktan yemiştik ama öyle yorgunduk ki yarım saattir oturduğumuz yerden kalkamıyorduk. Üstelik mekânın manzarası fazla güzeldi, saatlerce otursak da bir mahsuru yoktu.

Tekin önündeki menüyü incelerken ne kadar tok olsam da tatlı için yerim olduğunu fark ettim.

"Ne yiyelim?" diye sordum Bora'ya bakarak.

"Ben yemeğin üstüne tatlı yiyemem güzelim." Bora'nın gerçekten tatlıyla arası yoktu ve bu beni şimdiden üzüyordu. Ben tatlıyı çok severdim, özellikle dondurma için canımı verebilirdim.

Lavaboya gitmek için ayağa kalkmadan önce Bora'ya istediğim dondurmayı gösterip masadan uzaklaştım. Tekin hâlâ önündeki menüyü inceliyor, Melisa hararetli bir şekilde telefonda konuşuyordu.

Terastan ayrılıp kapalı mekâna girdim ve doğruca lavaboya yöneldim. Restoran fazla kalabalık olmadığından olsa gerek lavabonun içi boştu. Yemek yedikten sonra ellerimi yıkamazsam rahat edemezdim, ilk iş olarak ellerimi yıkadığım sırada kapının açıldığını duydum ve kafamı kaldırmadan sordum.

"Sen misin Melisa?"

Yanıt gelmediğinde kafamı kaldırıp aynaya baktım. Onu gördüm... O an tüm sesler kesildi, ne içerideki hafif müziğin sesi çalındı kulaklarıma ne de hâlâ akan suyun sesi.

Sanki birileri kulaklarımı kapatmıştı, birileri dudaklarımı mühürlemişti, birileri ellerimi kelepçelemişti. Dudaklarım aralandığı hâlde tek kelime edemeyişimin, hiçbir şey duyamayışımın ve musluğu kapatacak gücü bile bulamayışımın başka bir açıklaması olamazdı.

Yiğit Mirzanlı, aylar sonra yeniden karşımda duruyordu.

Onu son gördüğüm gün tuzağa düştüğüm gündü. O gün hain bir kumpasa kurban giden yalnızca ben değildim. Haldun Şahsuvar, Yiğit'e neler yapmıştı hiçbir fikrim yoktu, tek bildiğim onu yaşadığı şehirden sürgün ettirdiğiydi. Ve şu an gördüğüm Yiğit, tüm bunların intikamını almak için burada olmalıydı.

Ürkütücü bir karanlığa sahip siyah gözlerinde zehirden ateşler fokurduyordu. Saçlarını üçe vurdurduğu gözlerimden kaçmazken bakışlarım sol kaşının kenarındaki yara izine takıldı. Daha önce öyle bir yara izine sahip değildi. Bana öyle tuhaf bakıyordu ki içim ürperdi, dilim kurudu ve sanki tüm kanım yüzümden çekildi. Yiğit Mirzanlı bu hâliyle, onu ilk tanıdığım zamanlardaki mağdur tavrından ve yenilmiş adam duruşundan oldukça uzaktı.

Değişmişti. Bakışından duruşuna dek değişmişti.

"Bu an," dedi dudaklarını usulca aralarken. İki elini birden arkasına atıp belinde birleştirirken çenesini de hafifçe dikleştirdi. "Sana bir yerlerden tanıdık geldi mi Hande?" Sorduğu sorunun ardından alayla gülümsedi. "Şahsuvar?"

Gülümsemesi bile içine düştüğüm panik havuzundan çekip çıkarmadı beni. Evlendiğimizi biliyordu, şu an karşımda hangi amaçla durduğunu bilmesem de hangi niyetle burada bulunduğunu biliyordum. Yiğit Mirzanlı, karanlık bir gecede ellerinden aldığımız hayatına karşılık, hayatımızı karartmak istiyordu.

"Neden?" diye sordum fakat daha çok bir kâbusun içinde sayıklar gibi çıktı sesim. "Burada ne arıyorsun?"

"Burada ne aradığımı gayet iyi biliyorsun." Kafasını sert bir şekilde yana yatırıp boynunu kütlettiğinde irkilerek bir adım geriye gittim. "Yolladığım emaneti aldığınızı biliyorum."

Telaşlı bir şekilde kapıya baktığımda Yiğit tek adımla kapıyı arkasına aldı, *hiçbir yere gidemezsin* der gibi gözlerime bakarken gülümsemesi kan dondurucuydu.

Sadece beş ay... Bora'dan ve benden misliyle götürürken ona fazlasıyla katmış gibiydi. Üstündeki dar olmayan koyu renk gömleğe rağmen gözle görülür derecede kas kütlesine dönüşmüştü vücudu.

"Mektuptan mı bahsediyorsun?" diye sorduğum an kafasını salladı. Henüz yıkadığım ellerimin hangi ara kuruduğuna dair bir fikrim yoktu, avuçlarım ter içindeydi. "Gitmen gerek," dedim çaresizce solurken. "Bora her an gelebilir ve..."

Sesim boğazımda düğümlendi, Yiğit o kadar dehşet verici bakıyordu ki şu saatten sonra onunla konuşarak anlaşamayacağımın bilincine vararak sustum.

Bana doğru bir adım attığında korkunun tırnakları göğsüme saplandı, dudaklarımdan kaçmaması imkânsız olan çığlıktan bile hızlı davranmıştı. Bir elinin parmaklarını enseme saplayıp beni kendisine doğru çekerken diğer elinin avuç içi ağzıma kapandı. Neler olup bittiğini anlayamadım, her şey o kadar hızlı gelişmişti ki çaresiz olduğumu haykıracak zaman bile bulamadım.

"Sakın," dedi tehdit ve tehlike kokan bir sesle. "Eğer çığlık atarsan Bora buraya gelir, beni görür ve... Beni görünce neler olacağını az çok tahmin edersin."

Gözlerimi delip geçen karanlık gözlerinde ufacık bir vicdan kırıntısı yoktu. Her zaman şahit olduğum o acı ve çaresizlik duygusu da yoktu. Şu an tam olarak nezarethanede kafama silah dayayacak kadar gözü dönen o adamdı.

"Şimdi elimi yavaşça çekeceğim," dedi sessizce. "Biliyorsun ki ben artık kaybedecek hiçbir şeyi olmayan bir adamım, sense beni bu hâle getiren o adamın yanındasın. Seçimini çoktan yapmışsın."

Yiğit dediğini yapıp elini yavaşça çekti dudaklarımın üzerinden. Değil çığlık atmak, nefes bile almadım. Haklıydı, Bora buraya gelirse ve Yiğit'i burada, bana bu kadar yakın bir vaziyette görürse olacakları düşünmek bile istemiyorum.

Ensemden tuttuğu elini de yavaşça çekerken "Git buradan," dedim, sesim o kadar kısık çıktı ki duyduğundan emin değildim. "Git, lütfen git."

"Dipteyim," diye konuştu fısıltılı bir sesle. Bir adım geriye çekilse de aramızdaki o gereksiz yakınlık yerini koruyordu. Ve Yiğit, gözlerini gözlerimden bir an olsun ayırmıyordu. "Sizi de tamamen dibe çektiğim o gün, her şey başladığı gibi bitecek. Hiçbir şey olmamış gibi yaşamanıza, gülmenize, mutlu olmanıza izin vermem."

Geriye doğru birkaç adım daha atarak benden yavaşça uzaklaştı, bense ağzımı açıp tek kelime bile edemedim. Nedenini bildiğim hâlde, *neden* diye bağırmak istedim.

Yiğit kapıyla arasında bir adım kala durdu. Elini arkasına atarak kapının kulpunu kavrarken "Sadece bekle," dedi.

Sonra gülümsedi. "Yakında tekrar görüşeceğiz ve güvendiğin dağlara yağan karın altında kalışını zevkle izleyeceğim."

Kapıyı aralayıp gittiğinde bacaklarım güçsüzleşti, lavabonun kenarlarından tutarak düşmemi engelledim. Şaşkındım, böylesi bir anın er ya da geç yaşanacağını bile bile, buna kendimi çoktan hazırlamış olmama rağmen... Tek elimi boğazıma götürüp bakışlarımı tavana kaldırdım ve derin bir nefes aldım.

Güvendiğin dağlara yağan karın altında kalacaksın, derken ne demek istemişti?

Bu anın bir kâbus olmasını çok isterdim, hayatı kâbus gibi yaşamaya çoktan alışmış olsam bile... Çünkü her şeyden, herkesten ve en çok da geçmişten uzakta geçirdiğimiz şu son günlerde sahici mutluluğun tadına ilk kez varmıştım. Şimdi Yiğit, bu mutluluğu bizden çalacağını mı söylüyordu?

Haksız olmak ilk defa bu kadar çok canımı yakıyordu.

Kendimi toparlayıp lavabodan ayrıldığımda etrafa bomboş bakışlar atarak yürüdüm terasa doğru. O an terastan içeriye giren Bora'yı gördüm, lavaboda fazla oyalandığımın farkına varmış olmalı ki beni bulmak için geliyordu. Beni gördüğünde gülümsedi, aynı şekilde gülümsemek yerine ifadesiz bakan gözlerimi gördüğünde ise yüzüne endişe çöktü. Adımlarını hızlandırarak bana yürüdü, orta noktada karşı karşıya geldiğimiz an durduk.

Bir şeylerin ters gitmiş olduğunun farkındaydı.

"Hande? Neyin var?"

Bir cevap vermeyip yüzüne öylece bakmayı sürdürdüğümde bakışları titreyen ellerime kaydı.

"O geldi," dedim durağan bir sesle. "Hayatımızı cehenneme çevirmeye yemin etti ve gitti."

X

BORA'NIN HANDE'Sİ

Elimdeki gümüş kaplama çakmakla, rüzgârın söndürdüğü mumları tekrar yakarken Bora'nın dikkatli bakışları üzerimdeydi.

Ruhumun bedenime sığmayacağı, zihnimdeki çıkmaz sokakların giderek çoğalacağı günler ve geceler, kara bir kış misali kapıda bekliyordu. Onunla yürüyeceğim yolun kolay olmayacağının farkındaydım. Hayıflanmayı ve geçmişe dönüp baktığımda pişmanlıklar duymayı bir kenara bırakmam gerektiğinin de. Savaşmak zorundaydım, sonunda kaybedeceğimi bilsem bile... Zira artık hiçbir yere gidemez, uzaklarda yepyeni bir hayat düşleyerek kaçacağım zamanı hesap edemezdim. Kalbim buna izin vermezdi.

Onun varlığı öylesine doldurmuştu ki kalbimi, kaçıp gitme isteklerim sadece deli bir düşünceden ibaretti.

"Azmine hayranım," dedi Bora. Az önce içtiği sigarayı yeni söndürmüş olmasına rağmen paketten başka bir dal çektiğinde, pek oralı olmayacağını bilsem de ona ters bir bakış attım. "Rüzgâr söndürdüğü hâlde mumu inatla yüzüncü kez yakıyorsun."

Yaklaşık bir saattir verandada oturuyorduk, hava karardıktan sonra etrafı mumla aydınlatarak sıcak bir ortam yaratmak istemiştim ama rüzgâr buna izin vermiyordu.

"Savaşıyorum aslında," dediğimde sesim düşünceli çıkmıştı. "Eğer pes edersem kaybetmiş olacağım. Mumları bize, rüzgârı da etrafımızdaki tehlikelere benzetiyorum."

"Yanlış bir benzetme." Bora daha yeni yaktığım mumlara uzandı, ikisinin alevini de iki parmağının arasında söndürdü. "Ben bu saçma mumlar kadar güçsüz değilim, kimseye öyle kolay kolay yenilmem."

Mumları tekrar yakıp çakmağı sehpanın üzerine bırakırken Bora'nın yüzüne baktım. O da bana, bilhassa gözlerime uzun uzun baktı. Dünden bu yana gözlerinde yanan öfke ateşi sönmek bilmiyordu. Dün Bora'ya Yiğit'in orada olduğunu ve benimle tehdit eder gibi konuştuğunu söylediğimde deliye dönmüştü. Yiğit'in çoktan çıkıp gittiğini söylesem de beni dinlememiş ve lavabonun içi talan edip tüm kabinlerin kapısını çıldırmış gibi tekmeleyerek onu aramıştı. Sonrası kâbusun daha büyüğüydü, arabaya atlamış ve Yiğit'i bulabilmek umuduyla iki saat boyunca Kapadokya sokaklarının altını üstüne getirmişti.

Yiğit hafife alınacak bir adam değildi, elbet Bora'nın zaman kaybetmeksizin peşine düşeceğini biliyordu ve hayalet gibi yok olmuştu. Derdi Bora'yla hesaplaşmak olsaydı benim değil, onun karşısına çıkardı ama onun planları farklı bir kapıya çıkıyordu.

Evlendiğimiz gün güzel başlayıp kötü bitmişti fakat bu beklemediğim bir şey değildi. Ne bir şaşkınlık içindeydim ne de hayıflanıyordum çaresiz gibi. Kaldığımız otel odasında ben sabaha kadar düşünüp durmuştum. Bora ise bir sağa, bir sola volta atıp durmuş ve Yiğit'i bir an önce bulabilmeleri için telefonda konuştuğu adamlara emirler yağdırıp durmuştu.

Her şey bir anda tersine dönmüş, ertesi güne dair tüm planlarımız yok olmuştu. Sabahın ilk ışıklarında balona binmek yerine Ankara'nın yolunu tutmuştuk. Kapadokya'da yaşadıklarımız güzel bir rüyadan ibaretti.

Ve rüya bitmişti.

"Tamam, belki sana pürüzsüz bir hayat vaat edemem. Ama seni canım pahasına korurum." İşaret ve başparmaklarının arasına kıstırdığı sigaradan kuvvetli bir nefes çektiğinde dumanını diğer tarafa doğru üfledi. "Sana kimse zarar veremez," dedi bakışları tekrar gözlerimi bulduğunda. "Saçının tek bir teline bile. Bunun için önce benim yok olmam gerek."

"Biliyorum." Bora'yı bu konuda iyi tanıyordum, sözlerinin teminat olduğundan hiç şüphem yoktu. "Ama bu öfke sana zarardan çok yenilgi getirir. Her şeyden önce sakin kalmalısın."

Aslında zor değildi, Bora istediği zaman insanı çıldırtacak raddede sakin kalabiliyordu. "Haklısın," dedi bitmiş izmariti küllüğe bastırarak. "Sakin kalamadığım için bir çıkış yolu bulamadığımın farkındayım."

"Yan yana olduğumuz müddetçe üstesinden gelemeyeceğimiz hiçbir şey yok," diyerek bilindik bir cümle kurdum. "Hem ben böyle olacağını biliyordum, sen de biliyordun. Yiğit o mektupta zaten bundan bahsetmişti. Bizim kolay bir birlikteliğimiz olmayacak."

Bora avuçlarıma bırakılmış siyah bir gül gibiydi ve dikenlerinin bir gün ellerime batacağını biliyordum. Aklıma Ağva'da karşılaştığımız o ihtiyarın sözleri geldiğinde belli belirsiz gülümsedim.

Sevmek soldurmak değildir. Başkaları sevdiğin güle zarar vermesin diye, dalın başında beklemeye tüm ömrünü feda etmektir.

"Sana geldiğimde bunu çoktan kabullenmiştim. Savaşacaksam da seninle, öleceksem de seninle."

Bora içimi ısıtacak bir şekilde gülümsedi. "Böyle konuş, canımı ye."

"Olur. Sen de yeter ki öfkeyle kalkıp zararla oturma."

"Yine de tüm bunlar olmasın isterdim." Yiğit'in nerede olduğunu bilememek, birdenbire ortaya çıkıp beni bulması onu deliye çevirmişti. "O herifin karşına o şekilde çıkmasını engelleyemediğim için..."

Kalın bir erkek sesinden dökülen öksürüğü duyduğumuzda ikimiz de dönüp arka tarafa baktık. Haldun Şahsuvar, sürpriz yumurtadan çıkar gibi bir anda karşımızda belirmişti. Onu görmeyi beklemediğim için yüzüme yansıyan şaşkınlığın zerresi Bora'da yoktu.

"Babanın geleceğini haber edebilirdin," dedim kızgınca. Pekâlâ, Bora'yla evlenirken babasının da hayatıma bir şekilde dâhil olacağını biliyordum ama onu bu şekilde görmeyi beklememiştim. İnsan gibi kapıyı çalmak yerine bahçeden baskın yapar gibi geliyordu.

Bora zoraki bir tebessüm etti. "Gerilirdin, o yüzden söylemedim."

Bora oturmaya devam ederken ben hızlıca ayağa kalktım, eve girecektim ve baba oğlu yalnız bırakacaktım. Konuşurlarken yanlarında olmak istemiyordum.

Arkamı döndüğüm an, "Bir hoş geldin demek bile yok mu?" diye sordu Haldun Bey. Elleri ceplerinde verandaya adım attı ve az önce kalktığım yere oturdu.

"Baba," dedi Bora uyarır gibi. "Şansını zorlama istersen."

"Zorlamıyorum." Bana şimdilik sen kazandın der gibi bakarken avuçlarını iki yana açtı. "Madem kaçınılmaz bir şekilde gelinim oldu, ben de barış sağlamaya çalışıyorum."

Koyu yeşil gözlerini üzerimde imayla gezdirdiğinde daha fazla bakışlarının da sözlerinin de hedefi olmak istemedim. Verandadan salona geçip gözden kaybolduğumda salondan çıkıp kapının hemen yanında durdum. Ne konuşacaklarını deli gibi merak ediyordum, salonun bir duvarını komple kaplayan camlar beni kabak gibi ortaya sereceğinden onları en fazla burada dinleyebilirdim.

"Hande'yle uğraşma." Bora sert bir ses tonuyla konuştu, Yiğit'e duyduğu tüm öfkesini babasından çıkaracakmış gibiydi. Neyse ki verandaya çıkan kapıyı açık bırakmayı akıl ettiğim için konuştukları rahatça duyuluyordu. "Hani adım adım izletiyordun Mirzanlı'yı? Hani Manisa'da uslu uslu görevini yapıyordu?"

"Bir hafta önce Manisa'dan ayrılmış," dedi Haldun Bey. "Şu sigara paketini uzat bakalım."

"Adamlar ne yapıyordu adamlar?" diye sordu Bora. Babasından hesap soruyordu ve bundan asla çekinmiyordu. "Bir kez daha yanılttın beni be..."

"Sesini kes." Çakmağın sesini duydum, Haldun Bey sigarasını yakıyordu. "Sen benim oğlumsun, hayatta sahip olduğum tek çocuğumsun ve ben seni ateşe atacak hiçbir şey yapmam."

Bora'nın alaycı bir şekilde güldüğünü işittim. "Canımı yakacak şeyler yaparsın ama."

Babası hiç oralı olmadı. "Bir gece kaçmış gitmiş," dedi sigarasından derin bir nefes çekerken. "Tam bir hafta önce."

Kaşlarım istemsizce çatıldı, bundan tam bir hafta öncesi evden kaçtığım güne tekabül ediyordu. Yani Kapadokya'ya doğru yola çıktığımız o akşama... Birden ürperdiğimi hissettim, Yiğit o günden beri adım adım bizi mi takip ediyordu? Öyleyse Bora'nın bana kolyemi hediye ettiği akşam, o ıssız sokakta duyduğum ses onun da orada olduğu anlamına mı geliyordu?

"Sana bundan bahsedip canını sıkmak istemedim, her yerde onu aratıyorum ama hâlâ hangi delikte saklandığı belli değil."

Yılların polisinden bahsediyordu, Yiğit bu konularda yaş tahtaya basacak birine benzemiyordu.

"Eğer bana nereye gittiğinizi söyleseydiniz ruhunuz duymadan Yiğit'in peşine düşer ve size bir zarar vermesine izin vermeden onu yakalatırdım."

Sözleri asla inandırıcı değildi, Bora telefonda evlendiğimizi söylediğinde telefonu yüzüne kapatan o değilmiş gibi düşünceli baba numarası yapıyordu.

"Geçti artık," dediğini duydum Bora'nın. "Bırak bu işi, ben ilgileneceğim."

"Tek bir hatasına bakar oğlum," dedi Haldun Şahsuvar. "O polis hâlâ akıllanmamış, kimlerle dans ettiğini bilmiyor.

Haklıyken haksız duruma düşeceği tek bir yanlışta onu içeri aldırırım."

Yiğit'in haklıyken haksız duruma düştüğü konusunda onunla hemfikirdim. İntikam hırsı, ödeşme arzusu gözünü öyle bir kör etmişti ki kendi başını yakabileceğini hesaba katamıyordu. Katsa bile umursamıyordu.

"Eğer bir daha Hande'nin karşısına çıkarsa onu ellerimle öldürürüm." Bora'nın tehlike kokan sözleri içimdeki huzursuzluğun kapılarını çaldı. Bunu sahiden yapar mıydı? Ne pahasına olursa olsun, elini bir kez daha kana bular mıydı?

"Sakın..." Haldun Bey'in de sesi ciddileşti. "Bunu yapacak olan onlarca adam var, senin elini kirletmene izin vermem."

Nefesimi boğazıma tıkayan bu cümleler aynı zamanda kanımı da dondurdu. Bu adam neyden bahsediyordu? Ciddi ciddi Yiğit'i ortadan kaldırmaktan mı?

Artık Bora'nın neden böyle bir adam olduğunu sorgulamıyordum. Birini öldürmekten bahsettiğinde bunun yanlış olduğunu söylemek yerine onu bambaşka bir yanlışa iteklemeye çalışan bir babası vardı.

"Kimseye bir zarar gelsin istemiyorum." Bora derin bir nefes aldı. "Yiğit'e bile. Kendi yoluna baksın, benimle, karımla uğraşmasın istiyorum."

Neyse ki Bora bu sözlerle içime su serpmeyi başarmıştı. Artık onun yanında ben vardım, onu felakete sürükleyen her şeyden kurtaracak ve zamanla olması gereken adama dönüşmesi için uğraşacaktım.

"Ama eğer Hande'nin etrafında tehlike olmaya devam ederse..."

"Olmayacak." Haldun Şahsuvar kestirip atmıştı. "Bir yolunu bulup bu meseleyi hâlledeceğim ve son çare bu olmadıkça o polise bir zarar vermeyeceğim."

Kulaklarıma inanasım gelmiyordu, bu adam beni koruyacağını mı söylüyordu?

"Son çare," diye tekrar etti Bora.

"Merak etme. Bu mevzu hâllolacak."

"Öyle olmak zorunda."

Bir an kısa bir sessizlik oldu. Daha sonra babasının sesini tekrar duydum. "Hande'ye söyle de bir kahve yapsın," dediğinde sanki görmesi mümkünmüş gibi burun kıvırdım. "Yeni gelin kayınbabasına böyle mi davranır?"

Sesini oldukça yüksek tutarak konuşuyordu, onları dinlediğimden ve bu sözlerini duyacağımdan fazla emindi.

Başka bir şey duymamak ve sinirlenmemek adına mutfağa yürüdüğüm sırada çalan kapının sesiyle adımlarımın yönü değişti. Başka bir misafir beklediğimizi düşünmüyordum ama Tekin ya da Serdar çat kapı gelmiş olabilirdi. Kapının dışında ve evin etrafında Veysel ve diğer adamların beklediğini bildiğim için merceğe bakmadan kapıyı açtım. Karşımda annemi görmeyi beklemediğim için bir an afallayıp kaldım.

Annem bana oldukça ters bir bakış atıp doğruca içeriye girdi. Yanımdan geçerken durdu ve "Yazıklar olsun," diye fısıldadı kulağıma.

"Anne?" dedim şaşkınca. Kapıyı kapatıp arkasından yürüdüm. "Sen niye geldin? Yani neden, burada olduğumu..."

Afalladığımdan ötürü iki kelimeyi bir araya getirememiştim, anneme saçma bir şekilde niye geldiğini soruyordum. Oysa annemin hiçbir kabahati yoktu, ona bir haber bile vermeden çekip gitmek benim suçumdu. Bunun için bana epey kızmış olmalıydı.

Annem koridorun ortasında durdu ve şimşek gibi bakışlarını gözlerime dikti. "Hande, Allah aşkına," diye soludu öfkeyle. "Ben seni bu kadar sorumsuz ve başına buyruk mu yetiştirdim? Nasıl bir haber bile vermeden çıkıp gidebiliyorsun aklım almıyor, nasıl öylece aklına estiği gibi evlenebiliyorsun..."

Gergin bir şekilde nefeslenirken tek elini alnına bastırdı. "Ben belki çok iyi bir anne olamadım. Ama bu muameleyi hak edecek kadar da kötü bir anne de olmadım."

Parmağını suçlar gibi üzerime dikti, öfkeli yahut sitemliydi, elleri nasıl da titriyordu.

"Anne..." Sesim öyle titrek çıkmıştı ki ağlamamak için sustum, dudaklarımı ısırdım. Onunla pek çok kez kavga etmiştim ama hiçbirinde bana bu kadar kırgın bakmamıştı annem. Beş ay sonra çıkıp geldiğimde, beni evimizin önünde, hiç ummadığı bir anda yeniden gördüğünde bile.

"Hiçbir şey söyleme bana." Annem gözlerinden peş peşe düşen iki damlayı çabucak sildi.

"Anne bak ben..." Ne diyeceğimi, ne söyleyeceğimi bilmiyordum. Birden ağlamaya başladım, kendimi daha fazla tutamamıştım. Belli ki babam anneme hiçbir şey anlatmamıştı. Annem neden ansızın gittiğimi, buna neyin sebep olduğunu bilmiyordu. Söyleyemezdim, ağzımı açıp tek laf edemezdim. Tek bir kelime etmem bile zaten parçalanmaya yüz tutmuş ailemin sonu olurdu.

Abim babamı asla affetmezdi, bir daha yüzüne bile bakmazdı. Annem desen babamdan hemen boşanırdı ki zaten buna bahane arıyordu. Her şeye rağmen babamı öylece ortada bırakmaya el vermezdi yüreğim, o bana kıymış olsa da ben ona kıyamıyordum.

"Haklısın," dedim kafamı kaldırıp annemin yüzüne bakamazken. "Ne diyeceğimi bilmiyorum ben, ben de iyi bir evlat olamadım."

Koridorun ortasında durmuş, uluorta ettiğimiz veryansınları Bora salon kapısının gerisinden izliyordu. Göz göze geldiğimiz an ağlama der gibi kafasını salladı. Kendimi tutamıyordum, babamın bahşetmiş olduğu acı öyle ıstırap vericiydi ki her seferinde toparlandığımı zannederken daha beter dağılıyordum.

Bora olduğu yerden çıkıp yanıma geldiğinde yüzümdeki yaşları hızlıca sildim, keza annem de aynısını yapmıştı.

"Niye ayaktasınız böyle?" Bora salonu işaret etti. "Geçin oturun."

"Yok, ben gidiyorum zaten." Annem omzundan kayan çantasının askısını düzeltirken göz ucuyla Bora'ya baktı. Anneme evlendiğimizi de, bu eve geri döndüğümüzü de söyleyen Bora olmalıydı.

"Gitme. Biraz konuşalım, gitme lütfen."

"Hatta kalın bu gece," diyerek araya girdi Bora. "Konuşursunuz. Sanırım ikinizin de buna ihtiyacı var."

"Kalamam." Annem olmaz dercesine kafasını salladı.

"Anne, lütfen," dedim boğuk bir sesle. "Kal biraz, öylece çekip gidersen hepten dağılacağım."

Annem daha fazla itiraz etmedi. "Sadece birkaç saat."

Benim için bu da yeterli olmuştu. Annemi elinden tutup televizyon odasına sürüklediğimde Bora tekrar salona girip babasının yanına gitmişti. Odaya kapanıp annemle aynı koltuğa oturduğumuzda bir müddet ikimiz de sessiz kaldık. Anneme ne söyleyeceğimi, onun gönlünü nasıl alacağımı bilmiyordum.

"Sana göre hep kötü bir anne oldum ben."

"Hayır," dedim inatla. Hep böyle mi olacaktı? Ben her defasında haklıyken haksız duruma düşecek ve bir türlü işin içinden çıkamayacak mıydım?

"Öyle oldum. Belki fevri isteklerim vardı, hepinize fazla geldi ve başımıza dertler açtı. Ama bir gün olsun kötülüğünüzü de düşünmedim. Hep, sen iyi ol istedim."

"Biliyorum... Hangi anne evladının kötülüğünü ister ki?"

Annem kafasını kaldırıp yüzüme baktı. "Niye öylece gittin Hande? Madem gidecektin neden bana söylemedin?"

"Yapamazdım," diyerek kafamı salladım. Babamın sözleri hâlâ kulaklarımdaydı, o anki çaresizliği gözlerimde, ağlayışının acısı içimdeydi. Bazı şeyleri gizlemek çok zordu. Oysa ben şu an anneme her şeyi anlatıp dizlerinde ağlamak istiyordum ama yapamazdım.

"Bora'yı seviyorum." Henüz Bora'ya bile itiraf edemediklerimi, bir gün olsun doğru düzgün dertleşmediğim anneme söylüyordum. "Sanki onu sevmediğim zamanların acısını çıkarıyor kalbim. Öyle çok seviyorum."

"Anlamıştım zaten." Annem konuşurken yüzüme değil, dizlerinin üzerinde duran ellerine bakıyordu. Bana olan kırgınlığı öyle çabucak geçeceğe benzemiyordu. Böyle olacağını biliyordum aslında, beklemediğim şey canımın çok yanmasıydı.

"Keşke bana söyleseydin... Ne yapar ne eder ikna ederdim ben babanı. İkna edemesem bile..." Sustu ve gözlerime yine kırgın bir şekilde baktı. "Senin yanında olurdum."

"Yine yanımdasın." Bir an tereddüt etsem de annemin elini tuttum. "Öyle olmasa çıkıp gelmezdin buraya, biliyorum. Sen sadece bana kırgınsın."

"Kırgın olmam, yok sayıldığım gerçeğini değiştirir mi?"

"Anne..." Ona olan biteni nasıl açıklayabilirdim ki? "Babamla çok büyük bir kavga ettik, kalbimi kıracak sözler sarf etti. O akşam evden nasıl çıktığımı, Bora'ya nasıl gittiğimi bile hatırlamıyorum. Planlı bir şey değildi."

"Ne söylediyse seni düşündüğünden söylemiştir. Annem aramızdaki kavganın nedenini bilmediğinden ötürü babamı savunuyordu. "Hem ne söylemiş olabilir ki en fazla? Söyle, ne dedi seni bu kadar üzecek, kıracak?"

Bakışlarımı çaresizce öne eğdim. Yapma, diye mırıldandım içimden. *Eğer dayanamaz da söylersem mahvolursun.*

"Her zamanki şeyler işte," dedim geçiştirerek. "Bora'yla er ya da geç evlenecektim, zaten geç kalınmış bir şeydi ve daha fazla geciktirmenin bir manası yoktu."

"Mutlu olacak mısın peki?"

Kahverengi gözlerini önce odanın içinde, ardından pencereden gözüken karanlık bahçede gezdirdi. "Bu ev, Bora, hep kaçmak istediğin bu hayat sana huzur verecek mi?"

"Verecek. Benim yerim artık burası." Annemi buna ikna etmek ister gibi gülümsedim. "Hem senin de en başından beri istediğin bu değil miydi? Ben iyi olacağım anne."

Annem de gülümsedi. "Her zaman iyi ol, benim başka da bir isteğim yok."

Annem bir saat bile olmadan çıkıp gittiğinde içim bir nebze olsun rahatlamıştı. Buruk da olsa yüzünde sahici bir tebessümle ayrıldığı için mutluydum. Hiçbir şeyin kolay olmayacağını biliyordum, buna kendimi en başında hazırlamıştım. Annem abimin çok kızgın ve hatta çok kırgın olduğunu söylemişti. Birkaç gece önce onu benim odamda ağlarken yakaladığını söylediğinde kalbime oturan ağırlık onu görmeden ve ona sarılmadan geçeceğe benzemiyordu. Cenk'le aramda uzun zamandır uçurumlar vardı. Ben buna alışkın değildim, onu öyle özlüyordum ki bazen hasreti geceleri uykumu kaçırıyordu. Onunla aynı çatı altında uyuduğum gecelerde bile böyle olmuştu. Yan yanayken uzak olmanın verdiği ıstırap kadar acı verici bir şey yoktu. Artık aynı çatının altında değildik, bir daha da olamayacaktık belki. Beni uzunca bir süre affetmeyecek olsa da beni özleyeceğini biliyordum. O benim abimdi, bense onun biricik kız kardeşi... Ve bizim birbirimizden başka kimsemiz yoktu.

Haldun Bey annemden önce gitmişti. Annemin de gidişiyle ev tekrar sessizliğe gömüldüğünde mutfağa geçip yiyecek bir şeyler hazırlamıştım. Günümüz dünü konuşmakla geçtiğinden karnımızı doyuracak zaman bulamamıştık. Çabuk bir şekilde hazırlayacağım tek seçenek, mantarlı ve tavuklu makarna olarak görünmüştü gözüme. Bu Bora için, bu evde ve onunla evliyken hazırladığım ilk yemekti.

Ve tüm tatsızlıklara rağmen güzeldi.

Saat akşamın onunu gösterirken tekrar verandaya çıkıp oturduk. Aklımı olağan bir şekilde Yiğit'in söyledikleri meşgul ediyordu, özellikle, üstü kapalı bir şekilde kurduğu o cümle... Bora'nın benden bir şeyler gizliyor olduğunu mu kastetmişti?

Yiğit'in artık bana bile düşman olduğunu göz önünde bulundurduğumda, yalan söyleyerek kafamı bulandırmak istemiş olması tuhaf kaçmıyordu. Yine de aklımın bir köşesinde ufak bir şüphe ışığı yanıp sönüyordu.

Bakışlarımı karanlık gökyüzünü delip geçen dolunaydan ayırıp Bora'ya baktım. Verandaya çıktığımızdan beri gözlerini üzerimden ayırmaksızın beni seyrediyordu. Her ne kadar ciddi gibi dursa da dudaklarının kıyısında içimi ısıtan bir tebessüm saklıydı. Sanki bu evde, şu anda karşısında ve karısı olarak oturduğuma inanamıyor gibiydi.

Haklıydı, buna ben de inanamıyordum.

Yine aynı koltuklarda, karşılıklı oturuyorduk. Bora aramızdaki yakınlıktan istifade uzanıp elimden tuttu ve beni yavaşça kendisine doğru çekti. Ayağa kalkıp ona doğru bir adım attığımda onun da ayağa kalkacağını zannettim. Bileğimden tutup beni kucağına çektiğinde afallamıştım. Kendimi onun kollarının arasında, kucağında otururken bulmayı beklemiyordum. O an kalbim gereğinden hızlı atmaya başladı çünkü yüzlerimiz birbirine çok yakındı. İçimi tuhaf bir utanç duygusu kaplarken kafamı eğdim ve uysal bir kedi gibi kucağına sokulup başımı sağ omzuna yasladım. Kollarının arası sıcak ve huzurluydu. Sabaha dek bu şekilde kalmaya hiçbir itirazım yoktu.

Bora tüm bedenimi tek kolunun altına sığdırmıştı. Boşta kalan elini yüzüme doğru uzattı, yüzüme düşen saçlarımı geriye iterek yanaklarımı açıkta bıraktı. Bunu yaparken farkında olmadan gülümsedi. Elimi kaldırıp sol omzuna ürkekçe dokundum. Parmakları saçlarımın üzerinde geziniyordu ve bu hareketi gözlerimi kapatma isteğimi perçinliyordu. Oysa gözümde uykunun zerresi yoktu.

"Hande..." Adımı fısıldadığında yüzümü usulca yüzüne kaldırdım, Bora bana değil uzak bir noktaya bakıyordu. "Adının anlamı gülüş demek."

"Evet," dediğimde adıma yaraşır bir şekilde tebessüm ettim. "Anneannem koymuş."

Bora'nın hâlâ saçlarımda gezinen parmaklarının mayıştırıcı etkisine dayanamayarak gözlerimi kapattım.

"Artık benim Hande'msin, gülüşlerimsin." Saniyeler önce düz bir çizgi âalan dudaklarım tekrar iki yana açıldı. O böyle konuştuğu zaman kendimi aciz hissediyordum, ona karşılık söyleyebileceğim tüm kelimeler tükeniyordu dimağımda.

"Hande..." Bir kez daha adımı andığında sesinin rüzgârı yankılandı saçlarımda. Ses tonu öyle güzel ve toktu ki adımı ondan başka hiçbir ses bu kadar güzel telaffuz edemez gibi geliyordu. "İnsanlar sana sadece Hande diye seslendiklerinde canım yanıyor. Belki buna bencillik diyeceksin ama adın bile bensiz anılmasın istiyorum." Dudaklarını saçlarımın üzerinde hissettiğimde nefes almayı bile kestim. Önce saçlarımdan öptü, sonra kokumu usulca içine çekti. "Sen, Bora'nın Hande'sisin..."

"Bora'nın Hande'si," diye tekrar ettim sessizce. Bana her zaman korkunç gelen birine ait olma düşüncesi artık etkisini yitirmişti. İlk defa kendimi birine bu kadar ait hissediyordum ve bu his tüm korkularımı yıkıp geçecek kadar efsunkârdı. Gözlerimi yavaşça araladım ve yüzümü kaldırıp bir kez daha yüzüne baktım. Bu sefer göz gözeydik.

"Sabaha kadar böyle kalsak ya seninle?"

"Göz göze gelip ölsek ya her seferinde."

"Sen mecazen bile ölme," dediğinde kaşlarını çattı. "Seni yeni buldum, kaybedemem."

Omzunda duran parmaklarımı yüzüne çıkarıp sakallarına dokunduğumda "Çok tuhaf değil mi?" diye sordum sessizce. Bora neyin tuhaf olduğunu bile sormadı.

"Tuhaf," dedi sadece. "Çok tuhaf."

"Ama çok güzel."

Dudaklarını şakaklarıma bastırırken fısıldadı. "Çok güzel."

Başımı omzundan kaldırıp kollarımı boynuna yasladım. "İçine düştüğümüz ateş hiç sönmesin."

Bora alnını alnıma bastırdı. "Hiç sönmesin, iki gözüm."

Bakışlarının dudaklarıma düştüğünü fark etmemle kalbimde tuhaf bir sıcaklık hissetmem bir oldu. Bora beni her öptüğünde aynı şey oluyor, kalbim mecazen değil gerçekten alev almışçasına yanıyordu. Gözlerimi usulca kapattığım an içimden geriye doğru saydım. Üç, iki, bir... Sıcak dudakları ürkek dudaklarımı esir aldığında hoyratça esen rüzgârlara karşı duramamış gibi savruldum. Bora beni yavaşça öpüyordu, telaşsızca ve hesapsızca. Göğsümden yukarıya doğru taşırdığı eliyle boynumu sarıp sarmaladığında öpüşüne misliyle karşılık verdim. Her şeyimle ona aittim ve her şeyiyle bana aitti. Bunu bilerek nefesini nefesimde hissetmek düşün içinde düş görmek gibiydi.

Dudaklarımız isteksizce birbirinden ayrıldığında gözlerim de aralandı ve içimi titreten bakışlarıyla buluştu. Bora boynumdan ayırdığı parmaklarını sol yanıma taşırdı ve elini kalbime bastırdı. "İstediğim an sana elimi uzatıp dokunmak yeter sanıyordum," dediğinde sesinde saf bir acı vardı. "Yetmiyormuş. Ben senin kalbini istiyorum, ruhunu istiyorum, damarlarında akan kan olmak istiyorum."

Bora onu nasıl sevdiğimden bihaber, onun bana hissettiği her şeyi benim de ona karşı hissetmemi istiyordu. Artık ondan nefret etmediğimi, kalbimin kapılarını ufak da olsa araladığımı görebiliyordu ama bu ona yetmiyordu. Oysa benim içimde onun sandığının aksine çok daha fazlası vardı. Bu yaptığım belki bencillik sayılırdı ama bunu ondan gizliyordum. Ona onu sevdiğimi söylersem benden sıkılacağını düşünüyordum. Saçma bir düşünce olabilirdi ama gerçekten korkuyordum. Bora'nın aslında hiç değişmemesinden, bir anda yine o korktuğum ve kaçtığım adama dönüşmesinden.

Bu yüzdendi duygularımı ona karşı kapı duvar edişim, aslında ona içim giderken, ondan zaman isteyerek aramızdaki mesafeleri azaltmayışım...

Ben Bora'yı kazanamadan, kaybetmekten çok korkuyordum.

"Ya benden sıkılırsan?" diye sordum. Bu sorunun beni tatmin eden bir cevabı olamazdı. Bora istediği an başka bir kadınla birlikte olabilirdi. Benden daha güzel, benden daha akıllı ve benden çok daha iyi...

Başparmağıyla dudaklarımı sıvazladı. "Çok güzelsin ama bir o kadar da aptalsın."

"Aptal mıyım?"

"Öylesin," diye homurdandı. Bir açıklama yapacağını düşünsem de yapmadı, elini sırtıma yaslayarak beni kendisine bastırdı ve başımı göğsüne yatırdı.

Sadece emin olmak istiyordum, onun inandığım Bora olduğundan, eskisi gibi davranmayacağından ve beni hiçbir zaman bırakmayacağından.

Bu şekilde ne kadar süre boyunca kaldık bilmiyordum.

Onun kollarındayken su gibi akıp gidiyordu zaman. Benim açımdan bir sorun yoktu ancak hava serinlemişti, Bora üşüyebilirdi. Kollarının arasından yavaşça sıyrılarak yüzüne dikkatle baktım. Uykusu varmış gibi görünmüyordu.

"Senin de uykun yok sanırım."

"Hem de hiç," dedi hızlıca. "Ne yapsak ki?"

Sorusunun ardından gülümsedi, gülüşüne ahenk katan düzgün dişleri ortaya serildiğinde geceye rağmen güneş doğmuş gibi hissettim. Karanlığı yırtan bir şafaktı belki de tebessümü, içten bir gülümseme bahşetmeden önce beni bu denli aydınlatacağını bilemezdim.

"Oyun oynayabiliriz," dediğimde gülümsemesinden ödün vermeksizin kaşlarını indirdi. "Ne oyunu?"

"Bilardo." Parmağımla salonu işaret ettim. "Biz seninle o masanın etrafında çok kavga ettik," dedim ciddiyetle. "Ama bu zamana kadar hiç oyun oynamadık."

Bora bana hak vermiş gibi kafasını sallarken "Sen bilardo oynamayı biliyor musun ki?" diye sordu.

"Biliyorum elbette, okulda çok oynardım. Ve kolay kolay da yenilmezdim."

Bora alay eder gibi güldü. "Tabii, sen hiçbir zaman benimle oynamadığın için kendine bu kadar güvenmen normal."

"Gerçekten iyi oynarım." Yere bıraktığım terliklerimi giyerek ayağa kalktım. "Asıl sen kendine fazla güveniyorsun, sonuçta sen de hiç benimle oynamadın."

"Peki." Bora da benim ardımdan ayağa kalktı ve kollarını geriye doğru gerdi. "Oynayalım ama ben öyle boş oynamam, haberin olsun."

"O ne demek?"

"Yenilirsen, bu gece benimle uyursun demek."

Ne diyeceğimi bilemeyerek yüzüne safça baktım, onu reddedemeyeceğim kadar güzel bakıyordu şu an.

"Fırsatçılık yapıyorsun," diye söylendim. "Tamam, öyle olsun. Nasılsa ben kazanacağım."

Bora şimdiden oyunun galibi oymuş gibi dudaklarını kıvırdı. "Kaybettin bile."

Verandadan salona geçtiğimizde Bora doğruca masanın başına geçti ve topları dizmeye başladı. Bense dudaklarımı kemirerek onu seyrediyordum.

"Bu farklı bir oyun olsun," dedim. Bora kafasını kaldırıp bana baktı. Masaya tamamen eğilmiş durumdaydı.

"Nesi farklı olacakmış?"

"Cebe tıktığımız top sayısı kadar birbirimize soru sorma hakkımız olsun. Ve ne olursa olsun, doğru cevabı verelim."

Maksadım aramızda gizli saklı kalan her şeyi tüm çıplaklığıyla ortaya dökmekti bu gece, oyun oynamak yumuşatılmış bir bahaneydi sadece.

Bora'nın yüzü anında renk değiştirdi, bu durum gözümden kaçmadı. "Ne oldu? Hoşuna gitmedi mi?"

"Senin derdin şimdi anlaşıldı," dedi topları tamamen dizmiş bir hâlde masadan doğrulurken. Eline aldığı iki istekadan birini bana uzattı. "Şuna açık açık kafamı kurcalayan bir şeyler var desene."

"Sayılır." Reddetmeyecektim. "Ama merak etme, soracağım sorular karşısında alacağım her cevaba hazırım."

Aslında değildim ama eğer gergin görünürsem Bora bana doğruları söylemezdi.

"Öfkelenmek yok diyorsun?"

Kafamı salladım. "Öfkelenmek yok."

"İlk sen başla o zaman," diyerek bir kenara çekildi Bora. Neden önceliği bana verdiğini anlamaya çalıştım. İlk etapta kendi toplarımdan herhangi birini cebe gönderemeyeceğimi, böylelikle sıranın ona geçeceğini ve ona soru sormamdan kurtulabileceğini mi düşünüyordu?

Buna izin vermeyecektim. Masanın sol tarafına geçtim ve tam orta kısımda durup kenara koyduğum beyaz topa vurmak için istekamı ayarladım. Genelde hep bu pozisyonda vururdum ve hiç ıskalamazdım. Ama şu an nedensizce gerilmiştim, normal şartlar altında iyi bir başlangıç yapacağımdan asla şüphem olmazdı fakat şimdi parmaklarım titriyordu.

"İstekayı tutuşun yanlış bir kere."

İstekayı topa vuracağım esnada Bora tüm dikkatimi dağıtınca kafamı kaldırıp ona çok biliyorsun dercesine baktım. "Sonradan mızıkçılık yapma diye söylüyorum, istekanın üstündeki siyah çizginin biraz altından tut. Ucunu da parmakların arasında o kadar sıkma."

Dediğini yapıp istekayı siyah kısmın biraz altından tuttum ve parmaklarımın arasından geçirdiğim uç kısmını da gevşettim. Ama Bora beceremediğimi düşündüğünden olsa gerek hızlı adımlarla yanıma ulaştı, elini elimin üstüne kapatarak tutuş şeklimi değiştirdi.

"Böyle tutacaksın, böyle."

Hemen yanımda eğilmiş vaziyetteydi. İstekanın uç kısmını tutan parmaklarımı biraz daha gevşetirken bana baktı. "Sen bilardo oynamayı bildiğine emin misin?"

Yüzümü ona doğru çevirip Bora'ya ters bir şekilde baktım. "Biliyorum elbette! Sen benim dikkatimi niye dağıtıyorsun ki şimdi?"

Bora hızlıca geriye çekildi ve ellerini teslim olur gibi havaya kaldırdı. "Niye kızıyorsun ki şimdi?"

"Kızarım, aklımı karıştırmaya çalışıyorsun."

"İftira!"

"Öyleyse uzak dur," dedim ve tüm dikkatimi beyaz topa verdim. Derin bir nefes alıp beyaz topa sertçe vurduğumda beyaz top masanın üstünde sekerek üçgen biçiminde dizilmiş diğer toplara çarptı ve dağıttı. Doğrulup topların dağılışını seyrederken kaşlarım usulca çatıldı. Benim toplarımdan hiçbirisi cebe girmemişti.

Masanın bir diğer ucunda bıyık altı gülen Bora'ya öfkeyle baktım. "Bu şimdi sayılıyor mu? Geldin ve istekayı tutuş şeklime karıştın, sonuç olarak senin yüzünden hiçbiri cebe girmedi."

"Ben hiçbir şey yapmadım," dedi Bora sakince. Elinde tuttuğu istekayla birlikte beyaz topun durduğu kısma yürüdü ve istekayı eline bilmiş bir tavırla yerleştirdi. "Senin beceriksizliğindi."

"Hadi oradan."

"Nasıl oynanırmış gör," dediğinde kızgınca söylendim. "Hıh, senden öğrenecek değilim."

"Mızıkçısın kızım sen," dedi Bora gülerek. "Seninle oyun falan oynanmaz. Kaybedince ağlarsın da sen."

"Sen öyle san." Kollarımı göğsümün altında birleştirip Bora'yı izlemeye koyuldum. Bir an bile beklemeden masaya eğildi ve beyaz topa en yakın kendi topunu hedef alıp sertçe vurdu. Vuruşuyla birlikte cebe giren kendi topuyla birlikte benimkini de sokmuştu.

"Bingo! Bak gördün mü?" Topları işaret ederken nasıl da havalıydı... "Seni de bir toptan kurtardım, hadi yine iyisin."

"Sor," dedim düz bir sesle. "Madem topunu cebe göndermeyi başardın, soru sorma hakkı ilk senin."

Bora istekayı masaya yasladı ve bir müddet sadece gözlerime baktı. "Benden gizlediğin bir şey var mı?"

Kaşlarım sorduğu soruyla birlikte havaya dikilirken zihnim düşünme eylemini devraldı. Aklıma, Yiğit'e her şeyi itiraf ettiğim o akşam geliyordu. O restoranın lavabosunda Yiğit'le konuşurken Bora kapıyı çalmış, Yiğit'se kabinlerden birine saklanmıştı. Bora bana neler olduğunu sorduğunda içeride mahsur kaldığım yalanını söylemiştim. Bora'dan gizlediğim tek şey buydu. Gel gör ki bunu ona itiraf edemezdim, buna zinhar cesaretim yoktu.

"Söyleyeceğim fakat..." Tereddütle sustum. "Sinirlenmenden korkuyorum."

"Söyle," dedi Bora sabırsız bir sesle. Merakı gözlerinden okunuyordu.

"Kızmayacaksın, söz ver." Bunu garanti etmeden, dudaklarımdan tek bir söz dökmeyecektim.

Bora memnuniyetsizce mırıldandı. "Söz."

"Amcanın evinde yemek yediğimiz akşamı hatırlıyor musun?"

Bora'nın gözleri kısıldı. "Hatırlıyorum."

"Halan yemek yerken amcanın fotoğraf albümlerinden bahsetmişti. Fakat tam o an masada soğuk bir rüzgâr esmişti, çok iyi hatırlıyorum. Baban konunun üzerini hızlıca kapatmıştı ama ben neden eski fotoğrafların bu kadar sakınca yarattığını çok merak etmiştim."

Bora bakışlarına yerleştirdiği ifadesizlik maskesiyle dinliyordu beni. "Lavaboya gitmek için kalktığımda aslında lavaboya gitmedim, amcanın odasına girdim ve çekmecelerini karıştırdım."

Bora sözlerime hiçbir tepki vermemişti. *Yaralı çocukluğu ve yaşadıkları...* Bilmediğimi sanıyordu, öğrenmiş olmamdan endişe etmiyor muydu?

"Merak etme," dedim bakışlarımı kaçırarak. "Hiçbir şey bulamadım zaten. Benimkisi aptalca bir meraktı."

Bunu ona şu an itiraf etme nedenim, çocukluğu hakkında bir şeyler bildiğimi düşünürse ne tepki vereceğini görmekti. Ama Bora'nın bakışları ifadesizdi, gözlerinden hiçbir şey okuyamıyordum. Belki bir ihtimal, günün birinde, çocukluğunu bana kendisi anlatır diye bekliyordum ama o gün hiç gelmiyordu.

"Kurcalama Hande." Sonunda konuştuğunda sesinde yakalayabildiğim tek duygu umursamazlıktı. "Benim çocukluğumu, annemi, geçmişimi kurcalama."

"Hiç anlatmayacak mısın?" diye sordum çekinerek. Yaşadıklarının ne olduğunu bilmesem bana bile anlatmadığı için ona öfkelenebilir, hatta kırılabilirdim ama bunların hiçbirine hakkım olmadığını biliyordum.

"Belki bir gün... Ama şimdi değil." Konuyu tamamen kapatma derdindeydi, masanın kenarına yasladığım istekayı işaret etti.

İstekayla birlikte pozisyon alıp cebe en yakın topumu hedef alarak beyaz topa sertçe vurdum. Bu sefer top cebe girmiş, keyfim yerine gelmişti.

"Merak ediyorum," diyerek söze girdim. "Nezarethaneden çıktığın o gün, eve geldiğinde ve karşında beni bulduğunda... Sana Yiğit'le birlikte mezarlığa gittiğimi söylemiştim. Neden hiç tepki vermedin?"

Bu soru hep aklımı kurcalamıştı. Bora bunun hesabını sormadan duracak biri değildi ama o zaman böyle bir şey hiç yaşanmamış gibi davranmıştı. "Yani sen, nasıl oldu da bana bunun hesabını sormadın?"

Sorduğum soru karşısında Bora'nın keyfi bütünüyle kaçmıştı. "Öfkelenmedim mi sanıyorsun? Delirmediğimi mi sanıyorsun?" Doğru sözcükleri arıyormuş gibi sustu. "Öfkelendim, delirdim... Ama benden gitmeyi kafasına koymuş bir kadının karşısına geçip hesap sormak akıl kârı değildi."

Hiçbir şey söylemeden onu dinlemeye devam ettim.

"Senin yaptığına karşılık, ben de kötü bir şey yaptım," dediğinde birazdan duyacağım şeyin bana iyi gelmeyeceğini hissettim. "İçeriden çıkar çıkmaz ilk olarak babana gittim ve eğer bu evlilik olmazsa hapse girenin o olacağını söyledim."

Kaşlarım birleşecekmiş gibi çatıldı. Bu yüzden mi babam Bora'nın mahkemesinden sonra birdenbire ortadan kaybolmuştu?

"Bana olan öfkeni bu şekilde mi çıkardın?"

"Evet," dedi Bora. Gözlerime hiç gocunmadan bakıyordu. "Bir anlık öfkelerin, bir ömürlük kurbanıyım ne de olsa."

Boğazıma ağır bir yumru oturmuş olsa da hiçbir tepki vermedim. Bağırmak, kızmak ya da öfkelenmek... Hiçbir şey geçmişi ve bizi paramparça eden anıları kurtarmıyordu. Bir bozuk plak gibi yaşananları tekrar etmenin ikimize de bir yararı yoktu.

Bu itiraf canımı acıtmıştı lakin benim babamın savunulacak bir tarafı yoktu.

"Hadi oyna," diyerek masayı işaret ettim. Aldığım ilk cevapla dağıldığımı belli etmek istemiyordum. Bora istekayı alıp beyaz topa gelişigüzel vurdu. Bile isteye kötü oynamıştı ve bunu neden yaptığı belirsizdi. Beyaz top onun değil, benim topuma isabet ettiği için faul oldu. Resmen ona soru sorabilmem için bana imkân tanıyordu.

"Böylesi acemi bir vuruş sana hiç yakışmadı," dedim, Bora oralı bile olmadı. İstekayı bırakıp isteksizce mırıldandı. "Sıra sende."

Beyaz topu aldım ve kendi toplarıma yakın bir noktaya bırakıp rahatça vurdum. Toplarımdan birini cebe gönderdim ve doğruca Bora'ya baktım.

"Yaren'le aranızda tam olarak nasıl bir münasebet olduğunu tüm gerçekliğiyle anlatmanı istiyorum."

Oldukça ciddi bir ses tonuyla sorduğum sorunun ardından bakışlarımı yüzüne kenetledim. Gözlerine değecek olan hiçbir tepkiyi kaçıramazdım. Beklemediği bir soru değildi. Ne bir şaşkınlık vardı yüzünde ne bir korku. Bana bomboş bakıyordu.

"Hadi," diye direttim. "En yakın arkadaşının sevgilisi masanın altından çıplak ayağını senin bacağına sürttü ve sen sesini çıkarmadın. Neden onu ele vermediğini sorduğumda Yaren'e karşı bir açığının olduğunu söyledin. Onun ne olduğunu bilmek istiyorum."

"O sürtükle alakalı konuşmak istemiyorum." Bu konunun canını sıktığı belliydi. "Öyle bir şey de söylemedim ayrıca. Ne duymak istiyorsun ki?"

Söylemişti, şimdiyse inkâr ediyordu fakat boşaydı.

"Bilmem gereken her şeyi," dedim sesimin rengi değişirken. "O kıza karşı nasıl bir açığın var ki en yakın arkadaşını kandırmasına göz yumuyorsun?"

Sabır dilenir gibi bir nefes aldığını işittim. Gözleri gözlerim dışında her şeyle ilgileniyordu ve bu durum benden bir şeyler gizlediğinin kanıtıydı. "Bana Yaren'le alakalı her ne olduysa, onu anlatmadan evliliğimizin gerçek olmasını bekleme."

Bora gözlerime ürpererek baktı. Söylediğim şey hoşuna gitmemişti ama öte yandan her ne olmuşsa söyleyemeyeceğini ima eder gibi bakıyordu.

"Bilmen gereken tek bir şey var," dedi sert bir sesle. "Yaren'le aramda düşündüğün gibi bir şey yaşanmadı. Ben en yakın arkadaşının sevgilisiyle birlikte olacak kadar kansız değilim."

Zaten benim şüphe ettiğim şey aralarında bir ilişki olması değildi. Yaren Bora'ya dair benim bilmediğim bir şeyi biliyordu, ve o her neyse Bora'nın elini kolunu bağlıyordu.

"Öyleyse neden Serdar'a Yaren'in gerçek yüzünü söylemiyorsun?" Kafam allak bullak olmuştu. "Anladım, bana bile söylemek istemeyeceğin bir sırrın var Yaren'de. Bu nasıl bir sır ki senin elini kolunu bu denli bağlıyor?"

"Serdar Yaren'i çok seviyor." Bora zaten bildiğim bir şeyi söylüyordu. Bunu görmemek için kör olmak lazımdı. "Canından vazgeçecek kadar çok seviyor," derken dudakları alayla kıvrıldı. "Denemedim mi sanıyorsun? Yaren'le ilgili ufacık bir ima bile onu zıvanadan çıkarmaya yetiyor. Onu gözünde o kadar kutsallaştırmış ki onsuz olma ihtimalini bile kabullenemiyor."

"Bu bir bahane değil."

"Değil, biliyorum."

"Böylesi daha mı iyi?" diye sordum kızgınca. "Sen en yakın arkadaşının seni aptal yerine koyduğunu bilseydin, nasıl hissederdin?"

"Konuyu kapat artık," dedi kızgınlığını belli ederek. "Eğer hapse girmeseydim Serdar ve Yaren çoktan ayrılmış olacaktı."

"Nasıl?"

"Sen bağladın beni." Şimdi de ben mi suçluydum? "Seninle, Yiğit denen o komiserle uğraşmaktan bu mevzuyu bile hâlledemedim. Oldu mu? Ama için rahatlayacaksa söyleyeyim, o düğün olmayacak. Serdar Yaren'le evlenemeyecek ve o sürtük Serdar'ın hayatından defolup gidecek."

"Bunu nasıl..."

"Konu kapanmıştır."

Bora'yı konuşturmaya çalışarak bir yere varamayacağımı anladığımdan üstelemedim. Kabul ediyordum, oyun oynama bahanesiyle geçmişi deşme fikri hiç akıllıca değildi. Keyfimi tümüyle kaçırmıştım ama aklımdaki soru işaretleri bitmeliydi.

Masaya eğildim ve istekayı isteksiz bir şekilde, hedef bile almaksızın beyaz topa vurdum. Esas merak ettiğim soruyu sormuştum, başka bir şey öğrenmek gelmiyordu içimden. Hiçbir topu cebe sokamadan kenara çekildiğimde Bora masanın başına geçti ve kendine ait tüm topları tek tek ceplere tıkmaya başladı. Yaren mevzusunu açtığım için kızgındı ve öfkesini oyundan çıkarıyordu.

"Benim sana soracak hiçbir sorum yok," dedi, kendine ait tüm topları yuvaya tıkmıştı. Oyunu bitirmek için siyah topu hedef aldı. "Bu oyunu bu şekilde oynamak isteyen sendin madem, sor merak ettiğin her şeyi."

"Cevap verecek misin sanki?"

"Veriyorum ya."

"Peki." O an aklıma hiç hesapta olmayan bir soru düştü. "Emir'le aran neden bozuldu?"

Bora birdenbire duraksadı, isteka elinde, son topa vuramadan öylece kalakalırken bakışlarını üzerime dikti. "Bunu neden merak ettin?"

Aranızın iyi olmadığını görebiliyorum," dedim saçlarımı yüzümden çekerek. "O senin amcanın oğlu ama sen ona bir yabancı gibi davranıyorsun. Üstelik Serdar bana bir zamanlar aranızın iyi olduğunu söyledi ve ben sizi bu hâle neyin getirmiş olduğunu merak ediyorum."

Bora yavaşça doğrulurken elindeki istekayı masaya gelişigüzel bıraktı. "Beklediğinin aksine öyle kayda değer bir sebep değil bizim aramızı bozan. Saçma sapan bir mevzu. Artık ne onun ne de benim umurumda."

"Bilmek istiyorum," diye direttim. "Anlat haydi."

Bora masanın kenarına oturdu, siyah topu çaprazda kalan cebe doğru iteklerken alay eder gibi konuştu. "On sekiz yaşımızda aynı kızı paylaşamadık ve aramız bozuldu."

Bir an duyduğum şeyden emin olamayarak yüzümü buruşturdum. Serdar bu yüzden mi bana anlatmak istememişti?

"Emir ve sen," dedim şaşkınca. "Aynı kız için kavga mı ettiniz yani?"

"Çocuktuk." Bora çok normal bir şeyden bahsedermiş gibi rahattı. "Emir'i bilmem ama ben hatırladığım zaman gülüyorum."

Yüzümdeki şaşkın ifadeyi silmeye çalıştım. Bora bir kız için amcasının oğluyla kavga edecek duruma gelmişse o kızı gerçekten seviyor olmalıydı. Olabilirdi. Peki, ben neden bu duruma bu kadar içerlemiştim ki?

"Nasıl oldu? Yani o kız kimdi, aranıza nasıl girdi ve kavga edecek raddeye gelmenize nasıl sebebiyet verdi?"

Bora derin bir nefes aldı. "Adı Deniz'di ve benim sevgilimdi," dedi, o an kaburgalarımın arasına dehşet verici bir sızı oturdu. "Emir'in de Deniz'i sevdiğini bilmiyordum, sonradan öğrendim ama biraz geç oldu. Sadece bir yıl sürdü zaten. Deniz üniversite için yurtdışına çıktı ve biz de bir daha görüşmedik."

"Seviyor muydun onu?" Sesimin titrek çıkmasına engel olamadım, anlaşılan geçmiş bu gece mutluluğumun katili olacaktı.

Bora aklımı karıştıracak türden bir cevap verdi. "Sevseydim şu anda yanımda sen değil, o olurdu."

Dudaklarımdan histerik bir gülüş dökülürken "Bana neden söylemedin?" diye sordum. "Daha önce bir sevgilin olduğunu?"

Haksızlığa uğramış gibi hissediyordum, bir cevap beklercesine Bora'ya uzunca baktım. Susmaya devam ettiği her saniye, fevri duygular şah damarıma bir bıçak gibi dayandı.

"Sordun mu ki?"

"Evet." Sahiden de sormuştum ve Bora bana hiçbir zaman ciddi bir ilişkisinin olmadığını söylemişti. Şimdi ise bir yıllık bir serüvenden bahsediyordu, şaka gibiydi. "Hiç sevgilin olmadığını söylemiştin."

"Olabilir," dedi Bora rahatça. "On sekiz yaşımı ciddiye almadığım içindir."

"Neyse ne." Ağzımın içinde geçmişin armağanı olan buruk bir tat vardı. "Saat geç oldu ve ben yatacağım. İyi geceler."

Son sözlerim bunlar oldu. Bora'yı ardımda şaşkınca bakarken bırakıp salondan kaçar gibi ayrıldım. Merdivenlere doğru yürürken kendimi her an yere yığılacakmış kadar bitkin hissediyordum. Uykum gelmişti. Canım sıkıldığında, moralim bozulduğunda hep uykum gelirdi ve şimdi yukarı çıkıp uyuyacaktım. Her zaman kaldığım o odada, genellikle ağlayarak uyuduğum o yatakta.

Merdivenleri yorgun adımlarla bitirip koridora şöyle bir göz attım, Bora'nın da fikrini almak kaydıyla evde bazı değişiklikler yapmak istiyordum. *Kimdi bu Deniz, Allah aşkına?* Duvarlar dümdüz ve bomboştu, birkaç tablo ve güzel birkaç vazoyla hareket katmak istiyordum. *Bir yıl, koskoca bir yıl... Ne yaşamışlardı?* Belki duvarların rengini de değiştirir, daha iç açıcı bir renge boyayabilirdik. Koyu gri duvar renkleri insanın içini karartıyordu. *Deniz çekip gitmeseydi ne olacaktı?* Merdivenlerin bitimine denk gelen duvara güzel bir ayna dekoru da koydurabilirdik. Güzel olacağından hiç şüphem yoktu.

Belki de hiç ayrılmayacaklardı.

Her zaman kaldığım odanın kapısını aralayıp içeriye girdiğimde son zamanlarda yaşadıklarım gözlerimin önünden hızla akıp gitti. Bora'nın beni bu odaya kapatıp gittiği gündüzü anımsadım, sonra kapıyı kendim kapatarak onu dışarıda bıraktığım geceyi... Bundan sonra yaşayacağımız güzel zamanlar, o bedbaht anıları yok etmeye yetecek miydi?

Karanlık odanın içinde ilerleyip yatağın kenarına oturdum, komodinin üzerindeki abajuru açtığımda içeriyi loş bir ışık aydınlattı. Bu sefer komodinin ikinci çekmecesine uzandı elim, sabah bıraktığım gecelik takımını alıp çekmeceyi kapattım. Üstümdeki rahatsız edici dar pantolondan ve püsküllü mor tişörtten kurtulup geceliklerimi giydiğimde elimde tarakla birlikte yatağa oturdum. Eve gelir gelmez aldığım duş sonrası saçlarımı yeterince tarayamadığım için uçları birbirine girmiş durumdaydı.

Saçlarımı askılı geceliğimin açıkta bıraktığı çıplak sırtımın üzerine attım. Tarağı saçlarıma geçirdiğim sırada bakışlarım abajurun yanındaki küçük saate takıldı, gecenin ikisini gösteriyordu. Dün geceyi de tamamen uykusuz geçirdiğimiz göz önüne alınca şimdiye uykusuzluktan bayılmış olmam gerekiyordu.

Kahretsin ki uyuyabileceğimi düşünmüyordum.

Aklım tamamen Deniz denen o kızla meşguldü. Lisede tanıştıklarına göre Bora'yla yaşıt olmalıydı. Nasıl biri olduğunu çok merak ediyordum. Uysal mıydı yoksa fevri miydi? Sevecen miydi yoksa asi mi? Bora sıradan ve kolay bir adam değildi, Hale Hanım'ın anlattıklarına bakılırsa özellikle ilk gençlik yıllarında çok daha hırçındı. Belki de Deniz bu yüzden çekip gitmişti. Peki, günün birinde tekrar dönmeyi hiç istememiş miydi?

Odanın kapısı yavaşça aralandığında düşüncelerim dağıldı. Bir an kıpırdayacak gibi oldum ama hareket etmedim, arkamı dönüp onun yüzüne bakmak istemiyordum. Saçlarımı taramaya hızlı bir şekilde devam ettim ancak bu sefer de dolaşan kısımlar canımı yaktı.

Bora hemen arkama oturduğunda tarağı tutan elimi bileğimden yakaladı ve diğer eliyle tarağı parmaklarımdan usulca çekip aldı. İtiraz etmedim. Ellerim dizlerimin üstüne düşerken Bora'nın parmaklarını saçlarımda hissettim. Dolaşmış kısımları düğüm çözer gibi çözerken sessizliği bozan taraf da o oldu.

"Hangisine kırıldın?"

"Hiçbir şeye." Kaçamak bir cevap verdim çünkü neden bu hâlde olduğumu ben de bilmiyordum.

"Niye yanımdan kaçar gibi gittin o zaman?"

Sesli bir nefes alıp bıraktım. "Bilmiyorum."

"Benim için sadece sen varsın." Birbirine dolaşmış saç uçlarımı nazikçe açmaya devam ediyordu. "Senin için seninle bile savaştım ben, unuttun mu?"

"Nasıl unuturum?"

Bora tarağı saçlarımdan geçirip aşağı kaydırırken "Bu çok özel bir an," diye fısıldadı. "Çünkü ben ilk defa bir kadının saçlarını tarıyorum."

Dakikalar önce yarattığı hasarı tamir eden sözleri, dudaklarıma onun göremeyeceği bir tebessüm bıraktı. İlk defa bir kadının saçlarını tarıyordu ve o kadın bendim. Ayrıca Bora haklıydı, ben gerçekten aptaldım. Tatlı bir söze hemen kanıyor, kırgınlıklarımı çabucak unutuyordum.

"İlk defa bir erkek saçlarımı tarıyor," dedim sessizce. *Babam ve abim dışında.* Başımı sağ omzuma çevirerek Bora'nın yüzüne baktım, tıpkı benim gibi gülümsüyordu.

"Bunu sevdim." Saçlarımı hâlâ tarıyordu. "Her gece sen uyumadan önce saçlarını ben tarasam?"

Kısa bir an sessiz kaldım. "Ya birkaç gün sonra sıkılırsan?"

Bora tarağı bir kenara bırakıp saçlarımı sol omzumun üstüne attı. "Senden sıkılmak mı? Gerçekten aptalsın."

Kollarını bedenime sararak ellerini karnımın üzerinde birleştirdiğinde ona teslim oldum. Beni kendisine sıkıca hapsetti. Önce kokumu içine çekti, sonra dudaklarını boynuma bastırdı. Telaşsız ve sıcak öpücükleri tenimden çok yüreğimi kıvrandırırken saniyelere düşman kesildim, gözlerim yavaşça kapandı, zaman dursun istedim. Bu hisler kalbimizden hiç eskimesin. Bu adamın kolları, üzerimden hiç çekilmesin.

Git dersin, gitmez.
Uzak dur dersin, durmaz.
Yaklaşma dersin, dinlemez.
Yakma dersin, yakar.
Sonunda hapseder seni.
Sevda öyle bir yangındır ki,
Bir çift bakışa köle, tek bir söze mahkûm eyler.

Dudakları benden koptuğu an sessiz bir iniltiyi koyuverdi. Şimdi, şu anda nefesine tutunmak, soluğunu soluğuma mahpus etmek istedim. Ne zamandır bu kadar pervaneydim? Kollarının arasından çıkmadan yüzümü ona çevirdiğimde bakışlarıyla ruhumu abluka altına aldı. Bana şu anda istediği her şeyi yapabilirdi, ona karşı koyamazdım. Dudaklarıma uzanıp sert bir öpücük kondurdu, geri çekildiğinde nefesi sus çizgimi talan ediyordu.

"Beni yakıyorsun, ateş parçası..."

"Sen de beni," dediğimde alnıma çıkardığı dudaklarını tenim boyunca sürttü.

Hızlı bir şekilde kalkıp inen göğsüne bastırdım elimi. O yürek benim için mi çarpıyordu?

Gözlerim gözlerine kuyulanırken uzanıp sakallarına dokundu parmak uçlarım. "Günün birinde bir başkasına böyle dokunacak olma ihtimalin..." Sözlerim, onun dudaklarıma kapanan parmakları ile hiçliğe karıştı.

"Sus." Derin bir sessizliğe gebe kalan bakışmamızın ardından, gecenin karanlığına karışan yeşil gözlerinde vurgun yemiş bir acı belirdi. "Sakın söyleme çünkü öyle bir şey olmayacak."

"Söyle," dedim, bunu bilmeye ihtiyacım vardı. "Neyinim ben senin?"

"Yaramsın," diye fısıldadı, dudakları saçlarımın arasına karıştı. "İyileştirmeye kalkanın, yüreğini yerinden sökerim."

Sonrasında derin bir sessizliğe esir düştük. Bora beni kucağına aldığında, kollarımı onun boynuna sardığımda, başımı omzuna yasladığımda... Ve beni kendi odasına götürüp kendi yatağına yatırdığında.

Birlikte sustuk. Ayrı ayrı yastıklara baş koyduğumuz andan itibaren, uykuya yenik düşeceğimiz o ana dek sadece gözlerimizle konuştuk.

Gözleri... Her zaman bu kadar güzel bakardı da ben mi göremezdim? Çok şey anlatırdı da ben mi duyamazdım? Ona her nefret kustuğumda bir kapı mı aralardı geçmişe? Dudaklarını kıpırdatmadan mı konuşurdu sessiz harflerle? *'Böyle bir adam olmayı ben seçmedim, sadece mecbur bırakıldım.'*

Benim yüreği kırık, kafası bozuk adamım...
Geçmiş bizi yargılasaydı ansızın,
Cezası idam olurdu sensiz yılların.

Uzun bir zaman sonra yeniden Kupa Kızı'ndaydık.

Mekânın diğer tarafa doğru genişletilmiş kısmında, iki duvarın birleştiği noktadaki en büyük masada Bora'yla yan yana oturuyorduk. Tekin hemen çaprazımızda, Serdar ise karşımızdaydı.

Nice zamandır görmediğim Yaren sinsisi de Serdar'ın yanında oturuyordu. Biz bir saattir buradaydık ama onlar geleli yarım saat olmuştu. Yaren her zamanki gibiydi, dikkatli gözleri durmaksızın üzerimizdeydi ve bu durum sinirlerimi bozuyordu. Onunla göz göze gelmemeye çalışsam da bakışlarımız durmadan birbirine çarpıyordu.

Tekin, mekânı genişletmekle oldukça radikal bir karar almıştı. Bu yeni kısım daha rahat ve ferah bir havaya sahipti. Oturduğumuz masanın yanındaki duvarda, Yeşilçam ve eski Hollywood yıldızlarına ait siyah fotoğraf kareleri asılıydı. Çoğu mekânda karşılaşılan bir manzara olmasına rağmen oldukça estetik bir şekilde dizilmişti hepsi. Gözü asla yormuyordu. Duvarın tam köşesinde büyük, dikdörtgen bir kitaplık vardı fakat tüm raflar kitaplarla dizili değildi. Geniş raflardan birine eski ve antika bir radyo, bir diğerine ise yine oldukça eski bir daktilo koyulmuştu.

"Bu kitaplık fikri çok hoş olmuş," dediğimde Tekin gururlanarak kafasını salladı. "Melisa'nın fikriydi."

"Sahi, Melisa nerede?"

Onu geldiğimden beri görememiştim, soracağım her seferde araya başka bir laf karışmıştı. "Gelmek üzeredir." Tekin karşı duvardaki büyük saate baktı, ardından parmağını kaldırıp sol tarafta kalan diğer kısmı işaret etti. "Ya da çoktan gelmiştir."

"Melisa'nın burada yarı zamanlı olarak çalıştığını her seferinde unutuyorum."

O sırada Serdar kolunu Yaren'in omzundan çekti ve ellerini masanın üzerine koydu, dudakları sahici bir tebessümle kıvrılırken kısık gözleri üzerimizde gezindi.

"Sizi böyle yan yana görmeyi, tıpkı eski günlerdeki gibi hep birlikte aynı masada oturup uzun uzun sohbet etmeyi özlemişim."

Yaren Serdar'ın sözlerine karşın dalga geçer gibi dudaklarını kıvırdı, elbette ki gözümden kaçmamıştı.

"Yalan yok, bir daha bir araya gelemezsiniz sanıyordum ben," dedi Tekin açık sözlülükle. Aslında haklıydı. Bora'nın bir anda cinayet suçuyla hapse girmesi onları şaşkına çevirmişti. Bu konuyu aralarında nasıl değerlendiklerini bilmiyordum, hiçbir surette açılmıyordu. Üstüne bir de benim Londra'ya kaçıp gittiğim yalanını duymuşlardı. Onların gözünde Bora ve ben, bir daha birlikte olması mümkün olmayan bir çifttik.

"Tamam, kapatın şu mevzuyu." Bora konunun gideceği noktadan hazzetmemişti.

Serdar ve Tekin suçlu suçlu birbirlerine baktılar. "Evet ya, kapatalım gitsin. Sonuca odaklanalım biz." Serdar yeniden gülümsedi. "Şimdi siz baya baya evlisiniz."

Sağ elimi havaya kaldırıp parmağımdaki yüzüğü Yaren'in gözüne sokarcasına gösterdim. "Baya baya evliyiz hem de."

Yaren bu sefer bakışlarını masaya düşürdü, hiç kimseye bakmıyor ve onu oldukça rahatsız eden bu muhabbete katılmıyordu. Serdar kafasını çevirip Yaren'e baktığında Yaren sanki dakikalardır somurtmuyormuş gibi birden dudaklarını kıvırdı. "Yine sıramızı kaptılar," dedi gülerek.

Yaren kaşlarını imayla havaya kaldırdı. "Evet, yine öyle oldu."

"Onu bunu bırakın da ne zaman yemek yiyeceğiz?" diye sordu Bora. "Açım ben Tekin reis."

Sabah oldukça geç bir saatte uyanmış ve kahvaltımızı da neredeyse öğlen yapmıştık. Bora'nın aksine ben fazla aç hissetmiyordum.

"Şimdi değil," diyerek araya girdim. "Hilal gelecek yarım saate kadar. O geldiğinde birlikte yeriz."

Bora belli etmese de Hilal'in adını duyunca gerildi. Aslında bu sabah onunla bu mevzuyu konuşup hâlletmiştik. Hilal benim en yakın arkadaşımdı ve madem biz artık Bora'yla evliydik, ikisinin arasındaki buzların erimesi gerekiyordu. Belki de zor olacaktı ama bir şekilde birbirlerine alışacaklardı, tıpkı benim Bora'nın arkadaşlarına alıştığım gibi. Hem Bora da Hilal de bunu bana borçluydu.

"Hilal?" dedi, Tekin kaşlarını kaldırarak.

"Hande'nin arkadaşı." Bora açıklama yaptığında Tekin'in bakışları üzerime çevrildi. "Öyle mi?" diye sordu abartılı bir tepkiyle. "Güzel mi peki bu Hilal?"

O an masamıza yaklaşmakta olan Melisa'yı fark ettim. Konuştuklarımızın ne kadarını duymuştu bilmiyordum fakat renginin bomboz olduğunu görmemek imkânsızdı. Kapıldığım suçluluk hissiyle tedirgince kıpırdandığımda Melisa Tekin'in yanı başında durup kısık bir sesle konuştu.

"Muhasebeciler geldi. Odaya aldım az önce, seni bekliyorlar."

Melisa her konuşmasında Tekin'e patron diye hitap ederdi, şimdiyse bırak patron demeyi, sesi buz gibiydi. Bunu Tekin de fark etmişti ancak geç olmuştu. Melisa hiçbir şey söylemeden gözden kaybolurken Tekin'e ayıplar gibi baktım. Madem bu çapkınlıklarından asla vazgeçmeyecekti, Melisa'ya neden umut veriyordu ki?

Tekin Melisa'nın ardından masadan kalkıp gittiğinde Yaren ikisinin ardından göz devirerek baktı. "Bu Melisa da fazla garip. Niye böyle bozuk attı şimdi?"

Yaren'le göz göze geldiğimiz an ona ters bir bakış attım ama hiç oralı olmadı. "Suç Tekin'de. Bir çalışana bu kadar yüz verilmez, bir de tutmuş kolundan Kapadokya'ya götürmüş şu kızı."

"Çünkü ben öyle istedim," dedim sert bir sesle. Bora'ya kendimi tutacağıma ve Yaren'e hiçbir şekilde dalaşmayacağıma dair söz versem de bu kız benim ayarlarımla oynuyordu. "Sözlerine dikkat et, Melisa hakkında ileri geri konuşma."

"Aman o kıza toz kondurma," diyerek dudaklarını kıvırdı Yaren. "Zaten tam da senin arkadaşın olabilecek tipte bir kız."

"Kızlar size ne oluyor?" Serdar araya girdiğinde önce Yaren'e sonra bana ters ters baktı. "Hayır, ben uzun zamandır farkındayım zaten. Anlaşamıyorsunuz okey ama sebebi ne? Neden yan yana gelince bu kadar geriliyorsunuz ki?"

O an bir cevap vermek yerine sadece Bora'ya baktım. Sessizdi. Sırtını koltuğa yaslamış, kolunu koltuğun tepesine uzatmış bir vaziyette sakince oturuyordu. Ne Yaren'in ne de benim bir şey söylemeyeceğimi bildiğinden rahattı.

"Benim Hande'yle bir sorunum yok ki," dedi Yaren, bana bakarak sinir bozucu bir mimik hareketiyle burun kıvırdı.

"Hande Hanım'a bir türlü sevdiremedik kendimizi. Ben ona çok adım attım, arkadaş olmayı çok istedim ama o her seferinde geri çevirdi."

Serdar'ın bakışlarının üzerime çevrildiğini hissettim. Gönül isterdi ki ben Yaren sinsisini bu masaya gömeyim, nişanlısının gözü önünde tüm foyasını ortaya dökeyim... Ama yapamazdım, Bora'nın bu kıza karşı nasıl bir açığı vardı bilmiyordum, onu riske atamazdım.

"Öyle bir şey yok," diyerek geri adım atmak zorunda kaldım. "Yaren'le anlaşamadığım falan da yok... Sadece Melisa'ya laf söylediği zaman geriliyorum."

Yaren imalı bir tavırla güldü. "Tek sorunumuz o garson kızsa pekâlâ, ona da laf söylemem."

İşte hep bunu yapıyordu, sanki kendisinin milyon dolarları varmış gibi her seferinde Melisa'yı küçümsüyordu. Serdar buna nasıl müsamaha gösteriyordu hiçbir fikrim yoktu.

"Yaren!"

Serdar bir anda bağırırcasına konuştuğunda ikimiz de irkildik. Bakışlarım Serdar'a çevrildi, Yaren'e ilk defa bu kadar öfkeyle bakıyordu. "Bir daha kimsenin hakkında onu küçümseyerek konuştuğunu duymayacağım," dediğinde Yaren yutkunamadı bile. "Duydun mu beni?"

Yaren'e bakarken içi içine sığmayan Serdar, ilk defa bizim yanımızda ona sesini yükseltiyordu. Yaren böyle bir şeyle daha önce hiç karşılaşmadığı için afallamıştı, gözleri dolu doluydu.

"Duydum," dedi kırgın bir sesle. "Merak etme."

Bunun üstüne masada derin bir sessizlik oldu. Serdar burnundan soluyor, Yaren kafasını kaldırıp hiçbirimizin yüzüne bakmıyordu. Çaktırmadan Bora'ya baktım, daha fazla karışmamamı ister gibi bakıyordu.

Yaren yavaşça ayağa kalktı ve sandalyesini çekip uzaklaştı.

"Nereye?" diye sordu Serdar, sesinin tonu hâlâ sertti.

"Lavaboya." Yaren hızlı bir şekilde mekânın diğer tarafına geçip gözden kaybolduğunda "Kusura bakmayın," dedi Serdar kendini suçlu hissederek. "Böyle bir şeye şahit olmasanız iyiydi."

"Yabancı mıyız oğlum biz?" Bora umursamaz görünüyordu ama Serdar'ın bu tavrına içten içe sevindiğini görebiliyordum. "Ama iyi yaptın, arada böyle sesin çıksın."

"Kötü bir kız değil." Serdar sert çıktığı için pişman olmuş gibiydi. "Biliyorum yufka gibi yüreği var onun. Ama bazen böyle dengesizlikleri olabiliyor."

O an Bora'nın bakışlarında gezinen acıma duygusu gözlerimden kaçmamıştı. Tek elini sakallarına götürüp sıvazlarken oldukça düşünceli görünüyordu. Burada kalıp Yaren hakkında konuşacaklarını dinlemek isterdim lakin Yaren'i lavaboda kıstırma fikri gözüme daha cazip gelmişti.

"En iyisi ben bir Yaren'e bakayım," diyerek ayağa kalktığımda Bora bana yerine otur der gibi baktı. Umursamadım. "Gönlünü alayım, sonuçta benim yüzümden çıktı bu tartışma."

Bora bana bu kez de şaşkınca baktı, şu an rol yapıyordum ve o da farkındaydı. Ve sanki biraz da gerilmiş gibiydi...

"Senlik bir mevzu değil Hande," dedi Serdar, kafasını masadan kaldırmadan konuşmuştu. "Ama konuş yine de."

Yaren'in arkasından lavaboya yürürken yüzümde görülmeye değer bir gülümseme vardı. Elbette Yaren'i teselli etmek için gitmiyordum arkasından. O benim kötü olduğum anları mutlaka değerlendirip benimle alay ederdi hep, sıra bendeydi.

Etrafta Melisa'yı aradım ama görünürlerde yoktu. Sanırım Tekin'e fazlasıyla bozulmuştu. Kadınlar tuvaletinin kapısını aralayıp içeri girdiğimde Yaren'i ellerini yıkarken buldum. Sanki tüm hıncını bu şekilde çıkarmaya çalışıyormuş gibi hınçla parmaklarını sıvazlıyordu.

Üstünde vazgeçilmez rengi olan kırmızı bir tulum vardı, koyu kahverengi saçlarını omuzlarının hizasında kestirmiş ve iri su dalgalarıyla şekillendirmişti. Görmeyeli biraz kilo aldığı gözümden kaçmamıştı, yanakları eskisine nazaran daha dolgundu. Ne vardı ki her hâliyle güzel bir kızdıya da hissettiğim kıskançlık duygusu öyle görmemi sağlıyordu.

"İyi misin tatlım?" diye sordum alaycı bir şekilde. "Birden öyle kalkıp gitmen içime verdi."

Yaren'in birkaç adım gerisinde durup kollarımı göğsümün altına kenetledim. Yaren kafasını kaldırıp bana aynadan baktığında suratı sirke satıyordu. "Kes sesini, uğraşma benimle."

"Ben bir şey yapmıyorum. Sen bir şekilde kendini küçük düşürmeyi başarıyorsun." Yaren bana her an üzerime atlayacakmış gibi bakarken sözlerime devam ettim. "Korkarım ki yakında Serdar'ın gözü tamamen açılacak ve sen dımdızlak ortada kalacaksın."

Yaren peçetelikten birkaç dal peçete çekip ellerini kurularken "Yine beni tehdit mi ediyorsun?" diye sordu umursamazca. "Git hadi, git ve Serdar'a anlat her şeyi. Senden yana bir korkumun olduğunu mu sanıyorsun?"

Fevri çıkışı karşısında afallamış olsam da bunu yüzüme yansıtmadım. Ona bu cesaret kokan sözleri aymazca söyleten kozun ne olduğunu merak ediyordum.

"Sen eski Hande değilsin, Bora seni avuçlarına almış besbelli," diye devam etti sözlerine. Ellerini kuruladığı peçeteyi çöp kutusuna savurup kalçasını lavabo mermerine yasladı. "Eski Hande olsaydın Bora'dan asla korkmayacağını ve sırf ondan kurtulmak için elindeki bu malzemeyi harcayacağını düşünür, bu konuda senden çekinirdim. Ama artık görüyorum ki ağzını açıp tek bir kelime edemezsin Serdar'a. Bora seni öldürür."

İçimde kaynayan öfkemin genzime taşarak yaktığını hissettim. Öfkem Yaren'in bu ayarsız sözlerine değildi aslında, sözlerindeki doğruluk payınaydı. Kendi aptallığıma, sırf Bora'yı sevdiğim için susuyor oluşumaydı. Yaren haklıydı, ben eski Hande değildim. Ama ben şu an olduğum Hande de değildim. Susmak ve haksız birinin karşısında ezilmek zoruma gidiyordu.

"Elinde Bora'ya karşı nasıl bir koz var?" diye sordum açıkça. Kartları açık oynayacaktım. Belki Bora'nın ağzından alamadığım lafı Yaren'den koparırdım da beynimi kemiren öldürücü meraktan tamamen kurtulurdum.

"Koz mu?" diye sordu Yaren afallamış gibi. Omuzlarında biten kahverengi buklelerini parmaklarına dolayıp bırakıyordu. "Bora seni böyle mi kandırdı?"

"Her şeyi biliyorum ben," dedim öfkemi bastırmaya çalışarak. "Senin elinde nasıl bir koz var bilmiyorum ama buna karşılık Bora'ya yaklaşmaya çalıştın. Kendi ağzınla söyledin, Bora sana hiçbir zaman yüz vermedi."

Yaren'in koyu bir rujla çevrelediği iri dudakları sinsi bir tebessümle kıvrıldı. "Artık ağzımdan tek bir laf bile alamazsın," dedi, bu tavrı fazla kışkırtıcıydı. "O zaman sana karşı çaresizdim ve öyle söylemem gerekiyordu belki de."

Maksadı neydi? Aralarında gerçekten bir şeyler yaşanmış olduğunu ima ederek beni çıldırtmaya mı çalışıyordu? Eğer öyleyse gözüm hiçbir şeyi görmezdi ve daha önce yarım bıraktığım işe devam eder, onu burada öldüresiye döverdim. Bunu sahiden de yapardım.

"Ben senin maksadının ne olduğunu biliyorum Yaren," dediğimde güçlükle gülümsedim. Renk vermemem gerekiyordu çünkü Yaren bilerek damarıma basıyordu. Aklınca Bora'nın da ona pas verdiğini düşünmemi sağlayarak kafamı karıştıracaktı. "Tadımı kaçırmaya çalışıyorsun ama benim böceklerden midem bulanmıyor. Aksine, onları ayaklarımın altında ezmeye bayılıyorum."

"Ben senin ayağının altında ezeceğin küçük bir böcek değilim." Kalçasını lavabo mermerinden kaldırarak bana doğru bir adım attı. "Ama sana ne söylesem boş, sen çoktan Bora'nın tarafına geçmişsin. Seni güzel kandırmış."

Sözlerinden zerre miktar etkilenmediğimi göstermek ister gibi ona küçümseyici bir bakış attım. "Seninle uğraşamayacağım."

Arkamı dönüp kapıya doğru yürüdüğümde "Ne değişti?" diye sorarak durdurdu beni. "Söylesene ne değişti? Bu kadar nefret ederken, tek istediğin çekip gitmekten ve Bora'nın adı bile senin mideni bulandırırken ne değişti de onunla evlendin?"

Geriye dönüp ona baktığımda "Çok şey," dedim kaşlarımı kaldırarak. "Tüm derdin bu değil mi? Kıskançlıktan geberiyorsun."

Yaren hiçbir inkâr cümlesi kurmadı, artık gülümsemiyordu da. Yüzündeki maske tamamen düşmüştü. "Bora'nın sahip oldukları umurunda bile değildi, öyle olsaydı bu evliliği başında kabul ederdin. Öyle değil mi?"

Hiçbir şey söylemedim, ona sadece bomboş baktım.

"Sevmiyordun üstelik, ne değişti?"

"Öf, sana ne be?" diye bağırdım sonunda. Sesimin dışarıdan duyulacak olmasını bile umursamamıştım. "Ne değişti, ne değişti... Bak yemin ediyorum, bizimkiler burada demem seni bir kez daha ama sağlam bir şekilde döverim. Kaşınma!"

Tehdidimi umursamadı. "Bora karaktersizin teki," dedi nefret kusar gibi. "Kendisinden çok güzel nefret ettiriyor. Ama bir o kadar da çekici değil mi? İnsanın baktıkça bakası geliyor yüzüne..."

Dudaklarımı acıtacak derecede dişlerken, ondan çıkaramadığım hırsımı çıkarmak istercesine tırnaklarımı avuçlarıma sapladım. "Seni gebertirim."

"Hiçbir halt yapamazsın," dediğinde çenesini korkusuzca dikleştirdi. "Dene istersen, dene ve gör olacakları. Sesimizi duyup geldiklerinde ve neden kavga ettiğimizi sorduklarında Bora'yı benden kıskandığını, bu yüzden de bana saldırdığını söylerim herkese."

Bakışlarıma yerleşen öldürücü öfkeyle birlikte Yaren'e doğru bir adım daha atarak aramızdaki mesafeyi tamamen sıfırladım. Cesaret kokan sözlerine rağmen, her an üzerine atılacağım endişesiyle gerilmişti. Ona öyle kötü bakıyordum ki nefes almayı bile unuttuğuna yemin edebilirdim.

O an tüm öfkemi yok ederek sesli bir şekilde gülmeye başladım. Yaren neye uğradığını şaşırmıştı ancak gözlerini bir an olsun üzerimden çekmiyor, tedirginliğini yok edemiyordu.

"Zaten senin istediğin de bu değil mi? Aklınca beni zor duruma sokup Bora'yla aramı bozacaksın, üstüne bir de mağdur kızı oynayıp gönülleri kazanacaksın."

Yaren alay eder gibi gülümsedi. "Bir bok bilmiyorsun sen."

Yine kelime oyunlarına başlamıştı.

"Kes sesini," dedim sert bir sesle. Arkamı dönüp doğruca kapıya yürüdüm ve kapıyı açmadan önce durdum. "Birazdan içeri geçtiğimizde tek bir bakışını bile Bora'nın üzerinde yakalarsam seni mahvederim."

Yaren'i lavaboda bırakarak dışarı çıktığım an kapattığım kapıya yaslanıp derin bir nefes almamak için kendimi zor tuttum. Sözleri çok kafa karıştırıcıydı... Tamam, maksadı beni çıldırtmaktı ve bunu fazlasıyla başarmıştı ancak imalarında en ufak bir gerçeklik payının olma ihtimali bile çıldırmama yetiyordu. Hayır, Bora bu kadarını da yapmış olamazdı. Yaren'le arasında hiçbir şey olmadığını defalarca söylemişti, bunu söylerken yalan söylüyormuş gibi de değildi.

Üstelik Yaren'e göz ucuyla bile baktığına denk gelmemiştim, ne şimdi ne de en başından beri.

Düşünmemeye çalıştım, günümü o geri zekâlı yüzünden mahvetmek istemiyordum.

Hızlı adımlarla doğruca oturduğumuz kısma yürüyordum ki dışarıda elinde telefonda bekleyen Hilal'i gördüm. Onun geleceğini tamamen unutmuştum. Hızlıca kapının dışına çıkıp Hilal'e el salladığımda suratını asarak bana doğru yürüdü. Elindeki telefonu sallarken "İki saattir arıyorum," diye söylendi. "Niye bakmıyorsun ki? Geri dönecektim az kalsın."

"Lavabodaydım, Hilal. Neden içeri girmedin ki?"

Çekinmiş olmalıydı, keza içeriye tuhaf bakışlar atıyordu. "Giremedim," dedi keyifsiz bir sesle. "Buraya da sırf senin için geldim biliyorsun. O kadar zamandan sonra tekrar Bora'yla karşılaşasım yok."

"Benim için geldin," diyerek devamında sıralayabileceği tüm bahanelerin önünü kestim. "Mızmızlık etme, gel hadi."

Hilal'i kolundan tutup onu kapıdan içeriye sürüklediğimde Melisa'yla karşılaştım. Beni ve yanımda Hilal'i gördüğünde yüzüne bir hoşnutsuzluk yerleşti ama belli etmemeye çalışarak gülümsedi.

"Bahsettiğin arkadaşın olmalı," dedi Hilal'e dikkatle bakarak. Hilal'i Tekin'den kıskanacağı bariz belliydi. "Merhaba, ben Melisa."

"Ah evet," diyerek elini uzattı Hilal. "Hande senden çok bahsetti."

Melisa'nın ela gözlerinin içi güldü. "Öyle mi?"

"Öyle," dedim gülerek. "Artık bir yakın arkadaşım daha var."

Melisa ondan bu şekilde bahsetmemden memnun olmuş gibiydi fakat yine de gülümsemesi keyifsizdi. Gözlerini Hilal'in üzerinden ayıramadı, Tekin'in onu ilk gördüğünde vereceği tepkiyi düşünerek huzursuz oluyordu.

"Sen de gelsene yanımıza," dedim Melisa'nın omzuna dokunarak. "Bugün de çalışmayıver, patron sana kızacak değil ya."

Kafamı yarısı müşterilerle dolu masalara çevirdim, henüz akşam olmadığı için mekân yeterince dolu değildi. Melisa birkaç saatlik kaçamak yapabilirdi.

"Peki," dedi Melisa üstündeki önlüğü çıkarırken. Hızlı bir şekilde kasaya koşup önlüğü bıraktığında Hilal'e dönüp çaktırmadan uyardım. "Tekin'e sakın yüz verme tamam mı? Çapkın herifin tekidir, suratını asık tut."

Hilal onu ne için uyardığımı anlamasa da kafasını salladı. Melisa koşar adım yanımıza ulaştığında birlikte oturduğumuz kısma geçtik. Melisa normal bir günde olsa çalışmayı bırakıp asla yanımıza gelmezdi ama Hilal'i gördüğünde Tekin'in vereceği tepkiyi ölçmek istiyordu.

Yaren masaya dönmüş, Serdar'ın yanındaki yerini almıştı bile. Tekin de işini bitirmiş olmalıydı ki aynı yerinde oturuyordu. Bizi ilk fark eden Bora olduğunda bakışları doğruca Hilal'i buldu. Ve sanki aralarında hiç büyük bir husumet yokmuş gibi gülümseyerek ayağa kalktı, Hilal'e elini uzattı.

Hilal, Bora'nın uzattığı eli tutarken rengi attı; fark ettirmemeye çalışsa da belli oluyordu. Neyse ki kimse durumu yadırgamadı. Hilal'i masadakilerle tek tek tanıştırdığım sıra Melisa'nın gözleri Tekin'deydi. Fakat Tekin, Hilal'e karşı hiçbir sululuk yapmadı, güzel bir kız gördüğünde hep yaptığı gibi gözlerini üzerine dikip uzun uzun bakmadı. Hilal'i beğenmemiş olamazdı çünkü Hilal gerçekten de güzel bir kızdı.

Sanırım bu durumun tek nedeni masada Melisa'nın da oturuyor olmasıydı.

Bazen gerçekten anlamıyordum Tekin'i, Melisa'nın uzunca bir zamandır burada sırf kendisi için çalıştığını anlayamıyor muydu? Kendisine nasıl güzel baktığının farkında değil miydi? Melisa utangaç bir kızdı ve cesaretini toplayıp karşısına geçemez, hislerini itiraf edemezdi. Bu durumu bildiği hâlde umursamıyor olamazdı, gördüğüm kadarıyla Melisa'yla güzel anlaşıyordu. Akıbetlerinin ne olacağını sanırım en çok ben merak ediyordum, bu konuda bir an önce Bora'yla konuşup Tekin'in düşüncelerini öğrenmeliydim.

Hilal benim yanımdaki boşluğa oturduğunda Melisa da Tekin'in yanına oturdu. "Birkaç saatliğine işi bırakmam da herhangi bir sakınca var mı patron?"

Melisa tekrar eski neşesine kavuşmuş gibiydi. Tekin ona bakıp gülümsedi. "Maaşından keseceğim."

"Burada çalışıyordun değil mi?" diye sordu Hilal, omzundaki siyah çantayı çıkarıp sandalyenin kenarına astı.

"Evet yarı zamanlı çalışıyorum ama yakında okullar kapanacak ve tam zamanlı olarak çalışacağım."

Melisa da saçlarını kulaklarının arkasına sıkıştırırken Tekin'e bakarak gülümsedi. "Benim tek işim Kupa Kızı."

"Senin finallerin yaklaşmadı mı sarışın?" diye sordu Tekin. Melisa'ya böyle hitap etmiş olması ben dâhil herkesin dikkatini çekerken, Yaren yine Melisa'ya burun kıvırır gibi baktı.

"İki hafta var."

O an Hilal'le birbirimize baktık. "Geçen sene biz de öğrenciydik ve bu zamanlar bizim kafamızı kaldırmadan ders çalışarak geçirdiğimiz zamanlardı."

Hilal buruk bir tebessüm etti, açık mavi gözleri, gözlerimi bulmuştu. "Eğer son sınavlarımızda bir aksilik olur da mezun olamazsak diye ödümüz kopuyordu."

Hilal bir an önce mezun olmayı istiyordu çünkü paraya ihtiyacı vardı, çalışması gerekiyordu. Bense çabucak mezun olup Londra'ya, Melih'in yanına gitmek gibi planlar yapıyordum. Hayatın benim için hazırladığı ıstıraplı gelecekten habersizce, kendi çizdiğim yolda sorunsuzca yürümeyi hayal ediyordum.

Bunları düşünürken bakışlarım Bora'nın çehresine dalıp gitmişti. Öyle dalmıştım ki onun da bana baktığını fark edemedim. Parmağını gözümün önünde sallayınca irkildim.

"Ne oldu güzelim?" diye sordu endişeyle. "Niye daldın öyle?"

"Hiç," diyerek kafamı salladım. "Geçen sene tam da bu zamanlar."

Sustum, devamını getiremedim. *Seninle ilk tanıştığımız zamanlardı.*

Henüz Bora'nın esas yüzünü göremediğim, kara bir bulut olup hayatımın üzerine çökeceğini bilmediğim zamanlardı. Bir keresinde karşıma geçip mezun olduğumda ne yapacağımı sormuştu, bense utana sıkıla Londra'ya gideceğimi söylemiştim ona. Bora o an anlam veremeyeceğim bir tuhaflıkta gülümsemişti bana. Aklından geçenleri elbette ki bilemezdim, asla gidemeyeceğimi bildiği için hâlime gülmüştü belki de.

Masaya derin bir sessizlik çöktüğünde ilk konuşan Serdar oldu.

"Melisa, sen bu gidişle buradan emekli olacaksın gibi görünüyor."

Sözlerinin ardından bakışları Yaren'e takıldı. Yaren suratı beş karış asık bir hâlde oturuyordu, böyle yaparak keyfimizi kaçıracağını sanıyorsa da fazlasıyla yanılıyordu çünkü ben gayet keyifliydim.

"Elbette hayır," dedi Melisa gözlerini kısarak. "Ama tüm bunlar benim için birer tecrübe. Hem belki ben de ileride kendi yerimi açarım."

Tekin kaşlarını çattı. "Ne o Melisa Hanım, bana rakip mi olacaksınız? Eğer böyle bir niyetin varsa şimdiden söyle de vaziyet alalım."

"Aşk olsun patron." Melisa her zamanki gibi kızarmıştı. "Öylesine söyledim ben onu."

Hilal'in gelişinden sonraki bir saatimiz yemek yemekle ve yüzeysel bir şekilde sohbet etmekle geçip gitti. Masadaki herkesi gözlemliyordum. Tekin'in Hilal'i dikizlemediğini, Hilal'in

Bora'dan çekinmediğini gördüğümde bir nebze rahatlamıştım. Yaren hâlâ surat asmaya devam etse de arada muhabbete katılıyordu. Bir ara başımı Bora'nın omzuna yaslayışım ve buna karşılık olarak Bora'nın saçlarımdan öpmesi gözünden kaçmamıştı. Ve o anda ateşe değmiş gibi kaçırmıştı bakışlarını.

"Sahi, siz nasıl tanıştınız?" diye sordu Melisa, Bora'ya bakarak. Bir an bu sorunun muhatabının Bora ve ben olduğumu düşünerek gerildim. Bora'yla tanışmamızın anlatılacak bir yanı yoktu. Neyse ki Melisa'nın kastettiği biz değildik. Tekin'le nasıl tanışmış olduklarını soruyordu.

"Tekin'le ben mi?" diye sordu Bora teyit etmek için.

"Evet siz." Sözlerinin ardından bakışlarını Serdar'a çevirdi. "Ve Serdar. Üçünüzün nasıl bu kadar sıkı dost olduğunu çok merak ediyorum."

"Tekin'le lisedeyken aynı sınıftaydık," dedi Bora, burnunu hafifçe kaşırken bakışları Tekin'e çevrildi. "Serdar sonradan katıldı aramıza, lise bittikten sonra. Ama Tekin'le ilk tanışmamız..."

"Yok kardeşim sen o mevzulara hiç girme." Tekin'in itirazı masadaki herkesin merakını körükledi, doğal olarak benim de. Serdar bu tanışma hikâyesini biliyor olsa gerek bıyık altı gülüyordu.

"Neden girmeyecekmişim? Melisa merak ediyor."

"Evet patron," dedi Melisa kafasını yana eğerek. "Anlatsın lütfen."

"Anlatmasın." Tekin bir kez daha itiraz ettiğinde bu sefer araya Serdar girdi. "Anlatsın, anlatsın."

Bora yavaşça kafa salladı. "Anlatayım, anlatayım."

Tekin âdeta renk değiştirirken meraklı bir şekilde Bora'ya çevirdim bakışlarımı. "Lisenin ilk günü son iki ders beden olunca hoca bizi serbest bıraktı. Ben sınıfın bir köşesine çekilmiş oturuyordum. Beni bilirsiniz, ha deyince kimseyle arkadaş olamam. Bu hıyar Tekin de tam tersi, hemen tüm sınıfla kaynaşmış tabii. Bir de sınıftakilere demiş ki hadi gelin, boş sınıfta uzun eşek oynayalım. Geldiler sınıfa bir tantana, önce kimler eşek olacak kavgası yaptılar sonra kura çektiler ve Tekin'in şansına eşek çıktı. Bir de kiloluydu o zamanlar, giymiş daracık pantolonu, çocuğun biri üstüne atlar atlamaz cart diye iki ayrıldı pantolonu. Sınıftakiler gülmeye başlayınca bizim su aygırı sinirlendi tabii."

"Önce hıyar dedin sonra su aygırı," diyerek araya girdi Tekin. "Sen şimdi niye kızların yanında karizmamı çiziyorsun ki benim?"

"Sus lan yalan mı?" dedi Bora. "En az yüz kilo vardın o zamanlar."

Tekin birden ayağa kalktı ve fit vücudunu sarmalayan tişörtü çekiştirdi. "Sen şimdiye bakacaksın koçum, bak bak," dedi kolunu göstererek. "Her tarafım kas yığını."

Melisa Tekin'e hayranlıkla bakıyordu. Tekin bunu fark ettiğinde ona usulca göz kırpmış, Melisa ise kızararak kafasını eğmişti.

"Ee, ne oldu sonra?" diye sordum merakla. "En son Tekin sinirlendi demiştin."

Bora önündeki kahve bardağını dudaklarına götürmek yerine parmaklarının arasında çevirip duruyordu.

"Ne olacak kavga çıktı, bizim yırtık pantolonlu önüne gelene vurmaya başladı. Oyunu sekiz kişi oynuyorlardı ve birden yedisi de Tekin'e saldırdı."

"Ve tabii sen de buna seyirci kalamadın," dedim gülümseyerek. Az çok tanımıştım Bora'yı. Böyle durumlarda çekinecek biri değildi. "Kavgaya dâhil oldun değil mi?"

"Oldu ya," dedi Tekin araya girerek.

Bora kafasını eğerek gülümsedi. "Ve böylece bu hıyarla belalı arkadaşlığımız başladı."

"Kavga nasıl sonuçlandı?" diye sordu Hilal o an. "İki kişi yedi kişinin hakkından geldiniz mi?"

O an Bora ve Tekin birbirine kaçamak birer bakış attı.

"Nerde?" dedi Serdar gülerken. "Dayak yiyip oturmuşlar."

"Bana şişko diyordun ama sen de değnek gibiydin o zamanlar." Tekin Bora'dan hıncını çıkarıyordu. "Bir seksen sekiz boyunla altmış beş kilo ancaydın, üflesem uçardın ama yine de kavgaya dâhil olmuştun."

"Lisenin ilk yılında sırım gibi delikanlı olan var mıdır ki?" Bora kafasını salladı. "Hepimiz on beş yaşında birer ergendik, boka benziyorduk aynı."

"Tabii bu durum bir iki sene içinde değişti," dedi Tekin. "Ben kilo verdim Bora da kilo aldı. Biz lise üçe giderken okuldaki tüm kızlar peşimizde koşardı. Özellikle çömezler."

"O zamanlar Emir de sizinle aynı liseye gidiyormuş," dedim Bora'ya bakarak. "O da sizinle aynı sınıfta mıydı?"

"Hayır." Bora, Emir'in bahsini açmamdan hoşnut olmamıştı. "Emir bizden bir sınıf büyüktü."

"Ama tabii Bora'nın amcaoğlu olduğu için bir günümüz bile ayrı geçmiyordu."

"İyi insanmışım." Masadakilerden farklı bir ses işittiğimizde hepimiz kafamızı kaldırıp sesin geldiği yöne baktık. Emir buradaydı, dudaklarında yarım bir gülümseme eşliğinde bize bakarken sözlerini tamamladı. "Böyle tam da lafın üstüne geldiğime göre."

"Hoş geldin Emir." Tekin, Bora'nın yanındaki boş sandalyeyi işaret etti. Emir'in geleceğinden bize bahsetmemişti. "Geç otur."

"Biz de tam sizin lise yıllarınızdan bahsediyorduk," dediğimde Emir'in bakışları üzerime çevrildi. "Öyle mi?" Kahverengi gözlerinde samimi bir ifade gezindi, gülümsemesi derinleşti. Tekin, otur, dediği hâlde Bora'nın yanındaki boş sandalyeye oturmamıştı. Müsaade ister gibi Bora'ya bakıyordu.

"Tepemde dikilme öyle." Bu Bora'nın oturabilirsin deme şekliydi. Emir sandalyeyi çekip oturduğunda bakışlarını masadaki tüm yüzlerde kısaca gezdirmiş, Hilal'e geldiğinde daha dikkatli bakmıştı.

Tekin, Emir'in kızları tanımadığını bildiğinden önce Yaren'i işaret etti. "Yaren, Serdar'ın nişanlısı." Sonra Hilal'i. "Hilal de Hande'nin yakın arkadaşı." Son olarak bakışlarını Melisa'ya çevirdi. "Melisa da benim yanımda çalışıyor."

"Tanıştığıma memnun oldum," dedi Emir gülümseyerek. Bakışlarının tekrar ve beğeniyle Hilal'in üzerinde duraksaması dikkatimden kaçmamıştı. Sanırım Hilal'i beğenmişti. Zaten Hilal beğenilmeyecek bir kız değildi. Ne vardı ki erkeklere pek güvenmez, kendini hep geri çekerdi.

"Ceyda'yı neden getirmedin?" Bu soruyu soran Bora'ydı. Emir'le aralarındaki mesafe Ceyda için geçerli değil gibiydi, anladığım kadarıyla Bora, Ceyda'yı seviyordu.

"Ceyda şu an havaalanında, annemi yolcu ediyor olmalı." Emir, Bora'ya bakarak buruk bir tebessüm etti. "Beni bilirsin, vedalardan pek hoşlanmam."

"Nevin Hanım dönüyor demek..." Bora arkasına yaslandı. "Yolu açık olsun. Ceyda artık burada mı kalacak?"

Ceyda'nın uzun bir zamandır, daha doğrusu annesi ve babası boşandığından beri annesiyle birlikte İzmir'de yaşadığını biliyordum. Geri dönmemiş olması tuhaftı çünkü onu bu şehre bağlayan bir sebep yoktu. *-Babasının ona bıraktığı servet dışında.-* Çünkü o, annesini ve onun ailesini daha çok seviyordu.

"Öyle görünüyor... Ama buraya adapte olabileceğini düşünmüyorum, yakında İzmir'e dönmek isteyebilir."

Bora sadece kafasını salladı. Masada kısa bir sessizlik oldu ve bu sessizliği Hilal dağıttı.

"Başın sağ olsun."

Emir kafasını kaldırıp Hilal'e baktı, dudakları gülümseyecek gibi oldu ama söz konusu zamansızca kaybettiği babası olunca yüzüne bir hüzün düştü. "Dostlar sağ olsun."

Emir'in gelişini takip eden dakikalardan sonra sohbetimiz sandığım kadar sıkıcı ve kasvetli olmadı. Başlangıçta soğuk rüzgârlar esmiş olsa da bir zaman sonra Emir de Bora da aralarındaki buzları eritmiş gibi birbirlerine gülümsediler ve eski günlerden konuşarak sohbeti koyulaştırdılar.

Yaren'e rağmen bugün benim için güzel bir gün olmuştu, kafamı dağıtabilmiş ve hiçbir şey düşünmeden doyasıya gülebilmiştim. Kupa Kızı'ndan aynı anda ayrıldığımızda Serdar ve Yaren arabalarına binip bizden önce uzaklaştılar. Hilal'in buraya taksiyle geldiğini biliyordum, onu eve bırakmayı teklif ettiğimde Emir araya girdi ve yolunun üstü olduğunu söyleyerek Hilal'i kendi arabasıyla götürdü.

Sessiz geçen kısa yolculuğumuzun ardından eve yaklaştığımızda bakışlarımı Bora'ya çevirdim.

"Yaren'le lavaboda neler konuştuğumu sormayacak mısın?"

Bora bu konuda bana kızgın olmalıydı, gözlerini belerterek gitme der gibi baktığı hâlde onu dinlememiş ve Yaren'in peşinden gitmiştim.

"Sormayacağım." Cevap verirken gözlerini yoldan ayırmadı. "Onun ne saçmaladığını zerre merak etmiyorum."

"Senin beni kandırdığını..."

"Hande," dedi Bora sözümü keserek. "Bana bir daha o kızın konusunu açma, sana yeteri kadar açıklama yaptığımı düşünüyorum. Fazlası boka sarar."

Bora'nın bu sert tavrı beni afallatsa da bozuntuya vermedim. Yaren konusuna hiç tahammülü yoktu, yakında hayatımızdan tamamen çıkıp gidecek dediği bir kız için konuşmayı bile gereksiz buluyordu.

"Bu konuyu bana tüm gerçekçiliğiyle anlatmadığın müddetçe hem senin canın sıkılacak hem de benim."

Bora'nın yan profilinden ayırmadığım bakışlarım yüzünden eve geldiğimizi fark edemedim, araba birden durunca anladım.

"Susacak mısın yani?"

Sorduğum soru yanıtsız kaldı, Bora kaşlarını çatmış bir şekilde yola bakıyordu. Kafamı cama çevirip yola baktığımda Cenk'in demir kapının önünde duran arabasını gördüm. Korku, telaş ve heyecan benzeri hisler kalbime aynı anda saldırırken "Cenk," dedim kısık çıkan sesimle. "Benimle küstü, konuşmuyordu bile... Neden geldi ki?"

Kötü bir şey olmuş olmalıydı. Abimi iyi tanırdım, bana bu denli kızgınken ve Bora'dan nefret ediyorken buraya çıkıp gelmesini gerektirecek mühim bir şey olmuş olmalıydı.

"İstersen arabada kal." Bora emniyet kemerini çıkarırken Cenk de arabasının kapısını açtı. "Durduk yere canın sıkılsın istemiyorum, ben onunla konuşurum."

Bora'nın abimle medeni bir şekilde konuşması imkânsızdı. "Hayır. Bu mesele yalnızca beni ilgilendirir."

Emniyet kemerimi söküp attım ve kapıyı açıp dışarı çıktım. Cenk de arabasından çıkmıştı fakat kapısını bile kapatmadan öylece dikiliyordu. İçimdeki korkuyu bir kenara bırakarak hızlı adımlarla ona yürüdüğümde kalbim yerinden çıkacakmış gibiydi.

Sakin görünüyordu, bu beni rahatlatmak yerine daha beter korkuttu.

Birkaç adım gerisinde durduğumda ellerimi birbirine bastırdım. Güzel yüzünü, gülünce kısılan gözlerini ve gülüşünü çok özlemiştim. Ona uzaktan bakmak ve bir yabancı gibi çekimser davranmak canımı acıtıyordu.

"Bana kızgın mısın?" diye sordum, bakışları üzerimden ayrılıp arkama çevrildi. Gözleri Bora'yı bulduğunda bakışları sertleşti.

"Ne için?" Yeniden gözlerime baktı. "Her şeye rağmen, onun yanında olduğun için mi?"

Sessiz kaldım. Bu soruyu bana annem ya da babam sormuş olsaydı öfkelenebilirdim. Ama abime sitem etme hakkım yoktu çünkü o her zaman beni savunmuştu. Beni istemediğim bir evliliğe zorlayan, o olmamıştı hiçbir zaman.

"Hande..." Hiçbir duygunun yer etmediği sesiyle adımı andı. "Acı olacak ama tek seferde söyleyip kurtulmak istiyorum. Seni affetmedim, seni nasıl affedeceğim inan hiç bilmiyorum ama..."

Birden sustu, derin bir nefes alırken kafasını kaldırıp gökyüzüne baktı. Dudaklarını dişliyordu, ne söyleyeceğini bilemediği zamanlarda bunu hep yapardı.

Bense ağlamamak için zor tutuyordum kendimi. Yine sesim titriyordu.

"Ama ne?"

"Ama sen benim kardeşimsin," dedi kafasını sallayarak. Elini kaldırıp bana uzattığında acı acı gülümsedi. "Et tırnaktan sökülmez, ben de seni içimden söküp atamıyorum."

"Atamazsın..." *Ama senin için kaç acıya göğüs gerdiğimi, keşke bilebilseydin...* "Ben yanlış bir şey yapmadım, bunu bilmeni istiyorum."

"Bizi yok saydın. Beni, annemi, babamı..."

"Beni bu hâle getiren onlardı."

Abim de sustu. İnkâr edemezdi, içine itildiğim her çukurda sırtımda onların elleri vardı.

Kendimi daha fazla tutamadım. Bu uzaklık beni mahvediyordu. Aramızdaki iki adımlık mesafeyi yok ederek ona sarıldığım ana dek ağladığımın farkına varmadım.

"Ne yapmış olursan ol senden vazgeçemem," dedi, bana sıkıca sarılıyordu. "Yanında değilsem bile arkandayım. Başın ne zaman sıkışacak olsa bir telefon uzağındayım küçüğüm."

Bora'nın sadece birkaç adım ötede bizi dinlediğini bildiği için, son sözlerinde onu hedef almış gibiydi. "Yalnız değilsin, bunu aklından çıkarma. Tek bir damla gözyaşın için, dünyaları yakacak bir abin olduğunu sakın unutma."

XI

FIRTINANIN İLK DARBESİ

Dakikalardır birlikte olduğumuz fotoğraf karelerine bakıyor, baktıkça genzime paslı bir çivi gibi saplanan ağlama hissiyle dolup taşıyordum. Bir fotoğrafa bakıp hüzünlenmek tuhaf şey sayılmazdı çünkü bir fotoğraf karesi bir insana özlediklerini, affedemediklerini, kaybettiklerini hatırlatırdı.

Fotoğraflar bana kaybettirdiklerimi hatırlatıyordu.

Fotoğraflar bana, günün birinde benim de kaybedebileceğimi hatırlatıyordu.

Oysa insan, unutmadığı bir şeyi hatırlamaya ihtiyaç duymazdı.

Gözlerimi dikip uzun uzun baktığım fotoğrafta Kapadokya'daydık, kafamı Bora'nın omzuna yaslamış bir şekilde gülümsüyordum. Yüzüme güneş düştüğü için kısılan gözlerimin içi mutlulukla parlıyordu. Bora da gülümsüyordu, üzerime çevirdiği bakışlarındaki hayranlığı görmemek mümkün değildi. Lakin Bora'nın yüzüne Yiğit'i, kendi yüzüme ise Elif'in hayal meyal hatırladığım yüzünü koyduğumda işler değişiyordu. Dudaklardaki tebessümler kayboluyor, bakışlara korkunç ve suçlayıcı bir öfke yerleşiyordu. Sonra o meyus cümle, defalarca yankı buluyordu içimde.

Sizi de tamamen dibe çektiğim gün, her şey başladığı gibi bitecek.

Korkuyordum... Bora'ya hissettirmemeye çalışsam da çok korkuyordum. Yiğit'i tekrar karşımda gördüğüm o günden beri korkum katlanarak büyüyordu. Gözlerindeki deliliği görmüş, kelimelerindeki nefreti tatmıştım. Kendi canını bile ortaya koyacağı bir savaş başlatmış gibiyken yapabileceklerinin bir sınırı olamazdı.

Telefonu sessizce komodinin üzerine bıraktım ve yatakta sola dönüp Bora'ya baktım. Gözlerim yüzünün her zerresinde ayrı gezindi; kalın ve siyah kaşları, yeşil gözlerini örten geniş göz kapakları, yüzüne gölge düşüren gür kirpikleri, uzun ve düzgün burnu, yüzüne muazzam bir şekilde oturmuş kısa sakalları ve öpmek için delirdiğim güzel dudakları...

Fazla kusursuzdu. Ve fazlasıyla huzurlu uyuyordu.

Bu sabah, onunla uyandığım ikinci sabahımdı. Saatim yediyi gösteriyordu. Normalde ben bu saatlerde hâlâ uyuyor olurdum. Ama onu seyretmek uykudan daha güzeldi.

Bora dün gece uyumadan önce, yine saçlarımı taramıştı. Uzun uzadıya... Oldukça huzurlu bir uykuya gözlerimi kapatmanın tek sebebi onun kollarında olmam değildi. Abim bana bir kapı aralamış, içimi en çok ağrıtan yükü elleriyle söküp almıştı. Hiç yıkılmayacak sandığım o duvardan bir tuğla eksildiğini, günün birinde beni tamamen affedeceğini biliyordum.

Bora'yı uyandırmamaya dikkat ederek yataktan kalktım, parmak uçlarıma basa basa odanın içindeki banyoya yürüdüm ve içeri girip kapıyı usulca kapattım. Dün aynı anda uyandığımız için aklımdaki fikri gerçekleştirememiştim, bugün o uyurken kahvaltı hazırlamak ve onu öyle uyandırmak istiyordum. İşlerimi hızlıca hâllettikten sonra, dağılmış uzun saçlarımı ellerimle düzeltirken bir süre aynada kendime baktım.

Artık eskisi kadar zayıf olmadığım için yanaklarım içe çökük, gözaltlarım da koyu değildi. Kahverengi gözlerimdeki hüzün yok olmuş, dudaklarıma doğum lekesi gibi ilişmiş mutsuzluk emareleri silinmişti. Saçlarımı aceleci bir şekilde toplayıp banyodan yine yavaşça çıktım.

Ah, Bora uyanmıştı.

Hatta ayaktaydı ve sağ gözünü ovalıyordu. Uyku mahmuru gözleri beni bulduğunda kıvrılan dudaklarına çapkın bir tebessüm ilişti. "Günaydın," dedi pürüzsüz bir sesle. "Gül güzeli."

"Günaydın," dedim somurtarak. "Sen neden uyandın ki?"

Bana tuhaf tuhaf baktı. "Tersinden mi kalktın sen?"

Güzel bir kahvaltı hazırlayıp onu öyle uyandırma planım altüst olmuştu ama bunun için ona sinirlenemeyeceğim kadar güzel görünüyordu. Uyurken üstünde olan siyah tişörtü ensesinden tutup çekti. Kafasından çıkarır çıkarmaz odanın bir köşesine fırlattığında kaşlarımı belli belirsiz çattım. Bu dağınık hâllerinden bir an önce vazgeçmesi gerekiyordu.

Gözlerimin önüne serilen çıplak ve biçimli vücuduna bakmamaya çalıştım ama gözüm kayıyordu bir kere. Düzgün bir fiziği, ince bir beli ve dik omuzları vardı. Boynunun altında biten köprücük kemikleri, en az kollarındaki damarlar kadar belirgindi. Zayıf olmasına karşın kasları belirgin, kolları kuvvetliydi.

"Seni ben mi uyandırdım?" diye sordum tereddütle.

"Hayda..." dedi Bora uzunca. "Sabah sabah iyi misin kızım sen? Ne o, kaçıp gitmeyi falan mı planlıyordun yoksa?"

"Tersimden kalkmadım, ayrıca soruma cevap ver," dedim huysuz bir şekilde. "Sesime mi uyandın?"

"Hayır, sesini bile duymadım." Bana üstten bir bakış attı. "Ne oldu ki?"

Oflar gibi nefes verdim. "Kahvaltı hazırlayıp öyle uyandıracaktım seni."

"Sürprizini bozdum yani..."

Kafamı sallarken bakışlarımın rotası bir kez daha bedenine kaydı. Karşımda bu şekilde durmamalıydı, dikkatimi dağıtıyordu. "Sürprizi kalmadı ama olsun, yine de güzel bir kahvaltı hazırlayacağım."

Bora bana doğru yürüdüğünde yanaklarımın ısınmaya başladığını hissettim. Sanki iki gecedir onun kollarında sarmaş dolaş uyuyan ben değilmişim gibi hâlâ ondan utanıyordum. Bir adım ötemde duracağını düşünsem de sınır ihlali yaptı ve elimden tuttuğu gibi beni kendisine çekti. Bir elini sırtıma, diğer elini enseme yaslarken yüzünü de saçlarımın arasından boynuma gömdü.

"Kokunu alamadığım zaman anlıyorum," dedi, bunu söylerken nefes yerine tenimden çektiği kokuyu içine hapsetti.

"Neyi?" diye sordum. Sıcak nefesi tenimi ürpertirken kollarımı usulca havaya kaldırıp boynuna tutundum. En çok da tarif edemediğim bu kokusu dikkatimi dağıtıyordu. Ve tabiri caizse, vücudumun kimyasını değiştiriyordu.

"Yanımdan uzaklaştığını."

"Yalancı," diye mırıldandım. "Nasıl bir burnun var senin?"

"Yalancı?" Dudaklarını boynum boyunca sürterek çeneme çıkardığında içim titredi. "Ben bu kokuya iki günde bağımlı oldum." Kulağıma sessizce fısıldadı. "Bundan sonra sensiz uyumam, uyuyamam."

Şu an şu durumda olmamız hâlâ öyle enteresan geliyordu ki... Sırtımdaki elini belime indirdiğinde yüzünü yüzümden yavaşça uzaklaştırdı. Gözleri gözlerime tutunduğunda ensemdeki elini saçlarıma çıkardı ve tokayı hızlıca çekip çıkardı. Saçlarım omuzlarıma hızla dökülürken, "Böyle daha güzel," dedi sessizce. "Saçlarını tarayım mı?"

"Gerek yok," dedim utana sıkıla. Aslında hoşuma gidiyordu, hem de fazlasıyla.

"Neden?" diye sordu, bazen laf anlamaz bir çocuk gibiydi. "Baksana, yine dolaşmışlar."

"Çünkü duş alacağım."

"Bensiz mi?" Kaşlarını muzip bir ifadeyle havaya kaldırdığında elimden tuttu ve beni doğruca banyoya sürükledi.

"Anlamadım? Sensiz mi derken?" Arkasında kaldığımda geniş omuzlarını şaşkınca seyrettim. "Ne yapacağız?"

Bora banyo kapısını aralayarak beni içeri çekti, sanki

odada bizden başka birileri de varmış gibi kapıyı kapattı. Yüzünü bana döndüğünde tepeden tırnağa süzdüğü bedenime tuhaf bir ürperti salındı. Kafasını yana yatırırken keskin bakışlarını üzerimden tek bir an ayrılmadı. Aklından neler geçiyordu?

"Korkma," dedi dalga geçer gibi. "Sadece saçlarını yıkacağım."

Bu bir rica cümlesi değildi, öyle bir kesinlik içeriyordu ki itiraz etmek gibi bir seçeneğim yoktu. Yine de bir adım geri çekilerek ellerimi çıplak omuzlarıma kapattım. Üstümde sadece geceliğim vardı ve onları çıkaramazdım.

"Bu şekilde mi?"

Bora çekindiğimi anlamıştı. "Üstünü çıkarmasan da olur," dedi gülümseyerek. "Çıkarsan daha iyi olur."

"Fırsatçılık yapma."

"Tamam," dedi geri adım atar gibi. "Bana saçlarını ver, yeter."

Bazen istekleri tuhaf geliyordu ama söz konusu Bora olunca yadırgayasım gelmiyordu. Bora küveti sıcak suyla doldurduğunda üstümdekilerle birlikte küvete girip sırtımı küvetin mermerine yasladım. Bora da küvetin kenarına oturdu ve saçlarımı iki saat boyunca ıslattı. Saçlarımın üstüne döktüğü şampuanı ritmik hareketlerle köpürtürken gözlerim ağır ağır kapandı. Yumuşak dokunuşları uykumu getiriyordu.

"Sana kahvaltı hazırlayacağım diye uykumu alamadım ben," diye homurdandım. "Şimdi sen saçlarımla böyle uğraşınca uyuyasım geldi."

"Uyursan seni soyar, baştan aşağı yıkarım."

Gözlerim kocaman açıldı. Sözlerinde şaka payı yoktu, gerçekten dediğini yapacakmış gibi ciddi söylüyordu.

"Uykum geldi dedim, uyuyacağım demedim ki."

"Sen bilirsin." Bora köpüklü parmağını burnumun ucuna dokundurup çekti. "Uyu istersen."

Bora'nın saçlarıma olan zaafı yüzünden banyoda bir saatten fazla oyalanmış, hayalini kurduğum kahvaltıyı hazırlayacak vakit bulamamıştım. Bora'nın acelesi vardı, holdinge gidecek ve yanı sıra beni de sürükleyecekti. Nedenini sormadım çünkü biliyordum. Bu durum tadımı kaçırsa da itiraz etmedim. Korunaklı bir kale hâline getirdiği evde kalmam, oraya gidip babamla ve babasıyla karşılaşacak olmamdan daha sakıncalıydı ona göre. Evin etrafına dizdiği onca adama rağmen, kendisi evde yokken Yiğit'in eve girip bana yaklaşacağını, hatta zarar vereceğini düşünüyor olmalıydı.

Hızlıca yaptığımız kahvaltının ardından mutfağı dağınık bir şekilde bırakıp yukarı çıktım ve çabucak hazırlandım. Eve bir yardımcı almama hususunda ikimiz de diretiyorduk. Bora evde yabancı birilerinin varlığından hoşlanmıyordu, bense buna alışkın olmadığım için fark eden bir şey olmuyordu. Sadece genel ev temizliği için belirli günlerde gelecek biri olacaktı. Bora eski çalışan kadınla, babasıyla iş birliği yaptığı gerekçesiyle bağını koparmıştı.

Üzülmedim desem yalan olurdu çünkü kadının hiçbir suçu yoktu.

Bora, babasının nasıl bir canavar olduğunu görmeme konusunda diretiyordu.

Evden çıkıp yola koyulduğumuzda üstüme daha kalın bir ceket almadığım için pişman oldum. Takvimler mayısın on beşini gösteriyordu ama hava fazlasıyla soğuk ve yağmurluydu. Üç gün önce Kapadokya'da neredeyse temmuz sıcağı vardı oysaki... Artık mevsimlerde dengesizdi.

Araba Çankaya istikametinde ilerledikçe içimde baş edilemez bir sıkıntı filizlendi. Babamla karşılaşacak olmaktan çok korkuyordum ve bu beni huzursuz ediyordu. İnsanlar ömürleri boyunca hayal kırıklığına uğrarlardı. Umduklarını bulamadıklarında, hedeflerini tutturamadıklarında yahut sevdikleri tarafından, sırtlarından acımasızca bıçaklandıklarında.

Ben de pek çok kez tatmıştım hayal kırıklığı denen o izafi duyguyu. Beklemediğin bir anda ayağın taşa takılmış da bir daha hiç kalkmamak üzere tökezlemişsin gibi berbat hissettiriyordu. Bu tuhaf duyguya sebebiyet veren onlarca kötü anımı sayabilirdim... Fakat hiçbir hayal kırıklığı, babamın o akşam, o sözlerle bana hissettirdiklerinin karşılığı olamıyordu.

Babamın çocukluğumda inşa ettiği güvenli sığınak, deprem görmüş gibi enkaz altındaydı.

Holding binasına vardığımızda "Bunun iyi bir fikir olduğunu düşünmüyorum," dedim tereddütle. Güvenlik bariyerini aşan araba, karşımızda duran çok katlı cam binaya doğru ilerlerken etrafa ürkek gözlerle baktım. "Buraya hiç gelmemeliydim."

Bora bana yan bir bakış attı. "Seni evde bırakamazdım Hande."

Babamın tüm bu olup bitenlerden sonra, Haldun Bey tarafından kapıya koyulmuş olmasını beklemiştim ama o burada çalışmaya devam ediyordu. İkisi arasında Bora'nın dahi çözemediği tuhaf bir ilişki var gibiydi. Daha doğrusu, *zorunlu bir anlaşma.*

"Onunla karşılaşmak istemiyorum."

Bora yavaşça omzuma dokundu. "Baban finans departmanında çalışıyor, dördüncü katta. Biz son kata çıkacağız. Karşılaşma ihtimaliniz çok düşük ama eğer karşılaşırsanız da yapacak bir şey yok. Bundan ne zamana kadar kaçabilirsin ki?"

Bundan kaçış olmadığını elbette biliyordum, bir gün gelecekti ve ben babamla yine karşı karşıya gelecektim. Belki de o gün, bugündü.

"Kendimi buna hazır hissetmiyorum," dediğimde "Merak etme," dedi Bora, sesi güven vericiydi. "Zaten çok fazla kalmayacağız. Önce babamı göreceğim, sonra bu hafta yapılacaklar listesine göz atacağım ve çıkacağız."

Pes ederek kafamı salladım.

Bora neredeyse bir haftadır buraya uğramıyor, ilgilenmesi gereken hiçbir şeyle ilgilenemiyordu. Aslına bakılırsa değil inşaat sektörü, burası ve burada üstlenebileceği hiçbir sorumluluk onun ilgi alanına girmiyordu. Emir'in aksine Bora'nınki sadece göstermelik şekilde oyalanmaktı. Rahat büyüdüğü ve bu yaşına kadar çalışmak gibi sorumlulukların yükü altında ezilmediği için adapte olmakta güçlük çekiyordu.

Buraya daha önce sadece bir kez gelmiştim ve kapısından içeriye dahi girememiştim. O zamanlar babam burada yeni çalışmaya başladığından onu pek tanıyan yoktu. Babamın ismini söylesem de güvenlik beni içeriye almamıştı. Hatırladıkça gülesim geliyordu, o zamanlar henüz hayatın sillesini yememiştim.

Kendi hâlimde, mutlu ve planları olan bir kızdım.

Araba ana giriş kapısının önünde durduğunda görevli bir adam koşup geldi ve kapılarımızı açtı. Bugün arabayı Bora kullanmamıştı, bizi getiren Veysel'di. Biz arabadan indiğimizde Veysel kapının önünden hızlıca ayrıldı. Bora yanıma yürüdü ve aramızdaki mesafeyi kapatarak belimden tuttu.

Döner kapıdan içeriye girdiğimiz an üzerimize çevrilen meraklı gözlerden ziyade etrafı inceledim, tahmin ettiğimden daha büyük bir iç mekânla karşı karşıyaydım. Kapıdan girişte, hemen sağ tarafta kalan uzun bir banko, bankonun arkasında büyük ve ışıklı harflerle dizilmiş *Şahsuvar Holding* yazısı göze çarpıyordu. Bankoda oturan şık giyimli iki genç kadın bizi ayakta karşıladı, dikkatli bakışları yanlarından geçip gidinceye dek üzerimizde kaldı.

Sebebi malumdu. Burada Bora'yı ve çalkantılı hayatı sebebiyle beni tanımayan yoktu. Basına yansıyan haberlerimizde Bora'nın hapse girdiği ve hemen ardından benim çekip gittiğim yazıyordu. Yeniden bir arada görülmemiz, insanların şaşkınlığına neden oluyordu hâliyle.

Bankonun sağında ve solunda uzayıp giden koridorların nereye açıldığına dair fikrim yoktu. Giriş kapısının tam karşısındaki kısma yan yana dizilmiş dört asansör haricinde gözüme çarpan bir diğer detay yürüyen merdivenler oldu. Sadece bir üst kata çıkışı sağlamak için konulmuş gibiydi, diğer katlarda görünmüyordu.

Bora beni asansörlerin olduğu kısma yönlendirdiğinde arkamızdan seslenen ince bir kadın sesi duydum.

Daha doğrusu Bora'ya seslenen.

Durup aynı anda arkamıza baktık. Yüksek ve ince bir

topuklu ayakkabının üzerinde yürüyen, mini elbiseli, uzun bacaklı, siyah saçları beline uzanan, fiziği düzgün bir kadın gördüm. Onu daha önce Enver Bey'in cenazesinde görmüştüm ve kim olduğunu elbette ki hatırlıyordum.

Yönetim Kurulu üyelerinden İhsan Bey'in kızı, Nazlı.

O gün onu dikkatle inceleyemediğimden fark edememiştim. Fazla düzgün ve kusursuz sayılabilecek yüz hatlarına sahipti. Kalkık kalın kaşları, düzgün bir burnu ve oldukça iri dudakları vardı. Düzgün ve sivri inen çene hattı da çehresiyle uyum içindeydi. *Estetik yaptırmış olabilir miydi?* Karşımda böylesine alımlı bir kadın görmek, kıskançlık damarlarımın bir kez daha kabarmasına sebep olurken bakışlarımı kendi üstüme çevirdim. Uzun kollu, bedenimi tamamen saran ve dizlerimin epey altında biten, pudra renkte penye bir elbise giymiştim. Ve kendimi yine asistan Betül faciasında olduğu gibi, küçük bir çocuk gibi hissetmiştim.

Ben bu kadar göz alıcı ve açık giyinmeyi sevmezdim ama Bora'nın böyle kadınlarla bir arada olduğunu düşününce kıskanmaktan ve kendimi onlarla kıyaslamaktan alamıyordum.

Nazlı tam karşımızda durduğunda "Günaydın," dedi, soluk soluğa kalmış gibi bir hâli vardı. "Bugün geç kaldım ama iyi ki de geç kalmışım çünkü sana rastladım."

Bakışlarımı Bora'ya çevirip ona ters ters baktım. Bora dışarıdaki herkese soğuk ve sert görünürdü, o istemedikçe kolay kolay hiçbir kadın yanına yaklaşmaya cesaret edemezdi. Yaren gibi arsızlar dışında... Nazlı o duvarları hangi ara aşmıştı?

"Günaydın," diyerek karşılık verdi Bora. Sesi soğuk değildi lakin Nazlı'nın aksine ona gülümsemedi.

Yanında ben olduğum için miydi?

Nazlı'nın gözleri üzerime çevrildi, sanki o ana dek varlığımı bile isteye fark etmemiş gibi bir hâli vardı. Elini kaldırıp bana uzatırken "Tanışma fırsatımız olmadı hiç," dedi öz güvenli bir tavırla. "Ben Nazlı, sen de Hande olmalısın."

Daha önce yüz yüze tanışmasak da hiç değilse beni tanıdığını inkâr etmeyişini takdir etmiştim. Uzattığı eli hafifçe sıktım. "Evet Hande, memnun oldum."

"Beraber misiniz?" diye sordu Nazlı o an. Kaşlarını hafifçe indirmesi bile çatık bir görünüm yaratmadı yüzünde. "Merak ettiğimden soruyorum... Haberlerinizi uzaktan takip ediyordum. Fazlasıyla çalkantılı bir ilişkiniz vardı, ayrıldığınızı sanıyordum."

Bu kadar dobra, dürüst ve açık sözlü biri olmak iyi bir şey mi bilmiyordum. Düşüncelerini hiç çekinmeden dile getirmişti. Sorusuna cevaben evli olduğumuzu söylemek istemedim, bunu Bora'ya bırakacaktım. Ne söyleyeceğini merak ediyordum.

"Hiç ayrılmadık Nazlı," dedi Bora, sonra bana bakarak gülümsedi. "Hatta yakın bir zamanda evlendik. Zaten geç kalınmış bir şeydi."

Nazlı beklemediğim bir şekilde gülümserken "Darısı bana," diye mırıldandı. "Okan'ın işleri yoluna girerse ben de evleneceğim ama o gün bir türlü gelemiyor."

"Gelir elbet, zaman çok hızlı."

"Tebrik ederim," dedi Nazlı. "Sizin adınıza çok sevindim."

"Teşekkür ederiz," diyebildim afallamış bir hâlde. Okan kimdi? Nişanlısı falan mıydı? Evlenmekten bahsettiğine göre evet, öyleydi.

"Öyleyse görüşürüz." Nazlı hafifçe kafasını eğdi ve bizden önce arkasını dönüp doğruca yürüyen merdivenlere ilerledi.

Tekrar asansöre yürüdüğümüz sırada Bora'ya öfkemi sakınmayan bir bakış attım. "Nazlı nişanlı mı?"

Bora neden şaşırdın, der gibi bakıyordu. "Evet?"

"Ne yani, halan tarafından oyuna mı getirildim ben?" diye sordum şaşkınca. "Halan bana, babanın o kızı sana düşündüğünü söyledi."

Bora sessiz bir şekilde gülerken eliyle gözlerine kapattı. Komik olan neydi?

"Gülme," dedim sinirle. "Ayrıca o gün sana Nazlı'dan bahsettiğimde bana onun nişanlı olduğunu söylemedin."

"Halamın böyle ufak işgüzarlıkları vardır. Seni gaza getirenin o olduğunu fark ettim ama Nazlı'nın nişanlı olduğunu söylemek istemedim."

"Neden?"

Bora göz kırptı. "Öyle tatlı kıskanıyordun ki bozmak istemedim."

"Gerçekten çok kötüsünüz," dedim, kendimi aptal gibi hissediyordum. "Ben de neler kuruyorum kafamda..."

Asansör kabinlerinin önünde durduğumuzda Bora yüzünü bana döndü, ellerimden tuttu ve sahiplenici bir tavırla parmaklarımı sıktı. "Neler kuruyorsun bakalım?"

Cevap vermek yerine omuz silktim. Belki biraz abartıyor olabilirdim lakin burada bir sürü kadın çalışan vardı ve dolaylı olarak Bora'nın etrafındalardı. Muhtemelen birçoğu işine bakan, başarılı ve dürüst bir çalışandı fakat bazılarının karaktersiz olduğunu, patron sınıfındaki adamlara kancayı takabilmek için çıldırdıklarını biliyordum. Bora her anlamda çekici bir adamdı, ilgiyi her daim üzerinde tutuyordu. Ve bu durum beni bir miktar endişelendiriyordu.

İstisnalar olabiliyordu elbet ama parasal yönden zengin adamların birçoğunun hayatında karısından başka kadınlar oluyordu.

Bora'yı en başından beri istememe sebeplerimden biri de buydu.

"Tahmin edebiliyorum," dedi Bora alaycı bir sesle. Ellerimi serbest bıraktığında tek eliyle dağınık olan siyah perçemlerini geriye doğru attı. "Tamam, ben iflah olmaz bir yakışıklılığa sahip olabilirim ama dünya pembe dizilerde olduğu gibi sadece benim etrafımda dönmüyor. Yani senin düşündüğünün aksine kadınlar etrafımda pervane falan değiller. Sonuçta dünyadaki tek yakışıklı ben olamam, değil mi?"

Somurtuyor olmama rağmen gülesim gelmişti. Hangi insan ciddi bir şey söylerken aynı zamanda dalga geçebilirdi? Sözlerinde haklıydı ama içim hâlâ rahat değildi.

"Ama benim dünyamdaki tek yakışıklı adam sensin,"

dediğimde dişlerini ortaya serecek şekilde gülümsedi. Bunu nadiren, içtenlikle gülümsediği zamanlarda yapıyordu.

Hafifçe eğilerek alnını alnıma yasladı. "Ve o adamın gözü, bu gözlerden başkasını görmüyor," dedi. "İnan bana, başka hiç kimse umurumda değil."

"Görürse oyarım," dedim alnımla onu itmeye çalışarak.

"İstediğini yapabilirsin, iki gözüm senindir."

En soldaki asansörün kapıları birden açıldığında Bora benden yavaşça uzaklaştı. İçeriden siyah takım elbiseli, otuzlu yaşlarda bir adam çıkarken Bora'ya kafasını eğerek selam verdi. "Günaydın Bora Bey," dedi tebessümle. "Sizi görmek ne güzel."

"Günaydın," diyerek karşılık verdi Bora. "Babam geldi mi?"

"Evet, odasında. Almanya'daki turizm şirketinin temsilcileri geldi. Birazdan büyük toplantıya başlarlar."

Bora teşekkür eder gibi başını salladı. Adam yanımızdan uzaklaşırken Bora nihayet asansörü çağırdı ve beklemeye başladık. Geldiğimizden beri oyalanıp duruyorduk.

"Akşam bowling oynamaya gidelim mi?" diye sordum. "Tekin ve Melisa da gelir. Ne dersin?"

Bora bir cevap vermedi, üzerimden çekilen bakışları arkama doğru dikildiğinde dudaklarındaki keyifli tebessüm silindi. Nereye bakıyor olduğunu anlamak için arkamı döndüm ve yürüyen merdivenlerin başında duran Semih Kılıçaslan'ı gördüm.

Kaçırıldığım akşamda büyük parmağı olan, Bora'nın avukatı.

Adamın gözleri gözlerime değdiği an tüylerim ürperdi. Onun burada ne işi vardı? Bora'nın içeride, benim de dağ başında bir evde tutulduğum beş ay boyunca, yüzsüzce Bora'nın avukatlığını yapmaya devam etmiş ve Haldun Bey'in emri doğrultusunda ona yalanlar söylemişti. Bora gerçekleri öğrendikten sonra da birden kayıplara karışmıştı.

Şimdiyse karşımızdaydı ve ummadığı bir şekilde Bora'nın avuçlarındaydı.

Parmakları boynundaki kravata uzandı. Hafifçe gevşettiği kravatın ardından medet umar gibi etrafına bakındı. Bora'yı gördüğü andan beri orada dikiliyor, yürüyen merdivenlere tek bir adım bile atmıyordu.

Bora'nın elleri yumruk hâlini aldı, çene kemikleri belirginleşerek ortaya çıktı ve öfkeli gözleri kısıldı.

"Yapma," diyebildim güçlükle. Ama artık çok geçti.

Bora, zemini titreten adımlarla merdivenlere doğru yürüdüğünde avukat birkaç adım geriledi.

"Olduğun yerde kal lan!" diye bağırdı Bora. "Senin gelmişini geçmişini sikeceğim!"

Koşmaya başladığında kattaki çalışanların gözleri ne olduğunu anlamak ister gibi dikkat kesildi. Bora'nın peşinden koşmaya başladım, o sırada Semih Kılıçaslan tamamen gözden kayboldu.

"Bora dur!" diye bağırdım, oysa durmayacağını en iyi ben biliyordum.

Bora o kadar hızlı hareket ediyordu ki ne yürüyen merdivenlere ters yönde bindiğinin ne de yukarı doğru koştukça aşağı indiğinin farkına vardı. Yine de hızlı adımları çok geçmeden onu isteğine ulaştırdı. Holding binası labirent gibiydi, Bora çoktan ortadan kaybolmuş olan avukatı bulabilecek miydi bilmiyordum ama eğer bulursa burada kızılca kıyamet kopacak demekti.

Kısa bir an duraksayan Bora'nın bakışları aşağı çevrildiğinde parmakları bankodaki esmer kadını hedef aldı.

"Güvenliğe haber ver, tüm çıkışları kapatsınlar. O herif bu binadan dışarı çıkmayacak!"

Bora'nın aksine ben yukarı çıkan yürüyen merdivenlere yöneldim. Bora avukatın kaçıp gittiği tarafa doğru koşuyordu, bense ona yetişmek için basamakları ikişer ikişer atlayarak yukarı kata ulaştım. Öfkelendiğinde gözü dönüyordu, yapabileceklerinin bir sınırı olmadığını biliyordum. Eğer Semih Kılıçaslan kaçmayı başaramazsa kan revan içinde kalacak suratını şimdiden tahmin edebiliyordum. Bora uzun bir koridoru aşıp sağa döndüğünde peşindeydim, ne kadar hızlı koşsam da onun hızına yetişmem mümkün olmadı. Bora'nın ardından ben de sağa döndüğüm an sert bir duvara toslamış gibi durdum, birine çarpmıştım ve şu an düşmemem için beni tutan kollarının arasındaydım.

"Hande?" Çarpmanın etkisiyle sızlayan omuzlarımı es geçerek dağılan saçlarımı yüzümden çektim. Karşımda, burada görmeyi hiç beklediğim biri duruyordu: Cenk.

Hayır... Şu an burada olman yanlış, zamanlama çok yanlış.

"Az önce Bora çarpıp geçti, şimdi de sen!" Şaşkınlığı gözlerinden okunuyordu. Neler olduğunu anlamak ister gibi kafasını çevirip arkaya baksa da hiç kimseyi göremedi. Bora çoktan gözden kaybolmuştu.

İçimdeki telaş katbekat büyüdü.

"Senin burada ne işin var?"

Abim afalladı. Parmağını kaldırıp üst katları işaret ederken "Babamla bir konu hakkında konuşmam gerekiyordu," diyerek açıklamada bulundu. Cenk normalde buraya hiç uğramazdı, ben Bora'yla nişanlıyken bile bir gün olsun buranın kapısından geçmemişken, babamı görmek için bugün mü gelesi tutmuştu?

"Bırak şimdi onu bunu," dedi şüpheyle. Az önce yanından fırtına gibi geçip giden Bora'yı gösterir gibi eliyle arkasını hedef aldı. "Neler oluyor? Önden koşup giden Bora'nın avukatı değil miydi? Bora neden o adamı kovalıyor?"

"Bizi ilgilendiren bir durum yok," desem de abim bana inanmamış gibi gözlerini kıstı. "Adamı öldürecek gibiydi Hande," dedi imalı bir sesle. "Ben gidip neler olduğuna bakacağım."

Abim koridor boyunca hızla yürüyüp peşlerine düştüğünde ellerimi çaresizce yüzüme kapatıp derin bir nefes aldım. Bir şeyler düşünmeliydim. Cenk'in o avukatın ya da Bora'nın ağzından, o akşama dair gerçekleri öğrenmesini engelleyecek bir şeyler...

O sırada yanımdan birkaç adam hızla koşarak geçti, hepsi de güvenlik görevlileriydi.

Önde abim, arkada güvenlikler, en arkada da ben, Bora'nın nereye kaybolduğunu bile bilmeden peşine düştük. Çalışanlar odalarından çıkmış etrafa şaşkın bakışlar atıyor, neler olduğunu anlamaya çalışıyorlardı. Kat boyunca koşar adımlarla yürüdüm. Bir an sonra seslerin yangın merdivenlerinden boğuk bir şekilde ulaştığını fark eden Cenk acil çıkış kapısı yazan tarafa doğru yürüdü. Peşi sıra ben ve güvenlik görevlileri de... Yangın merdivenlerine ulaştığımızda gürültünün üst kattan geldiğini fark eden güvenlikler Cenk'i arkada bırakarak hızla yukarıya çıkmaya başladılar. Avukatın yardım isteyen sesi kulak tırmalıyordu. Hep birlikte merdivenleri iki kat çıktığımızda gördüğüm manzara dehşet vericiydi.

Semih Kılıçaslan, sırtı merdiven korkuluklarına yaslanmış bir hâlde yerde boylu boyunca uzanıyordu. Bora ise tek dizi üzerine çökmüş bir hâlde boğazından tuttuğu adamın kafasını korkuluklara sıkıştırıyordu. Adamın gözleri korku dolu, ağzı burnu kan revandı.

"Yardım edin," dedi, çok çaresiz görünüyordu.

Abim güvenliklerin birkaç adım gerisinde durdu, güvenlikler öyle uzun boylu ve iriyarıydılar ki heybetleri beni ve abimi gölgede bıraktığı için Bora'nın bizi gördüğü yoktu. Korkuyordum, öfkeden gözü dönmüştü ve her an pot kırabilirdi. Her an Semih Kılıçaslan'a o geceyle ilgili bir şey sorabilir, sormasa bile o adam bir şeyler söyleyebilirdi.

"Tek bir adım bile atmayın," dedi Bora, sesi korkunçtu. "Sözümü çiğneyen kendini kapının önünde bulur. Kahramanlık yapmak istiyorsanız ambulans çağırın."

Bora'nın bu kaba ve zorba hâllerine alışkın olmama rağmen her seferinde dumura uğramış gibi hissediyordum. Avukatın çenesinden tutup yüzünü yüzüne çevirdiğinde "Sana defalarca sordum," dedi dişlerini sıkarak. "Defalarca yalan söyledin bana."

Bora avukattan benim hesabımı soruyordu. O akşamı, kaçırılmamı ve sonrasında neden Bora'yı kandırdığını bilmek istiyordu. Sus, desem susmazdı, gözü öyle dönmüştü ki sonrasında olabilecekleri düşünmüyordu. Cenk'e, git, desem gitmezdi; ortada tuhaf bir durumun döndüğünden şüphe etmişti.

Benimse gücüm tükenmişti. Tamamen pes ettiğim bir andaydım, kuvvetli bir dalganın üzerime yıkılıp beni devirmesini bekliyordum.

"Ben hiçbir şey yapmadım!" dedi avukat güçsüz bir sesle. "Böyle hırpalanmayı hak edecek hiçbir şey yapmadım!"

"Bana yalan söyledin," dedi Bora, ürkütücü bir sakinliğe sahipti. "Neydi o meşhur söz?" Avukatın kan revan içindeki suratına tiksinerek bakarken sessizce mırıldandı. "Adam sandık eşeği, alnımıza değdi taşağı!"

"Baban öyle istedi," dedi avukat. Kalbim tekledi, kelimeleri korktuğum noktaya doğru kayıyordu. "Anladın mı? Baban öyle istedi!"

Öfkelenmişti. Damarına bastığı takdirde boynunu kırarak ölümüne sebebiyet verebilecek bir adama kafa tutacak kadar öfkelenmişti. "Bana o telefonu açtığında ve yapacağı şeyi söylediğinde kabul etmekten başka çarem yoktu. Hande'yi kaçıran babandı, benmişim gibi davranma!"

Bora'nın ağza alınmayacak küfürler sıraladığını işittim, sonra havaya kaldırdığı yumruğunda biriken zehri avukatın suratını parçalayacakmış gibi hızla indirdiğini gördüm. Aslında ne gördüm ne de duydum... Abimin usulca bana dönen şaşkın ve fevri bakışlarında yok olacakmış gibi hissederken nefes almayı bile unuttum.

Cenk şu an, şu saniye her şeyi anlamıştı.

Kısa bir an yutkunamadı bile duyduklarını sindirebilmek için ve bundan emin olabilmek için uzun uzun gözlerime baktı. Ya da bakmadı... Tüm algılarım kapanmış gibiydi. Zaman akıyor muydu yoksa duruyor muydu, hiçbir fikrim yoktu.

Cenk, sol omzuma sertçe çarparak hızla yanımdan uzaklaştığında Bora'ya son bir kez bile bakamadan onun peşinden yürüdüm. Güvenlikler avukatı kurtarmaya çalışıyordu.

Abim tekrar binaya girdiğinde adımları hızlandı, bakışlarım titreyen sağ eline kaydığında iyi şeyler olmayacağını anladım.

"Abi..."

Beni duymadı. Peşinden yürüyor muydum yoksa korkudan çatlayacak kalbimin zoruyla sürükleniyor muydum hiçbir fikrim yoktu.

"Abi!"

Cenk duymadı, durmadı. Titreyen elini havaya kaldırıp ensesindeki kısa saçları sıvazlarken doludizgin bakışları telaşla sağa sola baktı. Aradığını son anda bulmuş gibi koridorun sonunda kalan asansörlere yöneldiğinde adımları da hızlandı.

"Dur! Önce beni dinle!"

Dermanı kesilen dizlerime son bir gayretle yüklenip peşinden koştum, önüne geçtim ve onu sadece birkaç saniyeliğine durdurdum. Beni önünden çıldırmış gibi çekip iteklediğinde az kalsın düşüyordum.

İyi görünmüyordu, bu sessizliği beni korkutuyordu.

Asansör kabinlerinin önünde durup düğmelere aralıksız bir şekilde defalarca bastı. Soluğu yanında alıp kolundan tuttuğumda "Aklından ne geçiyor senin?" diye sordum. "Anlatmama izin ver!"

Birilerinin bizi izliyor veya dinliyor olması umurumda bile değildi, Cenk aslında kendi isteğimle evden uzak kalmadığımı, Bora'nın babası tarafından kaçırılıp zorla alıkonulduğumu öğrenmişti.

Bu saatten sonra kıyamet kopsa bile durmayacaktı.

Asansörün kapıları iki yana açıldığında doğruca içeriye girdi, ardından ben de girdiğimde son katın tuşuna basıp geriye çekildi. Konuşmuyor, gözlerime bakmıyor ve hiçbir tepki vermiyordu. Asansör kabininin yavaşça yukarı yükseldiğini hissettiğimde titreyen ellerimi güçlükle yüzüme bastırdım.

"Lütfen bir şey yapma," dedim yalvaran bir sesle. "Lütfen."

"Hande, sus."

"Önce anlatmama izin ver." Sesim asansörün içini doldurdu. "Beni dinlemiyorsun! Neler olduğunu bile bilmiyorsun!"

Ona Haldun Şahsuvar'ın ne denli tehlikeli bir adam olduğundan bahsetsem durur muydu? Durmazdı, bilakis öfkesi onu katlanarak büyürdü.

"Ben duyacağımı duydum," dedi, çıldırmış gibiydi. "Başka söze gerek yok."

"Sustum çünkü..." Titreyen sesim daha fazla konuşmama izin vermedi, aynı şekilde bacaklarım da titriyordu. Her an asansörün içinde yığılıp kalacakmış gibi hissediyordum.

Zaten beni dinlediği yoktu... Kaderimin şakağına bir namlu gibi dayanan bu dakikaların, ömrüme birkaç yara izi daha bırakmasını çaresizce izleyecektim.

Asansörün kapıları son katta aralandı, Cenk sessiz fakat sert adımlarını zemine basarak asansörden çıktı ve benim gibi ilk kez gördüğü yönetim katına kısa bir göz gezdirdi. Etraftaki hiçbir şeyi görecek gözüm yoktu. Cenk sağa sola baka baka yürüdüğünde arkasından sürüklendim, öte yandan çantamın içinden çıkardığım telefonla Bora'ya kısa bir mesaj attım. Okuyup okumayacağını bile bilmiyordum ama hâlâ o avukatı dövmekle meşgul olamazdı.

Hemen son kata gel.
Abim her şeyi duydu,
çıldırmış gibi babanı arıyor.

Cenk diğer tüm odaların kapılarından farklı olarak çift kanatlı bir kapının önünde durdu. Kapının üstündeki metal isimlikte, *Yönetim Kurulu Başkanı Haldun Şahsuvar yazıyordu.* Kapıyı destursuz bir şekilde açıp içeri daldığında karşılaşmayı beklediğimiz adamın aksine, esas odadan önceki küçük bir odaya girmiş ve otuzlu yaşlardaki alımlı bir kadınla burun buruna gelmiştik. Kadın kulağındaki sabit telefon ahizesini indirmeden önce kafasını kaldırıp bize ters bir bakış attı.

"Kapıyı çaldığınızı duymadım," dedi iğneleyici bir sesle. Bakışları benim yüzümde gereğinden fazla oyalanırken kaşlarını hafifçe çattı. Beni tanımıştı.

"Nerede o?" diye sordu Cenk. "Patronun olacak o iblis nerede?"

Kadının yüzü anında renk değiştirdi. "Haldun Bey mi?"

"Ta kendisi," dedi abim öfkeyle. Parmağını kaldırıp odasını gösterdi. "İçeride mi?"

Kadının dur ikazlarına aldırmadan kapıyı sertçe açıp içeriye girdiğinde karşılaştığımız tek şey boş bir ofis odasıydı. Geriye dönüp burayı derhal terk etmemiz gerektiğini söyleyen kadına sessizce konuştum. "Güvenliği çağırın lütfen."

Kadın kafasını salladı, tekrar masasına dönüp telefonuna sarıldığında Cenk, Haldun Şahsuvar'ın odasından ayrıldı ve tekrar koridora ayak bastı.

"Yok işte," dedim sessizce. "Lütfen bir rezillik çıkarma da gidelim şuradan."

"Karışma Hande," diye bağırdı abim o sırada. "Karışma! Geberteceğim ben o herifi!"

O sırada katın sol tarafındaki kahverengi kapı açıldı, içeriden oldukça şık giyimli birkaç kadın ve adam peş peşe çıktığında o adamın bahsettiği toplantı geldi aklıma. Tanımadığım insanların ardından ilk olarak İhsan Bey'i, ardından Hale Hanım'ı ve sonrasında Emir'i gördüğümde derin bir nefes aldım. Bu kalabalığın arasında olmamasını istediğim Haldun Şahsuvar içeriden en son çıktığında duvarlar üzerime yürüyormuş gibi hissettim.

İşte şimdi başlıyorduk.

Yüzündeki tebessüm beni ve yanımda abimi gördüğünde yerini nefrete bıraktı.

Diğerleri kendi hâllerine öyle çok dalmışlardı ki Cenk'in o kalabalığın üstüne karabasan gibi çökmek üzere olduğunu fark etmediler. Cenk, Emir'in omzuna çarparak kalabalığın içine daldığında havaya kaldırdığı kaya gibi sert yumruğunu Haldun Bey'in suratına indirdi.

Hale Hanım'ın dudaklarından tiz bir çığlık yükseldi. "Ne oluyor?"

Emir, durumu çabuk fark edip abimin omuzlarından tutup çekse de işe yaramadı. Şiddeti besleyen güç insanın bileğinde değil öfkesindeydi ve şu an hiç kimse Cenk'ten daha kuvvetli değildi. Geriye dönüp Emir'i hızla savurduğunda tekrar Haldun Bey'e yürüdü ve yediği yumruğun ardından toparlanmasına fırsat vermeden parmaklarını boğazına geçirdi.

Her şey birkaç saniye içinde gelişmişti.

Ve her ağızdan bir ses yükseliyordu.

Abim deliydi, onun bu yaptığını yapacak cesaret anca delilere özgü olurdu zaten. Önünü, ardını ve sonrasını düşünmüyordu. Tıpkı Bora gibi.

Öylece durmuş, nefes bile almadan seyrediyordum bu dehşet verici tabloyu. Emir'in bir kez daha toparlanışını, birkaç adamın daha abimi Haldun Şahsuvar'ın üstünden çekebilmek için uğraşmasını boş gözlerle izliyordum. Geride durup en az benim kadar şaşkınca izleyen herkes gibi.

Ortam fazla gürültülüydü.

O an bakışlarım asansörün kabininin hemen önünde durup olan biteni müdahale etmeden izleyen Bora'yı buldu.

Abim, babasının boğazını sıkıyordu ve o sadece izliyordu.

Cenk üç kişinin zoruyla Haldun Bey'den uzaklaştırılırken "Seni geberteceğim lan," diye bağırdı. "Duydun mu beni? Seni kendi ellerimle öldüreceğim!"

Haldun Bey elini kan içinde kalmış burnuna bastırırken "Çıkarın onu buradan," dedi. "İkisini de derhal dışarı atın!"

O ikisinden biri ben olmalıydım. Şu anki durumumuzun vahimliğine rağmen kahkahalarla gülesim gelmişti.

"Bak bu iş, burada bitmedi!" Cenk, Emir dâhil üç adam tarafından sürüklenerek götürülürken katı, güvenlikler doldurdu. "Ben seni mahvedeceğim! Bu yaptığını çok pis ödeyeceksin!"

Haldun Şahsuvar abime cevap vermeye tenezzül bile etmedi.

"Manyak oğlunun manyak babası!" diye bağırdı Cenk çıldırmış gibi. "Kâbusun olacağım lan senin!"

Güvenlik görevlileri abimi kollarından tutarak uzaklaştırdılar, asansöre bindirdiler ve gözden kayboldular. Neyse ki

Bora'nın gözü önünde beni de kolumdan tutup dışarı atmak gibi bir işe kalkışmadılar. Bu dakikada bildiğim tek bir şey vardı. Abimle Haldun Şahsuvar arasında ipe sapa gelmez bir düşmanlık başlayacaktı.

Tüm bu olanlar babamın kulağına gitmiş miydi hiçbir fikrim yoktu, artık ayaklarım bedenimi taşıyamıyordu ve buradan gitmek istiyordum. Ortalıkta ölüm sessizliği vardı, abimin gidişinin ardından kimseden çıt çıkmadı. İhsan Bey yabancı şirket temsilcilerini apar topar uzaklaştırmış, Haldun Bey az önce çıktıkları toplantı odasına geri girmişti. Elinde küçük bir ilkyardım çantasıyla çıkıp gelen Hale Hanım ve Emir de onun ardı sırası toplantı odasına girdiklerinde Bora da o tarafa doğru yürüdü.

Ben hangi tarafa gidecektim?

Bora'yla yollarımız bu noktada ayrılıyordu, benim abimin peşinden gitmem gerekiyordu.

Onunla göz göze gelmemeye gayret ederek merdivenlere yürüdüm, asansöre bir alt kattan binebilirdim. Fakat arkamı döndüğüm an Bora'nın gür sesini duydum.

"Nereye?"

Arkamı dönüp yüzüne bakmadım, bakarsam iyi olmazdı. Sessiz kaldım, konuşursam dudaklarım sadece öfke kusardı. Bir kez daha büyük bir yıkıma sebep olmuştu. Onun kendisini tutamayışları, öfkesine sınır koyamayışları ve zırdeliliği yüzünden, her seferinde her şey berbat olmak zorunda mıydı?

Hiçbir tepki vermeden merdivenlere yürüdüğümde Bora arkamdan koşup bana yetişti ve kolumdan tutarak durdurdu beni.

"Babamın dağılmış suratını yakından görmek istemez misin?" diye sordu. "Bu senin en büyük hakkın, gel benimle."

Beni toplantı odasına doğru çekiştirdiğinde afalladım, benimle dalga mı geçiyordu?

"Ne yapıyorsun sen?" dedim bozguna uğramış bir hâlde. "Babanın ne durumda olduğunu görmedin mi? Beni bir kaşık suda boğsun mu istiyorsun?"

Bora durdu. "Hiçbir şey yapamaz. Bugün abinin elleriyle babamın suratına inen yumruklar, benim o gece, her şeyi öğrendiğimde babamın suratına indirmem gereken yumruklardı. Ama o benim babamdı ve ben bunu ona yapamazdım."

Bunları söylerken oldukça hissiz ve vurdumduymaz görünüyordu, gerçekten hissettiği bu muydu?

Bora'yla birlikte toplantı odasına girdiğimizde manzara beklediğim gibiydi. Haldun Bey bir sandalyede oturuyor, Hale Hanım'sa kan içinde kalmış burnunu temizlemeye çalışıyordu. Kapının açıldığını fark ettiklerinde gözleri üzerimize çevrildi, Haldun Bey bana her zamanki gibi baktı. Emir neler olup bittiğinden bihaber şaşkın bakıyorken, Hale Hanım utançla kaçırdı gözlerini. Çünkü abimin neden böyle bir şey yaptığını biliyordu.

Biliyor ve utanıyordu.

Bora sımsıkı tuttuğu elimi bırakmadı.

"O senin abin miydi?" diye sordu Emir. Sıkı bir şekilde kenetlenmiş ellerimize şüpheyle baktı. Abim, Bora'nın babasına saldırdığı hâlde ellerimizin niçin ayrılmadığını anlamaya çalışıyordu.

Bora benden önce, benim yerime cevap verdi. "Evet, abisiydi."

Ses tonu, bu konu hakkında tek bir laf etme der gibi sertti. Kısa bir sessizlik oldu, kimseden çıt çıkmazken bu sessizliği Haldun Şahsuvar'ın nefret dolu kokan tehdidi bozdu.

"Abin bu yaptığını ödeyecek," dedi, yüzsüzce bunları söylüyor olması beni şaşırtmadı. O böyle bir adamdı. "Hem de misliyle."

Dudaklarım bir cevap için aralanırken Bora yine benden önce davrandı. "Hiç kimse bir şey ödemeyecek," dedi sert sesiyle. "Aksi hâlde neler olacağını iyi biliyorsun baba."

Haldun Şahsuvar kısa bir an sessiz kaldı, sonra sinirli sinirli güldü. "Ben orada o hâldeyken, hiçbir şey olmamış gibi izlemeni unutmayacağım."

Görmüştü, abim ona çıldırmış gibi saldırırken Bora'nın hiçbir şey yapmadan beklediğini görmüştü.

Bakışlarımı Bora'ya çevirdiğimde yüzünde gördüğüm ifade canımı yaktı. "Benim de unutamadığım çok şey var. Ve hepsinde senin imzan var."

"Yapmayın artık," dedi Hale Hanım, sesi öfke doluydu. Elindeki kanlı peçeteyi masanın üstüne doğru fırlattı. "Artık bu meseleyi daha fazla büyütme abi. Hande ve Bora evlendi, bu durumu sineye çekmekten başka çaren yok. Bedelini ödeyecek dediğin çocuk Hande'nin abisi. Ve senin oğlun yaşında. Ve suçlu olan sendin."

"Hale," dedi Haldun Bey dişlerini sıkarak. "Kes sesini."

"Hande'nin abisi olması, elini kolunu sallaya sallaya buraya kadar gelip böyle önemli bir günde amcama saldırma hakkını ona veriyor mu?"

Emir'in sorusunun ardından bakışları Bora'ya çevrildi, hiçbir şey bilmediği için bu durum ona tuhaf geliyordu.

"Sen bu meseleye karışma," dedi Bora, avuçlarının içine hapsettiği parmaklarımı farkında olmadan sıktığında canım yandı.

"Hangi meseleye?" diye sordu Emir. Bakışları bir kartalınkiler kadar keskinleşmişti. "Anlatırsanız bileceğim ama hepiniz susmaya yemin etmiş gibisiniz. Ben dış kapının dış mandalı değilim."

"Sırası değil Emir," dedi Haldun Bey araya girerek. Elbette sırası değildi, kendi marifetlerini haklıymış gibi ballandırarak anlatacak hâli yoktu. Bora içeri girdikten sonra beni kaçırdığını, eski sevgilimle berabermişim gibi göstererek Bora'yı çıldırttığını ve susmam için beni abimle tehdit ettiğini mi anlatacaktı?

"Pekâlâ," dedi Emir. Bakışlarını Bora'ya çevirdiğinde dalga geçer gibi gülümsedi. "Hande'nin parmakları acıyor."

Bora elimi bırakmadı, kimseye başka bir şey söylemeden önünde durduğumuz kapıyı araladığında dışarı adım attı ve kendisiyle birlikte beni de sürükledi. Emir'e kızmasını gerektiren bir durum yoktu, hiçbir şey bilmediği için anlamaya çalışıyordu sadece. Fakat bunu yaparken Bora'nın damarına basmaktan da geri durmuyor olması, aralarındaki uzaklığa kilometreler ekliyordu.

Ne kat boyu yürüdüğümüzde ne de asansöre binip hızla aşağı indiğimizde tek kelime etmemiştik. Bora burnundan soluyordu. Asansördeyken telefonumu çıkardım ve abimden gelen bir sürü cevapsız çağrıyı ve yanı sıra beş mesajı gördüm...

Aşağı in, hemen.
Kime söylüyorum? Seni dışarıda bekliyorum. Buraya gel.
Bana, neler olduğunu anlatacaksın.
Hande, bak şu telefonuna. Çıldırtma beni!
Sen hâlâ orada ne yapıyorsun? Çıksana kızım dışarı!

Cenk'in mesajları yeni bir korku dalgasını iliklerime işlerken ekranı kaldırıp tek bir noktayı delirmiş gibi seyreden Bora'ya gösterdim. "Abimi başıma sardığın için mutlu musun?" diye bağırdım. "Ben şimdi ona neyi, nasıl açıklayacağım?"

Bora mesajlaşma ekranına bomboş gözlerle baktı, sonra bakışlarını sakince yüzüme kaldırdı. "Her şeyi en başından beri, olduğu gibi anlat."

Asansör giriş katta durdu ve Bora beni beklemeden dışarı çıktı. "Delirdin mi sen?" Peşinden hızlı adımlarla yürüdüm. "Abim babanın neler yaptığını öğrenince ne olur sanıyorsun?"

Bora çıkış kapısına doğru ilerliyordu. Benim Cenk'e anlatabileceğim hiçbir şey yoktu. Anlatırsam delirirdi, üstelik babamın da bu işin içinde olduğunu, kaçırılmama müsaade ettiğini öğrenirse hiç iyi şeyler olmazdı.

"Sen anlatmazsan ben anlatacağım," dediğinde kanım damarlarımda dondu. Durup yüzüme baktı. "Çünkü her şeyi içinde tutamazsın," diyerek parmağını üzerime salladı. "Tüm yükleri tek başına sırtlanamazsın. Annenin ve abinin de neler yaşandığını bilme hakkı var."

"Olmaz!" diye bağırdım çıldırmış gibi. Tüm çalışanlar bizi izliyordu ama bu ikimizin de umurunda değildi. Zaten bugün yeterince rezil olmuştuk. "Sen benim ailemi parçalamak mı istiyorsun?"

"Sen abin için sustun," dediğinde Bora'nın da sesi yükseldi. "Her şeye onun için katlandın ama o bunları bilmiyor ve hâlâ kendini seni affetmeyecek kadar haklı görüyor. Ben buna katlanamıyorum! Onları düşünüp üzülmenden, sürekli ağlamandan ve mutsuz olmandan nefret ediyorum!"

Bora'nın son sözleri bunlar oldu. İtiraz etmeme bile fırsat tanımadan dışarıya çıktığında onu durduramadım. Holding binasından uzaklaşan adımları güvenlik kapısına doğru yürürken sözleri bir fırtına gibi esiyordu aklımda. Söyleyip kurtulursam daha iyi olmayacaktı ama o bunu anlamıyordu.

Cenk güvenlik bariyerinin arkasında bir sağa bir sola volta atarken bizi görünce durdu ve tek ayağını sabırsızca yere vurarak beklemeye başladı. Bora'ya engel olamazdım, ben anlatmazsam o anlatacaktı ve eğer o anlatırsa kelimeleri çok daha acımasız sarf ederdi.

"Anlatacağım," dedim pes etmiş bir vaziyette. "Ama senden bir şey istiyorum."

Bora tekrar durdu ve soran gözlerle yüzümü inceledi. "Abim Vedat'ın ihanetini öğrendiğinde onu kimse tutamaz, Kafkas meselesinde onun da parmağı olduğunu öğrenirse..."

"Tamam," dedi Bora, ondan ne istediğimi dile getirmeme gerek kalmadan anlamıştı. "Senin tek istediğin Cenk'in başının belaya girmemesi ve ben buna engel olacağım."

Rahat bir nefes aldım, bu konuda Bora'ya güveniyordum. Zaten başka bir çarem de yoktu.

Holding binasının sınırlarından, bizi kimsenin duyamayacağı kadar uzaklaştığımda Cenk peşimden yürüdü, Bora gerimizde kaldı. Abimle yeniden karşı karşıya geldiğimde ağır ağır yutkundum. Bakışları Bora'yla benim aramda gidip geliyordu ve oldukça sabırsız görünüyordu.

"Anlat," dedi, öfkesi hâlâ tazeydi. "Bize neden yalan söylediğini, bu gerçeği neden gizlediğini anlat." Gözleri Bora'ya kaydığında kendisini zor tuttuğunu fark ettim. "Tehdit mi etti seni?"

Bora umursamaz görünüyordu, Cenk'in sorduğu soruya verdiği tek tepki sırıtmak oldu.

Hislerimi, korkularımı bir kenara bıraktım ve aylardır beni perişan eden gerçekleri kusmaya başladım.

"Evet, tehdit edildim," dedim öfkeli bir sesle. "Haldun Bey tarafından, seninle tehdit edildim."

"Ne diyorsun sen?" diye sordu Cenk, çattığı kaşlarının altında parlayan öfkeli gözleri holding binasına çevrildi.

"Sizin evden kaçıp gittiğimi sandığınız gün ben aslında kaçırıldım. Dağın başında bir eve hapsedildim ve Bora'nın içeriden çıktığı güne kadar bu durum böyle devam etti. Bu benim, Bora'yı ihbar etmemin cezasıydı ama cezam bununla da sınırlı kalmadı. Haldun Şahsuvar benden öyle nefret ediyordu ki Bora'yla bir daha bir araya gelmemizi istemediği için Bora'ya da yalan söyledi. Benim Londra'ya gittiğim ve Melih'le birlikte olduğum yalanını... Para bir kapıyı açtı, Melih de bu oyuna alet oldu. Türkiye'ye döndü ve Bora'nın karşısında, yanımdaki yerini aldı."

Abim nefes alamaz bir hâlde, gözlerini kırpmadan beni dinliyordu.

"Haldun Bey'in planı Bora'nın da benden nefret etmesini sağlamaktı ama olmadı, Bora beni Melih'in yanında bırakmadı ve sadece birkaç gün içinde babasının oynadığı oyunu anladı."

"O herif, seni benimle alakalı neyle tehdit etmiş olabilir?" diye sordu. Çenesini sıkmaktan konuşamıyordu bile. "Çıldıracağım! Aklım almıyor!"

Derin bir nefes aldım. "Kafkas'la... O belalı herif, seni tuzağa çekmek için kurulmuş tehlikeli bir tuzaktı. Para bir kapıyı daha açtı ve Şahsuvar, Vedat'ı da satın aldı."

Ona her şeyi anlattım, Vedat'ın bu kumpasa nasıl dâhil olduğunu, Haldun Şahsuvar'ın beni bununla nasıl tehdit ettiğini...

Sözlerimi noktaladığım sırada abim çıldırmış gibi Bora'nın üstüne yürüdü. "Senin yüzünden!" diye bağırdı, öfkesini nereden çıkaracağını bilmiyordu. Hızlıca önüne geçip ikisinin arasında durduğumda var gücümle bağırdım. "Seni Bora kurtardı!"

Abimi omuzlarından itekleyip Bora'nın üzerinden savurdum, zaten gücü tükenmişti ve iki adımda sendeleyerek kaldırımın üstüne düşer gibi oturdu.

Bora sessiz bir şekilde gülmeye başladı. "Ama sen hikâyenin en önemli kısmını anlatmıyorsun Hande," dedi kafasını sallayarak. "Tek kötü adam, benim babam mı?"

Bora'ya yapma der gibi baktım ama susup duracak gibi görünmüyordu.

Bazen çok acımasızdı, benim canımı yakmak pahasına geri durmuyordu ve bu huyu bencilliğinden ötürüydü.

"Ne zırvalıyorsun?" diye sordu Cenk." Ellerini dizlerinin etrafına sarmış bir hâlde oturuyordu. Oyuna küsmüş çocuklar gibi... "Adam gibi söyle şunu, takatim kalmadı benim."

"Sana babamla aralarında nasıl bir anlaşma olduğunu söyleyemem," dediğinde abimin yüzünde yer edecek ifadeyi görmemek için arkamı döndüm. "Ama senin baban, kendi kızının kaçırılacağını bilip buna göz yuman bir adam." Bora sustu, kelimeleri en öldürücü silahları kuşandı. "Anlayacağın senin babanın, benim babamdan zerre farkı yok."

Öyle yorgundum ve öyle alışmıştım ki bu gibi durumlar karşısında artık ağlayamıyordum bile.

Abim o andan sonra tek bir kelime etmedi, babamı savunmadı yahut bana hesap sormaya kalkışmadı. Hızla ayağa kalktı ve yolun ilerisine park ettiği arabasına yürüdü, kapısını açıp bindi ve tekerleklerin çığlık atmasını umursamadan çekip gitti.

"Yerle bir olmamız sana daha mı iyi hissettirdi?" Az önce Cenk'in oturduğu kaldırım kenarına çöktüm, içimde dermanımı kesen bir sızı vardı. *Bundan sonra ne olacaktı?*

"Evet," dedi Bora. "İnkâr edemem."

"Kötüsün," dedim durgun bir sesle.

Karşılığı sert oldu. "En azından senin gibi korkak değilim.

Ne hissediyorsam söylüyorum, ne yapmak istiyorsam onu yapıyorum ve bunun için bahanelerin arkasına saklanmıyorum."

Bora birkaç adım ötemde dikiliyordu, kafamı kaldırıp ona bakmadım. "En azından..." diye mırıldandım. "Dürüstsün. Bunu senin için yaptım diyerek yalan söylemiyorsun."

"Ne fark eder? Sonuç olarak seni asla söyleyemeyeceğin gerçeklerden kurtardım."

Sessiz kaldım.

Birkaç dakika öylece akıp gitti, dakikalardır esen fırtına dindi ve yağmur yağmaya başladı. Bora Veysel'i arayıp arabayı bulunduğumuz yere getirmesini söyledi. Beklerken sigara içti, bense onu seyrettim.

Bugün ona kızmamı gerektirecek bir sürü şey yaptığı hâlde neden kızamıyordum? *Tüm yükü tek başına sırtlanamazsın,* demişti. Belki de benim yapmaya cesaret edemediğim şeyleri yaptığı için ona şimdiden minnet duyuyordum. Omuzlarımdan koca bir yük kaldırmıştı.

Veysel arabayı getirdiğinde Bora ön kapıyı açtı, arabayı kendisi kullanacaktı. Ben de oturduğum kaldırımdan kalkıp arabaya geçtim ve oradan uzaklaştık.

Bir süre hiç konuşmadık, ben arkama yaslanmış bir vaziyette sağ tarafımda kalan yolu izliyordum. Eve gitmediğimizi fark ettiğimde "Nereye?" diye sordum yorgun bir sesle. Başka bir insan yüzü göresim, konuşasım kalmamıştı. Sadece eve gitmek ve kendimi yatağa atmak istiyordum.

"Kafanı dağıtabileceğim güzel bir yere."

Bora'nın da sesi keyifsiz ve yorgundu. Sırf beni mutlu edebilmek için uğraşıyordu ama buna hiç gerek yoktu.

"Eve gidelim lütfen," dedim kafamı ona çevirdiğimde. En az benim kadar moralsiz ve bitkin gözüküyordu. "Hiçbir şey yapmak istemiyorum."

"Emin misin? Eve gittiğimizde burnumdan getirmeyi düşünmüyorsun değil mi?"

"Hayır." Gözlerimi devirdim. "Buna bile gücüm kalmadı."

"Tamam, öyle olsun."

Bora en yakın kavşaktan dönüp arabayı ters istikamete çevirdi. Bir süre daha sessizce yol aldık. Bora'nın kolçağın üstünde duran telefonu çaldığında dikkatinin dağılmaması için telefona uzanıp kimin aradığına baktım. Ekranda yazan *gizli numara* kaşlarımı çatmama sebep olurken Bora kim arıyor, der gibi baktı.

"Bilinmeyen bir numara."

Bora telefonu elimden çekip aldı telefon tutucuyla sabitleyip aramayı yanıtladı.

"Evet?" dedi bakışlarını yoldan çekmeden. Arayan numaranın gizli olması ikimizi de şüpheli bir tavra sürüklemişti.

Karşı taraftan bir ses gelmediğinde bakışlarımız kısa bir an buluştu. "Konuşacak mısın birader?"

Yine ses yoktu.

Bora direksiyondan çektiği sağ elini telefonun kapatma tuşuna uzatırken karşı tarafın sesi duyuldu.

Tanıdık ve alaycı bir ses...

"Görüşmeyeli altı aydan fazla oldu Şahsuvar, duydum ki her yerde beni arıyormuşsun... Ne o çok mu özledin?"

Bakışlarımız bir kez daha birbirine kenetlenirken Bora arabayı hızlıca sağa çekip durdurdu. Bu ses Yiğit'e aitti ve o günden beri ilk defa bizimle iletişime geçiyordu.

İlkinde benimle, şimdi ise Bora'yla.

"Hem de ne özlemek," dedi Bora. Yiğit'e aynı alayla, aynı ses tonuyla cevap verse de yorgun görünen çehresi aniden değişti ve bakışları yakıcı bir öfkenin kurbanı oldu. "Hasretinden prangalar eskittim, Mirzanlı."

Yiğit'in keyiften uzak gülüşü kulaklarımızı doldurduğunda içim huzursuzlukla doldu. Bizden ne istediğini bilmemek, intikam alma düşüncesiyle yanıp tutuşan zihninde ne oyunlar kurduğunu tahmin edememek beni ürkütüyordu.

"Üzgünüm ama görüşmemiz yakın gibi gözükmüyor," dedi Yiğit. Kısa bir an sustuğunda bakışlarım Bora'nın eline kaydı. Direksiyonu kıracakmış gibi sıkıyordu. "Ama benim sana yakında harika bir sürprizim olacak. İnan çok seveceksin."

Bora daha fazla dayanamadı. "Bana bak piç kurusu," dedi zehir zemberek öfkesiyle. "O işgüzar beyninden neler geçtiğini bilmiyorum ama bir daha karımın karşısına çıkacak olursan, hangi deliğe girersen gir, seni bulurum. Bulur ve o beynini dağıtırım."

"Yaparsın... Adam öldürmek senin için zor değil, en iyi ben biliyorum." Yiğit sesli bir nefes aldığında hoparlörde cızırtılı bir ses oluştu. Bora bana sakın sesini çıkarma der gibi bakıyordu. Hâlbuki ben nefes almayı bile unutmuştum.

"Derdin ne?" diye sordu Bora.

"Kuralına göre bir oyun oynuyorum," dedi Yiğit dalga geçerek. "Karıma karşılık karın."

Bora kulaklarımı kapatmama sebebiyet verecek kadar iğrenç bir küfür savurdu. Yiğit'in sözleri kanımı damarlarımda dondururken elimi dudaklarıma kapattım. Yiğit'in öfkelenmesini ve aynı şekilde karşılık vermesini beklesem de o sadece güldü.

Roller değişilmişti.

Ve bu defa namlunun hedefinde ben vardım.

"Nedir seni bu kadar öfkelendiren?" diye sorduğunda Bora'nın bir kez daha küfretmesine aldırmadan konuşmaya devam etti. "Hande'nin karşısına lavaboda çıktım diye mi sinirlendin?"

"Hangi deliğe girmiş olursan ol, bulacağım seni," diye kükredi Bora çıldırmış gibi. "Kendine şimdiden bir mezar kaz!"

"Hande sana söylemedi mi?" Yiğit, Bora'nın söylediği hiçbir şeye, ettiği hiçbir küfre aldırmıyordu. Neyden bahsettiğini anlayamayarak kaşlarımı çattım, Bora'ya neyi söylemem gerekiyordu?

"Kes sesini!" Bora telefonun kapatma tuşuna bir kez daha uzanmıştı ki Yiğit onun parmaklarını havada bırakan bir cümle kurdu.

"Bu ilk değildi," dedi çıldırtan bir sesle. "Lavabolar Hande'yle benim buluşma mekânım. Gerçekten bunu sana söylemedi mi?"

Bora'nın aniden yüzüme çevrilen bakışlarında gördüğüm dehşeti anlatacak kelime bulamadım. O an hissettiğim çaresizliği de...

Nutkum tutuldu.

Yiğit'in beni bu şekilde sırtımdan vurması beklediğim bir şey değildi. O akşamın tamamen aramızda sır kalacağına inandırmıştı beni. Yalancının tekiydi. Ve ben de ona güvendiğim içinaptalın önde gideni...

"Söylememiş gibi görünüyor..." Yiğit eğlenir gibi konuşmaya devam etti. Bora hiçbir şey söylemeden, nefes almadan, gözlerini bile kırpmadan bana bakıyordu ve bu durum hiç hayra alamet değildi.

"Yirmi dokuz eylül akşamı cici bir restoranda aile yemeğinizi yerken ben de oradaydım," diye devam etti sözlerine. "Hande o restoranın lavabosunda kilitli kalmadı, kapıyı ben kilitledim çünkü biz içeride senin nasıl hapse gireceğini..."

Bora Yiğit'i daha fazla dinlemedi ve telefonu kapatıp arabayı çalıştırdı. Fevri bir şekilde gaza basıp yola çıktığında sırtım koltuğa yapıştı. Toparlanmaya bile cesaret edemedim, nefes alamadım, yutkunamadım. Dudaklarımı araladım fakat sanki dilsizmişim gibi konuşamadım.

Peki ya Bora? O da mı dilsizdi? Neden tek bir kelime bile etmiyordu?

Sessizliğini öfkesine yorabilirdim ama öfkeli olduğuna dair tek bir belirti bile vermiyordu. Arabayı sakince kullanıyordu, sanki hiçbir şey olmamış gibi.

"Bora..." Adını korkuyla andığım an kalbim sıkıştı. "Bana kızmadın mı? Neden hiçbir şey söylemiyorsun?"

Derin bir sessizlik.

"Bora?"

Daha uzun ve daha derin sessizlik...

Telaşla yutkundum. Titreyen ellerimle saçlarımı yüzümden çekerken, "Bir şey söyle," dedim çaresizce. "Bağır, çağır ama bir şey söyle. Konuş! Beni korkutuyorsun!"

Hâlâ bir yanıt yoktu.

O an kırmızı ışık yandı ve Bora yavaşça durdu. Sanki o konuşma hiç gerçekleşmemiş ve hiçbir şey olmamış gibi mi davranacaktı?

"Sadece o akşamdı," diyerek durumu açıklamaya çalıştım. Oysa bu durumun açıklanabilir bir tarafı bile kalmamıştı. "Onu başka bir gün, başka bir şekilde asla görmedim. Sandığının aksine aramızda hiçbir zaman farklı bir görüşme geçmedi. Ona yardım etmedim ya da başka bir şey yapmadım!"

Elim ayağıma dolaşmıştı, ne söylediğimi bilmiyordum bile. "Melih'le yüzleştiğimiz günün gecesi, ben çekip gitmişken ve sen arkamdan geliyorken bana neler söylediğini hatırlıyor musun?" Bu, son kozumdu. "Böyle biri olduğumu zaten biliyordun demiştin. Sen de benim bunları yapacağımı zaten biliyordun! O zamanlar her şey farklıydı. Sen ve ben düşman gibiydik. Şimdi bu tepki neyin nesi?"

Tepki mi? Bora bana bir tepki bile vermiyordu.

Beni yok sayıyordu.

"Bora..." Gözlerimin yanmaya başladığını hissettim. Ama hayır, ağlamak istemiyordum. "Konuş benimle."

Konuşmadı. Eve varana dek, dudaklarından tek bir kelime bile dökülmediği gibi, gözlerinden taşan hiçbir bakış çehreme uğramadı. Sessizliğiyle beni cezalandırmak istiyorsa başarıyordu, zira canım çok yanıyordu.

Oyun oynadığımız gece bana, ondan gizlediğim bir şey olup olmadığını sormuştu. O gece korkaklık etmeyip bu gerçeği itiraf etseydim, karşılaştığım tepki bundan daha ağır olmayacaktı.

Eve geldiğimizde Bora arabayı yola eğri bir şekilde bıraktı, kapısını açtığı gibi anahtarını adının Emrah olduğunu bildiğim bir çalışana fırlatıp demir kapıdan içeri girdi.

Bir çılgınlık yapıp kaçmak istiyordum. Böyle bir durumda Bora'yla aynı eve girmek akıl işi değildi.

Ama girmiştim. Aralık bıraktığı kapıdan içeri girdiğimde onun ardından salona da girdim. Üstündeki siyah deri ceketi çıkarışını, bedenini koltuğa bırakışını, yağmurun ıslattığı saçlarını yavaşça geriye yatırışını, dirseğini koltuğun kenarına yaslarken parmaklarını şakaklarına bastırışını ürkekçe seyrettim.

"Nefes alamıyorum," dedim boğuk bir sesle. Ne kadar diretsem de gözyaşlarımı tutamamıştım. "Bu suskunluğunla cezalandırılmayı hak etmiyorum ben. Sadece senden, vereceğin tepkiden korktum! Bu yüzden söyleyemedim, sustum!"

"Biliyorum." Bora beklemediğim anda konuştuğunda gözyaşlarımı hızlıca sildim. Sonunda kafasını kaldırdı ve boş gözlerle yüzümü izledi. "Sana kızgın değilim."

"Kızgın değil misin?" diye sordum şaşkınca. "Bu yüzden mi dakikalardır benimle konuşmuyorsun?"

"Sadece düşünüyorum Hande," dedi, sesi duygudan yoksundu. "Bir daha böyle bir durumla karşı karşıya kalırsam neler olur diye..."

Bora ayağa kalktı, ağır adımlarla yanıma ulaştı ve tam karşımda durdu. Bir eli omzumu, diğer eli çenemi kavradı. Bana kızgındı, ondan gizlediğim bir şey olup olmadığını sorduğu hâlde söylemediğim için çok kızgındı.

"Korktum," diye mırıldandım. Gururuma yediremesem de bunları söylemekten alamıyordum kendimi. "Yaralanmandan, üzülmenden..."

"Geçmiş gitmiş şeylerin hesabını sormam ben." Çenemin altından kavradığı parmaklarıyla yüzümü yüzüne yaklaştırdı ve gözlerini gözlerime kenetledi. "Yaşanması gerekti, yaşandı. Oldu ve bitti."

Umursamadığını söylüyordu... Fakat neden sesinde üstü kapalı bir tehdit seziyordum?

"Ama eğer bundan sonra onun adını bile ağzına alırsan karşında bulacağın Bora'dan mesul değilim."

XII

KÜLLER ASLA YANMAZ

Günler önce kötü bir kâbus görmüştüm.

Yine tavandan sarkan lambanın çıkardığı cızırtılı sesle birdenbire gözlerimi araladım. Yine aynı odada, aynı yatakta, sırtüstü yatar vaziyetteydim. Yine saatlerce koşmuş gibi yorgundum, boğazımda yutkunarak geçiremeyeceğim bir kuruluk hissettiğimde doğrulup etrafa baktım. Odanın içi zifiri karanlıktı, camlar sonuna dek açıktı ve sert rüzgârın uçuşturduğu beyaz tül perdeler dans eder gibi odanın ortasına doğru dalgalanmaktaydı.

Çıplak ayaklarımı yataktan sarkıtıp ayağa kalktığımda yine kapıya doğru yürüdüm, kapıyı araladım ve sessizce merdivenlerden aşağı indim. Tavandan sarkan lambanın çıkardığı o cızırtılı ses hâlâ kulaklarımdaydı. Korkuyordum çünkü bu anı daha önce yaşamış olmama rağmen kendimi durduramıyordum; birazdan, merdivenin son basamağını da indiğimde topuğuma saplanacak olan cam kırığının acısını şimdiden tüm sinir uçlarımda hissediyordum.

Ama öyle olmadı, merdivenin son basamağını inip koridor boyunca ilerlesem de tenime hiçbir cam kırığı saplanmadı. Bu defa bir şeyler farklıydı... Kapıyı araladığımda ve evden dışarı çıktığımda bir kaldırımın kenarında oturan küçüklüğüm orada olmayacak mıydı?

Kapının önünde durdum, dışarıdaki fırtınanın etkisiyle kapı altındaki boşluktan sızan soğuk, çıplak ayaklarımı buz kestirmiş vaziyetteydi. Bir kulağımda kapıyı açıp dışarı çıkmamı, diğer kulağımda ise saklanmamı fısıldayan iki farklı ses vardı. Biri yalvarıyordu, diğeri emrediyordu; ama ikisi de bilmiyordu ki şu an ruhumun hapsolduğu bu bedene hükmüm geçmiyordu. Elimi usulca havaya kaldırıp kapının kulpunu kavradığımda yalvaran ses kesildi, emreden sesin kulak parçalayıcı kahkahaları beynimi bir matkap gibi delip geçti.

Kapıyı açmam ve titreyen bedenimi dışarıya atmam sadece birkaç saniye içinde gerçekleşti. Dışarıda esen sert fırtına güçsüz bedenimi savurduğunda sırtımı az önce kapattığım kapıya yasladım. Etraf karanlık ve pusluydu, hızlı ve peş peşe uçuşan uzun saçlarım gözlerimin önünü gölgeliyor ve hiçbir şey görünmüyordu. Tek bir şey haricinde... Sanki büyük bir taşın üstüne konulmuş gibi yerden yüksekte duran tabut gecenin karanlığına rağmen net bir şekilde orada duruyordu.

"Git ve o tabutun kapağını arala," dedi emreden sesin sahibi. "Zaman doldu, ikinizden birinin bu kefareti ödemesi gerekiyor."

Buzdan iğneler saplanıyormuş gibi hissettiğim parmak uçlarımı dizlerime sürttüm, kafamı iki yana salladım ve sırtımı kapının pürüzlü yüzeyine biraz daha bastırdım. "Hayır," dedim fısıldayarak. "İkimizden biri ölmeyecek, bunu istemiyorum."

"Sen istesen de istemesen de bu ölüm gerçekleşecek." Ses cümlenin sonlarına doğru kulaklarımdan uzaklaştı. Aynı anda bedenimi saran soğuk ürperti de kesildi, rüzgâr dinginleşti ve saçlarım cansızca omuzlarıma döküldü. Kurumuş bir yaprağın üstüne basıldığında çıkan o sesi duyduğumda irkil-

dim ve telaşla sağa sola bakındım. Karanlığın içinden kendini gösteren bir gölge ağır ağır buraya doğru yaklaşıyordu.

"Hayır." Bir kez daha tekrar ettim, sesim kendi kulaklarıma bile ulaşmayacak kadar kısıktı. "İkimizden biri ölmeyecek."

Gölge yaklaştıkça bir kadın bedenine büründü, tıpkı benim gibi çıplak ayaklara, titreyen ellere ve dağılmış uzun saçlara sahipti ama bir yüzü yoktu. Tabuta doğru yürüdüğünde öylece onu seyrettim. Kaçmak istiyor ama kaçamıyordum. Çığlık atmak istiyor ama dudaklarımı bile kıpırdatamıyordum. Yüzü olmayan kadının elleri tabutun kapağını araladığında gözlerimi kapatmak istedim ama sanki birileri gözlerimi zorla açık tutuyormuş gibi seyretmeye devam ettim. Kadın, üstündeki siyah elbisenin eteklerini toplayarak bir bacağını tabuta attı ve tabutun içine girip boylu boyunca uzandı.

Büyük tabut kadının bedenini tamamen yutmuş gibiydi, artık onu göremiyordum.

"Tabutun kapağını ört," dedi aynı sesin sahibi. Ona karşı çıkmak istesem de yapamadım. Sırtıma güçlü bir el kapaklanıp beni ileriye doğru itekledeğinde düşecek gibi olup toparlandım, sarsak adımlar atarak tabuta doğru, kalbimde dinmeyen bir korkuyla yürüdüm. Ne adımlarım bana aitti ne de tabuta yaklaştıkça havaya kalkan ellerim. Bakışlarım tabutun içine doğru kaydığında ellerim de tabutun kapağına doğru uzandı.

Tabutun içinden bana uzanan el, bileğimi sertçe kavradığında dilim çözülmüş gibi çığlık çığlığa haykırdım. Elin sahibi yüzü olmayan kadın değildi. Sonra kendi çığlık sesime uyandım. Korku dolu kâbusun etkisiyle haykırarak ağladığım sırada Bora'nın kolları arasındaydım. Bir elini sırtıma bastırırken diğer eliyle saçlarımı sıvazlayarak "Geçti," dedi yatıştırıcı bir sesle. "Sadece kötü bir kâbus gördün, geçti."

"Sadece kötü bir kâbus değildi," dedim hıçkırarak. "Öyle olsa bileğim bu kadar acımazdı!"

Tabuttaki elin koparacakmış gibi sıktığı bileğim acı içindeydi ve anladım ki bu öylesine bir kâbustan ziyade, gelecekten kötü bir işaretti. "Ben daha önce de kötü bir kâbus gördüm, yine bu yatakta yatıyordum, uyandım ve aşağı indim, ayağıma bir cam kırığı saplandı ve ağaçta yanan beyaz bir gelinlik gördüm."

Bora hezeyan içinde kurduğum cümleleri kaşlarını çatarak dinledi, hiçbir şey anlamıyordu, anlamasını da beklemiyordum zaten.

"O kâbusu görmemden aylar sonra, sen o gelinliği gerçekten yaktın," diye bağırdım çıldırmış gibi. Kollarının arasından çıktığımda parmaklarımı şakaklarıma bastırarak kafamı iki yana salladım. "Şimdi de bileğim acıyor ve kahretsin ki daha beter..."

Bora iki parmağını dudaklarıma bastırarak beni susturdu. "Sakın anlatma," dedi, yüzümü avuçlarının arasına aldığında yanağımı bertaraf eden gözyaşlarını bir çırpıda sildi. "Kötü rüyalar anlatılmaz, ne gördüysen unut, unutursan asla gerçek olmaz."

O fırtınalı günün üstünden tam on gün, gördüğüm kâbusun üstündense yedi gün geçti. Yiğit Bora'yı bir daha aramadı, beklediğimizin aksine ummadığımız bir yerde karşımıza da çıkmadı. Hâlâ nerede olduğunu büyük bir sır gibi kimseler bilmiyordu. Belki çok yakınımızdaydı, belki de kilometrelerce uzağımızda... Öyle profesyonelce oynuyordu ki şimdiye kadar ufacık bir açık vermemişti. Bora Kapadokya'daki restoranın kamera kayıtlarından herhangi bir ize ulaşamadığı gibi, onu arayan gizli numaranın yerini de tespit edemedi. Böyle bilinmezlik içinde yaşamak, Yiğit'in nefesini her an ensemizdeymiş gibi hissetmek beni yıpratıyordu.

Bora'nın bu konu hakkında ne düşündüğünü bilmemek de yorucuydu. O günden beri Yiğit hakkında tek bir kelime etmiyor, ettirmiyordu. Öyle birisi hayatımıza hiçbir zaman dâhil olmamış gibi davranıyordu. Ben de cesaret edip Yiğit konusunu açamıyordum. Ama Yiğit'in ne yapmaya çalıştığı belliydi. Bir süre ortalarda görünmeyecek, yapmayı planladığı şey her neyse uzaktan uzağa hâlledecekti. Tahmin ettiğimden de zeki ve tehlikeli bir adamdı, ortaya çıkarsa defterinin dürüleceğini çok iyi bildiğinden hapisten kaçmış suçlular gibi saklanarak yaşıyordu.

Tüm bu meyus düşünceleri içimde yaşıyor olmaktan, Bora'yla konuşamamaktan yorulmuştum. Yiğit konusunda öyle öfkeliydi ki konuşsam da dinlemezdi. Bana öyle kızgındı ki tek bir kelime etmem bile felaketim olurdu.

Ama o da farkındaydı, Yiğit Mirzanlı gözünü çoktan karartmıştı.

Hayatını bir kumar masasına bıraktığı üç kuruş kadar değersiz görecek bir adama dönüşmüştü, onu bu hâle getiren adama neler yapmazdı?

Ya da o adamın zaaf duyduğu tek insana...

Şu sıralar hayatımızda, Yiğit Mirzanlı tehdidi dışında her şey yolunda gidiyordu. Gördüğüm o kötü kâbusu bilinçaltımda yatan yersiz düşüncelere yoruyordum. Birkaç kez Bora'ya Yiğit konusunu dolaylı bir şekilde açmayı denemiş ancak hepsinde Bora'nın susmamı emreden bakışlarına tökezleyip geri adım atmıştım. En kısa zamanda bu tehdidi tamamen ortadan kaldıracağını söylüyordu, aklından neler geçiyordu bilmiyordum ve böyle anlarda ondan korkuyordum... Fakat sonra öyle bir bakıyordu ki gözlerime, kendimi her şeyi unutmuşken buluyordum.

"Korkma," diyordu her zamanki gibi. *"Ben kimseye yenilmem, kimsenin sana, kimsenin bize bir zarar vermesine izin vermem. Bunların hepsi geçecek."*

Onun bu korkusuz hallerinden nefret ediyordum.

Her gece uyumadan önce saçlarımı tarıyor, sonra şakaklarımdan öpüyordu. *"İyi geceler iki gözüm,"* diyordu kalbime el basar gibi. *"İyi geceler."*

Abimin her şeyi öğrenmiş olması, beklediğim kadar felaket sonuçlar doğurmamıştı. Babamla aralarında nasıl bir konuşma geçtiğinden habersizdim ama tıpkı benim gibi, babamı kolay kolay affetmeyecekti. Annemin çok üzüleceğini, bunu kaldıramayacağını ve babamı affetmeyeceğini bildiği için yaşananların aramızda bir sır olarak kalacağına söz vermişti. Tahminimin doğru çıktığı tek konu Vedat oldu, Cenk o gün soluğu Vedat'ın galerisinde almış fakat karşısına çıkan Vedat değil, bir başkası olmuştu.

Böylece Bora, bana verdiği bir sözü daha tutmuş oldu.

"İşin kaç gibi biter?" diye sordum emniyet kemerimi takarken. Bora arabayı çalıştırdı ve camları sonuna kadar indirirken yavaşça hareket etti.

"Hiç bilmiyorum," dedi göz ucuyla kolundaki saate bakarak. "Erken dönmeye çalışacağım."

"Yani sen gelinceye dek ben halanın yanında mı kalacağım?" diye sordum bu sefer de. "Ya sıkılırsam?"

"Sıkılmazsın, sıkılmazsın." Bora sağ elini uzatıp yanağımı koparacakmış gibi sıktığında eline vurarak kurtulmaya çalıştım. "Sıkılırsan da ararsın Veysel'i, gelip seni alır."

"Kes şunu," diyerek homurdandım. "Senin yüzünden erkenden sarkacağım, ne istiyorsun yanaklarımdan?"

"Hamur gibiler, oynaması çok zevkli." Bora bir kez daha elini uzattığında sırtımı kapıya yaslayacak şekilde geri çekilerek tekrar vurdum eline.

"Hamur mu gibiler?" Kaşlarım çatıldı. "Bari pamuk gibi de, hamur ne ya?"

Bora bana bakıp pis pis sırıttı, dün de yanağımı ısırmıştı ve izi anca sabah geçmişti. Ciddiydim, onun yüzünden erkenden yaşlanacaktım.

"Bir şey soracağım," diyerek dikkatini dağıtmaya çalıştım.

"Sor güzelim."

Kısa bir an tereddüde düşsem de "Tekin'in hayatında biri var mı?" dedim merakla.

Bora tekrar bana baktı, bu sefer düşünceli görünüyordu. "Bunu Melisa için mi soruyorsun?"

Gözünden de hiçbir şey kaçmıyordu... "Evet," dedim çekinerek. "Tekin'le bu konuda konuşuyor musunuz?"

"Pek sayılmaz," dedi. Bakışları tamamen üzerime çevrildi. "Ama Tekin, Melisa'nın kendisine duyduğu ilginin farkında. Zaten fark edilmeyecek gibi değil."

"Düzgünce anlat şunu," dedim heyecanla. "Tekin, Melisa'dan hoşlanıyor mu yoksa hoşlanmıyor mu?"

"Hoşlanıyor."

Sevinçli bir haber almışım gibi yüzüme yayılan tebessüm Bora'nın hiç ümitlenme, der gibi bakan gözlerini gördüğümde kayboldu.

"Ama hislerinden emin değil. Melisa'yı incitmekten korktuğu için ona hoyratça yaklaşamıyor. Çünkü Melisa'nın alelade bir kız olmadığının farkında."

Karmaşık bir durumdu, Tekin'in hislerinden emin olmadığının ben de farkındaydım ama bu ilişkiye umutlu bakıyordum. "Peki, sence ne olur?" diye sordum. "Ben Melisa'yı seviyorum. Çok güzel, sevecen, güzel kalpli bir kız. Tekin'i de çok seviyor."

"Olacaklarını hiç sanmıyorum."

Bu duruma bu kadar gaddar bakması sinirlerimi bozmuştu. "Neden böyle söyledin şimdi?"

"Çünkü bir erkek ya sever ya da sevmez. Bunun bir ortası yok. Eğer hislerinden emin değilse sevmiyordur, hoşlantı sandığı şey sadece geçici bir hevestir."

"Tekin'in de durumu bu yani?" Anlamam gerekiyordu aslında, hangi erkek sevildiği ve seveceğini bildiği bir kadından uzak dururdu ki?

"Aynen öyle, onu çok iyi tanıyorum," dedi Bora. "Melisa'yla sevgili olsalar üç gün sonra sıkılacağından adım gibi eminim."

Sinirlenmiştim. "O zaman Melisa'yı işten çıkarsın," dedim yüksek bir sesle. "O kız onun gözlerinin içine bakarken eriyor, bunu görmeyecek kadar kör mü?"

"Bunlar sadece benim düşüncelerim Hande. Ve bu, onların hayatı, karışmak bize düşmez."

Melisa'nın yanlış adama âşık olduğu fikrimde haklı çıkmıştım. Tekin iyi çocuktu, hoş çocuktu ama söz konusu ilişkiler olunca kötü adamı oynuyordu.

"Melisa'yla konuşacağım," dedim, tadım kaçmıştı. "Boş yere umut etmesin daha fazla."

"Karışmanı istemem." Bora göz ucuyla bana baktı. "Eminim Melisa da bu durumun farkındadır ama böylesini tercih ediyordur."

Zaten herkesin tercihi yanlış değil miydi? Serdar onu hiç hak etmeyen bir kıza âşıktı, Melisa ise aşka layık olmayan bir adama... Ayrıca Melisa'ya açık açık Tekin seni sevmiyor diyemezdim ama bir ihtimal gözünün açılmasına yardım edebilirdim.

Aşk gerçekten de insanın gözünü kör ediyordu.

Beş dakika sonra Hale Hanım'ın yaşamış olduğu sitenin önünde durduğumuzda çantamı omzuma astım. Arabanın kapısını açıp çıkacağım sırada Bora bir kez daha huysuzca söylendi.

"O ruju sürmesen olmaz mıydı? Çok göze çarpıyor."

Ona ciddi olup olmadığını anlamak ister gibi baktım, takılıyor gibi değildi. Gayet ciddiydi.

"Halanın evine gidiyorum," dedim alay ederek. "Partiye değil." Ayrıca rujumun hiç de abartılı bir tarafı yoktu.

Bora kaşlarını kaldırdı. "Zaten bu hâlde partiye gidemezdin."

"Nesi varmış hâlimin?" diye sordum kafamı eğerek.

Bora beni taklit eder gibi ince bir sesle konuştu. "Nesi yok ki hâlinin?"

Onu duymazlıktan geldim. Arabadan inerken elimde tuttuğum orkidenin zarar görmemesine dikkat ettim. Kapıyı kapatıp kaputun önünden dolandım ve Bora'nın tarafına yürüdüm. Kafasını çıkarmış bana bakıyordu. Hızlı davranıp bir elimle çenesinden tuttum ve sakallarının hemen üstüne sert bir öpücük kondurup geri çekildim.

Rujumun yarısı yüzüne bulaşmıştı ve şu an bana kötü kötü bakıyordu.

"Hande..." diye söylendi tepesindeki güneşliği indirerek. Aynadan yanağına baktığında kaşlarını çattı. "Bir gün silmeyi unutur da böyle gezersem elimden çekeceğin var."

Siteye doğru geri adımlarla ilerken ona uzaktan bir öpücük daha attım.

"Seninle evde görüşürüz," dedi imalı bir sesle. "Yazdım bunu bir köşeye."

Gülümseyerek arkamı döndüğüm sırada Emir'i gördüm. Sitenin çıkışına doğru yürüyordu, Hale Hanım'a gelmiş ve şimdi de gidiyor olmalıydı. Bizi gördüğünde adımlarını hızlandırıp site güvenliğinden dışarı çıktı.

"Çifte kumrular," dedi alaycı bir tavırla. "N'abersiniz?"

Emir, Tekin ve Serdar dün akşam bizdelerdi. Önce maç izlemiş, sonrasında gecenin bir yarısına kadar uzun uzun sohbet etmişlerdi. Aralarına pek katılmamış olsam da birlikteyken ne kadar eğlendiklerini görmüştüm. Emir sandığımın aksine ciddi biri değildi. Hatta alaycı ve şakacı bir tipti. Ayrıca Bora'yla aralarındaki soğukluğun üstesinden de gelmiş görünüyorlardı.

"Hale Hanım'a geldim," dedim siteyi işaret ederek. "Sen?"

"Ben de Ceyda'yı gördüm, gidiyordum."

Sahi, Emir, anneleri gittikten sonra Ceyda'nın Hale Hanım'da kaldığından bahsetmişti. Bunu şu an hatırlamak beni tedirgin attı, Ceyda'yı henüz pek tanımıyordum ve birazdan onunla aynı ortamda olacaktım.

"Doğru ya, Ceyda, Hale Hanım'da kalıyordu."

Emir kafasını salladı, sonra bakışlarını Bora'ya çevirdi. "Sen nereye?"

Bora sesini duyurabilmek için sesini yükseltti. "İncek'teki şantiyeye gidiyorum."

"Hem de pazar günü?" diye sordu Emir gülerek. Sonra bana döndü. "Hande, bu seni kandırıyor olmasın. İşe gidiyorum ayağına..."

"Emir," dedi Bora uyarıcı bir sesle. "Seni şu sitenin girişine, kepçe kulaklarından asarım."

Bunu söylerken oldukça ciddi görünen yüz ifadesine rağmen sesi alaycıydı. O an şüpheci bir tavır takınarak Bora'ya baktım. "Gittiğin yerden bana fotoğraf atmanı istiyorum," dedim ciddi görünmeye çalışarak. "Hem de her yarım saatte bir."

"Ne?" dedi Bora şaşkınca. "Bunun sözlerine inanıyor musun gerçekten?"

Bana ne, der gibi omuzlarımı silktiğimde Emir ufak bir kahkaha attı. Bora öfkeli öfkeli bakıyordu. Parmağını kaldırıp Emir'e doğru salladı. "Tekin bir, sen iki... Ne çekiyorum lan ben sizden?"

"Evlilik büyük sorumluluk ister," dedi Emir dalga geçerek. "Sen dur, daha yeni başlıyoruz."

Sözlerinin ardından dönüp bana baktığında "Senden bir ricam olacak," dedi. Nedir, der gibi gözlerimi kıstım.

"Ceyda'yla arkadaşça ilgilenir misin? Yalnız ve mutsuz olduğunu görüyorum, yardım etmek istiyorum ama benimle arası pek iyi değil."

Emir'in benden böyle bir şey rica etme sebebini anlıyordum. Anne ve babaları ayrıldıktan sonra dört bir tarafa dağılmışlardı. Ceyda İzmir'e, annesinin yanına yerleşmiş ve babasını suçladığı için babasıyla, babasından taraf olduğu için de Emir'le görüşmeyi kesmişti. Bu hikâyeyi Bora'dan dinlediğimde epey üzülmüştüm çünkü onları kendi aileme benzetiyordum. Ben daha küçük sayılabilecek bir yaşta iken annem ve babam boşanmış olsaydı kahrolurdum. Özellikle abimle kardeşlik bağımız kopmuş olsaydı mahvolurdum.

Emir'in de üzüldüğünü görebiliyordum, Ceyda'yla aralarındaki abi kardeş ilişkisi bir kez zedelenmişti ve kolay kolay da iyileşecek gibi görünmüyordu.

"Elbette, elimden geleni yaparım." Hâlbuki bu konularda pek iyi değildim, arkadaşlık konusunda kimseye ilk adımı ben atamazdım ama yine de şansımı deneyecektim.

"Karımı rahat bırakır mısın artık?" Bora gözlerini üstümüze dikmiş, ters ters bize bakıyordu.

Emir bana teşekkür etti ve tekrar Bora'ya döndü. "Sohbet ediyoruz ne güzel, sen gitsene şantiyene."

"Hadi Emir hadi," dedi Bora, kızmış gibiydi. "Yaylan artık."

Emir bana son bir kez bakıp gülümsedi. "Çok kıskanç bu çocuk... Seni benden bile kıskanıyor."

Emir, Bora'nın zorlamalarıyla yanımdan uzaklaştığında siteye girdim ve Hale Hanım'ın oturduğu bloğa yöneldim. Hale Hanım dün arayıp ısrarla davet etmiş olmasaydı bugünümü Hilal'le geçirmek gibi bir düşüncem vardı. Çok ısrarcı olduğu için onu kıramamıştım. Oldukça yüksek binanın giriş kapısı önünde durduğumda Hale Hanım'ın mesaja yazmış olduğu şifreyi tuşlayarak kapıyı açtım ve ışıklandırması göz kamaştıran geniş koridorda ilerleyip asansöre bindim.

Yirminci katın düğmesine bastıktan sonra aynada kendimi görüp aptal aptal gülümsedim. Bacaklarımda beyaz, dar bir kot pantolon, üstümde ise pek açık sayılmayacak, askılı ve bordo bir bluz vardı. Kıyafetlerimin abartılacak bir yanı yoktu, Bora kıskandığı zaman kusur bulmaya bayılıyordu sadece. Eskiden olsa öfkelenirdim, şimdiyse kıskançlıkları hoşuma gidiyordu.

Asansör son katta durduğunda Hale Hanım'ın dairesine yürüdüm ve zili çaldım. Çok geçmeden açılan kapının ardında Hale Hanım göründü, insanın keyfini yerine getiren tebessümünü sunarken kapıyı sonuna kadar araladı.

"Nihayet... Hiç gelmeyeceksin sanmıştım."

Siteminde haklıydı, kahvaltıya davet edilmiştim ama vakit neredeyse öğlen olmuştu.

Hale Hanım beni içeri aldığında ona orkide saksısını uzattım. Beklediğim gibi çok mutlu olmuştu çünkü çiçekleri seviyordu. Bana içeri geçmemi söylediğinde önce omzumdaki çantayı portmantoya astım. Ceyda büyük salonun ortasındaki klasik koltuk takımında, bacak bacak üstüne atmış bir vaziyette oturuyordu.

"Merhaba," diyerek ona doğru yürüdüm. Onu babasının cenazesinde gördüğüm gün epey kötüydü, şimdi iyi görünüyordu. "Seni iyi gördüğüme sevindim."

"Merhaba." Ceyda da gülümsedi, fakat klasik tokalaşma faslı için ayağa kalkmadı. Bunu fark ettiğimde doğruca karşısındaki koltuğa attım kendimi. Pekâlâ, zaten ben de hiçbir samimiyetimin olmadığı insanlarla sarılıp gereksizce öpüşmekten hoşlanmıyordum.

"Toparlanmaya çalışıyorum," dedi Ceyda. Bana dikkatli bir şekilde baktığında bir an Bora'yla bakışıyormuşuz gibi hissettim. Gözlerinin şekli ve rengi Bora'nınkilere benziyordu. Sanki Ceyda'nın abisi Emir değildi de Bora'ydı.

"Çok tuhaf," dedim hayretimi gizlemeyerek. "Gözlerin tıpkı Bora'nınkiler gibi."

Ceyda hafif bir tebessüm etti. "Abim Emir değil, Bora olmalıymış. Evet çok benziyoruz ve herkes bunu dile getiriyor."

Büyük salonda bir hareketlilik sezdiğimde kafamı kaldırıp baktım, otuzlu yaşlarında bir kadın klasik yemek masasının üzerine kahvaltı servisi hazırlıyordu. Sanırım Hale Hanım'ın yardımcısıydı. O sırada Hale Hanım içeriye girdi ve "Ben burayı hâllederim Serpil," dedi tatlı bir sesle. "Sen kalanları getir."

Masanın üzerine kahvaltı tabaklarını dizerken bakışları üzerimize çevrildi. "Nasıl? Kaynaşıyor musunuz?" diye sordu. "Çok iyi iki arkadaş olacağınızı seziyorum."

Ceyda'yla birbirimize zorunlu bir tebessüm daha ettik. Beş dakika içinde hazırlanan kahvaltı masasına karşılıklı oturduğumuzda Hale Hanım da başköşeye oturdu. Uzun masanın üstünde yok yoktu, üç kişinin yiyemeyeceği kadar çok şey hazırlanmıştı.

Tabağıma birkaç kahvaltılık aldıktan sonra son olarak minik kruvasanlara uzandım. Hale Hanım tabağımı dikizliyordu, daha fazla bir şey koymadığımı fark ettiğinde kaşlarını çattı.

"Bu kadarcık şeyle doyuyor musun sen?" dedi kızar gibi. "Ben anlamam, her şeyden yiyeceksin."

"Her şeyden yersem çatlar ölürüm," dediğimde bana göz devirerek baktı. Ceyda sessizce tabağını dolduruyor, ara sıra göz ucuyla bana bakıyordu.

"Diyet mi yapıyorsun?" diye sordu Hale Hanım. Sonra kafasını hayır, der gibi salladı. "Bugün diyet falan yok, ben de bıraktım. Çatlayana kadar yiyeceğim."

Deli dolu bir kadındı, bazen onun Haldun gibi bir adamın kardeşi olduğuna inanasım gelmiyordu.

Tabağımı gereğinden fazla doldurduğunda "Hale Hanım yeter," diye söylendim. "Doymazsam kendim alırım söz."

"Bana artık bu şekilde hitap etmekten vazgeçsen?"

Aramızda on beşten fazla yaş farkı vardı, ona ismiyle hitap edemezdim. Başka ne söyleyebilirdim ki?

"Bana hala diyebilirsin," dedi sevecen bir yaklaşımla. "Sonuçta senin gibi üç tane yeğenim var benim. Bora'nın karısı olduğuna göre artık sen de benim yeğenim sayılırsın."

"Deneyeceğim," dedim gülümseyerek. "İnsanın alışkanlıklarından vazgeçmesi o kadar kolay olmuyor."

Bakışlarım tekrar Ceyda'ya çevrildi, her zaman böyle sessiz miydi? "Nasıl gidiyor? Ankara'ya alışabildin mi?"

"Doğup büyüdüğüm yer burası," dedi Ceyda. "Yabancısı olduğum bir şehir değil ama İzmir'in yerini tutmaz."

Hale Hanım parmaklarını birbirine kenetledi, birdenbire durgunlaşmıştı. "Ama artık ait olduğun yer de burası."

"Biliyorum..." Tabağındaki börek dilimini bıçakla bölmeye çalışırken konuştu Ceyda. "Babamdan kalan her şeye sahip çıkmak zorundayım, Emir'in yaptığı gibi."

"Ve artık onunla zıtlaşmaktan da vazgeçmelisin. Abin o senin."

Ceyda dudaklarını birbirine bastırdı, sanki gülecek gibiydi de bunu engellemeye çalışıyordu. "Bizim aramızdaki tek bağ kan bağı," dedi dalga geçer gibi. "Yıllardır yapmadığı abiliği şimdi yapmaya çalışması onu sadece komik gösteriyor."

Ceyda bu konuda fazla incinmiş görünüyordu. Tam olarak neler yaşandığını bilmesem de onun için üzülmüştüm.

"Pekâlâ," diyerek iç çekti Hale Hanım. "Hande'nin yanında bu mevzuları açıp ona sıkmak istemeyiz değil mi?"

"Benim için mahsuru yok," diye mırıldandım. Aksine, her

şeyi çok merak ediyordum ama neler olup bittiğini soramazdım. "Ben yabancı sayılmam."

"Halam haklı ya..." Ceyda, kafasını kaldırıp bana baktığında yüzünde alaycı bir ifade vardı. "Bizi boş verelim. Esas anlatılacaklar sende. Bora'yı polise ihbar eden senmişsin, öyle mi?"

Masada derin bir sessizlik oldu. Bakışlarım Hale Hanım'ı bulduğunda ne kadar mahcup olduğunu fark ettim.

"Ceyda lütfen," dedi uyarır gibi. "Bu konu seni alakadar eden bir konu değil."

"Pardon, ben pot mu kırdım?" diye sordu Ceyda gözlerime bakarak. "Az önce ben yabancı sayılmam dediğin için sormuştum." Umursamazca dudaklarını büktü. "Çok tuhaf şeyler yaşamışsınız. Daha da tuhaf olan, tüm bunlara rağmen bir araya gelmeniz. Merak ediyorum neler olduğunu..."

Hale Hanım'ın uyarıcı bakışları Ceyda'ya işlemiyordu.

"Evet, bazı tatsızlıklar oldu," dedim tadımın kaçtığını belli etmemeye çalışarak. "Ayrıca ben bunları konuşmaktan rahatsız değilim. Çünkü hepsi geçti. Bora bir suç işledi ve cezasını çekti."

Detay vermeme gerek yoktu, zaten herkes her şeyi biliyordu. Yerel gazetelerin hepsinde çarşaf çarşaf yazıyordu olan bitenler.

"Her şey geride kaldı mı peki?"

"Kaldı."

Bu kız neden böyle tuhaf sorular soruyordu ki?

"Ama o polis sizi rahat bırakacak gibi görünmüyor." Hale Hanım sıkıntıyla iç çekti. "Geçen Bora'yla konuştum, pek bir şey anlatmadı ama olan biteni abimden duydum. Bir tehdit gibi ensenizde dolaşıyor olması içimi sıkıyor."

"Hangi polis?" Ceyda şu an oldukça meraklı gözüküyordu. Oysa bu konu açılıncaya dek kelimeler ağzından cımbızla alınıyordu. "Şu karısı ölen Komiser mi?"

"Evet," dedim sessizce. "Bora'dan ve dolayısıyla benden intikam almak istiyor. Bu yüzden de tuhaf bir şekilde bizi rahatsız etmeye devam ediyor."

"Ah Bora..." Hale Hanım hayıflanır gibi kafasını salladı. "Bu çocuğun başı hiç dertten kurtulmuyor."

"Bora'yı severim." Ceyda'nın gözleri tek bir noktaya dalmıştı, masanın uç kısmına bakıyordu. "Bizim çocukluğumuz birlikte geçti. Bana Emir'den bile yakın oldu çoğu zaman." Bakışlarını birden üstüme çevirdiğinde irkilir gibi oldum. "Ama bu, onu bu konuda destekleyeceğim anlamına gelmiyor. Bora senin yeğenin, senin de kocan diye bu durumda onu haklı görebiliyorsunuz ama bu hikâyenin tek masumu o Komiser."

Can alıcı bir noktaya değinmişti. Gülümsedim. "Sen o komiseri tanıyor musun ki?"

"Tanımıyorum," dedi Ceyda. "Ama bir düşünün, tam tersi olmuş olsaydı ne olurdu? O Komiser kazara Hande'yi öldürmüş olsaydı, Bora ona neler yapardı?"

Olayı bu noktadan değerlendirince Yiğit'e en çok hak veren bendim. Sırf bu yüzden bile karşısında boynum kıldan inceydi. Öfkesinde, şiddetinde, her şeyinde sonuna dek haklıydı lakin böyle yaparak suçsuzken suçlu konumuna teşrif ediyordu.

"Masum ve mağdur olması ona intikam alma hakkını vermiyor tatlım," dedi Hale Hanım. Sinirlenmişti. "Bu ülkede kanun var, adalet var."

"Kanunların adaleti onun gibi adamlara fayda sağlamıyor, hala." Ceyda parmaklarını kütletti, iri yeşil gözleri benim ve Hale Hanım'ın yüzü arasında mekik dokuyordu. "Sanki bilmiyormuşsunuz gibi konuşuyorsunuz. Adalet haklıdan değil, güçlüden yana."

Masada kısa süreli bir sessizlik oluştu. Ne söyleyeceğimi bilmiyordum. Bora benim sevdiğim adamdı, kalbim arsız bir şekilde ondan yanaydı ama mantığım hâlâ onun bu konuda affedilemez bir suçlu olduğunu söylüyordu.

"Söylediklerime Hande de hak veriyor olmalı," diyerek sözlerine devam etti Ceyda. "Öyle olmasa Bora'yı ihbar etmezdi değil mi?"

"Bu konu hakkında daha fazla konuşmak istemiyorum," dedim, sesim kendimden hiç beklemediğim bir şekilde sert çıkınca kötü hissettim. "Özür dilerim."

"Hayır, sorun yok," dedi Hale Hanım. Ensesinde topladığı saçlarından firar eden kısa bir tutamı kulağının arkasına hızlıca sıkıştırdı. "Kapatalım gitsin, yeterince tadımız kaçtı."

Ceyda dudaklarını kıvırdı. "Kusura bakma Hande. Ben böyle dan diye konuşurum ama huyum böyle. Düşündüğüm her şey dilimdedir. O yüzden beni bu ailede kimse sevmedi. Babam bile."

O sırada Hale Hanım ellerini yüzüne kapatıp sessizce mırıldandı. "Git bakalım sen böyle burnunun dikine..."

Ceyda lavaboya gitmek için masadan kalktığında bir müddet ikimiz de sessiz kaldık. Değişik bir kızdı, bu kadar yaman bir tiple karşılaşmayı hiç beklemiyordum ve kabul etmem gerekirse fikirleriyle beni dumura uğratmıştı.

"Sen ona bakma." Hale Hanım sessizce konuştu. "Abimi kaybettiğimizden beri çok hırçın. Mevzu ölüm olunca babasını hatırlıyor ve kendi acısına yenik düşerek başkalarını umursamıyor."

"Hayır. Ceyda haklı."

"Boş ver şimdi bunları. Hiçbir şeyin tadını kaçırmasına izin verme." Söylemesi kolaydı... "Bora'yla nasıl gidiyor? Bir sorun yok değil mi?"

"Hayır, her şey yolunda," dedim kapıya bakarak. Hazır Ceyda yanımızda değilken aklımı kurcalayan şeyi söylemek istedim. "Bora hâlâ geçmişine dair bir şeyler bildiğimi bilmiyor."

Hale Hanım kaşlarını çattı. "Bilmeyecek zaten, öyle anlaşmamış mıydık?"

Geçmişini bildiğimi Bora'ya asla söylemeyeceğime dair Hale Hanım'a bir söz vermiştim. Çünkü Bora halasının bana neler anlattığını bilirse onu asla affetmezdi.

"Ne zamana kadar?" diye sordum üzüntüyle. "Bir gün bana anlatır diye bekliyorum ama sanki o gün hiç gelmeyecek gibi..."

Benimle paylaşmasını istiyordum, bana anlatsın istiyordum çünkü yaralarını sarmak ve onu iyileştirmek istiyordum.

"Neden?" diye sordum. "Neden bana bile anlatmak istemiyor?"

"Kendine bile anlatamadığı bir şeyi başkasına anlatamaz insan. Onu anla, ona hak ver. Hiç kolay bir çocukluk değildi."

Bir şeyler söylemek için araladığım dudaklarım içeriye çalışan kadının girmesiyle kapandı. "Hale Hanım, sizi vakıftan arıyorlar," dedi kadın elindeki sabit telefonu göstererek. "Önemli olduğunu söylediler."

"Ah, evet." Hale Hanım telefon beklediğini sonradan hatırlamış gibi masadan kalktı ve kadının elindeki telefonu alarak salondan uzaklaştı. Kadın bana dönüp bir şey isteyip istemediğimi sordu, hayır dercesine kafamı salladığımda ise çıkıp gitti. Koskoca salonda bir başıma kaldığımda yüzüm düştü. Bu mevzu sıradan bir mevzu değildi ve hiçbir zaman da kapanmayacaktı. Yiğit etrafımızda görünmez adamı oynar gibi sessiz ve tehlikelice dolanmaya devam ettiği müddetçe de huzur bize hiçbir zaman uğramayacaktı.

Huzur bize zaten hiç uğramadı.

Tiz bir çan sesini andıran titreşimli melodi düşüncelerimi dağıtınca bakışlarım masanın ortasında duran telefona çevrildi. Ceyda'nın telefonuydu ve önü bana dönüktü. Mesaj bildirim paneli gözüme çarpınca kafamı çevirdim. Bir başkasının özelini merak eden bir tip değildim fakat mesajın ön izlemesi açıktı ve gözüme tuhaf bir ayrıntı takılmıştı.

Bakışlarım tekrar telefon ekranına çevrildi.

Mesajı gönderen kişi Yiğit K. adıyla kayıtlıydı.

Yiğit K.?

Kaşlarımı çatarak ekrana bakakaldığımda ekran ışığı söndü. Lakin yazanlar hafızama çoktan kazınmıştı.

Seni tam üç saat sonra,
aynı yerde bekliyor olacağım.

Zihnim konuştuklarımızı, Ceyda'nın tuhaf tavırlarını ve az önce gelen mesajda yazanları evirip çevirip beni düşünmeye zorladı. *Mesajı atan Yiğit, Yiğit Komiser olabilir miydi?* Afallamış bir hâlde beklerken aradan bir ya da birkaç dakika geçti. Ceyda salona dönüp karşıma oturduğunda renk vermemek için zoraki gülümsedim.

O da zoraki gülümsedi ve kahvaltısına devam etti, telefonuna bakmak hiç aklına gelmemişti. Hale Hanım da masaya döndüğünde sanki az önce hiç tatsız mevzular konuşulmamış gibi kahvaltıya devam ettik. Etmeye çalıştım desem daha doğru olurdu zira iştahım bütünüyle kaçmıştı. Kahvaltı faslını bitirdiğimiz sırada Ceyda telefonuna baktı, bense çaktırmadan ne tepki vereceğini izledim fakat ifadesiz yüzünde hiçbir tepki oluşmadı.

Belki de bize bir şey çaktırmak istemediğindendi... Neler dönüyordu?

Aradan geçen o üç saat, bana üç asır gibi geldi ve aklımı kemiren şüphe bana tat vermedi. Konuşulanlara ilgimi veremiyor, bakışlarımı Ceyda'nın üzerinden çekemiyordum. Bir ara telefonumu çıkarmış ve Veysel'e sitenin girişinde hazır beklemesini söylediğim bir mesaj atmıştım.

"Ne dersin Hande?"

Dalgın bir vaziyette yerdeki halıyı izlerken "Bilemiyorum," diye mırıldandım. "Bu meselenin benim için de Bora için de artık bir önemi kalmadı."

Hale Hanım'ın beni evine davet etmesinin esas nedeni belli olmuştu. Yaklaşık bir saattir aynı şeyden bahsediyor, Bora'yla düğünsüz bir şekilde evlenmemizin soyadlarına yakışık kalmayacağını söyleyip duruyordu. Bunca derdin arasında düşündüğü tek şeyin düğünümüz olması hayret vericiydi. Bazen Hale Hanım'ın bu kadar kaygısız oluşuna özenmiyor değildim."

"Bir zaman sonra, gelinlik bile giyemeden evlendiğin için çok pişman olursun," dedi, bana içten içe kızıyordu. "Şimdiden söyleyeyim."

"Önceliğimiz bu değil," diyerek geçiştirdim. "Sıkıntı içinde yüzdüğümüz şu dönemlerde düğün mevzusu düşüneceğimiz son şey bile değil."

Hale Hanım bana hak verircesine gülümsedi. "Zaten şu sıra olmaz ama yaz bitmeden bu işe bir el atmalıyız. Düğünsüz derneksiz evlilik mi olurmuş canım? Hiç içime sinmiyor böyle. Ayrıca annenle de konuştum. O da düğününüzün olmasını istiyor."

"Hiç şaşırmadım," dedim gülümseyerek. Bu fikrin esas çıkış noktası annem olmalıydı.

"Benim birkaç saatliğine dışarı çıkmam gerekiyor."

Düğün muhabbeti açıldığından beri susan Ceyda nihayet konuşmuştu. Oturduğu koltuktan ayağa kalktığında Hale Hanım kaşlarını çattı. "Nereye canım?"

"Bir arkadaşımla görüşeceğim," dedi Ceyda, sesinde daha fazlasını sormasını istemeyen bir ima saklıydı. "Sen tanımazsın hala."

Hale Hanım üstelemedi. "Pekâlâ," dedi kısık bir sesle. "Ankara'daki arkadaşlarınla görüşmeye devam ettiğini bilmiyordum. Şaşırdım."

"Şaşılacak bir durum yok, akşam olmadan dönerim."

Ceyda'yla birlikte benim de evden çıkmam gerekiyordu, bunun için beyaz bir yalana başvurup akşama misafir ağırlayacağımı söylemiştim. Yoksa Hale Hanım beni hayatta bırakmazdı. Buradan uzaklaşıp bir an önce Bora'yla konuşmalıydım. Ceyda'nın kiminle görüşeceğini bile söylememesi şüphelerime kıvam kazandırmıştı. Hissediyordum, öylesine bir kuruntu değildi bu. Ceyda gerçekten de bir şeyler karıştırıyordu.

Aynı anda evden ayrılıp asansöre bindiğimizde elle tutulur bir cevap alamayacağımı bilsem de sordum. "Liseden arkadaşın mı?"

Ceyda siyah saçlarını düzeltirken bana aynadan göz ucuyla baktı. "Sayılır."

Pekâlâ, ser verip sır vermeyen tiplerdendi.

"Gerçekten kız arkadaşın mı?" diye sorduğumda şüphelenmemesi için gülümsedim. "Merak etme, benden sır çıkmaz."

Ceyda arkasını dönerek yüzüme doğrudan baktı. "Seni ne ilgilendirir ki?" diye sordu kızmış gibi. "Neden merak ettiğini anlayamadım?"

O an yüzümün asılmaması için kendimi bir hayli zorladım. Ya da Ceyda'nın suratının ortasına bir tane geçirmemek için... Ciddi anlamda sinir bozucu bir kızdı.

"Merak ettiğim falan yok," dedim sonunda dayanamayarak. Elimde olmadan sesim yüksek çıktı. "Emir benden seninle arkadaş olmamı rica etti. Yalnız kalmaman için... Kendini kötü hissetmemen için... Ben de sırf bu sebepten sana yakın davranmaya çalıştım ama sen zor birisin. Hiç tanımadığın bana bile kaba davranacak kadar da şımarık."

Saatlerdir içimde tuttuklarımı dışa vurmuştum. Asansör giriş katta durdu, kapılar iki yana açıldı ama ikimiz de kıpırdamadık. Ceyda benden böyle bir çıkış beklemediği için şaşkın görünüyordu.

"Rica minnet için bile katlanılamayacak kadar zor," diye tamamladım sözlerimi. Ceyda'yı asansörün içinde bırakıp dışarı çıktığımda arkamdan takip etti. "Benim hiç kimseye ihtiyacım yok Hande," dedi umursamaz bir sesle. "Emir'in beni düşünüyormuş gibi davranması da çok komik. Ona söyle, önce kendi yalnızlığına çare bulsun."

Binadan art arda dışarı çıktığımızda Ceyda başka bir şey söylemeden yanımdan uzaklaştı ve sitenin açık otoparkına yürüdü. Ben de doğruca sitenin çıkışına ilerledim çünkü güvenliğin önündeki araba beni bekliyordu.

Çaktırmadan dönüp arkama baktığımda Ceyda'nın son model, kırmızı bir Mini Cooper'a bindiğini gördüm.

Siteden çıktığımda Veysel'in yerine gelen Emrah beni fark ederek yaslandığı kaputtan kalktı. Arabanın arka kapısını açacak gibi olduğunda elimi kaldırıp onu durdurdum. "Biraz bekle."

Bir an sonra sitenin sokağa açılan demir kapıları gürültüyle hareketlendi ve Ceyda'nın arabası hızlı bir şekilde uzaklaştı. İçimi bir kurt gibi kemiren şüpheyle arkasından bakarken aklımdan geçen tek şey peşinden gitmekti.

Fazla düşünmedim, sorgulamadım.

"Emrah," dedim elimi ona uzatarak. "Arabanın anahtarını bana ver."

Emrah avucunda gevşekçe duran anahtarı saklamak ister gibi parmaklarını kapattı. "Nereye gidecekseniz ben götüreyim."

Ona ters bir bakış attım. Bora'nın sözleri birer emirken neden benim söylediklerim bu adamlara işlemiyordu?

"Anahtarları bana ver Emrah," dedim sert bir sesle. "Hemen."

Bakışlarımı uzun yola istifleyip gittikçe uzaklaşan araca bir kez daha baktım. Hayır, onu gözden kaçıramazdım.

Emrah anahtarı isteksizce bana uzatırken "Ben buraya sizi almak için geldim," diye söylendi sessizce. "Nereye gidecekseniz ben götüreyim ya da sizinle geleyim."

Anahtarı Emrah'ın avucundan söker gibi çekip aldığımda onu dinlemeden kapıyı açtım ve sürücü koltuğuna oturdum.

"Hande Hanım..." Emrah eğilerek camdan içeri baktı. "Ben götürseydim sizi."

Onu dinleyecek, durup cevap verecek zamanım yoktu. Emniyet kemerimi dahi takmadan arabayı çalıştırıp gaza yüklendiğimde Emrah geri çekildi. Arabanın ani kalkışıyla sırtım koltuğa çarparken gaza biraz daha bastım ve upuzun yolu sadece birkaç saniye içinde tüketip sağa döneceğim sırada yavaşladım.

Belki bu yaptığımın hiçbir mantığı yoktu, belki de her şey benim zihnimin bir oyunuydu ama emin olmak istiyordum. Ceyda'nın görüşeceği Yiğit'in, Yiğit Mirzanlı olmadığından emin olmak istiyordum. Bora bu yaptığımı öğrendiğinde bana çok kızacaktı ama şu an bu bile umurumda değildi. Eğer şüphelerimde haklıysam Yiğit'i bulduğum için bana teşekkür bile edebilirdi. Başka türlü düşünemiyordum.

İçimi kemiren bu şüpheyle gece uyku bile uyuyamazdım.

Sağa sapan yol, ana yola çıkıyordu ve sanırım hafta sonu

olduğu için herkes yola dökülmüştü. Yol tek bir yöne devam ettiği için Ceyda'nın bu sıkışmış trafikte ilerliyor olduğuna emindim fakat onu göremiyordum. Bir şahin kadar dikkatli açtığım gözlerimle yolda gıdım gıdım ilerlerken fırsatını buldukça şerit değiştirdim, şerit değiştirdikçe etrafımdaki sürücülerin öfkeli bir şekilde kornaya basmasına neden oldum.

Ceyda'nın kırmızı arabası diğer arabalara nazaran göz alıcı bir şekilde parladığından aramızda iki araba kala onu yakalayabilmiştim. Bundan sonrasında dikkatli olmam ve onu takip ettiğimi fark ettirmemem gerekiyordu. Zaten fark edemezdi, Emrah'ı ve hangi arabayla beni beklediğini görmemişti.

Yaklaşık beş dakika süren dur kalk şeklinde ilerlememizin ardından trafik açıldı ve Ceyda'nın arabası hızlandı. Aynı şekilde hızlanıp peşine düştüğümde aramıza fazla araç girmemesine özen göstererek onu takip ettim. Her ihtimale karşın tepemdeki güneşliği indirerek yüzümü kısmen gizledim. Ceyda bir süre aynı yolda devam etti, sonra sola saptı ve şehir merkezinden uzaklaşmaya başladı.

Yol boyu giden araçların sayısı azalınca hızımı düşürmek zorunda kaldım. Ceyda'yla aramıza hatırı sayılır bir mesafe katarak peşinden ilerliyordum. Neden bir erkekle buluşmak için bu denli sapa yolları tercih ettiğini anlamıyordum lakin şüphelerimde haklı çıkacak gibiydim. Ve zihnim, Yiğit'le Ceyda arasında nasıl bir bağlantı olabileceğine dair ihtimaller üretip duruyordu ama hiçbir sonuca varamıyordum.

Bildiğim kadarıyla hiçbir ortak noktaları yoktu.

Nasıl ve nerede tanışmış olabilirlerdi?

Ceyda'nın kısa bir süre önceye kadar İzmir'de yaşadığını, Yiğit'in ise beş ay boyunca Manisa'da görev yaptığını anımsadım. Kurabildiğim tek bağlantı buydu. İzmir ve Manisa sınır şehirlerdi. Yiğit bir şekilde Ceyda'ya ulaşıp onunla arkadaşlık kurmuş olabilir miydi?

Belki de çok daha fazlası...

Nefes alamadığımı hissettiğim an, camı indirdim ve rüzgârın saçlarımı dağıtmasına izin verdim. Vakit akşamüstüydü. Ceyda bir zaman sonra tekrar sola saptı ve üzerinde kocaman harflerle Organize Sanayi Bölgesi yazan alana doğru ilerledi. Arabayı oldukça yavaşlatarak arkasından devam ettim. Böyle bir yerde ne işi vardı? Üstelik bir pazar günü, bölgedeki tüm iş yerleri ve tesisler tamamen kapalıyken...

Bölgeye Ceyda'nın arabası dışında giren başka bir araç olmadığı için onu fazlasıyla uzak bir mesafeden takip etmek zorunda kaldım. Ceyda bir labirent gibi art arda sıralanmış binalarla çevrili yolda kendinden emin şekilde bir sağa bir sola sapıyordu ve ben onu her seferinde diğer yola sapmak üzereyken yakalıyordum. Tuhaf olan durum, ezbere bildiği bir yolda gidiyor olmasıydı.

Buraya ilk defa geliyor olamazdı.

Son defa bir başka sokağa saptığında arabayı durdurup bekledim. Arabasını eski püskü, tabelası pas tutmuş bir oto tamirhanesinin önünde durdurdu. Kapısını açıp dışarı çıktığında arabanın camından nasıl göründüğüne baktı. Şu an olduğu yere ve önünde durduğu köhne binaya göre fazla alımlı ve heyecanlı görünüyordu. Arabayı kilitleme ihtiyacı duymadan tamirhaneye doğru yürüdüğünde tamirhanenin pas tutmuş demir kapısı yavaşça açıldı. Meraklı gözlerimi kapının ardındaki kişiye diksem de içeriye giren Ceyda'dan başka kimseyi göremedim.

Kapı kapandı, Ceyda artık içerideydi.

Bense bir arka sokakta, gerginlikten tırnaklarımı direksiyona saplamış bir vaziyette oturuyordum. Kapıyı açıp içeriye onu alanın kim olduğunu görememiştim, artık sabırsızlık duygum zirvedeydi.

Orada, o şekilde kaç dakika beklediğimi sayamadım. Daha önce hiçbir bekleyişim bu kadar uzun ve sancılı geçmemişti. Bir dakikanın bir saat gibi hissettirdiğine yemin edebilirdim. Ne o kapı açılıyordu ne de Ceyda içeriden dışarı çıkıyordu.

Arabanın içindeki bunaltıcı sıcaktan boğulacak gibi olduğumda klimayı çalıştırmak yerine kapıyı açıp dışarı çıktım. Sesimin buradan onlara duyulmasına imkân yoktu ama yine de kapıyı yavaşça kapattım. O sırada çantamın içinde titreyen telefon, bakışlarımın birkaç saniyeliğine o kapıdan çekilmesine neden oldu.

Bora arıyordu.

Emrah'ın yanından ayrılalı ne kadar olmuştu bilmiyordum ama arabayı alıp kaçtığımı Bora'ya haber verme konusunda geç bile kalmış sayılırdı.

Şu an nerede ve neyin peşinde olduğumu Bora'dan gizlemeyecektim. Bilmesi gerekiyordu. Ve hatta buraya gelip göreceğim her şeyi kendinin de bizzat görmesi... Telefonu açmak için parmağımı ekranda kaydırdığım anda telefon elimden fırladı ve sert bir şekilde asfalt zemine çakıldı.

Hızla yere eğilip telefonumu aldığımda ekranının bin parçaya bölünmüş olduğunu gördüm. Bir yıl içinde katlettiğim kaçıncı telefondu bu? Telefon, ekranının tuzla buz olmasına rağmen çalışıyordu ancak şebekesi tamamen gitmişti. Ekrana cevapsız arama olarak düşen Bora'nın ismine dokunup yeniden arasam da arama gerçekleşmedi.

Ne yapacaktım şimdi?

Tamirhanenin kapısı gürültüyle açıldığında beni görmelerine imkân olmasa da arabanın kapısına yaslanarak eğildim ve kendimi gizledim.

İçeriden çıkan yalnızca Ceyda oldu. Yüzünde ilk defa rastladığım sahici bir gülümsemeyle, kim olduğunu henüz göremediğim genç bir adamın elini tutuyordu. Bir süre, hatta bana oldukça uzun gelen bir süre boyunca kapının önünde konuştular. Adam bedenini ustalıkla sakladığı kapının ardındaydı. Uzun bacaklarını ve Ceyda'ya uzanan esmer ellerini görebiliyordum sadece. Sanki onu buradan izlediğimi biliyormuş gibi gizliyordu suretini. Ceyda içeriye doğru bir adım attığında adama sarılmış olduğunu, bel boşluğuna kenetlenen ellerden fark ettim.

Adamın elini güçlükle bıraktı ve birkaç adımda arkasını dönerek arabasına doğru yürüdü. Görüştüğü her kimse onunla işi bitmişti ve gidiyordu. Ne yapmam gerektiğine karar verememiş bir hâlde çöktüğüm yerden usulca doğrulurken hâlâ aralık olan kapıya baktım. Bunca yolu çekmemin, telefonumu düşürüp Bora'yı çıldırtmak pahasına ortadan kaybolmamın bir bedeli olmalıydı.

Madem bir defa risk almıştım, öyleyse peşinden gitmeliydim. Elimde kocaman bir sıfırla geri dönmek asla içimden gelmiyordu.

Ceyda arabasına atlayıp hızla uzaklaştığında içerdeki adam kapıyı kapattı. Ortalık derin bir sessizliğe büründü ve ben korkudan küt küt atan kalbimle eski tamirhaneye doğru yürüdüm. O adamı görmeden, kim olduğunu anlamadan buradan gitmeyecektim.

Havaya kaldırdığım yumruğumu kapının üstüne birkaç kez peş peşe vurdum. Eğer içeriden umduğum kişi çıkmazsa başta Bora'ya ve sonrasında Ceyda'ya nasıl bir açıklama yapacağımı bile bilmiyordum. Yine de açıklamayacağım bir durumun içine düşmek pahasına, yanılmayı her şeyden çok istiyordum.

Kapı yavaşça açıldı.

Ve ben ürpertiyle bir adım geriye gittim.

Şüphelerim doğruydu, günler sonra Yiğit Mirzanlı yeniden karşımda duruyordu. Az önce Ceyda'ya sarılan, ellerinden tutup omuzlarını sıvazlayan adam sahiden o muydu? İnanasım gelmiyordu... Ölümünün üstünden bir yıl bile geçmeyen karısını, *Elif'ini hangi ara unutmuştu?*

Yiğit'in yüzünde anlık bir şaşkınlık oluştu, sonra kayboldu. Sanki özellikle beni bekliyormuş gibi dudaklarını kıvırarak gülümsediğinde ürpertim çoğaldı, zira kıstığı karanlık gözlerinin ardında hiç iyi niyetler beslemiyordu.

Anlam veremiyordum, her şey çok karmaşıktı. "Bu nasıl bir oyun?" diye sordum afallamış bir hâlde. "Ceyda, Bora'nın amcasının kızı ve sen... Nasıl?"

Yiğit cevap vermedi. Gülümsemesi de kaybolmuştu. Korkuyordum, aramızda sadece pas tutmuş bir kapı vardı. O içerideydi, ben dışarıda. O oyunun sahibiydi, bense parmaklarında oynatacağı zavallı bir kukla.

"Söyle," dedim kısık çıkan sesimle. "Bu nasıl bir oyun?"

Yiğit yine sessiz kaldı. Kapkara gözlerine zerk etmiş intikam duygusu bakışlarında öylece duruyordu. Saklanmadan, ayan beyan... Dudaklarının kenarı bir kez daha kıvrıldığında hayıflanır gibi kafamı salladım.

"Sen... Çok tehlikeli bir adamsın."

Sözlerim bir kez daha havada asılı kaldığında bir adım daha geriye gittim ve titreyen ellerimi fark etmemesi için parmaklarımı birbirine kenetledim. "Sana hep hak verdim, anlamam mümkün değildi ama seni hep anlamaya çalıştım. Ta ki bugüne dek. Sen tüm haklılığını tek bir hamleyle haksızlığa çevirdin."

Yiğit umursamaz bir şekilde kafasını sallarken ellerini cebine koyup dışarı adım attı, şimdi kapının önündeydi.

"Burada ne işin var?" diye sordu sakince. "Sen Ceyda'yı mı takip ettin?"

"Evet." Kahretsin ki sesim titriyordu. "Bunu nasıl başardın hiç bilmiyorum ama maksadının ne olduğunu biliyorum." Parmağımı suçlar gibi ona doğrulttuğumda bir adım daha geriledim. "Ceyda'yı kandırarak, o kızı kendi tarafına çekmeyi başararak savaş kazanmaya çalışıyorsun."

Yiğit, Ceyda'yı gerçekten seviyor olamazdı, imkânı yoktu. Ceyda desen saf, salak bir kıza hiç benzemiyordu. Nasıl böyle bir oyuna geldiğini aklım almıyordu. Ve bunu, nasıl yapabildiğini de...

"Kandırmak mı?" Yiğit kaşlarını çatarak sordu bu soruyu. "Ceyda benim kim olduğumu, amcasının oğluyla nasıl bir bağlantım olduğunu biliyor."

Hayır, buna inanasım gelmiyordu. "Onu kandırmasan bile bu saçma oyununa alet ediyorsun!"

Yiğit dudaklarını dişlerinin arasına alarak ezdi, sanki çok komik şeyler söylüyormuşum da gülmemek için kendini zor tutuyormuş gibiydi. "Oyun da oynamıyorum," dedi kendinden emin bir şekilde. "En azından, sizin dışınızda kimseye..."

"Seviyor musun Ceyda'yı?" diye sordum alaya alır gibi. "Gerçekten mi? Sevdiğin için mi berabersin onunla?"

Gözlerini yüzümden ayırmadı ama bana iyi kötü bir cevap da vermedi. Niyeti her ne olursa olsun, bu yaptığı Elif'in hatırasına ihanetti.

Yiğit'i ilk defa Elif'in mezarında gördüğüm günü hatırladım. Sonra Bora'nın evinin önünde karşımıza ilk defa çıkan o yaralı, biçare hâlini... Emniyet binası önünde, bir şeylerden emin olmak için ortalığı yıkan, nezarethanede mesleğini tehlikeye atmak pahasına kafama silah dayayan, sonra bir nebze olsun, ne hissettiğini anlayabilmem için kolumdan tuttuğu gibi beni karısının mezarına götüren adamı...

"Sen o adam değilsin. Sen benim tanıdığım..." Sustum ve yutkundum. "Elif'i ne çabuk unuttun?"

Simsiyah bir kuzgunun kanatlarını andıran gözleri irileşti. Bu soru onu nihayet öfkelendirmiş gibiydi. Bakışları bir kez daha geri adım atmama sebep olacak şekilde üzerimde gezinse de yerimden kıpırdamadım. "Söyle, yasını bile tutmadığın bir kadının intikamını almaya çalışman fazla tuhaf değil mi?"

Yiğit yine sadece gülümsedi, hiçbir şey söylemedi. "Pişman olacaksın."

"Pişmanlık?" diye sordu gülümsemeye devam ederken. Derin bir nefes aldığında geniş omuzları daha da genişledi. "Ne pişmanlığı?"

"Kimlerle uğraştığını bilmiyorsun."

"Peki, sen benim kim olduğumu biliyor musun?" diye sordu sert bir sesle, an itibariyle burnundan soluyordu. "Sen beni ne kadar tanıyorsun?"

Bana doğru bir adım daha attığında geriledim. "Dediğin gibiyim," dedi kendisini göstererek. "Ben çok tehlikeli bir adamım."

Evet, öyleydi ve benim bir an önce buradan uzaklaşmam gerekiyordu. Eve dönmeli ve tüm bu gördüklerimi Bora'ya anlatmalıydım. Ceyda'nın Yiğit'le nasıl bir ilişkisi olduğunu sorgulamaktan vazgeçmiştim, bir cevap alamasam da göreceğimi görmüştüm.

O an arkamı dönmemle, bileğimden tutulup içeriye doğru çekilmem bir oldu. Böyle bir şeyi hem bekliyor hem de beklemiyordum. Yiğit'in on gün önce telefonda, *karıma karşılık karın* deyişi geldi aklıma. Sonra kâbusumda gördüğüm o tabut, tabuta yatan yüzsüz kadın ve... Tabutun kapağını kapatmak için elimi uzattığımda beni içeriye çeken Yiğit'in korkunç yüzü düştü gözlerimin önüne.

Beni öldürür müydü?

"Ne yapıyorsun sen?" diye bağırdım korkuyla. "Bırak beni!"

Yiğit beni hızlı bir şekilde içeriye çektikten sonra kolumu bıraktı. Sendeleyerek birkaç adım gerilediğimde arkasını dönüp aralık kalan kapıya yürüdü. Ne yapmaya çalıştığını anlamıyordum, kısa bir an ne yapacağımı bilemeyerek şaşkınca etrafa baktım.

"Aç şu kapıyı!" Yiğit'e doğru birkaç adım atıp durdum, ona daha fazla yaklaşmaya cesaretim yoktu. Korkuyordum. Gözlerim hızlı bir şekilde etrafı taradı, kendimi koruma içgüdüsüyle elime geçirebileceğim bir şeyler aradım ama içerisi bomboştu. Öyle boştu ki bağırdığımda sesim duvarlarda yankı yapıyordu.

"Kime söylüyorum ben? Bu yaptığına zorla alıkoymak derler! Mesleğini tehlikeye attığının farkında mısın?"

Çaresizce, onu zaafı olduğuna inandığım bir noktadan vurmak istedim ama işe yaramadı.

Yiğit, kapıyı kilitlediği anahtarı pantolonunun cebine tıkıştırırken telaşla tamirhanenin içinde geriye doğru gittim. "Beni öldürmeyi falan mı planlıyorsun? Neden kilitliyorsun kapıyı? Aklını mı kaçırdın?"

Yiğit yavaşça bana döndü yüzünü, sırtını kapıya yaslarken ellerini de havaya kaldırdı. Gülümsüyordu. "Sakin olsana sen," dedi alaycı bir sesle. Dehşet dolu gözlerle ona bakarken, yumruk yaptığı sağ elinin başparmağını kaldırdı.

"Birincisi, ben senin kocan gibi katil değilim. İnsan öldürmem." Sonra işaret parmağını kaldırdı. "İkincisi, burada gerilim filmi çekmiyoruz, felaket senaryoları üretip durma." Üçüncü parmağını da kaldırdığında elinin şekli bir silahı andırdı. "Üçüncüsü ve sonuncusu, artık bir polis değilim."

Sanki hayalî bir tetiğe basmış gibi havaya kaldırdığı elinin ardından sırtını kapıdan ayırdı ve bana doğru bir adım attı. Geri adım atmak gibi bir gaflette bulunmadım. Yeterince korkarak küçük düşmüştüm zaten.

Polisliği mi bırakmıştı?

"Yanlış yapıyorsun," diye mırıldandım, umurunda olmayacağını bile bile. "Nereye kadar kaçıp saklanabileceksin? Seni bulduklarında başına neler gelebileceğini hiç düşünmüyor musun?"

Yiğit yanımdan geçerken ürperdim ama değil bana zarar vermek, göz ucuyla bile bakmadı. Birkaç adım uzağımda durdu, elini diğer cebine attı ve bir telefon çıkardı.

Söylediklerimi duymazdan geliyordu, gözlerini kısarak telefonu bana doğru kaldırdığında ne yaptığını anlamayarak kaşlarımı çattım. Yalnızca birkaç saniye sonra patlayan flaş gözlerimi kırpıştırmama sebep olunca "Ne yapıyorsun?" diye sordum. "Neden çektin fotoğrafımı?"

Bakışlarını ekrandan kaldırmadan konuştu. "Bora'ya gönderiyorum. Karısının nerede ve kiminle olduğunu bilmeye hakkı var değil mi?" Güldü. "Hiç güzel çıkmadın ama olsun, o seni her hâlinle seviyor zaten."

Kanı beynime sıçratan sözlerinden sonra bir an bile düşünmeden üstüne atladım. Hayır, buna asla izin veremezdim. Bora olan biteni benden dinleyerek öğrenmeliydi, bu şekilde değil...

"Sakın yapma bunu!" dedim öfkeyle. Ne Yiğit'ten ne de aramızdaki münasebetsiz yakınlıktan çekinmedim fakat telefonu alabilmek için var gücümle ettiğim mücadele boşaydı. Yiğit telefonu havaya kaldırarak zaten asla ulaşamayacağım bir noktaya getirmişti. "Ver şunu! Ben sana ne yaptım? Benden ne istiyorsun?!"

Çıldırmış gibi bağırıyordum. Telefona uzanamasam bile fotoğrafımı Bora'ya göndermesine izin veremezdim. Bunun için beni tamamen etkisiz hâle getirmesi gerekiyordu. Ki öyle de yaptı, önce telefonu hızlıca indirip cebine tıkıştırdı, sonra kollarımdan tutup sırtımda birleştirdi ve tek eliyle iki bileğimi birden kavrayarak beni tamamen etkisiz hâle getirdi.

"Bırak!" dedim dişlerimin arasından. "Ne yaptığını sanıyorsun sen ya? Bırak!"

Telefonu tekrar cebinden çıkardığında tüm çırpınışlarıma rağmen fotoğrafımı Bora'ya gönderdi ve beni ileriye doğru itekleyerek bileklerimi serbest bıraktı.

"Ne yapmaya çalıştığım belli değil mi?" diye sordu dalga geçer gibi. "Maksimum birkaç dakika sonra Bora beni arayacak ama telefonu açmayacağım."

Dağılmış saçlarımı öfkeyle yüzümden çekerken avazım çıktığı kadar bağırdım. "Bunu neden yapıyorsun?"

"Bora'yı fabrika ayarlarına döndürmeye çalışıyorum," dedi Yiğit. Dalga geçmeye devam ediyordu. "Bu aptal âşık hâllerinden hiç hoşlanmadım. Onunla bu şekilde uğraşmak hiç zevkli değil."

"Maksadına ulaşamayacaksın," diye mırıldandım öfke dolu bir sesle. "Bora geldiğinde her şeyi olduğu gibi anlatacağım. Buraya Ceyda'nın kiminle görüştüğünü öğrenmeye geldim ben. Seninle buluşmaya falan değil!"

"Sonuca bak sen." Sırtını küf tutmuş duvara yasladığında tek ayağını da havaya kaldırıp duvara bastırdı. "Sonuçta benim yanımda mısın?" Kafasını salladı. "Evet, benim yanımdasın ve bu Bora'nın çıldırması için yeterli bir sebep."

Derin bir nefes alıp saçlarımı arkaya doğru çekiştirdim. Sonunda tüm gardımı indirip pes ettim. "Ben senin düşmanın değildim. Bora'yı geçtim, bunu bana neden yapıyorsun?"

Aptaldım. Onun gözünde bir düşmandan öte olmadığımı, şakağıma o tetiği dayadığında anlamalıydım.

"Sen saf değiştirene kadar öyleydi," dedi Yiğit, artık düşmanımsın, demenin diğer türlüsüydü bu. "Gözümde Bora'dan hiçbir farkın yok."

Sustum, ne söylesem fayda etmeyecekti. Ne kadar dil dökersem dökeyim buradan o istemediği sürece çıkamayacaktım. Yiğit tüm bunları yapmayı aklına koymuştu bir kere ve ben kendimi boşa yoruyordum.

Aradan birkaç dakika geçip gitti ve Yiğit'in telefonu çalmaya başladı. Kalbim korkudan küt küt atarken tek bir yumruk hâline getirdiğim ellerimi çeneme yaslayıp ne yapacağını izlemeye koyuldum.

"Arıyor seninki," dedi Yiğit telefonu bana doğru kaldırarak. Ve sonra, dediğini yapıp aramayı reddetti. Telefonu muhtemelen sessize aldı ve yüzünde haz dolu bir tebessüm oluşurken boş mekânda bir aşağı bir yukarı volta atmaya başladı. "Önce biraz çıldırsın bakalım."

"Ateşle oynuyorsun."

Yiğit birdenbire durdu. "Ateşle oynayan sizdiniz."

Hiçbir şey söyleyemedim, birini kazara öldürmenin bile bir izahı olamazdı ama ne Borane de ben böyle olsun istemezdik. "O gece Elif'in orada bulunması bizim suçumuz değildi."

Yiğit sinirli bir tebessüm etti. "Ne bu? Züğürt tesellisi mi?"

"Elif'in o gece, orada ne işi vardı?" Belki de bu soru onu çıldırtacaktı ama sormamın tam yeri, tam zamanıydı. "Bilekliği neden o evin yatak odasından çıktı? Buna bir cevap verebilecek misin?"

Yiğit o an gözlerime öyle kötü baktı ki sorduğuma da soracağıma da pişman oldum.

"Ne düşündüğünü çok merak ediyorum," diye bağırdı üstüme yürüyerek. Öfkelenmişti. Bense böyle bir çıkış beklediğim halde paniklemiştim. "Karın seni aldatıyordu, o yüzden gecenin bir yarısı oradaydı, gizli saklı işler çeviriyordu… Üstü kapalı ima etmeye çalıştığın şey bu mu?"

Tam karşımda durduğunda öyle yüksek sesle bağırdı ki avuç içlerim istemsizce kulaklarıma kapandı. "Hayır, ima etmeye çalıştığım şey bu değil," diye karşılık verdim. *Bal gibi de buydu.* "Sadece nedenini bilmek istiyorum!"

"Nedenini mi bilmek istiyorsun?" Dirseklerimden tutup ellerimi kulaklarımdan çektiğinde acıyla sızlandım. Parmak uçlarındaki tüm kuvveti tenime geçirmişti sanki.

"Evet," dedim korkusuzca. "Nedenini bilmek istiyorum!"

Yiğit tek elini öfkeyle yüzünden geçirirken "Dinle o zaman," diye bağırdı. "Elif'in bir babası yoktu." Gözlerime hâlâ öldürücü bir öfkeyle bakıyor olmasının aksine sesi tuhaf bir şekilde kısıldı. "Babasının kim olduğunu bile bilmiyordu çünkü annesinin onu hangi adamdan peydahladığı belli değildi. Ama çocukluğundan beri bilmek istediği tek şey, babasının kim olduğuydu."

Yiğit bir adım geriledi, dudaklarına nefret dolu bir tebessüm ilişti. "Annesinin o doğmadan önce görüştüğü adamın Haldun Şahsuvar olduğunu öğrendiğinde, hâlâ görüşmeye devam ettiklerini öğrendiğinde ve görüştükleri evin o dağ başındaki ev olduğunu öğrendiğinde o adamın babası olabileceğini düşündü."

Sustuğunda gözleri yuvalarından fırlayacak gibi büyüdü, benimse onu dinlerken aldığım tüm nefesler gırtlağıma dizildi. İşin asla düşünemediğim bir boyutuyla karşı karşıyaydım, dizlerimdeki derman bile kesildi.

Böyle bir şey mümkün müydü? Elif Haldun Şahsuvar'ın kızı ise Bora kardeşini vurup öldürmüş olabilir miydi?

Yiğit çenesini sertçe sıvazladı ve bir kez daha duvarları inletircesine bağırdı. "Ama ben onun karşısına geçip senin annen bir yolluydu diyemedim!"

Birdenbire arkasını döndü ve cebindeki telefonu çıkardı. "Bora'ya konum atıyorum, seninle daha fazla işim kalmadı."

Öyle şaşkındım ki tepki veremedim. Şu an düşündüğüm tek şey, Elif'in Bora'nın kardeşi olabilme ihtimaliydi.

"Elif'le Bora kardeş mi?" Dudaklarımdan bana bile yabancı gelen bir sesle dökülen bu soru Yiğit'in çıldırmış gibi bağırmasına sebep oldu. "Hayır, kardeş falan değiller!"

"Nereden biliyorsun?" diye sordum. "Babasının kim olduğu bile belli değil demedin mi? Haldun Şahsuvar olmadığı ne malum?"

Yiğit cevap vermedi. Suskunluğu, kabullendiği anlamına mı geliyordu? Bu ihtimal beni delirtebilirdi. Bundan Bora'ya nasıl bahsedecektim? Elif'i babasının görüştüğü kadınlardan biri sanıyordu, her zaman da böyle düşünmüştü ve bu meseleyi hiçbir zaman doğru düzgün irdelememişti.

"Bir şey söylesene, böyle bir ihtimal var mı, yok mu?"

"Binde bir ihtimal," dedi Yiğit tekrar bana döndüğünde. Durağan bakışları, afallamış göz bebekleri ve durgun çehresi sanki söylediğim her şeyi doğrularmış gibiydi.

"Elif'in annesinin hayatındaki tek adam Haldun Şahsuvar değildi, ne yıllar önce ne de yıllar sonra."

"Binde bir ihtimal," diye tekrar ettim. Bu ihtimal bile öldürmeye yeterdi Bora'yı...

"Rahatladın mı?" diye sordu Yiğit. Onu son gördüğümden bu yana epey uzamış olan saçlarını karıştırdı. "Elif'in o gece neden orada olduğunu biliyorsun artık. Şimdi Bora'yı kurtarmak için kimi suçlayacaksın?"

Bedenimde üşümeye benzer bir ürperti hissettiğimde kollarımı dirseklerimden tutup birbirine sardım. Bakışlarım suçlulukla yere eğildi. Elif o gece oradaydı... Hatta belki de biz eve girdiğimizde o da evin içindeydi. Ve hatta bizi beklemediğinden olsa gerek korkup saklanmıştı. Hangi ara ve nasıl dışarı çıkmıştı hiçbir fikrim yoktu ama kaçmaya çalışırken o kurşunun hedefi olmuştu. Bunlar aklıma gelen ilk ihtimallerdi, zihnim doğrusunu buluncaya kadar durmayacaktı.

Boğazıma öyle bir yumru oturdu ki yok etmek için sertçe yutkundum. "Özür dilerim," dedim fısıltıyla. "Ben böyle bir şey duymayı asla beklemiyordum."

"Beklemezsin... Suçu karşı tarafa atmak daha kolay çünkü."

"Yiğit..." Bir kez daha her şeyi unutarak ona doğru bir adım attım. "Vazgeç, bu düşmanlık sadece sana zarar verecek. Ne yaparsan yap, kaybettiklerin asla yerine gelmeyecek."

"Asıl sen vazgeç," dedi sertçe. "Çünkü bu saatten sonra Bora'ya gün yüzü göstermeyeceğim. Onun yanında olduğun müddetçe sana da..."

Vazgeçmemi istediği şey Bora mıydı? Acılı bir ifadeyle gülümsedim. "Eline ne geçecek peki?"

"Onun dibe battığını göreceğim," dedi kafasını hafifçe sallayarak. "Ve bu bana yetecek."

"Yazık... Bir hayatın var elinde, onu da kaybedeceksin."

"Kaybettirmeden kaybetmeyeceğim," dedi öfkeyle. "Benim yarından bir umudum yok. Sizin de olmasın."

O dakikadan sonra ikimiz de sustuk. Yiğit sırtını tekrar duvara yaslayarak bekledi, bense olduğum yere çöküp pisliğine aldırmaksızın oturdum. Dizlerimin dermanı kesilmişti. Bora şu an neredeydi, fotoğrafımı gördüğünden beri ne düşünüyor ve ne yapıyordu bilmiyordum. Bu saatten sonra Yiğit'le aralarındaki düşmanlığın kazanacağı boyut gecelerden uykularımı çalacağa benziyordu. Olacaklardan çok korkuyordum.

Aradan ne kadar zaman geçti bilmiyorum, Yiğit bir anda dizlerimin dibine anahtarlık fırlatınca boş bulunarak irkildim.

"Geldi sayılır," dedi buz gibi bir sesle. "Bana artık müsaade."

Gidiyor muydu? Anahtarları bana bırakarak, kapıyı açmadan buradan nasıl çıkacaktı? Kafamı kaldırıp ona şaşkınca baktığımda tamirhanenin giriş kapısına doğru değil, arka tarafa doğru yürüdü. O an fark ettim ki orada duvarın soluk gri rengiyle bütünleşmiş bir kapı daha vardı. Yiğit o kapıyı gıcırdatarak araladı, dışarı çıkmadan önce siyah gözleri son kez buldu gözlerimi.

"Yine görüşeceğiz... Bu sadece ufak bir başlangıçtı."

Bir şey söylememi beklemeden dışarı çıktığında ve kapıyı kapattığında bir süre arkasından bakakaldım. Benimle, beni kullanarak Bora'yla uğraşmaya devam edecekti fakat bir sonraki sefere bu kadar şanslı olmayabilirdi. Gerçekten ateşle oynuyordu.

Oturduğum yerden yavaşça kalkmadan önce yerdeki anahtarları aldım. Doğrulup koşar adımlarla kapıya doğru yürüdüm. Bilmediğim bir yerde tek başıma kapalı kalmıştım.

Yiğit'e asla güvenmiyordum, buraya bir bomba yerleştirmediğinin ve her an havaya uçurmayacağının bir garantisi yoktu.

Elimdeki anahtarlardan hangisiyle kapıyı açabileceğimi düşünürken dışarıda bir motor sesi duydum. Sonra araba kapısının sertçe açılıp kapanma sesini ve ardından Bora'nın adımı haykıran o korkunç sesini...

"Hande!"

Şu an kendimi hem güvende hissediyor hem de deliler gibi korkuyordum. "Buradayım," diye bağırdım var gücümle. Elimi havaya kaldırıp kapıya birkaç defa üst üste vurdum. "Bora! Beni duyuyor musun?"

Vakit kaybetmeden anahtarlardan birini kilit yuvasına sokmaya çalıştığım sırada Bora kapının öteki tarafına dayandı. "İçeride misin?" Kilitli kaldığımı düşünerek kapıya sert bir yumruk geçirdiğinde kapı titredi. Ve anahtarlar elimden düşüp yerde fare deliğini anımsatan tozlu bir açıklığın içinde kayboldu.

"Kahretsin ya!" dedim, şanssızlığıma küfreder gibi. "Anahtarları düşürdüm!"

"Ne oluyor orada?" Bora'nın sesi patlamaya hazır barut gibiydi. "Yalnız mısın içeride?"

"Yalnızım. O çoktan gitti, benden başka kimse yok."

"Hande..." dedi Bora, sabırsız ve öfkelice. "Geri çekil."

Geri çekildim, kapının çok sağlam bir şey olmadığı ırgalanışından belliydi. Bora kapıya muhtemelen ayağıyla sert bir şekilde vurdu, üste birkaç defa daha vurduğunda kapı duvara çarparak açıldı ve o an içim buz tuttu.

Bora bana hiç iyi bakmıyordu.

Çok öfkeli görünüyordu, her şeyi yanlış anlamıştı ve üstelik haksız da sayılmazdı. Onu tanıyordum, böyle durumlarda öfkesi her zaman mantığının önüne geçerdi ama önce beni dinlemeliydi.

Hiç beklemeden içeri girdiğinde gürültülü adımlarının yankısı kalp çarpıntıma eşlik etti. Zehir zemberek bakışları boş tamirhanenin küf tutmuş duvarlarında gezindi. Sonra tekrar kan donduran bakışlarıyla gözlerime baktı. "Nerede o?"

"Bilmiyorum," dedim hızlıca. "Sen gelmeden önce çıkıp gitti."

Bora yavaşça kafasını salladı, bunu yaparken gözlerini gözlerimden bir saniye bile ayırmadı. Bu deli bakışlar, olağandışı sessizliği ve sakin tavrı beni ürkütüyordu.

"Biliyorum, her zaman böyle söylenir ama hiçbir şey göründüğü gibi değil." Bora'ya doğru bir adım attığım an, parmağını dur der gibi bana doğru kaldırdı. Durdum, kahretsin ki korkuyordum. Hiçbir şey söylemiyor, sadece bakışlarıyla içimi deşiyordu.

Hızlı adımlarla tamirhanenin içinde diğer uca doğru yürüdüğünde "Nereye?" diye sordum ürkekçe. Cevap vermedi. Sakin olmalı ve öfkesi yatışana dek alttan almalıydım. Sonuçta bu arbededen kaçış biletim yoktu.

Bora, Yiğit'in sadece birkaç dakika önce çıkıp gittiği kapıdan dışarıya çıktığında peşinden ilerledim. Yiğit'in bu kapıyı kullanarak kaçtığını anlamıştı. Kapı bir arka sokağa açılıyordu ve yine etrafta bir sürü iş yeri binası vardı. Her yer birbirine benziyordu, tıpkı bir labirent gibi.

"Neredesin lan korkak herif?" Bora önce sağa, sonra vazgeçmiş gibi sola doğru yürüdü. "Buralarda bir yerlerde olduğunu biliyorum. Ama sen de şunu bil, seni elime geçirdiğim an derini yüzeceğim!"

Kapının önünde durmuş, parmaklarımı dudaklarıma yaslamış bir hâlde izliyordum Bora'yı. Öyle öfkeliydi ki Yiğit'i karşısında görse bir kaşık suda boğup öldürebilirdi. Böyle bir şey yaşanmasını istemiyordum.

"Bora, o çoktan gitti," dedim. Oysa gidip gitmediğinden emin değildim, belki de Bora'nın dediği gibi buralarda bir yerlerdeydi. Bizi izliyor ve bu hâlimizden keyif alıyordu.

Bora birden bana döndü ve üzerime yürüdü. Yiğit'in buralarda bir yerlerde bizi izliyor olma düşüncesi tüylerimi ürperttiğinde açık kapıdan tamirhaneye girip hızla ilerledim. Bu zevki ona tattırmayacaktım.

Bora ardım sıra kapıdan içeriye girmeden önce durdu,

adımlarının gölgesi ilişti gözlerime. Telefonla mı konuşuyordu yoksa karşısında biri mi vardı anlayamadım. "Her yeri arayın," dedi emir verir gibi. "Altına bakılmadık tek bir taş bile bırakmayın. Sanayi bölgesinin tüm çıkışlarını tutmaya devam edin. Biliyorum, buralarda bir yerlerde o!"

Bu defa Yiğit'i elinden kaçırmamak için her şeyi yapacaktı. Yiğit kaçış planını önceden hazırlamış olmalıydı, tek tesellim kolay kolay yakalanmayacağını düşünmemdi. Yakalanmamalıydı da... Böyle bir olayın üstüne Bora'nın karşısına çıkarsa hiç iyi şeyler olmazdı.

Bora kapıdan içeriye girdiğinde yine o felaket bakışlarını dikti üstüme. "Ne düşünüyorsun hiç bilmiyorum ama ben buraya..."

Keskin, hoyrat ve acımasız bir sesle yarıda bıraktı cümlemi. "Ne olmuş olursa olsun, sen burada olmamalıydın!"

"Ne olmuş olursa olsun mu? Beni dinlemeyecek misin?"

"Dinlemeyeceğim," dedi Bora, şayet bağırmış olsa bu kadar ürkmezdim. Yavaş ve gürültülü adımları karşımda son bulduğunda yutkunamadım. Çenesi kaskatı kesilmişti, gözlerinin yeşili simsiyah görünüyordu. "Seni uyardım," dedi dişlerini sıkarak. Etrafımda yarım tur döndüğünde kendimi bir ateş çemberinin ortasına düşmüş gibi hissettim. "Seni defalarca uyardım ama sen ilk fırsatta..."

"Yargısız infaz yapıyorsun," diyerek susturdum onu. "Beni dinlemezsen kendimi sana nasıl izah edeceğim?"

Bora şimdi tam arkamdaydı ama cesaretimi toparlayıp ona dönemiyordum. "Neyi izah edeceksin?" diye sordu, sesi buz gibiydi. "Seni ararken Yiğit piçinin yanında bulmamın nasıl bir açıklaması olabilir?"

Derin bir nefes aldım. "Anlatacağım, eğer dinlersen..."

Bora kolumdan tutup beni kapıya doğru sürüklediğinde "Eğer beni şimdi dinlemezsen dinlemek istediğinde anlatmayacağım," diye bağırdım. Öfkesine hak versem de bu tavrı fazlasıyla kanıma dokunuyordu. "Duyuyor musun beni?"

Sessizliğini korudu. Tamirhaneden çıkıp yol kenarında

duran arabasına doğru ilerlediğimizde kolumu kurtarmak istedim ama başarılı olamadım. Bora ön kapıyı açıp bedenimi içeriye doğru savurduğunda "Tek bir kelime bile etme," diye bağırdı yüzüme doğru. "Sakın konuşma!"

Karşımda duran Bora, her gece saçlarımı tarayan Bora olamazdı.

Arabanın kapısı yüzüme sertçe kapandı. Bora hızlı bir şekilde diğer tarafa dolandı ve arabaya atlayıp birden gaza bastı. Tekerleklerin feryat eden sesiyle birlikte öne doğru savrulduğumda ağzımı açıp yavaş ol, bile diyemedim. Birkaç dakika boyunca hiç konuşmadım. Bora gereğinden fazla hızlı gidiyor, direksiyonu yerinden sökecekmiş gibi sıkıyor, bakışlarını yoldan ayırmıyordu.

"Buraya geldiğimde karşımda Yiğit'i bulacağımı bile..."

"Sus!" diye kükredi Bora. Ona şaşkınca bakakaldım. Sanayi bölgesinden çıktığımız an sol tarafa devam eden yolda direksiyonu sağa kırdı ve ters istikamette ilerlemeye başladı. Trafik çok yoğun olmasa da bu yaptığı delilikti, karşı taraftan birçok araba geliyordu ve onlarla burun buruna çarpışmamız an meselesiydi.

"Ne yapıyorsun?" diye bağırdım korkuyla. "Ne tarafa gidiyorsun öldürecek misin bizi?"

Karşıdan gelen küçük bir kamyonetle aynı şeritteydik, sürücüsü durumu fark ettiğinde peş peşe kornaya bastı ama Bora ne durdu ne de yavaşladı. Bir an yolun sonuna geldiğimizi düşündüm, korku dolu bir çığlık atarak kafamı yere eğdim. Kamyonetle burun buruna çarpışmamıza ramak kala adam kornaya uzunca basa basa son anda şerit değiştirdi.

"Durdur şu arabayı!" Beni duymuyordu. "Allah aşkına, senin derdin ne?"

"Durdur," dedim ağlamaklı bir sesle. "Bizi düşünmüyorsan başkalarını düşün!"

"Kimseyi düşünmüyorum!" Sesi kulaklarımı parçalayacak şiddetteydi. "Başkalarını da düşünmüyorum, kendimi de seni de!" Bu sefer şerit değiştiren Bora oldu. Arabalar peş peşe korna çalmaya devam ediyordu. "Düşündüm de ne boka yaradı?"

"Beni dinlemiyorsun bile..." Arabanın hızı biraz daha arttığında korkuyla arkama yaslandım. "Tamam hatalıyım belki ama ben yanlış bir şey yapmadım!"

"Asıl hatalı olan benim," dedi Bora kısa bir an yüzüme bakarak. "Sana güvenmek aptallıktı!"

Bunu nasıl söyleyebiliyordu? Bana zerre kadar itimadı yok muydu? Elbet dinecekti bu öfkesi, yakacak, yıkacak ama geçecekti. Gerçekleri öğrendiğinde bana hak verecek, yine aynı Bora olacaktı fakat sarf ettiği bu sözleri asla unutmayacaktım.

"Pişman olacağın sözler söylüyorsun," dedim ağlamaklı bir sesle. Öfkesiyle ruhumu enkaza çevirene kadar durmayacak olmasından korkuyordum.

Bora umursamadı. "Beni ezdin geçtin sen," dediğinde sesi titriyordu. "Tahammül sınırlarımla oynadın."

Bir kez daha şerit değiştirip sol tarafa yanaştığında kornoların kuvvetli gürültüsü kulaklarımı parçaladı. Korkuyla ve nefes nefese yola baktım, az ileride bir kavşak vardı. "Ben senin ağzından onun adını bile duymaya katlanamazken..." Sustu. Bir kez daha gözlerime baktığında kaşları muazzam derecede çatıktı. "Düşmanımın ayağına kadar gittin!"

"Gitmedim!" dedim çıldırmış gibi. "Kimsenin ayağına gitmedim!"

Bora kavşağa sert bir dönüş yapıp doğru istikamete girdiğinde derin bir nefes aldım. "Bunu öğrendiğimde ne hâle geleceğimi, neler yapabileceğimi hiç düşünmedin mi?"

"Düşünmedim," diye bağırdım. Sakin olamıyordum, bana bağırdığı müddetçe ona aynı şekilde karşılık vermekten geri duramıyordum. "Sonunu düşünerek hareket eden biri olsaydım zaten bunları yaşamazdım! Öfkene hak veriyorum ama neyin ne olduğunu bilmeden çok ağır konuşuyorsun, yapma bunu!"

Bağırmam Bora'yı daha beter çıldırttı.

"Neyi yapıp yapmayacağımı söyleme bana," dedi kuvvetli sesiyle. "Hiçbir şey söyleme!"

Sustum ve aramızda tekrar zehirleyici bir sessizlik oluştu, bir daha ne ben konuştum ne de Bora açtı ağzını. Yine de eve varana dek nefes bile alamadım çünkü Bora, yol boyunca tüm trafik kurallarını ihlal edip durmuştu.

Eve geldiğimizde arabayı ani bir frenle durdurdu, el frenini sertçe çekti ve yüzüme bakmadan arabadan indi. Bir an yanıma geleceğini sanıp tedirginleşsem de doğruca demir kapıya yürüdüğünü görünce kapıyı açıp dışarı çıktım.

Bora, geldiğimizi fark ettiklerinde açtıkları demir kapıdan içeriye girer girmez, "Nerede o?" diye bağırdı. Kısa bir an kimden bahsettiğini anlamasam da öfkesini Emrah'tan çıkaracağını fark ettiğim an peşinden koştum. "Buraya gel, buraya!"

Kapıdan içeriye girdiğim an Veysel'i, ürkek bir vaziyette Bora'ya doğru yürüyen Emrah'ı ve beraberinde bir çember oluşturmuş diğer adamları gördüm. Hepsinin kafası öne eğikti. Ne suç işlemişlerdi ki böyle korkup siniyorlardı? Böyle durumlardan, Bora'nın öfkesiyle herkesi sindirmesinden nefret ediyordum.

Hızlıca Bora'ya doğru yürüdüm, Emrah'ın hiçbir suçu yoktu ve faturanın ona kesilmesine izin vermeyecektim. Bora'nın elini havaya kaldırdığını gördüğüm an öfkem büyüdü, kendimi bir anda Emrah'ın önünde, ona siper olmuşken buldum.

"Dur artık B..."

Sözlerimi ağzıma tıkayan şey, sağ yanağımı hissiz bırakacak kadar sert bir şekilde inen tokat oldu. Neye uğradığımı şaşırmış bir hâlde savrulup düşecek gibi olduğumda Emrah titreyen elleriyle kollarımdan tutup tekrar kaldırdı bedenimi. Elimi hızlıca yüzüme götürdüm, yanağımı teğet geçip yüzümü gölgeleyen kahverengi saçlarımı geriye çektim.

Sert bakışlarım Bora'yı buldu, o da neye uğradığını şaşırmış gibi bakıyordu ama toparlaması uzun sürmedi. Tokat attığı elini yumruk hâline getirip havaya kaldırdığında "Ne yapıyorsun Hande?" diye bağırdı çıldırmış gibi. "Öldürtecek misin kendini? Ne yapıyorsun!?"

Dimdik bir şekilde karşısında durduğumda "Boş versene," dedim sessizce. Yüzümün sağ tarafı komple hissizdi ve ben elimi kaldırıp yanağıma dokunmamak için zor tutuyordum kendimi. "Bunu hak eden bendim. Hıncını doğru kişiden çıkarmış oldun işte."

Böylesi bir muameleye maruz kaldığım hâlde nasıl sesim bile titrememişti anlam veremedim. Kendimi hiç hissetmediğim kadar aşağılık hissettim. Başka bir şey söylemedim, hızla arkamı dönüp eve yürüdüğümde dudaklarımı kuvvetle birbirine bastırdım. Sonunda bu da olmuştu ama hayır, asla ağlamayacaktım.

Bu ömrüm boyunca yediğim ikinci tokattı, ne garipti ki ilk tokadım da Bora'nın babasındandı.

Yürürken çantamın ön gözünden çıkardığım anahtarla kapıyı hızlıca açtım, sonra anahtarlığı ve çantayı gelişigüzel savurup koridorda ilerledim. Doğruca merdivenleri tırmanıp kendimi odaya attığımda sırtımı kapıya yaslayıp saçlarımı çekiştirdim. "Aptalsın," diye mırıldandım kendi kendime. "Aptalsın Hande, çok aptalsın!"

Dakikalarca sırtım kapıya yaslı vaziyette kaldım. Şoka girmiş gibiydim, bir türlü kendime gelemiyordum. Sonunda odadaki banyoya girip aynanın karşısında durdum, bakışlarım aynayla bütünleştiği an kafamı sola çevirip yüzümü aynaya yaklaştırdım. Bora'nın beş parmağının izi yanağımın üstünde kıpkırmızı duruyordu. Titreyen elimle yanağıma dokunduğum an sızlanarak geri çektim. Hissizlik yerini yakıcı bir acıya bırakmıştı, yüzüm alev almış gibi yanıyordu.

Ne yapacağımı bilemeyerek aynada kendimle bakıştığım sırada, kapının sertçe açılmasıyla yüzümü diğer tarafa çevirdim. Bora, utancından yüzüme bile bakamaz diye düşünmüştüm ama yanılmışım.

"Çık dışarı," dedim lavabonun kenarlarından sıkıca tutarken. Yüzümdeki eserini görmemesi için kafamı mümkün mertebe eğmem, saçlarımın yüzüme dökülmesine sebep oldu. "Anlatmak istediğimde dinlemedin, artık anlatmayacağım ve şu an senin yüzünü bile görmek istemiyorum."

Bora hiçbir şey söylemedi. Belimden tutup beni kendisine çevirdiğinde yine lavabonun kenarlarından tutundum. Çenemden tutup yüzümü havaya kaldırdı ve saç tutamlarımı hızlıca geriye itekledi. Bakışlarım yere eğikti, yüzünü gerçekten de görmek istemiyordum. Elinde buzdolabı poşetine konulmuş buz küpleri tuttuğunu gördüğümde kendimi tutamayarak histerik bir şekilde güldüm. "Önce parçala, sonra toparla. Senin taktiğin bu değil mi?"

Bora burnundan sert bir nefes alırken "Bilerek vurmuşum gibi davranma bana," dedi. İçi buz dolu poşeti yüzüme hafifçe bastırdığında sızlandım. "Aptal gibi önüme atladın. Bana ne yapmış olursan ol, sana asla zarar vermem. O eli kırarım, yine de kaldırmam."

"Kaldırmış kadar oldun." Bile isteye vurmamış olması içimdeki öfkeyi ve kırgınlığı törpüleyemiyordu. "Bana vurdun mu? Vurdun. Ne söylesen boş artık."

"Hande sus!" dedi Bora sıktığı dişlerinin arasından. "Hem suçlusun hem de güçlü."

Buz torbasını yanağıma biraz daha bastırdığında "Yavaş," dedim sızlanarak. Hem neden bana dokunmasına izin veriyordum ki? "Susmayacağım, suçsuzum ben."

Yüzümü elindeki buz torbasından uzaklaştırmak için kafamı çektiğim an Bora diğer elini havaya kaldırıp çenemden tuttu. Tam o an gördüm parmaklarının arasından sızan kanı.

Eli kanıyordu, bana vurmuş olduğu eli.

Kaçmaya çalışmadım, ellerimi lavabonun kenarlarından ayırdım ve Bora'nın hızlı bir şekilde yere indirdiği elini tuttum. "Elin kanıyor."

Hiçbir şey söylemedi. Yumruğunu öyle bir sıkıyordu ki kanın hangi noktadan sızdığını göremiyordum bile. "Aç avucunu," diye fısıldadım. "Yaran var."

Bora buz torbasını yüzümden çekip lavaboya doğru fırlattı. Elini tuttuğum elimi diğer eliyle kavrayıp havaya kaldırdı ve tişörtünün üstünden göğsüne bastırdı. Kalbi telaşla çarpıyordu. "Elimde ya da tenimde değil lanet olası," dedi sessizce. "Yara burada, yara içimde, yara; sana inanan her zerremde!"

Elimi birdenbire bıraktığında boşluğa düşer gibi oldum. Dakikalar sonra birbirine değen bakışlarımız arasında tehlikeli bir harp başladı. "Yapma. Beni daha fazla kanatma."

Sustum, beni dinlemek yerine veryansın ettiği müddetçe ona söyleyebilecek hiçbir şeyim de yoktu zaten. O da sustu. Sessizlik, şu an aramızdaki aşılmaz dağların diğer adıydı.

Sonunda dayanamadım ve "Ne sanıyorsun?" diye sordum sitemle. "Yiğit'le bir olup arkandan iş çevirdiğimi falan mı? Fotoğrafımı çekip ne için sana yolladı?" Önce kızarmış yanağımı işaret ettim, sonra Bora'nın kanayan elini. "Bunun için işte, amacına ulaştı!"

"Onu amacına sen ulaştırdın," dedi Bora parmağını üzerime doğrultarak. Hâlâ beni suçluyordu. "Niye gittin lan, niye gittin?"

Belki de bu gece, bu ve benzeri onlarca soru cümlesi duyacaktım yenilgiyi hazmedemeyen dudaklarından. Ne kadar inkâr etmesini istesem de boştu çünkü Yiğit sahiden de amacına ulaşmıştı.

"Ceyda'yı takip ettim!" diye bağırdım. "Emrah'tan arabayı aldım, peşine düştüm ve oraya gittim çünkü Ceyda Yiğit'le görüşüyor!"

Bora afallamıştı. Kaşlarını usulca çatarken, "Ne diyorsun sen?" diye sordu.

"Halanın evindeyken Ceyda'nın telefonuna mesaj geldi. O an kahvaltı masasında yalnızdım ve tesadüf eseri mesajı gördüm, okudum. Yiğit'le görüşüyor olduğunu o an anladım ama sadece emin olmak istedim!" Bora ellerini ensesine yasladı, gözleri fal taşı gibi açılmıştı. İşin altında yatan esas sebebin Ceyda olması beklediği bir şey değildi. "Ve emin oldum," diye devam ettim sözlerime. "Sana haber vermek istedim ama telefonumu düşürüp kırdım. Sonrasında Yiğit beni o tamirhaneye kapattı ve fotoğrafımı çekip sana yolladı. Sen de sormadan, dinlemeden, anlamadan, tam da onun istediği şekilde kırıp döktün beni. Tuzağına düştün ve ona istediğini verdin!"

"Bir saniye," dediğinde işaret parmağını iki kaşının ortasına yasladı, derin bir nefes aldı ve gözlerini kapattı. "Ceyda Yiğit'le görüşüyor dedin, doğru duydum değil mi?"

"Evet," diye mırıldandım. "İstersen gidip soralım kendisine, bakalım inkâr edebilecek mi?"

Bora banyonun aralık olan kapısını sonuna kadar açıp odaya geçti. Sonra da odadan çıkıp merdivenlere yürüdü. Peşinden ilerlerken "Nereye?" diye seslendim. Başka bir kıyameti de orada koparmaya mı gidiyordu? "Her zaman bunu yapıyorsun, öfkeyle kalkıp zararla oturuyorsun! Konuşalım önce!"

Ceyda her şeyi inkâr edebilirdi, hatta benim ona iftira attığımı bile söyleyip işin içinden sıyrılabilirdi. Aslında bu öyle kolay değildi ama benim elimde hiçbir kanıt yoktu. Ve bir kez daha suçlanmaktan ölesiye korkuyordum. Daha fazlasını kaldıramazdım.

"Bensiz mi gideceksin?" diye sorduğumda durdu Bora, bana döndü ve yüzüme son bir kez baktı.

"Sen hiçbir yere gelmiyorsun."

Merdivenlerin ortasında öylece kalakaldığımda Bora arkasını döndü ve kapıyı çarpıp gitti.

Ne söylesem boşaydı belki de... Ceyda bile Yiğit konusundaki suçumu hafifletmeyecekti gözünde.

Bora beni kolay kolay affetmeyecekti.

XIII

TESLİMİYET

Neyse ki tüm bunların yaşanacağını en başından beri biliyordum.

Neyse ki gerçek olamayacak düşlere bel bağlayan biri değildim.

Neyse ki yarının dünden farklı olmayacağının farkındaydım da üst üste aldığım darbeler karşısında, inatla ayakta kalmayı başarıyordum.

Hiç yaralanmayacağını düşünerek savunmasızca yaşamak, insanı mahveden tek şeydi. Ben onunla bir yola çıkarken ayaklarımızın altında görünmez çukurlar olduğunu zaten biliyordum.

Her an her şeye hazırlıklıydım; düşmeye, kalkmaya, gülmeye, ağlamaya, mutluluğa ve acıya... Fakat sevdaya gücüm yetmiyor, sözüm geçmiyordu. Ona duyduğum hisler kolumu kanadımı kırıyordu. Bora bana öyle kızgındı ki iki gecedir benimle uyumuyordu. Bir gün olsun saçlarımı taramadan uyumayacağına dair verdiği o sözü unutmuş muydu? Beni kendisine iflah olmaz bir şekilde tutsak ettikten sonra böyle cezalandırması adil değildi. Her hareketiyle, her sözüyle, her bakışıyla canımı yerinden söktüğünü görmüyor muydu?

Şapkayı önüme koyup düşünmek için yeterince zamanım olmuştu. O akşam eve dönüp tartıştığımızda sıcağı sıcağına neler olup bittiğini anlayamamıştım ama şimdi, her şey yerine oturuyordu zihnimde. Haklıydı Bora... Bana olan öfkesinde de kırgınlığında da sonuna kadar haklıydı. Yiğit konusunda beni uyarmış olduğu hâlde onu delirtecek bir işe imza atmıştım, şimdi de sonuçlarına katlanıyordum. Bora'nın sevgisi ne kadar yüceyse öfkesi de o kadar şiddetliydi. Lakin bana söylediği onca kırıcı söze rağmen ona kırılamıyordum. Eski öfkem, eski nefretim neredeydi?

Bazen her şeyi geride bırakıp kaçıp gitme fikri zerk ediyordu zihnime. Ne vardı ki saniyeler içinde kalbim tarafından etkisizleştiriliyordu bu düşünce. *Hiçbir yere gidemezsin*, diyordu. *Senin yerin onun yanı, esas tutsaklık şimdi başlıyor.*

Yakıcı güneşin üstüme düşmesine aldırmadan verandadaki koltukta oturuyordum. İki gecedir doğru düzgün uyku uyumayan vücudum hâlsiz düşmüştü. Neredeyse bu vaziyette, güneşin sıcağı altında uyuyacakken çalan yeni telefonumun sesiyle toparlandım. Arayanın annem olduğunu görünce suratım asılmıştı. Hâlâ bir ihtimal, telefon her çaldığında Bora'nın aradığını düşünüp heyecanlanıyordum.

"Efendim anne?"

"Nasılsın bebeğim?" Annemin sesi benim aksime fazla neşeliydi. "Her şey yolunda mı?"

Değildi ama bunu ona nasıl söyleyebilirdim ki?

"Evet, her şey yolunda. Sen nasılsın?"

"Her zamanki gibi..." Hiç eveleyip gevelemeden doğruca konuya girdi. "Bak ben ne düşündüm... Diyorum ki artık iki aile arasındaki bu saçma gerginliğe son vermenin bir zamanı geldi. Bu hafta sonu için sizin evde bir yemek organize etsek nasıl olur? Buzlar tamamen erisin istiyorum."

Ah... Annemin dünyadan haberi yoktu ve kendince bir şeyleri yoluna koymaya çalışıyordu. Ama bu fikrinin gerçekleşmesine olanak da yoktu. Abim ve Haldun Şahsuvar asla aynı masaya oturmazdı.

Keza ben de henüz babamı affetmemiştim, kısaca mümkün değildi.

Sen mi babanı affetmiyorsun Hande? Yoksa baban mı sana hiç adım atmıyor?

"Babamın bu fikirden hoşlanacağını pek sanmıyorum." Annemin bu konuda babama danışmadığına kalıbımı basabilirdim. Babam bilse kesinlikle reddederdi.

"Ona fikir falan sormam ben," dedi annem. Tam tahmin ettiğim gibi... "Reddeder biliyorum. Her şeyi ayarladıktan sonra emrivaki yapacağım."

"Yine de bu, şu dönem için pek parlak bir fikir değil anne."

"Neden? Bir sorun mu var? Neden parlak bir fikir değilmiş?"

İşkillenmişti.

"Çünkü şu sıra pek iyi şeyler olmuyor," dedim. Eğer anneme olan bitenden az çok bahsetmezsem onu bu yemek fikrinden vazgeçiremezdim. "İnanmayacaksın ama Ceyda Yiğit'le görüşüyor. Bu ortaya çıktığından beri herkes çok tedirgin, sinirler çok gergin."

Tabii bunu ortaya çıkaranın ben olduğumdan bahsetmedim, bunu yaptığım için Bora'nın beni bir güzel payladığından da...

"Ne diyorsun?" dedi annem şaşkınca. "Emir'in kız kardeşi Ceyda'dan bahsediyorsun değil mi? Hani şu, Bora'nın ve senin başına bela olan komiserle mi görüşüyormuş? Sevgililer miymiş?"

Annem ardı arkası kesilmeyecek sorular sıralamaya başladığında beni iyiden iyiye bunaltan güneş yüzünden ayağa kalktım ve eve girdim.

"Öyle görünüyor..."

Annem tekdüze yanıtımdan pek hoşlanmadı. "Düzgünce anlatsana şunu Hande... Öyle bir kızın, sıradan biriyle ne işi olur? Hem nasıl tanışmışlar? Nerede? Olacak iş mi bu? Bu kız bilmiyor mu o polisle Bora arasındaki husumeti?"

"Biliyor anne," dedim uzun bir nefes vererek. "Bildiği hâlde görüşüyor. Nasıl ve nereden tanıştıklarını bilmiyorum çünkü Ceyda ağzını açıp kimseye hiçbir şey söylemiyor. Yiğit'i koruyor."

"Bir yaşıma daha girdim... Ah, Cenk geldi." Annem telefonu kulağından uzaklaştırmış olmalı ki sesi kısıldı. "Duydun mu Cenk? Bora'nın amcasının kızı Ceyda var ya, onun Yiğit Komiser'le bir ilişkisi varmış..."

"Anne lütfen aramızda kalsın," diyerek uyardım onu. "Kimselere bu konu hakkında bir şey söyleme."

Annem bu bilgiyi yedi cihana yaymadan rahat durmazdı. Söylediğime şimdiden pişman olmuştum ama bu yemek organizasyonu fikrinden onu başka türlü vazgeçirmenin imkânı yoktu.

"Kime söyleyeceğim be?" diye çıkıştı annem. "Zaten umurunda bile olmadı, bilmiyor musun abinin? İşsiz kaldıktan sonra muşmula suratlının teki olup çıktı. Neyse... Biraz daha anlatsana, sizinkiler ne tepki verdi bu duruma? Özellikle de Bora?"

Derin bir nefes alıp sıkıntıyla gözlerimi kapattım. Bora benimle konuşmuyordu bile... "Çok öfkeli," dedim kısaca. "Yiğit'in nerede olduğunu bilmiyor. Ceyda da hiçbir şey söylemeyince..."

"Peki ya abisi?" diye sordu annem. "Emir de karşı çıktı mı bu işe?"

"Çıkmaz mı? Ceyda'yı Hale Hanım'ın evinden alıp babasının evine getirdi zorla. İki gündür evden dışarı çıkmasına izin vermiyor. Herkes Yiğit'in kendi çıkarları için Ceyda'yı kullandığının farkında ve ona bir zarar gelecek diye çok endişeliler. Ama Ceyda bunu anlayacak gibi görünmüyor."

"Salak kız..." Annem gerçekten üzülmüş gibiydi. "Kendisini ateşe attığının farkında bile değil."

Tam tahmin ettiğim gibi annem beni uzun bir müddet telefonda tutmuş ve bu konu hakkında soru sorup durmuştu Hâlbuki benim bildiklerim de kısıtlıydı. Ben de iki gündür bu eve hapistim ve olan biten her şeyden habersizdim. Bir şeyleri bahane ederek telefonu kapattığımda görüşmemizin tam yarım saat sürdüğünü görüp hayıflanırcasına kafamı salladım.

"Hande Hanım... Tüm işlerimi bitirdim. Çıkmadan önce yapmamı istediğiniz başka bir şey var mı?"

Bir an evde yalnız olmadığımı unutup yabancı sesin varlığıyla irkilsem de belli etmeyerek yok dercesine kafamı salladım. "Hayır yok," dedim tebessümle. "Ellerinize sağlık, çıkabilirsiniz."

Yardımcımız kırklı yaşlarda, sevecen ve hamarat bir kadındı. İşlerinden çok memnundum. İyi akşamlar dileyerek evden çıkıp gittiğinde doğruca mutfağa yürüdüm ve akşam yemeği için kapsamlı tariflerin bulunduğu kalın yemek kitabını çıkarıp masanın üstüne bıraktım.

Ama öncesinde tüm gardımı indirerek Bora'ya bir mesaj yazdım.

Sildim, tekrar yazdım.

Onu da sildim ve tekrar yazdım.

Olmuyordu, yazdıklarım bir türlü içime sinmiyordu.

Bir süre ekrana öylece bakakaldım, saat neredeyse altı olmuştu.

Saçlarımı taramanı özledim.

Mesajı gönderdikten hemen sonra pişmanlık duysam da geri çekmedim, telefonu bir kenara bıraktım ve yemek kitabına odaklandım. Kitabın kalın sayfalarını çevirip duruyordum ama aklım sadece Bora'daydı. Kendimi bir türlü yemeğe veremiyordum. Telefonu tekrar elime alıp mesajı açtığımda kaşlarım çatıldı. Mesajı görmüştü ama cevap yoktu.

Beni daha ne kadar cezalandırmayı düşünüyorsun?
Artık konuşmak istiyorum,
lütfen eve erken gel. Seni bekliyor olacağım.

İkinci mesajı da yolladıktan sonra telefonu tamamen bir kenara bıraktım. Cevap vermese de olurdu, okuduğunu bilmem yeterli olmuştu. Bu süt dökmüş kedi gibi uysal hâlleri kendime zerre yakıştıramıyordum ama başka bir çarem yoktu. Suçluydum ya neticede... Affedilene kadar alttan almam gerekiyordu.

Aradan iki saatten fazla zaman geçti, hava kararmaya yüz tuttu. Uzun uğraşlar sonucu hazırladığım masaya son kez baktığımda buruk bir tebessüm ettim. Bir sürü şey hazırlamıştım ve pek yemek yapma alışkanlığı olmayan biri olarak kendimi atomu parçalamış gibi gururlu hissediyordum. Şimdi geriye sadece Bora'yı beklemek kalmıştı. Heyecanlıydım, içim içime sığmıyordu lakin bir o kadar da korkuyordum. Beni ne zaman affedecekti? Ne zaman dinecekti buzun üzerinde yanan bir ateş kadar güçlü öfkesi?

Masanın bir ucuna oturduğumda dakikaları saymaya başladım. Artık gelmesi gerekiyordu. Saat neredeyse sekiz olmuştu. Üzerimdeki kırık beyaz, omuzları kalın askılı elbisemin dizlerimde biten eteğini düzelttim. Bunu bana o hediye etmişti. Uzun zaman oluyordu... O gün ona o kadar öfkeliydim ki bu elbiseyi giymemi istediğinde paramparça etmeye kalkışmıştım, annem elimden zar zor almıştı.

Anılar gözlerimin önündeydi, zaman ilerliyordu.

21.00

22.00

23.00

00.00

İçimde dolup taşan ağlama isteğine karşın yüzüm ifadesizdi. Oturduğum sandalyeden kalkmaya tenezzül bile etmemiştim saatlerce. Her yerim uyuşmuş gibiydi. Soğumuş, katılaşmış yemeklere ruhsuzca göz gezdirirken bir anlık öfkeyle masanın kenarında duran telefona uzandım. Ekrana nasıl bastığımı, neler saçmaladığımı bilmiyordum, ellerim titriyordu. Bir an sonra yazdıklarımdan vazgeçip hızlıca sildim ve telefonu masaya sertçe bırakıp ayağa kalktım. Kendime bir bardak su doldururken de ellerim titredi. Bu tavırlarına, sanki ben yokmuşum gibi davranmalarına katlanamıyordum artık. Ne sanıyordu? Tek bir imzayla hayatım hayatına bağlandı diye artık hiçbir yere gidemeyeceği mi?

İçim içimi yiyerek mutfakta volta attığım sırada dış kapının açılma sesini duyarak durdum. Gelmişti. Vakit gecenin bir yarısı olduktan sonra gelmişti ve geldiğini anlamayım diye içeriye sessizce giriyordu.

Öfkeli bir nefes aldım ve hiç ses çıkarmadan bekledim. Bora mutfakta olduğumu fark etmeden doğruca merdivenlere yürüdü, yukarı çıktı. İki gecedir en dipteki misafir odasında yatıyor, gecenin bir yarısı girdiği evden sabahın köründe çıkıp gidiyordu. Benimle karşılaşmıyor, karşılaşsa da yüzüme bakmıyordu. Tüm bunlara rağmen yanına gidip onunla konuşacaktım çünkü artık gerçekten de bu saçmalığa bir son vermesi gerekiyordu.

Aksi takdirde... Yüreğim acıdan infilak etti. Aksini düşünemeyecek kadar çok seviyordum onu. İçinde onsuzluğun geçtiği hiçbir gelecek cümlesine dilim dönmüyordu.

Mutfaktan ayrılmam ve merdivenleri çıkıp kaldığı odanın kapısına varmam on saniye bile sürmedi. Hızlanan nefesimi düzene sokmak için biraz bekledim, sonra kapıyı iki kez çaldım ve yanıtını beklemeden içeriye girdim.

Geniş pencerenin önündeki berjerde, kafasını geriye yaslamış bir vaziyette oturuyordu. İçeri girdiğimi fark ettiğinde kafasını kaldırdı, bakışlarına soğuk bir öfke yerleşirken kaşları çatıldı.

Benim için zaman durdu. Gözleri gözlerimle, ruhu ruhumla buluştu. Tenlerimiz birbirine dokunmasa da olurdu. Sevda bu değil miydi zaten? Etten ve kemikten ibaret bedenlerimiz sadece birer avuntuydu.

"İçeri girebilirsin dediğimi hatırlamıyorum."

Tam da beklediğim gibiydi tavrı, soğuk, sert ve acımasız.

Elimi güç alır gibi sıktığım kapının kulpundan çekmeden konuştum. "Ben de içeri girebilir miyim diye sorduğumu hatırlamıyorum."

Güçlü dur Hande, sakın geri adım atma.

Bora oturduğu berjerde doğruldu ve iki yana genişçe açtığı bacaklarının üstüne bıraktı dirseklerini. "Git yat," dedi emir verir gibi. "Saat geç oldu."

Hayır, der gibi kafamı salladım. "Gitmeyeceğim, saatin kaç olduğu da umurumda değil."

Gözleri gözlerimden usulca çekilirken sabır dileyen bir nefes aldı. Yorgun görünüyordu, onun da iki gecedir uykusuz olduğu belliydi ama bu benden kaçması için geçerli bir sebep değildi.

"Uykum var," diye mırıldandı beni başından savmak için. Sol elinin parmaklarıyla göz pınarlarına hafifçe dokundu. "Saat senin umurunda olmayabilir ama benim umurumda. Çalışıyorum ve yorgunum. Hadi, git odana."

Çalışıyordu, iki gündür Yiğit'i kovalamak dışında yaptığı tek şey buydu. Benimle birlikte yaşadığı şu çatının altında bile benimle değil, kim olduklarını bilmediğim kadınlarla konuşuyordu. İşi gücü umurumda değildi, artık kafayı yemek üzereydim.

Kapının kulpunu kıracakmış gibi sıktığımda parmaklarım acıdı. "Bundan sonra, hep böyle mi olacağız?"

Bora tekrar yüzüme baktığında belli belirsiz gülümsedi. "Bunu sen istemedin mi?"

"Hayır... İstemedim."

"O zaman ben istiyorum." Kelimeleri özenle seçiyor, beni nasıl yaralayacağını iyi biliyordu. Bana kıyamadığını söylediği hâlde nasıl bu kadar acımasız olabiliyordu? Belki de her şey yalandı. Belki de kara bir sevda gibi gördüğüm hisleri gözümde büyüttüğüm aldatmacaydı.

"Beni affetmiyorsun, öyle mi?" Gülümsemek istedim ama olmadı. "Ben senin tüm yanlışlarını unutmuşken..."

Bu cümlenin devamına onlarca cümle sıralardım ama gerek yoktu, o zaten biliyordu.

"Unutmuşken mi?" Alaycı bir bakışla gözlerini kıstı Bora. "Unutsan şu an yüzüme vuruyor olmazdın."

Elimi kapının kulpundan yavaşça çektim. Odanın ortasına doğru yürürken "Unutmasaydım şu an burada olmazdım," dedim. "Beni hiç mi tanımıyorsun?"

Bora hiçbir şey söylemeden ayağa kalktı, konsola yürüdü ve telefonunu kontrol etti. Yine ve yine ben yokmuşum gibi davranıyordu. "Tek incinen sen misin?" diye sordum, dayanamamış ve sesimi yükseltmiştim. "Sana defalarca anlatmama rağmen yüzüme bile bakmıyorsun!"

Bora aramızda sadece bir adımlık mesafe kalacak şekilde karşımda durduğunda parmağını üzerime kaldırdı. "İçimde sana büyüttüğüm o lanet zehrin, aslında sevgi olduğunu kabul ettiğim günden sonra seni hiç incitmedim." Gözleri gözlerimi, sözleri yüreğimi talan ediyordu pervasızca. "Kendimi paramparça etmek pahasına..." Dudakları tuhaf bir ifadeyle kıvrıldı. "Ne tuhaftır ki ben sevginin ne olduğunu bile bilmiyordum."

Yutkunamadım, nefes alamadım.

Kabul et," diye devam etti suçlayıcı bir sesle. "Sen de sana duyduğum hiçbir iyi niyeti hak etmiyordun."

Paramparça bir hâldeydim. Bu yüzümden anlaşılıyor muydu bilmiyordum ama içim kan revandı. Suçlu olduğumu kabul ediyordum lakin tüm bunlar çok fazlaydı. "Bunları içinden gelerek söylediğine inanmıyorum. Kendinde değilsin, ne söylediğini..."

"Hiç olmadığım kadar kendimdeyim," dedi ve daha fazla bir şey söylememe izin vermeden bana arkasını döndü. Sonra odanın içindeki banyoya yürüdü. Kapıyı sertçe kapattığında gözlerim de kapandı.

"Öyleyse," dedim sessizce. "Değerli olduğumu hissettirdiğin tüm sözlerin, birer yalan olduğuna inanacağım."

Belki de haklıydı. Ben, hiçbir şey hak etmiyordum.

Odadan çıktığımda adımlarım gitmemi istediği yönün tersine çevrildi. Merdivenlere ilerleyip aşağı indim. Salona geçip oradan da verandaya çıktığımda gözyaşlarımı tutamadım daha fazla. Anlam veremiyordum, tüm bunları hak edecek ne yapmıştım? Sanki ben Yiğit'le bile isteye görüşmüşüm ve arkasından gizli saklı işler çevirmişim gibi davranıyordu. Anlatsam da anlamıyordu...

Evin arka bahçesine sürüklenen adımlarım bir müddet sonra büyük havuzun kenarında durduğunda dalgın bir şekilde suya baktım. Su dümdüz ve karanlıktı, bahçenin dört bir yanındaki ışıklandırmalar havuzu aydınlatmaya yetmiyordu.

Kırık, paramparça, toparlanması güç düşüncelerle dolu zihnim, kalbimden geçen meyus fikri onaylıyordu. Tuhaftır ki ilk defa kalbim ve mantığım çatışmıyordu. Parmaklarımın ucunda yükselerek arkamı döndüm, havuzu arkama aldım ve birkaç adım gerileyerek mermerin bitiş noktasında durdum. Tam o an pencerenin önünde Bora'yı gördüm, beni fark ettiği an sigarasını söndürmüştü. Ve ne yapmaya çalıştığımı anlamak ister gibi dikkatle bakıyordu.

Anlamış olmalıydı; pencereyi telaşla araladı ve bir şeyler söyledi ama ne söylediğini duyamadım. Bedenimi suyun içine korkusuzca bıraktım ve kulaklarım suyun gürültüsüyle hırpalanırken gözlerimi kapattım.

Uzun zamandır yüzmüyordum, suyun altında nefessiz kalmaya kaç dakika dayanabileceğimi de bilmiyordum. Bu bir intihar değildi, ona karşı açtığım bir savaş hiç değildi. Neden yaptığımı bilmiyordum. Bedenim tamamen havuzun dibine çöktüğünde dizlerimi karnıma çektim ve fayans zemine ayaklarımı bastırdım. Gözlerimi hiç açmadım. İçimde ona dair ne varsa alev alevdi. Suyun altında olmanın, var ettiği yangınları yok edeceğini düşünsem de yanılmıştım. Yaraya tuz basmak gibiydi bu...

Saniyeler akmaya devam etti. Nefessiz kalmaya ne kadar daha dayanabilirdim, onu da bilmiyordum. Ölmenin düşüncesi ilk defa korkunç gelmiyordu. Bilhassa kendimi ilk defa bu karmaşaya bu kadar hazır hissediyordum.

Fakat biliyordum ki o buna izin vermezdi.

Suyun gürültülü bir şekilde çağladığını işittiğimde refleksle araladım gözlerimi. Anında acıyan gözbebeklerim yukarıya tırmandığında gördüğüm tek şey karanlıktı. Bora yanıma geldi, kolumdan tutarak beni kendisine çektiğinde bedenim yukarıya doğru havalandı. Elini belime yerleştirdi ve sadece birkaç saniye içinde beni suyun üstüne çıkardı. Aralanan dudaklarımdan içeriye uzun bir nefes aldım, boğulmama ramak kalmıştı. Bora beni tamamen kenara çektiğinde sırtım havuzun kenarına dayandı, dengemi sağlamak için kenarlardan tutundum.

"Delirdin mi?" diye bağırdı, çenemden tutup yüzümü yüzüne kaldırdığında tüm öfkesini kusar gibi devam etti bağırmaya. "Ne yapıyorsun sen, ne demeye suya atıyorsun kendini?"

Düzene sokmaya çalıştığım nefeslerim hızlıydı, göğsüm de aynı hızla inip kalkıyordu. "Hiçbir şeyi hak etmiyorum ya ben," dedim sızılı bir tebessüm ederek. "Söylesene... Ölmeyi de mi hak etmiyorum Bora?"

Yüzüne baktım, yüzüme oldukça yakın duran yüzüne... Karanlık, gözlerinin yeşilini gizlese de bakışlarında gördüğüm endişeyi hiçbir şey gizleyemezdi.

"Sakın," dedi bedenini üstüme yaslarken. "Sakın bunu bir daha yapma!"

"Neden geldin ki? Umurunda mıyım sanki?"

"Beni mi test ediyorsun sen?" Kaşları çatıldı. "Notumu da ver o zaman. On üzerinden kaç eder on saniye de seni şu havuzdan çıkarmam?"

Bu sefer de benim kaşlarım çatıldı. "Hayır, saçmalama!"

"Ne öyleyse?" Bora bir kez daha bağırdı yüzüme. "Öldürecek miydin kendini? Ya o pencerede olmasaydım, ne olacaktı?"

"Hayır," dedim tekrar. Nefes alışverişlerimse aksini iddia eder gibi hızlıydı. "Neden öldüreyim ki kendimi?

"Doğru," dedi öfkeyle. "Sen sadece beni öldürürsün."

Hakaretle karışık endişeli sözlerinin ardı arkası kesilmedi. "Sus artık," diye mırıldandım. Dağılmış gömleğinin yakasından tutarak çekiştirdiğimde gözlerine çaresiz, perperişan baktım. "Ne hâlde olduğumu görmüyor musun?"

Görüyordu, sadece görmek istemiyordu.

Bora kenara çekilip avuçlarını mermere yasladı, tek hamlede sudan çıktığında onu beklemeden az ilerdeki havuz merdivenlerine yürüdüm. Demirlerden tutup yukarı çıktıkça bedenimi saran ayaz bile hissettiremedi üşüdüğümü. Öyle büyük bir yangın vardı ki içimde, hiçbir rüzgâr beni titretemezdi, üstüme karlar yağsa bile içimdeki ateş dinmezdi.

Bora eve doğru ilerledi, muhtemelen peşinden geleceğimi düşünüyordu ama gitmeyecektim. Suyun ağırlaştırdığı bedenimi havuzun gerisindeki şezlonglardan birine bıraktığımda Bora durdu, muhtemelen şu an bana bakıyordu. Benimse boşluktaydı gözlerim.

"Ne yapıyorsun? Gecenin bir yarısı çıkacak olan güneşi mi bekliyorsun?"

Kafamı yerden kaldırmadım, kurumak istemiyordum çünkü gözyaşlarımı başka türlü gizleyemezdim. "Eve girmeyeceğim."

"Burada ne yapacaksın?"

"Seni ilgilendirmez."

"Hande..." dedi Bora bıkkınca. "Hasta olursan ilgilenmem seninle. Ben süper kahraman değilim."

"İyi ya işte, ben ölürüm, sen de kurtulursun benden."

Bora hiçbir şey söylemedi, arkasını döndü ve gitti. Bu kadardı işte bana olan merhameti.

Aradan birkaç dakika geçtiğinde oturduğum yerden hiç kıpırdamadım. Bedenimden sızan su ayaklarımın dibinde neredeyse göl oluşturdu, aldırmadım. Hâlâ üşüdüğümü hissetmiyordum, hâlbuki havada gecenin soğuğu vardı ve bu geceden sonra hasta olmam kaçınılmazdı.

Gözlerimi usulca kapattım, keşke şu an derin bir uykuya yatsaydım ve bu acı bitinceye kadar hiç uyanmasaydım. *Böylesi çok zormuş, aşk insanı yüz çevirdiği kapının önünde dilenci bile yapıyormuş...*

Omuzlarımda bir yük hissettiğimde kafamı kaldırıp sağ omzuma doğru baktım. Bora arkamdaydı ve büyükçe bir havluyu tüm bedenimi kapatacak şekilde üstüme örtüyordu. Böyle bir hareket beklemediğim için şaşırmıştım ama daha çok saçları sıvazlanmış bir yetim mutluluğu vardı içimde.

Bora karşıma geçti ve diğer şezlonga oturdu. Elindeki havluyu omuzlarına öylesine attı ve bir ucundan tutup ensesindeki saçları hızlıca kurulamaya başladı. Bunu yaparken bana bakmıyor, uzakta bir noktayı seyrediyordu.

"Ya sen hasta olursan?" diye sordum çekinerek.

"Umurumda değil." Gözleri sadece bir anlığına gözlerime dokundu. "Burada, her an ne yapacağı belli olmayan küçük bir çocuğun başını bekleyeceğim."

"Gidip rahatça uyuyabilirsin," dedim terslenerek. "Kendime bir zarar vermem ben. Hasta olmamı falan da umursama. Beni böyle düşüneceksen hiç düşünme."

Bora bana ters ters baktı o an. "Hem suçlusun hem de suçlu..."

"Yapma artık." Dudaklarım titriyordu ama bu, üşüdüğümden değildi. "Söyle, affedilmek için ne yapmam gerekiyor?"

"Hiçbir şey." Sözleri, keskin bir bıçak gibiydi. "Kendi hâlime bırak beni. Zorlamaya devam edersen, seni daha çok kıracağım."

Ben zaten paramparçayım, sen onu da görmüyorsun.

"Neden?" diye sordum ayağımı sertçe yere vururken. "Tek suçum kendi başıma hareket etmekti değil mi? Çünkü benim aklım yok, fikrim yok! Tek suçum, istemeden de olsa Yiğit'in eline düşmekti!"

"Sorun bu değil, geri zekalı!" diye bağırdı Bora birdenbire. Kalın, çatık kaşlarının altındaki delici bakışları gözlerimle kesiştiği an sertçe yutkundum. Muazzam öfkesi yine sahnedeydi. "Sana bir zarar verebilirdi, seni öldürebilirdi ve hatta seni alıp çok uzaklara götürebilirdi. Üstelik sen, hiçbir bok yapamazdın!"

Dudaklarım aralık bir vaziyette ona bakakaldığımda "Sen hâlâ durumun ciddiyetinin farkında değil misin?" diye sordu. "Değilsen de farkına var artık. Benim artık tek bir yanlışına tahammülüm yok!"

"Değilim," dedim dişlerimi sıkarak. "Belki Yiğit'i bulursam her şey çözülür sandım, öyle aptalım ki böyle olacağını düşünemedim!"

"Aptalsın evet." Bora peş peşe salladı kafasını. "Korkarım ki bu aptallıkla beni bir kez daha katil edeceksin!"

"Hakaret edip durma bana," dediğimde benim de sesim yükseldi. "Aptalsam ne işin var benimle? Git zeki bir kadın bul kendine."

Bora birleştirdiği ellerini burnuna yaslarken sessizce güldü. "Keşke insanın kalbinin işine karışmak gibi bir lüksü olsaydı."

"Keşke," diye söylendim sinirle. "Keşke!"

Kısa bir sessizlik oldu. Ardından, "Ne o?" diye sordu Bora. "Bir başkasını mı seçerdin o zaman?"

Yüzümü buruşturdum. "Bunu ben değil, sen söyledin."

Yüzüme dikkatle bakarken kafasını yana eğdi. "Sen de keşke, dedin."

"İlk keşke diyen sendin yalnız."

Gözleri sert bir bakışa ev sahipliği yaparken ayağa kalktı. "Tamam yeter. Oyun oynamıyoruz burada." İki adımda tepeme dikildiğinde "Hadi," diye mırıldandı. "Biraz daha burada kalırsan gerçekten hasta olacaksın. Sana bakıcılık yapmayacağım konusunda ciddiydim, hâlâ ciddiyim."

Külahıma anlatmalıydı bunu... İnatçılık etmedim. Üşüdüğümden ya da hasta olmaktan korkmuyordum. Ben burada oturmaya devam ettikçe o da oturacaktı ve ben hasta olmasam bile o olacaktı.

Bora'nın ardından ayağa kalktığımda omzumdaki havluyu gevşeterek yürüdüm. Sadece yatağa girmek ve uyumak istiyordum. Ne üstümü değiştirecek dermanım vardı ne de duş alıp kendime gelecek takatim.

Verandaya ilerleyip peş peşe salona girdiğimizde gözüme karanlığın içindeki turuncumsu ışık çarptı. Şömine yanıyordu.

"Ne ara yaktın?" diye sordum şaşkınca. Bora soruma bir cevap vermeden havluyu omuzlarından sıyırdı ve bilardo masasının üstüne fırlatıp şömineye doğru yürüdü. Aynısını yaptım, belli ki benimle konuşmak istiyordu, bunun için ufak da olsa bir kapı aralamıştı.

Şöminenin karşısındaki yer minderlerine karşılıklı oturduğumuzda hâlâ sırılsıklamdık ama artık hiçbir yerimizden su damlamıyordu. Zaten bir süre sonra hepten kuruyacaktık. Şöminedeki ateş iliklerime kadar işleyip gevşememe sebep olduğunda dizlerimi karnıma doğru çektim. Bora'nın elleri dizlerinde, işaret parmağıyla ritim tutar gibi diz kapağına vururken gözleri gözlerimdeydi.

Bana böyle yakıcı baktığı zaman kendimi çok savunmasız hissediyordum.

"Seninle ne yapacağım ben?" dediğinde bakışları tüm öfkeli ifadelerden arınmış gibiydi. "Söylesene?"

Parmaklarımı birbirine geçirirken "Ne yapmak istersen," dedim uysal bir tavırla. "Uzun zaman sonra, ilk defa, karşında bu kadar savunmasızım. Ne yapmak istersen..."

Bora derin bir nefes alırken bakışları farklı bir noktaya kaydı. "Seninle baş etmek çok zor," dedi itirafta bulunur gibi. "Laf anlamıyorsun, söz dinlemiyorsun."

"Bana bir şey olur diye korktuğundan bu kadar kızdın, biliyorum." Sırılsıklam saçlarımı havlunun üstüne attım. Bora hâlâ yüzüme bakmıyordu. "Bir daha böyle bir şey yapmayım diye iki gündür yüzüme bile bakmadığını, bu yüzden sert davrandığını, kırıcı konuştuğunu da... Ama yeter, ben dersimi fazlasıyla aldım."

Bora yarım bir gülüşle kıvırdı dudaklarını. "Aldın mı gerçekten? Yoksa bu..."

Oturduğum minderle birlikte ona doğru kaydım ve parmaklarımı dudaklarına kapatarak susturdum. "Daha fazla veryansın dinlemek istemiyorum." Bakışları yüzüme çevrildiğinde ellerinden tuttum. "Bir kere de sus ve sadece dinle... Çünkü sana anlatacaklarım var."

Kalbimi ılık bir heyecan kapladığında peş peşe yutkundum. Bora merakla bakıyordu gözlerime. Oysa nereden başlayacağımı bile bilmiyordum. Uzun uzadıya, tüm gece boyu, şafak sökerken ve hatta günün ilk ışığı yüzümüze düşerken, saatlerce anlatmak istiyordum ona, onu ne kadar çok sevdiğimi...

Ben senin çocukluğunu aldım, bir sır gibi içime, içimin en derinlerine sakladım diyemezdim. Senin içini biliyorum diyemezdim; sevgisizliğin, kimsesizliğin ve çaresizliğin yüreğime dert oldu diyemezdim. Ne diyecektim?

"Kaçması her zaman en kolay olandı," diyerek başladım sözlerime. Sesim ince, fısıltılıydı. "Sen benim sevebileceğim, sırtımda yükünü taşıyabileceğim, iyi kötü her yönünle kabullenebileceğim bir adam değildin. Ben çok kusurluydum, sense benden daha kusurluydun, seninle olmazdı."

Gülümseyerek kafamı salladım, Bora gözlerini bile kırpmadan dinliyordu beni. Parmaklarımın arasına hapsettiğim sıcak elleri bana cesaret verse de yetmiyordu. Yüreğim onun karşısında çok acizdi.

"İşte bu yüzden hep kaçtım senden," dedim dudaklarımı birbirine bastırarak. "Çünkü kaçması her zaman en kolay olandı."

İç çeker gibi bir nefes aldım. Tüm bunları içimi delen bakışları, yüzüme bu kadar yakından bakıyorken itiraf etmekse en zor olandı.

"Zaman zaman yenildim de sana... Hiç bilmedin, hiç anlamadın. Beni bir şeylere zorladığında ne kadar öfkelendiysembana gülümsediğinde bir o kadar içim gitti sana." Bir kez daha kafamı salladım. "Yine de kabul etmedim bunu. Çünkü inkâr etmesi, her zaman en kolay olandı."

Bora'nın dudakları bir şey söyleyecekmiş gibi aralandı, söylemedi, öylece kaldı.

"Bu kadar hırçın olmanın altında yatan esas sebebi bilirdim, sen sevgisiz büyümüş bir adamdın. Ama ben sana sevgimi veremezdim çünkü sen beni bir kere mahvetmiştin, sonrasında hep incitmiştin çünkü gururum her şeyden önce geliyordu çünkü ben asla yenilmezdim. Çünkü sırt çevirip gitmek..."

Nefessiz kalır gibi sustuğumda Bora tamamladı cümlemi. "Her zaman en kolay olandı."

Gözlerimi kapattım, bu bir kabulleniști. "Her zaman."

Aramızda kısa bir sessizlik oluşunca telaşla dağıttım. Kalbim bu hisleri taşıyamıyordu artık. "Seninle her zaman bir savaş hâlindeydim," dediğimde bu kaçıncı itirafımdı, sayamadım. "Kaybedeceğimi bile bile... En çok sen vururdun, bazen ben. Ben senden daha güçsüzdüm ve bir gün elimdeki tek mühimmat olan nefret tükenecekti. Tükendi de... Ve ben o gün sana tamamen yenildim."

İç çeker gibi sustuğumda parmaklarımı ellerinden usulca ayırdım, yüzüne doğru kaldırdım. Can yakan sakalları parmaklarıma diken gibi saplandığında anladım, ona böyle dokunmayı bile ne kadar özlediğimi...

"Hani o evde beş ay boyunca neler yaşadığımı sana anlatamıyorum ya..." Dudaklarım acı bir tebessüme boğuldu. "Seninle yatıyor, seninle kalkıyordum aslında. Seni son bir kez görememenin acısı öyle dert olmuştu ki içime..."

Bora gözlerini kaçırdı ve sanki boğazında koca bir yumru varmış gibi yutkundu. Bense titreyen bir nefes aldım. "Gözlerimi kapatır, hep yakarırdım; *Allah'ım, onunla geçirdiğim her dakikanın, günden güne mazi olmasına nasıl dayanacağım?"*

Bir de beni çizdiği bir resmi vardı elimde. Tek servetim oymuş gibi sakladığım, kaybettiğimi sandığımda çıldırdığım... Bunu ona ne zaman söyleyecek, bunun için ona ne zaman teşekkür edecektim?

Bora yüzüme kaldırdığı parmaklarıyla, ne ara yüzüme düştüğünü fark etmediğim bir tutam saçı kavradı. Hâlâ ıslaklardı. Geriye doğru iterken gözlerini gözlerimden ayırmadı. Susma, konuş der gibi, hatta yalvarır gibi bakıyordu ve ona her saniye daha çok içim gidiyordu.

"Şu gözlere bakıp hiçbir zaman söyleyemedim bunları. Defalarca dilimin ucuna geldi ama hep sustum. Çünkü hep korktum." Parmak uçlarımı sakallarında gezdirirken içimden bir şeyler koptu. "Herkes, her güzel şeyin bir sonu var diyor. Başlamazsa bitmez diye düşündüm, Bora. Çünkü başlayınca bitiyor. Anlıyor musun?" Alnımı alnına yasladım, yüreğim bir kuş kadar hafifti artık. "Başlayınca, bitiyor..."

Bora ellerini belime yerleştirerek beni kendisine çekti, bedenimi bedenine yasladı ve sonra şakağımdan öptü. Uzun uzun... Yüzümü boynuna gömdüğüm an kokusunu içime hapsedecek kadar derin bir nefes aldım. Ama hâlâ sessizdi. Her zaman, her şeye bir cevabı olan o adam bugün dilsizdi.

"Seni seviyorum Bora," diye fısıldadım kulağına. "Ve artık korkmuyorum, başlayınca biteceğini bile bile... Seni çok seviyorum."

Bora daha sıkı sardı bedenimi, sanki bir yolunu bulsa beni içine hapsedecekmiş gibi... Parmak uçlarıyla uzun saçlarımın altında kalan sırtımı sıvazladığında "Ben sana olan hislerimi dile getiremem iki gözüm," diye mırıldandı. "Sevmekse en çok ben seviyorum. Ve sen benim acizliğim, çaresizliğimsin. Hem gücüm hem güçsüzlüğümsün. Ben hiç inkâr etmedim ama hiçbir zaman dile de getiremedim."

"Dile getirmeni istemiyorum zaten," dediğimde kollarımı ona sıkıca sardım. "Bir bakışın, bir gülüşün yetiyor bana."

Dudaklarını çenemin altına bastırdı, o andan sonra ikimiz de sustuk. Ne kadar kırılsam ne kadar paramparça olsam da söylediği her şeyi unutmuştum bir anda. Ve yine sahip olduğum tek limana demir atar gibi sığınmıştım ona. O ise senin sığınabileceğin tek liman benim der gibi, bedenimi hapsetmişti kollarının arasına. Durmaksızın saçlarımı sıvazlıyor, dudaklarını tenim boyunca gezdirirken kokumu içine çeken uzun nefesler alıyordu.

İki gözüm seneler geçiyor,
Gönül ektiğini biçiyor
Bir selam lütfet
Bu ne çok hasret
Gel barışalım artık...

Önce uzaktan, sonra yakından duyulan şarkı, sessizliğimizin ortasına çığ gibi düştüğünde geriye çekilip Bora'nın yüzüne baktım. "Bu şarkı nerede çalıyor?" diye sordum. Bir an sonra ses uzaklaşmaya başlayınca yoldan geçen bir arabanın radyosunda çaldığını anladım. Garip ve hoş bir tesadüftü. Sezen Aksu'yu severdim.

Bora dışarıya kulak kabartıp şarkıyı dinledi, ses tamamen uzaklaşıp yok olana kadar.

Can özüm bahar geldi,
Dalları kiraz bastı
Yedi kat eller yakınım oldu
Gel kavuşalım artık...

"Âşığın biri," dedi gözlerimin içine baktığında. "Acı çekiyor olabilir."

"Ya da sarhoşun biri," dedim gülümseyerek. "Kesinlikle aşk acısı çekiyor."

Bora da gülümsedi, şömine ateşinden yansıyan alevlerin ışığı yüzünün yarısında dans ediyor gibiydi. Derin bir nefes alırken bakışlarını yere eğdi. Hayır, gözlerini gözlerimden bir saniye bile çekmemeliydi. Bana böyle uzun uzun bakmasını nasıl da özlemiştim.

"Bu gece tüm kelimeleri tükettin Hande." Sesinde suçluluk hissi vardı. "Diyecek hiçbir şey bırakmadın bana."

"Bir şey söylemene gerek yok," diyebildim. Şaşırdığını biliyordum, benden böylesi bir itiraf beklemiyordu. "Sen de beni çok kez dilsiz bıraktın."

Haklıymışsın, senin hikâyenin esas adamı ben değilmişim.
Önce annem, sonra sen... Nasıl da güzel sevmediniz beni!
Oysa sana dünyaları verecektim. Ama sen bana,
serzenişten başka bir şey vermedin.

"Sen bana arkanı döndüğünde," dedi güçlükle. "Ya da ben öyle sandığımda."

Uzanıp elinden tuttuğumda uzun zamandır yapmak istediğim şeyi yaptım, parmak uçlarından öptüm. "Ama sen bana arkanı dönme, olur mu?" Bu gece, tüm sınırları kaldıracaktım aramızdan. Zaman geceyi acımasızca tüketiyordu ve ben sabah olmadan kurtulacaktım içimizdeki yaradan.

Tuttuğum elini yüzüme kaldırıp yanağıma yasladığımda "Lütfen," dedim. "Sev beni. İlk kez ve son kezmiş gibi."

Bora diğer elini de kaldırıp yüzümü avuçlarının arasına aldığında gözlerim kapandı. "Ben seni sevmelere doyamam... Mümkün değil."

Usulca gülümsedim. Istırapla geçen iki gündüzün ve iki gecenin ardından daha yeni nefes alabildiğimi hissediyordum. Bir an bu işkence hiç bitmeyecek, Bora bana bir daha hiç gülmeyecek sanmıştım. Ve anlamıştım da... Ben Bora'nın yokluğuna yanımdayken bile katlanamıyordum.

"Zamanımızdan eksiltme daha fazla," dediğimde kollarımı kaldırıp boynuna sardım. Biraz çekingen, biraz da korkak bir tavırla ama asla tereddüt duymadan kendimi ona teslim etmeye hazırdım.

"Seni istiyorum..." Bakışlarımın rotası gözlerinden çekilip dudaklarına kaydı. Ateş şöminede değil, benim içimde yanmaktaydı. Tekrar gözlerine baktığımda Bora'nın da bakışları dudaklarıma düştü. Zapt edilemez hisler gözlerinde alevlenirken ellerini yüzümden yavaşça uzaklaştırdı. Gözlerindeki ifadeler geride kalan tüm hisleri körkütük sarhoş edecek kadar güçlü, cayır cayır yakacak kadar da tutkuluydu.

O da beni istiyordu.

Kollarıma sürterek omuzlarıma çıkardığı parmak uçları nasıl da yakıcıydı... Yangını başlatan bendim, tutuşturan o olacaktı. Islak vaziyette oluşumuz ikimizin de umurunda değildi. Omuzlarımdan boynuma, çenemden dudaklarıma dek çıkan parmakları orada duraksadı. Bakışları gözlerimin içinden bir an olsun ayrılmazken, baş parmağı dudaklarımın üzerinde arsızca gezindi.

"Bir daha söyle," dedi istekle.

"Seni istiyorum." Cüretkârlık kanıma işlemişti. "Kadının olmak istiyorum."

Bora belli belirsiz gülümsedi. Geniş göz kapakları, tutkunun en koyu hâlini yudumlayan gözlerinin üzerine devrildi. Uzun kirpikleri güzel yüzüne gölge düşürürken baş parmağı iki dudağımı araladı. Sonrasında usulca yaklaştı ve nefesi nefesime karışmak üzereyken duraksadı. "Sen zaten benim kadınımsın."

Dudaklarının ardında beni hem öldürebilecek hem de diriltebilecek sözcükler saklanıyordu. İstemesi yeterliydi, bana yapamayacağı hiçbir şey yoktu. Bunu görmesini hem istiyor hem de bundan delice korkuyordum. Lakin aşkta korkunun yeri yoktu. Gözleri benim için aralandığında bakışları yoğunlaştı, nefesi sıklaştı. Hâlâ parmaklarımın gömülü olduğu boynunda, avuçlarıma çarpan nabzını hissediyordum. Bu saatten sonrası bir önem arz etmiyordu; Bora eğer yangınsa onda yanmak istiyor, beni boğacak bir okyanussa yine ona düşüp kaybolmak istiyordum. Sadece ve sadece ona ait olmak istiyordum.

Bir elini enseme, diğer elini belime bastırarak beni kendisine çektiğinde nefesim kesildi. Ve aniden birleşen dudaklarımız arasında gece boyu tükenmeyecek, tutkulu bir savaş başladı. Telaşsız ve telaşlı, usulca ve hızlıca, sancılı ve sancısız... Heyecandan titreyen parmaklarım saçlarına, sakallarına karıştı. Hiçbir korkunun aklıma uğramadığı, hiçbir hesabın zihnimi bulandırmadığı bir zamanın avuçlarına hapsolmuşken dokunabiliyordum ona... Akıl almazdı. Titremeyen tek bir zerrem yoktu; acı yoktu, günah yoktu, sınır yoktu. Yasak değildi, ben onundum, o da benimdi.

Bora beni büyük bir istekle öperken sırtım yavaşça geriye gitti. Şöminenin önünde boylu boyunca yere uzandığımda usulca üzerime bıraktı ağırlığını. Dudakları hâlâ dudaklarımda, elleri boynumda ve saçlarımın arasındayken kısa bir an duraksadı. "Şimdi sana nasıl dokunacağım ben?" diye sordu fısıltıyla. "Sen benim için öyle ulaşılmazdın ki..."

"Değilmişim. Aslında her zaman sana aitmişim."

Bora, bileklerimden yakaladığı ellerimi havaya kaldırdı ve başımın üstünde birleştirdi. Çenemden aşağı kayan dudaklarıyla ilk kez keşfettiği tenimde hürce gezindi. Şömineden vuran ateşten bile daha yakıcıydı dokunuşları, daha sıcak, daha kıvrandırıcı... Zaman dursun isterdim, zaman tam da şu an ellerini üzerimizden çeksin diye her şeyi feda edebilirdim.

Belki kısa, belki uzun bir süre orada, o hâlde kaldık. Zamanı kavrayamıyor, tutamıyor, içine sığamıyordum. Bora bileğimin içine, nabzımın attığı noktaya naif bir öpücük bırakırken benden uzaklaştı. Beni kucağına aldı ve zorlanmadan ayağa kalktı. "Şimdi seni yukarı götüreceğim," dediğinde sustu, yutkundu. Gözlerimi güzel yüzünden bir an olsun ayırmadım. Heyecan, kalbimi yerinden sökecek gibiydi, aldırmadım. Bakışlarını gözlerimden hiç çekmiyordu, ona bakarken hangi ara odaya vardığımızın farkına varamadım. Bora beni yatağın üstüne bıraktığında kollarımı geriye doğru yaslayarak arkaya gittim. Dizlerini yatağa bastırarak bana tekrar yaklaştığında ona sarıldım, kokusundan öptüm. Saçlarına, sakallarına, dudaklarına, boynuna dokundum. Arsız parmak uçlarım, vücudunu saran yarı ıslak gömleğinin düğmelerini bulurken utanç duygusu yavaşça sıyrıldı ruhumdan.

Bora gülümsedi. Bir eliyle nemli saçlarımı geriye doğru atarken diğer eliyle dudaklarımı okşadı. "Öyle güzelsin ki," dediğinde uzun bir iç çekti. "Aklımı kaybettireceksin bana."

"Ben çoktan kaybettim." Yalan değildi bu. "Sen bana böyle baktığında delinin tekiyim."

"Her şeyin benim," dedi güçlü bir ihtirasla. "Ellerin, yüzün, dudakların, saçların, bakışların, ruhun..."

Bana böyle büyülenmiş gibi bakarken o bakışlarla beni de büyülediğinin farkında değildi. Tek tek çözdüğüm düğmelerinin ardından, gömleği bir çırpıda omuzlarından sıyırdım. Düzgün ve pürüzsüz vücudunun sadece bakışlarıma değmesi bile içimi ürpertmişti. Ellerini bana uzattığında bakışlarımı kaçırdım, kaybolduğunu sandığım utançla, bir anda tekrar sarmalandım. Tenimden usulca sıyrılan askıların ardından üryan bedenim gözlerinin önüne serildiğinde ise daha fazla... Bora o an gözlerini bedenimden ayırdı, yüzünü yüzüme yaklaştırdığında gözlerim kapandı ve dudaklarım onun için aralandı. Fakat dudaklarını dudaklarıma değil, gözlerimin üstüne bastırdı.

"Hande..." dedi boğuk bir sesle içimi titreterek. "Öyle içimdesin ki sigaram bile senin için yandı her gece. Bu kadar çok sevmek akıl işi değil. Ama ne çare?"

Son sözleri bunlar oldu. O dakikadan sonra akıl durdu, dil sustu, kalp konuştu. Dudaklarımız tekrar birleştiğinde ellerim ürkekliğini yitirdi. Bora artık daha hoyrat, daha sertti ve bu engelleyebildiği bir şey değildi. Yakıcı hislerin sarmaladığı bedenim bir süre sonra yarım kalan utancı da defetti ve ben dokunuşlarının etkisiyle kum gibi dağıldım. Yüksek bir vadiden aşağı çakıldım, dipsiz denizlere, kapkaranlık nehirlere daldım. Bora kendini usul usul bana bırakarak bedenlerimizi bir bütün kıldığında içimde tek atımlık bir çığlık yankılandı. Ruhum ruhuna, kalbim kalbine kör bir düğümle bağlandı.

Sonra şehvet acıyı tüketti, aşksa şehveti...

Haklıydı, bu kadar çok sevmek akıl işi değildi.

Şayet ruhum, onun için bu kadar delirmeseydi...

☽

Varlığı varlığıma karışmadan evvel, yara izleriyle dolu bir ceset gibiydim. İçine hapsolduğum kafesin kapaklarını gürültüyle kıracağını, içime zehrini akıta akıta ruhumu diriltececeğini hiç bilmezdim.

Uyandığımda başım Bora'nın göğsündeydi. Ellerim üzerinde, kokusu burnumdaydı.

Bu onun göğsünde ilk sabahlayışım değildi lakin bu sabahın ait olduğu gece ikimiz için de bir ilkti. Dudaklarıma konan tebessüme boyun eğdiğimde, dün geceye dair ne varsa en ince ayrıntısına kadar zihnime, sonrasında gözlerimin önüne serildi. Bana sarılışı, dokunuşu, öpüşü ve sahiplenici sözleriyle sadece tenime değil, ruhuma da bırakmıştı izlerini. Şimdi içimdeki varlığı her zamankinden daha derin, armağan bıraktığı hisler daha şiddetliydi.

Dudaklarım gülümsemekle uykuya yenik düşmek arasında bocaladığında gözlerimi isteksizce araladım. Bora'nın bir eli saçlarımın örttüğü çıplak omuzlarıma, diğer eli bel boşluğuma sıkıca kenetlenmişti. Hâlâ uyuyordu. Zaten uyuyalı çok olmamıştı ve ben de uykuya devam etmek istiyordum ama yüzüme düşen güneş buna izin vermiyordu.

Gün çoktan doğmuştu.

Hiç bitmesin istediğim güzel bir rüya görüyor gibiydim dün geceden bu yana. Kaç kez düşman kesildiğimi sayamamıştım akıp giden zamana. Kafamı yavaşça kaldırıp Bora'nın yüzüne baktım, gözleri kapalı, dudakları kıpırtısızdı. Öyle huzurlu ve güzel uyuyordu ki onu uyandırmaya kıyamadım. Öte yandan, parmak uçlarımı sakallarına dokundurma isteğinden de kendimi alıkoyamadım. Elimi yüzüne doğru kaldırmamla geri çekmem bir oldu. Vazgeçtim. Her zaman yaptığım gibi, uyurken onu seyredecektim.

"Dokun," dedi Bora o an. Sesi uyku doluydu fakat bir o kadar da keskindi. Belimden çektiği eliyle elimi kavradı ve gayriihtiyari bir tavırla yüzüne götürüp sakallarının üstüne kapattı. "O güzel ellerini hiç çekme üstümden."

Bakışlarım yüzünde asılı kalmaya devam ederken "Bora..." dedim fısıltıyla. "Saatin kaç olduğuna bakmasak olur mu?"

Sabah olmuş olması benim umurumda değildi, onun da umurunda olmasın istiyordum. Bugün hiçbir şeyin aramıza girmesini, onu benden alıkoymasını istemiyordum.

"Saat mi?" Gözlerini hafifçe araladığında ifadesi muzipti. "O ne?"

Sessizce güldüğümde Bora'nın da dudakları kıpırdandı, uykuyla karışık bir gülümsemenin ardından gözlerini tamamen araladı ve yüzüme baktı. "Sabah olmuş," dediğinde tek eliyle yüzümü avucuna hapsedip başparmağıyla çenemi okşadı.

"Günaydın öyleyse," diyerek parmaklarımı saçlarına uzattım, alnına dökülen siyah tutamları geriye yasladım.

"Yanımda sen olduğun her an bana gün aydın zaten,"

dedi Bora göz kırparak. Elleri saçlarıma kaydı, omuzlarıma dökülen kahverengi dalgaları parmaklarının arasına doladı. "Niye bu kadar güzelsin ki?"

"Güzel miyim gerçekten?" diye sordum. O güzel dudakları, sadece bana bir şeyler söylemek için aralanmalıydı. "Yoksa bunu öylesine mi söylüyorsun?"

Bora o an düşünceli bir tavır aldı. "Bilmem ki... Neden bu kadar çirkinsin mi deseydim?"

Kaşlarım çatılırken iki elimi birden yumruk yapıp göğsüne bastırdım, sonra çenemi o yumrukların üstüne bıraktım. "Eğer bu bir şakaysa komik değil. Şaka değilse seni boğabilirim."

"Neden?" diye sorduğu sırada dirseğini yastığa bastırıp kafasını da avuç içine yasladı. Şimdi yüzü, yüzüme daha da yakındı. Dudaklarıma bakarak konuştu. "Bir çirkine vurulmuş olamaz mıyım?"

Maksadını anlamıştım ama beni bu şekilde sinirlendiremezdi. Gayet sakin bir tavırla "Çirkin değilim ben," dedim. "Aynaya bakınca ne gördüğümü biliyorum."

Bora da kaşlarını çattı. "Aynaların insanı kendisine olduğundan on kat daha güzel gösterdiğini biliyor muydun?"

Dudaklarımı alayla kıvırdım. "Hâlâ şaka yaptığını söylemek için fırsatın var," dedim tehdit eder gibi. "Bence ben sinirlenmeden sen bu fırsatı kullan."

"Çirkinlerin çabuk agresifleştikleri doğruymuş."

Bora benim aksime oldukça ciddiydi. Bozuntuya vermeden güldüğümde Bora'ya dil çıkardım. "Yemezler."

"Sen bilirsin." Yüzümü beni sinir edecek kadar ukala bir tavırla incelediğinde suratımı astım. Gerçekten güzelsin demek bu kadar zor muydu?

"Çirkin miyim ben Bora?" diye çıkıştım. Ellerimi üstünden çekip yatağın içinde doğruldum ve oturur pozisyona geldim. Tamam, az önce iddia ettiğimin aksine kendimi güzel bulmuyordum ama hiç değilse onun beni güzel bulduğunu sanıyordum. Şimdiye kadar hiç tersini söylememişti.

Bora ciddi bir şekilde yüzüme bakmayı sürdürürken "Ben seni böyle seviyorum," diye mırıldandı. Tek eliyle çenemi kavradığında küçük bir çocuğu sever gibi yanaklarımı sıktı. "Hem daha iyi değil mi bu? Güzeli herkes sever, boş ver, çirkin kal sen."

"Şimdiye kadar bana, güzelim, diyerek beni kandırıyor muydun yani?" Alınganlığım sesime de yansımıştı. Dağınık saçlarımın beni çirkin gösterdiğini düşünerek parmaklarımla düzeltmeye çalıştım.

"Evet." Bora da yatağın içinde doğruldu ve oturdu. "Tıpkı şimdi olduğu gibi." Burnumun ucuna bir fiske vurduğunda gözlerimi kırpıştırdım. O ise sessizce güldü. Tepkisiz kalıp suratına bön bön bakmaya devam ettiğim sırada parmaklarını belime saplayarak beni kendisine çekti. "Aptal kızım," dedi dudaklarını yanağıma bastırarak. "Sen gördüğüm ve görebileceğim en güzel şeysin."

"Benimle dalga geçme," diye mırıldandım. "Az kalsın inanacaktım beni güzel bulmadığına."

"Çok güzelsin..." Yüzümün her bir zerresini öpücüklere boğduğunda gülümsüyordu. Sonra birden bakışlarına hüzün uğradı. Elinin tersini yanağımda gezdirdi uzun uzun. Üç gün öncesinde kazara tokat attığı yanağımdı. "İçim acıyor Hande... Ne kadar sevsem, ne kadar öpsem de o an canını yaktığım için kendimi hiç affetmeyeceğim."

Onun aksine gülümsememden ödün vermedim. Bora'nın bu meseleye bu kadar içerlemesi beklediğim bir şey değildi. İstemeden de olsa bana vurduğu için kendisine kızıyordu. Oysa bu benim umurumda değildi, hatırlatıp durmasa aklıma bile gelmezdi. Hiçbir tensel acı, insan ruhundaki acıdan daha tesirli değildi.

"Öfkelendiğin zaman önünü ardını düşünmeden hareket ediyorsun," dedim yüzüne dikkatle bakarken. "O an Emrah'ın önüne geçtiğim için pişman değilim. O adama da suçsuz yere vursaydın sonrasında pişmanlık duymayacak mıydın?"

Bora'nın ifadesi sertleşti. "Emrah'tan bahsetme istersen," dediğinde ses tonu bile değişti. "O konuya girersek çıkamayız, fikrim değişmedi ve hâlâ çok öfkeliyim."

Pekâlâ, ben de böyle bir sabahı dolaylı bir şekilde Yiğit mevzusuyla mahvetmek istemiyordum. Olay henüz çok yeniydi ve Bora hâlâ bu durumu sindirebilmiş değildi. O yüzden üstelemedim ve konuyu değiştirdim. Bir süre daha yatakta kalıp konuşa gülüşe oyalandıktan sonra istemsizce aşağı indik. Öyle acıkmıştım ki midem guruldayordu. Dün Bora'yı beklerken sadece çorba içmiştim, hazırladığım hiçbir yemeğe dokunmamıştım ve hepsi koyduğum gibi masanın üzerinde duruyordu.

Bora sigara içmek verandaya çıktığında doğruca mutfağa geçtim. Dün akşamdan artakalan ne varsa o görmeden toplamak istedim. İçim acıyordu, her şey ziyan ve israf olmuştu. Masanın üstündekileri hızlıca kaldırdıktan sonra kalan yemekleri buzdolabına koydum. Sabaha kadar dışarıda kalmışlardı, bozulup bozulmadıkları konusunda en ufak bir fikrim yoktu ama çöpe dökmeye içim elvermemişti.

Mutfağı eski hâline getirdikten sonra tekrar buzdolabını açtım ve çıkardığım kahvaltılıkları masaya dizmeye başladım. Sonrasında siyah mutfak dolaplarına yürüyüp kahvaltılık tabakları çıkardım. Arkamı döndüğümde Bora buzdolabının başındaydı, mutfağa girdiğini bile fark etmemiştim.

"Ne yapıyorsun sen?" diye sordum tabaklarla birlikte masaya doğru yürürken. Bora bakışlarını buzdolabının içinden ayırmadı. Bir elinde yumurta, diğer elinde domates ve biberle birlikte kafasını kaldırdığında kapağını ayağıyla kapattı. "Sana parmaklarını yiyeceğin bir omlet hazırlayacağım," dedi övünürcesine. "Sebzeli."

Tezgâha doğru yürüdüğünde "Bak sen," diye mırıldandım. "Senin böyle maharetlerin de mi vardı?"

Tekrar dolaba ilerledim ve çıkardığım bardakları da masaya yerleştirdikten sonra tezgâha yürüdüm.

"Ne sandın?" diye sordu Bora sebzeleri yıkarken. Arkasından sessizce yanaşıp kollarımı bedenine sardığımda vücudu kaskatı kasıldı. Sırtının ortasına tişörtünün üzerinden öpücük kondurup geri çekildiğimde tek seferde tezgâhın üzerine çıkıp oturdum.

"Göster bakalım o zaman marifetlerini."

Bora yıkamış olduğu sebzeleri tezgâhın diğer tarafına koyarken bana ilgiyle baktı. Bakışları gözlerimden çekilip oturmamla birlikte yukarıya sıyrılan elbisemin açıkta bıraktığı bacaklarıma takıldığında kaşlarını çattı. "Ama sen böyle yaparsan..." dedi erkeksi sesiyle. "Benim dikkatim dağılır."

"Neden?" diye sordum kafamı yana eğerek. "Ne yapıyorum ki? Oturuyorum uslu uslu."

"Oradan in." Bakışlarını üstümden zorlukla çektiğinde eline bir bıçak aldı. "Parmaklarımı doğramak istemiyorum."

Hayır, der gibi omuzlarımı silktim. "Burada oturup marifetlerini izleyeceğim."

Bora kafasını eğdi, usulca gülümserken doğrama tahtasını aldı ve domatesleri üzerine koyup düzgün bir şekilde kesmeye başladı. Ara sıra bana uğrayan bakışlarında gördüğüm çapkın ifade beni gülümsetiyor, heyecanlandırıyordu.

"Elin epey yatkınmış aslında," dedim gülümseyerek. "Ama senin mutfağa girdiğin pek görülmezdi?"

"Yıllarca yalnız yaşadığımı unuttun herhalde." Bakışları tekrar üzerime çevrildiğinde bıçağı lavabonun içine bıraktı ve ellerini yıkamaya başladı. "Mutfak konusunda beceriksiz değilimdir, aksine elim lezzetlidir ama genelde dışarıdan yemeyi tercih ederdim."

Bu zamana dek şahit olduğum kadarıyla öyleydi, yemekleri dışarıdan ve anlaşmış olduğu tek bir restorandan geliyordu. "Ama yine de evde kendin yaptığın yemeği tutmaz."

Bora beni onaylar gibi kafasını salladığında "Artık restoran falan yok," dedim kendimden emin bir şekilde. "Bundan sonra hep ben yapacağım."

Rahatlıkla uzanabildiği dolabın üst rafından aldığı tavayı ocağa bıraktıktan sonra altını yakıp tavaya bir miktar yağ döktü. "Bunun için kendini zorlamasan mı?" diye sordu o sırada. "Yemeği illa kadınlar yapacak diye bir kural yok, sen kendini mecbur hissetme."

Sözleriyle birlikte yüzümü buruşturdum. Bora şimdi iyi bir şey söylemiş olabilirdi ama ben her zamanki gibi altında farklı bir niyet arıyordum. "Neden? Güzel yemek yapamıyor muyum ben?"

"Eyvah, eyvah..." diye mırıldandı Bora. Yumurta kabuklarını çöp kutusuna atarken bakışları benim üstümdeydi. Hayıflanır gibi kafasını salladı. "Havadan nem kapıp duruyorsun. Ne yapacağım ben seninle?"

"Ne o?" dedim kaşlarımı kaldırarak. "Sıkıldın mı benden?"

Çırptığı sebzeli yumurtayı tavaya dökerken bana afallamış gibi baktı, sonra işi gücü bıraktı ve birkaç adımda aramızdaki mesafeyi kapattı. Bacaklarımdan tutarak beni kendisine çektiğinde

"Keşke bin tane ömrüm olsa, binini de seninle geçirsem," dedi. Burnumun ucuna içimi gıdıklayacak bir öpücük kondurduğunda gözlerim kısıldı. "Bana böyle sorular sorma."

"Sorarsam?" diye üsteledim.

"Beni kızdırmış olursun."

"Kızarsan ne olur?"

Bora kaşlarını çatarak ciddi görünmeye çalıştı, oysa dudakları o farkında olmadan kıvrılıyordu. "Seni cezalandırırım."

"Nasıl cezalandırırsın mesela?" Kollarımı boynuna dolayıp yüzümü yüzüne yaklaştırdım. Bana öyle derin, öyle güzel bakıyordu ki bir anda hızlanan kalp atışlarımı duyacak sandım. Alnını alnıma yasladı, bakışları dudaklarıma kaydı ve bana biraz daha yaklaştı. Fakat dudaklarımız birleşmek üzereyken duraksadı. "Tam da bu an," dedi fısıltılı bir sesle. "Seninle nefes nefese olduğum an, delirtecek kadar güzel."

Gözlerimi yavaşça kapatırken onun gibi kısık bir sesle konuştum. "Delirtecek kadar güzel."

Derin bir nefes alırken dudaklarını dudaklarımda gezdirdi. "Sarhoş edici..."

Sözlerinin ardından, bu kışkırtıcı bekleyişe bir son vererek nefesimi kesti. Tek bir dokunuşuyla alevlenmeye hazırdı ruhum. Kendimi onun büyülü ritmine bırakarak dudaklarımdaki hükmüne teslim oldum. Fakat çok sürmedi, ocaktan gelen yanık kokusunu aldığımızda Bora afallamış gibi geri çekilip ocağa yürüdü. Omleti ters çevirmeye çalıştı ama sanırım dibi tuttuğu için çevrilmiyordu. Kaşlarını çatarak bir çatal yardımıyla altını kazır gibi yaptığında da çevrilmedi. Sinirlenmişti. "Hay ben senin gibi omletin..."

"Yandı galiba," dedim suçlu suçlu. Bora'nın bana bakmayışından istifade bıyık altı gülümsedim.

"Senin yüzünden." Nihayet ters çevirebildiğinde kenarları ve ortası neredeyse yanmış olan omlete burnundan soluyarak baktı. "Niye oturdun o tezgâha? Niye aklımı çeliyorsun benim?" "Kuru iftira." Ellerimi havaya kaldırdım. "Ben hiçbir şey yapmadım."

"Ama ben sana bir şey yapacağım şimdi..."

Bora bir yüzü neredeyse yanmış olan omleti servis tabaklarına koyduktan sonra masaya geçip kahvaltımızı ettik. Dediği kadar vardı, omletin tadı yanık olmasına rağmen güzeldi. Bora'nın aksine ben, onun benim için hazırladığı yemeğin tek bir zerresini bile çöpe göndermemiştim. Kahvaltının ardından masayı ve mutfağı birlikte toparlamış, o sırada günün planını yapmıştık.

Gün boyunca evde kalacak, baş başa olmanın keyfini sürecektik. Akşam yemeği için dışarı çıkma kararı aldığımızda Bora rezervasyon yaptırabileceği restoranlara bakmaya koyulmuştu.

O sırada çalan kapı ikimizin de dikkatini dağıttı. Beklediğimiz kimse yoktu.

Bora kapıya açtığında hemen arkasındaydım. Emir gelmişti. "Müsait miydiniz?" diye sordu çekingen bir tavırla. "Böyle pat diye çıkıp geldim ama arayıp da ulaşamayınca..."

Dün geceden bu yana ikimiz de telefonlarımıza bakmıyorduk, muhtemelen benim telefonumda önemli bir cevapsız çağrı yoktu ama bu durum Bora açısından sıkıntı oluşturmuştu bile.

"Evet, gelsene." Bora kapıyı sonuna dek araladı. "Hayırdır ters bir durum mu var? Ya da bir gelişme?"

Emir'le göz göze geldiğimizde sadece gülümsedi ama gülüşü bile keyifsizdi. Bora'yla aralarındaki buzları tamamen erittiklerinden bu yana, beni her gördüğünde muhakkak Bora'yı kızdıracak şekilde takılır ve h3alimi hatırımı sorardı oysaki. Yiğit ve Ceyda mevzusu tadını epey kaçırmışa benziyordu.

"İkisi de yok," dedi içeriye girerken. "Sadece konuşmaya geldim."

Bora'yla birlikte salona geçtiklerinde peşlerinden ilerdim fakat yanlarında oturmayacaktım. Konuşacakları konu Yiğit hakkında olacaktı ve ben bu konuşmaya dâhil olmak istemiyordum. Sonuçta bu konuda vukuatlıydım ve Bora'nın kızgınlığı hâlâ tam olarak geçmiş sayılmazdı. Kapının girişinde durduğumda doğruca Emir'e baktım. "Ne içersin Emir?"

Emir elini salladı. "Hiçbir şey, sağ ol."

Arkamı dönüp kapıdan çıkacakken "Aslında buraya seninle konuşmaya geldim," demesiyle durdum. "Otursana Hande."

Geriye döndüğümde tereddütlü bakışlarım Bora'nınkilerle buluştu. Bu durumdan hiç hoşnut görünmese de sesini çıkarmayışını bir onay olarak kabul ettim. Bora'nın yanına oturduğumda "Seni dinliyoruz," dedi Bora, Emir'e.

"Kayda değer bir şeyler duymak istiyor olabilirsiniz ama hiçbir gelişme yok," dedi Emir eveleyip gevelemeden. Yiğit ve Ceyda ilişkisi patlak vereli tam üç gün oluyordu. Ve bu üç gün boyunca Bora gibi Emir'in de yaptığı tek şey Yiğit'i aramak olmuştu. Bir de Ceyda'yı sıkıştırmak... Ama iki türlü de elle tutulur bir gelişme yoktu.

"Ceyda hiçbir şey söylememeye yemin etmiş gibi." Emir epey öfkeliydi. "Ne kadar dil döktüysem de ağzından tek bir laf alamadım. Nerede ve nasıl tanıştıkları hakkında hiçbir fikrim yok. Nasıl bir ilişkileri olduğu konusunda da."

Bora sessiz kaldı. Bu mesele canını öyle sıkıyordu ki ağzını açsa duyabileceğimiz tek şey ipe sapa gelmez küfürleri olurdu. Yiğit'i eline geçirdiği an bir kaşık suda boğacak kadar delirmişti. Fakat Yiğit'in öyle kolay kolay ortaya çıkmayacağını anladığı için de artık daha tedbirli hareket ediyordu. Ve en azından, artık Yiğit'i küçümsemiyor, onu ciddiye alıyordu.

"Benim bir fikrim varsa al senin olsun." Bora, burnundan solumaya başlamıştı bile. "Bunu Ceyda'dan beklemezdim."

"Ben de beklemezdim," dedi Emir mahcup bir tavırla. "Ceyda böyle biri değildi, hangi ara bu kadar düşüncesiz oldu anlamıyorum." Kafasını hayıflanırcasına salladı. "Kız kardeşimi tanıyamıyorum. Maksadı ne, o polisi neden bu kadar koruyor hiç bilmiyorum."

Emir'in sözlerinin ardından kısa bir sessizlik oluştu. Emir de Bora da dalgındı.

"Onu sevdiği için koruyordur belki de," dediğimde ikisinin de gözleri üzerime çevrildi. Bana, sanki yarın kıyamet kopacak demişim gibi ters ters bakıyorlardı. "Bakmayın öyle, ne gördüysem onu söylüyorum ben."

Bora sert bir nefes alarak arkasına yaslandı, şakaklarını sıvazladı.

"Ne gördün Hande?" diye sordu Emir. "Anlat lütfen. Her şeyi en ince ayrıntısına kadar, bir de senden dinlemek istiyorum."

Bora zaten Emir'e her şeyi anlatmıştı ama belli ki içi rahat değildi. O gün olanları tekrar gözlerimin önüne getirdim. Ceyda'nın Yiğit'e gülümseyişi, ona sarılışı aklımdan çıkmıyordu. Ve karşılık alışı da... "Sevgili gibiydiler," diye mırıldandım çekinerek. "Hatta gibisi fazla, öyleydiler. Neden uzun uzun sarılır ki bir kadın bir adama?"

"Şerefsiz piç." Emir sinirden parmaklarını koltuğun başına geçirip sıktı. "En başından anlatır mısın Hande? Konuştuklarından duyduğun oldu mu?"

Bora bana böyle deli deli bakıyorken bir kez daha içinde Yiğit'in geçtiği bir cümle kuracak olmak beni rahatsız etti. "Bora'ya defalarca anlattım Emir," dedim sessizce. "Son bir kez de sana anlatayım ve bana bir daha bir şey sormayın. Ceyda'yı takip etmeye karar verdiğimde zaten Yiğit'le görüşeceğinden şüphe etmiştim. Telefonunda gördüğüm mesajdan dolayı... Bora sana anlatmış olmalı. Ama onları yakından görmedim, ne konuştuklarını da duymadım. Gördüğüm tek şey, uzaktan birbirlerine sarılmaları oldu. Ceyda'yı çok tanımam ama onu daha önce hiç gözlerinin içi gülerken görmemiştim."

"Kafayı yiyeceğim." Emir yüzünü sıvazladı. Bakışları Bora'yı bulduğunda "Bizim bu herifi bulmamız lazım," dedi. "Derdi sensen benim kardeşimden ne istiyor?"

Emir'in öfkesi yalnızca Ceyda'ya değildi. İçten içe Bora'ya da kızgın gibiydi ama bir şey söyleyemiyordu. Daha doğrusu, araları yeni düzelmişken bozmak istemiyordu.

"Her şeyi çok önceden, ilmek ilmek planlamış olmalı," dedi Bora. Yiğit'ten bahsederken büründüğü tavır beni korkutuyordu. "Ben içerideyken..."

Öyleydi de zaten... Yiğit'in bu hamleleri birkaç günlük bir planın neticesi değildi. Tüm yaptıklarının ve yapacaklarının üzerinde uzun uzadıya durmuş olmalıydı.

"Belki de Ceyda o dönem harekete geçirdiği planlardan biriydi," dedi Emir saçlarını karıştırarak. "Orospu çocuğu, kardeşimi kullanıyor."

Yiğit yakışıklı bir adamdı, Ceyda'yı nasıl kandırmış olduğunu sorgulamıyordum bile. Ceyda ona dümdüz âşık olmuştu. Ailesine olan nefreti de onu böyle bir heyecana sürüklemişti. Bunun başka bir açıklaması yoktu. Emir'in bakışları tekrar bana çevrildiğinde "Dikkatini çeken başka hiç mi bir şey olmadı?" diye sordu.

Dikkatimi çeken herhangi bir şey olmamıştı lakin o güne dair kafamı kurcalayan başka bir detay vardı. "Aslında..." Bora'ya endişeyle baktım. Bundan ilk defa bahsedecektim, o yüzden alacağım tepkiden çekiniyordum.

"Anlat," dedi Bora gözlerimin içine bakarak. "Ben gayet sakinim şu an."

"Bana her şey en başından planlanmış gibi geldi," dediğimde o günü sil baştan yaşıyormuş gibi ürperdim. "Yiğit beni gördüğüne şaşırmadı, sanki oraya geleceğimi biliyormuş gibiydi. Hâl böyle olunca Ceyda'nın o telefonu masaya bilerek koymuş olduğunu düşündüm. Mesajda yazanları görmem için de özellikle lavaboya gittiğini... Çünkü o gün Yiğit hakkında konuşmamızın üstüne benim bu durumdan şüphe edeceğimi ve peşine düşüp takip edeceğimi biliyor olsa gerekti."

Bakışlarım Emir'e çevrildi. Kaşları çatılmıştı. "Yani?" dedi sorar gibi. "Ceyda'nın o komiserle bir olup oyun oynadığını mı söylüyorsun?"

Kafamı salladım. "Benim fikrim bu yönde."

"Ceyda'nın böyle bir plan yaptığını sanmam," dedi Emir bundan emin bir şekilde. "Umursamazın tekidir o. Kimseden korkmaz, sırrını açık etmekten çekinmez. Bence bu durum tamamen tesadüfen gelişti çünkü Ceyda'nın hesap kitapla işi olmaz."

Bora sessizce bizi dinliyordu. Bir kartalınkiler kadar keskin tuttuğu bakışları ikimizin arasında mekik dokuyordu.

"Tesadüf olduğunu düşünmüyorum," diye söylendim inatla. "Yiğit'le bir olup beni tuzağa düşürdüler." Emir kardeşini koruyor, onun saf hisleri uğruna kurban gittiğine inanmak istiyordu ama benim şüphelerimin haklılık payı vardı.

"Tesadüf değilse ve bu dediğin şeyler gerçekten kurgulanmış bir oyunsa o mesajı halam da görebilirdi." Bu düşünce Bora'ya aitti. "Ama mesajı sen gördün ve kendi kendini oyuna çektin."

O an Bora'ya ters bir şekilde baktım. Halasına gerçekten bu kadar çok mu güveniyordu? Tam da şimdi söylemekten çekindiğim düşüncemi dile getirecektim.

"Belki Hale Hanım da bu planın içindedir."

Emir ve Bora aynı anda gülüştüklerinde kaşlarımı çattım. Komik olan neydi? Ben o günden beri Hale Hanım'dan da şüphe ediyordum. "Halanıza çamur atmış gibi oluyorum ama ben düşündüğümü söylüyorum," dedim sert bir sesle. "Ne zaman o kadının evine gitsem başıma bir bela musallat oluyor."

Emir hâlâ gülmeye devam ederken Bora birden ciddileşti. "Halam benim arkamdan iş çevirecek en son insan bile değil," dedi, sözlerime kızmıştı. "Bunu düşünme bile. Babamdan her konuda şüphe et ama halamdan etme."

"Neden etmeyeyim?" diye sordum. Düşüncemi komik bulup gülmeleri sinirlerimi bozmuştu. "Baban tarafından kaçırıldığım gün de halanın evinden çıkmıştım, Yiğit'in tuzağına düştüğüm gün de."

Hale Hanım gerçekten de melek gibi bir kadındı ama ben babamın ihanetinden sonra, artık kimseye güvenemez olmuştum.

"Halam seni o avukat piçinin yanına zorla mı gönderdi?" diye sordu Bora oldukça sert bir sesle. "Ve halam seni Ceyda'nın peşine düş diye tehdit mi etti?"

Sözlerini öyle büyük bir hınçla dile getirmişti ki donup kaldım. Söz konusu halası olduğunda beni bile ezip geçeceğe benziyordu. Halası onu büyüten kadındı, hassasiyetini elbette anlıyordum ama onun da beni anlaması gerekmez miydi?

"Bora haklı," dedi Emir. Aramızdaki gerginliğin dozunu düşürmek ister gibiydi. "Halam dünyanın en yürekli insanı, ayrıca Bora'ya olan sevgisi bir ayrı... Onu hepimizden farklı sever. Asla böyle bir şey yapmaz."

Bora bana kırgın kırgın bakarken "Bora'yı sevmiyor demedim ki ben," dedim kendimi savunarak. "Belki de Bora'yı sevdiği için..."

"Ne saçmalıyorsun Hande?" Bora'nın bu konuda tek bir kelime etmeme dahi tahammülü kalmamıştı. "Bir araya gelmemiz için bu kadar çok çaba sarf eden bir kadın bunu neden yapsın?"

"Beni istemeyen halan değil, baban." Madem Bora'yı karşıma almak pahasına riske girmiştim, öyleyse düşündüğüm her şeyi söyleyecektim. "Halan da baban tarafından tehdit ediliyor olabilir. Neyle tehdit edildiğini bilemem ama buna mecbur bırakılmış olabilir. Ve aslında bunların hepsi babanın planının bir parçası da olabilir. Sonuçta baban benden nefret ediyor, Yiğit de seni benimle tehdit ediyor. İkisinin de ortak bir amacı var."

Bora birden ayağa kalktı ve yanımdan uzaklaşarak salonun içinde volta atmaya başladı. Sözlerime cevap bile vermedi çünkü konuşursa iyi şeyler söylemeyecekti. Düşündüklerim onu delirtmişti, peki ya haklıysam ne yapacaktı?

"Ne yani?" diye sordu Emir yüzünü buruşturarak. "Amcamın o komiserle iş birliği içinde olduğunu mu düşünüyorsun?"

Bora durdu, vereceğim cevabı bekliyormuş gibi yüzüme baktı ama bakışları zehir zemberekti.

"Düşünüyorum," diyerek kafamı salladım. Geri adım atmak yoktu. "Bora az önce kendi ağzıyla söyledi babamdan her şeyi bekle, diye. Ben de ondan her şeyi bekliyorum işte?"

"Ama bunu bekleme!" diye bağırdı Bora sonunda. "Babam bu kadarını asla yapmaz!"

Bir şeyler söyleyecek gibi oldum ama vazgeçtim, sustum. Ortam tartışmaya müsait değildi.

"Diyelim ki dediğin doğru... Amcam ve halam, Yiğit'le iş birliği yapıyor. Ceyda bu hikâyenin neresinde?" Emir önce Bora'ya sonra bana baktı. "Bora haklı, mesele senin düşündüğün gibi olamaz. Kardeşimi az çok tanıyorum ben. Hiç kimse ona istemediği bir şeyi yaptıramaz."

Ne Emir ne de Bora benim gibi düşünmüyordu, ne söylersem söyleyeyim değişen bir şey olmayacaktı. O nedenle suskunluğumu korudum. Zaten konuştukça Bora'nın gözüne batıyordum.

"Bu adamı nerede bulabiliriz, kafa yormamızı gerektirecek tek soru bu." Emir, tartışmalı konunun üstünü örtmek için çaba sarf ediyordu. Ve haklıydı da... Şimdilik kafa yorulması gereken tek şey Yiğit'i nasıl bulacağımızdı. O an Bora'nın, Yiğit'in annesi ve kız kardeşi olduğundan bahsettiğini hatırladım. "Yiğit'in annesiyle konuşmayı denediniz mi?"

Emir bana dikkatle baktı. Bora'nın bunu düşünmemiş olması imkânsızdı ama belki bir ihtimal aklından uçmuş olabilirdi.

"Sence ben bu detayı atlar mıyım?" diye sordu Bora. Biraz yatışmış gibiydi ama hâlâ öfkeliydi. "İkisi de kayıp. Ne annesi ne de kız kardeşi ortalarda yok. Ankara'da bile olmadıklarına eminim, yıllardır yaşadıkları ev tamamen boş."

Emir sinirleri bozulmuş gibi güldü. "Yani elde var sıfır, öyle mi?"

"Şimdilik," dedi Bora.

"Peki, sen ne yapmayı düşünüyorsun?" diye sordum Emir'e. "Ceyda'yı ne zamana kadar eve kapatacaksın?"

"O komiser zımbırtısından tamamen vazgeçene kadar."

Her şey Yiğit'in lehine bizimse aleyhimize işliyordu. Yiğit'in tüm planları tıkır tıkır işliyordu, sırada ne olduğunu bilmeden elimiz kolumuz bağlı beklemek sinir bozucuydu. İstediği zaman, istediği yerde karşımıza çıkabiliyordu, çok uzaklarda saklanıyor olamazdı. Öyleyse neden hiç kimse onu bulamıyordu?

"Eğer saçma bulmayacaksanız, benim aklıma bir şey daha geldi." Emir ve Bora'nın aynı anda üzerime çevrilen bakışlarının ardından hiç beklemeden konuştum. "Ceyda, Yiğit'e yardım ediyorsa Yiğit, Enver Bey'e ait olan evlerden birinde kalıyor olabilir mi?"

XIV
ATEŞTEN HIRKA

Bahçenin bir köşesine ektiğim çiçeklere bakmaya çıktığımda bazılarının yeşerip büyüdüğüne, bazılarınınsa sararıp öldüğüne şahit olmuştum. Aynı toprağa bağlıydılar, aynı güneşin ve aynı gecenin altındaydılar fakat biri yaşarken diğeri ölüyordu... Bir an çiçek yetiştirme konusunda acemi olduğum için hatanın kendimden kaynaklandığını düşünmüştüm. Fakat daha sonra, aynı gökyüzüne bakan insanların da aynı hayata tutunamadıkları geldi hatırıma.

Bora ve ben gibi, Elif ve Yiğit gibi...

Elif'i düşünüp kahrolmadığım, Yiğit'i düşünüp korkmadığım tek bir günüm geçmiyordu. Yiğit'in hırsından, intikam arzusundan ve bize yapacaklarından çok korkuyordum. Her ne kadar karşı karşıya geldiğimizde dilim aksini söylese bile kalbim Yiğit'e yerden göğe kadar hak veriyordu. Ne yapsa, ne düşünse, ne istese yeri diyordu ama karşısındaki insanların biz olduğunu bilmek canımı acıtıyordu.

Ben bir intikama kurban gitmek istemiyordum. Elif'le aynı kaderi paylaşmak ve Bora'dan sonsuza dek ayrılmak istemiyordum. Tüm bu istemediğim şeyleri Yiğit'e yaşatmış olduğumuzu düşününce de bizi haksız buluyordum ve sürekli tekrar eden bir kısır döngüye giriyordum.

Bunun bir sonu gelmiyordu. Gelmeyecekti.

Güneşin çekildiğini ve berrak göğün bir anda bulutlandığını fark edince yağmur yağacağını anlayarak eve yürüdüm. Emir'in bize uğradığı o sabahtan sonra Bora ve Emir, Enver Bey'e ait olan tüm mülklere bizzat bakmışlardı. Ama Yiğit hiçbir evde, hiçbir yerde yoktu. Yer yarılmıştı da yerin dibine girmişti sanki... Bu düşüncem bizim için zaman kaybından başka bir şey kazandırmamıştı.

Yiğit plan yapmaya, Ceyda ise susmaya devam ediyordu.

Eve girip doğruca yukarı çıktığım sırada yatak odası kapısının aralık oluşu dikkatimi çekti. Merdiveni bitirmek üzereyken duraksadım, çıkarken açık bırakmadığıma emindim. Bu eve yabancı birinin girmesinin mümkün olmadığını bilsem de korkmuştum.

"Bora? Sen mi geldin?"

"Evet. Buradayım." Bora'nın yanıtını duyduğumda rahatlayıp odaya yürüdüm. Aralık kapıdan içeriye geçtiğimde Bora'yı üstünü değiştirirken ve yüzünden düşen bin parçayken buldum.

Neler oluyordu?

Tereddütlü bir sesle "Bora?" diye seslendim. Ama beni gördüğü, duyduğu yoktu. Üzerinden çıkardığı gömleği yatağın üstüne fırlatmış, yerine rahat bir tişört giymişti. Şimdiyse pantolonuna kemer geçiriyordu.

"Daha iki saat önce çıkmıştın, bir şey mi oldu?" Yatağın diğer ucunda dikildiğimde ellerimi göğsümde birleştirdim. "Beni korkutuyorsun."

Bora kısa bir an kafasını kaldırıp yüzüme baktığında bakışlarında gördüğüm öfke beni dehşete düşürdü.

"Babam aradı az önce," dedi sonunda. "Nasıl başarmış bilmiyorum ama Ceyda bir şekilde evden kaçmış. Muhtemelen şu an Yiğit'le beraber."

Gözlerim şaşkınlıkla büyüdü. Emir günlerdir odasından çıkmasına bile izin vermezken Ceyda evden kaçmayı nasıl başarmıştı?

"Nereye gidiyorsun ki şimdi?" diye sordum korkuyla. Yiğit bizimle kedinin fareyle oynadığı gibi oynamaya devam ettikçe ve Bora bu durum karşısında hiçbir şey yapamadıkça çıldırıyordu. Öfkesi her geçen gün katlanarak büyüdü.

"Amcamın evine."

"Ben de geleyim," dedim endişe içinde. Bora'yı yalnız bırakmak istemiyordum.

"Babam da orada olacak, ne yapar ne eder canını sıkar." Bu, beni meselenin dışında tutmak için öne sürdüğü bir bahane miydi bilmiyordum ama sözlerinde haklıydı. "Sen evde kal."

"Pekâlâ." İtirazım yoktu çünkü babasıyla karşılaşmayı istemiyordum. Öte yandan, bu meselenin içinde yer almaktan gerçekten de kaçıyordum.

Bora cüzdanını ve araba anahtarını ceplerine tıkıştırdıktan sonra yatağın diğer tarafına dolanıp bana doğru yürüdü. Karşımda durup yüzümü avuçlarının arasına aldığında "Düşünme hiçbir şey," dedi güven veren bir sesle. Söylemesi kolaydı...

"Ben geç gelebilirim. Hilal'i ya da Melisa'yı davet et. Ya da anneni falan... Nasıl istersen."

Kafamı salladım yavaşça. Çünkü sıkıldığımda evden çıkmak gibi bir lüksüm yoktu. Çünkü hayatımızda Yiğit Mirzanlı gibi büyük bir tehdit vardı ve ben eskisi gibi özgür bir adım atamaz olmuştum. Nasıl bir hayatın içine düşmüştüm böyle? Neresinden tutsam elimde kalıyor, boğazıma diziliyor, nefesime kastediyordu.

"Hande," diye mırıldandı Bora. Yüzümü yüzüne kaldırıp gözlerimin içine baktı. "Sıkıldığını, bunaldığını görebiliyorum. Ben de sıkıldım ama inan ki çözeceğim bu meseleyi. Bu saçma tehdidi tamamen ortadan kaldıracağım. Lütfen, sabret."

Ona inandım, inanmaktan başka çarem yoktu. Hangi kasırganın ne zaman şehrimize vuracağını kestiremiyorduk. Güçlü olmaktan başka yapabileceğimiz bir şey de yoktu.

"Başka bir seçenek var mı ki?" diye sordum gülümsemeye çalışarak. *Böyle yaşamaya kendi kendimizi mecbur bırakmıştık.* "Geçeceğini biliyorum, sabrediyorum. Hadi git."

Bora beni kollarının arasına aldı, sarıldı ve saçlarımın üzerine sert bir öpücük bıraktı. Sonra başka bir şey söylemeden kapıdan çıkıp gitti. Arabasına binip evden uzaklaştığı anı pencereden izledim. Aklım karmakarışıktı, Ceyda sahiden de Yiğit için tüm gemileri yakmış durumdaydı.

Bora'nın gidişinin ardından geçen birkaç saatte bu ev hiç olmadığı kadar sıkıcı geldi bana. Evde yapılabilecek onlarca şey varken hiçbir uğraş bulamıyordum kendime. Kitap okuyabilir, boyama yapabilir, dizi ya da film izleyebilirdim ama hiçbiri içimden gelmiyordu. Aklım bütünüyle Bora'daydı. Gittiğinden bu yana iki kere aramış olmasına rağmen sadece onu düşünüyordum.

Sıkıntıdan kafayı yiyeceğimi düşündüğüm bir anda kapı çaldı.

Veysel veya Emrah mühim bir şey olmadıkça kapıyı çalmazlardı. Muhatap oldukları tek kişi Bora'ydı genelde. Hilal'le yaklaşık bir saat önce konuşmuştum, iş çıkışı uğrayabileceğini söylemişti. Annem ya da Hale Hanım da gelmiş olamazdı. Öyle olsa haber verirlerdi. Bora dışında beklediğim hiç kimse yoktu. Kapıya varıp mercekten dışarıya baktığımda gördüğüm yüz, beklemediğim birine aitti. Kaşlarım elimde olmadan çatıldığında yüzüme yerleştirdiğim soğuk ifadeyle birlikte kapıyı açtım.

Karşımda Yaren duruyordu, neden geldiğini sormadım. Kapıma kadar gelen oydu, öyleyse söze ilk onun başlaması gerekiyordu. Oldukça sert bakıyor olmama rağmen gülümseyerek "Müsait miydin?" diye sordu.

İçime bir huzursuzluk çöktü. Yaren'in bu kapıya sıradan bir sebeple gelmeyeceğini çok iyi biliyordum çünkü. "Değilim desem?"

"Nezaketen sormuştum zaten." Yaren'in gülümsemesi yok oldu ve yerini ciddi bir ifade devraldı. "Konuşmamız gerek."

"Bak sen... Ne hakkında?"

"Böyle ayaküstü olmaz. İçeri almayacak mısın beni?"

Onu isteksizce eve aldığımda birlikte salona geçtik ve koltuklara karşılıklı oturduk. Konuya girmesini beklerken bakışlarımı Yaren'in üstünden bir an olsun ayırmadım. Tavırlarında, duruşunda bir gariplik var gibiydi, her zamanki Yaren değildi sanki. Hiçbir şey söylemeden suratıma bön bön bakıyordu.

Sonunda, "Ne istiyorsun?" diye sordum merakla. "Neden geldin?"

Yaren rahat görünmeye çalışsa da gözden kaçmayacak kadar gergin olduğunun farkında değildi. Bacak bacak üstüne attığında "Çok kabasın," dedi gülümseyerek. "Hiçbir şey ikram etmeyecek misin?"

"Sen de çok şakacısın," dediğimde sesim epey sert çıktı. "Ne söyleyeceksen söyle de git bir an önce."

Yaren derin bir nefes alıp arkasına yaslandı. "Anlatacaklarım uzun. Ve açıkçası, biraz gerginim."

"Öyleyse anlatmaya başla bir an önce," dedim sabırsızca. İçim hiç rahat değildi. Gerginlikten parmaklarımı kütletip duruyor, sakin kalmaya çaba sarf ediyordum.

"Ne konuşacağız Yaren?"

Onun Bora'ya olan hislerini bilmek ve bunu bile bile iki medeni insan gibi konuşuyor olmak midemi bulandırıyordu. Ona en fazla bu kadar müsamaha gösterebilirdim, daha fazlası olmazdı.

"Belki de şu zamana kadar hiç konuşmadıklarımızı." Ellerini saçlarına atıp düzelttikten sonra parmaklarını dizlerine bastırdı.

"İlginç," diye mırıldandım. "Serdar'ı nasıl kandırdığını konuşabiliriz mesela."

Konunun Serdar'a gelmiş olması Yaren'in keyfini kaçırmıştı. Belli etmemeye çalışsa da renginin attığını görebiliyordum. Bakışlarını kaçırdı, tek bir noktaya bakarak dudaklarını kemirirken "Serdar'dan ayrılacağım," dedi bir anda. "Evlenmeyeceğim onunla."

"Sen şaka mısın?" Kaşlarım çatılmıştı. "Ayrılmak için düğününüze sayılı günler kalmasını mı bekledin?"

Şaşırmış ve korkmuştum. Yaren'in kapıma kadar gelip Serdar'dan ayrılacağını söylemesi hayra alamet değildi. Pekâlâ, Serdar ve Yaren ilişkisinin bitmesine benden daha çok sevinecek biri olamazdı fakat Yaren'in niyeti başından beri buysa neden Serdar'ın hayatındaydı? O an aklıma Bora'yla tartışırken bana söyledikleri geldi. *Yaren'in ipini tamamen çekeceğim, o evlilik olmayacak,* demişti. Öyleyse bu ayrılığın Bora'yla bir ilgisi olabilir miydi?

"Onun iyiliği için," dedi Yaren yüzüme baktığında. Bakışları bomboştu. "Serdar gerçekten iyi bir adam ve beni çok sevdi. Her hâlimle, her koşulda, tüm eksikliklerimle... Bense onu, onun beni sevdiği gibi sevemedim."

Bu işte bir tuhaflık vardı... Yaren kendinden başkasını düşünmezken Serdar'dan onu düşündüğü için de ayrılmazdı. Evet, bu ayrılığın kesinlikle Bora'yla bir ilgisi olmalıydı.

"Kabul ediyorsun yani?" dedim küçümseyici bir bakış atarak.

"Neyi?"

"Onun gibi bir adamı, aslında hiç hak etmediğini..."

"Haklısın," dedi Yaren. "Ben sevmeyi beceremedim."

Kahve çekirdeğini andıran gözbebekleri kısıldı ansızın tebessüm edişiyle. Hiç mi acımıyordu canı? Ya hiç mi pişmanlık duymuyordu? Bir an bile...

"Evet, sevmeyi beceremedin. Peki, gitmeyi becerebilecek misin?"

Durumu yadırgamamış gibi görünmemin aksine içimde fırtınalar kopuyordu. Birazdan, bu sözlerin altından çıkacak esas sebebi duymayı bekliyordum. Öfkeli davranırsam Yaren esas söyleyeceği şey her neyse asla söylemezdi.

"Ben gideli epey oldu," dedi alay eder gibi. "Şaka yapmıyorum, gerçekten de bitireceğim her şeyi."

Bundan emin değildim. "Ama çok kararsız görünüyorsun."

"Geri dönmeyeceğim," diye konuştu Yaren. "Hiçbir şey bilmiyorsun sen. Ben Serdar'a geldiğim gün kestim gidiş biletimi. Çünkü en başından beri belliydi günün birinde biteceği."

Durgun suyuma taş atıp kaçmak gibiydi bu yaptığı. Oturduğum koltukta huzursuzca dikleşirken "Neden?" diye sordum. Hislerim iyi şeyler duymayacağımı fısıldıyordu kulaklarıma.

"Neden en başından belliydi günün birinde biteceği?"

Tebessümü yoktu artık dudaklarında, acı bir siren sesi yankılandı kulaklarımda. Bu bir felaketin en sarsıcı habercisi gibiydi.

"Söylesene," dedim. Artık sakin kalamıyordum.

"Önce Bora'dan başlayacağım," dediğinde kaşlarını kaldırdı. "Beni bu oyunu oynamaya mecbur bırakan adamdan."

Keskin bir bıçağın boğazıma dayandığını hissettim. İyi şeyler duymayacaktım, biliyordum. "Bora'yla aranda nasıl bir münasebet var?" Oturduğum koltuğun kenarlarını yırtacak gibi sıktım. "Söyle artık şunu da bu mesele tamamen kapansın."

Yaren gülümsedi. Ben burada öfkeden çıldırırken onun gülümsüyor olması cinnetime sebepti. Artık hiç kimseden korkmadığına ve bu sözleri dillendirecek kadar cesaretli olduğuna göre gerçekten de gidecek demekti.

"Her şeyi en başından anlatacağım, işin Bora'yı ilgilendiren, her zaman bilmek istediğin o kısmını da..." Derin bir nefes aldığında bakışları kapıya çevrildi. "Ama önce bir lavaboyu kullanabilir miyim?"

Filmin en heyecanlı dakikasında araya giren saçma bir reklam gibiydi bu yaptığı. Gerildiğimi belli etmemeye çalışarak kafamı salladım.

Yaren ayağa kalktı ve salondan çıkıp lavaboya gitti. Elim kolum bağlı bir şekilde oturup bekledim. Anlatacaklarını merak etmesem, beni ilgilendiren bir tarafı olmasa onu kapıdan içeriye bile almazdım ama yapabileceğim bir şey yoktu. Aradan birkaç dakika geçtiğinde içime bir kurt düştü, oturduğum koltuktan kalkıp kapıya yürüdüm. Koridora çıktığım an bakışlarım merdivenin karşısına denk düşen lavaboya takıldı. Tam da o an yukarıdan bir kapının, belli belirsiz örtülme sesini duydum.

Eğer hâlâ salonda oturmaya devam ediyor olsaydım duymayacaktım.

Yaren yukarıdaydı, niyeti neydi ve yukarı katta ne arıyordu hiç bilmiyordum ama bir şeyler karıştırdığı başından belliydi. Anlamalıydım... Doğruca merdivenlere yürüdüğümde o da sessizce merdivenlere doğru ilerledi. Beni gördüğünde birden durdu, ben hızlı bir şekilde merdivenleri çıkarken o aşağı inip inmeme konusunda tereddütte kalmış gibi duraksadı.

"Yukarıdaki lavaboyu kullandım," dedi sessizce. Yakalanmanın verdiği suçluluk duygusuyla sesi titredi.

"Salak mıyım ben?" diye bağırdım çabucak yanına ulaştığımda. "Ne karıştırıyorsun sen?"

Evet salaktım, lavaboya gideceğim dediğinde inanacak kadar salaktım hem de... Ama böyle bir şey yapacağı nereden aklıma gelirdi ki?

Yaren sessiz kaldığında "Söylesene!" diye çıkıştım sertçe. Bakışlarım kattaki tüm kapıları tek tek gezdi. Bu katta misafir odası, yatak odası, çalışma odası, giyinme odası ve bir de spor odası vardı. Ve şu an hepsinin de kapısı kapalıydı, Yaren hangisinden çıkmıştı ve içeride ne halt karıştırmıştı?

"Hangi odadaydın?" diye sordum üstüne yürürken. Yaren bir iki adım geriledi. "Neyi karıştırdın?"

"Hiçbir şey karıştırmadım," diye bağırdı sonunda. Sonra lavaboyu işaret etti. "Midem bozulmuş, alt kattaki tuvalette sesimi duyup rahatsız olma diye yukarı çıktım." Bu sefer o benim üstüme yürüdü. "Tamam beni sevmiyorsun anladık da hırlı mıyım hırsız mıyım ben? Ne bu tantana?"

Ona inanmıyordum, geldiğinden beri şüpheli hareketler sergiliyordu ve şu an yaptığı şey sadece suç bastırmaya çalışmaktı.

"Yalan söylüyorsun," diye üsteledim. "Bana hemen, burada ne halt karıştırdığını açıkla!"

"Yeter Hande," dedi Yaren öfkeyle. Gözleri yuvalarından çıkacak gibi büyümüştü. "Gidiyorum ben, buraya gelip seninle konuşmak istemem saçmalıktı zaten!"

Omzuma çarparak beni ezip geçti. Arkasına bile bakmadan merdivenleri inmeye başladığında ona şaşkınca bakakaldım, geldiğinden beri bir şeyler eveleyip geveliyordu, şimdi ise anlatacaklarını bile anlatmadan çekip gidiyordu.

"Nereye gidiyorsun?" diye bağırdım arkasından. Yaren beni duymazdan geldi, basamakları bitirmek üzereyken arkasından koşar adımlarla indim ve hızlıca önüne geçerek durdurdum onu. Omuzlarından itekleyip içeri doğru birkaç adım gerilemesine sebep olduğumda "Hani konuşacaktın benimle," dedim öfkeyle. "Hani bana anlatacakların vardı?"

Yaren alaycı sözlerime aldırmadı, yüzündeki o donuk ifadesi sarsılmadı. "Ne bilmek istiyorsun?"

"Benimle dalga mı geçiyorsun?"

Bağırışımla irkilerek bir adım geriye gitti. Korkağın tekiydi ama buna rağmen beni delirtmekten geri durmuyordu. "Hani bana en başından anlatıyordun her şeyi? Söyle, Bora'nın ne sırrı var sende!"

"Onu da Bora söylesin sana..." Telaşla yutkunarak sözlerine devam etti. "Ama madem aramızda ne olduğunu bilmek istiyorsun, söyleyeceğim."

"Söyle," dedim nefesim daralırken. "Söyle artık lanet olasıca!"

"Sen ortada bile yokken, ben vardım," dedi Yaren. "Ben seviyordum onu, ben istiyordum ama o benim yüzüme bile bakmıyordu." Sıradan bir konu hakkında konuşuyormuş gibi rahattı, umursamaz, küçük bir kız çocuğu gibi omuzlarını çırptı. "Hislerimi hep hafife aldı, benimle oyun oynadı, sonra da bir mendil gibi buruşturup attı!" Ben ona dikkatle bakarken o gözlerini kaçırdı ve kafasını kaldırıp yukarı kata doğru baktı. "Daha önce bu evde tek bir gece geçirdim onunla. Ertesi gün yüzüme bile bakmadığında öyle delirdim ki kendimi Serdar'ın yanında buldum. Bora bizi her yan yana gördüğünde bana neler yaşattığını unutmasın diye... Hatırladıkça huzuru kalmasın diye..."

Başımdan aşağı bir kova kaynar su dökülmesine eş değerdi ayarsız sözleri.

"Bora benim katilim oldu." Parmağını göğsünün ortasına bastırdı. "Ben de Serdar'ın."

Kelimeler birer silahtı, bu gerçek de sırtıma saplı bir hançer gibi asılı duracaktı. Bora'ya defalarca sorduğum o soru ve her seferinde birer kandırmaca niteliğinde aldığım yanıtları kulaklarımda uğuldadı. Hakikat karşımdaydı.

Onu seven yanım, hiç bu kadar acımamıştı.

Yaren bir şeyler daha söylemeye, sözleriyle beni öldürmeye devam etti. Onu dinlesem de duymuyor, ne dediğini anlamıyordum. Bora ve Yaren... Adlarını yan yana koyarken bile içimi titreten, midemi bulandıran o ihtimal... Hikâyeleri ne zaman başlamıştı? Ne zaman bitmişti? Ben ve Serdar, bu hikâyenin neresindeydik?

Her şeyi bilmek ve hiçbir şeyi bilmemek istiyordum.

Yaren söyleyeceklerini söyledi ve çıkıp gitti. Bir anlık öfkeyle, ona bir zarar vereceğimden endişe eder gibi hızla uzaklaştı. Az önce kapanan kapıya donup kalmış gibi bakarken yaşadıklarımızı, arkadaşlıklarımızı, ilişkilerimizi düşündüm. Bora'yı, Serdar'ı Yaren'i... Hangi noktada, ne kadar kandırıldığımızı ve geçmişte tam olarak neler yaşandığını...

Aklım almıyordu, aklım alsa midem kaldırmıyordu.

"Yalan söylüyor," dedim çaresizce. Yaren'in gidişinin ardından kaç dakika geçtiğini bilmiyordum. Hâlâ aynı noktada dikiliyor ve içimde kasırgalar koparken dışımın sessizliğine lanetler yağdırıyordum. Bir şeyler yapmalıydım. Gerçek bu olamazdı, öylece durup bu kadar dağılamazdım.

Hızlı bir şekilde yukarı çıkıp yatak odasına girdim ve yatağın üstünde bıraktığım telefona sarılıp Bora'yı aradım. Aradığım zaman açmazlık etmezdi, yine etmedi ama bu sefer telefonu açan o değildi.

"Hande?" diyen Hale Hanım'ın sesini bir an farklı bir kadın olarak algılayıp kaşlarımı çatsam da çabuk toparladım. "Bora lavaboda, mühim bir şey vardır diye ben açtım telefonu."

"Neredesiniz?" diye sordum. Sesim nasıl çıkıyordu bilmiyordum.

"Abimin evinde... Bir sorun mu var? Senin kötü geliyor sanki."

"Sorun yok," diyebildim. "Sadece merak ettim."

Telefonu kapattığımda tek yaptığım hızlı bir şekilde üzerimi değiştirmek oldu. Bora'nın ne zaman geleceğini bilmiyordum. Burada elim kolum bağlı vaziyette onun gelmesini bekleyecek takatim yoktu. Bir yolunu bulup bunun doğru olup olmadığını ona sormam gerekiyordu.

Hayır, Yaren'e inanmıyordum. Söyledikleri doğru olsa bile mutlaka yalan payı olmalıydı. Yalancıydı çünkü bu evde Bora'yla bir gece geçirmiş olamazdı. Üstelik bu odada, bu yatakta... Benim canımı sıkmak istiyordu ve başarmıştı da.

Kusacak gibiydim.

"Bora bana bu konuda yalan söylemez." Kendi kendimi teselli edişlerim, ağlamaklı bir sesle dökülüyordu dudaklarımdan. "Bana yalan söylese bile Serdar'a yalan söylemez o."

Telaşlı bir şekilde evden çıktım ve Veysel'e beni Enver Bey'in evine götürmesini söyledim. Bora eve geldiğinde zaten akşamüstüydü, gittiğinden birkaç saat sonra hava kararmış ve çok yağmur yağmıştı. Durmuş olmasına rağmen yollar sırılsıklamdı.

İçim içimi yiyen bir yolculuğun sonunda, rahmetli Enver Şahsuvar'ın evine varmıştık. Arabadan inmeme gerek kalmadan güvenlik görevlileri demir kapıyı aralamışlardı. Araba içeri girip eve yakın bir konumda durduğunda kapıyı açıp hızlıca indim. Villanın büyük giriş kapısına uzanan taşlı yolu yürürken derin derin nefesler aldım. Kötüydüm, kendimde değildim, hatta çocuklar kadar savunmasız ve çaresizdim. Ama içeride yalnızca Bora yoktu, sakin olmalı ve kimseye bir şey belli etmemeliydim.

Zili çaldıktan kısa bir süre sonra yardımcılardan biri kapıyı açtı. Geriye çekilip içeri girmeme müsaade ederken "Hoş geldiniz," dedi naif bir sesle. "Herkes salonda efendim."

Kendimi toparlamaya çalıştım. Yüzümdeki o vurgun yemiş ifadeyi silmeye gayret ederek doğruca salona geçtiğimde tam da karşılaşmayı beklediğim manzara duruyordu karşımda.

Emir ve Bora yan yana berjerlerde oturuyorlardı. Yanlarındaki koltukta ise Hale Hanım ve Haldun Bey oturuyorlardı. Nevin Hanım da buradaydı, kızının ne işler karıştırdığını duyduğunda tekrar İzmir'den çıkıp gelmiş olmalıydı.

"Polise haber vermemiz gerekiyor." Sesi barut gibiydi. Diğerlerinin aksine ayakta dikiliyordu. Anne yüreğiydi işte... Kızı ortalarda yoktu ve o, nefes bile alamıyordu.

Henüz kapının önünde durup onları izlediğimi fark eden olmamıştı. Bir süre olduğum yerden kıpırdamadım, ses çıkarmadım.

"Ne diyeceksin polise?" Bu soruyu soran Haldun Şahsuvar'dı. Bakışlarında yine o şahsına münhasır alaycı ifadesi vardı. "Kızım kocaya kaçtı mı?"

Nevin Hanım ona nefret dolu gözlerle baktı. "Senin çözümlerin kurtarmaz benim kızımı... Onu sizin elinize bırakmam ben."

"Anne," diye uyardı Emir o sırada onu. Sesinden anladığım kadarıyla yorgundu. "Amcam haklı, bu mevzu polislik değil. Lütfen biraz sakin olur musun?"

"Gerilmenin bir anlamı yok Nevin," dedi Hale Hanım kafasını sallayarak. "Hepimizin tek bir derdi var, o da bir an önce Ceyda'yı bulmak." Sözlerinin sonunda bakışlarını etrafta gezdirdi, o sırada beni fark etti ve kaşlarını çattı.

"Hande?"

Fark edildiğim an isteksiz adımlarla salonun ortasına doğru yürüdüm. O ana kadar tepkisiz olan Bora beni gördüğünde kaşlarını çattı. Hale Hanım aradığımdan bahsetmemiş olmalıydı çünkü beni görmeyi beklemiyormuş gibi bakıyordu. Üzerimden çekilen bakışları babasına uğradı, bana dokunmaması konusunda uyarır gibiydi ama Haldun Şahsuvar hiç oralı olmadı.

"Hah... Başımıza bu Yiğit Komiser belasını saran biricik gelinim de geldi."

O an tüm bakışların üzerime çevrildiğini hissettim, benimse gözlerim sadece Bora'nın üstündeydi.

"Baba..." Bora sert bir sesle konuştu. "Ne söylüyorsun sen?"

Ne söylediği belli değil miydi? Her şeyin başladığı o akşamı kastediyordu; şayet ben bir plan kurmasaydım, o akşam kaçıp gitmeye çalışmasaydım Bora peşime düşmeyecek, beni bulur bulmaz soluğu o dağ başındaki evde almayacak ve Elif'i kazara öldürmeyerek Yiğit'i üstümüze çekmemiş olacaktı.

Yani her zamanki gibi, her şeyin suçlusu olarak gördüğü tek kişi bendim.

Nevin Hanım'ın üstüme çevrilen bakışlarından kin akıyordu. Sanki kızını ben kaçırmışım gibi... Bu kadın bu ailedeki herkesten nefret ediyordu ve o kara listeye ben de eklenmiştim.

"Hiçbir şey," dedi Haldun Bey dudaklarını bükerek. "Hiçbir şey."

Hale Hanım gergin bir nefes alıp bıraktı. Omuzlarında biten saçlarını mümkünmüş gibi sırtına atarken bana aldırma dercesine bakıyordu. "Hande, geçip otursana tatlım şöyle."

Hale Hanım da benim kara listeme eklenmişti. Artık hiçbir konuda, hiç kimseye güvenmiyordum.

Parmağıyla karşılarına denk düşen boş koltuğu işaret ettiğinde oraya geçtim ve bedenimi güçsüzce bıraktım. Sadece Bora'yla konuşmak istiyor ve aklımı kemiren soru işaretlerinden bir an önce kurtulmak istiyordum. Buradaki kimseyle laf dalaşı yapacak hâlim yoktu, bana ne söylerlerse söylesinler cevap veremezdim.

Bakışlarım Bora'yı buldu, neden geldin der gibi öfkeli bakıyordu. "Bir sorun mu var?" diye sorarken iki koltuğun arasındaki kısa mesafeyi kafasını uzatarak kapattı.

"Hayır," demek zorunda kaldım. Babasının bakışları bu denli üstümüzdeyken ona bir sorun olduğunu ima edemezdim. "Sadece gelmek istedim."

Bora bir şey söylemedi. Geri çekilip arkasına yaslandığında parmaklarını şakağına dayadı. Bakışları hâlâ üstümdeydi. Aslında tavrımdan şüphelenmişti ama herkesin içinde ne olduğunu soramıyordu. Daha fazla açık vermemek adına gözlerimi gözlerinden kaçırdım.

"Bir şeyler yapmamız lazım..." Emir oturduğu koltukta bir ileri bir geri sallanıyordu. Görünen o ki Ceyda'nın ardından hiçbir ize, hiçbir bilgiye ulaşamamışlardı. O da Yiğit gibi kayıplardaydı artık.

"Neden bu kadar üstüne gittiniz ki?" diye sordu Nevin Hanım. Hâlâ ayakta dikiliyordu fakat bacaklarının titrediği gözümden kaçmamıştı. "Baskılarınıza dayanamadığından kaçmış olmalı. Üstüne gelinmesinden hoşlanmaz o."

"Üstüne gidilmeyecek gibi değildi anne," dedi Emir sert bir sesle. "Sen onun görüştüğü adamın nasıl bir tehlike olduğunu bilmiyorsun."

Nevin Hanım bu sefer önce Bora'ya, sonra bana kötü kötü baktı. "Bilmeme gerek yok," dedi suratını ekşiterek. "Zaten her şey ortada." Parmaklarını saçlarına geçirip geriye doğru yaslarken "Bana haber vermeliydiniz," dedi sinirlice. "O benim kızım ama başına gelenlerden annesi olarak en son benim haberim oluyor. Bu durum ilk ortaya çıktığında beni arasaydınız bunların hiçbiri olmazdı. Ben konuşurdum Ceyda'yla, konuşur ve öğrenirdim. Benim kızım benden bir şey gizlemezdi."

"Gizlemiş belli ki." Hale Hanım imalı ve iğneleyici bir sesle konuştu. Normalde böyle bir tavır onun tarzı değildi ama sinirlenmişe benziyordu. "Ceyda ve o komiser uzun zamandır görüşüyorlarmış ama senin bundan haberin olmamış. Boşuna bizi suçlayıp durma, Ceyda'nın bunları yapacağı varmış."

Nevin Hanım bu sefer sustu, sessiz kaldı. Bu tepkili sözlere içerlemiş gibi bir hâle büründü. Ortamda kısa bir sessizlik olduğunda sessizliği bozan Haldun Şahsuvar oldu.

"Dua edin de Ceyda o komiserle evlenmek gibi bir salaklık yapmasın."

"Ne?" Nevin Hanım ona inanamıyormuş gibi baktı. "Ben

kızımın canını düşünüyorum, o adam kızıma bir zarar verir mi diye endişe ediyorum ama senin düşündüğün tek şey hisseler ve bölünecek olması, öyle mi?"

Kadının bu sözlere şaşırmamış olması gerekirdi, kendi oğlunu düşünmeyen bir adam yeğenini hiç düşünmezdi.

"Olaya çok duygusal yaklaşıyorsun Nevin," diyerek araya girdi Hale Hanım. "Elbette bizim de önceliğimiz Ceyda ama..."

Nevin Hanım, "Hepiniz aynısınız," diye bağırarak konuşmasını kesti. "Hepinizin beş para etmez bir ciğeri var!"

Sözlerinin sonuna doğru güçsüzleşen sesinin ardından birdenbire yere yığıldığında Emir kalkıp ona koştu. Telaşla ayağa kalkan Hale Hanım'ın ardından Bora da ayağa kalktı. Kadın bayıldığı için onunla ilgilenmek bir tarafa dursun, kafasını öbür tarafa çevirdi Haldun Şahsuvar. Zaten umursamasını, ilgilenmesini kimse beklemiyordu. Onun bu gaddarlığına alışmayan yoktu neticede. Emir annesini kucaklayıp salondan çıkardığında Bora ve Hale Hanım da peşlerinden gitti. Arkalarından gidecek takati bulamadım kendimde. Sanki oturduğum koltuğa çivilenmişim gibi kıpırdayamadım.

Salonda yalnızca Haldun Bey ve ben kaldığımızda içimi bir huzursuzluk kapladı. Şu an ne ona ne de saçma sapan ithamlarına katlanacak gücüm yoktu. Bir müddet öylece yüzüme baktığında bakışlarımı gözlerinden ayırmadım. Ondan korktuğumu, beni sindirmeyi başardığını düşünsün istemiyordum.

"Senin yüzünden, biliyorsun değil mi?" diye sordu, sesi kısıktı. "Tüm bu olanlar..."

Her zamanki gibi, fırsatını bulduğu ilk an pençelerini üzerime geçirmişti.

"Evet," diyerek kabullendim. Onunla tartışacak hâlde değildim. "Tüm bu olanlar benim yüzümden."

Yüzündeki şeytani ifade kısa bir anlığına yok oldu. Benden beklediği tepkiyi alamamak onu öfkelendirmişti. "Ukala," dedi küçümseyici bir şekilde. Aldırmadım, ne söylesem yaranamıyordum zaten. Bakışlarını kapıya çevirdiğinde etrafta kimsenin olmadığından emin olup tekrar bana baktı ve sessizce konuştu. "Seni kabullendiğimi falan mı düşünüyorsun?" Sesi yine tehdit doluydu. "Artık Bora'yla evlendim, sırtım asla yere gelmez mi diyorsun yoksa..."

"Hiçbir şey düşünmüyorum," dedim bıkkınca. Sesim öyle yorgun çıktı ki dudaklarımı aralayıp ona cevap verebildiğim için şaşkındım. "Benden hâlâ ne istiyorsun?"

"Defolup gitmeni," dedi açık yüreklilikle. Benden her an, her halükârda nefret ediyordu. Aradan zaman geçtikçe o nefret azalmak yerine daha da büyüyordu. "O şerefsiz abinin acısını da senden çıkaracağım." Usulca salladı kafasını. "Bekle ve gör, çok az kaldı."

Sözlerine karşılık ne bir korku hissettim ne de bir panik dalgası oluştu içime. Öfke, korku, kaygı ve endişe... Hissedebileceğim tüm kötü hislerin kotasını Yaren doldurmuş ve geride kalanlara yer bırakmamıştı. Umursamaz bir tavırla gülümsediğimde "Neden?" diye sordum. "Benden bu kadar nefret etmenin, bu kadar tiksinmenin nedeni ne?"

Hiç düşünmeden "Sen benim oğlumu hak etmiyorsun," dedi. Bu benim nezdimde geçerli bir sebep değildi. "Ona ihanet ettin."

Bunu umursamayacağını ve inanmayacağını bile bile itiraf ettim: "Ben Bora'yı seviyorum."

Ona nasıl baktığımı göremiyor muydu? Hâlâ ne ihanetinden bahsediyordu? "O da beni seviyor," dediğimde yüreğim sıkıştı. "Bizi ayırdığında onun mahvolacağını bildiğin hâlde, bizden ne istiyorsun?"

Dudaklarını sola kıvırarak gülümsedi. "Ne mahvolmasından bahsediyorsun sen?" Söylediklerim ona asla tesir etmemişti, tam da beklediğim gibi... "Kim kimi unutamamış bu devirde? Kim kimin arkasından ölmüş?"

Bir cevap bekler gibi sustu, sonra devam etti. "Çok sıradan bir kadınsın sen... Hatırlanacak bir yanın bile kalmayacak."

Ne söylesem kâr etmeyecekti. "Yap o zaman," diyerek meydan okudum. "Bora'nın aklından da kalbinden de çıkar beni. Nasıl yapacaksan..."

Parmakları sakalsız çenesinde gezinirken "Şu tavırların bile senin ne kadar yanlış bir seçim olduğunu doğruluyor," dedi. "Sen benim oğlumun sonunu getirirsin. Ama ben buna asla izin vermeyeceğim."

Sadece artık onun anladığı dilden konuşuyordum. Karşısında sustukça ve kendimi anlatmaya çalıştıkça daha fazla eziliyordum. İyi olmak hiçbir halta yaramıyordu. Kendinden emin bir gülüş sergileyerek arkasına yaslandı lakin ona beni alt etmenin keyfini sürdürmeyecektim.

"Elif Mirzanlı senin kızın mı?" Günlerdir aklımı kurcalayan bu soruyu pat diye dile getirmem onu bozguna uğrattı. Yüzündeki keyifli ifade silindi, buz gibi oldu. Ona böyle bir soru sormamı asla beklemiyordu.

"Annesiyle olan ilişkinizi biliyorum. Sakın inkâr etme."

Bir süre, öylece yüzüme bakakaldı. Daha sonra, "Ne saçmalıyorsun sen?" dedi şaşkınlığından sıyrılarak. Şu an bu evde yalnız olsak bir saniye düşünmeden üstüme atlayıp beni öldürecekmiş bakıyordu.

"Gerçeklerden bahsediyorum," dedim cesur bir tavır takınarak. "Bunu Bora'dan neden gizlediğini çok merak ediyorum."

"Dişlerini sıkarak "Hadsiz," deyince sustum. İçimdeki huzursuzluk daha da büyüdü. O an anladım; asla dile getirmemem, bildiğimi belli etmemem gereken bir gerçeği açık etmiştim. Bu mesele göründüğünden ve bildiğimden daha derindi, altında bambaşka bir şeyler olmalıydı. Yoksa şeytana pabucunu ters giydiren bir adam neden böyle bocalardı ki?

"Benim kızım falan değil o... Bunu unut ve sakın bir daha dile getirme. Sen artık sınırı aştın!"

Ne söylemem gerektiğini bilmeyerek durdum. Belki de bu bilgiyi babasından önce Bora'yla paylaşmam gerekiyordu. Yine yanlış yapmış ve kendi doldurduğum silahı kendime doğrultmuştum. Bora'nın incinmesinden, üzülmesinden korkmuştum, hâlâ da korkuyordum.

Bora ve Hale Hanım art arda içeri girdiklerinde konuştuklarımızın duyulmuş olmasından endişe ettim fakat ikisi de normal görünüyordu. Hale Hanım tekrar Haldun Bey'in yanına oturduğunda Bora oturmadı. Oturduğum koltuğun ucunda dikildiğinde "Hadi, biz gidelim artık," dedi. "Yapacak hiçbir şey yok. Burada oturup beklemenin de bir anlamı yok."

Güçlükle ayağa kalktığım sırada Haldun Bey'le son bir kez göze geldim. Bakışları tehdit doluydu. Normal bir zamanda bu bakışlardan korkmam gerekirdi belki ama Bora ve Yaren meselesinden başka bir şey düşünemediğimden hiç oralı olmadım.

Evden çıkıp arabayla uzaklaştığımız an duyduklarımın gerçek olup olmadığını sormak istedim Bora'ya. Daha fazla sabredemiyordum. Yaren'in itirafı yüreğime doğrultulmuş bir namlu gibiydi, o namluyu ateşleyecek olan tek güçse Bora'nın dudaklarından dökülecek kabulleniş sözleriydi.

Bir süre sessizce yol aldık. İkimizden de çıt çıkmıyordu. Benim sessizliğimin nedeni belliydi ama Bora neden susuyordu anlamış değildim.

"Ben senin saçına rüzgâr bile değmesin diye uğraşırken sen kendini yangınlara atıyorsun." Sessizliği bozan ilk o oldu. "Neden geldin ki buraya? Ben sana evde kal, dememiş miydim?"

"Demiştin." Ona o kadar kırgın ve öfkeli baktım ki ne olduğuna anlam veremedi. Ama ne oluyor diye de sormadı. Sanki ne soracağımı tahmin ediyormuş ve suçunu şimdiden kabulleniyormuş gibiydi.

Belki de Yaren'in eve geldiğini Veysel'den öğrenmişti.

"Güvenlik kameralarına baktık. Belki kayıtlardan bir bilgiye, bir ize ulaşabiliriz de Ceyda'nın peşine düşeriz diye düşündük ama sistem geceden beri devre dışıymış. Kesin bu da onun işi... Bir adım atmadan önce, en ince ayrıntısına kadar planlıyor o Yiğit şerefsizi."

Bora bu sefer de konuyu meşhur gündemimize getirmişti ama yine oralı olmadım. Sonunda sessizliğim onu işkillendirdi ve "Neyin var?" diye sordu. "Olan biteni sormuyorsun, merak etmiyorsun. İyi misin sen?"

Kafamı koltuğun başlığına yaslarken "Yiğit ve Ceyda meselesi beni ilgilendirmiyor," dedim sadece. "Bir kere burnumu soktum diye başıma gelmeyen kalmadı neticede."

"O konuda suçlu olan sendin," dedi Bora. Günler geçmiş olmasına rağmen öfkesi hâlâ tazeydi. "Kendine tehlikeye attın, ağzını bile açma."

"Açmıyorum ya zaten," dedim ters ters. Bora bana baktı, kaşlarını çattığında alnının ortasında derinleşen çukur, çehresine ürkütücü bir hava kattı.

"Sende bir hâller var ama hadi hayırlısı."

Cevap vermedim. Tüm gücümü ona o soruyu soracağım ana saklıyordum. Eve varıp içeri girinceye kadar ikimiz de tek kelime etmemiştik. Bora kapıyı kapatırken ben, kendimi salona zor attım ve koltuğa yığılıp kaldım. İki saat önce bu evden ayrıldığımda perişandım, şimdiyse daha beter durumdaydım.

Bora peşimden salona girdiğinde elindeki araba anahtarını ve sigara paketini bir kenara bıraktı. Dikkatli gözleri üzerimdeydi, aramızda hayli mesafe vardı. "Aç mısın?"

Oturduğum koltuğa sırtımı yaslarken Bora'ya bakmadan konuştum. "Değilim."

"Emin misin?" Bana doğru birkaç adım attı, karşımdaki koltuğun başında dikildiğinde yüzüme dikkatli bir şekilde baktı. "Dışarı çıkıp güzel bir yemek yiyebiliriz, hem belki ikimize de iyi gelir."

"Hayır," dedim hiç düşünmeden. "Seninle hiçbir şey yapmayacağım."

Artık bir yerden konuya girmem gerekiyordu ama dilim bir türlü dönmüyordu.

"Ne oluyor Hande?" Adımı zikreden sesi, uzun zaman sonra ilk defa kalbimin ritmini değiştirmedi. Çünkü o kalp şimdi yangın yeriydi. Ölüyordu, cesetleşiyordu. "Kıvranıp durmana gerek yok, söyle hadi."

Gözlerime bakıyordu. Her şeye rağmen öyle güzel ve içten... Belki de bu yüzdendi dibine kadar battığımız pisliğe rağmen onu tertemiz sanışım ve tüm saflığımla kalbimi kirli avuçlarına bırakışım.

Her hareketini dikkatle izlerken ve aynı anda içimde kopan fırtınayı dindirmeye çalışırken nasıl göründüğümü bilmiyordum. Kıpırtısız dudaklarım, asla kusmak istemeyeceği kelimeleri biriktiriyordu ardında.

"Sorun ben miyim?" diye sordu bu sefer de. Parmakları çıkaracak gibi olduğu tişörtünün yakasında duruyordu, sonra vazgeçti. Kaşları düzgün bir biçimde çatılırken bana doğru bir adım attı.

"Kahrolası Bora..." Tuhaf bir şekilde güldü. "Yine ne yaptı sana?"

Karşısında hiç olmadığım kadar öfkeliydim fakat sakin tavrımı sürdürdüm. Belki de bir şoktaydım. Eve girdiğimizden beri onu seyrediyor ve bunca zaman boyunca beni nasıl kandırdığını anlamaya çalışıyordum. Adımları oturduğum koltuğun dibinde son bulduğunda kızgın bir ses tonuyla sordu.

"Dilini mi yuttun Hande?"

"Sırf âşık olduğu için bir suçluya özgürlük veren yargıç gibi hissediyorum kendimi."

Susup yüzüne baktığımda ıssız bir sokak gördüm bakışlarının ardında. "Oradaki suçlu ben miyim?" diye sordu. Yarası olan gocunurdu. Bir anda çöken omuzları, tarafımdan yiyeceği darbeyi hissetmiş gibiydi.

"Sormam kabahat... Bu hikâyede her zaman suçlu, en suçlu ben değil miyim?"

"Sensin," dedim dişlerimi sıkarken. "Çünkü hiçbir zaman aksini ispat etmedin."

"Ya etmek istiyorsam?" Eğildi, iki dizinin üzerine çöküp karşımda el pençe durduğunda yüzünde çocuksu bir ifade gezindi. "Ya bir kez olsun, haklı çıkmak istiyorsam?"

Daha fazla dayanamadım. Ne onu ne de kendimi oyalayabilecek sabrım kalmamıştı. "Sen gittikten sonra Yaren geldi... Bana Serdar'dan ayrılacağını söyledi ve gitti."

"Yaren mi geldi?" Kaşlarını çattı ama yüzünde şaşkınlığa dair bir emare yer edinmemişti. "Bu yüzden mi öfkelisin?"

Sorusunu es geçtim. Ayağa kalkıp titreyen parmaklarımı saçlarımdan geçirdiğimde o da ayağa kalktı. Birazdan yüzündeki maskeyi düşürecek, bana daha fazla yalan söylemesine izin vermeyecektim.

"Yaren'le bu evde tek bir gece geçirdiğin doğru mu?" diye sordum, sonra ağlamamak için yutkundum.

Bora neye uğradığını şaşırmış gibi bakarken ona düşünme fırsatı vermedim. "Cevap ver bana. Hemen!"

"Doğru."

Tek kelimelik bir yanıtla bahşettiği hayal kırıklığı, daha öncekileri yıkıp geçmişti. "Neye doğru dedin sen?" diye sordum titreyen bir sesle. Bedenen ayakta dimdik duruyor olmam, ruhumun paramparça olduğunu gizleyemiyordu.

Bora ifadesizliğini korudu. "Sakin ol," diyerek elini uzattığında bana dokunmasına izin vermedim, kolunu itekleyerek boşluğa düşmesine sebep oldum. "Birbirimizi incitmeyelim."

"Sen beni daha ne kadar incitebilirsin ki?" Bağırdım, bağırabildiğim kadar... Rolleri değişmiş gibiydik. Her zaman karşımda bağırıp çağıran o iken şimdi sessizdi, öfkesine yenik düşen bendim. Titreyen ellerimi yumruk hâline getirmiştim, her an ona vurmamak için kendimi zor tuttuğum bir gerçekti.

Şimdi, şu anda her şeyi yalanlamasını, her şeyden bihaber olduğunu söylemesi için canımı bile verirdim lakin o hiçbir şey yapmıyordu.

Bora beni kendi elleriyle öldürüyordu.

Beni yaşatmak istediği ellerle, diri diri toprağına gömüyordu.

"Her şeyi anlattı..." Dudaklarımı ezercesine birbirine bastırdım. Yutkunamıyordum, boğazımda o kadar büyük bir yumru vardı ki damarlarım parçalanacakmış gibi hissediyordum. "Aslında Yaren'in en başında seni istediğini, Serdar'ın hayatına da bunun için dâhil olduğunu, tek amacının sana ulaşmak olduğunu..."

Lütfen bana, tüm bunların bir yalan olduğunu söyle.

"Başka ne söyledi?" diye sordu Bora sakince.

"Ne?" Kanım damarlarımda donmuştu. "Daha fazlası da mı var?"

Bora sustu kaldı. Gözlerimin içine bomboş bakmaya devam ediyordu. Her şeye rağmen yalanlamasını beklerken o susarak bu gerçeği kabul ediyordu. Yaren'le yatmıştı ve bunu inkâr etmiyordu. Kendimi geçmiştim, bunu Serdar'a nasıl yapabildiğini aklım almıyordu. Suskunluğu devam ettikçe zapt edilemez bir öfke filizleniyordu içimde. Daha fazla beklemeden bir adım attım ve omzuna sertçe çarparak onu gerimde bıraktım.

Adımlarım beni yatak odasına sürüklüyordu, orayı darmadağın edecektim.

Salondan çıkıp hızla merdivenlere yürüdüm. Basamakları hızlı bir şekilde çıktım, Bora'nın arkamdan geldiğini biliyordum ama durmadım. Yatak odasının önüne varıp kapısını sertçe iteklediğimde kapı duvara çarptı ve evde büyük bir gürültü koptu. Bakışlarımın takıldığı tek nokta yataktı. İkisinin bu odada birlikte olmuş olmaları gerçeği beni delirtmişti. Hissettiğim öfkenin, acının ve gazabın bir sınırı yoktu. Delirmiş gibi yatağa yürüdüm, uçlarından tuttuğum örtüsünü tek hamlede yere savurdum. O sırada Bora içeriye girdi. Ben yastıklara uzanmışken soluğu yanı başımda aldı. Karnıma doladığı elleriyle beni kaldırdı ve yatağın etrafından uzaklaştırdı.

"Dokunma bana," diye bağırdım avazım çıktığı kadar. "Dokunma!"

Tırnağının değmesine bile tahammülüm yoktu artık. Çıldırmış gibi bağırırken kollarının arasından kurtulmak için debelenmeye başladım fakat beni bırakmaya niyeti yoktu.

Bedenimi saran kollarını ellerimle çözmeye çalıştımsa da faydasızdı. Sırtım onun göğsüne yaslıydı, ellerimi etkisiz hâle getirebilmek adına kollarını tüm bedenime doladığında kendimi bir sandalyeye zorla oturtulmuş ve elleri bağlanmış gibi hissettim.

"Bırak beni! Bana fiziksel güç uygulamandan, beni böyle alt etmenden nefret ediyorum artık, bırak!"

"Sakin kalmadığın müddetçe bırakmayacağım," dediğinde, dudakları kulağımın arkasındaydı. "Sen de beni sözlerinle alt ediyorsun, ben de bundan nefret ediyorum!"

"Senin adalet anlayışına tüküreyim!" Ayaklarımı birbiri ardına yere vurarak ondan kurtulmaya çalıştım. "Bırak beni!"

Haykırışlarım işe yaramıyordu, onu tanıyordum. Bağırdığım müddetçe beni asla bırakmayacaktı. Çırpınışlarım gitgide yavaşladı. Takatsiz kalan bedenim kuvvetli kollarına teslim olurken sinirimden hıçkırarak ağlamaya başladım. Bana sarılıyordu ve ben bundan da nefret ediyordum.

"Bırak," diye konuştum yalvarır gibi. "Bana bir kez olsun saygı göster ve beni bırak. Şu an senden tiksiniyorum."

"Tiksinme." Usulca bedenimden çekilen kollarının ardından özgür kaldığımda aramıza birkaç adımlık mesafe kattım ve yüzümü ona döndüm. Parmaklarımla gözyaşlarımın ıslattığı yüzümü temizlerken beni çaresizce izleyişine içten içe lanetler yağdırdım.

"Sen hep bu kadar aşağılık mıydın?" diye sordum. "Hep bu kadar yalancı mıydın!"

Bora bana korkuyla bakıyordu. Yüzündeki sarsılmaz ifadenin yerini büyük bir pişmanlık almıştı. Lakin... Geç gelen pişmanlığın, kimseye bir faydası yoktu.

"Ne sanıyorsun?" diye sordu kafasını hafifçe sallarken. "Gizli saklı Yaren'le yattığımı, Serdar'a durmadan ihanet ettiğimi ve bundan gurur duyduğumu falan mı?"

"Evet! Her zaman gizledin, ne zaman sorsam konuyu değiştirdin. Ben sordukça sen sustun, beni de susturdun çünkü beni kandırmak çocuk oyuncağıydı senin için!"

Onu suçlarken üzerine doğrulttuğum parmağım bile titriyordu şimdi. Ne zannediyordu? Yediği haltların sonsuza dek saklı kalacağını mı?

"Seni kandırmak istemedim." Kaşlarını kaldırırken derin bir iç çekti ve gözlerini yumdu. "Bunca zamandır bunu sakladığım için bana kızacağını biliyordum ama söyleyemezdim." Gözlerini araladığında bakışları alev alevdi. Yutkunuşunun, ona acı verdiğini fark ettim.

"Tiksiniyorum senden," dedim bir kez daha. Ona başka türlü nasıl acı verebilirdim bilmiyordum. Ben Bora gibi değildim, öfkelenince şiddete başvuramıyordum. Kendi içimde, kendimi yiyip bitiriyordum. "İçeriden çıkıp bana geldiğin gece ne söylediğini hatırlıyor musun?" diye bağırdım. "Bana Melih'le kaç defa yattığımı sormuştun! Öyle pislik, öyle iğrenç bir adamsın ki herkesi kendin gibi sanıyorsun!"

Bora yavaşça kafasını salladı. "Uzun zamandır, senin gözünde iyi bir adam olabildiğim için mutluydum. Tıpkı küçük bir çocuk gibi mutluydum. Yalnızca senin gözünde!" Bakışlarını yere düşürdüğünde acı bir tebessüm etti. "Değilmişim."

İkimizin arasında aşılmaz bir yol gibi duran yatak örtüsüne geçirdiği tekmenin ardından kafasını kaldırıp gözüme baktı ve bağırarak konuştu. "Ne düşünüyorsun, neye inanıyorsun bilmiyorum ama ben o sürtüğe elimi bile sürmedim! Ne sana ne de Serdar'a... Hiçbir zaman ihanet etmedim! Tek ihanet eden Yaren'di ve ben de buna göz yumdum." Sözlerinin ardından sinirli sinirli gülmeye başladı.

"Ne büyük itlik değil mi?" Ellerini iki yana kaldırdığında bağırışı hiddetliydi. "Tam da benden beklenecek bir hareket çünkü senin sevdiğin adam tam bir pislik!"

Bağırarak ve kendisine hakaretler ederek beni susturamayacaktı. "Boşuna kendini haklı çıkarmaya çalışma," dedim alayla. "Yatmadın mı onunla? Tam da bu odada! Aksi olsaydı Yaren bunu söylemeye cesaret edemezdi!"

"Öyle bir şey olmadı."

"Ne oldu o zaman?"

Bora yine susunca avazım çıktığı kadar bağırdım.

"Ne oldu da o kızın bu evde, seninle bir gece geçirmesine izin verdin!" Tüm öfkemi saçlarımdan çıkarır gibi çekiştirdim. "Aklım almıyor... Allah'ın belası bir kadınla, yalnız bir adam baş başa kalınca başka ne yapar?"

Bora bana doğru bir adım attığında "Saçmalama Hande," diye mırıldandı. "Öyle bir şey olmadı."

Bir adım geriye giderken onu durdurmak için çığlık atar gibi bağırdım. "Yaklaşma bana!"

Bora olduğu yerde kalırken bağırarak konuşmasına devam etti. "Tamam, yaklaşmıyorum. Ama şunu bil, sana asla yalan söylemiyorum. Öyle bir şey olmadı..."

Hâlâ yalan söylemeye devam etmesi beni delirtiyordu. Çok mu aptaldım ben? Her şey ortada olduğu hâlde, ona inanmaya devam edeceğimi düşündürecek kadar hem de... Birkaç adım daha geriye giderek aramızda kısalttığı mesafeyi yeniden büyüttüğümde sırtım makyaj masasına çarptı.

"Nasıl izin verdin?" diye sordum. Gözyaşlarımın tuzu, yüzümü yakıyordu. "Aslında seni istediğini bile bile, o sürtüğün en yakın arkadaşının hayatına girmesine nasıl müsaade ettin? Serdar'a neden hiçbir şey söylemedin? Kandırılmasına nasıl göz yumdun?" Her şeyi geçmiştim lakin bunu aklım almıyordu.

"Madem suçsuzdun, neden sustun Bora?"

Bir şeyler söyleyecek gibi oldu, onun deyimiyle dilini yakan bir şeyler... Ama sustu. Yumruk hâline getirdiği elini aşağı indirdiğinde gözleri boşluğa devrildi. "Söyleyemedim işte," diye bağırdı. "Olmadı."

"Çünkü suçluydun! Çünkü onunla o haltı yemiştin ve bunu Serdar'a söyleyemezdin..."

"Yatmadım!" Bora öyle bir bağırdı ki ellerimi kulaklarıma kapattım. "Yapmadım öyle bir bokluk, yapmadım!"

Öfkesi benimkini bastırır nitelikteydi. Oysa şu an haklı olan bendim ve onun bu şekilde üste çıkmaya hakkı yoktu.

"Şimdi çıkıp gideceğim," dediğimde kaşlarını çatarak baktı yüzüme. Vakit geceye uzanıyordu. "Serdar'la konuşmaya... Ona her şeyi anlatacağım. Uzun süredir aptal gibi kandırılışı bugün son bulacak."

Bora'nın bu sözlerime vereceği tepkiyi tahmin edebiliyordum. Parmağımı kaldırıp ona doğrulturken "Sakın beni engellemeye kalkışma," dedim tehditkâr bir sesle. "Gideceğim ve sen, hiçbir şey yapmayacaksın."

Şaşkın bir yüz ifadesiyle bana bakarken dudakları aralandı fakat hiçbir şey söyleyemedi. Onu ilk defa bu denli çaresiz ve çıkışsız görüyordum. Bu, onun suçlu olduğunun tek göstergesi değil miydi?

Elini havaya kaldırıp şakaklarına bastırırken hiddetli bir nefes aldı. "Hiçbir yere gidemezsin. Saçma sapan konuşmayı kes!"

"En başa mı döneceğiz?" diye sorduğumda kendimi bir an, Bora'dan delicesine nefret eden Hande olarak bulmuştum. "Bana ne yapacağımı söyleme!"

Gözlerini kapatıp derin bir nefes alırken öfkeli bir sesle mırıldandı. "Hande, beni zorlama."

"Zorlarsam?"

"Üzerim seni."

"Ben yeterince üzüldüm zaten." Sözlerimin ardından korkusuzca yürüdüm kapıya doğru. Muhtemelen az sonra bağırışlarıyla evi inletecekti Bora, gitmemem için yolumu kesecek, beni hırpalayacak ve kapıları kilitleyecekti üstüme. Ama pes etmeyecektim. Her insanın bir sabrı vardı ve ben, bu konuda ona olan sabrımı tamamen tüketmiştim.

Yanından geçip kapıya doğru ilerlediğim sırada beni engellemek adına herhangi bir girişimde bulunmadı. Hızlı adımlarla merdivenleri indiğim sırada kafamı çevirip tırabzanlara baktım, peşimden geliyordu. Merdivenleri bitirmeme birkaç basamak kalmıştı ki duyduğum gürültüyle irkilerek duraksadım.

Merdiven dönemecinde duran büyük vazoyu tekmeleyerek merdivenlerden aşağı doğru yuvarlamıştı Bora. Bin parçaya ayrılan vazonun ardından "Gitme," diye bağırdı. "Bana her seferinde bunu yapma!"

Hiçbir şey söylemedim. Ona arkamı dönüp kalan birkaç basamağı da hızlıca indim. Aynı hızla uzun koridorda kapıya doğru ilerlerken Bora'nın tuhaf bir sesle adımı anması beni durdurdu. Sanki birileri boğazını sıkıyordu... İstemsizce geriye dönüp ona bir kez daha baktığımda olduğum yere çivilenip kaldım.

Ne bir adım ileriye gidebildim ne de geriye.

Merdivenlerin bitiminde, dizlerinin üzerine düşmüş vaziyetteydi Bora. Takati bedenini terk etmiş gibi, bir adım daha atmaya gücü yokmuş gibi perişan görünüyordu. Tek eliyle tuttuğu tırabzan demirini kıracakmış gibi sıkarken aynı zamanda kendisini de sıkıyordu. Başı önüne eğikti ve boynundaki damarlar sanki patlayacakmış gibi belirgindi.

"O benim, kimsenin bilmesini istemediğim bir sırrımı biliyor," dedi kaskatı sesiyle. "Yalvarırım, kimsenin öğrenmesine izin verme."

Susup kafasını iyice eğdiğinde omzunu merdiven demirlerine yasladı ve başını ellerinin arasına aldı. Boğazımda koca bir yumruyla, yutkunamadan onu izliyordum.

"Ben o çocuğu öldürmek istemedim," diye sürdürdü konuşmasını. Sesi boğuklaştı, kesik kesik nefes almaya başladı. "İstemedim..."

Zaten bir karmaşa içinde olan zihnimi, sarf ettiği sözlerle daha da karıştıran Bora'ya öylece bakarken taşlar yerine oturmaya başladı.

Yaren Bora'yı çocukluğuyla mı tehdit ediyordu?

Bora bunca zaman, bu yüzden mi susmuştu?

Halasının sözlerini bir kez daha anımsadım. *Onun çocukluğu bir cehennem... Kimselere anlatamıyor, kimseler bilsin istemiyor.*

"Bora... İyi misin?" diye sordum fakat şaşkınlıktan sesim bile çıkmadı. "Ne oluyor sana?"

Bora şu an çok çaresizdi ama ben nutkum tutulmuş gibi aynı noktada duruyor ve öylece seyrediyordum.

Sana bir şey olsa Bora öylece bekler miydi?

Göğsümde bir figan koptu. Aramızdaki mesafeyi koşar adımlarla tüketerek yere eğildim, tek dizimin üzerine çökerek titreyen ellerimle yüzüne dokundum. Avuçlarıma batan sakallarını sıvazlarken "Bora," diye fısıldadım. "Yüzüme bak, kendine gel!"

Bora bileğimden sertçe tuttu, var gücüyle sıktı. Kafasını kaldırmadı, yüzüme bakmadı. Bir krizin eşiğindeydi, nefes alamamak tenini kıpkırmızı kestiğinde gözleri de yavaşça kapandı.

"Bora... Bora!"

"Her yer çok karanlık," dedi o an güçlükle. "Işıkları aç, korkuyorum."

"Karanlık değil... Karanlık değil, aç gözlerini!"

Bora beni duymuyordu. Kendi kendini hapsettiği karanlıkta boğuluyordu. Sımsıkı kapattığı gözlerinin arasından sızan ıslaklığı fark ettiğimde içime ateş düştü.

"Tamam, kimse bir şey bilmeyecek!" Onu çaresizce kendime doğru çekerken korkudan aklım çıkacak gibiydi. Dizlerimin üzerinde dimdik durmaya çalışırken kafasını göğsüme bastırdım. "Kendine gel, yalvarırım! Bak ben yanındayım!"

Kafası onu yasladığım göğsümün üzerinden kaydı, yüzünün yarısını dizlerimin üzerine gömdü. Onu tutamıyordum, ona sesimi duyuramıyordum... Kahretsin, ben ne işe yarıyordum?

Bora'nın kesik kesik nefes alışları derin iç çekişlere döndüğünde "Ben böyle yaşamak istemiyorum," dedi paramparça bir hâlde. "Başka bir yol yok mu?"

"Var... Her zaman başka bir yol var," dedim hıçkırarak.

"Çok karanlık..." Bileğimi hâlâ sıkıca tutuyor ve titremeye devam ediyordu. "Seni göremiyorum."

"Gözlerini aç... Yüzüme bak, ne olursun..."

O her zaman sarsılmaz ve korkusuz değil miydi? Hani hiçbir duygu onu altüst edemezdi? Neden sevdiğim adam dizlerimde, hisleriyle savaşıyordu şimdi?

Dağılmış saçlarını geriye itekledigimde eğilip şakağına

bastırdım dudaklarımı. "Hiçbir yere gitmiyorum," dedim çaresizce. "Seni o karanlıktan kurtaracağım... Aç gözlerini ne olur."

O an tüm gururumu geride bırakarak ona sarılmak istedim. Nasıl bir hastalıktı içine düştüğüm bu sevda? Bir yandan onu paramparça etmek isterken diğer yandan toparlamak istedim. Düşe kalka, yana yıkıla...

Hiç mi çıkmayacaktı üzerimden bana giydirdiği o ateşten hırka?

"Nefes alamıyorum..." Derin bir iç çekişi, sol gözünden akan gözyaşı tamamladığında bileğimi kuvvetle sıkan parmakları fersiz kaldı. Sıkmaktan moraran dudakları aralandı, kafası dizlerimin üzerinde hareketsizleşti ve söylemek istediği son cümle dilinde yara kaldı.

Şimdi tamamen tepkisiz bir hâldeydi ve ben dizlerimde yatan bu yaralı adama nasıl deva olacağımdan habersizdim.

Zaman da bizden habersizdi.

Öylece akıp gitti.

Uzun uzun düşündüm durdum, lakin...

Hiçbir çare, şu çaresizliğimize iyi gelmedi.

Şafak vaktine yakın, kafamı tırabzanlara yaslamış bir vaziyette uykuya daldığımı hatırlıyordum. Bora dizlerimde uyuduğu için saatlerce kıpırdayamamıştım. Zaten gücüm de yoktu. Orada, öylece kalmıştık ve aradan tam olarak kaç saat geçtiğini anlayamamıştım.

Bir zaman sonra Bora uyanmış, kafasını dizlerimden kaldırıp yüzüme bakmıştı.

Ve ikimiz de susmuş, birkaç saat önce olanlar hakkında tek bir kelime etmemiştik. Sanki hiç kavga etmemişiz gibi, sanki Serdar'a her şeyi itiraf edeceğim diyerek evden gitmeye yeltenmemişim gibi ve Bora en büyük sırrını kıvranarak itiraf etmemiş gibi... Peş peşe çıktığımız merdivenlerden, bambaşka odalara girmiş ve kapıları birbirimizin yüzüne kapatmıştık.

Ne onun konuşmaya dermanı kalmıştı ne de benim bir soru daha sormaya...

Yattığım yatakta iki saat boyunca tavanı izlemiştim. Uyumak ne mümkündü... Gün doğmuş, güneş doğmuş, odanın içerisi aydınlanmıştı. Gün ışıkları yüzüme vururken bu sessiz bekleyişe daha fazla katlanamayacağımı anladım. Yataktan hızla doğruldum ve odadan çıkıp Bora'nın olduğu odaya doğru yürüdüm.

Bir şeyleri yanlış yapıyordum. Aklım devreye girebilseydi şayet, hâlâ çekip gitmediğim için beni yargılamadan infazımı verirdi. Bora bana yalan söylemişti. Belki de yalanlar... Ama şu an hiçbiri umurumda değildi.

Elimi kaldırıp kapıya iki kez vurdum. "Girebilir miyim?"

Bora ses vermeyince kapı kulpuna endişeyle asıldım ve kendimi içeriye attım. Uyumuyordu. Sırtı kapıya dönük bir vaziyette yatağın kenarında oturuyor, pencerenin ardını izliyordu. İyi görünüyordu lakin ruhu öyle bir paramparçaydı ki elimi uzatıp dokunsam kırıkları üstüme sıçrayacaktı sanki.

Ağır adımlarla yatağa yürüyüp yanına oturduğumda yüzüne çekinerek baktım. Bakışları öyle durağan, yüzü öyle ifadesizdi ki bu sessizliğinden, sakinliğinden içim titredi.

"Bora..." diye mırıldandım sessizce. "İyi misin?"

Bora kafasını çevirip yüzüme baktı, bomboştu bakışları. Ne çaresizlikne korku ne öfke ne de acı vardı... Ya da yüzünde, artık benim bile düşüremeyeceğim bir maske vardı. Elimi kaldırıp yüzüne dokunacak gibi oldum ama yapamadım, elim havada asılı kaldı.

"Merak etmiyor musun?" diye sorduğunda sesi de en az bakışları kadar boş ve durgundu. "Kimi öldürdün diye sormayacak mısın?"

Havada asılı kalan elimi yumruk hâline getirirken hayır, der gibi kafamı salladım.

"Katil olduğumu yüzüme vurmayacak mısın Hande?"

Beni darmaduman eden sorusuyla birlikte elim yatağa usulca düştü. "Büyüyünce ne olacağın çocukluğundan belliymiş desene, söyle hadi..."

Dudakları titreyince bu aciz görüntüyü yok etmek ister gibi dudaklarını sıkıca birbirine bastırdı ve bakışlarını çekip hızla ayağa kalktı. "Ya da hiçbir şey söyleme, sadece git," dedi öfkenin sirayet ettiği sesiyle. "Git, kime ne anlatmak istiyorsan anlat. Serdar'a, Tekin'e, herkese... Benim ne kadar kanı bozuk bir insan olduğumu anlat."

"Kimseye bir şey anlatmayacağım," dedim oturduğum yerden kalkarken. İki adımda Bora'nın yanına vardım. Parmaklarımla tişörtünü sıkıca kavrayarak alnımı sırtına yasladım. Bora tepkisiz kalmıştı. "Özür dilerim... Ben bu olayın altından böyle bir şey çıkmasını beklemiyordum."

O gece neler olmuştu, Yaren bu gerçeği Bora'nın ağzından nasıl öğrenmişti hiçbir fikrim yoktu. Emin olmamakla birlikte, hislerim Bora'ya inanmam gerektiğini söylüyordu. Çünkü defalarca kez söylemişti aralarında hiçbir şey olmadığını... Ve susmasını gerektiren bir tehdide maruz kaldığını. Anlayamamıştım. Yaren'in kalleş tuzağına bir kez daha düşmüş ve Bora'yı doğru düzgün dinlemeden onu hırpalamıştım.

Önce onu dinleyecektim.

"Söylediklerini unut," dedim içimden gelerek. "Çünkü ben öyle yapacağım. Ve sen anlatmak isteyene dek, ağzımı açmayacağım."

Bora birden uzaklaşınca parmaklarım çözüldü. Bana dönüp yüzüme baktığında gözleri kısık, sorgulayıcıydı.

"Sen..." Parmağını üzerime doğru kaldırırken kafasını ağır ağır salladı. "Sen bunu zaten biliyordun, değil mi?"

Bakışları öfkeli bir hâl alırken ne söyleyeceğimi bilemedim, ne bir inkâr cümlesi çıktı dudaklarımdan ne de kabul edebildim. *Bunları sana söylüyorum* ama *sakın bildiğini Bora'ya belli etme,* demişti Hale Hanım. *Bora çocukluğunu ve yaşadıklarını unutmak için yıllarını heba etti. Öğrendiğini bilirse bu ikimizin de felaketi olur.*

"Bilmiyordum..."

"Yalan söyleme," diye bağırdı Bora birden. Hâlâ üzerimde tuttuğu parmakları titriyordu. "Bilmiyor olsaydın bu kadar tepkisiz kalmazdın!"

Sessizliğim onu çıldırtmış gibi üstüme yürüdüğünde panikle geriledim, birkaç adım sonra yatağa takılıp düşer gibi oturduğumda Bora da üzerime doğru eğildi. "Bir şey söyle," dedi titreyen sesiyle. "Niye sustun? Niye hiç sormadın?" Sonra kaşlarını çattı. "Acıdın mı bana?"

Hızlı bir şekilde kafamı salladım, kahretsin ki nasıl toparlayacağımı bile bilmiyordum. "Hayır, hayır..." Ellerini tutmaya çalışmam, Bora'nın ellerini ateşe değmiş gibi çekmesiyle son buldu. "Sana karşı hissedebileceğim her duyguyu fazlasıyla tattım. Ama sana hiçbir zaman acımadım!"

Bora bana inanmadı. Öyle yaralı öyle hırçındı ki ne desem de inanmayacaktı. Hiçbir şey söylemeden uzaklaşıp kapıya yürüdüğünde "Nereye?" diye seslendim. Gırtlağıma kadar doluydum ama ne bağırabiliyor ne de ağlayabiliyordum.

"Cehennemin dibine!"

Kapıyı çarpıp çıktığında arkasından bakakaldım. Peşinden gitmeye cesaretim yoktu. Sonra oturduğum yatakta tüm sinirlerim boşalana kadar ağladım, tamamen takatsiz kalınca da yatağa yüzüstü uzandım. Açtım, dünden beri hiçbir şey yememiştim ve bayılacak gibi hissediyordum. Ama o an bedenimi rehavet dolu bir uyku esir aldı, sonrasında da gözlerim kapandı.

Her şey düşündüğümden, beklediğimden ve katlanabildiğimden daha zor oluyordu. Gücümün son zerresi ne zaman tükenirdi hiç bilmiyordum ama ruhum gün geçtikçe daha da yoruluyordu.

Beni uyandıran şey kapının peş peşe çalan zili olduğunda sersem bir şekilde doğrulup yataktan kalktım. Kısa bir an nerede olduğumu ve neden uyuduğumu hatırlayamadım. Daha sonra yaşanan her şey zihnime bir diken gibi batarak varlığını hatırlatınca kalbim acıdı.

Hızlı bir şekilde yataktan inip odadan çıktım ve nasıl göründüğüme bakmadan doğruca merdivenleri indim. Kimin geldiğine bilmeden açtığım kapının ardında Hilal'i gördüğümde öylece kalakaldım.

Hilal beni gördüğünde gülümsedi ancak hâlimin tuhaflığını fark ettiğinde kaşlarını çattı. "Hande ne bu hâlin?"

Sadece kapıyı araladım. Kendime bile izah edemediğim bir durumun içindeydim, ona nasıl anlatacaktım? Hilal içeri geçtiğinde kapıyı kapattım ve güçsüz bedenimi mutfağa sürükledim. Saatin kaç olduğundan haberim yoktu, belki de öğlen olmuştu. Kendime bir bardak su doldurup içtiğim sırada Hilal de ardımdan mutfağa girdi. Şaşkın bir vaziyette beni izlediğini gördüğümde "Otursana," dedim. "Kahvaltı yaptın mı?"

"Hande, sen iyi misin?" diye sordu Hilal endişeyle. "Dün akşam sana gelemediğim için bu sabah bir uğrayım dedim... İyi ki de gelmişim, neyin var böyle?"

Bilmem dercesine kafamı salladım, olanları düşünmek bile yoruyordu beni. Hilal'in afallamış bakışları üstümdeyken masaya yanaşıp çektiğim sandalyeye oturdum.

"Bora yok mu?"

"Yok," dedim sessiz bir şekilde. "Belki de hiç gelmeyecek."

Hilal de karşımdaki sandalyeyi çekip oturduğunda gözlerimin içine baktı. "Kavga mı ettiniz siz?"

Dün akşamüstü Yaren'in gelişi, bana söyledikleri ve beni delirtişi, sonra Enver Bey'in evine gidişim ve orada olanlar, eve geldiğimizde ise ettiğimiz o kavga... Hepsi birer taş olup üstüme düşmüştü sanki. Nefes bile alamayacak kadar takatsiz hissediyordum kendimi.

"Keşke sadece kavga etmiş olsaydık."

Hilal oturduğu sandalyede tedirgince kıpırdanırken "Anlat," dedi kaşlarını çatarak.

Anlatamazdım.

"Hiçbir şey anlatamam, Hilal..." Kollarımı masaya yaslayıp başımı da kollarımın üstüne koydum. Hilal'den kolay

kolay bir şey saklamazdım, çoğu derdimi bilirdi ama bazı şeyler gerçekten de dile getirilmiyordu.

"Sadece, doğru mu yoksa yanlış mı yapıyorum bilmiyorum. Bu hayat beni boğuyor. Ben Bora'ya iyi gelemiyorum, o da bana iyi gelmiyor. Bazen gitmek istiyorum ama gidemiyorum. Sanki şu kapıdan çıkıp bir adım uzaklaşsam onsuzluktan ölecekmiş gibi hissediyorum." Güç almak istercesine boynumdaki kolyeyi tuttuğumda "Asıl şimdi esirim," dedim itiraf eder gibi. "Kaçtıkça düştüğüm esas mahkûmiyet buymuş."

"Söyleme böyle..." Hilal ne diyeceğini bilemiyormuş gibi bakıyordu yüzüme. Mavi gözleri durgunlaşmıştı. "Neler oldu bilmiyorum ama zor bir dönemden geçiyorsunuz. O Komiser mi bir şey yaptı yine?"

Hayır, der gibi kaşlarımı kaldırdım, bir şey söylemedim. Soru sormasını istemiyordum. Çok yorgundum.

"Anlaşıldı," diyerek iç çekti Hilal. "Senin konuşasın yok madem, konuşmayız. Açsın değil mi?"

Kafamı masadan kaldırırken "Kahvaltı yapmadım," diye mırıldandım. Hilal oturduğu sandalyeden kalkıp tezgâha yürüdü. Çaycının altına su koyup fişe taktığında ben de ayağa kalktım ve buzdolabına yürüdüm. Böyle yaparak hiçbir şeyi çözemeyeceğimin farkındaydım, bir an önce toparlanmalıydım.

Hilal'le birlikte hızlı bir kahvaltı hazırlayıp masaya oturmuştuk ama boğazımdan doğru düzgün bir lokma geçmemişti. Hilal'in ısrarlarına rağmen hiçbir şey yiyememiştim çünkü onun da hiçbir şey yemediğini, deli divane düşünerek kendisini yiyip bitirdiğini biliyordum.

Hilal kahvaltıdan sonra birkaç saat daha yanımda kalmıştı. Havadan sudan ve eski okul anılarımızdan ettiğimiz muhabbet havamı biraz değiştirse de aklım daima Bora'daydı. Neredeydi, kiminleydi ve ne yapıyordu, çok merak ediyordum. Öte yandan Yaren'i aramak istiyordum, ağzıma gelen her şeyi saydırmak ve onu gördüğüm ilk yerde evire çevire dövmek istiyordum.

"Daha iyi misin?"

Hilal buraya öylesine uğramıştı, muhtemelen başka işleri vardı ama iyi olmadığımı düşündüğü için beni bırakıp gidemiyordu.

"Evet," diyerek geçiştirdim. Gülümsemeye çalıştım ama olmuyordu. "İyiyim."

"Şimdi anlatmak ister misin?" diye sordu karşıma otururken. İkimizin arasındaki boşluğa koyduğu tepsiden kahve kupasını alarak dudaklarına götürdü.

Hilal'e daha önce Yaren'den, Bora'ya olan ilgisinden ve onun nasıl bir kız olduğundan bahsetmiştim. Zaten geçen gün Kupa Kızı'na geldiğinde yüz yüze görmüştü.

"Yaren," dedim sıkıntılı bir iç çekerek. "Dün buraya geldi, abuk sabuk konuşup gitti."

"Ne söyledi ki?"

"Bora'yla tek gecelik bir ilişkisi olduğunu."

Hilal gözlerini büyüttü, az kalsın içtiği kahveyi yüzüme püskürecekti. "Ne?"

"Duydun işte."

"Nasıl yani?" dedi Hilal şaşkınca. "Gerçekten olmuş mu bu?"

Bilmiyorum dercesine omuz silktim. "Yaren öyle söyleyince Bora'ya sordum. Ne reddetti ne de kabul etti... Yani Yaren'in bir gece bu evde kaldığını kabul ediyor ama aralarında hiçbir şey olmadığını söylüyor." Düşündükçe midem bulanıyordu. "Sence bu ne demek oluyor Hilal? Eğer aralarında hiçbir şey geçmediyse gece boyu ne yaptılar o zaman?"

Hilal kahve kupasını parmakları arasında çevirirken düşünceli bir şekilde yere bakıyordu. "Yanılmıyorsam Bora'nın Yaren'e karşı bir açığı olduğundan bahsetmiştin," dedi. Evet, bahsetmiştim. O zamanlar Bora ve Yaren arasında, geçmişte nasıl bir husumet olduğunu bilmediğimden Hilal'e anlatıp fikrini sormuştum.

Şimdi de o açığın ne olduğunu biliyor ama dile getiremiyordum.

"Yaren Bora'yı tehdit ediyor olabilir mi?"

İnandırıcı olmaya gayret ederek "Bilmiyorum," demekle

yetindim. "Benim aklım daha çok, o gece aralarında ne olduğunda..."

"Yaren, Bora'nın nasıl bir sırrını biliyorsa korkusuzca bildiğini yapıyor," dedi Hilal öfkeyle. "Serdar gibi bir adamı aldatıyor. Böylelerini saçlarından asacaksın duvara..."

Hilal'in sözleri öfkemi körüklemişti. "Gördün değil mi?" dedim sinirli sinirli. "Serdar onun gözünün içine bakıyor ama hanımefendi kıymet bilmiyor."

Hilal gülümsedi. "Zaten hep öyle olmuyor mu? İyi adamlara kötü kadınlar, kötü adamlara da iyi kadınlar..."

Derin bir nefes alırken "Ne yapacağım ben Hilal?" diye sordum ağlamaklı bir sesle. "Bu işin doğrusunu nasıl öğreneceğim?"

Bir yanım her şeyi yak yık diyor, diğer yanım öfkeyle kalkarsan zararla oturursun diyordu. Gerçekten ne yapacağımı, bu işin altından nasıl kalkacağımı bilmiyordum.

"Bora'yı suçladığım için söylemiyorum ama reddetmesi normal," dedi Hilal. "Eğer yalan söylüyorsa da seni kaybetmemek için söylüyordur. Gözünün içine baka baka onunla o işi yaptım demez ki."

Bu düşüncesiyle beni incittiğini fark etmiş gibi "Ama Yaren'e de çok güvenme," diye devam ettirdi sözlerini. "Sen demiyor muydun başından beri gözü Bora'daydı onun diye? Maksadı sizi ayırmak. O kıza o fırsatı verme. Sakin kal ve neler olduğunu öfkene yenilmeden çözmeye çalış." Yaren'e güvenmiyordum zaten. Dün buraya geldiğinde hareketleri bir tuhaftı, geçmişte neler olduğunu itiraf etmekten ziyade farklı bir amacı var gibiydi ama çözememiştim. Eğer Bora bu evde bir gece geçirdiklerini reddetseydi Yaren'in doğru söylüyor olabileceğine asla ihtimal vermezdim.

Hilal gittiğinde telefona asılmış ve Yaren'i defalarca aramıştım ama açmamıştı. Görmemiş olması imkânsızdı, telefonu elinden düşürdüğü yoktu. Bilerek açmadığı, gün gibi ortadaydı fakat elimden bu şekilde kurtulamayacaktı. Onu elbet bulacaktım, bulamasam bile evinin adresine ulaşacak, mutlaka yarım kalan hesabımızı görecektim.

Bir an önce hazırlanıp evden çıkmayı düşündüğüm bir anda kapının çalması ve annemin çıkagelmesi hayallerimi suya düşürse de belli etmemeye çalışmıştım. Annem Hilal gibi değildi, sorma desem de sorar, neyim olduğunu öğrenene kadar başımın etini yerdi. Bu sebeple ona karşı hiçbir şey olmamış gibi davranmak zorunda kalarak saatler boyunca yalandan tebessümlerle şüphe çekmemeye çalışmıştım.

Sonuç olarak akşam olmuştu ve ben hiçbir yere gidememiştim. Salonda oturup Bora'nın gelmesini bekleyerek tüketmiştim zamanımı. Sonunda kapının bir kez daha çalmasıyla yüzüm düştü. Saat dokuz buçuğu geçiyordu ama gelen Bora değildi, öyle olsa kapıyı çalmaz anahtarıyla açar girerdi.

Kapıyı açtığımda yanıldığımı anladım çünkü karşımda Bora duruyordu. Üstelik yalnız değildi, sol kolunu Tekin'in omzuna yaslamış vaziyetteydi ve ayakta güçlükle kalır gibi bir hâli vardı. O an kalbim korkuyla tekledi. Tekin'in arkasında da Melisa'nın olduğunu fark edince ne oluyor dercesine baktım. Bora'nın neden ayakta bile duramadığına anlam verememiştim.

"Ne oluyor? Bora'nın bu hâli ne?"

"Bir şey yok," dedi Tekin. "Sadece sarhoş."

Sarhoş muydu?

Kaşlarım çatıldı. Geriye çekilip kapıyı sonuna kadar araladığımda Tekin, Bora'yla birlikte içeriye girdi.

Tekin'le Bora'nın ardından Melisa da eve geçtiğinde kaşlarım hâlâ çatıktı. Bora'nın alkolle arası yoktu. Hiç olmamıştı. Onu hiçbir zaman içkiliyken görmemiştim ve bu durum yadırgamama sebep olmuştu.

"Nasıl bu hâle geldi?" diye sordum anlam veremeyerek. Tekin, Bora'yı güçlükle salona kadar götürdüğünde ben ve Melisa, hâlâ kapının önündeydik.

"Bilmiyorum," dedi Melisa. "Biz Kupa Kızı'ndayken Tekin'i birisi aradı. Sanırım ortak bir arkadaşlarıymış. Bora'nın sarhoş olduğunu söyleyince Tekin aceleyle mekândan ayrıldı. Ben de peşine takıldım."

Melisa'nın üstüne başına, özenli saçına ve makyajına bakılırsa durum hiç öyle görünmüyordu. Sanki Tekin'le bir planları var gibiydi ama yine utandığı için söyleyemiyordu. Zaten şu an bunu irdeleyecek durumda değildim. Kapıyı kapatıp salona geçtiğimizde bakışlarım doğruca Bora'yı buldu. Koltuğa yayılarak oturmuştu. Gözleri baygın baygın bakıyordu, her an uyuyacak gibiydi ama bir o kadar da dinç görünüyordu.

Tekin bakışlarını üzerime çevirdiğinde "Sert bir kahve iyi gelebilir," dedi sessizce. O an benim yerime Melisa atıldı.

"Ben yaparım kahveyi."

Olur dercesine kafamı salladım. Melisa salondan ayrıldığında Tekin berjere oturdu ve sorgu dolu gözlerle bana baktı. "Kavga mı ettiniz?"

O da ortada anormal bir durum olduğunun farkındaydı. "Biraz," diyerek geçiştirdim. "Ama çözülmeyecek bir mevzu değil."

Tekin ensesindeki saçları sıvazlarken göz ucuyla Bora'ya baktı. "Değildir elbet ama..."

Bora kafasını koltuğun başlığına yaslamış, tavanı seyrediyordu. Tuhaf bir şekilde sessizdi, çıt bile çıkarmıyordu. Kafasının iyi olduğunu bilsem de onu böyle savunmasız görmek beni endişelendirmişti.

"Aması ne Tekin?"

"Bora'yı bu hâle getiren sebebi merak ettim," dediğinde sesi endişeliydi. "Uzun zamandır içmiyordu. Zaten ona pek yaramaz, gördüğün gibi dengeleri hemen altüst oluyor."

Kendimi bir diğer koltuğa bırakıp Bora'ya afallamış gözlerle bakakaldım. Alkolün ona yaramadığı belliydi, gerçekten de dengeleri altüst olmuş durumdaydı. Ama şimdi Tekin'e, onu bu kadar mahveden derdi nasıl açıklayacaktım?

"Bildiğin meseleler," dedim inandırıcı olmaya çalışarak. "Yiğit olayı artık Bora'nın canını çok sıkıyor. Bu sabah bu konuda biraz tartıştık ama bu kadar kafaya takacağını beklemiyordum."

Tekin kısa bir an yüzümde tuttu bakışlarını.

"Anladım... Ben yarın adamakıllı konuşurum onunla." Neyse ki fazla üstelememişti. Derin bir nefes aldığında "Serdar da iyi değil," dedi kısık bir sesle. "Sanırım Yaren'le kavga etmişler. Hangisiyle ilgileneceğimi şaşırdım."

Anında diken üstünde oturuyormuşum gibi tedirginleştim. "Neden kavga etmişler?" diye sordum şüphe çekmeden. "Bir sorun mu varmış?"

Tekin, bilmiyorum, dercesine kafa salladı. "Aradım ama açmadı telefonlarımı. Düğün hazırlıkları sanırım onlara yaramadı."

Yaren'in söylediklerine itimat etmemiştim fakat gerçekten de Serdar'dan ayrılmayı kafasına koymuş görünüyordu. Ve Tekin'in durumun ciddiyetinden haberi yoktu. Olayların gidişatı beni korkutuyordu. Yaren'in giderayak Bora'yla olan meselesini ve Bora'nın sırrını ortaya dökmesi hiç iyi sonuçlar doğurmazdı. Özellikle de şu sıralar ortalık yeterince karışıkken...

"Hiç iyi şeyler olmuyor..." Bakışlarım bir kez daha Bora'yı bulduğunda onunla göz göze geldim. Bana, sanki beni ilk defa görmüş bakıyordu.

"Niye hiç konuşmuyor?" diye sordum Tekin'e. Bir an o bakışlardan ürkmüştüm.

"Ne içmişse iyi çarpmış, belli," dedi Tekin. "Ama endişe etme, süt dökmüş kedi gibidir genelde."

Melisa elinde küçük bir tepsiyle içeriye girdiğinde ayağa kalktım, tepsiyi elinden aldım ve Bora'ya doğru yürüdüm. O sırada Melisa benim kalktığım yere oturdu. Bense Bora'nın yanına oturup kahveyi gösterdiğimde "İçebilecek misin?" diye sordum. "Yoksa içireyim mi?"

Bora bakışlarını kahve kupasına düşürdü. "Bu ne?"

"Kahve?"

"Kahve mi?"

Tekin sessizce güldü. Bora'ya bakarak kendisini işaret ettiğinde "Beni hatırlıyor musun kardeşim?" diye sordu. "Kimim ben?"

Bora kısa bir an kaşlarını çatarak Tekin'e baktı, sonra yaramaz bir çocuk ifadesiyle gülümsedi. "Sidikli Tekin."

Bakışlarını tekrar bana çevirdiğinde gülümsemesi soldu, birden duruldu. Bir an önce kendine gelmesi için kahveyi dudaklarına doğru götürdüm. Bir yudum aldığında suratını buruşturdu ama daha sonra elimden alıp kendisi içmeye başladı.

"Sidikli Tekin'miş..." Tekin, Bora'ya ters ters bakıyordu. Melisa'nın sessizce güldüğünü fark edince konunun üzerini örtmek ister gibi, "Ceyda'dan bir haber yok mu?" diye sordu.

Yok dercesine kafamı salladım. Olsa bir şekilde kulağıma ulaşırdı. Birkaç saat önce Bora'ya ulaşamadığı için beni arayan Hale Hanım hâlâ bir ses yok demişti. "Olacağını da sanmıyorum. Yiğit nasıl saklanıyor ve canı istemedikçe ortaya çıkmıyorsa Ceyda da aynı şekilde..."

Anladım dercesine kafasını salladı Tekin. Daha fazla burada kalmalarına izin vermedim. Belli ki bir planları vardı ve Bora mahvetmişti. Daha fazla zaman kaybetmelerini istemedim. Bora'yı idare edebilirdim.

Tekin ve Melisa gittiğinde Bora hâlâ ayılmış sayılmazdı ama kahvenin verdiği etkiyle biraz toparlanmış gibi görünüyordu. En azından yardımıma ihtiyaç duymadan yukarıya çıkabilmişti. Dengesini kaybeder ve düşer korkusuyla arkasından ilerlesem de öyle bir şey olmadı. Odaya girdiğinde doğruca banyoya ilerledi. Kapıyı kapatmadı, aralık bıraktı. Musluğu açmış olduğunu duyduğumda odaya göz attım, dün gece nasıl dağıttıysam hâlâ aynı şekilde duruyordu. İçimden toparlamak gelmedi, sadece yerde duran yatak örtüsü kaldırıp bir köşeye bıraktım.

Bora'yla konuşmak istiyordum. O bu hâldeyken nasıl konuşacağımı bilmesem de şansımı deneyecektim. Belki bir ihtimal, o geceye dair bir şeyler öğrenebilirdim.

Sarhoşların yalan söyleyemediklerini babamdan biliyordum.

Ve annemin hep, bu yolla babamın ağzından laf alıp ertesi gün kavgalar çıkardığını hatırlıyordum.

Bora banyonun kapısını araladığında yatağın kenarına oturdum. İçeriden çıktığında doğruca yüzüme baktı. Bakışlarımız beklenmedik bir araba kazası gibi birbirine çarptığında fark ettim. Ben ağır yaralı olandım, o ise olay yerinde can veren talihsizdi.

Yavaşça arkasını dönüp kapıyı kapatmaya çalıştı fakat kapatamadı. Bir türlü kapının kulpunu kavrayamayan parmaklarına sinirlenmiş gibi kapıyı ayağıyla iteklerken "Kapının kulpunu mu çalmışlar?" diye sordu. "Neden bulamıyorum?"

Gülmekle gülmemek arası bir ifadeye büründü dudaklarım. Sallana sallana attığı adımları yatağın önünde son bulduğunda durdu ve usulca yere diz çöktü. Dizlerimin dibine.

"Neredeydin sen?" diye sordum düz bir sesle. "Neden kafan güzel senin?"

Bora kaşlarını çattı. "Kafam değil, kafamdaki çok güzel." Sözlerinin ardından yeniden gülümsediğinde bakışlarını bacaklarıma indirdi. "Sen, o kadar güzelsin ki..."

Elini bacaklarıma doğru uzattığında ne yapacağını izledim. Dizlerimin altında biten elbise eteğimi yavaşça yukarı sıyırdığında ise tedirginleştim, geri çekilmek istedim. Niyetini anlamıştım ve buna o bu hâldeyken izin vermezdim. İşaret parmağını bacağımın üstünde gezdiriyordu, sessiz kalıp onu seyrederken kaşlarım çatıldı.

Aklındaki şey bambaşkaydı.

Sanki tenime bazı harfleri kazıyor gibiydi, ne yaptığını anlayamamıştım. Tek kolunu yatağa yaslayıp çenesini kolunun üzerine bıraktığında kafasını kaldırıp yüzüme baktı. Tenimin üstüne daireler çizen parmağı duraksadığında uykulu bir sesle sordu.

"Sence buraya ne yazdım?"

Bakışlarını tekrar bacağıma düşürdüğünde tenime çizdiği hayalî harflere gülümsedi.

Bora gerçekten de iyi değildi. Bir şeyleri unutmak ve düşünmemek için kaçtığı yol, bu olmamalıydı.

"İyi misin sen?" Bora sarhoş olduğunda hep böyle saçmalar mıydı? "Uyumak ister misin?"

"Hayır, istemem," dedi kızarak. "Bana sarhoş muamelesi yapma. İyiyim ben."

"Hiç öyle görünmüyorsun ama," dedim ılımlı bir şekilde. Konuşmaktan vazgeçmiştim çünkü vaziyeti beni korkutmuştu. Bir an önce uyuyup ayılmasını istiyordum. "Hem benim de çok uykum var."

Bora söylediklerimi umursamadı. Parmağıyla tenime dokunmaya devam ederken dudaklarını ısırarak gülümsedi. "Şimdi ne yazdım?"

Tekrar kafasını kaldırdığında sorusuna ciddi bir cevap bekler gibi yüzüme baktı. Onun bu hâline ayak uydurmaktan başka çarem kalmadığını anladığımda gülümsedim.

"Ne yazdığını okuyamadım, tekrar yazsana."

Hevesle gülümserken parmakları yeniden tenime düştü ve tenim boyunca harfler çizmeye devam etti. Ne yazdığını anlayabilmek için dikkatle baktım ama bir şey yazdığı yoktu. Daireler çizip duruyordu.

"Adımı mı yazdın?" diye sordum şansımı denemek istercesine.

Bora kafasını salladı, gözleri gittikçe kısılıyordu. "Evet, adını yazdım."

"Neymiş benim adım?"

Kafasını yatağın kenarına yasladığında "Adın," diye mırıldandı. Sonra gözlerini kapattı. Birazdan sızacaktı. Uyuya kalırsa onu oradan kaldıramayacağımı bildiğim için, "Yatağa gel," dedim. "Burada uyu."

Neyse ki inat etmeyerek toparlandı ve yatağa çıktı. O sırada geriye doğru gittim ve yastığına uzandım ama Bora kafasını dizlerime koymuştu. Yastık elimde öylece kalakalırken yüzüne baktım, gittikçe uykuya yenik düşen gözleri yeniden kapandı.

"Bora... Adımı söyle," dedim kulağına doğru fısıldayarak. Tuhaf bir his vardı içimde. Benim kim olduğumu biliyor muydu? Parmaklarım siyah saçlarının arasına karıştığında Bora'nın dudaklarından içimi tarumar eden bir isim döküldü.

"Senin adın, Suzan..."

Annesinin adını söylemişti. O anın verdiği sancıyla ve içime bıraktığı acıyla kaç dakika mücadele ettiğimi bilmiyordum. Bir müddet sonra parmaklarımı saçlarının arasından çektiğimde eğildim ve şakağına küçük bir buse kondurdum.

Ben sadece kalbi yaralı bir adama değil, hiç büyüyememiş bir çocuğa âşıktım.

"İyi geceler Bora," dedim boğazıma hiç geçmeyecek bir yumru oturduğunda. "İyi geceler, içime ateşler salanım."

XV
ŞÜPHE ÇUKURLARI

İntihara meyilli bir ruhu, hiçbir yaşam sözcüğü idam sehpasından indiremiyordu.

Ne vakit bir bahar rüzgârı esse ömrüme, mutlu olduğumu hissetsem özgürce, hakikatin elindeki bıçak kalbimin ortasına saplanıyordu. Kaçmak yerine kalmayı, saklanmak yerine savaşmayı, aşkı yanlış bir adamla yaşamayı ben istemiştim. Böyle paramparça yaşamanın beni mahvedeceğini başından beri bilsem de kabullenmek çok zordu.

Sabah uyandığımda Bora hâlâ uyuyordu. Onu uyandırmaktan endişe ederek yataktan sessizce kalkmıştım ama öyle derin uyuyordu ki top patlasa da uyanmayacakmış gibi bir hâli vardı. O uyumaya devam ederken duşumu almış, mutfağa inip kahvaltımı etmiştim. Vakit neredeyse öğlene uzanırken giyinme odasını toparlamaya geçtim ve kuru temizlemeden gelenleri yerleştirmeye başladım. Bora o sırada uyandı, kapıların açılıp kapanma sesini duysam da yanına gitmedim.

Dün sabah konuşmayı reddederek çıkıp gittiğinde bana çok kızgındı. Belki de kırgın… Akşam eve geldiğindeyse sarhoştu. Aradan geçen saatler ve sonrasında kafasını dağıtmış olması onu yatıştırmış mıydı bilmiyordum. Beni gördüğünde nasıl davranacağını kestiremiyordum. Dahası, onu gördüğümde nasıl davranmam gerektiğini de bilmiyordum.

Yaren konusunda ona duyduğum öfke hâlâ çok tazeydi. Mağdur durumda olması bana yalan söylediği gerçeğini değiştirmiyordu.

Meselenin altından çıkan tehdit nedenini aslında bilmem ve Bora'dan gizlememse beni suçlu yapıyor, Bora'ya karşı haksız durumuna düşürüyordu.

Koridorda ayak sesleri duyunca giyinme odasındaki işimi bırakıp oradan çıktım. Kapının önünde durup etrafa bakarken Bora'yı merdivenlerin başında gördüm. Hazırlanmış, bir yere gidiyor gibiydi. Beni gördüğünde kısa bir an duraksadı, gözlerime kenetlediği yeşil gözlerinde anlam veremediğim bir ifade belirdi. Kaşlarımı çatarak bakışlarımı elindeki araba anahtarına düşürdüğümde kaçar gibi hızla merdivenleri inmeye başladı.

Yine ve yine, benden kaçıyordu.

Her zaman olduğu gibi, kafası her attığında ve kalıp savaşacak güç bulamadığında kaçıyordu. Sabrımın son noktasına vardığımı fark ettim. Elektriğe kapılır gibi kapıldığım öfkenin ardından, hızlı bir şekilde merdivenlere yürüyüp peşinden ilerledim.

"Bekle!" Sesim öyle yüksek çıkmıştı ki duvarlarda yankılandı. "Nereye gidiyorsun sen?"

Bora merdivenlerin son basamağını da inip durduğunda aramızdaki mesafeyi hızlıca kapatarak önüne geçtim. Ateş saçan bakışlarımı yüzünde gezdirdim, sanki saatlerdir deliksiz uyuyan o değilmiş gibi yorgun görünüyordu.

Bir cevap vermiyor, gözlerimin içine bomboş bakıyordu.

"Kalbin kırıldı kaç, canın sıkıldı kaç, Hande'ye kızdın kaç, yediğin haltlar ortaya çıktı kaç, savaşmaya gücün yetmedi kaç..." Bir anlık öfkeyle, nefesim tükeninceye kadar sarf ettiğim sözler gözlerini kısmasına sebep oldu. Kırgın, öfkeli ve suçlar gibi ama öte yandan tüm bunları hissetmeye hakkı olmadığının farkındaymış gibi bakıyordu.

Bu sefer bitkin bir sesle sordum. "Her zaman böyle mi olacak?"

"Hande..." dedi Bora, dudaklarını araladığında. Sonra sustu.

Şimdi ruhum, güneşin aydınlattığı bir gündüzün ortasında karanlık bir geceyi ağırlıyordu. Neden artık benim için benimle savaşmıyordu? Çok mu yorgundu? Ya da artık gözünde eskisi kadar değerim yok muydu?

"Ne Hande?" diye bağırdım boğazım acıtana kadar. "Neyden kaçıyorsun? Kimden? Peki ben? Ben neden kaçamıyorum senden? Ben neden gidemiyorum bu kahrolası evden?" Ellerimi yumruk hâline getirip var gücümle sıktım. Bu sorulara bir yanıt arayan zihnim, düşüncelerin yarattığı hapishanede bir mahkûm kadar çıkmazdaydı şimdi.

"Ne sanıyorsun?" diye sordum sesim güçsüzleşirken. "Sen istediğin zaman kaçacaksın ama döndüğünde ben hep bu evde olacağım, seni bekleyeceğim, öyle mi?"

Bora bir adım geriledi. Elini yüzünden geçirip çenesini sertçe sıvazladı. "Yüzüne bile bakamadığım için gidiyorum," dedi dişlerini sıkarak. "Kalırsam her şeyi daha da mahvederim diye gidiyorum. Seni kırmamak için gidiyorum."

"Gidince her şey çözülüyor yani..." Dudaklarım öfkeli bir tebessüm ağırlarken bakışlarım kapıya çevrildi. "O zaman sen kal, bu sefer de ben gideyim."

Bir cevap beklemeden kapıya doğru attığım ilk adımda, Bora beni kolumdan tutarak durdurdu.

Öfkeden gözlerim kapanırken "İşte bu eşitsizlikten nefret ediyorum," diye mırıldandım. "Buna olanak sağladığım için de kendimden..."

Bora'nın derin bir nefes aldığını işittim. "Nereye gideceksin?"

"Sana ne?" Kafamı çevirip yüzüne baktığımda kaşlarını çattı Bora. "Sen gittiğin yerleri bana söylüyor musun?"

"Hande..." Hâlâ kolumu tutuyor, sanki hakkı varmış gibi bana öfkeyle bakıyordu. "Bana, seni kısıtlıyormuşum gibi davranma. Tehdit altında olan ben değilim, sensin. Ayrıca konu bu değil."

Kolumu hızla çekerek ondan kurtardığımda "Haklısın, konu bu değil," dedim. "Konu senin kaçıp gitmelerin..." Aramızda hatırı sayılır bir mesafe bırakarak bu sefer ben ondan uzaklaştım. "Ben suçluysam özür dilemesini biliyorum. Bir şeyleri mahvettiğimde tamir etmeye çalışıyorum." Ağlamamak için kendimi sıkıyordum. "Eskiden tanıdığım Bora da öyle yapıyordu."

Bora o an gülümseyecek gibi oldu ama vazgeçti. "Eskiden tanıdığım Hande de benden bir şey gizlemiyordu demek isterdim." Gözlerini gözlerimden ayırmadan, kafasını iki yana salladı. "Ama diyemiyorum."

Sanki tek suç benimmiş gibi, çocukluğuna dair bildiklerimi ondan gizlememmiş gibi zeytinyağı misali üste çıkıyordu Bora. Öyle ki karşısında susup kalsam Yaren konusunu asla gündeme getirmez ve saatlerce sadece benim suçumu konuşurdu.

"Yine suçlu benim yani?" İşaret parmağımı kendime doğrulttum. "Senin Yaren'le olan geçmişini benden ve Serdar'dan saklaman, bizi aptal yerine koyman asla suç değil... Ama benim, senin çocukken işlediğin suçu bildiğim hâlde sırf seni düşündüğümden söyleyememem suç!"

Bora o an gözlerini gözlerimden kaçırdı. Elini saçlarına atarak karıştırdı ve siyah tutamlarını alnının üzerine döktü. "Tamam," dedi pes eder gibi. "Ben suçlunun babasıyım, bunu inkâr etmiyorum ama sen beni zerre anlamıyorsun!"

"Anlat o zaman," diye çıkıştım öfkeyle. "O gece neler olduğunu bilmek istiyorum. Al sana fırsat... Öyle bir haklı çıkar ki kendini, tek suçlu ben kalayım. Razıyım..."

"Anlatacak bir şey yok," diyerek kestirip attı. Madem suçsuzdu, daha neyi gizliyordu? Böyle yaparak beni daha fazla işkillendirmekten öteye gidemiyordu.

Ağır ağır kafamı salladım. "Anlatacak bir şey yoksa anlatacak bir şey bulana kadar yanıma gelme." Onu arkamda bırakıp tekrar merdivenlere yürüdüm, sinirden ellerim titriyordu. Sonra durdum ve omzumun üstünden tekrar ona bakarak parmağımı üzerine salladım. "Ve sakın gitmeye kalkışma. Eğer çıkıp gidersen döndüğünde olmam. Ve seni bir daha asla dinlemem!"

Son sözümü söylemiş ve hızla yanından uzaklaşmıştım. Bana her şeyi yalansız dolansız anlatmaktan başka çaresi yoktu, hiçbir yere de gidemezdi. Az çok tanıyordum Bora'yı. Beni tamamen kaybetmeyi göze alamazdı.

Alamazdı değil mi?

Merdivenleri çıkıp yatak odasına ulaştığımda vakit öldürmek maksadıyla odayı toplamaya başladım. Neredeyse yirmi dakika içinde tüm odayı ve banyoyu kabaca toparlamıştım ama Bora hâlâ gelmemişti. Gittikçe kabaran öfkem bana nefes aldırmıyordu. Sonunda pencereyi araladım ama araladığıma pişman oldum. Dışarıda sert bir rüzgâr esiyor, fırtınalı bir yağmur davet ediyordu. Haziran ayının Ankara'sı her sene olduğu gibi bu yıl da yağmurlu geçeceğe benziyordu.

Yatağın kenarına oturup telefon kurcalayarak zamanımı tüketirken odanın kapısı yavaşça açıldı. Gelmişti. İstifimi hiç bozmadan telefona bakmaya devam ederken Bora birkaç adımda yanıma yaklaştı, oturmak yerine yatağın ucunda dikildi.

"Yaren'le aramda hiçbir şey olmadı," dedi kendinden emin bir şekilde. Anlatacağı başka bir şey olmadığı konusunda hâlâ ısrarcı mıydı? "Sana söyleyebileceğim tek şey bu. Yapmadığım bir şey yüzünden bana it gibi davranmaya devam mı edeceksin?"

Telefonu yatağın diğer ucuna doğru atarken "Yapmadığın bir şey yüzünden mi?" diye sordum alayla gülerek. "Pardon? Neyi yapıp yapmadığınızı ben nereden bileceğim? Yapmadım deyince inandırıcı olduğunu mu sanıyorsun?"

Oysa aptal gibi ona inanmaya hazırdım. Sadece birkaç

inandırıcı cümle kurarak beni ikna edebilirdi ama yapmıyordu. Aksine, susarak beni şüphe çukurlarına itekliyor, o ihtimalin gerçek olduğuna inandırıyordu.

"Ben doğruları söylüyorum," dedi parmağını göğsünün ortasına bastırarak. "İnanıp inanmamak sana kalmış."

Onun gözüne bu kadar kolay mı görüyordu her şey? Eğer aynı şeyi ben yapmış olsaydım bana yapacaklarını, beni itham edeceği suçları düşünmek bile istemiyordum.

"Sen hiç empati kurdun mu? Kendini benim yerime koydun mu?"

Sözlerimin ardından aramızda tenha bir sessizlik oluştu. Çehresine, bu önerimden hiç hoşnut olmadığını belli eden bir ifade çöreklendiğinde "Rolleri değiştiğimizi düşünsene?" dedim kışkırtıcı bir sesle.

"Buna gerek yok." Kapana kısılmış yaralı bir hayvan gibi acımasızlaşan bakışlarında, sözlerimin devamında üzerime pençelerini geçireceğini haykıran bir tehdit saklıydı. "Haklı olduğunu kabul ediyorum ama uzatma. Mevzu çirkinleşmesin."

"Neden gerek yok?" diye sordum kaşlarım havaya dikilirken. "Bu meseleyi benden hep sakladın, sana defalarca sormama rağmen hep yalanladın."

"Sebeplerim vardı," dediğinde gözlerinden ateş fışkırdı. Sinirleniyor muydu? Tuhaf... Hâlbuki ben şu an, hiç olmadığım kadar sakindim.

"Neler olduğunu biliyorsun."

"Geçmişinden korkuyor olman bahane değil," dedim acımasızca. "Bu konuda ben haklıyım ve sen ağzınla kuş tutsan bile haklılığımı değiştiremeyeceksin."

"Değiştiremeyeceğim, kabul ediyorum..." Bora ayakta dikilmeye bir son verip karşıma oturdu. Üstündeki siyah, kot gömleğin yakasını boğuluyormuş gibi çekiştirince üçüncü düğmesi kendiliğinden açıldı. "Öfkeni dindirmek uğruna, sürekli bunları yüzüme vurman da hiçbir şeyi değiştirmeyecek," dedi. "Ama rahatlayacaksan buyur vur. Karşında uzun zamandır boynum kıldan ince."

Sözlerini hafife alırcasına gülümsedim. "Yüzüne vurmam bir çözüm sağlamıyor, evet. O yüzden ben senden empati kurmanı istiyorum."

"Hande..." Bora bu fikirden hiç hoşlanmamıştı. Bu hem sesine hem de gözlerine yansımıştı. "Beni kışkırtma."

Bu bir tehdit cümlesiydi ama benim zerre umurumda değildi. Madem empati kurmuyordu, ben de beni bir nebze olsun anlayabilmesi uğruna kendimi ateşe atar ama yine de öfkesinin ateşini körüklerdim.

"Benim de senden gizlediğim bir şeyler olduğunu düşünsene..."

"Düşünmem," dedi Bora sert bir sesle. Yavaş yavaş öfkeleniyordu. "Düşündürme. Sen zararlı çıkarsın."

Sertçe yutkunuşunun ardından hareketlenen âdem elmasına takılan bakışlarımı gözlerine tırmandırdım. Korku kaburgalarımı tırmalıyor olsa bile cesaret çığlıkları zihnimde yankı yapıyordu.

"Zaten hep ben zararlı çıkmıyor muyum?" diye sorduğumda sessiz kalmıştı. Susarak kurtulabileceğini sanıyorsa büyük yanılıyordu. "Ama sen de senden önce neler yaşadığımı hiçbir zaman bilemeyeceksin," dedim cesaretle. "Bu da senin cehennemin olsun."

Bora'nın dizlerinin üzerinde duran eli yumruk hâlini aldı. "Benden bu şekilde mi intikam alıyorsun?" diye sordu üzerime doğru eğildiğinde. Hırçın sesinden dalgalanan rüzgâr tenime karıştı. "Bul o Melih piçini, sonra da gebert mi diyorsun?"

Yine gülümsedim. "Söz konusu ben olduğumda nasıl da acımasızlaşıyorsun..."

Bencilliği, karşı tarafı asla düşünmeyişi ve haksız yere öfkelenişi beni daha da hırslandırıyordu. Kendime yakıştırabilsem ağza alınmayacak ithamlarda bulunurdum çünkü Bora bazen bunu hak ediyordu ama ne vardı ki ben öfkeliyken bile sınırlarımı koruyordum.

"Benimle oynama," dedi, kıstığı gözlerini yüzümde gezdirirken. "Kıyaslama yaptığın şey çok alakasız."

"Alakasız mı?" Yaptığım şey yüksekten korka korka uçurumdan atlamaya benziyordu. "Gerçeklerden bahsediyor olamaz mıyım?" diye sordum. "Senin de bilmediğin şeyler vardır belki?"

Söylediğim sözler ağzımın içinde zehir gibi bir tat bırakmıştı, yutkunduğum an canım yandı. Melih'le hiçbir şey yaşamamıştım ama bunu yalandan ima etmem bile midemi bulandırmıştı.

Bora tek eliyle çenemi kavradı ve ben daha ne olduğunu bile anlamadan sırtımı yatağa bastırarak üzerime eğildi. Çenemi tutan eli tehditkârdı. Bakışlarında gördüğüm karanlık ise boğazıma dayadığı bir bıçaktı.

Yine de gözlerine korkusuzca bakmaya devam ettim. Onu bu kadar delirten ihtimalin, dünden bu yana beni ne hâle getirdiğini nasıl göremiyordu? Ayrıca bu kadar öfkelenmeye hakkı yoktu.

"Beni sakın bu şekilde imtihan etme," dediğinde gözü dönmüş gibiydi. "Sakın..."

"Seni imtihan ettiğim falan yok," dedim cesurca. İki elimle birden çenemi tutan elini kavradım. "Çek şu elini."

"Senin maksadını çok iyi biliyorum."

Bildiği için mi bu kadar köpürüyordu? Ortada onu çıldırtacak hiçbir şey olmadığı hâlde gözü dönüyordu... Olsa ne yapardı?

Ama bilmek istiyordum. Ne kadar ileri gidebileceğini görmek istiyordum.

"Hiçbir şey bildiğin yok." Öfkeden koyulaşmış gözlerine meydan okur gibi bakmam da hoşuna gitmiyordu.

"Sırf beni kışkırtmak için söylüyorsun bunları, itiraf et..." Çenemi tutan parmakları daha da sertleşince yüzümü buruşturdum ama öleceğimi bilsem de geri adım atmayacaktım.

"Hiçbir şey itiraf etmeyeceğim," dediğimde dudaklarını birbirine bastırdı, sıkabildiği kadar sıktı. Onun bu şekilde kıvrandığını görmek, değil beni rahatlatmaya, öfkemi bile dindirmeye yetmedi. Böyle bir konuda imada bulunmanın bile bu kadar ıstırap vereceğini hiç düşünmemiştim ama vermişti.

Kendi kazdığım kuyuya düşmüştüm.

Birbirimize hâlâ, her an birbirimizi öldürecekmiş gibi bakıyorken "Sana inanmıyorum," diye mırıldandı Bora. "Beni delirttiğini kabul etmeliyim ama söylediklerinin doğruluk payı yok."

"Ya varsa?" diye sordum inatla.

"Yok," diye tekrarladı Bora.

"Doğruysa," diye direttim fakat devamında sarf edeceğim sözcükler, dudaklarımın içine hapsedildi. Ondan kurtulmak için, ellerimi göğsüne bastırdım fakat tek eliyle bileklerimden kavrayarak beni etkisizleştirdi. Kurtulamadım. Üstümde kurduğu haksız hakimiyetine devam etti. Öpücüğüne karşılık vermediğim her saniye öfkeleniyor gibiydi ama aldırmadım.

Geri çekildiğinde derin bir nefes alarak kendime gelmeye çalıştım. Uzaklaşmak istedim lakin alnını alnıma yaslayarak bu çabamı da etkisiz kıldı. Nefeslerimiz yeniden birbirine karışmak üzereyken "Doğru değil," diye fısıldadı dudaklarıma doğru.

"Yapma," diyebildim güçlükle. Sadece gözlerim kusabiliyordu öfkesini. Beni öyle bir kapana sıkıştırmıştı ki... "Ben buna izin verdim mi?"

"İzin istemiyorum." Bora beni umursamıyordu bile. "İstemem de."

Alnımın çatından başladı öpmeye, şakaklarıma buseler armağan eden kalın dudaklarından salınan nefesleri tenime mühürledi. "İstemiyor musun?" Sıcak nefesini kulağıma doğru üflediğinde yüzümü diğer tarafa çevirdim.

"İstemiyorum," dedim kısık bir sesle. "Ellerini çek, kalk üstümden."

Yalan... Vazgeçemiyordum. Ne onu sevmekten ne de incitmekten. Vazgeçemiyordu. Ne beni öldürmekten ne de sevdasıyla süründürmekten.

Kırgınlığım arşa ulaşmıştı fakat bedenim uslanmaz bir çocuk gibiydi karşısında. Asla söz dinlemeyecekti. Ona yenilmek istemesem de bunu başaramıyordum. Bora elini saçlarıma uzattı, saçlarımdaki tokayı yavaşça çekip aldı. Tek omzumun üstüne saçılan saçlarımı parmaklarıyla sıvazlarken dudaklarını yanağıma sürterek boyun çukuruma indirdi.

"Yalan söylemeyi hiç beceremiyorsun," dediğinde cüretkârdı. Parmaklarının saçlarımın arasına karıştığını hissettiğimde gözlerim kapandı. "Ama bundan da vazgeçemiyorsun... Korkarım ki günün birinde beni gerçekten kandıracaksın."

"Belki de o gün, bugündür..." Bunu hâlâ neden yaptığımı bilmiyordum.

Bora bu sefer nazikçe tuttu çenemi, yüzümü yüzüne çevirdi. Tek bir kelime daha etme der gibi, parmağını dudaklarımın üzerine yasladı. "Yalan söylemeyi beceremiyor olman, özgürce yalan söylemeyi deneyeceğin anlamına gelmiyor." Bakışlarını dudaklarıma düşürdüğünde kaşları çatıktı. "Buna derhal bir son ver."

"Her zaman sana ait oldum..." Sonunda pes ettim ama bunun ondan çekinmemle, yapacaklarından korkmamla ilgisi oldu. Sadece böyle bir konuda yalan söylemeyi kendime yakıştıramıyordum. "Ama günün birinde sana gerçekten yalan söyleyip cayır cayır yanmanın ne demek olduğunu tattırmak istiyorum."

"Bana bir gün gerçekten yalan söylersen..." Gözlerini gözlerimden çekti, dudaklarını kulağıma yaklaştırıp sessizce konuştu. "Seni gerçekten yakarım Hande."

Tuhaf... Beni zaten defalarca yakmamış mıydı?

"Hiçbir şey yapamazsın."

Bora sessiz kaldı, daha sonra bir fısıltıdan ibaret sesiyle yenilgi kokan bir cümle kurdu. "O zaman kendimi yakarım."

Ne diyeceğimi bilemez bir hâlde kıvranmaya devam ediyordum ki yüksek bir sesle çalan telefonun melodisi aramıza girdi. Derin bir nefes aldım, arayan her kimse beni bu işkenceden kurtaracağı için ona minnet borçlanmıştım. Bora küfredecek gibi oldu çünkü üstümden kalkmaya niyeti yoktu.

"Telefonun," dedim sert bir sesle. Telefonunun da susmaya niyeti yoktu. Bora sonunda burnundan soluyarak geri çekildi ve ayağa kalktı. Telefonu cebinden çıkarıp kapıya doğru yürüdüğünde hızla doğruldum, yatakta oturur hâle gelip arkasından ters ters baktım.

Yine ne yapmam, nasıl davranmam gerektiğini bilmediğim bir anın içine bırakmıştı beni. Kendisinin duymaya bile tahammül edemediği bir durumla karşı karşıya kalan bendim ama öfkelenen oydu. Yakıp yıkmaya, kırıp dökmeye hazır olan oydu.

En başından beri eşit değildik ve bu benim canımı çok sıkıyordu.

Bora odanın kapısını aralık bırakmıştı, koridorda olmalıydı çünkü telefon konuşmasını rahatlıkla duyabiliyordum. Ceyda'dan bahsettiğine göre konuştuğu ya Emir'di ya da babasıydı.

Yataktan kalkıp yürüdüm ve kapının önünde durdum. Sağ omzunu kapı pervazına yaslamış bir hâlde Bora'nın telefon konuşmasını bitirmesini bekledim. Bora dirseklerini tırabzanlara yaslamış, öyle konuşuyordu.

"Bana da haber ver mutlaka," dedi telefonu kapatmadan önce. Sonra onu izlediğimi fark etmiş gibi usulca bana döndü. Telefonu kapatıp parmakları arasında çevirmeye başladığında keskin ve hâlâ fevri olan bakışları üzerime kenetlendi.

Az önce olanlar canımı öyle çok sıkmıştı ki o an önünü ardını düşünmeden onun canını haddinden fazla yakabilecek bir şeyler söyledim.

"Bana Yaren'le aranda hiçbir şey geçmediğini söyleyip duruyorsun ya... Sana inanmıyorum. İspatlamanı istiyorum. Ne yap ne et, ispatla. Sadece iki gün veriyorum sana. Eğer iki günün sonunda karşıma geçtiğinde elindeki tek şey hâlâ kuru sıkı sözlerin olursa ben artık yokum."

Tüm bunları nasıl söyleyebildiğimi anlayamamıştım, hepsi birden ağzımdan dökülmüştü ve Bora şu an, fırtına koparan bir bakışla bana bakıyordu.

"Duydun mu?" diye sordum kaşlarımı kaldırarak. "Giderim."

"Duydum," dedi Bora. Kafasını hafifçe salladığında hiç beklemediğim bir sakinlikle beni onayladı. "Gidersin..."

Son sözü bu oldu. Yoğun bir sessizlik içinde birbirimize baktığımız saniyelerin sonunda başka bir şey söylemeden arkasını döndü ve hızlı bir şekilde merdivenleri indi. Az önce söylediklerimden pişman olmamı gerektirecek hiçbir şey söz konusu değildi, dibine kadar haklıydım ama içim çok acıyordu.

Kahrolası gitme düşüncesi...

Ya sana hiçbir şey ispatlayamazsa, dedim içimden. *O zaman gerçekten de gidebilecek misin?*

Bu düşünce yüreğimi kıvrandırdı. Evin kapısının sertçe açılıp yine sertçe kapandığını duyduğum andan itibaren nefes alamadım, duvarlar üstüme üstüme yürüyordu sanki. Hızlı bir şekilde giyinme odasına girip üstüme bir ceket aldım. Nereye gideceğimi bilmiyordum ama daha fazla evde kalamazdım.

Bora'nın hemen ardından evden çıkmış olmama rağmen ona yakalanmamıştım. Çoktan gitmişti. Dışarıda yağmur çiseliyordu, içimden saatler boyu yağmurun altında kalmak ve sokak sokak yürümek geçiyordu ama yalnız kalamayacağımı bildiğimden bu düşünceden hemen vazgeçtim. Evden çıktığım an yalnız kalmam şu sıralar imkânsızdı.

İşgüzar Veysel saniyesinde Bora'yı arayıp evden çıktığımı haber ediyor dahası peşime takılıyordu. Bu durum daha ne kadar böyle devam edecekti?

Hızlı adımlarla demir kapıya yürüdüğüm sırada Veysel güvenlik kulübesinden çıktı. Bana doğru yaklaşırken "Bir yere mi gidiyoruz Hande Hanım?" diye sordu.

O an Veysel'e kötümser bir bakış attım. Bora'ya olan hıncımı ondan çıkaracakmış gibi ağzımı açacaktım ki durdum. Onun ne suçu vardı? Bora'yı kınarken gitgide ona benzemeye başlıyordum.

"Alışveriş merkezine gideceğiz," diyerek kafamı salladım. Veysel doğruca arabaya yürüdüğünde isteksizce arkasından ilerledim. Günün geri kalanını tek başıma geçirmek istemiyordum ama Hilal bu saatte çalışıyordu. Melisa desen, o da çalışıyordu. Etrafımdaki insanların aksine tek işsiz güçsüz bendim.

Mecburen tek başıma gezecektim.

☽

Alışveriş merkezinin kapanış saatine kadar mağaza mağaza dolaşmış, ayaklarıma kara sular indirene kadar ve Veysel'e isyan bayrağı çektirene kadar ellerine poşetler yığmıştım. Öfkemi ve hırsımı bu şekilde dindirebileceğime olan inancım yok olmuştu çünkü sadece kendimi oyalayıp durmuştum. Kafam dağılmamıştı, bilakis sessiz kalıp düşünemediğim için daha da kötü olmuştum.

Bora gün boyunca birkaç kez Veysel'i arayıp benimle alakalı rapor almıştı. Beni aramaya cesareti yoktu. Arasa da telefonu açmaz ve onunla konuşmazdım. O da bunu çok iyi biliyordu.

Araba evin bulunduğu sokağa giriş yaptığında içimdeki huzursuzluk her zerreme sıçradı. Günün sonunda döndüğüm tek yer yine onun yanıydı. Evlilik böyle bir şeydi, tatsız yüzüyle henüz yeni yeni tanışıyor ve alışmaya çalışıyordum ama acemisi olduğum için bocalıyordum.

Eve girer girmez doğruca yatağa girip uyuyacaktım. Sözlerimin sonuna dek arkasındaydım. Artık sözlere karnım toktu, bana ispatlarıyla gelene kadar Bora'yla konuşmayacak, hatta yüzüne bile bakmayacaktım. Tıpkı onun bana yaptığı gibi...

Kapıyı sessizce açıp içeri girdiğimde Veysel de arkamdaydı. Alışveriş poşetlerini kapının girişine bıraktı, iyi geceler diledi ve kapıyı kapatıp gitti.

Eve girmeden önce yukarı bakmış ve ışığı yanan tek odanın yatak odası olduğunu fark etmiştim. Bora beni orada bekliyordu ama ben o odaya girmeyecektim bile. Her zaman kaldığım diğer odaya girip girdiğim gibi de kapıyı kilitleyecektim.

Aldığım hiçbir şeye dokunmadan doğruca yukarı, sessiz adımlarla çıktım. Yatak odasının kapısına uzanan bakışlarımı hızlıca çekip diğer odaya yürüdüm. Kapıyı usulca araladım ve karanlık odaya kendimi atıp kapıyı kilitledim. Sadece gece lambasını yakıp içeri bir adım attığımda korkuyla durdum.

Bora buradaydı.

Koyu renk perdeleri sonuna kadar araladığı pencerenin dibindeydi, heybetli gövdesi ay ışığına karşı durmuş, tek elini pervaza, alnını da elinin üstüne yaslamış bir vaziyette etrafı seyrediyordu. Akıllılık etmişti. Eve girer girmez kendimi bu odaya kapatacağımı bildiğinden buraya saklanmış ve sağ gösterip sol vurmuştu.

"Ne yapıyorsun sen burada?" diye sordum kızgın bir sesle. Kollarımı göğsümde birleştirip bekledim fakat herhangi bir yanıt gelmeyince sesimi biraz daha yükselttim. "Bora?"

Kafasını hafifçe çevirip duvara doğru baktığında "Düşünüyorum," diye mırıldandı. O an ses tonunda sezdiğim tuhaflık kaşlarımı çatmama neden oldu. Geriye doğru bir adım attığında ayak ucundan bana doğru boş bir cam şişe yuvarlandı.

Yine mi sarhoştu?

Hayıflanır gibi kafamı sallayarak ayaklarımın dibinde duran boş şişeye baktım. Bunu kendisine neden yapıyordu? Ona iyi gelmeyen bir merete neden bu kadar çok düşüyordu?

"Kafamın içinde çok şey var," dedi, ses tonunun uykulu gibi çıkıyor olmasına rağmen harfleri asla yuvarlamıyordu. "Çok fazla şey var ve ben onlarla başa çıkamıyorum."

Odanın ortasına doğru ilerlediğinde bakışlarının hedefinde olduğum için ürperdim. Bu sefer hiç de süt dökmüş kedi gibi değildi... Korkmalı mıydım?

"Uyumama izin verme." Tam karşımda durduğunda gözlerini kıstı, gözlerinin yeşili simsiyah görünüyordu. "Kafamın içinde eşekler tepiniyor ama umurumda bile değil. Uyanınca her şey boka sarıyor, uyanınca acı, kaldığı yerden devam ediyor."

"Savaşmak yerine kaçmayı tercih ediyorsun da ondan," diye mırıldandım. Sanki karşımda söylediklerimi anlayabilen bir adam varmış gibi...

Sözlerime karşılık alabilmek bir yana tepki daha vermemişti Bora. Onunla yapacağım konuşmayı ayık olduğu bir zamana saklayıp susmayı tercih ettim. Bora yanımdan geçip gittiğinde bakışlarımla onu takip ettim. Konsolun önünde son bulan adımlarının ardından eline aldığı telefon ekranına baktı. Yüzüne yansıyan beyaz ışık, çehresinin güzelliğini gözlerimin önüne sunduğunda öylece onu izlemeye başladım.

Bu durumda olmak yerine sarılabilirdik şimdi onunla. Gülebilir, saatlerce konuşabilirdik. Ama hayat bu ya, aynı evdeyken bile ayrı gayrı olmak düşmüştü payımıza.

Bora elinden bıraktığı telefonun ardından bakışlarını tekrar üstüme çevirdiğinde kulaklarıma naif bir müzik sesi ve beraberinde şarkının sözleri yayıldı.

Büyümsün sen büyüm,
İlk defa öptüğüm
Kalbimdeki düğüm
Büyümsün sen büyüm...[2]

"Ne yapıyorsun?" diye sordum şaşkınca. Bora yeniden karşımda durup elini bana uzattı. "Unutmak için her şeyi..."

Parmakları parmaklarımı kavradı, elimi avucuna hapsetti. Beni hızlı bir şekilde kendisine çektiğinde bedenim bedenine çarptı ve kendimi onun güçlü kollarının arasında buldum. Tuttuğu elimi omzunun üstüne bırakmasının ardından iki elini de bel boşluğuma bastırarak beni kendisine tamamen tutsak etti.

Issız çölde kuyum,
Son nefeste suyum
Hem sevip, hem korktuğum
Büyümsün sen büyüm...

"Dans edebiliriz mesela," dediğinde sesinde karanlık bir davet saklıydı. Ve ben bu davete zorla icabet etmiştim. Ama

[2] Esmeray'ın Büyümsün şarkısı.

yine kötü hissetmedim. Olanca öfkeme ve ihanet kokan bir bilinmezliğin içinde olmama rağmen onun sınırlarından uzaklaşamıyordum.

Kokusuyla yatıştırıyordu beni, gözleriyle etkisizleştiriyordu. Kurşunsuz bir silah gibiydi ama başka hiçbir şey beni onun kadar yaralamıyordu.

"Biz hiç dans ettik mi?" diye sordu gözlerime bakarak. Sessiz kaldığımda hayır, der gibi dudaklarını oynattı. "Etmedik, edelim."

Beni kendisine biraz daha bastırdığında sırtım geriye doğru gitti. Bu yaptığımıza dans etmek denmezdi. "Bana her şeyi unutturuyorsun..."

Karanlığın efsunlandırdığı bakışlarında gezen ihtirası hissettim. Yüzünü yüzümün hizasından çekerek burnunu boynuma doğru gömdü ve kısık dudaklarından dökülen nefesi tenime arasına karıştı. Ağlayacak gibiydim çünkü ona, bana hissettirdiklerine ve varlığına muhtaçtım. O bana ne kadar muhtaç ise ben de ona o kadar muhtaçtım. Zaman su gibi akıyordu, yitirdiğimiz bir saniye bile geri dönmüyordu. Yıpranıyor, yıllanıyor ve eskiyorduk.

Ben her anımda onunla olmak istiyordum. Neden buna izin verilmiyordu?

Hiç aman vermeden,
Merhamet bilmeden,
Beni deli eden,
Büyümsün sen büyüm...

"Bora..." Kollarımla geniş omzunu çepeçevre sararken gözlerimi usulca kapattım ve bizi buralardan çok uzaklarda bir yerlerde hayal ettim. Yağmurların yağdığı ama fırtınaların kopmadığı bir şehirde...

Bora, dudaklarını kulağıma yaklaştırdı. "Adımı sadece senin sesinden duyduğum zaman seviyorum," diye bir itirafta bulundu. Sonra sesinin tonu renk değiştirdi. "Ben aslında, Bora olmaktan nefret ediyorum."

Bir eliyle hâlâ belimden tutuyorken diğer elinin parmaklarını yukarı tırmandırdı ve sırtıma kadar uzanan uzun saçlarıma sahiplenircesine dokundu. "Korkağın tekiyim ve hep öyle olmaya da devam edeceğim. Hiçbir zaman değişmedim, değişmeyeceğim."

Sözlerinin ardından yeniden yüz yüze geldiğimizde yavaşça eğildi, boylarımızı bir nebze yakın kılarken alnını alnıma yaslayarak burnumun ucuna tüy hafifliğinde bir öpücük kondurdu. "Ben hep o adamım," dediğinde gözlerinde acımasız bir bakış saklıydı. "Şimdi söyle bana, neyimi seviyorsun? Bencilliğimi mi? Kalpsizliğimi mi? Acımasızlığımı mı?"

Yutkunarak bakışlarımı kaçırdım, bu soruya verebilecek hiçbir cevabım yoktu. Sözleri, büyüsüne kapıldığım anın içinden beni çıkarıp öfkemi hatırlatınca kollarından kurtulmak istedim. Lakin şu an karanlık bir mahzenin içinde gibiydim, kaçacak hiçbir yer yoktu.

Alnıma yazılmış,
Kalbime kazılmış,
Damarıma sızmış,
Büyümsün sen büyüm...

"Bana cevap ver," dedi Bora sert bir sesle. Bakışlarım istemsizce yüzüne tırmandığında gözlerine donuk bir bakış attım. "Susuyorsun," diye devam etti konuşmasına. "Verebilecek hiçbir cevabın yok."

"Bunları konuşmak istemiyorum," diyerek kendime bir kaçış yolu var ettim fakat yola çıktığım ilk an tökezleyerek düştüm.

"Ama ben konuşmak istiyorum." Konuşurken nefesinden yüzüme vuran yoğun alkol kokusunu net bir şekilde alıyordum, tuhaftı fakat rahatsızlık vermiyordu.

"Şimdi uyusak ve sabah olduğunda..."

Sözlerimi keskin bir sesle yarıda kestiğinde "Beni geçiştirme," dedi. Ona zamansızca uğrayan duygu öfkeydi, bana ise korku. Çünkü bu her zaman böyleydi. Birdenbire neyin değiştiğini kavrayamasam da onun bu hâlini yadırgamadım. "Bundan nefret ediyorum çünkü."

"Seni geçiştirmiyorum."

"Geçiştiriyorsun."

İnatçıydı, üstelemeyecektim.

"Sadece..."

"Beni neden sevdiğini bilmediğim bir kadını," diye fısıldadığında sarf ettiği cümlenin her harfi kalbime saplandı. "Ölürcesine seviyorum." Sırtıma yasladığı elinin baskısını artırdığında bedenlerimiz arasında ufacık bir boşluk dahi kalmamıştı. "Hesapsızca, kitapsızca, bencilce..."

Konuştuğu her cümlenin ardından beni kollarının arasında daha fazla sıkıyor, hareket etmemi kısıtlayacak şekilde kollarında küçültüyordu. "Yüzüme vurduğun her yanlışımda benden biraz daha uzaklaşıyor gibisin, bundan da nefret ediyorum."

"Senden uzaklaşmıyorum, Bora. Bırak beni, iyi değilsin."

"Acıyı hissedecek kadar iyiyim," dedi itiraz dolu bir sesle. "Korkularımla yüzleşecek kadar iyiyim."

Sakin kalabilmek adına derin bir nefes aldım fakat faydasızdı. "Ama ben şu an iyi değilim," dedim fakat Bora beni duymuyordu.

"Bana bir söz vermiştin... Artık hiçbir yere gitmem demiştin." Tek nefeste sarf ettiği sözcükler, huzurumun yalınayak kaçmasına sebep olduğunda "Aksinin olmayacağını söyle," dedi hırçın bir şekilde. "Söyle, hadi."

"Nefes alamıyorum," diye inledim kollarının arasında. Tam şu anda, onun tehlikeli sularında boğuluyordum. Tıpkı eski günlerimizin o leş tadını ağzımda hissettiren şu an, çığlık çığlığa kaçma isteğimi perçinlemişti. Ben o günlere dönmek, o adamla bir kez daha imtihan olmak istemiyordum. "Bırak artık beni."

"Böyle bir şeyin mümkün olmayacağını söylemeni istiyorum." Bir anda adım attığında onunla birlikte geriye doğru adım atmak zorunda kalmıştım. Adımlarımızın nereye gittiğini bile bilmiyordum. Her an tökezleyebilirdim fakat beni o kadar sıkı tutuyordu ki düşmeyeceğime emindim.

"Bunu senin dudaklarından duymak istiyorum."

Sırtım odanın duvarıyla bütünleştiğinde ellerini bedenimden uzaklaştırdı, kalbimin deli gibi çarptığını fark ettiğimde ise canım yandı. Çünkü uzun zaman sonra bu kalp, onun karşısında onun hissettirdiği korkudan dolayı çarpıyordu. *Aşktan değil, korkudan...*

İnce bileklerimi kelepçe misali kavrayan uzun parmakları, duvar boyunca kaydırdığı kollarımı başımın üstünden duvara sabitlediğinde ona karşı koymayı istedim fakat bunu sadece istemekle kaldım. Çünkü iyi değildi, ne yaptığının farkında da değildi, aklı başında değilken ve gözleri bu kadar karanlık bakıyorken karşı koymaya çalışmak delilikti.

"Söyle artık şunu." Kelimeler bir fırtına gibi döküldü dudaklarından. "Korkularımın yersiz olduğunu, yerinin sonuna kadar benim yanım olduğunu... Söyle."

"Beni korkutuyorsun, yapma."

"Ben de korkuyorum," dedi Bora. "Neden silmiyorsun korkularımı tek kalemde? Ben bu boktan hayata hâlâ katlanıyorsam tek sebebi sensin. Karşıma geçip giderim diyemezsin. Anladın mı?"

"Hiçbir yere gittiğim yok," diye bağırdım sonunda. Bu şekilde çıkışsız bırakılmaktan nefret ediyordum. Bileklerimi sımsıkı kavradığı parmaklarından kurtarma girişimim başarısızlıkla sonuçlandı. Bedeninin üstüme yıkıldığı saniyelerde çaresizce fısıldadım. "Bırak, bileklerim sızlıyor."

Çenesini alnım boyunca gezdirirken bileklerimi serbest bıraktı, iflah olmaz elleri yüzümü avuçlarına hapsetti.

"Bana ait olduğunu söylemek bu kadar zor mu?" diye sordu hayal kırıklığı içinde. "Neden susuyorsun, neden kaçıyorsun?"

"Senden değil, dayatmalarından kaçıyorum." Tehdit dolu günlerin hatıraları, acımasızca içime sızdı. "Şu an bana ne yaptığının farkında mısın sen?"

Sesim ağlamaklıydı fakat ağlayamıyordum bile.

Bora düşünüyormuş gibi kaşlarını çattığında kısılan gözleri yüzümden çekildi. Bir müddet aynı pozisyonda kalmıştık, sahiplenici tavrından ödün vermeyen elleri hâlâ bedenimdeydi. Sonra bir anda çekildi ve dizlerinin üstüne düşer gibi yere çökerek önümde eğildi.

"Özür dilerim," diyerek kollarını dizlerime sardı, kafasını karnıma yaslarken bir kez daha tekrar etti. "Özür dilerim..."

"Bora..." dedim hâlsizce. "Uyumanı istiyorum artık."

"Uyumak istemiyorum."

Ne yapacağımı bilemez bir hâldeydim. Sırtımı duvara yaslayarak beklediğim süre boyunca, Bora da yüzünü karnıma gömmüş bir vaziyette dizlerinin üstünde durmaya devam etti. Onu uyumaya nasıl ikna edecektim hiçbir fikrim yoktu ancak bu gece benim düşünmekten uyuyamayacağım kesindi.

Sadece birkaç dakikalığına bile olsa eski günlerin buruk tadını hissetmek kalbimi tekletmişti. İnsanlar ömürleri boyunca değişmezlerdi. Bora'nın da asla değişmeyeceğini, beni zaman zaman o hep sakladığı diğer yüzüyle karşı karşıya getirip savunmasız bırakacağını zaten biliyordum. Ama artık öyle yorgundum ki kaldıramıyordum.

"Dizlerimde uyumak istemiyor musun?" diye sordum. Sırtımı duvardan aşağı kaydırarak yavaşça yere çöktüğüm vakit, Bora kollarını bacaklarımdan, yüzünü ise gömdüğü karnımdan çekmek zorunda kalmıştı. Karşısında onun gibi dizlerimin üstüne çöktüğümde iki elimle dokunduğum yüzüne ağlayacak gibi baktım.

"Saçlarınla oynarım hem, istemez misin?"

Gözlerindeki hüzün canıma kastediyordu.

"İsterim," diyerek kafasını salladığında ayağa kalktım. Bora o sırada bileğimden tuttu, sanki elini üstümden bir an olsun çekerse ellerinden kayıp gidecekmişim gibi endişeli davranıyordu. Yeniden gözlerine baktığımda dudaklarından dökülecek herhangi bir itiraz cümlesini korkarak bekledim fakat korktuğum şey olmadı. Benim ardımdan uysal bir tavırla yatağa yürüdü. Yatağın üstüne birlikte çöktüğümüz an sırtımı başlığa yaslayıp bacaklarımı uzattım. Bora da yatağın üstünde kıvrılarak kafasını dizlerime yasladı. Parmaklarım saçlarının arasına karışırken bakışlarım boşluğa devrildi. Saçları çok güzeldi, tıpkı diğer ayrıntıları gibi... Bir müddet saçlarını sıvazlayarak uykuya dalmasını bekledim ama gözleri hâlâ aralıktı.

"Neden içtin?" Sesim, uyku isteğini tamamen yok eder korkusundan sessizce sormuştum. Gözümde uykunun zerresi olmamasına rağmen açık tutamadığım göz kapaklarım gözlerimin üzerine devrildi.

"Unutmak için," dedi Bora. Ben onun saçlarını sıvazlarken o da avuçlarına hapsettiği parmak uçlarıma dokunuyordu.

"Unutabiliyor musun peki?"

"Evet." Tereddütte kalmış gibi sustuğunda iç çeker gibi nefes aldı. "Yoksa başa çıkmak çok zor."

Neyimi seviyorsun diye sormuştu, alamadığı cevabın sebebini kırgınlığıma yormak yerine yine zorbalığını konuşturmuştu. Böyle gelmişti lakin böyle devam etmesini istemiyordum, bu şekilde davranarak hiçbir yere varamayacağını öğrenmesi gerekiyordu.

"Peki sen," dedim dayanamayarak. Gözlerimi usulca araladım ve bakışlarımı yüzüne indirdim. "Sen benim neyimi seviyorsun?"

Bunu ona daha önce defalarca sormuş ve hiçbir surette cevap alamamıştım. Benden hep kaçmıştı. Kaçması gereken zamanlarda da, artık buna gerek kalmayan zamanlarda da...

"Her şeyini..." Boğuk bir fısıltı hâlindeydi sesi. "Ellerini, gözlerini, saçlarını, dudaklarını, kokunu, her şeyini..."

"Peki, ne zaman sevdin?"

Bora elimi serbest bıraktı, kafasını yavaşça dizlerimin üzerinden kaldırdığında tedirgince dikleştim. Oturur hâle gelip gözlerimin içine baktığında "Bilmiyorum," dedi. "Bilseydim bir adı olmazdı değil mi?" Bu sefer kafasını göğsüme yasladı ve kollarını bedenime sararak beni sıkıca kafesledi. Bir elimi bedenine sararken diğer elimle sakallarına dokundum.

"Seni ilk gördüğüm günden sonra, hep bir kaza dedim adına. Beklenmeyen, talihsiz bir kaza... Nasıl oldu, nasıl düştüm hiç bilmezdim. Öyle arsızdın ki gece gündüz fark etmeksizin aklımda gezerdin." Gözlerini yavaşça kapatırken dudaklarında beliren o tebessümü hafızama kazımak istedim. Nefes bile almadan dinliyordum söylediklerini çünkü bunlar ayık bir kafaya sahipken asla duyamayacağım türden cümlelerdi.

"Öyle paldır küldür oldu ki..." Derin bir nefes aldı. "Sen benim en sevdiğim sakarlığımsın."

Bir an sonra gözleri tamamen kapandı. Bora bir geceyi daha kollarımın arasında, uykularımı benden tamamen çalarak kapatmıştı. Sadece gözlerimi kapattım çünkü ne yapsam uyuyamayacaktım.

Aradan geçen dakikalar ve saatler boyunca aklımın kalbimle tutuştuğu kavgayı izledim.

Ne kadar zaman sonra bilmiyorum, henüz yeni yeni içine çekildiğim uykuyu kaçıran telefon sesiyle irkilerek gözlerimi araladım. Bora hâlâ kollarımın arasında uyuyordu, uykusu öyle derindi ki kılı bile kıpırdamamıştı.

Uyku mahmuru gözlerim önce pencereye dikildi, dışarısı hâlâ karanlıktı, henüz sabah bile olmamışken telefonun çalıyor olması içimi yangın yerine çevirdi. Sonra kafamı sağa çevirip komodinin üzerinde titreyerek çalan telefona baktım. Elimi uzatıp alabileceğim mesafede olmasına rağmen güçlükle uzandım. Arayan kişinin Emir ya da babası olabileceğini düşünmüştüm, nitekim Ceyda'yla ilgili iyi ya da kötü bir gelişme olabilirdi ama arayan ikisi de değildi.

Ekranda Tekin'in adı yazıyordu. Neler oluyordu?

Arama ekranını kaydırarak telefonu kulağıma götürdüğüm an Tekin'in ilk defa şahit olduğum, ağlamaklı sesini duydum. "Bora..." dedi haykırır gibi. "Serdar, Serdar intihar etmiş!"

Gözlerimin fal taşı gibi açılmasına sebebiyet veren sözlerin ardından "Ne?" diye bağırdım. O sırada Bora irkildi, bedenimi serbest bırakan kollarının ardından henüz aralayamadığı gözlerine rağmen toparlandı.

"Tekin, ne diyorsun sen? Emin misin?"

"Bilmiyorum, kahretsin, bilmiyorum!"

Bora tam da o an gözlerini araladı, üstünde uyku sersemliğinden ziyade, henüz bünyesini terk etmemiş alkolün verdiği etki vardı. Bana, neler olduğunu anlamayan gözlerle bakıyordu. Kirpiklerini peş peşe kırpıştırarak uykusunu açmaya çalışırken kaşları havalandı, bakışları kulağımda tuttuğum telefona takılınca ise çatıldı.

Şimdi ona bu durumu nasıl izah edecektim?

"Neredesin sen?" diye sordum Tekin'e. Bir kapının sertçe kapanma sesini duyduğumda "Evden çıkıyorum," dedi telaşla. "Yan komşusu Muzaffer abi aradı beni..." Sesi telefondan taşıyordu, Bora şu an her şeyi duyuyordu. "Ailesini arayıp bir şey söyleyememiş henüz. Işıklar yanıyormuş, evdeymiş, gaz kokusu her yere yayılmış..."

"Tamam," diyebildim sadece. Tekin telefonu kapattı, hattın düştüğünü haber veren sinyal sesleri hâlâ kulağımdayken öylece Bora'ya bakıyor ve vereceği tepkiyi bekliyordum. Yapmamız gereken tek şey bir an önce toparlanmak ve evden çıkmaktı ama ikimiz de kıpırdayamıyorduk.

Bora duyduklarının şokunda mıydı yoksa hâlâ idrak edemiyor muydu anlayamıyordum. Bir şeyler söylemek için araladığım dudaklarım geri kapandı, Bora sus der gibi elini kaldırdığında diğer elini de yüzüne kapattı. Parmaklarıyla gözpınarlarına baskı uygularken "Duydum," dedi. Sesi öyle güçsüz ve öyle çaresizdi ki tüm bu olanlarda en büyük suçlu olmasına rağmen içim ona paramparça oldu.

Sonrası çok hızlı gelişti. İkimiz de üstlerimizi değiştirmeden uyumuş olduğumuzdan sadece birkaç dakika sürmüştü evden dışarı çıkmamız. Veysel yoktu, Emrah hızlı bir şekilde arabayı hazırladı ve Serdar'ın evinin bulunduğu muhite doğru yola çıktık. Kafam karmakarışıktı lakin zihnim neler olduğuna dair senaryolar üretip duruyordu, Yaren ayrılmak istemişti de Serdar bunu kaldıramamış mıydı?

Sevgisinin zerresini bile hak etmeyen bir kadını, canından vazgeçecek kadar çok mu seviyordu?

"Emrah hızlı!" diye bağırdı Bora. "Yollar bomboş, bas!"

Bora önde, ben arkada oturuyordum ve tırnaklarımı kemirerek Bora'ya bakıyordum. Yol boyunca Tekin'i arayıp durmuştu ama Tekin telefonuna bakmıyordu. Muhtemelen araba kullanıyordu ve telefonun çaldığının farkında bile değildi. Haberi ona Serdar'ın komşusunun vermiş olması, içimde en ufak bir iyimser düşünceye yer bırakmamıştı.

Serdar evde demişti, *ışıklar yanıyor ve gaz kokusu her yere yayılmış...*

İçinde bulunduğumuz araba bir fırtına gibi yol alıyor, ardımızda kalan her sokak damağımda buruk bir tat bırakıyordu. Gidenin bir daha geri gelmeyeceğini bilmek insanı pişmanlık denizinde boğuyordu. Serdar ve Yaren ilişkisi en başından beri yanlıştı ama bile bile, göre göre susmuştuk ikimiz de. Ve bu sonu kendi ellerimizle getirmiştik. Eğer Serdar ölmüşse ben bile affedemezdim kendimi. Çünkü o, böyle bir sonu hak etmiyordu.

Bora nasıl hissedecekti?

Sebebi olduğu büyük kayıpla bu sefer yaşamaya nasıl devam edecekti?

Araba Serdar'ın evinin olduğu sokağa girdiği an gözlerimin gördüğü manzarayla birlikte boğazımı saran eller biraz daha sıklaştı. Doğruydu, Tekin'in sözlerinde herhangi bir yanlışlık yoktu. Evin önünde duran ambulans ve polis aracının ışıkları yanıyordu. *Kulak duysa bile gerçeği, göz görene kadar reddedermiş.* Duyduklarımın gerçek olmamasını istemiştim fakat gerçek tüm can alıcılığı ile karşımızda duruyordu.

"Yaşıyordur," dedim küçük bir umuda sığınarak. İnanılacak tek bir şey kalmıştı. "Kötü bir şey olmamıştır belki."

Bakışlarımı bir kez daha Bora'ya çevirdim. Evin önündeki can alıcı manzara onu bir şoka sürüklemiş gibiydi. Uzanıp omzuna dokundum, yetmedi sarstım ama yine de tepki vermedi. Emrah arabayı sokağın ortasında, gelişigüzel bir şekilde durdurduğunda Bora kapıyı sertçe açtı ve fırlayarak çıktı arabadan. Onun ardından ben de hızlıca indim ve titreyen dizlerime rağmen koştum arkasından.

Ömrüm boyunca ikinci defa böyle bir manzarayla karşılaşıyordum. Ölümün aslında tanıdık olan ama yabancı yüzüyle... Şimdi tuhaf bir şekilde hepimizi etkisi altına alan bu his, beni aylar öncesine götürdü. Elif Mirzanlı'nın ölümüne sebep olduğumuz o geceye... Evin önü ana baba günüydü. Gürültüyü duyan çevre sakinleri ve neler olduğunu merak eden herkes durmuş bu tabloyu izliyordu.

Kimi acıyan gözlerle, kimi ilgisini cezbettiği için dikkatle...

Sanki günün birinde, ölüm onların da kapısını çalmayacakmış gibi hayretle.

Olay yeri inceleme ekipleri evin etrafına şerit çekmişlerdi. İçeriye geçmek yasaktı. O an zaman ağır bir çekime girmişçesine duraksadım. Sesler kulaklarımda uğuldadı, Bora şeridin öteki tarafına geçebilmek için sınırları zorladı fakat polisler izin vermedi. Emir de buradaydı. Muhtemelen Tekin ona da haber vermişti ve buraya bizden önce ulaşmıştı. Emir, Bora'yı zapt etmeye çalışırken ayaklarımın dibinde bir araba durdu ve içinden Tekin çıktı.

Telaşlı ve korkmuş hâli perişandı. Koşar adımlarla kalabalığı yardı ve neler olduğunu anlamak için şeridi geçmeye çalıştı fakat polislerin engeline takıldı. Sanki bir film izler gibi uzaktan izliyordum her şeyi. Hiçbir şey söyleyemiyor, müdahale edemiyordum. Oradaydım ama değildim, sadece izliyordum ama izleyen ben değildim.

İçimde zelzele yaratan acının adı ölümdü. O an gökyüzü şiddetle haykırdı, bulutlar bir bedenden zamansızca kopan ruhu ağırlamak için kollarını açtı, yağmurlar toprağın tenine karıştı, toprak ise geriye kalan fani bedeni yutmak ve yok etmek için ortadan ikiye yarıldı.

Bora'yı ve Tekin'i içeriye almamakta ısrar eden polis ekipleri hayli zorluk yaşıyordu. Adımlarım benden izinsizce kalabalığa doğru karıştı, sesler kulaklarımda hâlâ birer uğultu gibiyken onlara doğru iyice yaklaştım. O sırada demir kapının ardında bir hareketlilik yaşandı. Evin aralanan kapısından çıkan sağlık görevlileri bir sedyeyi sürüklüyordu. Bakışlarım sedyenin üstüne kenetlendiğinde gördüğüm tek şey, siyah ve uzun bir torba yığınıydı.

İçinde bir ceset mi saklıydı?

Henüz soğumamış ama artık nefessiz, saatler öncesinde içinde acıdan parçalanan bir ruhu ağırlayan, et ve kemik yığını mı?

Yaşananlar ve hatıralar, birlikte geçirilen zamanlar, haykırışlar ve kahkahalar... Her şey soluk bir film şeridi gibi gözlerimin önünden aktığında demir kapıyı aralayan polis memurunun otoriter sesi gürültüyü kesti.

"Lütfen açılın, zorluk çıkarmayın, kenara çekilin!"

Evin demir kapısının önündeki hareketlilik usulca geriye çekilirken bakışlarım Bora'ya sürüklendi. Bir kez daha kaybetmenin, ölüme karşı çaresizce yenilmenin isyanını taşıyordu vurgun yemiş ruhu. Sanki yirmi altı yaşında değil, altı yaşında küçük bir çocuk gibi anlamsızca bakıyordu gözleri.

Sanki bu gece, yıllar önce annesini koparan o uğursuz geceydi.

"Ailesine haber verdiniz mi?" diye sordu önümdeki adam. Muhtemelen bir polisti. Tam yanımda durduğu için kısık bir sesle konuşsa da söylediklerini net bir şekilde duyabiliyordum. Emir verdiği diğer polis, onun bir altı olmalıydı. "Sadece hastaneye gelmelerini söyle, sakın kızlarının öldüğünü söyleme."

Sakın kızlarının öldüğünü söyleme...

"Kimden bahsediyorsunuz?" diye bağırdım. Titreyen ellerimi havaya kaldırıp uzun boylu polisin omzuna iki defa vurduğumda adam arkasını dönerek çatık kaşlarını yüzüme istifledi.

"Kim öldü?" diye sordum vücudum kaskatı kesilirken. "Bir şey söyleyin!"

"Yakını mısın?" diye sordu polis, o sırada bakışlarım evin demir kapısından çıkarılan sedyeye takıldı. Bizimkiler benden uzaklaşmış, benim aksime yaklaşan sedyeye ulaşmaya çalışıyordu. Ambulansın aralanan kapısında dikilen sağlık görevlileri ise sedyeyi alıp bu kalabalıktan bir an önce uzaklaşma derdindelerdi.

"Arkadaşıyım," dediğimde bakışlarımı beni dikkatle inceleyen polise çevirdim.

"Yaren Karaca." Duyduğum isim kaşlarımı çatmama neden olurken polis konuşmasına devam etti. "İntihar etmiş." Hareket ettirdiği parmakları polis aracını gösterdi. "O hâlde sizi sorgu için emniyete alacağız. Bir yere kaybolmayın."

Hiçbir şey söylemeden arkamı döndüm ve az önceki dermansızlığıma tezat bir şekilde kalabalığı yararak evin kapısına doğru yürüdüm, arkamdan söylenen kimseyi duymuyordum. Görüş alanıma Bora, Emir ve Tekin girdiğinde beni duyabilecekleri şekilde hiddetle bağırdım.

Sedye demir kapıdan çıkarılmıştı.

"Serdar değil, Yaren intihar etmiş!"

Sözlerimin ardından gözlerimin ıslandığını hissettim. Bora kocaman açılmış gözleriyle bana şaşkınca baktı, sonrasında Tekin hızlıca sedyeye doğru yürüdü ve boğazını patlatacak kadar yüksek bir sesle bağırırken parmaklarını siyah torbaya doğru salladı. "Açın şunu! Gözlerimle göreceğim ben, orada kim yatıyor?"

Gürültü kalabalıktan yeniden yükseldi. Serdar'ın komşusu yanlış anlamıştı, intihar eden Serdar değil, Yaren'di. Görevliler Yaren'i göstermedi, zaten bu mantıklı bir şey değildi ama şu durumda Tekin ve Bora'ya buna izah edebilmek çok zordu.

Birinin omuzlarımdan tuttuğunu hissettim, beni kalabalıktan uzaklaştırıyordu fakat kim olduğuna bakamayacak kadar kendimden geçmiştim. Her şeyin kötü bir kabus olmasını dilerdim ama gerçekti.

"Hande, bayılacak gibisin." Bu ses Emir'e aitti. Beni tamamen kalabalığın dışına çektiğinde omuzlarımı serbest bıraktı ancak düşecek olduğumdan endişe eder gibi kolumdan tuttu. "İyi misin? Arabaya götüreyim mi seni?"

Hayır, der gibi kafamı sallarken, "Serdar nerede?" diye sordum. Yaren, Serdar'ın evinde intihar ediyordu ama Serdar ortalarda yoktu. Her şey çok karmaşıktı.

"Bilmiyorum," dedi Emir. O da şaşkındı, nasıl bir tepki vereceğini bile bilmiyordu. "Telefonu kapalı, ulaşılamıyor."

Hâlâ aklım almıyordu, aklım hiçbir şekilde almıyordu. Yaren intihar etmeyi seçecek kadar ne yaşamıştı? O Serdar'ın ithamları altında ezilip canından vazgeçecek kadar gururuna düşkün bir kız değildi. Serdar desen, Yaren'i ölüme götürecek kadar onu aşağılayacak bir adam kesinlikle değildi.

Başka bir şey olmalıydı ama düşünemiyordum, beynim fazlasıyla durmuştu.

Tekin ve Bora sedyenin başındaydı, hâlâ Yaren'in yüzünü görmek için diretiyorlardı ama sağlık görevlileri göstermiyordu. Bu manzarayı görmeye daha fazla katlanamayacağımı anladığım an sırtımı kalabalığa çevirdim. Emir de benimle birlikte arkasını döndü. Tam o an yolun karşısında bir araba durdu ve benim kaşlarım çatıldı. Serdar'ın arabasıydı. Adımlarım olduğum yere çakıldı, arabanın kapısının yavaşça açıldığını, içeriden Serdar'ın çıktığını ve anlamsız bakışlarla kalabalığa göz devirdiğini izledim.

"Serdar," dedi Emir, *eyvah der gibi.*

Kalabalığın yüzü tamamen evin önündeki sedyeye dönükken kalabalığa sırtını dönen sadece biz olduğumuz için görebilmiştik Serdar'ı. Serdar bizi fark ettiğinde usulca bitişen kaşları burada ne olduğunu sorgular gibiydi. Her şeyden habersizdi. Suretine an be an ilişen korkuyu gördüğümde kalbime bir çentik daha atıldı. Serdar bir şeylerin yolunda gitmediğini o an fark etmişti, ürkek ve şaşkınca bakmaya devam etti kalabalığa. Olduğu yerden kıpırdayamadı. Ne bir adım ileri, ne bir adım geri...

Şimdi kim, nasıl söyleyecekti ona Yaren'in öldüğünü?

İçinde bulunduğumuz an, fazla acımasızdı.

Ayakları onu bize doğru sürüklediğinde havalanan parmakları evin önündeki kalabalığı işaret etti, aralanan dudaklarından ise şu cümle döküldü: "Biriniz bana, burada ne olduğunu söylesin!"

Serdar kalabalığa doğru iyice yaklaştığında Emir beni serbest bıraktı ve Serdar'a doğru yürüdü. Büyük bir çeviklikle önüne atıldığı adamı yürümekten alıkoyduğunda iki omzuna yerleştirdiği elleriyle Serdar'ı durdurdu ve yüzüne acı dolu bir ifadeyle baktı.

"Sakin ol," dedi, bunun mümkün olmayacağını bile bile.

Serdar, Emir'in ellerini omuzlarından hızlıca iterken "Ne sakin olması?" diye sordu titreyen sesiyle. "Ne oluyor lan burada?"

Bakışları kalabalıktan ötürü göremediği evin önüne takıldığında dudaklarını birbirine bastırarak ağırca yutkundu. "Evimin önünde ambulans var," dedi hâlsiz ve hissizce. "Sadece birkaç saatliğine gitmiştim ben..." Ses tonu gittikçe silikleşti.

"Allah aşkına, ne oldu burada?"

Emir ne diyeceğini bilemiyormuş gibi çaresizdi, sağ eliyle yüzünü hızlıca sıvazladığında Serdar, Emir'i itekleyerek önüne geçti. Bu saatten sonra onu kimse durduramazdı. Serdar kalabalığa doğru yürürken polisler onu fark etmişti, hemen arkasından yürüyen Emir'e "Bırak!" diye bağırdım.

"Bırak kopsun kıyameti, ne kadar geciktirebilirsin ki?"

Emir'le birlikte Serdar'ın arkasından yeniden kalabalığa karıştığımız sırada bir kargaşa koptu. Serdar, onu engellemeye çalışan emniyet güçlerinin sözünü dinleyeceğe benzemiyordu. Yüreğine o zelzele düşmüştü çoktan, kimse onu durduramayacaktı. Kalabalığı yara yara sedyeye doğru yürüdüğü an polisler pes edercesine bıraktılar kollarını, bir adım gerisinden takip etmelerindeki amaç her an müdahale edebilecek olmalarıydı.

Polisler Serdar, Bora ve Tekin dışındaki herkesi sedyenin etrafından uzaklaştırınca bir kez daha durdu zaman. Kader defterinin sayfaları, sarsıcı bir ânı daha yazmak için açıldı. Sayfalar gürültüyle karıştı, kalem ağırca hareket etti yerinden ve satırlar tertemiz sayfaları kirletmeye başladı.

Serdar'ın bakışları sedyeye düşünce gördüklerine inanamadı, dudaklarından kopan feryat geceyi inletti, şehir sessizleşti.

Işıklar... *Işıklar sonsuza dek söndü.*

Titreyen ellerini yavaşça hareket ettirdiğinde ikisi de yumruk hâlindeydi, birbiri üzerine bastırdığı dudaklarının ardında sancılı bir inilti can çekişirken gözleri korku dolu bakıyordu.

"Hayır," diye fısıldadı, sessiz bir haykırıştı bu. Sükûnete gömülen sokakta tüm şiddetiyle yankılandı. Titreyen yumrukları usulca çözülürken gözlerinin gördüğünü reddedercesine salladı kafasını. "Hayır..."

Kabullenemiyordu, kabullenemeyecekti.

"Hayır lan, hayır!"

Ellerini yüzünün hizasına kadar kaldırdığında tüm parmakları titriyor ve birbirine çarpıyordu. "Sadece baygın olduğunu söyleyin bana." Saçlarına karışan parmakları tüm titrekliğine inat saç tellerini çekiştirirken var gücüyle bağırdı. "İyi olacak deyin, bir şey söyleyin! Niye koydunuz onu bu saçma sapan şeyin içine!"

Derin bir sessizlik... Kimseden çıt çıkmayan saniyelerin sonunda Serdar ellerini Yaren'in cansız bedeni üstüne indirdi, zannımca yüzüne dokundurdu. Oradan uzakta olmak istemiştim çünkü Yaren'in cansız bedenine bakamazdım, buna cesaretim yoktu.

Ve onu son kez bu hâliyle hatırlamak istemiyordum.

"Ne oldu sana?" diye sordu Serdar. Bir insanın hayatı boyunca en çaresiz kalabileceği andı bu. "Neden kapattın gözlerini?"

Dişlerimi sıkarak seyrettiğim bu tablo, yaşamın ne kadar boş olduğunun kanıtıydı. Ruhuma batan dikenler görünmez olsa da acısı somut bir şekilde hissettiriyordu varlığını. Ne için savaşmıştık bunca zaman, neyi bölüşememiştik? Yolun sonu, gözleri zamansızca kapatmak mıydı, ardında hayat ışığı sönmüş bir adam bırakmak mıydı?

"Yaren..." Son kez anıyordu dili, ölümüne sevdiği kadının ismini. "Aç gözlerini, yalvarırım."

Sesi ağlamaklı olmuştu fakat öylesine şaşkındı ki ağlayamıyordu. "Özür dilerim, öyle şeyler söylemek istemedim. Yemin ederim, istemedim!" Burnunu çekti, gözlerini acı içinde yumdu. "Tamam aç gözlerini, söz veriyorum nereye gitmek istiyorsan seni oraya göndereceğim. Yanımda ol ya da olma, hiç önemli değil. Benim ne düşündüğüm, ne hissettiğim mühim değil, sen yeter ki aç gözlerini! Böyle olmaz ki!"

Susup birbirini ardına derin nefesler almaya başladı, gözlerini diktiği ölü bedenden bir cevap alamadığı her saniye durumu kabullenmesi biraz daha zorlaşıyordu. Bir kez daha dokundu sevdiği kadının soğuk çehresine, soluk saçlarına, *aslında son kez...* Duruma bir son vermek isteyen sağlık görevlisi sedyeye yanaştı ve Yaren'in yüzünü kapatmak istedi fakat Serdar adamın elini öfkeyle itti. "Dokunma ona, bırak!"

"Lütfen, zorluk çıkarmayın!"

"Dokunma diyorum sana!" Serdar çıldırmış gibi bağırınca Tekin müdahale etmek istedi. Bora sadece izliyordu. "Çek o elini!"

Ambulansın yanında duran diğer iki sağlık çalışanı Serdar'a doğru yaklaştı. Biri sedyenin önüne geçtiğinde diğeri Serdar'ın kolundan tutmuştu. "Beyefendi, o öldü!"

"Ne ölmesi lan ne ölmesi" Serdar ellerini tekrar saçlarına attı ve delirmiş gibi çekiştirmeye başladı. "İki saat önce iyiydi, nefes alıyordu, evimin içinde geziyordu! Ölemez o, öyle bir ihtimal yok, yok!" Saçlarından çektiği elleriyle sağlık çalışanın kollarına tutunduğunda adamı ikna etmek ister gibi gözlerine inançla tutundu. "Uzaklara gidip mutlu olmanın hayallerini kuran bir kadın ölebilir mi?"

Serdar'ın sorduğu soru zihnimde bir karmaşa yaratmıştı. Yaren tüm bunları söyledikten sonra, nasıl intihar edebilmişti?

"Ölemez..." Kafasını peş peşe salladı. "Ölemez!"

Sağlık personelini itekleyerek uzaklaşan sedyeye varıp durdurduğunda "Aç onun yüzünü," diye bağırdı. Hiç gitmesin ister gibi kavramıştı parmakları sedyenin kenarlarını. "Ben sana dokunma demedim mi, nasıl kapatırsın yüzünü!"

"Beyefendi, lütfen..."

"Konuşma!" diye bağırdı Serdar, delirmişti. "Çıkar onu bu şeyin içinden, çıkar!"

Bakışlarını yeniden sedyeye düşürdüğünde dizlerinden tüm dermanı çekilmişçesine yere diz çöktü. "Bitti mi şimdi, bu kadar mıydı?" Alnını sedyenin kenarına yasladığındaellerinden hiç kayıp gitmesin ister gibi tuttu.

"Beni bu kabustan uyandır, yalvarırım..." dedi dişlerini sıkarak. Tüm vücudu kaskatı kesilmiş bir hâlde titriyordu. "Yanıma gel, yüzüme dokun, gitmedim de, buradayım de... Bitmesin böyle!"

Serdar derin bir nefes alarak, kafasını gökyüzüne kaldırdığında boğazını delip geçecek bir çığlık savurdu. Tekin daha fazla dayanamadı ve birinin yardımıyla Serdar'ı sedyeden uzaklaştırdı. Bora hâlâ tepkisiz seyrediyordu olanı biteni. Serdar bağırdı, çırpındı ve çıldırdı ama sedye uzaklaştı, dakikalardır bekleyen ambulansın kapısından içeriye girdi. Serdar bağırmaya devam etti, biliyordu hiçbir işe yaramayacaktı ama susturamıyordu kan ağlayan kalbini.

Aradan dakikalar geçmişti, ambulans çoktan gitmiş, kalabalık usulca dağılmıştı. Etrafta sadece bizi emniyete götürmek isteyen polisler, birkaç mahalle sakini ve biz kalmıştık. Serdar diz çöktüğü yerden kalkamamıştı, Yaren'in tamamen gittiği ve bir daha geri dönmeyeceği gerçeğiyle yüzleşiyordu belki de.

Söylenenleri duymuyordu, duysa ne değişirdi zaten?

Bora dakikalardır olduğu yerdeydi. Evin demir kapısı önünde, elleri ve bakışları boşlukta, hareketsizce dikiliyordu. Emir'in ve Tekin'in aksine Serdar için çırpınmıyor, hiçbir şey söylemiyor, herhangi bir tepki vermiyordu. Tüm bu yaşananlar için kendisini suçluyordu, haksız da sayılmazdı.

Bir kez daha, böyle olsun istemediği bir sonu kendi elleriyle getirmişti.

XVI

ZAMANIN KATİLİ

Düşlediğim hayattan vazgeçeli, kalemin ve silginin sadece kaderin elinde olduğunu kabulleneli uzun zaman oluyordu. Zira kalbimin istekleri onun varlığından ruhuma damlayan katranla acıya, gözlerime değdiğinde sancıya, sonrasında felakete meylediyordu.

Ve ben sadece bakakalıyordum yanıp yıkılmışlığıma, dökülüp kırılmışlığıma, sakatlanmış düşlerimin sırtından akan kanlara...

Koskoca sekiz gün.

Yaren'in şüphe dolu intiharının üstüne acımasızca çöken zaman, yavaş yavaş silecekti izlerini dünya üzerinden. Bir zaman sonra acısını yüreklerden ve hatırasını zihinlerden... Neden intihar ettiğini, neden hayatına son vermek isteyecek raddeye geldiğini hâlâ hiç kimse bilmiyordu. Arkasında buna dair hiçbir iz bırakmamış, kimseye tek kelime etmeden çekip gitmişti. Tanıdığım ve bildiğim Yaren'le, hayata küskün bir tebessümle çekip giden Yaren arasında dağlar kadar fark vardı.

Ne olmuştu da yürüyebileceği tüm yolları geride bırakıp ölüme gitmeyi seçmişti?

Yaren intihar ettiğinde Serdar evde değildi. Bunu neden yaptığını, sadece ayrılmak isteyip çekip gideceğini söylediği hâlde neden ölüme gittiğini o da bilmiyordu. Ve çok acı çekiyordu... Ömrünü adamaya hazır olduğu kadının yokluğuyla savaşmaktan ve bu yokluğa neyin sebep olduğunu sorgulayıp cevap bulamamaktan bitap düşmüştü.

Bense hâlâ bu evdeydim. Hislerim aşkla nefret arasındaki o ince çizgide bocalarken onun yanındaydım lakin Serdar gibi düşünmekten delireceğim bir noktaya varmıştım. Çünkü hiçbir şeyin cevabı yoktu... Aklımda, Yaren'in intiharının ardında Bora'nın parmağı olabileceğine dair ruhumu zehirleyen bir düşünce vardı. Ve kahretsin ki zihnimde, beni buna inanmaya zorlayan güçlü sebepler asılıydı.

Buna rağmen bir yanım Bora'nın bu kadar ileri gidemeyeceğini savunuyor, diğer yarım Yaren'den tamamen kurtulmanın tek çözüm olduğuna inandığı için onu bu intihara mecbur bıraktığına inanıyordu.

Ve hatta daha fazlasına...

Elim kolum bağlıydı, öyle bir çıkmazdaydım ki karşısına geçip neler olduğunu soramıyordum. Sorsam bile doğru düzgün bir yanıt alamayacağımı biliyordum. Bora da acı çekiyordu, onu ilk defa bu kadar kötüyken görüyor ve artık neye inanmam gerektiğini bilmiyordum.

Üstünde yattığım yatağın çarşafı parmaklarım arasında sıkılmaktan buruşmuş, zihnimin içinde debelenen düşünceler duvarlara toslamaktan yorulmuştu. Kalbim bile eğer günün birinde, Yaren'in sebebi Bora çıkarsa onunla olan tüm bağımı koparmam gerektiğini söylüyordu.

En çok da o yorulmuştu.

Sabahın erken saatleriydi, odada yalnızdım ve üstümde diğer günlere nazaran daha yoğun bir rehavet vardı. Yaren'in ölümünden bu yana geçen her gün bir diğerinin aynısı gibiydi, farklı olan hiçbir şey yoktu. Toparlanıp banyoya yürüdüğümde koridorda Bora'nın ayak seslerini duydum. Günlerdir yaptığı tek şey Serdar'ı teselli etmeye çalışmaktı ama o da hiçbir işe yaramıyordu.

Banyoya geçip kapıyı kapattığımda bedenimden özgür bıraktığım bornoz ayaklarımın dibine düşüp siyah fayansla buluştu. Sıcak suyla doldurduğum küvete oturup bedenimi suyun içine gömdüğüm sırada gözlerim yorgunluk hissiyle kapandı. Sanki saatlerdir uyuyan ve uyumaktan başka bir şey yapmayan ben değilmişim gibi.

Kapının hafifçe aralanması düşüncelerime balta vursa da gözlerimi açmadım. Bora gelmişti, görmesem bile bakışlarının üstümde gezindiğini hissedebiliyordum. Aramızdaki ilişki anlamsız bir hâl almıştı, tıpkı en başında olduğu gibi... Bora her şeye rağmen benden uzak kalamıyordu ama ben aramıza çizdiğim o keskin sınırı aşmasına izin vermiyordum.

Bir zamanlar ona beslediğim tek duygu nefretken her şey daha kolaydı, şimdi gözlerinin içine baka baka ona sırt çevirmek işkenceler altında kıvranmanın diğer adıydı.

Bora saniyeler sonra küvetin dışında dizlerinin üzerine çökerek oturduğunda suyu kapattım, su biraz daha açık kalırsa küvet taşacaktı. Köpüklere boğduğum su, çıplak bedenimi gizliyor olduğundan rahattım ama yine yanı başımda olması, keskin bakışlarını üzerimde tutması ona karşı savunmasız hissettiriyordu.

"Saçlarını yıkamama izin verir misin?"

Sorusu, kaşlarımın ortasında ince bir çizgi oluşturdu. Bana böyle yaklaşmasından nefret ediyordum. Çünkü karşıma geçip sana muhtacım der gibi konuştuğunda tüm gardım düşüyordu.

Yine de direndim ve "Hayır," diyerek reddettim. Sonra derin bir nefes aldığını duydum, üstelemedi ya da başka bir şey söylemedi. İnatla kapalı tuttuğum gözlerim içten içe sızlıyordu.

"Keşke demeyi hiç sevmem," dediğinde sesinde günlerdir rastladığım o faydasız pişmanlık duygusu can çekişiyordu.

"İnsanların pişman oldukları anlarda, zamanı geriye sarma isteklerini de saçma bulurum fakat..." Soğuk bir gülüş sesi doldurdu kulaklarımı. "Keşke zamanı geriye sarabilseydim."

"Ne için?" diye sordum tekdüze bir sesle.

"Tüm bunların yaşanmamış olması için."

Sonunda gözlerimi araladım ve küvetin kenarlarından tutarak ona doğru döndüm. Yüz yüze geldiğimiz an istemsizce gülümsediğimde "Şu an sadece kendini rahatlatmaya çalışıyorsun," dedim. Sonra düşündüm, kendin demek yerine vicdanın demeyi çok isterdim fakat Bora'ya kuracağım herhangi bir cümlenin içinde vicdan kelimesi eğreti duruyordu.

Bora kısa bir an sustu.

"Kendime hiçbir zaman yalan söylemedim." Gözlerime büyük bir dikkatle bakan yeşil gözleri hiç olmadığı kadar yenikti. "Günün birinde bencilliğimin beni dibe çekeceğini biliyordum. Suçluydum çünkü... Ama daha kötüsü ne biliyor musun?" Sorduğu soruya bir yanıt vermemi beklemeden konuştuğunda sözleriyle beni de en dibe çekti.

"Suçlu olmaya alışmış olmak."

Bir de bu can yakan bakışları vardı. Tuzak gibi, her seferinde düşüren ve haksızken haklıya çıkaran bakışları... Gözlerimi kaçırırken "Bu alışkanlık sana hiç mi rahatsızlık vermedi?" diye sordum. Artık cevapların bile bir önemi yoktu, sadece öylesine merak ediyordum.

"Zaman zaman evet," dedi Bora, yadırgadığı bir gerçeği itiraf ediyormuş gibiydi. "Fakat her seferinde içimdeki boşluğa yenildi çabalarım." Şu an bana karşı hiç olmadığı kadar dürüsttü. "O boşluğun adına kötülük diyorlar."

Sebep olduklarını kötülüğüne bağlayarak işin içinden sıyrılamazdı. "Bu yüzden, kaybetmeye mahkûmsun," dediğimde gözlerinin öfkeyle kuşandığına şahit oldum.

"Henüz hiçbir şey kaybetmedim," dedi. Neler kaybettiğinin farkında bile değildi.

"Ama Serdar'ı kaybedeceksin." Hiçbir şey sonsuza kadar gizli kalmıyordu, bunu hâlâ öğrenememiş miydi? "En yakın dostunu... Daha büyük bir kaybın oldu mu?"

"Yok öyle bir şey," dedi Bora inatla. Gerçeklerden kaçıyor, yüzüne vurmamdan hiç hoşlanmıyordu. "Zamanla düzelecek her şey. Düzelteceğim."

"Her seferinde kendini kandırıyorsun... Hiçbir şey düzelmeyecek."

Aramızda yoğun, sert bir bakışma geçti. Bora'nın gözleri kısa bir an bedenime kaydı, sonra tekrar gözlerime baktı. Bir şeyler söylemesini bekliyordum ama susuyordu. Gerçi konuşsa bile dilinden dökülen sözcükler inkârdan öteye geçemezdi. Yenilgiyi hiçbir zaman kabullenmezdi.

"Geldiğimiz son hâle bir bak..." Sözlerim veryansın kokuyordu. "Neden aynı evin içindeyken uzağız birbirimize?"

Bana verebilecek tek bir cevabı olsaydı, şu an bu hâlde olmazdık. Yaren'in zamansız ölümü, o geceyi ve sırrını da beraberinde götürdüğü için mi bu kadar rahattı? Hâlbuki bu saatten sonra ağzıyla kuş tutsa da inanmayacaktım Bora'ya.

"Artık yalnızsın," dedim acımasızca. Bedenimin hâlâ burada, onun yanında olması, ruhumun ondan her geçen gün biraz daha uzaklaştığı gerçeğini değiştirmiyordu.

Keşke bir şeyler yapabilseydin, dedim içimden. *Keşke bizi kurtarabilseydin.*

"Bir önemi yok..." Bora acıyla karışık bir tebessüm etti. "Sen benimleyken de ben yalnızım zaten."

Sözleri sert bir tokat etkisi bıraktı benliğimde. Önce sadece afalladım, acıyı idrak edemedim. Sonra sızısı usulca yayıldı kalbimin odalarına. Ona hiçbir zaman iyi gelmemiş miydim? Kollarında uyuduğum, öpücüklere boğduğum ve sımsıkı sarıldığım zamanlarda da mı yalnızdı?

Daha önce söylediği hiçbir şey canımı bu kadar acıtmamıştı.

Bora sözlerinin ardından dudaklarını birbirine bastırdı, bakışlarını üstümden hızla uzaklaştırdı ve ayağa kalkmaya çalıştı. "Gitmeyeceksin," diyerek kolundan tuttuğumda durdu, yeniden yüzüme baktı ama artık gözleri ateş saçıyordu.

"Kaçmayacaksın, konuşacağız," dedim öfke içinde. "Hayal etmeye tahammül edemediğin şeyleri yaşatıyorsun en yakınlarına. Sevdiğin, değer verdiğin insanlara tamiri imkansız hasarlar veriyorsun Bora."

Bir çırpıda sarf etiğim sözleri burnundan soluyarak dinliyordu.

"Sen Serdar'ın yerinde olsan ne yapardın?" diye sordum. Boş bir çaba sarf ediyordum, Bora empati kurmaktan acizdi. "Yanında olup ona teselli verince kendini aklamış mı oluyorsun?"

Gözlerime bakmayı sürdürdü. Susmaya devam ettiği her saniye daha fazla dökmek istiyordum içimde birikenleri. "Durmadan ateş altında olmaktan, durmadan seninle savaşlara girmekten yoruldum. Her şeyin güzel olacağına inandığım için buradaydım ama..."

"Ama ne?" diyerek kesti sözümü sert sesiyle. "Gider misin? Gidecek misin?"

Sessiz kalarak kaçırdım bakışlarımı. Evet giderdim ve evet gidecektim ama bunu dile getirmek paramparça ederdi içimi. Bora kolunu hızla çekip ayağa kalktı ve kapıya yürüdü. Çaresizce gidişini izlerken birden durup döndü, tekrar bana baktı.

"Bazı adamlar gül sever, bazılarıysa bir hançer." Dilinde kalbimi kanatacak dikenler saklıydı. "Hiç değilse arada bir..." Sustu, ne söyleyecekse vazgeçmiş gibiydi.

"Her zaman kalbime saplanmak zorunda mısın?"

Bu sefer de ben sustum, sadece gülümsedim. En azından ona bir şey öğretebilmiştim... Artık duygularını soğuk bakışlarının ardına gizlemiyor, hissettiklerini içinde öldürmüyordu.

Yüzü gözlerimin önünden silinip gittiğinde gözlerimin gördüğü tek şey sertçe çarpılan kapı oldu. O gittikten sonra bulunduğum küvetin içinde ne kadar zamanı geçirdiğimi sayamadım. Sıcak su soğumuştu.

Bedenim buz kesmişti.

Umurumda değildi.

Banyodan çıkmayı başarabildiğimde aradan epey zaman geçmişti. Odaya geçtiğimde Bora görünürlerde yoktu, belki evdeydi belki de gitmişti. Telaşsız hareketlerle üstümü giyip saçlarımı kurutmamın ardından, bir nebze olsun iyi hissedebilmek için makyaj masasının karşısına oturdum. Bir şeyler sürdüm, sonra sildim ve sonra tekrar sürdüm. Yapacak başka bir şey kalmayınca odadan çıktım, alt kata inip mutfağa geçtim ve açlıktan bayılacak raddeye gelmemek için zorla bir şeyler yedim.

Şu sıralar hiç iştahım yoktu, midem yediğim her şeyi geri çıkarmak için benimle savaşıyordu.

Yarım yamalak kahvaltı edişimin ardından mutfaktan çıkıp koridora adım attığımdaBora merdivenlerin ortasına oturmuş bir vaziyette telefonla konuşuyordu. Konuştuğu Emir'di fakat konuşmanın sonuna şahit olduğum için ne konuştuklarını anlayamamıştım. Telefonu kapatıp oturduğu basamağın kenarına bırakırken kafasını önüne eğdi, parmaklarını saçlarına geçirerek dağıttı.

Sonunda tüm gardımı indirerek yavaş adımlarla yanına yürüdüm, yanındaki boşluğa oturup ellerimle dizlerimi sardım. Ceyda günler öncesinde Emir'i aramış, Yiğit'le beraber olduğunu ve daha fazla peşine düşmemeleri gerektiğini söylemişti. Yiğit'in yanında olduğu, zaten hepimiz tarafından bilinen bir şeydi ama maksatları neydi çözemiyorduk. Ceyda gerçekten de Yiğit'e âşık olduğu için mi onunlaydı yoksa sırf ailesine karşı durmak için mi böyle bir oyun oynuyordu bilmiyorduk. Günlerdir düşündüğümüz tek şeyin sadece Serdar ve Yaren meselesi olması Yiğit Mirzanlı tehlikesini bile gölgede bırakmıştı.

"Yiğit'le ilgili bir gelişme mi var?" diye sorduğumda bakışlarım merdiven basamaklarındaydı.

"Yok, hiçbir gelişme yok," dedi Bora isteksizce. Artık Yiğit'ten bahsederken onu hafife alan bir tavır sergilemiyor ya da sesine alaycılık serpiştirmiyordu.

"Bundan sonra ne olacak?" diye sordum iç çekerek. Değil yarınımızın, bir saat sonramızın bile hangi kötürüm hadiseye gebe kalacağını kestiremiyordum artık.

"Bilmiyorum." Ses tonu zamanı bir makasla ortadan ikiye kesmişti sanki. O iki saniyelik susuş bana saatler kadar uzun geldi. "Ama..."

"İyi bir şeyler söyleme," diyerek böldüm sözlerini. "Sözler verme mesela. Her şeyi düzelteceğim de deme... Kandırma artık bizi."

O ana dek merdiven basamaklarını izleyen gözlerim, bana baktığını hissetmeme ona doğru çevrildi. Bora, dudaklarında yarım bir gülümsemeyle bakıyordu bana.

"Ne söyleyeyim sana?"

Kısa bir an sessiz kalırken bilinmezlik içinde yüzdüm. "Bizim mutluluk adına inşa ettiklerimiz başkalarının mutsuzluğunun üzerine kuruldu." Tıpkı onun gibi, yarım yamalak gülümsedim. "İflah olmayız biz Bora."

"Kendince haklısın..." Parmak uçlarıyla hafifçe çenesini kaşıdığında bakışları üstümden yavaşça çekildi. "Benim için sıradan bir hâle gelen bu hayat, seni şimdiden yordu."

Benim için sıradan bir hâle gelen bu hayat...

Yorulmuştum, bunu inkâr edemezdim. Kafamı yavaşça salladım. "Korkuyorum."

"Ondan bu kadar korkuyor musun gerçekten?" diye sordu Bora. Bakışlarında gördüğüm duygu hayal kırıklığıydı. "Bana rağmen, seni canım pahasına koruyacağımı bilmene rağmen."

Ona güvenmediğimi, beni koruyabileceğine inanmadığımı düşünüyordu. Oysa benim bu konuda ondan hiç şüphem yoktu. Yanlışlarla dolu bir hayata, iflah olmayacak bir ruha sahipti. Onca yanlışın üstüne bir yanlış daha eklemekten çekinmezdi. Beni korumak pahasına yapmayacağı delilik yoktu.

En çok da bundan korkuyordum.

"Karısını unutmuş," dediğimde sesim bana bile yabancıydı. "İntikamını almak uğruna her şeyi feda ettiği karısını bile unutmuş... Gözünü bu derece karartmış birinden korkulmaz mı?"

Yiğit'i Ceyda'nın yanında gördüğüm ilk andan beri içim acıyordu. İyi ki ölüler, artlarında bıraktıkları sevdiklerinin kendilerinden sonraki yaşantılarından haberdar olmuyordu.

"Sahi, unutulduğunu hissediyor mudur?" diye sordum ağlamaklı bir sesle. "Çok acı değil mi bu? Ölüyorsun... Ve bir süre sonra, sevdiklerin tarafından unutuluyorsun."

Şu an yaptığım konuşma çok aptalcaydı ama kendime engel olamıyordum. Bora'nın gözlerinin içine baka baka ölümüne sebep olduğu kadından bahsediyordum. Ve bunun için, hiç acıdığına şahitlik etmediğim yüreğini sorguya çekmesini istiyordum...

Yapmazdı. Fıtratında yoktu bir kere.

"O kadının katili karşında oturuyor," dediğinde sesi bomboştu. Hiçbir duygunun izi yoktu. "Benden ne söylememi bekliyorsun?"

Haklı bir soru sormuştu fakat niyetim eskisi gibi yüzüne vurmak değildi, canını acıtmak hiç değildi. Sadece neler hissettiğini bilmek istiyordum ama onun duyguları bu konuda hâlâ kapı duvardı.

"Unut gitsin..." Bora'nın yanından kalktığımda nereye gideceğini bilmeyen adımlarım merdiven basamaklarından aşağı sürüklendi.

Sussak olmuyordu.

Konuşsak hiç olmuyordu.

"Zamanı geriye sarmak isterdim," dedi o an. Adımlarım son basamakta durdu. Benimle konuştuğundan emin olmak için arkamı dönüp yüzüne baktığımda bakışlarında daha önce görmediğim, hiç tanık olmadığım bir duyguya rastladım. "Keşke o gece, peşine hiç düşmeseydim... Kaçıp gitmene izin verseydim."

Gözlerimin içine bakarak konuşuyordu Bora, sesi acı doluydu. "Keşke senden vazgeçseydim de bugün o kadın evinde olsaydı."

Kuvvetli bir kasırga estirir gibi sarf ettiği sözlerle kalbime ikinci büyük darbeyi indirmişti. Paramparça bir hâldeydim.

Günün birinde yollarımız tekrar ayrılacak olsa bile bu adımı atanın Bora olacağına asla ihtimal vermezdim. Ama bu sözlerle aksinin de mümkün olabileceğini ispat etmişti.

Bu beni neden bu kadar mahvetmişti?

Öyle sarsılmıştım ki hareket edemiyor, dudaklarımı aralayıp tek kelime edemiyor ve arkamı dönüp gidemiyordum. Sadece Bora'nın yüzüne, acı çektiğini haykıran gözlerindeki dipsiz nehre ve dudaklarındaki çaresizliğe bakıyordum. Belki de inkâr etmesini bekliyordum, o sözleri inanarak söylemiş olamazdı.

Bu beni öldürürdü, katlanamazdım.

Beklediğim inkârları duyamadığım dudaklarıyla içimdeki infazı gerçekleştirirken aramızdaki sessizliğe yıldırım gibi düşen telefon sesiyle bakışları yüzümden ayrıldı. Bora basamağın kenarında duran telefonunu yanıtlayıp kulağına götürdü. Karşı tarafı dinlediği birkaç saniyenin ardından yüzünde ölümcül bir ifade belirdi, benimse kaşlarım çatıldı. Oturduğu basamaktan hızla kalkıp merdivenleri çıkmaya başladığında arkasından bakakaldım.

Arayan kimdi, kötü bir haber mi vermişti anlayamadım, kavrayabildiğim tek şey o telefon görüşmesini benden uzakta gerçekleştirmek istediğiydi.

Yukarı katta bir kapı açıldı, ardından sertçe kapandı. Bora'nın yüksek bir sesle konuştuğunu duydum ama tam olarak ne söylediğini anlayamadım, kulaklarım uğulduyordu. Peşinden gitmedim, gidemedim. Ama arkamı da dönemedim. Hâlâ az önce duyduğum o pişmanlıkla harmanlanmış sözlerin ayaklarıma prangalar vurduğu yerdeydim.

Çok kısa bir an sonra büyük bir gürültü koptu; bir şeylerin devrilme, kırılma seslerini duydum. Kalbim çatlayacakmış gibi hızla çarparken büyük bir endişeyle merdivenleri tırmanıp üst kata ulaştım. Gürültü çalışma odasından geliyordu. Hızlı adımlarla koridorun sol tarafına yürüyüp en sonuncu kapıyı araladım. Görmeyi beklemediğim bir manzara yoktu karşımda, o yüzden hiçbir şaşkınlık uğramadı bakışlarımın ardına. Bora koca masayı yere devirmiş, üstünde ne var ne yoksa etrafa saçmıştı.

Dizüstü bilgisayar, tablet, şarj aletleri, birkaç dosya ve onlarca kâğıt... Bora ise döküp saçtıklarının arasında sırtını duvara yaslamış, bacaklarını boylu boyunca uzatmış ve yüzünü elleriyle kapatmış bir hâlde yerde oturuyordu.

"Neler oluyor?" diye sordum korkuyla. Hem duyacaklarımdan hem de vereceği tepkiden korkuyordum. "Bu... bu hâlin ne?"

Bora bir cevap vermedi, sakinleşmeye çalışır gibi bir hâli vardı ama hiddeti dineceğe benzemiyordu.

"Beni korkutuyorsun," dedim odanın içine doğru adımlar attığımda. Yere saçılmış kâğıtlara basmamaya özen göstererek Bora'nın yanına yürüdüğüm sırada ellerini yüzünden çekti, bana baktı.

Öyle bir baktı ki olduğum yere çivilendim, tek bir adım daha atamadım.

"O aradı," dedi zehir gibi bir sesle. Gözlerini üzerimden çekip karşı duvara diktiğinde dudaklarını ezercesine birbirine bastırdı. Çenesi kaskatıydı ve titriyordu. Kimin aradığını sormadım çünkü onu bu hale Yiğit'ten başkası getiremezdi. "Beni bitirmek istiyor..." Yumruk hâline getirdiği elini hafifçe dizine vurdu. "Her seferinde çıkışsız bırakmaya çalıştı ve bu sefer başardı."

Bu sefer başardı.

Yiğit o günden sonra Bora'yla ilk kez iletişime geçiyordu. Hâl hatır sormak için arayacak hâli yoktu ama ne söylemişti de Bora bu kadar güçsüzleşmişti aklım almıyordu.

"Ne söyledi?" Telaşla yanına varıp dizlerinin dibine çöktüğümde "Ne söyledi de bu hâle geldin sen?" diye sordum. "Neler oluyor Bora?"

"Bu saatten sonra yapacaklarımdan asla sorumlu değilim," dedi Bora yemin eder gibi konuştuğunda. Bakışlarını tekrar yüzüme çevirdi. Soruma bir yanıt vermemişti, kafam karmakarışıktı. "Duydun mu beni? Bundan sonra hiçbir şey eskisi gibi olmayacak."

Sesindeki öfke, aklından geçen her neyse yapabileceğine teminattı. "Ben hiçbir şey anlamıyorum," dedim, endişe içimde dehşetle büyüyordu. Bora kafasını geriye yasladı ve çenesini dikleştirirken gözlerini yavaşça kapattı.

"Yaren meselesini biliyor," dediğinde dudaklarından ölüm kokan soluklar döküldü. "Ve beni Serdar'la tehdit ediyor."

"Ne?" Gözlerim şaşkınlıkla büyüdü. "Nasıl tehdit etti seni?"

Zihnim, Yiğit'in bu gerçeği nasıl öğrenebildiğine dair hiçbir mantıklı açıklama üretemedi. "Eğer yarına kadar Serdar'a her şeyi kendi ağzımla itiraf etmezsem her şeyi o anlatacakmış."

Bu sözleri söylerken deli gibi gülmüştü Bora. Kanım damarlarımda donuyordu sanki...

Yiğit Serdar'a neyi anlatacaktı? Yaren'in aslında bir yalancı olduğunu, asıl amacının Bora olduğunu, Bora'yla geçirdiği tek bir geceyi ve Bora'nın tüm bunları Serdar'dan gizlediğini mi? Neyi, ne kadar biliyordu da bunu bir tehdit malzemesi hâline getirebiliyordu?

Nefes alamadım, yutkunamadım, öylece bakakaldım. "Her şeyi biliyor mu?" dediğimde Bora hiçbir şey söylemedi, sadece kafasını salladı.

Serdar'ın her şeyi öğrenmesini en çok ben isterdim ama şimdi zamanı değildi, hem de hiç... Yaren öleli henüz sekiz gün olmuşken, Serdar deli gibi acı çekiyorken bu gerçekleri öğrenmesi sadece kıyameti koparırdı. Bora ona neyi, nasıl anlatacaktı?

Ne Bora bununla başa çıkabilirdi ne de Serdar duyduklarını kaldırabilirdi.

Yiğit'in Yaren meselesinden nasıl haberdar olduğu sorusu kafamın içine çığ gibi düşmüş ve diğer tüm düşünceleri altında ezerek etkisiz bırakmıştı. Bora kimseler bilmiyor demişti, ben öğreninceye kadar bu sır sadece Bora ve Yaren arasındaydı. Yiğit tüm bunları nasıl öğrenmiş olabilirdi?

"Ne yapacaksın?" diye sordum, Bora tamamen kapana kısılmış durumdaydı. Serdar'a gerçekleri itiraf edebileceğini düşünmüyordum, eğer bunu yapacak gücü olsaydı zaten bunca zaman beklemezdi. Ne vardı ki böyle bir zevki Yiğit'e de tattırmazdı. Olacaklardan korkuyordum.

Bir kez daha güldü, soğuk ve sessiz bir şekilde kıvırdı dudaklarını. "Yeniden katil olacağım."

Bu sözler önce buz etti içimi, sonra kora dönüp cayır cayır yaktı. "Hayır..." Bora'nın gözleri hâlâ kapalıydı, beni gördüğü yoktu ama peş peşe kafamı salladım. "Böyle şeyler söyleme, lütfen..."

"Yemin ederim, öldüreceğim onu."

Üstelemedim, bunları bir anlık öfkeyle söylediğini biliyordum. "Bir şeyler düşünmeliyiz," dedim kapıldığım panik duygusundan sıyrılmaya çalışarak. Bora kendi elleriyle kalbimi yerinden söküp çıkarsa bile bana en büyük kötülüğü yapsa bile gözlerimin önünde mahvolmasına, bitip tükenmesine seyirci kalamazdım, kalmayacaktım.

"Yiğit Serdar'la iletişime geçmeden bu konuyu hâlletmenin bir yolu olmalı."

Bu şekilde pes edemezdi, aklını başına toplayıp bir düşünse muhakkak bir çaresini bulurdu. Bora'ydı o, olmazları oldurmak konusunda üstüne yoktu.

"Hiçbir yolu kalmadı!" diye bağırdı birden. Gözlerini aralayıp yüzüme baktığında yeşil gözlerinde zehirli sarmaşıklar gibi büyümüştü çaresizlik duygusu. "Anladın mı? Bitti!"

Onun için artık tek bir yol vardı ve zihnindeki namlu çoktan ateşlenmişti.

İnatla kafamı salladım. "Mutlaka başka bir yol vardır..."

"Karışma," dedi sert bir dille. Konuşmama bile izin vermemişti. "Zaten sen de istemiyor musun Serdar'ın her şeyi öğrenmesini?"

Dudaklarında alayvari bir tebessüm belirirken "Bu şekilde değil!" diyerek yükselttim sesimi. "Yaren ölmeden önce öğrenmesi gerekirdi. Şimdi Serdar'a olan biteni nasıl anlatacaksın? Hiçbir şeyi doğru düzgün kavrayacak durumda değil. Günlerdir çıldırmış gibi!"

"Karışma," dedi Bora bir kez daha. Avuçlarını yere bastırarak hızla ayağa kalktı ve bana tepeden bir bakış atarken parmağını üzerime salladı. "Karışma."

Arkasını dönüp kapıya yürüdüğünde peşi sıra ayağa kalkmaya çalıştım. Bora kapıyı çarpıp çıkarken avuçlarımı yere bastırdım fakat her yer kâğıt yığınıydı ve kâğıtlar ellerimin altından birdenbire kaymıştı. Ayağa kalkabilmek bir tarafa, dengemi kaybederek yüzüstü düştüm. Dudaklarımdan sessiz bir sızı dökülürken elimin altındaki kâğıt parçalarını sinirle savurdum.

Hepsi ayrı bir tarafa dağıldı.

O an gözüme, kâğıtların altında kaldığı için fark edemediğim koyu gri renkte bir zarf takıldı. Gözlerimi merakla kısarak zarfa uzandım ve arka yüzünü çevirip baktım. İnce ve karmaşık bir yazıyla, iki satır hâlinde bir not yazılıydı.

Bana, sana ulaşabileceğim başka bir yol bırakmadın.

Bu konu çok önemli, mutlaka oku ve hemen beni ara.

Yaren.

Bu bir mektuptu ve Yaren tarafından Bora'ya yazılmıştı öyle mi? Bora'nın bu mektubu açıp okumadığı, zarfın hiç yırtılmamış olmasından belliydi. Kalbim bu kez başka bir korkuyla çarparken zarfı çabucak yırttım ve içinden çıkardığım dörde katlanmış vaziyetteki beyaz kâğıdın kıvrımlarını açtım.

Ellerim titriyor, nefeslerim sıklaşıyordu. Kâğıdı tamamen açıp baktığımda oldukça uzun bir yazıyla karşılaştım. Gözlerimin göreceklerinden, canıma kastedeceklerinden ölesiye korkuyordum.

Bora... Sana bu itiraf dolu mektubu yazmadan önce çok düşündüm, hep vazgeçtim. Sonunda başka çaremin kalmadığını gördüm. Öncelikle şunu bilmelisin ki ben senin sandığının aksine, sana âşık değilim. Hiçbir zaman da olmadım... Sen kendini beğenmiş pisliğin tekisin, senin neyini seveyim? Bu satırları okurken kaşlarını çatarak saçmaladığımı düşüne-

ceğini ve mektubu paramparça etmeye yelteneceğini tahmin ediyorum. Sakın yapma, sonuna dek oku.

Anlatacak çok şey var fakat her şeyi bu satırlara sığdıramam.

Bu zamana kadar yaşadığımız her şey, keşke dâhil olmasaydım dediğim bir oyunun parçasıydı. Ben senin hayatına, seni mahvetmek için gönderilen paralı bir oyuncaktım. Sen bana âşık olacaktın ve ben seni aldığım emirler doğrultusunda günden güne bataklığa sürükleyecektim. Çünkü o, öyle istiyordu. Fakat işler beklenildiği gibi olmadı ve sen bana değil, hiç hesapta olmayan Hande'ye âşık oldun. Başlarda sevimsiz bir ayrıntı gibi gelen Serdar ise bana... Her zaman gittiğin o mekânda karşılaşmamız, sünepe gibi peşinde dolaşmam ve zil zurna sarhoş olduğun gece evine kadar girip yatağında uyumam... Hepsi oyunun bir parçasıydı, sen bana o gece küçük bir çocuğun, başka bir çocuğu öldürdüğü kötü bir masal anlattın. Aslında o gece aramızda hiçbir şey olmadı.

Sonra senaryo değişti... Ben Serdar'ın hayatına girdim fakat aklım her zaman sendeymiş gibi davrandım. Yollarına çıktım, belki bir umut seni tuzağa düşürebilirim diye hep çaba sarf ettim ama sen hiç düşmedin. Seni sadece, ölüm gibi korktuğun o çocukluk hatanla tehdit edebildim. Rolüm bundan ibaretti, oyundaki amaç ise Serdar'la birbirinize düşmenizdi. Ama bana hiçbir şey olmayacaktı çünkü onunla anlaşmamız bu şekildeydi. Sana zarar vermek istiyordu ve bunun için her yolu deniyordu.

Her şeyin açığa çıkacağı güne kadar bekleyecek ve sonra çekip gidecektim. Serdar'la hiçbir zaman evlenmeyecektim ama o buna izin vermedi. Planladığı başka bir şeyler vardı, salak değildim, beni çoktan gözden çıkarmış olduğunu anladım. İğrenç bir kadın olduğumu düşünüyor olabilirsin, öyleyim, reddetmiyorum. Ama benim tek maksadım sana zarar vermekti, Serdar'a değil... Beni gerçekten sevdiği için, âşık olma hakkını benim gibi bir kadında kullandığı için çok üzgünüm. Onun hayatına sıradan bir sevgili rolüyle girerken bana bu kadar tutulacağını ummazdım, olan oldu ve her şey, içinden çıkılamaz bir hâl aldı.

Şimdi senden beni kurtarmanı istiyorum, basit bir iş gibi gördüğüm bu saçma oyun uğrunda ölüp gitmek istemiyorum. Benim tek çıkışım sensin. Bana yardım et ki ben de sana, iki yıl önce bu oyunu başlatan çetrefilli düşmanının adını vereyim.

Unutma, senin de tek çıkışın benim.

O her yerde ve nefesi ensende, attığın her adımı biliyor ve konuştuğun her şeyi dinliyor. Ben olmadan, ondan kurtulamazsın.

Bakışlarım son satırların üstünde donakaldı, bir an sonra gözlerimin önü puslandı ve parmaklarımın arasında duran kâğıt birden yere düştü. Adına şaşkınlık dememin yetersiz olacağı bir duygu da içime çığ gibi düştü; büyüdü, büyüdü... Ellerim titriyor, başım dönüyordu. Tüm bu okuduklarımdan ne çıkarmam gerekiyordu?

Aslında her şey bir oyun muydu?

Oyunun sahibi kimdi ve ne istiyordu?

Yaren aslında intihar etmemiş, onun tarafından öldürülmüş müydü?

Kendimi toparlamaya çalıştım ama olmadı. Sanki bir kâbusun içindeydim, tüm bunlar gerçek olamazdı. Düşürdüğüm mektuba uzanıp elime aldım ve gözlerim tekrar ilk satırlara uzanırken Yaren'in bu eve geldiği o yağmurlu akşamüstünü hatırladım. Hareketlerindeki tuhaflığın ve tavırlarındaki gerginliğin sebebi bu mektup muydu? Lavaboya gitmek için izin istediğinde ve gizlice üst kata çıktığında aslında bu mektubu koyacak bir yer mi arıyordu?

Parmaklarım arasında oldukça eğreti duran kâğıdı ikiye katladım, feri kesilmiş dizlerime rağmen ayağa kalktım ve odadan çıkıp doğruca merdivenlere yürüdüm. Merdivenleri hızlı bir şekilde inerken "Bora!" diye seslendim. Evden çıkmış olmasından endişe ederek kapıya doğru hızlı adımlarla ilerlediğim sırada bir kapının açılma sesini duydum. Arkamı dönüp baktığımda Bora'yı lavabo kapısının önünde gördüm. Gitmemiş olduğunu görünce önce bir nefes aldım. Ama sonra, aldığım nefes içimde ıstıraba dönüştü.

Bora bana bakarken gözlerini kıstı, neden bu kadar korkmuş bakıyor olduğumu anlamaya çalışır gibiydi.

Aramızdaki mesafeyi yok etmek için hızlı bir şekilde ona doğru yürüdüm. Karşısına geçtiğimde "Ne oluyor Hande?" diye sordu Bora. Lavaboda yüzünü yıkıyor olmalıydı, teni sırılsıklamdı.

O an dudaklarım aralandı fakat hiçbir şey söyleyemeden geri kapandı. Elimde tuttuğum mektubu ona uzattığımda Bora önce mektuba, sonra tekrar bana baktı.

"Ne o?"

Cevap vermediğimde sessizliğimden işkillenerek mektubu elimden aldı ve okumaya başladı. Yaren'in de dediği gibi, daha ilk satırda çatmıştı kaşlarını. Büyük bir şaşkınlık içindeydi. Bense tırnaklarımı avuçlarıma saplamış, sık nefesler almaya başlamıştım. Mektupta yazanlar akla mantığa sığmayan şeyler olsa da Yaren'in hiç beklenmedik bir anda intihar etmesi, yazdığı her şeyi doğruluyordu.

Şüphelerimde haklı çıkmıştım, Yaren intihar edecek biri değildi. Kendisini öldürmemiş, öldürülmüştü. Hem de kim olduğunu bilmediğim, kadın mı yoksa erkek mi olduğunu kestiremediğim biri tarafından... Düşmanın diyerek bahsettiği şahıstan ölüm tehdidi aldığını yazmıştı o satırlara, çaresiz bir şekilde Bora'dan yardım istemişti.

Şimdi o satırlarda yazanların doğru olmaması mümkün müydü?

Bora mektubu okumayı bitirdiğinde afallamış bir hâlde bana baktı ama hiçbir şey söylemedi. Ben de sessizdim ve bu sessizliğimizin nedeni mektupta yazan son cümlede gizliydi.

O her yerde ve nefesi ensende, attığın her adımı biliyor ve konuştuğun her şeyi dinliyor.

Uzun ve anlamsız bir şekilde süren bakışmamız Bora'nın

mektubu ikiye katladıktan sonra bana arkasını dönmesiyle son buldu. Adımlarını salona attığında arkasından ilerledim. Salondan verandaya çıkıp bahçeye doğru yürüdü, arka tarafa geçip havuza kadar ilerledi ve havuzun kenarında durdu. Ben de bir adım gerisinde durup bekledim: Vereceği iyi kötü herhangi bir tepkiyi, bu müphem sessizliği bozacağı ilk kelimeyi...

İkiye katladığı kâğıdı araladığında bir kez daha okudu baştan sona. Bu sefer kaşları çatılmadı, ifadesinde hiçbir şey değişmedi.

Sonunda sessizliği bozan taraf ben oldum.

"Bir düşmanın varmış," dedim yutkunarak. Hangi insan, böyle bir kötülük yapacak kadar zalimce bir düşmanlık besleyebilirdi başka bir insana? Düşman deyince aklıma, *artık düşmanız* diyen Yiğit'ten başkası gelmezdi oysa... Fakat tüm bunlar kim olduğunu bilmediğimiz birinin başının altından çıkıyordu. Aklım almıyordu, Yaren'in iki yıl diye bahsettiği süre boyunca, ensesinde tehlikeli bir soluğun varlığıyla mı yaşamıştı Bora?

"Allah aşkına, kime ne yapmış olabilirsin sen?" diye sordum büyük bir şaşkınlık içinde. "Tam iki yıl boyunca attığın her adımda arkanda olan, seni izleyen, seni dinleyen ve kuyunu kazmak için planlar kuran birinin varlığından nasıl hiç haberdar olmadın?"

Bora hâlâ sus pustu, mektubu ikinci kez okuyup bitirmişti ancak ağzını açıp tek bir kelime bile etmiyordu. Parmakları gergin bir şekilde şakaklarında gezerken bakışları evi izliyordu. Düşünüyordu, ona göre hangi canına susamışın bu denli ileriye gidebileceğini...

"Tüm bunlar çok mantıksız," dedi sonunda konuşabildiğinde. "Oyunlar oynayarak beni bitirmek isteyen biri var ve benim bundan haberim yok, öyle mi?"

Kendisi de inanamıyordu. Gülmeye başladı, ses tonu ürperti vericiydi.

"Öyle görünüyor..." İçim korku doluydu. Onun aksine, ben ağlayacak gibiydim. "Çok ciddi bir durum söz konusu Bora, farkında mısın?"

Farkındaydı, gülmesinin tek sebebi öfkesini baltalamaya çalışmasıydı. Eğer Yaren şu an yaşıyor olsaydı o zaman gerçekten gülebilirdi ama öyle olmadığının farkındaydı.

Gülüşü tehlikeli bir tebessüme dönüşüp sonrasında yerini buz gibi bir ifadeye bırakırken "Bir şey söyle," diye mırıldandım. Korkum her saniye daha da büyüyordu, Bora tepkisizliğini nasıl koruyordu? "Sen de biliyorsun ki orada yazanlar deli saçması değil, gerçek!"

Hafif bir esintinin uçuşturduğu saçlarım yüzümü kapatınca zar zor geriye çektim, ellerim öyle çok titriyordu. Mektubu fark edip okumak için çok geç kalmıştık. Eğer bu mektup, Yaren ölmeden önce benim ya da Bora'nın gözünden kaçmamış olsaydı, Yaren şu an yaşıyor olabilirdi. Ama yetişememiştik. İşler iyice sarpa sarmıştı ve Bora adını sanını bilmediği o düşmana bir kez daha yenik düşmüştü.

Ve kim bilir kaç kez?

"Kim olabilir?" diye sordum. Bora öyle büyük bir şoktaydı ki hiçbir şey söyleyemiyor, düşünemiyordu. "Şu aptal şaşkınlığı at artık üzerinden," dedim sert bir sesle. "Bir düşün, kim olabilir? Tüm bunları planlayacak kadar senden nefret eden, senin kuyunu kazan kim olabilir?"

Bora yavaşça kafasını salladığında mektubu bana uzattı. "Bilmiyorum Hande," dedi, altüst olmuş bir hâldeydi. "İnan ki beynim durdu, bir bok bilmiyorum!"

Ellerini ensesine attı ve gergin bir nefes aldı. Ne hissetmesi gerektiğini bile bilmiyordu, büyük bir boşluktaydı. Ben de iyi değildim ama ona nazaran kafam yerindeydi.

"Emin olduğumuz tek bir şey var," dedim gözlerine bakarak. "Yaren'in bahsettiği düşman her kimse, bu mektuptan habersiz olmalı. Aksi olsaydı Yaren'i öldürmezdi, öncesinde mektuba ulaşmaya çalışırdı. Ki zaten Yaren'in yazdıklarına göre kendisini gözden çıkarmış. Yaren'in tek derdi sana sığınarak kendisini kurtarmaktı ama başaramadı."

Bora söylediklerimi büyük bir dikkatle dinledi. Elleri hâlâ ensesindeydi, çenesini kollarının arasına alarak kafasını eğerken "Günler boyunca bana ulaşmaya çalışmıştı," dedi düşünceli bir sesle. "Sürekli arıyordu, konuşmamız gerek diyordu ama ben hiçbir şekilde cevap vermiyordum. Hatta..." Kısa bir an susmasının ardından ellerini çekip yere indirdi, pişmanlıkla salladı kafasını. "Holdinge kadar geldi ama içeri almamalarını söyleyip geri gönderdim."

Aslında Bora bana hiçbir zaman yalan söylememişti... Yaren'le aralarında gerçekten de bir şey yaşanmamıştı lakin bunu ispat edemeyeceğini bildiğinden susmuş, yenilgiyi ateşten bir gömlek gibi günlerce üstünde taşımıştı. Yaren'e hiçbir zaman yüz vermediğini de telefonlarını bile açmayarak, Yaren'i böyle bir mektup yazmaya mecbur bırakarak ispatlamıştı.

Yaren'in de aslında Bora'yı sevdiği, ona âşık olduğu falan yoktu. Beynim durma noktasındaydı, günler boyunca kafamda kurduklarım bir tarafa, ulaşmaya çalıştığım gerçeklerin altından hiç ummadığım şeyler çıkmıştı.

"Yaren'in intihar etmiş olduğuna zaten hiç inanmamıştım," diye mırıldandım. Ama sözlerimin devamına, *senden şüphelendim* Bora cümlesini sığdıramadım. Kendimden nefret ettim, bir kez daha kolay olanı seçip Bora'yı suçladığım için... "Yaren sadece kendi çıkarlarını düşünerek tehlikeli birinin oyununa alet oldu ve bedelini canıyla ödedi. Ama böyle olmak zorunda değildi."

"İntihar etmedi, öldürüldü," dedi Bora, emin olmak için bir kez daha tekrarladı. "Öldürüldü... Eğer mektupta yazanlar doğruysa Yaren sadece bir kurbandı ve katili benim peşimde."

Artık bu hikâyede kim olduğunu bilmediğimiz bir avcı vardı, Yaren onun ilk kurbanıydı fakat esas hedef Bora'ydı.

"Ama ne olacak biliyor musun?" diye sorduğunda sesi şaşkınlıktan tamamen sıyrılmış, yerini hırs dolu bir öfkeye bırakmıştı. Peş peşe kafasını salladı. "Önce onu bulacağım, sonra anasından emdiği sütü burnundan getireceğim," dedi dişlerini sıkarak. "Tüm bunlar için pişman edeceğim onu, benimle uğraşmak neymiş görecek siktiğimin pezevengi!"

Bora karşısındaki düşman bir erkekmiş gibi düşünüyor, ona göre davranıyordu ama belki de bir kadındı. "Onun kim olduğunu biliyor musun sanki?"

Sorumun ardından gözlerini gözlerimden kaçırarak tek eliyle yüzünü sıvazladı. Tüm bunlar, sanki bir kadının başının altından çıkmış gibi hissetmeme engel olamıyordum. "Muhakkak şüphelendiğin biri ya da birileri olmalı. Birine kötü bir şey yapmış olmalısın ki..."

Sözlerimi tamamlayamadan sustum, birden çok düşünce zihnimde aynı anda yer ederken gözlerim şüpheyle kısıldı. "Bu düşmanın o çocukla bir bağlantısı olabilir mi?"

Bora gözlerini tekrar kaçırıp yere eğdi. Tahminim doğruydu, o da benim düşündüğüm şeyden şüphe ediyordu.

"Başka kim olabilirdi ki zaten," diye mırıldandım. Tüm bunları yapan, Bora'nın küçükken ölümüne sebebiyet verdiği çocuğun bir yakını olmalıydı. Belki annesi, belki babası, belki de kardeşiydi.

Ama bence bir kadındı, hislerim öyle söylüyordu; tehlikeli, gözünü kan bürümüş bir kadın...

"Emin olmak için çok erken," dedi Bora. Konuşurken yüzüme bile bakmamıştı. Çocukluğuna ait o büyük hata vicdanının en büyük yarasıydı. Hâlâ kanıyordu. "Ama ben başka hiç kimsenin canını yakmadım, bilerek ya da bilmeyerek... Hiç kimseye, bu denli büyük bir düşmanlık beslemesini gerektirecek bir kötülük yapmadım."

Öyle suçlu hissediyordu ki yüzü yerden kalkmıyordu ve benim içim paramparça oluyordu. Belki Bora'nın çoğu konuda savunulacak bir yanı yoktu, her zaman kötülüklerine bahane etmişti o meyus geçmişini. Ama böyle bir hayata sahip olmayı o da istemezdi. Elinde olsaydı eğer, Bora Şahsuvar olarak dünyaya gelmeyi bile istemezdi.

Canı çok yanıyordu.

"Yüzüme bak." Ağlamamak için dudaklarımı sıktım. "Seni suçladığım falan yok, benim karşımda böyle hissetme."

Bora kafasını kaldırıp yüzüme baktığındagözlerinde her

şeyi itiraf ettiği o akşamki acıyı gördüm. "Ben aynaya bakamıyorum Hande... Sen beni suçlamasan ne değişecek?"

Yutkunamadım, ne kadar savaşsam da gözlerimin ıslanmasına engel olamadım. Aramızda mesafe bırakmayacak şekilde ona yaklaştığımda koluna dokunup sıvazladım. "Bunları daha sonra uzun uzun konuşacağız." *Çünkü artık yanındayım, seni bırakmaya hiç niyetim yok.* "Ama önce hâlletmemiz gereken başka bir şey var. Bu mektupta yazanlardan Serdar'ın da haberdar olması gerekiyor. Senin suçsuz olduğunu bilmeli ve..."

Böylece Yiğit'in tehdidini etkisiz kılabilmelisin.

Fakat Bora, "Hayır," diyerek kesin bir dille böldü sözlerimi. "Hiç kimse bir şey bilmeyecek... Hiç kimse."

Ona onaylamaz bir bakış attım. "Sen kötü bir tuzağa düştün, seninle birlikte Serdar da düştü. Bilmeye hakkı var."

"Mantıklı düşün," dedi Bora, elimdeki mektubu yavaşça çekip alırken. "Az önce kendi ağzınla söyledin. Yaren'i öldüren her kimse, geride bir mektup bıraktığından habersizdi." Mektubu havaya kaldırıp hızlıca salladı. "Sence o şahsiyet bu mektuptan haberdar olsaydı ne olurdu?"

"Mektubu yok ederdi," diye konuştum, aklıma ilk gelen şey buydu. "Muhtemelen bunu yapardı."

"Ama yapmadı."

"Çünkü haberi yok."

Bora kafasını salladı. "Eğer Serdar mektubu öğrenirse ortalık karışır ve düşmanım ondan artık haberdar olduğumun farkına varır."

"Peki, o zaman ne yapacağız?" diye sordum endişe içinde. "Onun kim olduğunu nasıl bulacaksın? Serdar'a şimdilik bir şey söylemeyeceksen, Yiğit'in tehdidini nasıl saf dışı bırakacaksın?"

Yiğit'ten bahsetmem aklıma onlarca ihtimal yığdı. Sorduğum soruya bir yanıt vermeden aklımdaki tüm düşünceleri bir bir sıraladım. "Belki de o her kimse Yiğit'e yardım ediyor ve hatta belki de iş birliği içindeler..." Kaşlarım bu düşüncelerle çatıldığında "Düşünsene," dedim sessizce. "Senin her zaman hafife aldığın adamın arkasından, esas düşmanın çıkıyor."

Bora hiçbir şey söylemedi ama inkâr da etmedi. Tüm bu olanları kabullenemiyordu ama reddedemeyeceğinin de farkındaydı. Boğuluyordu. Gözlerini bir kez daha eve çevirdiğinde nefretle baktı. Esas düşmanı her kimse, Yiğit'e yardım ediyor olabilirdi. Hatta bence kesinlikle öyleydi, Yiğit'in bunca şeyi bir başına planlıyor olması başından beri şüphe uyandırıyordu.

"Bu evde kalamayız artık." İki kaşının arasında oluşan o çizgi, sadece muallakta kaldığı zaman ortaya çıkıyordu. "Bizi evin içindeyken dinliyor büyük ihtimalle."

Bu sözler midemin çalkalanmasına sebep oldu. Birisi konuştuklarımıza, gülüştüklerimize, tartıştıklarımıza ve hatta en mahremiyet dolu anlarımıza şahitlik mi ediyordu? Bu gerçekten alçakça bir hareketti. Daha önce bu ev, gözüme hiç bu kadar korkunç görünmemişti.

"Bunu nasıl yapabilir?" diye sordum tiksintiyle, aklım almıyordu. "Nasıl dinliyor bizi?"

Bora bakışlarını üzerime çevirdiğinde "Ses dinleme cihazları bir böcek kadar küçük oluyor," dedi. "Adına bu yüzden böcek de diyorlar. Kim bilir kim tarafından ve ne zaman, asla fark edemeyeceğimiz bir yere yapıştırıldı o küçük alet..."

Ellerimle boynumu sardım, hava serindi ama ben sanki çok sıcakta kalmışım gibi yanıyordum.

"Evin temiz olduğundan emin olana kadar, burada kalamayız," dediğinde "Sadece birkaç günlüğüne mi?" diye sordum. Kafam karman çormandı.

"Bilmiyorum Hande." Bora'nın da kafası karışıktı. "Sakin kafayla bir şeyler düşünmeliyim. Şu an hiçbir şey düşünecek durumda değilim."

Artık bu evde bir dakika bile kalmak istemiyordum.

"Vakit kaybetmeyelim o hâlde."

Bunlar evin bahçesinde, kimseler tarafından dinlenmediğimize emin olduğumuz ilk gizli saklı konuşmamızdı belki de. Daha fazla oyalanmadık, eve girdiğimiz an ikimiz de suspus olup hiç konuşmadık. Bu sessizliğimiz şüphe uyandırmazdı çünkü zaten Bora'yla kavgalıydık. Ama evin içine yerleştirilmiş ufak bir kamera ihtimaline karşın da şüphe çekecek bir davranışta bulunmadık.

Doğruca yukarı çıktığımızda, hem Bora için hem de kendim için iki orta büyüklükte valiz çıkarıp yatağın üzerine bıraktım. Valizlerin içine, bizi birkaç gün boyunca idare edebilecek kıyafetlerimizi koyduğum sırada Bora da bana yardım etti. Hazırlanmamız sadece on dakika sürmüştü. Bora benden önce odadan çıktığında omuz çantamın içini açtım, içine Dorian Gray'in Portresi'ni, onun içineyse onun beni çizmiş olduğu o resmi sakladım.

Nereye gidersem gideyim benimle gelecekti o resim. Sahip olduğum her şeyi yitirsem bile onu tek servetimmiş gibi saklamaya devam edecektim.

Tamamen hazır olduğumuzda Bora valizleri aldı ve merdivenlere doğru yürüdü. Odadan çıkıp kapıyı kapattım, evin içine son bir kez göz gezdirip Bora'nın arkasından merdivenleri indim. Kapıyı açıp dışarı çıktığımızda Veysel her zamanki gibi koşup gelmişti. Yüzünden eksik etmediği saygılı tebessümüyle "Arabayı hazırlayım mı?" diye sorduğunda Bora soğuk bir tavırla sadece kafasını sallamakla yetindi.

Veysel'den şüphe mi ediyordu?

Etmeliydi, herkesten etmeliydi.

Veysel arabayı garajdan çıkarıp kapının önüne getirdi, sonra Bora'nın elindeki valizler için bagajın kapağını açtı. "Bir yere yolculuk mu var?"

Bora bu sefer gülümsedi. "Birkaç günlüğüne, kafa dinlemeye gidiyoruz diyelim."

Veysel de başını hafifçe eğerek gülümsedi. Öyle paranoyak olmuştum ki Veysel'in bu iyimser duruşu ve itaatkâr tebessümü altında bile bir hainlik aradım. Olabilirdi, her şey olabilirdi. İhanetin nereden ve kimden geleceği bilinmezdi.

Bora valizleri bagaja yerleştirirken kaputun önünden dolandım ve arabanın kapısını açıp öne oturdum. Camı yarıya kadar indirip dikiz aynasından Bora'ya baktığımda bir eli Veysel'in omuzundaydı. "Siz de birkaç günlüğüne izinlisiniz," diyordu. "Yoruldunuz zaten, dinlenin, kafa dinleyin."

Veysel her zamanki gibi sadece emre itaat etti. Aslında tavırlarında hiçbir gariplik yoktu, sadece ben artık herkesten şüphe etmem gerektiğini düşündüğüm için öyleymiş gibi görüyordum.

Bora arabaya bindiğinde benim aksime emniyet kemerini takmadan aracı çalıştırıp gaza bastı. Evdeyken birileri tarafından dinleniyor olma ihtimalimiz arabadayken de geçerliydi, bu yüzden yol boyunca şüphe uyandırmayacak bir şekilde sıradan şeylerden konuştuk.

Nereye gittiğimizi önceden sormamıştım, arabadayken de soramıyor fakat tuhaf bir şekilde merak da etmiyordum. Sanki yolun sonundaymışız gibi, nereye gidersek gidelim asla güvende olamayacakmışız gibi korku içinde kıvranıyordum. Artık omuzlarımda taşıyabileceğimden daha ağır yükler vardı, kaldıramıyor ve yavaş yavaş yıkılıyordum.

Yolculuk boyunca dışarıyı seyrettim, bir kez olsun dönüp Bora'ya bakmadım, bakamadım. Sanki bakarsam kalbimi yerinden sökecek ve ellerime verecekti. Günler boyunca ona yaptığım haksızlık, esirgediğim tebessümler ve içimi delik deşik eden sevgi kendimi çılgınlar gibi suçlamama sebepti.

Önünden geçtiğimiz Anıtkabir'e gözden kayboluncaya dek uzun uzun baktım. Yalnızca birkaç dakika boyunca geride bıraktığımız cadde ve sokakların ardından çok katlı bir otel binasının önünde yavaşladığımızda kalacağımızın yerin burası olduğunu anladım. Araba durduğunda kapıyı açıp dışarı çıktım. Bora da hemen ardımdan dışarı çıktı ve valeye anahtarı teslim edip bagajdaki valizleri çıkardı.

Vale arabayı alıp gittiğinde "Otelde kalacağımızı tahmin etmemiştim," dedim ona göz ucuyla bakarak. "Yani babanın mutlaka başka evleri vardır."

Aslında bu sözlerim ortaya atılmış zehirli bir yem gibiydi ve Bora da bunu fark etmişti. "Şimdilik otelde kalmamız en iyisi," diyerek kestirip attı. Öğrenmek istediğim tek şey bu konuda babasına güvenip güvenmediğiydi ama o benimle fikrini paylaşmaya açık değildi.

Otel binasından içeriye giriş yaptığımız an birileri Bora'yı hemen tanıdı, el pençe divan bir tavırla elindeki valizleri kapan görevli yanımızdan uzaklaştığında resepsiyonda kısa süren işimizin ardından asansöre yürüdük. Bora, yirmi ikinci katın tuşuna bastı ve sessizliğimizi muhafaza ederek yukarı çıkmaya başladık.

Birkaç gün boyunca kalacağımız odaya girdiğimizde kendimi doğruca banyoya attım ve ateş basmış gibi hissettiğim yüzüme, ıslattığım avuç içlerimi bastırdım. Bakışlarımı aynaya diktim, tepeden yansıyan yoğun ışıklandırma saatler öncesinde makyajla yorgunluğunu kapattığım çehremi pürüzsüz gösterse de gözlerimdeki acıyı gizleyememişti.

Gizleyemeyecekti, büyüyecekti.

Bu defa kendi kendimin katiliydim, şüphelerimin cehennemindeydim ve bir kez daha ona olan ön yargılarım üzerinden infaz edilmiştim.

Bu gerçek beni mahvedecekti.

Kahverengi saçlarımı avucumun içinde toplayıp sırtıma yavaşça bırakırken yorgun irislerime uzun uzun baktım. Yine zayıflamıştım, yüzüm toparladığım günlere nazaran daha solgun, yanaklarım içe çöküktü. Kuruyan dudaklarımı dilimle ıslattım, bitkin bir nefes alıp bakışlarımı aynadan uzaklaştırdım ve kapıya uzandım.

Banyodan çıkıp geniş otel odasına adım attığım an burnuma çarpan sigara kokusu, bakışlarımın rotasını geniş pencerenin önüne çevirdi. Bora orada, deri koltuğun üstünde oturuyor ve sigara içiyordu. Göz göze gelişimiz sadece birkaç saniye sürdü, başka yöne çevrilen gözlerinin ardından sigarayı önündeki küllüğe uzatıp külünü döktü.

Yatağın kenarına oturduğumda onu izlemeye devam ettim. Düşünüyordu. Çehresine sızan yorgunluk, gözlerindeki kararlılığı gölgeleyemese de çıkışsız olduğu her saniye biraz daha tükeniyordu.

İnce, uzun parmaklarını koltuğun kenarlarına ritim tutar gibi vururken bakışları tek bir noktaya odaklanmıştı. Koyu yeşil gözleri gür kirpiklerinin altında hüzünle karışık bir öfkeyi ağırlıyor, dümdüz duran kalın dudaklarının ardından yenilgiyi hazmedemeyen sözler birikiyordu.

"Ne düşünüyorsun?" diye sordum ancak, Bora'nın cevabı, "Hiçbir şey," oldu.

Kafam mahşer yeri gibi kalabalık düşüncelerle ve cevapsız sorularla doluydu ama o konuşmak istemiyordu. Son nefesini çektiği sigara izmaritini küllüğe bastırıp söndürürken mektubu bir kez daha eline aldı ve tekrar okumaya başladı.

Tekrar, tekrar ve tekrar.

Her hareketini itinayla inceliyor ve gözlerimi üzerinden ayırmıyordum. Mektubu her başa sarışında öfkeleniyor, her sona varışında durgun gözlerle satırları izliyordu. Bir iz, bir ipucu yakalayabileceğini düşünüyordu ama yoktu.

Yaren zamansız gidişiyle ardında sadece koca bir belirsizlik bırakmıştı.

Oturduğum yerden kalktım ve Bora'ya doğru yürüdüm. Tepesinde dikildiğimde kaçıncı kez okuduğunu sayamadığım mektubu elinden çekip aldım. Öyle dalmıştı ki burnunun dibine kadar girdiğimi bile görememişti.

"Vazgeçtim," dedim kuru bir sesle. "Bana iyi bir şeyler söyle... Her şey yoluna girecek de, kötü bir şey olmayacak de..."

Bu, kendime kurup düştüğüm kaçıncı tuzaktı? Sadece Bora'ya doğrulttuğumu sandığım silahla, kaçıncı kez kendimi yaralayışımdı? Bora yüzüme bomboş bakıyordu. Kalın kaşlarının ve gür kirpiklerinin altında yeşil bir nehir gibi duran gözleri ifadelerden yoksundu.

Sana söyleyebileceğim hiçbir şey yok der gibi...

"Neden susuyorsun?" Sesimin ağlamaklı bir tonda dökülmesine engel olamadım. Bora sustukça ve suçlu misali sadece gözlerime baktıkça genzimde bir ağrı çoğalıyordu.

"Ne söyleyebilirim?" diye sordu, sesi de bomboştu. Hiçbir ima yahut sitem yoktu. "Uzun zamandır söylediğim hiçbir şeyin bir önemi yok gözünde..."

"Var," diyerek kestim sözlerini. Ona inanmadığım için beni bu şekilde cezalandıramazdı. Birbirimize verdiğimiz her hasar karşılıklıydı. "Aklımı kurcalayan, kalbimi kemiren o sorunun cevabını şu lanet olasıca mektuptan aldım diye bunu bana yapamazsın... Ben sana inanmaya hazırdım ama sen benden hep kaçtın, beni suçlu olduğuna inandırdın."

Mektubu ikiye katlayarak cam sehpanın üzerine gelişigüzel savurduğum sırada, "Sadece inanmak istediklerine inandın," dedi Bora. "Ben bir şey yapmadım, sadece pes ettim."

"Pes edemezsin," dediğimde sesim kısıldı. Bora hâlâ koltukta oturuyor, bense hâlâ tepesinde dikilmeye devam ediyordum. "Bunu nasıl söylersin?"

Bora, yine bana oldukça uzun gelen bir süre boyunca sessizliğini korudu, bakışlarımız birbirinden asla ayrılmıyordu.

"Özür dilerim," dedi sonunda. "Seni böyle bir hayatın içine sürüklediğim için..."

Tarifi imkânsız bir hayal kırıklığının bahşettiği acıyla parçalandı kalbim. Ne söyleyeceğimi, ne yapacağımı bilemedim. Kafamı belli belirsiz sallayarak gözlerimi gözlerinden kaçırdım, arkamı döndüm ve yatağa yürüdüm. Benden neyin özrünü diliyordu? Saçma sapan bir özür neyi değiştirecekti? Büyük bir patlamanın eşiğinde olduğumu, kendimi asla durduramayacağımı fark ettiğim an adımlarımı banyoya doğru çevirdim. Boğazımda koca bir hıçkırık düğümlüydü. Sanki kusmak üzereymişim gibi elimi dudaklarıma kapatarak kendimi banyoya güçlükle attım.

Kapıyı kapatıp musluğu açtım.

Ve kendimi o uçurumdan aşağı bıraktım.

Hıçkıra hıçkıra, sarsıla sarsıla ağladım. İçine düştüğümüz duruma değil, bizi bekleyen tehlikelere değil, beni bu fırtınanın ortasında tek başıma bırakan adama ağlıyordum. Bora benden vazgeçmiş gibiydi, daha kaç yüz çevirmesiyle paramparça edecekti içimi?

Dizlerim titrediğinde düşmemek için lavabonun kenarlarına tutundum. Aynadaki görüntüm pusluydu, gözyaşlarım öyle doludizgindi ki kendi çaresizliğimi bile göremiyordum.

Banyonun kapısı birdenbire açılınca refleks olarak yüzümü diğer tarafa çevirdim, susmak istedim ama olmuyordu. Gözyaşlarım ve hıçkırıklarım benden bağımsızmış gibi tutamıyordum kendimi. Biliyordum, ağlamak acizlik değildi fakat şu an ki hâlim hiç hissetmediğim kadar aciz hissettirmişti.

Bora kollarımdan tutup beni kendisine çevirdiğinde direnmek istedim ama onu da yapamadım. Gözyaşlarımın tuzuyla acıttığı yüzümü avuçlarının arasına aldığında tenimdeki ıslaklığı sildi parmaklarının ucuyla.

"Ağlama," dedi, ama bu daha çok ağlamama sebepti. "Yüzüme bak, ağlama."

Nasıl ağlamazdım? Beni önce dipsiz bir kuyuya atıyor, ardından elini bile uzatmadan oradan çıkmamı söylüyordu. O kadar güçlü değildim, yapamazdım.

Çenemden tutarak yüzümü yüzüne kaldırdığında eğilerek dudaklarını şakaklarıma, saçlarımın başladığı noktaya kondurdu. "Sen ağlayınca bileklerime kelepçe takılıyor sanki..." Sesindeki acı ruhuma sızdı. "Yapma, elimi kolumu bağlama."

Sıktığım yumruklarım kendiliğinden çözüldü, kendimi tutamadım ve ona sıkıca sarıldım. Bir elimi omzuna, diğer elimi sırtına bastırarak bedenimi ona yasladım. "Seni kaybetmek istemiyorum..." İçimde günlerin hasreti vardı, dağ gibiydi. "Seni öyle çok seviyorum ki..."

"Buradayım," diye fısıldadı. "Bora'yım ben, sen istesen de hiçbir yere gitmem, gidemem, her zaman bir nefes uzağındayım." Elleriyle belimi sararak beni kendisine hapsettiğinde ona daha sıkı sarıldım. Beni tarumar eden bu aşk duygusu, hangi nefretimin cezasıydı?

"Bana sadece böyle baktığın sürece, beni sevdiğini söylediğin sürece kimse yıkamaz beni." Dudaklarını alnımda gezdiriyor, yakıcı nefesleriyle ruhumu ateşe veriyordu. "Ben gücümü senden alıyorum, beni güçsüz bırakma."

Hırçın gözyaşlarım durulup hıçkırıklarım sessiz iç çekişlere dönüştüğünde yanağımı göğsüne yasladım. "Bırakmam," dedim kesik kesik. "Sen de bana bir daha öyle çaresiz bakma, ben bunu kaldıramıyorum." Susup tekrar iç çektiğimde gözlerim kapandı. "Asıl ben özür dilerim, seni paramparça ettim, mahvettim..."

Bora kollarımdan tutarak beni kendisinden uzaklaştırdı, ondan kopmak istemeyen kollarım güçsüz bir direniş gösterirken ellerinin tekrar yüzümü sarmasıyla pes ettim. "Mümkün değil," dedi, gözlerime ağlayacak gibi bakarken. "Benim sana kırılmam, mümkün değil."

Ellerim benden izinsizce yüzüne, tutunmak istercesine ensesine uzandı. İçimden kopan büyük bir istekle parmak uçlarımda yükseldim ve onu kendime doğru çekerek dudaklarını dudaklarıma hapsettim. O an zaman durdu. Binlerce at şahlandı kaburgalarımın arasında, onlarca kelebek ilk kez kanat çırptı yüreğimin ağzında. Hırçın bir fırtına koptu ve ben bir kez daha düştüm gözlerinin ardındaki uçuruma.

Sen de sevgilim... Sen de benim, en sevdiğim sakarlığımsın.

Öfkeli, hırçın öpücükler sadece onun dudaklarının hakkı değildi. İlk defa bir şeylerin acısını çıkarmak istercesine öpüyordum onu ve bu elimde değildi. Teninden değil, ruhundan çalmak istercesine mühürlüyordum nefesine nefesimi. Unutmak istiyordum, unutturmalıydı. Kalbe neşter vurup kan akıtır gibi dudaklarından akıttığı o kelimeleri hafızamdan silmek istiyordum.

Keşke o gece, peşine hiç düşmeseydim.

Kaçıp gitmene izin verseydim.

Senden vazgeçseydim de bugün o kadın evinde olsaydı.

Tüm bunları söylemiş olmasını kabullenemiyordum, kabullenmek de istemiyordum. Bora ellerini sırtıma yerleştirdi, bir eli saçlarımın üstünden enseme uzandı ve beni hızla çevirip sırtımı duvara yasladı. Şimdi bana, benim gibi karşılık veriyordu. Onun da unutmak istedikleri kalbini kanatıyor, zihnini kemiriyordu.

Avuç içiyle boynumu kavradı, alnını alnıma yasladı nefes almaksızın dudaklarımı yaktı.

Bedenlerimiz ve dudaklarımız arasında şehvetin kapısını çalmayacak, tutkuyu aralamayacak tek bir sebep yoktu. Ama ilk defa ikisi de uzaktı. Hissettiğimiz tek şey ipe sapa gelmez, iflah olmaz, kahredici bir aşktı.

Nefes nefese duraksadığımızda gözlerim kendiliğinden kapandı. Bora'nın boynumdaki elini bileğinden tuttum, parmaklarını araladım ve avun içini sol göğsümün üstüne kapattım. Kalbim çatlayacakmış gibi çarpıyordu, hissediyor muydu?

"Senin için," dedim yavaşça. "Pes edecek olursan bunu hatırla."

"Günün birinde beni ölüme de götürsen..." Yanağımdan öptü, sonra alnıma kapattı dudaklarını. "Yemin ederim, kapısında uyuduğum tek evim yine sen olacaksın."

Kafamı salladım, bu sefer de gözlerimden öptü. Yüzümün her zerresinden ve usulca kavradığı bileklerimden... Elimden tutup beni banyodan çıkardığında parmaklarımı yüzüme bastırdım. Makyajım dağılmış olmalıydı, muhtemelen şu an savaştan çıkmış gibi görünüyordum ama umursamadım.

Bora beni yatağa oturttu ama kendisi oturmadı. Dizlerimin dibinde, dizlerinin üzerine çöktü ve gözlerime ilgiyle baktı. "Toparlanmamız lazım..." Sesindeki güven aşılayan inanca tutundum. "Korkusuz ama tedbirli olmamız lazım. Güçlü, ayakta ve ne olursa olsun her zaman yan yana."

Küçük bir çocuk gibi kafamı salladım.

"Bundan sonra yalnızca sana inanacağım Bora," dediğimde gözlerim bir kez daha kapandı. "Yemin ederim, sen ne dersen o... Sorgulamayacağım bile." Sesim hâlâ ağlamaklıydı ve ara ara iç çekiyordum. Bu bir cezaydı ve ben daha ağırlarını hak ediyordum.

Yaren yalnızca bir maşaydı, kirli bir oyunda piyondu ama görevini fazlasıyla yerine yetirmiş, Bora'yla aramdaki bağı neredeyse sonsuza kadar koparmaya yeltenmişti.

Ama başaramamıştı.

Kötülüğü kendi ayaklarına dolanmıştı.

Bora gülümsedi, elleriyle avuçladığı tek elimi dudaklarına bastırdığında "Tamam," dedi sakince. "Düşünme artık bunları."

Bir sürü ikna edici, güven verici söz söyledi, sözler verdi ve yeminler etti ama hiçbiri beni ikna etmeye, içimdeki korkuyu tüketmeye yetmedi. Uzun bir süre dizlerimin dibinde oturdu, gözlerime baktı. Bir nebze olsun kendimi toparlayabildiğime, korkunun aklımı terk ettiğine inandığında ayağa kalktı.

Bense evden çıkmadan önce giydiğim ince ceketi üstümden çıkarıp yatağın ortasına doğru savurdum. Duvardaki yuvarlak, işlemeli aynadan yüzüme baktım. Sandığımın aksine dağılmamıştı makyajım, sadece gözlerim kızarmıştı. Üstümdeki düz, dar kesim siyah elbiseyle yatağa uzandığımda onu izliyordum. Dışarısı serin ve yağmurluydu, odanın içiyse tam aksi yanıyordu. Ya da ben öyle hissediyordum.

Bora tekrar deri koltuğa oturduğunda kafasını geriye yasladı, tek eliyle güzel yüzünün yarısını gölgelerken iç çeker gibi nefes aldı.

Konuşacak çok şeyimiz vardı; düşünerek, tartışarak ortak kararlara varmalıydık. Ama öncesinde, Serdar meselesini hâlletmemiz gerekiyordu.

"Yiğit'in elinde, Serdar'a seni ve Yaren'i ifşa edecek ne gibi bir kanıt olabilir?" diye sorduğumda kafasını kaldırmadan cevap verdi Bora.

"Bilmiyorum..." Parmakları gömleğine uzandı ve üçüncü düğmesini yavaşça araladı. "Belki hiç farkında olmadığım bir an, eskilerden çekilmiş bir fotoğraf olabilir. Yaren'in sürekli karşıma çıktığı o ilk zamanlardan."

Her şey başından beri planlanan bir oyunsa, Yaren, Bora'yı tuzağına düşürmeyi beceremeyince hedef değişmişse ve artık planlanan şey Serdar ve Bora'nın dostluğunun bitirilmesi olmuşsa, düşmanın elinde mutlaka bu ihaneti doğrulayacak kanıtlar olmalıydı.

Bora da bunun farkındaydı.

"Ve Yiğit o kanıta düşmanın sayesinde ulaştı," dedim kısık bir sesle. "Yarın sabah da Serdar'ın elinde mi olacak?"

Bora güler gibi bir ses çıkardı. "Haklısın, Yiğit ve o ikisi iş birliği içindeler, Yiğit'in beni Serdar'la tehdit etmesinin başka bir açıklaması olamaz."

Uzandığım yataktan usulca doğrulurken "Senin de elinde, tüm delilleri yok edecek bir mektup var," dedim. "Ama sen Serdar'ın şimdilik hiçbir şey bilmesini istemiyorsun. Peki, sabah olduğunda ne olacak?"

Serdar her şeyi öğrendiğinde kapımıza dayanacaktı, her zaman sakin ve ılımlı bir adamdı ama böyle bir durum karşısında vereceği tepkinin zararsız olmayacağı ortadaydı.

Bora kafasını koltuktan ayırdı, sırtını dikleştirdi ve gözlerimin içine baktı. "Bir süre boyunca, Serdar'ı karşıma almak pahasına yenilgiye göz yumacağım," dediğinde içimdeki huzursuzluğun kapılarını araladı. "Önce onu bulmam gerek, tüm bunlar kimin başının altından çıkıyor bilmem gerek."

"Bunu nasıl bu kadar rahat dile getirebildiğini aklım almıyor... Ben aldatıldığını ve en yakın arkadaşının ihanetine uğradığını öğrenen bir adamdan ve yapacaklarından korkarım."

Ne olmuş olursa olsun, Bora tamamen suçsuz sayılmazdı. Bu gerçeği bunca zaman gizlemesi, sırf kendi geçmişinin ortaya dökülmesi korkusuna susması, işleri onun aleyhine çeviriyordu.

Bora öne doğru eğildi, dirseklerini bacaklarının üstüne bastırırken yumruklarını da çenesinin altına sıkıştırdı. "Başlangıçta ciddiye almadım," dedi, sesi düşünceliydi. "Yaren öyle basit, öyle vasat bir kızdı ki Serdar onunla öylesine takılıyor sandım. Bir süre sonra biter diye bekledim ama işler umduğum gibi gitmedi, Serdar ona çok âşık oldu."

Sonrasında her şey daha da karmaşık bir hâl almıştı zaten. Bacaklarımı yataktan aşağı sarkıtıp ellerimi kenarlara koyarken "Olan oldu artık," dedim, geçmişi konuşmak, geleceği kurtarmıyordu. "Ben yarın sabah olacaklardan, Serdar'ın yapacaklarından korkuyorum, çok korkuyorum. Sana bir zarar verirse..."

Bora o an kaşlarını indirdi, gözlerime kendinden emin bir şekilde bakarken "Yiğit Serdar'a hiçbir şey söyleyemeyecek," dedi. "Aklımda bir şey var, onu durdurmanın bir yolu var." Kafamı sol omzuma doğru eğdim. Ne olduğunu soracaktım ki Bora birden konuyu değiştirdi. "Mektup meselesine gelince... Yarın eve döneceğiz ve bu sefer biz bir oyun oynayacağız."

Yiğit'i nasıl durduracağını elbette öğrenecektim ama sözleri dikkatimi dağıtmaya yetmişti.

"Ne oyunu?"

Bora ayağa kalktı, oturduğu koltukla yatağın arasındaki mesafeyi birkaç adımda kapatıp karşıma oturdu. "Mektubu yeni bulmuşuz gibi davranacağız," dedi kararlı bir şekilde. Evin içinde dinlenildiğimizden habersizmişiz gibi, mektupta dinlenildiğimize dair bir detay yazmıyormuş gibi mektup hakkında konuşacağız, hatta tartışacağız." Bu tehlikeli fikri gerçekleştirmeyi kafasına koymuş gibiydi. "Ama çok inandırıcı olmamız gerekiyor," diye devam etti sözlerine. "O, her kimse bizi dinleyecek ve mektupta kendisinden bahsettiğimizi anlayacak, Yaren'in onu ele verdiğini düşünerek telaşlanacak."

Bora, her zaman hayranlık duyduğum zekâsını konuşturuyordu. Yine beni şaşırtmamıştı ama kafama yatmayan noktalar vardı.

"İyi ama Yaren isim vermedi, onun kim olduğunu söylemedi," diye mırıldandım. "Neden telaşlansın ki? Hâlâ kim olduğunu bilmiyor olacağız."

Bora, şeytana pabucunu ters giydirirdi. Ama karşısındaki şahsın da ondan aşağı kalır yanı yoktu. Hafife almaması gerekiyordu, bu plan tehlikeliydi.

"Yaren onun kim olduğunu farklı bir mektuba yazdı ama o mektubun yerinin neresi olduğunu bilmiyoruz. Elimizdeki mektupta bir ipucu var; eğer o ipucunu yakalar ve diğer mektubun yerini bulursak esas düşmanımın ismini öğrenmiş olacağız..." Sözlerinin ardından elini omzuma koydu. "Karşı tarafa düşündüreceğimiz şey bu olacak, anladın mı?"

Hem anlamış hem de anlamamıştım. "Peki, bu işin sonu nereye varacak?" diye sordum endişeyle. "Hiçbir şey anlamıyorum."

Ve çok korkuyorum.

Bora gözlerini üzerimden çekti, odanın içinde gezdirmeye başladı. "O, her kimse, adının ifşa olmasından endişe edeceği içinonun kim olduğunun yazılı olduğu mektubu bulmak isteyecektir. O mektuba ulaşabilmesi için de öncelikle bu mektuba ulaşması gerekiyor. Ve ben bu mektubun kopyasını eve saklayacağım, sonra evden çıkacağız ve eve kimin girip o mektubu almaya çalıştığını anlayacağız."

Tüylerim ürpermişti. Oturduğum yerde huzursuzca kıpırdandığımda başıma tuhaf bir ağrı girdi. "Ya eve gelip girmezse? Ya böyle bir risk almazsa?"

"Girecek," dedi Bora, kendinden çok emindi. "Evime böcek yerleştirmek için girmişsene yapar ne eder mektubu almak için de girer." Dudaklarında kan kokan bir tebessüm belirdi. "Çünkü kendi canı söz konusu."

Bora'nın Veysel, Emrah ve diğerlerine izin vermiş olması evin etrafını tamamen güvensiz bir hâle getirecekti ama bu daha çok şüphe çekmez miydi?

"Ama..."

Tiz bir şekilde çalan sabit telefon sesi cümlemi başında kesti. Bora oturduğu yerden kalkmadan arkasını döndü ve yatağın başucundaki komodinin üzerinde duran telefona uzandı. "Resepsiyondur, muhtemelen bir ihtiyacımız olup olmadığını soracaklar," dedi rahatlıkla. Ahizeyi kaldırıp kulağına götürdükten bir süre sonra ifadesi değişti, kaşları çatıldı. Telefonu kapatır kapatmaz birden ayağa kalktı ve ne olduğunu sormama fırsat tanımadan "Polisler buraya geliyormuş," dedi. Duyduğum sözlerle yerimden ok gibi fırladığımda Bora'nın karşısına geçip yüzüne şaşkınca baktım.

"Ne polisi?" diye sordum panikle. "Seni mi arıyorlar?"

Bora, bilmiyorum, dercesine kafasını salladı, polislerden bahsetmesine rağmen sakin görünüyordu. "Hiçbir şey yapmadım, korkma. Belki bir yanlış anlaşılma olmuştur."

Bora'nın aksine ben telaşlanmıştım çünkü ona bu konuda güvenemiyordum. Ne yanlış anlaşılması olabilirdi ki? Polisler neden durduk yere arayacaktı bizi? Kesinlikle kötü bir şey olmuştu... Ya da belki bu da Yiğit'in bir oyunuydu.

"Yiğit mi bir şey yaptı acaba?" Tek elimi belime yerleştirip ayağımı yere vurduğum sırada Bora'ya bakıyordum. Onun da aklına gelen bu olsa gerekti ama hiçbir şey yapmadığını bildiğinden rahattı.

"Öğreniriz şimdi."

Bulunduğumuz odanın kapısı alacaklı gibi çalındığında Bora önden yürüdü, hemen arkasından ilerlediğimde kalbim yerinden çıkacak gibi çarpıyordu. Bora kapıyı açtı, kapının önünde üç üniformalı polis dikiliyordu. Üçü de uzun boylu ve iri yarıydılar. Biri, diğer ikisinin önündeydi, sorgulayıcı bakışlarını üzerimizde gezdirdiği sırada polis kimliğini havaya kaldırıp bize gösterdi.

"Sorun nedir?" diye sordu Bora önce davranarak.

Polis memuru çakır renkteki büyük gözlerini Bora'nın üzerine çevirdi ancak hiçbir şey söylemeden bana baktı. "Hande Aksoy Şahsuvar," dedi bıkkın bir sesle. "Siz misiniz?"

Polislerin Bora'yla değil, benimle bir ilgisi olduğunu, buraya benim için geldiklerini anladığım an tavan tepeme çöktü. Kötü bir şey olmuştu, telefonuma saatlerdir bakmıyordum bile. Belki anneme, belki babama, belki de abime... Aklıma başka hiçbir sebep gelmiyordu. Cevap vermek için araladığım dudaklarım sessizliğe boğuldu.

Konuşamadım.

Bora bocaladığımı, kötü olduğumu fark ettiğinde "Evet," dedi araya girerek. "Ne olduğunu söyleyecek misiniz?"

Polis tekrar Bora'ya baktı ve onun için rutin hâline gelen o sözleri sıradan bir şeyden bahsediyormuş gibi rahatça dile getirdi. "Hakkında tutuklama emri var, merkeze götüreceğiz."

Önce derin bir nefes alıp kimseye kötü bir şey olmadığı için rahatladım fakat hemen sonrasında kaşlarımı çattım. Polis neyden bahsediyordu?

Bu sözlerin ardından bana doğru bir adım attı fakat Bora bir anda önüme geçerek adamı durdurdu. "Bir saniye," dedi parmağını havaya kaldırarak. "Hangi sebepten?"

Bora beni arkasına aldığı için polisin yüzünü göremedim ama sözleriyle yerin en dibine girdiğimi hissettim: "Nezihe Coşkun'un evine izinsizce girmekten, ölümüne sebebiyet vermekten ve bunu adaletten gizlemekten."

Duyduklarımın ardından ayakta durmakta güçlük çektim, şayet o an Bora'nın kolundan tutmasam dizlerimin üzerine çökebilirdim. Bu nasıl mümkün olabiliyordu? Hilal'i ve beni yakabilecek olan o görüntüler sadece Bora'nın elindeydi. Sildiğini söylemişti... Ki silmese bile, bunu neden şimdi polisin eline verecekti ki?

Bora o an bana döndü ve yüzüme baktı, bakışlarında gördüğüm şaşkınlık duygusu dudaklarına da taştı, hiçbir şey söyleyemedi, sadece kafasını salladı.

Bir şey söylemesine de gerek yoktu zaten, bizi ele verenin, o görüntüleri polislere ulaştıranın Bora olduğunu düşünmüyordum. Bu işin içinde bir bit yeniği vardı ama ne olduğunu sorgulamanın bile bir önemi yoktu artık.

Polisler beni tutuklayacaktı.

Ve sonra Hilal'i...

Belki de çoktan tutuklamışlardı.

Yolun sonu burasıydı, biz bitmiştik.

"Çekilin," dedi polis memuru Bora'ya bakarak. Sonra arkasını döndü ve bekleyen diğer iki polise emir verir gibi kafasını salladı. Şapkasından yüzü gözükmeyen diğer polis memuru, ne ara çıkardığını fark etmediğim kelepçelerle birlikte bana doğru yürüdüğünde Bora beni bir kez daha geriye çekti ve "Kelepçeye gerek yok," dedi. Bu yaptığı boşa kürek çekmekti. "Bir yere kaçtığı yok. Kelepçe takmadan da götürebilirsiniz."

Polis Bora'yı umursamadı, kolunu ikimizin arasına uzatarak Bora'yı geriye çekmeye teşebbüs etti ama Bora geri çekilmedi, aksine diklenir gibi polisin üzerine yürüdü. O an bir karmaşa oldu, sesler yükseldi ve ellerim titredi. İki polis birden Bora'nın kollarından tutup geriye ittiler.

"Sorun yok," diye bağırabildim Bora'ya bakarak. "Sorun yok Bora, korkmuyorum, iyiyim!"

Ellerimi öne uzattığım polis kelepçeleri bileklerime geçirdi. Tenimde hissettiğim soğukluk ve ağırlık şimdiden hapisteymişim gibi hissettirmişti.

"Tamam..." Bora ellerini havaya kaldırdı ve polislerden uzaklaştı. "Tamam zorluk çıkarmıyorum, bırakın beni!"

Bakışları üzerime çevrildiğinde gözleri acı doluydu, güçlükle yutkundu. "Korkma, bir şey olmayacak," dedi yemin eder gibi. "Hemen gelip alacağım seni."

Polisler çoktan kollarıma girmişti, istemsiz bir şekilde odadan çıkarılıp otel koridoruna ayak bastığım an bakışlarım da Bora'nın üzerinden çekildi. Sakin duruyor ve korkmuyor gibi görünüyordum ama durum hiç de öyle değildi.

Bundan aylar öncesinde hapse girmemin, Bora'yla bir ömür sürmekten daha iyi olacağına inanıyordum. İş ciddiye binince öyle olmuyordu, şimdi bileklerimde ağır kelepçeler vardı, polisler kollarımdan tutmuştu ve beni götürüyorlardı. Bu saatten sonra yaşayacaklarım gözlerimin önünden bir film şeridi gibi geçti. Önce sorgulanacak, sonra nezarethaneye atılacak ve sonra mahkemeye çıkarılıp yargılanacak ve en sonunda da hapse atılacaktım. Polisler beni sorguladıklarında her şeyi anlatacaktım, başka çarem yoktu ve ben zaten yalan söyleyemezdim.

Ama hiçbir suçum yoktu, bu suça göz yummaktan başka...

Alacağım ceza benden yıllarımı çalabilirdi... Ömrümün bir kısmını dört duvar arasında geçirmenin düşüncesi, Bora'dan ayrı kalacağım düşüncesinden daha korkunç değildi.

Hem de böyle bir zamanda... Her şey üst üste gelmişken ve tuzaklar onun etrafında içine düşmesini bekliyorken.

Çıldıracak gibiydim.

Polisler asansör kabinlerinin önünde durduğunda geriye dönüp ardımızda kalan uzun koridora baktım. Bora kapının önündeydi, kapıyı hızla kapattı ve buraya doğru koşar adımlarla yürümeye başladı. Telefonunu, araba anahtarını falan almış olmalıydı.

Telaşlı bakışları gözlerimi bulduğunda "Susma hakkına sahip olduğunu unutma," diye bağırdı. "Ben avukat gönderene kadar ağzını bile açma."

Sadece kafamı salladım, bu evet demek miydi yoksa hayır mıydı bilmiyordum. Ne yapmam gerektiğini hiç bilmiyordum. Asansör kapısı iki yana açıldığında Bora yanımızda durdu ve diğer asansörün düğmesine üst üste bastı. Polislerin onu yanımıza almayacağını biliyordu.

Polislerle birlikte asansörün içine çekildiğim sırada bir kez daha, "Korkma Hande," dedi gözlerime bakarak. "Gelip alacağım seni."

Bunun o kadar da kolay olmadığının farkında olacak kadar büyümüştüm, beni küçük bir kız çocuğu gibi avutamazdı. Gülümsedim. "Odada, çantamın içindeki kitabın arasında sana ait bir şey var," dedim hüzünlü bir sesle. "Ben bu zamana kadar sakladım, sıra sende."

Bora neyden bahsettiğimi anlamamıştı, sormasına bile zaman kalmadı. Kapılar yüzümüze kapandı. Alt kata indiğimizde, kapılar açıldığında, zemin kata ayak bastığımızda ve etraftaki meraklı gözler üstümüze çevrildiğinde yüzüm öne eğik, bakışlarım yerdeydi. Gerçek bir suçlu misali... Otelin kapısından çıkarılıp kapının önünde bekleyen polis aracına bindirilirken sürekli kafamı çevirdim ve kapıya baktım. Bora yanımdayken güvende hissediyordum, onu gitmeden önce son bir kez daha görmek istiyordum.

Ama Bora görünürlerde yoktu.

Kapı üstüme kapandı ve polis, aracı çalıştırdı.

Tam o an Bora'nın sesi kulaklarımda, içimde ve ruhumda yankılandı.

"Yalan söyledim," diye bağırdı, kafamı cama çevirip ona ıslanmaya yüz tutmuş gözlerimle baktım. "Ne olursa olsun, ben senden vazgeçmezdim. Seni keşkelere sığdırdığım için özür dilerim."

Arabanın önünde durup eğildiğinde ve gözlerime son kez baktığında gülümsedi. Nefes nefeseydi, sanki ardımdan merdivenleri koşar adım inerek gelmiş gibiydi. "Seni seviyorum," dedi. Gözlerimi kapattım, kafamı salladım. "Bunu aklından çıkarma olur mu?"

Araba birden hareket edince bakmaya doyamadığım yüzü silindi gözlerimin önünden. Kafamı önüme eğip hıçkırdığımda saçlarım gözyaşlarımı gizlemek ister gibi yüzüme döküldü. Beni sevdiğini söylemişti ama sıradan, normal bir zamanda değil... Böyle olmak zorunda mıydı?

Emniyet binasına varıncaya dek ağlamıştım, polisler korktuğum için ağladığımı düşünüyor olabilirdi ama ben her şeye geç kalışımıza döküyordum bu gözyaşlarını.

Onu bu arbedenin ortasında nasıl yalnız bırakacaktım?

Yüreğim bir kez daha paramparçaydı.

İçinde bulunduğum araba İlçe Emniyet Müdürlüğü binasının önünde durduğunda polislerin zor kullanmasına izin vermeden kendim çıktım arabadan. Yine de kollarıma girdiler ve beni binaya o şekilde götürdüler. Kapıdan içeriye girdiğimiz an konuşmalar, gürültülü telsiz sesleri ve yoğun bir koşturmacanın içinde buldum kendimi. Bakışlarımı yerden hiç kaldırmadım, karanlık bir odaya alındığımda kelepçeler bileklerimden çıkarıldı, kadın memurun çektiği sandalyeye otururken bileklerimi ovaladım. Burası bir sorgu odasıydı ve dümdüzdü, karanlık duvarları sadece tavandan sarkan beyaz bir lamba aydınlatıyordu ama ona da gücü yetmiyordu.

Odanın kapısı açıldığında ve içeriye kırklı yaşlara yakın bir polis girdiğinde ona göz ucuyla baktım, sonra korkuyla ve suçluluk hissiyle kaçırdım bakışlarımı. Önce kendisini tanıttı, bir komiserdi. Ardından bana sorduğu ilk soru, "Hilal Demirkaya nerede?" oldu. Demir gibi sert sesi duvarlarda yankılanıyor ve bu beni daha fazla ürkütüyordu. "Kaçıyor mu saklanıyor mu? Ne evinde bulabildik ne iş yerinde." Karşımdaki sandalyeyi çekip oturduğunda gözlerimin içine baktı. "Nerede olduğunu biliyor olmalısın, bize onun yerini söyle."

Polislerin Hilal'in de peşine düşecek olması beklediğim bir şeydi ama Hilal'in bulunamamış olması beklediğim bir şey değildi. Hilal en başından beri, günün birinde bu anı yaşayacak olmamızdan, o kelepçelerin bileklerine takılacak olmasından ölesiye korkuyordu. Ama yine de suçu ortaya çıkınca kaçacak birisi değildi, ben onun için kendimi ateşe atmışken o beni bu dört duvar arasında yalnız bırakmazdı değil mi?

"Bilmiyorum," diyerek kafamı salladım. "Bilmiyorum."

"Arama kayıtlarınız elimde," dedi Komiser gülerek. Koyu kahverengi gözlerinde aşağılayıcı bir ifade vardı. "Hâlâ sıkça görüşüyormuşsun suç ortağınla. Gerçekten nerede olduğunu bilmiyor musun?"

Derin bir nefes aldım. "Gerçekten bilmiyorum."

"Peki." Ayağa kalkıp ellerini masanın üzerine koydu, yüzünü yüzüme yaklaştırıp doğrudan gözlerime baktı. "Konuşacak mısın yoksa avukatını mı bekleyeceksin?"

Bora'nın söylediklerini hatırlayınca "Avukatımı bekleyeceğim," dedim sessizce. "Ama ben suçsuzum, beni neye dayanarak suçladığınızı..."

"Elimizdeki görüntülere," diyerek sert bir sesle konuşmamı böldü. "O görüntüler tam aksini söylüyor. Kaç yıl hüküm giyersin, biliyor musun sen?"

O görüntüleri polisin eline Bora vermemişti ama kimin verdiği belliydi. *Haldun Şahsuvar...* Belki Bora'nın içeride olduğu o beş aylık süre içinde, belki de çok daha öncesinde ele geçirmiş olmalıydı. Kullanmak ve benden kurtulmak için de doğru zamanı beklemişti. Bunu ondan başkası yapamazdı.

O an aklıma nefesimi kesen bir ihtimal çöreklendi. Hilal'in kaçmasına yardım etmiş olabilir miydi? Sırf suç sadece bana kalsın diye, böyle bir şey yapmış olabilir miydi?

Peki ya Hilal? Beni sırtımdan bıçaklayacak kadar bencil olabilir miydi?

"O görüntülerde biri daha var, kimliğini tespit ettik ama kendisi ülke sınırları dışında..." Rana'dan bahsediyordu. Rana o geceki olaydan hemen sonra, günün birinde yakalanacağı korkusuyla Kanada'ya gitmiş, o gün bugündür de dönmemişti. Rana uzaklardaydı, Hilal ise ortalarda yoktu. O gecenin tek suçsuzu, tek masumu bendim ama olan, bir tek bana olmuştu.

"Yani eğer bize Hilal Demirkaya'nın yerini söylemezsen," eğildi ve kulağıma fısıldar gibi konuştu: "Senin hayatın yanacak. Ve seni soyadın bile kurtaramayacak."

Kurtaramazdı ve kurtaramayacaktı, komiserin bunu söylemesine gerek bile yoktu çünkü ben başıma neyin geldiğini ve buna kimin sebep olduğunu biliyordum. Güç sadece Haldun Şahsuvar'ın elindeydi. Sanki kaderi yazan kalem onun elindeymiş gibi bir kez daha getirmişti sonumu. Oğlunu en kısa sürede kurtardığı demir parmakların ardında ömrümün çürümesi için elinden ne geliyorsa yapacaktı.

Ve korkarım, başaracaktı da...

Sustum, bir cevap vermedim. O dakikadan sonra, bir faydası olmayacağını bilsem de avukatımın gelmesini bekledim. Yaklaşık yirmi dakika sonra, otuzlu yaşlarında olduğunu tahmin ettiğim genç bir kadın avukat geldi. Adını söyleyince onu tanıdım, Ankara'nın en güçlü ve en disiplinli avukatlarından biriydi. Üstlendiği davaların çok azını kaybetmişti. Komiserin sorduğu sorulara her seferinde müdahale etmiş ve adamın beni bunaltmasına izin vermemişti.

Sorgu bittiğinde ve Komiser odadan dışarı çıktığında avukata döndüm. "Şimdi ne olacak?" diye sordum korkuyla. "Burada mı kalacağım? Beni tutuklayacaklar mı?"

"Elimden geleni yapacağım," dedi avukat. Gözlerime güven verircesine bakıyordu. "Merak etmeyin, ilk mahkemeden beraat etmeniz imkânsız ama tutuksuz yargılanmanız için elimden geleni yapacağım."

Birçok şey söylemişti ama kendisi de farkındaydı ki o görüntüler polisin elindeyken benim kurtulmam mümkün değildi.

"Bora nerede?" diye sordum.

Avukat ayağa kalktı ve önündeki dosyasına çantasına yerleştirdi. "Buraya hiç gelmedi."

Söyledikleriyle beynimden vurulmuşa döndüm. Bu imkânsızdı, ben buradayken Bora'nın başka bir yerde olması...

"Geleceğini söylemişti," dedim ayağa kalkarken. O sırada kapı bir kez daha açıldı, iki kadın polis içeriye girdi, birinin elinde yine kelepçesi vardı. Avukat bilmiyorum dercesine gözlerime bakmayı sürdürürken kelepçeler bileklerime bir kez daha takıldı ve polisler kollarıma girdi. "Geleceğini söylemişti..."

"Kendisine ulaşır ulaşmaz sizinle irtibata geçeceğim Hande Hanım." Kafasını özgüvenle salladı. "Emin olun o da sizi kurtarmak için elinden gelenin fazlasını yapacaktır. Buradan çıkacaksınız."

Avukatın o cümleden sonra söylediklerinin hiçbiri umurumda olmadı. Sorgu odasından çıkarılıp nezarethaneye götürülürken kulaklarımda sadece o cümle yankılandı. Buraya hiç gelmedi...

Öyleyse nereye gitmişti Bora?

Aklıma iyi olan hiçbir ihtimal uğramıyor, korkunun zehri düşüncelerime sızıyordu. Bağırıp çağırmak ve çocuklar gibi ağlamak istiyordum ama bu hiçbir şeyi değiştirmeyecekti. Polislerden biri nezarethanenin demir kapısını aralarken diğeri kelepçeleri çözüp bileklerimden çıkardı. Ben hiçbir şey sormadım, onlar da söylemedi, Beni orada, demir parmakların ardında bırakıp gittiklerinde çaresizce bir köşeye geçip oturdum.

Bir zamanlar Bora buradayken, ben o parmaklıkların dışındaydım.

Zaman geçmişin üzerine devrildi ve anılar gözlerimin önünden akıp gitti.

'Yine olsa yine satarım seni. Ecelim kapıda dikilse, kurtuluşun onun elinden içeceğin bir bardak suda saklı deseler ne yapardım biliyor musun? O bardağı parçalardım!'

Bir kez daha anladım, yaşanmışlıklar zamanın tek katiliydi. Hatırına bir bıçak gibi saplanıp boğazına yumru gibi oturduğunda öylece kalıyordun akmayan zamanın tam ortasında.

Ellerim dizlerimde, bakışlarım ellerimdeydi fakat sadece anılar gözlerimdeydi. Buraya oturduğumdan beri aradan kaç saat geçtiğini sayamadım. Boğazımda bir hıçkırık vardı, ne yutabiliyor ne haykırabiliyordum. Burada unutulmuş gibiydim, kimse ne geliyor ne de gidiyordu.

Neredesin Bora, neredesin?

Umudu kestiğim bir anda nezarethanenin kapısı aralanınca oturduğum yerden fırlar gibi kalktım. İlk olarak içeriye giren polis memuru kapıyı sonuna dek araladığında nefesimi tutarak bekledim. Görmek istediğim tek yüz Bora'nın yüzüydü ama içeriye giren babamdı. O an yaşadığım hayal kırıklığı kelimelerle anlatılmazdı.

"Yalnızca beş dakika," dedi polis, kapıyı kapatıp çıkmadan önce.

Babam kafasını salladı. Kapı kapanınca bu tarafa doğru yürüdü ve gözlerimin içine büyük bir suçlulukla baktı. Uzun zaman oluyordu... O kapıyı çarpıp evimden ağlayarak çıktığım günden sonra babamı ne görmüş ne de sesini duymuştum. Şimdi karşımdaydı, burada olduğumun haberini Bora'dan mı almıştı?

Peki, Bora neredeydi?

Babam buraya gelip beni görebiliyordu da Bora neden gelmiyordu?

"Bora nerede?"

Aylar sonra yeniden yüz yüzeyken sormam gereken ilk soru bu değildi. Babam kızını zaten satmamış mıydı? Şimdi neden buradaydı?

Babamın parmakları demir parmaklıkları kavradı, bakışlarındaki o suçluluk hissi gitgide büyürken yüzünde de hüzünlü bir ifade belirdi.

"Bana öyle bakma," dedim titreyen sesimle. "Söyle, Bora nerede?"

Yutkunmaya çalıştım ama olmadı, nefesim boğazımda düğümlendi. İçimde öyle kötürüm bir his vardı ki ruhumu sakat bırakmıştı. "Buradayken zamanı kavrayamıyor insan..." Parmaklarım nefes alamadığım için boğazıma tırmandı, sesim iyiden iyiye kısıldı. "Ama çok saat geçti değil mi? Neden hiç gelmedi?"

Babamın toprak rengini anımsatan gözleri gözlerimden çekildiğinde elimi deli gibi çarpan kalbimin üzerine bıraktım. Nefeslerim sıklaştı ve gözyaşlarım birbiri ardına akmaya başladı.

"Bora..." dedi babam, sonra sustu. O an anladım, devamında söyleyecekleriyle parçalayacaktı ruhumu.

"Nasıl oldu bilmiyorum ama üç saat önce vuruldu."

DEVAM EDECEK...

SERZENİŞ 2 PLAYLIST

1. Sezen Aksu – İki Gözüm
2. Sezen Aksu – Kavaklar
3. Gülden Karaböcek – Senden Özür Diliyorum
4. Müslüm Gürses – Senin Kadar Hiç Kimseyi Sevmedim
5. Müslüm Gürses – Senden Vazgeçmem
6. Cem Adrian & Musa Eroğlu – Yolun Sonu Görünüyor
7. Gökhan Kırdar – Yağmur
8. Gökhan Kırdar – Yerine Sevemem
9. Zerrin Özer – Kar Tanesi
10. Gaye Su Akyol – Bir Yaralı Kuştum
11. Melike Şahin – Tutuşmuş Beraber
12. Kıraç – Yıkık
13. Kıraç - Sevgilim
14. Hüsnü Arkan & Erkan Oğur – Fikrim Yok
15. Hüsnü Arkan – Kırık Hava
16. Melek Mosso – Keklik Gibi
17. Şanışer – Kaç Kere Öldün
18. Yüzyüzeyken Konuşuruz – Uykusuz ve Dengesiz
19. Uaral – Depression
20. Sting – Shape of My Heart
21. Gordon Gano & Linda Perry – So it Goes
22. Linda Perry – Shame
23. Erica Jennings – It's A Lovely Day
24. Thurisaz – Tangram
25. Thurisaz – Scent of A Dream
26. Thurisaz – A Glance of Misperception
27. Shamrain – To Leave